SABINE EBERT

Schwert und Krone

DER JUNGE FALKE

HISTORISCHER ROMAN

Originalausgabe November 2017
© 2017 Knaur Verlag
Ein Imprint der Verlagsgruppe
Droemer Knaur GmbH & Co. KG, München
Alle Rechte vorbehalten. Das Werk darf – auch teilweise –
nur mit Genehmigung des Verlags wiedergegeben werden.
Ein Projekt der AVA International
Autoren- und Verlagsagentur
www.ava-international.de
Redaktion: Silvia Kuttny-Walser
Covergestaltung: ZERO Werbeagentur, München
Coverabbildung: FinePic®, München / shutterstock
Landkarte: Verantw. Redakteur: Prof. Dr.-Ing. Andreas Kowanda;
Kartograph: M. Eng. Thomas Zimmermann
Stammtafeln: Verantw. Redakteur: Stefan Auert-Watzik
Satz: Wilhelm Vornehm, München
Druck und Bindung: GGP Media GmbH, Pößneck
ISBN 978-3-426-65413-2

2 4 5 3 1

Dramatis Personae

Historisch belegte Personen der Handlung:

Staufer

Konrad, einst Gegenkönig, dann römisch-deutscher König als Konrad III.

Heinrich-Berengar, sein ältester Sohn, zehnjährig zum König und Mitregenten gewählt

Friedrich, sein jüngerer Sohn (später Friedrich von Rothenburg)

Friedrich II. von Staufen, Herzog von Schwaben (der Einäugige), Konrads älterer Bruder und einst Thronanwärter

Agnes von Saarbrücken, seine zweite Gemahlin

Friedrich III., sein Sohn aus erster Ehe mit der Welfin Judith (später als römisch-deutscher König und Kaiser: Friedrich I. Barbarossa)

Adela von Vohburg, seine erste Gemahlin

Weltliche Verbündete:

Heinrich von Babenberg, genannt Jasomirgott, Konrads Halbbruder, Herzog von Bayern und Markgraf von Österreich (später Herzog von Österreich)

Markwart von Grumbach, Vertrauter Konrads

Graf Ulrich von Lenzburg

Graf Bernhard von Plötzkau

Kunigunde, seine Gemahlin

Graf Sizzo von Schwarzburg-Käfernburg

Burggraf Gottfried von Vohburg, Burggraf in Nürnberg und Verwandter Adelas

Welfen

Heinrich der Löwe, Herzog von Sachsen

Clementia von Zähringen, seine erste Gemahlin

Welf VI., jüngerer Bruder des 1139 verstorbenen Thronanwärters Heinrich der Stolze, Oheim und Ratgeber Heinrichs des Löwen

Uta von Calw und Schauenburg, seine Gemahlin

Welf VII., sein Sohn

Weltliche Verbündete:

Herzog Konrad I. von Zähringen

Graf Adolf II. von Schauenburg, Holstein und Stormarn

Graf Heinrich von Weida, Ratgeber Heinrichs des Löwen

Graf Hermann von Lüchow, Ratgeber Heinrichs des Löwen

Askanier

Albrecht von Ballenstedt, Markgraf der Nordmark, Graf von Ballenstedt, ehemals Herzog von Sachsen (später Markgraf von Brandenburg), genannt Albrecht der Bär

Sophia von Winzenburg, seine Gemahlin

Otto, Hermann, Adalbert, Dietrich, Siegfried, Heinrich und Bernhard – beider Söhne

Hedwig, beider Tochter

Weltliche Verbündete:

Graf Otto von Hillersleben, engster Gefolgsmann Albrechts

Graf Hermann von Winzenburg, Sophias Bruder

Wettiner

Konrad von Wettin, Markgraf von Meißen und der Lausitz (später Konrad der Große)

Otto, beider ältester Sohn (später Markgraf Otto der Reiche)

Dietrich, ihr zweitältester Sohn (später Markgraf Dietrich von Landsberg)

Dobroniega, seine Gemahlin, Schwester der Herzöge von Polen

Dedo, Heinrich, Friedrich – weitere Söhne

Oda, Bertha, Gertrud, Adela, Agnes, Sophia – seine Töchter

Gräfin Mathilde von Seeburg, seine Schwester

Graf Konrad von Seeburg, Mathildes ältester Sohn

Werner von Brehna, Konrads Marschall

Radebot von Meißen, Ministerialer

Ludowinger

Landgraf Ludwig der Eiserne

Judith, Tochter Herzog Friedrichs II. von Schwaben, seine Gemahlin (später Jutta Claricia von Thüringen)

Slawen

Niklot, Fürst der Abodriten

Pribislaw und Wertislaw, seine beiden ältesten Söhne

Pribislaw, genannt Heinrich, Fürst (ehemals König) über Brandenburg und Spandau

Petrissa, seine Frau

Jacza, sein Neffe, Fürst von Köpenick

Agatha, seine Gemahlin, Tochter des Grafen von Breslau Peter Wlast

Geistlichkeit

Albero von Montreuil, Erzbischof von Trier

Otto, Bischof von Freising, Halbbruder Konrads von Staufen

Abt Wibald von Stablo und Corvey, Leiter der königlichen Kanzlei, Benediktiner

Heinrich, Erzbischof von Mainz und Reichsverweser

Anselm, Bischof von Havelberg

Arnold, Dompropst von Köln, Kanzler (später Erzbischof von Köln)

Bernhard von Clairvaux, Abt von Clairvaux und Kreuzzugsprediger, Zisterzienser

Udo, Bischof von Naumburg

Eberhard, Bischof von Bamberg

Wichmann, erst Dompropst, dann Bischof von Naumburg (später Erzbischof von Magdeburg), Sohn Mathildes von Seeburg und Neffe des Markgrafen von Meißen und der Lausitz

Rahewin, Schreiber Ottos von Freising

Helmold, Chronist (später Helmold von Bosau)

Byzantinisches Reich

Manuel I. Komnenos, Kaiser

Irene, seine Kaiserin, unter dem Namen Bertha von Sulzbach erst Schwägerin, dann Adoptivtochter Konrads III.

Theodora, Manuels Nichte und Braut von Heinrich Jasomirgott

Prosuch, Oberbefehlshaber der Truppen, die im Auftrag Manuels die einheimische Bevölkerung vor den Kreuzfahrerheeren beschützen sollten

Graf Alexander von Gravina und

Demetrius Macrembolites, als Gesandte und Diplomaten in Manuels Diensten

Frankreich

Ludwig VII., König

Odo von Deuil, Benediktiner, sein Ratgeber und Beichtvater, Vertrauter des Abtes Suger und Chronist (später Abt von Saint-Denis)

Dänemark

Sven, Sohn des Königs von Dänemark (später Sven III., Sven Grathe)

Knut Magnusson, mit Sven Mitbewerber um den Thron

Polen

Herzog Bolislaw VI. (genannt Kraushaar)

Herzog Mieszko III. (genannt der Alte), sein Bruder

Wladislaw II. (genannt der Vertriebene), beider ältester Bruder, Schwager König Konrads, nach Versuch der Entmachtung seiner Brüder im Exil in Altenburg

Wichtige fiktive Personen:

Ulrich von Lauterstein, Vertrauter des Königs

Christian, Page am Hof des Markgrafen von Meißen und Sohn des hingerichteten Spielmanns Lukian

Hanka, seine Mutter

Josefa, Heilerin in Meißen, genannt »die alte Muhme«

Helmhold von Steinau, Burgkommandant von Plötzkau

Hugo von Rottfels, Ritter in Diensten des Grafen von Plötzkau

Isa, seine Frau

Roland von Weißbach, Ritter in Diensten des Grafen von Plötzkau

Judith, seine Frau

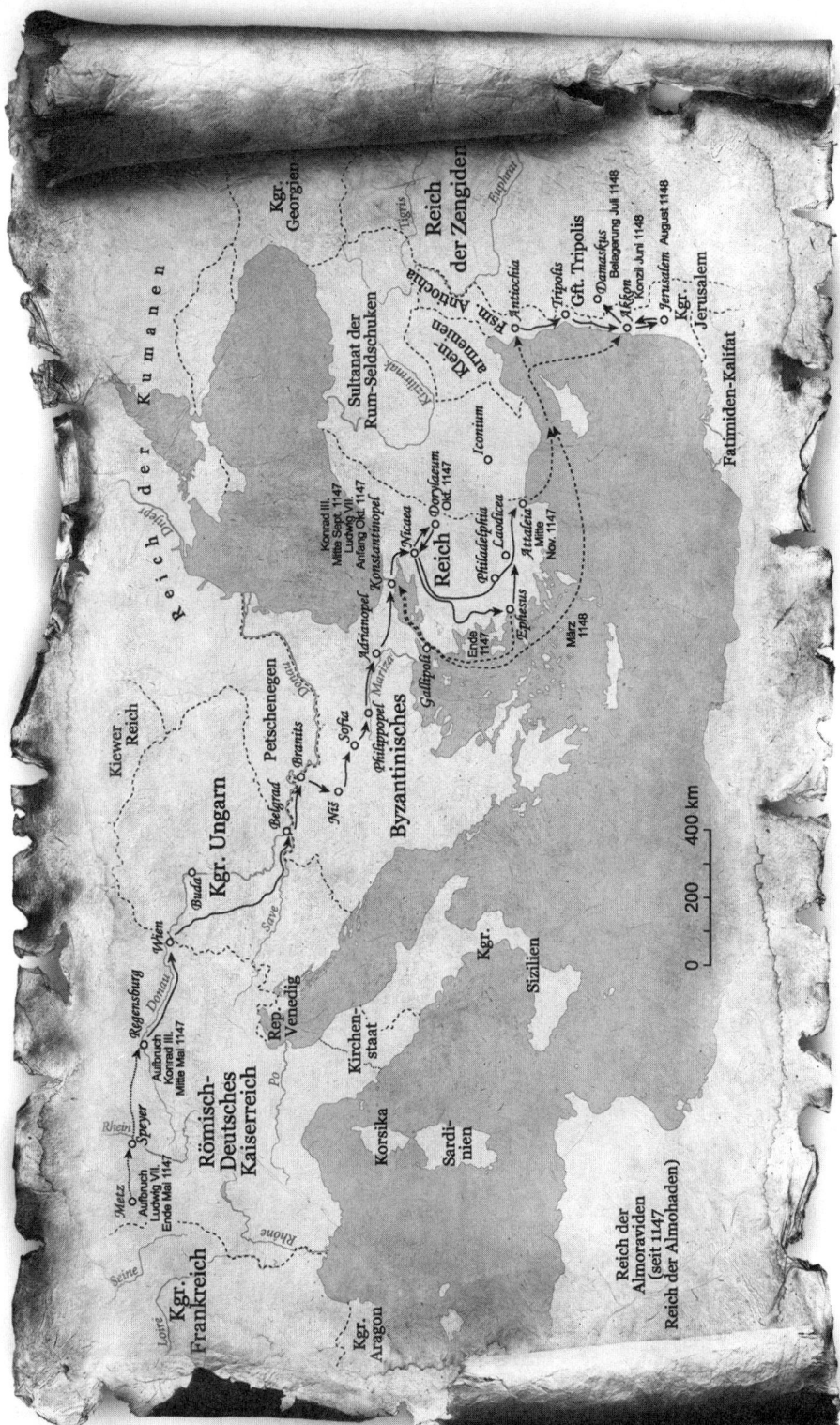

Macht beruht nicht nur auf Schwertern und Gold,
auf erlauchten Namen und Titeln.
Vor allem beruht sie auf Lügen, Intrigen und Verblendung, auf dem unbedingten Willen der Mächtigen, ihre Herrschaft um jeden Preis zu wahren und zu mehren.
Dafür schließen selbst Todfeinde Zweckbündnisse.
Das Volk, das mit Schweiß und Blut und Tod die Rechnung zahlt, ahnt nichts von dem geheimen Schacher. Es sieht nur die goldglänzenden Insignien oder die blutigen Werkzeuge. Ihm wurde gepredigt, sich gehorsam zu fügen. Je mehr Angst man ihm einflößt, umso williger wird es gehorchen – und leiden.
Gibt es noch Hoffnung?
Ist Vernunft eine Option, wenn schon Liebe als wertlos erachtet wird?

ERSTER TEIL

ALLEIN GELASSEN

Bitterer Winter

Kunigunde und Bernhard von Plötzkau;
Burg Plötzkau, Ende Februar 1147

Ungeduldig starrte die junge Burgherrin ihrem Gemahl nach, der mit zwei Dutzend Begleitern und einer kläffenden Hundemeute durch das Tor ritt, um in den Wäldern zu jagen. Schneematsch spritzte unter den Hufen der Pferde auf, die Hunde rannten lärmend um die Wette.

Im Dorf unterhalb der Burg gab es längst keine Hunde mehr. Nach zwei Missernten in Folge waren sie alle geschlachtet und gegessen worden. Ebenso die Katzen, die Ratten und jegliches Getier, das die Dorfbewohner heimlich in den Sümpfen fangen konnten.

Nun lebten die Kätner von bitterem Eichelmehl. Viele waren in diesem Winter gestorben, vor allem Kinder, von Schwangerschaften ausgezehrte Frauen und Alte. Keiner konnte beerdigt werden, weil der Boden gefroren war. Die kältestarren Leichname lagen übereinandergestapelt im hintersten Winkel des Totenackers.

»Beten wir, dass Graf Bernhard und seine Begleiter mit reichlich Beute heimkehren«, sagte Gunda zu den drei jungen Edeldamen, die mit ihr die Jagdgesellschaft verabschiedet hatten.

Das Wild brauchten sie nicht nur, damit in den nächsten Tagen Fleisch auf die Tafel kam, sondern auch, um Vorräte anzulegen. Bald würde ihr Gemahl mit fast allen Männern seiner Grafschaft auf den Kreuzzug ins Heilige Land reiten und sie selbst hier zurücklassen: mit zu wenigen Kämpfern, um die im Ort Verbliebenen zu beschützen, ohne einen Pfennig Silber, fast ohne Saatgut. Aus Mangel an Männern und Zugochsen würden sich die Bauersfrauen vor den Pflug spannen müssen.

Agnes, Judith und die kleine Isa, die jungen Gemahlinnen von Plötzkauer Rittern, die sie auf den Hof begleitet hatten, murmelten Zustimmung und traten frierend von einem Bein auf das andere. Dieser Februar war von einer nassen Kälte, die einem tief in die Knochen fuhr. Und der Aufbruch zur Jagd hatte sich wie immer hingezogen.

»Kommt, wir haben zu tun!«, rief Gunda – oder Gräfin Kunigunde von Plötzkau, so ihr voller Rang und Name – den Begleiterinnen zu.

Entschlossen drehte sie sich auf der Ferse, sobald die Reiter ihren Blicken entschwunden waren. Der Graf würde sicher erst kurz vor Einbruch der Dämmerung zurückkommen. Bis dahin blieb genug Zeit zu tun, was sie sich vorgenommen hatte, ohne von ihrem Gemahl für ihr »Übermaß an Weichherzigkeit« gescholten zu werden, wie er es verächtlich nannte.

Durch den nassen, schmutzigen Schnee schritt sie zum Palas der Burg. Die Edeldamen folgten ihr und rafften die Umhänge fröstelnd um sich.

Kunigunde von Plötzkau war eine auffallend schöne junge Frau von kaum mehr als zwanzig Jahren mit glänzendem schwarzen Haar und ebenmäßigen Zügen, über denen meist ein Hauch Traurigkeit lag. Dem viel älteren Graf Bernhard war sie dreizehnjährig anvermählt worden, damit er im damals bevorstehenden Krieg dem König die Treue hielt.

Wenig später brannte das Heer des Erzbischofs von Magdeburg den Stammsitz der Grafen von Plötzkau vollständig nieder. Gundas Einschreiten bewirkte, dass es keine Toten gab und jeder Plötzkauer etwas Habe retten durfte. Doch die Zerstörung der Burg konnte sie nicht verhindern. Wie auch – mit den wenigen kampffähigen Männern, die Graf Bernhard zurückgelassen hatte? Das verübelte er ihr bis heute.

Neun Jahre nach der Feuersbrunst war die Burg immer noch eine Baustelle. Die Palisaden waren neu errichtet worden, ebenso etliche Gebäude aus Holz und Fachwerk und der Palas, in dem sie und Graf Bernhard wohnten. Der neue Bergfried würde sogar aus Stein sein, doch der Einbruch des Winters hatte die Arbeiten daran unterbrochen. Nur ein Steinmetz und sein Gehilfe behauten noch Blöcke, die erst verbaut würden, sobald die Nachtfröste vorbei waren.

Ihre gleichmäßigen Meißelschläge hallten über den Hof und vermischten sich mit gebrüllten Kommandos und Schwerterklirren. Helmhold, ein alter und starrköpfiger Ritter, beaufsichtigte Waffenübungen für die Reisigen und Knappen, die ihren Gemahl ins Heilige Land begleiten würden.

»Schildwall bilden!«, schrie er gerade, und die trotz der Kälte schweißtriefenden Männer stellten sich in zwei Reihen gegenüber auf, die hölzernen Schilde zu einer Mauer aneinandergedrückt.

Gunda spürte Helmholds verächtliche Blicke im Rücken, als sie weiterging.

In der Kemenate schlug ihr die Wärme das Kaminfeuers entgegen. Wie gut das tat!

»Hilf mir in ein anderes Kleid«, forderte sie die junge Magd Anni auf, die sie und die Edeldamen begleitete.

Graf Bernhard, der fast sechzig Jahre zählte und einem bedeutenden Haus entstammte, legte großen Wert darauf, dass seine Gemahlin zum Zeichen ihres Standes Kleider in leuchtenden Farben trug, mit Stickereien oder gewebten Borten und weiten Ärmeln nach der französischen Mode. Da ließ er an nichts sparen, obwohl er schon für den Wiederaufbau der Burg Geld bei den Magdeburger Juden leihen musste und die Vorbereitungen für den Kreuzzug Unmengen an Silber verschlangen.

Doch für ihr jetziges Vorhaben konnte sie keinen kostbaren Bliaut brauchen.

Sie ließ sich in ein waidblaues Leinenkleid schnüren, dessen Ärmel sie über dem Unterkleid hochschlagen konnte. Den mit Fehwerk gefütterten Umhang aus feinstem Tuch, in dem sie den Grafen zur Jagd verabschiedet hatte, drapierte Anni über eine hölzerne Stange in der Nähe der Feuerstelle, damit der durchnässte Saum trocknete. Später würde sie ihn ausbürsten. Für den Gang ins Dorf legte Anni ihrer Herrin einen schlichteren Umhang über die Schultern, dennoch ein gutes Stück mit breiten, gewebten Borten.

Wehmütig sah Gunda auf den gewölbten Leib ihrer Magd, die nicht älter war als sie und schon ihr drittes Kind erwartete – von ihrem Mann Paul, einem der Bogenschützen. Auch Judith und Isa, die mit ihr die Jagdgesellschaft verabschiedet hatten, trugen jede ein Kind unterm Herzen. Wie Gunda sie darum beneidete!

In den neun Jahren ihrer Ehe hatte es noch kein einziges Anzeichen einer Schwangerschaft gegeben, obwohl sich ihr Gemahl nichts dringender wünschte als einen Erben. Ohne Nachkommen würde seine Linie erlöschen; er war der Letzte seines Namens.

Auch deshalb hatte der Graf von Plötzkau auf dem Weihnachtshoftag zu Speyer, als der berühmte Bernhard von Clairvaux predigte und sogar der König das Kreuz nahm, seine Teilnahme am Kreuzzug verkündet: aus Hoffnung auf einen Erben. Außerdem löste es Graf Bernhards drückende Geldsorgen. Die Kreuznahme bedeutete Stundung sämtlicher Schulden und Erlass der Zinsen für alles Geld, das er bei den Juden geliehen hatte.

Gunda fühlte sich wie vom Blitz getroffen, als sich ihr Gemahl plötzlich mit einem lauten »Für Gott!« nach vorn drängte und aus den Händen des heiligmäßigen Abtes die roten Stoffstreifen entgegennahm, um sie sich an den Umhang heften zu lassen.

Sie liebte Bernhard nicht; sie hatte ihn nie geliebt, aber oft gefürchtet, vor allem in den ersten Ehejahren. Trotzdem war es keine Erleichterung, dass er auf unbestimmte Zeit fortging und vielleicht nie wiederkam.

In seiner Gegenwart wagte niemand, ihre Stellung anzuzweifeln und ihr offen Unfruchtbarkeit vorzuwerfen, obwohl Graf Bernhard auch mit seinen früheren Gemahlinnen keinen Erben gezeugt hatte. Doch wenn er erst fort war …

Vor neun Jahren, als die Burg von dem übermächtigen Heer belagert wurde, hatte sie sich schon einmal allein gegen all die Feindseligkeit in den eigenen Mauern durchsetzen müssen: gegen den Burgkommandanten, den Verwalter und den feigen Kaplan, gegen die alteingesessenen Edeldamen, gegen alle, die sie für ein dummes Kind hielten.

Jetzt war sie keine dreizehn mehr und hatte auf der Burg Verbündete. Agnes, Judith und Isa allen voran, deren Ehemänner erst nach der Zerstörung der alten Burg als Ritter in Bernhards Dienste getreten waren.

Aber inzwischen haftete der Makel der Kinderlosigkeit so stark an ihr, dass mehrere Vertraute des Grafen ihn bedrängten, sie zu verstoßen.

Und nun war die Aussicht gänzlich dahin, doch noch schwanger zu werden, bevor ihr Gemahl im Mai zum Kreuzzug aufbrach. Denn als sie vom Weihnachtshoftag in Speyer zurückgekehrt waren, hatte er ihre Kemenate und ihr gemeinsames Bett verlassen. Die Kammer, in der sie sich jetzt für den Gang ins Dorf umkleidete.

Jäh stand ihr die erniedrigende Szene wieder vor Augen.

Erschöpft und durchgefroren nach der langen und beschwerlichen Reise hatten sie Plötzkau im tiefsten Schnee erreicht.

Reiter waren vorausgeschickt worden, die ihre Ankunft ankündigten.

Beim Mahl in der Halle mit der gesamten Burgbesatzung verkündete der Graf seinen Entschluss, König Konrad von Staufen auf dem Kreuzzug ins Heilige Land zu folgen, um Edessa von den Sarazenen zurückzuerobern. Etliche seiner Ritter erklärten sogleich ihre Bereitschaft, ihn dorthin zu begleiten.

Noch bevor ihr Gemahl die Tafel aufhob, wies er seinen Verwalter an, ihm eine eigene Schlafstatt einzurichten, da er als Wallfahrer nicht mehr das Bett mit seiner Gemahlin teilen dürfe.

»Wie könnt Ihr mich so bloßstellen?«, begehrte Gunda fassungslos auf.

Sie sehnte sich nicht im Geringsten nach seinen nächtlichen Zuwendungen, doch sie hatte sie in den Jahren ihrer Ehe zu ertragen gelernt. Dies war nicht nur ihre Pflicht, sondern der Preis für ein Kind, das auch sie sich innig wünschte.

Die Hoffnung darauf war nun dahin. Und das Gerede in der Burg würde unerträglich werden, wenn der Graf das Bett seiner Frau mied.

»Für Kreuzfahrer gilt das Gelübde der Keuschheit«, erwiderte Bernhard schroff.

»Aber erst, wenn Eure Wallfahrt in Waffen beginnt!«, wandte Gunda flehentlich ein. »Bis dahin vergeht noch mehr als ein Vierteljahr. Vielleicht segnet uns der Allmächtige nun mit einem Kind – zum Dank für Eure Bereitschaft, das Kreuz zu nehmen!«

Sie sank sogar in der Halle vor ihrem Gemahl auf die Knie und faltete die Hände. Doch der stieß sie von sich – vor aller Augen.

»Versucht nicht, mich zu verführen!«, fuhr er sie an. »Gott straft uns für unsere Sünden mit Kinderlosigkeit, mit Missernten, mit all den unheilvollen Zeichen am Himmel und dem Fall Edessas! Wir müssen Buße tun. Nach meiner Rückkehr wird der Herr uns mit Kindern und reicher Ernte segnen. Denkt an die Wunder, die der Abt von Clairvaux in Speyer wirkte!«

Die hatten für riesiges Aufsehen gesorgt. Nicht nur die Kreuznahme des Königs, der sich noch zwei Tage zuvor verweigert hatte, und seines jungen Neffen Friedrich von Schwaben, der seit kurzem mit Gundas Jugendfreundin Adela von Vohburg verlobt war. Sondern auch die erstaunlichen Heilungen, die Abt Bernhard vollbrachte: ein Blinder, der plötzlich sah, ein Gelähmter, der wieder gehen konnte ...

Seitdem waren die Menschen um sie herum wie von einem Wahn besessen. Nicht nur wollten fast alle Ritter ihren Gemahl auf den Kreuzzug begleiten, sondern auch Reisige, Knechte, das halbe Dorf. Sie hofften, im Kampf gegen die Sarazenen Ruhm und ewiges Seelenheil zu erlangen, Sündenablass und reiche Beute – oder einfach nur dem Elend und der Hungersnot zu entkommen.

Gunda schüttelte die beschämende Erinnerung ab, als sie zusammen mit Anni das Küchenhaus betrat, einen Holzbau, der wegen der Brandgefahr in einigem Abstand von allen anderen Gebäuden stand.

»Wie immer, edle Herrin?«, fragte der Küchenmeister, ein kleiner, aber kräftiger Mann mit schütterem Haar unter der Bundhaube.

Gunda nickte. Ein Korb mit den Brotscheiben, die den Rittern bei ihrer abendlichen Mahlzeit als Unterlage für das Fleisch dienten, stand schon bereit. Auf dem Herdfeuer köchelten abgenagte Knochen zu einer Brühe aus.

»Davon zwei Kessel voll. Außerdem ein paar Krüge Bier und einen Scheffel Gerste.«

Der Küchenmeister zögerte mit Blick auf die Frau des Verwalters, die gerade eintrat, um Gunda nachzuschnüffeln. Die hinterhältige Gepa und ihre Base, die Frau des Ritters von

Grünbach, hielten die junge Burgherrin für die Wurzel allen Übels, das Plötzkau in den letzten Jahren widerfahren war.

»Das wird dem Grafen nicht recht sein …«, wandte er zaghaft ein.

»Mildtätigkeit gehört zu den Pflichten und Tugenden eines Edelmanns«, widersprach Gunda scharf und blickte dabei auf Gepa, die ihr spitzes Kinn vorreckte und die dünnen Lippen zusammenpresste, weil sie nicht zu widersprechen wagte.

Sie mochte diese gehässige Frau nicht. Sie und ihr Mann gebärdeten sich wie die wandelnde Rechtschaffenheit, ohne es auch nur im Geringsten zu sein. Doch leider vertraute Graf Bernhard ihnen und hatte sie auch nach der Zerstörung seiner Burg im Amt belassen.

»Natürlich, Gräfin, natürlich«, versicherte der Küchenmeister eiligst unter tiefen Verbeugungen.

»Lasst alles auf einen Karren packen, ich breche gleich auf«, wies sie an und wusste, dass Gepa jeden Bissen und jeden Krug zählen würde, damit ihr Mann dem Grafen ausführlich berichten konnte.

Dann ging sie in die Kammer, in der sie getrocknete Kräuter, Leinenstreifen und Heiltränke aufbewahrte. Als die weise Frau des Ortes ohne Nachfolgerin gestorben war, hatte Gunda dafür gesorgt, dass ihre Vorräte auf die neu entstehende Burg geschafft wurden. Von einer Burgherrin wurde erwartet, dass sie im Notfall auch Wunden verbinden und Fieber behandeln konnte, wenn keine weise Frau, kein Bader oder Medicus in der Nähe waren.

Anni wusste, was sie in den Korb packen sollte. Schließlich unternahmen sie fast jeden Tag einen solchen Gang in die Siedlung unterhalb der Burg.

Im Hof erwarteten sie bereits ihre Begleiter: Judith, Isa und Agnes, zwei Küchenjungen, die den Schlitten mit den Töpfen voll rasch erkaltender Brühe, den Brotscheiben und den Bierkannen zogen, sowie sechs Reisige als Geleit.

Auf bewaffnetes Geleit bestand ihr Gemahl, wenn sie zu den Armen und Kranken in die Siedlung unterhalb der Burg ging. Die Not war so schlimm, dass früher oder später die Dörfler nicht mehr geduldig warten würden, bis die Burgherrin Suppe und Brot austeilte, sondern sich gewaltsam holen würden, was sie brauchten. Sie oder noch eher eine der zahllosen Banden Gesetzloser, die hungernd und verroht durch die Lande streiften.

»Wir haben ein paar alte Kittel, Beinlinge und Wollreste zusammengesucht«, berichtete schniefend Judith, eine Siebzehnjährige mit blondem Haar, deren Gemahl zu ihrem großen Kummer ebenfalls das Kreuz genommen hatte. Auch jetzt waren ihre Augen vom Weinen gerötet. Bald würde sie ein Kind zur Welt bringen, wenn die Heilige Jungfrau ihr gnädig war, und der Gedanke, es könnte seinen Vater nie sehen, brach ihr das Herz.

Die kaum dreizehnjährige Isa war hingegen heilfroh, dass ihr viel älterer und grober Mann fortzog. Aus Angst vor ihm verbarg sie das jedoch wohlweislich. Und Angst hatte sie auch vor der Niederkunft – zu Recht, denn Isa war noch sehr jung und zu zierlich, um ein Kind ohne Schwierigkeiten austragen zu können.

Agnes, mit dreiundzwanzig die Älteste von ihnen und schon dreifache Mutter, nahm die beiden Jüngeren liebevoll in den Arm, wischte Judiths Tränen fort und strich Isa sanft über die Wange. Ihr Gemahl würde in Plötzkau bleiben, denn im Krieg hatte er die halbe Schwerthand eingebüßt.

»Gehen wir ein gutes Werk tun!«, munterte sie die Schwangeren auf. »Gott der Allmächtige wird es uns lohnen.«

Der Weg war schlammig, bei jedem Schritt versanken Gundas Füße im Morast, obwohl sie sich Trippen unter die Schuhe gebunden hatte. Der Saum ihres Kleides war schon bei der Ankunft im Dorf bis über die Knöchel durchnässt.

Wie jedes Mal seit Wochen fiel ihr die Stille auf, als sie den Ort erreichten. Es kläfften keine Hunde mehr, keine Ziegen meckerten, keine Kinder tobten herum. Nur das Greinen eines Säuglings war aus einer Hütte zu hören.

Doch das übertönten sogleich die flehentlichen Rufe der Dorfbewohner, die ihr in der Hoffnung auf Essen entgegenschlurften.

»Gott segne Euch, gute Herrin!«

»Ein Krümchen Brot für meine Kinder, bitte, sie weinen vor Hunger!«

Gunda überließ es ihren Begleitern, die Gaben so gerecht wie möglich zu verteilen, zuerst an die Kinder.

Die Bettlägerigen würde sie zusammen mit Anni aufsuchen. Von den Frauen der Ritter konnte sie nicht erwarten, in die engen und verräucherten Katen zu gehen, wo das Elend als steter Gast hauste.

Der Dorfälteste berichtete bekümmert: »In der Nacht ist nun auch noch das Jüngste von Bertha gestorben. Die alte Hilde kommt nicht mehr auf. Doch von den Fiebernden ist seit Euerm gestrigen Besuch keiner dahingeschieden, Gott segne Euch dafür!«

Gunda nahm den Korb mit den Tinkturen, während Anni nach dem kleineren Kessel mit Brühe griff.

Zuerst ging sie in die windschiefe Kate, in der Bertha mit einem der Pferdeknechte lebte. Die hohlwangige Frau lag zusammengekrümmt im Bett, den toten Säugling neben sich. Zwei ihrer Kinder waren schon über den Winter gestorben, mit eingesunkenen Augen und aufgetriebenen Bäuchen. Nun also auch noch das Kleinste, das kaum drei Monate zählte.

Gunda trat näher und legte der Trauernden die Hand an die Wange, wo sie ein großes Muttermal trug.

»Es tut mir leid. Ich schicke dir Pater Johann, damit er ein Gebet spricht«, sagte sie leise.

Bertha weinte.

»Gott straft uns für unsere Sünden. Das Ende der Welt naht«, schluchzte sie. »Wir müssen Opfer bringen für unser Seelenheil und das meiner unschuldigen Kinder. Deshalb werde ich mit meinem Mann auf diese Wallfahrt gehen.«

Fassungslos starrte Gunda die zu Haut und Knochen abgemagerte Frau an. Ihr Mann würde als Pferdeknecht mit Graf Bernhard ins Heilige Land ziehen. Doch Bertha?

Es war üblich, dass Frauen im Tross das Heer begleiteten. Die Verheirateten flickten den Männern die Wäsche und kochten, die meisten jedoch zogen als Huren mit. Genau dieses Schicksal drohte Bertha, wenn ihr Mann unterwegs umkam. Sofern sie nicht viel eher schon an Entkräftung starb.

»Du bist zu schwach, um so eine Strapaze auf dich zu nehmen«, mahnte Gunda.

»Ich habe nichts mehr zu verlieren und kann ewiges Seelenheil gewinnen«, erwiderte Bertha apathisch.

Sie will zu ihren Kindern, begriff die junge Burgherrin. Und ich kann sie nicht aufhalten. Sonst würde man mir Verrat am Glauben vorwerfen, mit schrecklichen Folgen.

»Zunächst musst du wieder zu Kräften kommen!«, erklärte sie streng und legte zwei Scheiben Brot auf den Schemel am Bett. »Trink das hier.«

Gunda füllte einen Becher mit Brühe, in der sogar ein paar winzige Fleischfetzen schwammen.

Anni schichtete auf ihr Zeichen ein paar dürre Äste ins nur noch glimmende Feuer, und Gunda nahm sich vor, Berthas Mann zu ermahnen, Holz zu sammeln und Wasser zu holen, weil seine Frau zu schwach dafür war. Auf der Burg bekam selbst ein Knecht derzeit besser zu essen als jeder im Dorf: täglich eine Schale Hirsebrei oder Suppe aus Rüben und Kraut.

Die Burgherrin bestand darauf, dass Bertha vor ihren Augen die Brühe trank und etwas von dem Brot aß.

Dann ließ sie die Trauernde in ihrem Bett und ihrem Kummer zurück, um die alte Hilde aufzusuchen, die beim Holzsammeln gestürzt war und sich das Bein verletzt hatte.

Gunda roch den Eiter bereits, noch bevor sie den Verband abgewickelt hatte.

»Mach Wasser heiß!«, herrschte sie Hildes Schwiegertochter an. »Du und dein Mann, ihr solltet euch besser um eure Mutter kümmern!«

»Ja, Herrin«, erwiderte die zerlumpte Frau gehorsam. Aber ihr Gesicht sprach Bände: Ein Esser weniger, wenn die Alte stirbt.

Gunda drückte den Eiter aus, wusch die Wunde, träufelte Kamillensud auf Leinen und verband das Bein von neuem. Dann goss sie auch der Alten einen Becher Brühe ein und bestand darauf, dass sie vor ihren Augen trank – unter den gierigen Blicken der Schwiegertochter.

Nun stand ihr der Gang zu all den qualvoll Hustenden und Fiebernden bevor. Sie besaß noch etwas Alanttinktur, konnte kalte und warme Wickel machen. Doch für Umschläge mit in Honig gekochten Zwiebeln reichten ihre Vorräte nicht. Mehr durfte sie nicht aus den Vorräten der Burg weggeben, ohne sich den Zorn ihres Gemahls zuzuziehen.

Bis zur nächsten Ernte dauerte es Monate, und sie besaßen kaum Saatgut. Es würden noch etliche sterben, die Fiebernden und die Kinder zuerst.

Deshalb sahen so viele den letzten Ausweg in diesem Kreuzzug. Hier im Dorf erwartete sie nichts als der Tod.

Aber was erwartete sie auf dem Weg ins Heilige Land?

Graf Bernhard, seine Ritter und Knappen waren gut genährt, beritten, bewaffnet, kampfgeschult und bevorratet. Doch wie viele von den armen Pilgern würden ihr Ziel erreichen?

»Gott schütze und segne Euch, Herrin!«

Die Worte klangen Gunda immer noch im Ohr, als sie die letzte Kate verlassen hatte und zusammen mit ihren Begleitern wieder hinauf zur Burg ging.

Ich kann keinen von ihnen retten, dachte sie verzweifelt.

Kälte und Nässe waren von den Füßen bis hinauf in ihr Herz gezogen.

Gut gelaunt kehrte die Jagdgesellschaft am Nachmittag zurück. Die Männer hatten reichlich Beute gemacht. In Bündeln hingen Hasen an den Sätteln, mehrere Ritter hatten tote Rehe über den Rücken der durch das Blut unruhigen Pferde gelegt, und Graf Bernhard verkündete, dass die Jagdhelfer noch einen Keiler bringen würden, den er erlegt hatte.

Gunda, die frisch in ein krapprotes Kleid mit gewebten grüngelben Borten gekleidet war und den mit Fehwerk gefütterten Umhang trug, beglückwünschte ihren Gemahl auf dem Burghof zu seinem Jagderfolg.

Zufrieden stieg er aus dem Sattel und trank den heißen Würzwein, den sie ihm als Willkommen reichte.

Dann stapfte er Richtung Palas, während sich Stallknechte der Pferde annahmen und der Küchenmeister Order erhielt, wie mit der Jagdbeute zu verfahren sei.

Auf der abendlichen Tafel in der Burg würde es an nichts fehlen. Heute gab es gebratenes und gesottenes Wild, die Ausbeute dieser und der vorangegangenen Jagden.

Wie sie über die nahende Fastenzeit kommen sollten, daran wollte Gunda jetzt lieber nicht denken.

Den Rest des Tages verbrachte Graf Bernhard wie üblich damit, gemeinsam mit seinen Rittern, dem Verwalter und dem Waffenmeister zu planen, was sie alles noch für ihren langen Kriegszug benötigten. Gunda überwachte die Näherinnen, die Männerbliauts, Beinlinge, Unterkleider und Umhänge fertigten, und schnitt selbst Stoffteile für die besseren Stücke zu.

Als sie sich nach dem abendlichen Mahl in der Halle endlich in ihre Kammer zurückziehen durfte, lag sie wach im Bett und grübelte wieder einmal, wie sie es wohl schaffen sollte, Burg und Dorfbewohner über die Zeiten zu bringen, in denen der Burgherr weit fort war. Der Graf hatte ihr unmissverständlich zu verstehen gegeben, dass er ihr kaum Silber zurücklassen würde, weil er alles für die Wallfahrt brauchte. Aber die Menschen mussten essen, um pflügen und ernten zu können, und auch die Bauarbeiten sollten gefälligst weiter vorangehen. Bei seiner Rückkehr wünschte er einen zweistöckigen Bergfried und wohlbestellte Felder zu sehen.

Dafür müsste ich ein noch größeres Wunder wirken als der heiligmäßige Bernhard, dachte sie bitter.

Wenigstens waren während der Wallfahrt die Schulden ausgesetzt, die ihr Gemahl gemacht hatte. Sie musste ihn unbedingt dazu bringen, Saatgut zu kaufen, so teuer es auch war. Die letzte Ernte war durch den verregneten Sommer komplett auf dem Halm verdorben.

Plötzlich wurde die Tür aufgerissen.

Gunda fuhr hoch und wollte schreien. Doch da zerrte ihr Gemahl schon die Vorhänge beiseite, die das Bett umgaben, und keuchte: »Kein Wort!«

Im Mondlicht und der letzten Glut des Feuers erkannte sie, dass er unter dem Umhang nackt und sein Glied aufgerichtet war.

Erschrocken huschten die Dienerinnen aus der Kammer, die am Fußende ihres Bettes geschlafen hatten.

Trotz seiner fast sechzig Jahre hatte Bernhard nichts Greisenhaftes an sich. Er war breitschultrig und groß, schwang kraftvoll das Schwert.

Nun zog er die Decke weg, warf sich auf seine Frau, zwang ihre Beine auseinander und stieß in sie hinein.

Ein paar heftige Bewegungen, dann war es vorbei. Erleichtert stöhnend ließ er von ihr ab und sank neben sie. Als sich sein Atem beruhigt hatte, setzte er sich plötzlich auf.

Jetzt erst bemerkte sie im schwachen Licht, dass sein ganzer Oberkörper gerötet und aufgekratzt war. Also trug er seit seiner Kreuznahme ein härenes Hemd. Gern hätte sie eine lindernde Salbe auf seine Haut gestrichen, doch das würde er nicht zulassen.

»Du hast mich dazu gebracht, mein Wallfahrergelübde zu brechen!«, warf er ihr voller Hass vor.

Nun setzte auch sie sich auf, während sie das Federbett über sich zog, und protestierte: »Ich habe nichts getan, um Euch zu Derartigem zu treiben.«

»Allein Euer Anblick ist Verführung genug.«

Zorn überkam Gunda angesichts solcher Ungerechtigkeit. Schon vor der Kreuznahme hatte er ihr nur noch selten beigewohnt, und meistens scheiterten seine diesbezüglichen Versuche. Sie ertrug zwar gehorsam alle seine Bemühungen, doch tat sie nichts, um seine Lust zu schüren. Das hätte sich nicht geziemt. Die Geistlichen predigten, eine ehrbare Frau dürfe keine Lust empfinden, das sei Sünde.

Offenbar hatte die lange Enthaltsamkeit Graf Bernhards Begehren geweckt. Und nun gab er ihr die Schuld daran.

Mit einem Ruck stand er auf und wandte sich zur Tür.

»Ihr wollt jetzt gehen?«, rief Gunda fassungslos. »Euch davonschleichen, während jedermann glaubt, dass Ihr mein Bett nicht mehr aufsucht? Und wenn Ihr mich eben geschwängert habt? Man wird es mir erst ansehen, wenn Ihr längst fort seid, und mich als Ehebrecherin anklagen.«

Nun richtete sie sich ganz auf.

»Um des Kindes willen, das Ihr vielleicht gerade gezeugt habt, und um unserer beider Ehre willen erwarte ich von Euch, dass Ihr diese Nacht hierbleibt, damit jedermann weiß: Ihr lagt in diesem Bett, und kein anderer!«

Unwillig gab der Graf ihr in Gedanken recht. So musste er

zwar die Schwäche des Fleisches eingestehen und dafür Buße tun. Aber er konnte nicht riskieren, dass seine Ehre durch Gerede befleckt wurde, die junge Gräfin habe ihm Hörner aufgesetzt und brüte einen Bastard aus. Falls er sie tatsächlich soeben mit Gottes Hilfe geschwängert hatte, durfte keinerlei Zweifel aufkommen, dass dieses Kind seines war, sein lang ersehnter Erbe.

Mürrisch ließ er sich aufs Bett zurücksinken, zog die Vorhänge zu und die Decke über sich. Dann wälzte er sich auf die Seite und schlief nach wenigen Atemzügen ein.

Gunda lag noch lange mit offenen Augen da und starrte in die Dunkelheit.

Weltuntergangsprediger

Ulrich von Lauterstein;
Hoftag in Frankfurt, 19. März 1147

Schickt sofort weitere sechs Dutzend Bewaffnete auf den Platz, um die Menge im Zaum zu halten!«, befahl Ulrich von Lauterstein dem Hauptmann der Wache. »Das Letzte, was wir heute brauchen, sind Aufruhr und Tote.«

Der Kommandant bestätigte und hastete los, um den Befehl des königlichen Vertrauten auszuführen.

Bedrohlich anschwellender Lärm vor der Königspfalz hatte den Lautersteiner dazu getrieben, an eine der Fensteröffnungen zu treten. Der Anblick dort draußen alarmierte den grauhaarigen hageren Ritter aufs höchste.

Es war nichts Ungewöhnliches, dass sich große Menschenmengen versammelten, wenn der König und die edelsten Fürsten des Reichs zusammenkamen – selbst in Frankfurt, das schon viele Besuche von Kaisern und Königen erlebt hatte.

Jeder wollte sie sehen, ihre prächtigen Gewänder und edlen Rösser bestaunen und vor allem etwas von den großzügig verteilten Almosen erhaschen.

Normalerweise genügte die Ankunft einer Schar gut bewaffneter Reiter, damit die Schaulustigen von selbst zurückwichen, um Abstand zwischen sich und die Pferde und Schwerter der hohen Herren zu bringen.

Doch diesmal war es anders.

In unüberschaubarer Zahl drängten sich die Menschen auf dem Weg zum *palacium insigne et splendidum*, der auf einem Hügel gelegenen Königspfalz. Und die Menge schien wie besessen, so dass sie jegliche Vorsicht vergaß.

»Das Ende der Welt naht! Das Ende der Welt naht! Rettet uns vorm Weltuntergang!«, hörte er von seinem Platz am Fenster aus eine Gruppe unablässig im Chor schreien.

Rücksichtslos schoben und drängten Junge wie Alte, um Bernhard von Clairvaux zu sehen und all jene, die wie König Konrad von Staufen das Kreuz genommen hatten. Der wie ein Heiliger verehrte Abt von Clairvaux weilte nun schon zum zweiten Mal binnen kurzem in der Stadt, und seine glühenden Ansprachen vom nahen Tag des Jüngsten Gerichts wie auch seine Wunderheilungen waren in aller Munde.

Jeder hielt Ausschau nach Männern, die zwei zum Kreuz übereinandergeheftete rote Streifen auf dem Umhang trugen, viele versuchten unter Lebensgefahr, den Saum eines solchen Umhangs zu berühren.

Dass dabei bisher noch niemand von Pferden verletzt oder im Gedränge niedergetrampelt worden war, schien Ulrich ein fast noch größeres Wunder, als einen Blinden zum Sehen zu bringen.

»Guter Herr, segnet mein Kind!«, schrie eine Frau, die einen Säugling über ihren Kopf hielt und einem der Reiter entgegenstreckte. Dabei wäre sie beinahe unter die Hufe geraten, hätte nicht jemand Mutter samt Kind zurückgerissen.

Erleichtert beobachtete der Lautersteiner, wie die von ihm dorthin befohlenen Bewaffneten aus dem Tor strömten und die aufgebrachte Menschenmenge zurückdrängten.

Die letzten hohen Herren, die zum *palacium* ritten, waren durch drei Reihen bewaffnetes Fußvolk von den Frankfurtern getrennt. Die Wartenden konnten nur noch ein paar Almosen erhoffen, in die Menge geworfene Pfennige. Flinke Gassenjungen erbeuteten die Münzen, indem sie sich rücksichtslos zwischen den Größeren hindurchschlängelten und dann blitzschnell verschwanden.

Nun stellten sich die Wachen in dichten Reihen vor die Front der Königspfalz.

Doch die Menge löste sich nicht auf. Schon begann ein halbes Dutzend Wanderprediger von neuem, mit dem Untergang der Welt zu drohen. Sich heiser schreiend, malte jeder das Ende in noch grelleren Farben aus.

Der mit schwarzen Wolken verhangene Himmel schien ihre Worte zu bestätigen. Kräftiger Wind kam auf und wirbelte trockenes Laub durch die Luft. Bald würde Regen einsetzen.

Ulrich von Lauterstein hoffte inständig, dass das schlechte Wetter wenigstens einen Teil der Wartenden forttrieb. Diesen Tag durfte kein blutiger Zwischenfall überschatten.

Der König, dem er seit vielen Jahren als engster Vertrauter, schützendes Schwert und Ratgeber diente, hatte heute genug Schwierigkeiten zu bewältigen. Der Erhalt seiner Dynastie und der Friede des Reiches hingen davon ab.

Nach einem letzten skeptischen Blick auf die Menge draußen ging Ulrich in die Pfalzkapelle, wo sich die höchsten Fürsten des Reiches versammelt hatten.

Die Menschen vor dem *palacium* verharrten in Angst vereint. Missernten, Unwetter, Hungersnöte und vorigen Sommer der unheilvoll geschweifte Stern am Himmel … Gab es nicht genug Vorboten für das Ende aller Zeiten?

»Die Kreuzfahrer werden uns erlösen, sie werden uns von unseren Sünden befreien!«, schrillte eine zahnlose Alte immer wieder. Die Frauen um sie herum stimmten in ihren Singsang ein.

»Ich wollte doch nur einen Wallfahrer am Saum berühren!«, kreischte ein Mädchen, das sich bis zu den Wachen vorgedrängt hatte und zurückgestoßen wurde. Den ganzen Morgen lang hatte sie den Unheilsvisionen zugehört, die ein dürrer Bettelmönch, Speichel versprühend, in die Menge brüllte.

Eine Frau in zerschlissenem, sauer riechendem Kleid zerrte sie zurück und verhinderte, dass das Mädchen zu Boden stürzte.

»Bete, Kind, dass die Wallfahrer auch uns von unseren Sünden erretten!«, schrie sie in das Getöse hinein.

»Ist das unser guter Herr König?«, fragte eine Magd mit einem Kropf, so groß wie ein Gänseei, und zeigte ehrfürchtig auf einen Mann am Fenster. Es war Ulrich von Lauterstein, was sie nicht wissen konnte.

»Du Närrin! Der König wohnt zur Mainseite. Den wirst du nicht zu sehen bekommen«, wies eine Krämerin sie schnippisch zurecht und schnürte ihre Bundhaube fester, weil eine Windböe an Kleidern und Kopfbedeckungen zerrte.

Doch kaum jemand von den Hoffnung Suchenden ging. Irgendwann würden die edlen Herren wieder herauskommen, und vielleicht ließ sich dann ein Segen oder eine Münze erhaschen.

Plötzlich begannen die Glocken zu läuten.

»Für wen läuten sie? Ist der König gestorben?«, riefen etliche Wartende erschrocken.

Das unheilvolle Gemurmel schwoll an, bis ein Ausrufer aus dem Tor trat. Die Wachen machten ihm Platz, ein durchdringendes Hornsignal verschaffte ihm Stille.

»Der erstgeborene Sohn Seiner Majestät Konrad, König von

Gottes Gnaden, ist durch die Fürsten des Reiches zum Mitregenten gewählt worden«, verkündete er feierlich und rief dann: »Lang lebe König Konrad von Staufen! Lang lebe der junge König Heinrich!«

»Lang lebe König Konrad von Staufen! Lang lebe der junge König Heinrich!«, wiederholte die Menge begeistert und johlte.

Der junge König

Konrad von Staufen, Heinrich von Staufen,
Adela von Vohburg; Hoftag in Frankfurt,
19. März 1147

Vivat dem König! Vivat dem jungen Mitregenten!«, riefen auch die Fürsten in der Pfalzkapelle.

Fast erschrocken blickte der zehnjährige Heinrich-Berengar auf die vor Gold und Edelsteinen funkelnden Männer, die ihm zujubelten, die ranghöchsten Edlen des Reiches.

Der für sein Alter schmächtige blondgelockte Junge zupfte die Ärmel seines Gewandes aus blausilbernem Brokat zurecht und versuchte zu begreifen, dass er nun ein König war. Er bemühte sich, eine hoheitsvolle Miene aufzusetzen, und sah zu seinem streng blickenden Vater, der ihm ein kaum erkennbares Lächeln sandte.

Konrad von Staufen, ein Mann Mitte fünfzig mit hellblondem Haar, wirkte durch und durch majestätisch und trotz der Feierlichkeit des Moments gelassen.

Doch in Wahrheit hatte er größte Mühe, seine Erleichterung darüber zu verbergen, dass die Wahl seines noch unmündigen Sohnes zum Mitregenten geglückt war. Konrads Hände umklammerten krampfhaft die Armlehnen des Throns, damit niemand sah, dass sie zitterten. Eine Last fiel ihm von den Schultern, und er richtete ein stummes Dankgebet an Gott. Bis zum letzten Augenblick hatte er sich des Ausgangs dieser Wahl nicht sicher sein können, obwohl er etliche Stimmen gekauft hatte, wie es üblich war. Ganz besonders die Stimme desjenigen, den der König für einen seiner zwei gefährlichsten Gegner hielt, auch wenn er erst siebzehn Jahre zählte: Heinrich der Löwe, Herzog von Sachsen.

Und wie befürchtet hatte der junge Welfe noch unmittelbar vor der Wahl für einen Eklat gesorgt, indem er lautstark die Rückgabe des Herzogtums Bayern forderte. Dieses stehe seit Generationen den Welfen zu und sei seinem Vater zu Unrecht aberkannt worden.

Nur mit wohlgesetzten Worten und vertraulich zugesicherten Privilegien schaffte es der König, diese Angelegenheit bis nach dem Kreuzzug zu vertagen.

Zu Konrads unendlicher Erleichterung hatte der junge, überaus ehrgeizige Löwe schließlich für die Wahl Heinrich-Berengars zum Mitregenten gestimmt.

Ein großer Sieg für den Staufer, weil er so nach zwei skandalbehafteten Königswahlen – darunter seine eigene – die Erbfolge wieder durchgesetzt hatte und seinem Haus den Thron sicherte, während er im Heiligen Land kämpfte. Und ebenso für den Fall, dass er von diesem langen Kriegszug nicht zurückkam.

Damit hatte Konrad von Staufen eine der zwei heikelsten Aufgaben für diesen Frankfurter Hoftag gelöst.

Nun musste es ihm nur noch gelingen, dass auch die Letzten jener Fürsten das Kreuz nahmen, die er verdächtigte, seine Abwesenheit auszunutzen, um die Macht im Reich an sich zu reißen.

Alles war vorbereitet. Doch niemand konnte sicher sein, ob die Dinge nicht einen ganz anderen Verlauf nahmen. Die Männer, die hier vor ihm standen – auch wenn sie ihm und seinem Sohn jetzt zujubelten –, würden allesamt ohne Zögern jedermanns Schwäche ausnutzen, über den Betreffenden herfallen und ihm sein Land entreißen.

Von Unruhe getrieben, suchte Konrad den Blick des Erzbischofs von Trier.

Höchstwürden Albero war in letzter Zeit sichtlich gealtert. Doch wie stets trug er äußerst prachtvolle Gewänder. Und wie stets schien ihm nichts zu entgehen. Er musste wohl den Blick des Königs spüren, denn genau in diesem Moment wandte er ihm den Kopf zu, verzog den linken Mundwinkel zu einem knappen Lächeln und nickte. Sorgt Euch nicht, Majestät! Morgen wird alles so ablaufen, wie wir es geplant haben.

Oder genauer: Wie *ich* es geplant habe.

Während sich die Menge vor dem König und seinem jungen Mitregenten teilte und sie in die Halle zum Festmahl gingen, rief Konrad seinen engsten Vertrauten zu sich.

»Ulrich, behütet das Leben meines Sohnes, meiner Söhne, so wie Ihr stets meines treu behütet habt!«, raunte er.

»Das werde ich«, versicherte Ulrich von Lauterstein.

Seit Monaten hatten sie immer wieder darüber gesprochen. Der Ritter wäre mit größter Selbstverständlichkeit bereit gewesen, gemeinsam mit seinem König das Kreuz zu nehmen und ins Heilige Land zu ziehen. Doch Konrad zog es vor, ihm das Leben seiner minderjährigen Söhne anzuvertrauen. Also würde Ulrich bleiben und den jungen König und dessen kleinen Bruder schützen.

Das Festmahl anlässlich der Wahl des zehnjährigen Heinrich zum Mitregenten bestand aus sechsunddreißig Gängen. Doch wegen der Fastenzeit gab es kein Fleisch und nur Starkbier statt Wein.

Für die königliche Familie und die ranghöchsten Fürsten, die an der Hohen Tafel saßen, übernahm der Truchsess Arnold von Rothenburg eine Handwaschzeremonie mit einer Aquamanile in Form eines Adlers. An den anderen Tischen gingen Knappen mit Wasserschalen herum, in denen getrocknete Blütenblätter schwammen, damit sich die Gäste die Hände säubern konnten.

Dann brachten Diener unter der Aufsicht des Küchenmeisters Unmengen an Speisen auf Brettern und in Schüsseln herein, die vom Truchsess laut ausgerufen wurden: im Ganzen gebratener Hecht und Zander, gekochte Neunaugen, Pasteten aus vielerlei Fisch, Suppe aus Muscheln und Krebsen, Biber, der zur Fastenzeit erlaubt war, Fische in Gewürzkruste oder mit Saucen aus Essig und Kräutern.

Als Höhepunkt des Festmahls ließ der Küchenmeister einen im Ganzen gedünsteten Lachs hereintragen, dazu mit Obstsäften gefärbtes Backwerk, das die Wappen der bedeutendsten Häuser des Reiches darstellte, was vielstimmiges »Ah!« und »Oh!« bei den Gästen hervorrief.

Da Bernhard von Clairvaux erklärt hatte, sich lieber zur stillen Andacht zurückziehen zu wollen, statt der Völlerei zu frönen, sprach der Erzbischof von Mainz das Tischgebet. Dann konnte das Mahl beginnen.

Zum ersten Mal saß Heinrich-Berengar bei einem so festlichen Anlass an der Seite seines Vaters, des Königs.

Er mühte sich nach Kräften, alles richtig zu machen, wie es seiner neuen Würde entsprach. Zwar bekam er vor lauter Nervosität selbst kaum einen Bissen hinunter, doch von sämtlichen Speisen, die zuerst an die Hohe Tafel gebracht wurden, sandte er Kostproben an die Herzöge, Landgrafen und Markgrafen sowie ihre Gemahlinnen, wobei er den Damen etwas verkrampft zulächelte, die ihn mit mütterlichen Blicken musterten.

Zufrieden beobachtete Konrad seinen Sohn, der sich so vorbildlich durch das Zeremoniell und die bei Hofe üblichen

Gesten der Ehrerbietung arbeitete. Heinrich war blass und oft kränklich, doch von regem Geist. Und die vielen Lagen seiner mit Edelsteinen und Pelz besetzten Gewänder ließen ihn heute erwachsener wirken.

Gerade nagte der junge Mitregent gedankenversunken an der Unterlippe und überlegte, ob er jemand Bedeutenden noch nicht mit Gaben von der Hohen Tafel bedacht hatte.

»Die Markgrafen der Nordmark und von Meißen«, raunte ihm sein Vater zu und deutete leicht mit dem Kopf zur linken Seite, wo jene beiden Fürsten saßen. Der hünenhafte Albrecht der Bär war in Begleitung seiner Gemahlin Sophia und seiner zwei ältesten Söhne.

»Sie haben das Kreuz nicht genommen«, rechtfertigte sich der junge König leise und mit Vorwurf in der Stimme.

Worüber mochten der Askanier und der Meißner gerade so grimmig reden? Und warum war der Markgraf von Meißen und der Lausitz ohne seine Söhne und seine Gemahlin erschienen? Gerade noch rechtzeitig fiel Heinrich ein, dass Konrad von Wettin seit kurzem verwitwet war.

»Sie werden es morgen tun«, versicherte sein Vater mit einem Lächeln.

Wie soll ich König sein, wenn ich nichts darüber weiß, was die Fürsten denken und planen?, zweifelte der Junge.

Doch gehorsam schickte er Kostproben vom nächsten Gang zu den Gästen aus den Ostlanden des Reiches: einige Neunaugen, denn bekanntermaßen liebte Albrecht der Bär gutes Essen. Ein Mann von dieser Größe wurde sicher auch nicht so schnell satt.

Dann sandte der junge König noch eine knusprig gebratene Forelle an Adela von Vohburg, die bald seine angeheiratete Cousine sein würde, da sie mit seinem Cousin Friedrich vermählt wurde, dem Herzog von Schwaben. Verlobt waren die beiden bereits, doch noch saß sie bei den Hofdamen, ein Stück entfernt von der königlichen Familie.

Er mochte Adela gut leiden. Sie hatte ihn getröstet, als vor einem Jahr seine Mutter kurz nach der Geburt seines jüngsten Bruders gestorben war.

»Richtet Majestät unseren ergebenen Dank für die Kostprobe und die freundliche Geste aus!«, beschied Sophia von Ballenstedt, die Gemahlin des Bären, mit melodischer Stimme und einem Lächeln dem Knappen, der ihnen die Schale mit Neunaugen brachte.

Sophia galt unter den hochgeborenen Damen als mustergültig: Sie war sanft und still, und sie hatte ihrem Gemahl sieben Söhne und drei Töchter geboren. Dabei rätselte das halbe Reich, wie sie es wohl als Einzige schaffte, den ungestümen Bären zu bändigen.

Ihr rasches Eingreifen jetzt, noch bevor ihr Gemahl oder Konrad von Meißen etwas sagen konnten, bewies das einmal mehr. Denn die beiden Fürsten würden in ihrer üblen Laune kaum die nötige Höflichkeit aufbringen.

Der Knappe verbeugte sich, ging zurück zur Hohen Tafel, und Sophia verneigte sich lächelnd vor dem jungen König.

Heinrich freute sich und schloss die freundliche Markgräfin der Nordmark gleich in sein Herz – so wie seine künftige Cousine Adela von Vohburg.

»Ein Kindkönig!«, prustete Albrecht der Bär leise und verächtlich, während er sich den Großteil des Neunaugengerichts in seine Schale schaufelte. Er leerte seinen Becher Starkbier, winkte jemanden heran, der ihm nachschenkte, und murrte im Lärm des Festes Konrad von Wettin zu: »Ein kränklicher Knabe, der kaum ein Schwert halten kann …«

Albrecht wusste, dass der Markgraf von Meißen und der Lausitz, sein alter Freund und zeitweise auch Feind, Kindkönige für ein großes Übel hielt.

Und dass nun wieder die Erbfolge für die Krone galt, missfiel auch dem Bären gründlich.

Andererseits … Unter staufischer Herrschaft war seine Stellung sicherer als unter welfischer. Zwar hatten er und der Meißner ein Zweckbündnis mit dem jungen Welfenherzog geschlossen, mit dem sie morgen bei Hofe für eine gewaltige Überraschung sorgen würden. Doch er traute diesem Bürschlein nicht. Hochfahrend wie sein Vater und sein Großvater. Heißblütig und machtversessen, das hatte heute Morgen seine dreiste Forderung nach Bayern erneut gezeigt.

Dieser junge Löwe konnte ihm gefährlich werden. Noch gefährlicher als dessen Vater. Der hatte Albrecht im Kampf um den Titel eines Herzogs von Sachsen besiegt, auch wenn der Welfe den glücklichen Ausgang infolge seines plötzlichen Hinscheidens nicht mehr erleben durfte. Nutznießer war nun sein Sohn, der dreiste Jungsporn, ein Herzog von siebzehn Jahren. Pah!

»Beruhige dich, mein alter Freund«, redete Konrad von Wettin auf seinen unbeherrschten Tischnachbarn ein.

Der Markgraf von Meißen und der Lausitz war das genaue Gegenstück zu dem Bären: ein Mann, der eiskalt abwog und dann tat, was ihm am meisten nutzte.

»In Wirklichkeit werden der Erzbischof von Trier und der Abt von Stablo das Reich regieren, wie sie es jetzt schon tun, auch wenn der alte Erzbischof von Mainz als Reichsverweser eingesetzt ist. Es ändert sich also nichts.«

Zynisch und bedeutungsschwer wiederholte er, nun mit gesenkter Stimme: »Es ändert sich nichts. Abgesehen davon, dass der König und die meisten Fürsten weit fort sind und uns niemand auf die Finger sieht, während wir unser *frommes Werk* tun.«

Nun zeigte der Markgraf von Meißen ein kaltes Lächeln. Der Mann, der in dem Ruf stand, nie zu lächeln.

Adela von Vohburg trug zum Festmahl einen lindgrünen Bliaut, der ihr kastanienbraunes Haar gut zur Geltung brachte.

Überrascht sah sie auf, als ihr ein Knappe eine Kostprobe von der Tafel des Königs brachte. Sie blickte nach vorn und sah, dass Heinrichs Augen auf sie gerichtet waren, erwartungsfroh und auch ein bisschen schelmisch. Da strahlte sie ihn an, legte die Hand aufs Herz und neigte ehrerbietig den Kopf. Heinrich freute sich sichtlich darüber und lächelte nun ganz offen.

Die Tochter des verstorbenen Markgrafen Diepold von Vohburg und Erbin des Egerlandes war vor acht Jahren unter den Jungfrauen am Hof aufgenommen worden und inzwischen mit zwanzig die Älteste von ihnen. Für die Mädchen, die oft schon siebenjährig an den Hof kamen, um hier erzogen zu werden, und sich vor Heimweh fast verzehrten, hatte sie nach dem Tod der Königin, so gut sie konnte, die Mutterrolle übernommen – und seit dem Tod der Königin auch für den jungen Heinrich, der ihr von klein auf vertraut war.

Sie sah ihn lächeln und kostete vor seinen Augen von der Forelle, obwohl sie bereits satt war.

Adela war froh, nicht mehr zur Hohen Tafel blicken zu müssen. Denn dort saß ihr Verlobter, den sie bewunderte, seit sie ihn vor Jahren zum ersten Mal bei einem Turnier erlebt hatte. Doch er würdigte sie keines Blickes.

So kurz vor dem Kreuzzug hatte ihr Zukünftiger natürlich vieles zu bedenken. Außerdem lag sein Vater schwerkrank darnieder. Friedrich war nur hierhergeritten, um für die Wahl seines Cousins zu stimmen. Vermutlich würde er morgen schon wieder aufbrechen, um seinem erlauchten Vater beizustehen. Da konnte er keinen Gedanken an eine Hochzeit verschwenden. Nicht einmal an die eigene. Sie musste es ihm nachsehen.

Denn niemand war solch ein Vorbild an höfischem Benehmen wie der junge Friedrich von Schwaben. Mit seiner lässigen Eleganz und den rotgoldenen Locken war er der Schwarm der Frauen und Mädchen. Der unfreundliche Satz, den er bei der Verlobungsfeier an sie gerichtet hatte, konnte nur ein Missverständnis gewesen sein.

Auf dem Kreuzzug würde er als Herzog und Neffe des Königs große Verantwortung tragen und einen Teil des Heeres anführen. Die Wallfahrer bildeten schon jetzt eine eigene Gemeinschaft und taten nichts anderes, als über Mannschaftsstärken, die Zahl der Schwerter und Speere, Reiserouten und die geeignete Ausrüstung zu reden. Wer bereits als Pilger im Heiligen Land gewesen war, dessen Berichte über die Wegstrecke, gefährliches Getier und die Kampfweise der Sarazenen fanden stets viele wissbegierige Zuhörer.

Kein Wunder also, dass mein Zukünftiger jetzt an Wichtigeres zu denken hat als an seine Braut, versuchte Adela, sich selbst zu beschwichtigen.

Adela von Vohburg wäre zutiefst entsetzt, wüsste sie von der Unterhaltung, die ihr Verlobter gestern gleich nach seiner Ankunft mit dem König, seinem Oheim, geführt hatte.

»Meinem Vater bleibt kein Monat mehr zu leben. Ich werde trotzdem diese Vohburg heiraten, weil er und Ihr darauf besteht«, begann der junge Herzog von Schwaben harsch. »Aber ich will nicht, dass sie sich in meiner Abwesenheit auf meinen Besitztümern herumtreibt und dort Gott weiß was anstellt. Das wäre ... eine Entweihung. Teilt ihr einen Platz hier bei Hofe zu!«

»Was heißt: herumtreibt?«, wies ihn der König zurecht, fassungslos über diesen Ausbruch. »Sie wird deine Gemahlin und die Herzogin von Schwaben! Das ist der Wunsch deines Vaters und auch meiner, und du kannst darauf vertrauen, dass wir dir eine passende Baut ausgesucht haben: aus gutem Haus, im besten Alter, klug und hervorragend erzogen.«

Konrad hätte nicht gedacht, dass der nahe Tod seines Bruders dessen Sohn so tief treffen würde.

»Du wirst sie also ehelichen und unbedingt mit ihr einen

Sohn zeugen, bevor du auf den Kriegszug gehst!«, fuhr er streng fort. »Das ist der Preis dafür, dass du gegen unseren Willen das Kreuz genommen hast, und du hast dich damit einverstanden erklärt. Oder willst du, dass Schwaben an deinen Halbbruder geht, falls du von der bewaffneten Wallfahrt nicht wiederkehren solltest, was Gott verhindern möge?«

Doch Friedrich zeigte sich unerbittlich.

»Es ist schon übel genug, dass ich sie heiraten muss, obwohl ich sie nicht will. Doch ich wünsche sie auf keinen Fall in meiner Abwesenheit als Herzogin auf unserem Familienbesitz. Macht sie an Euerm Hof unentbehrlich! Soll sie sich hier um Euren Sohn kümmern, das kann sie gut. Und nach meiner Rückkehr werden wir sehen …«

Das Festmahl nahm seinen Lauf, die duftenden Bienenwachskerzen waren inzwischen schon zu zwei Dritteln heruntergebrannt, die Zecher lärmten immer lauter, und Konrad von Staufen pries einmal mehr in Gedanken, dass wegen der Fastenzeit heute nur Bier ausgeschenkt wurde, kein Wein.

Viel hing von den morgigen Beratungen ab. Und gleich danach würden sie gen Aachen aufbrechen, damit sein heute zum König gewählter Sohn dort gesalbt und gekrönt wurde.

Was Konrads Gedanken wie von selbst zu seiner eigenen Wahl und Krönung vor neun Jahren zurückschweifen ließ.

Es war ein gewagter Handstreich gewesen, das Ergebnis einer ausgeklügelten Verschwörung des Klerus. Nur wenige Fürsten – vor allem geistliche – trafen sich damals in Koblenz, um ihn zum König zu wählen, während der Rest des Reiches nichts davon ahnte. Danach mussten sie ebenfalls schnellstens zur Krönung nach Aachen reiten, um das Ereignis unumkehrbar zu machen. Derweil glaubte der von Kaiser Lothar zu seinem Nachfolger bestimmte Welfe Heinrich der Stolze immer noch, im Mai seine Regentschaft anzutreten.

Und der Welfe besaß auch die Reichsinsignien.

Hätte der raffiniert vorausplanende Erzbischof von Trier nicht schon lange zuvor bei einem geschickten Goldschmied eine Krone für den Staufer Konrad in Auftrag gegeben, wäre aus alldem eine noch größere Farce geworden. Jahre verheerender Fehden und Kriege folgten. Letztlich konnte sich Konrad von Staufen nur behaupten, weil sein welfischer Rivale *rein zufällig* im entscheidenden Moment eines jähen Todes starb.

Der König sah, dass seinem Sohn langsam die Augen zufielen, und winkte Ulrich von Lauterstein heran.

Konrad erhob sich, und alle Anwesenden taten es ihm sofort gleich, ungeachtet ihrer Erschöpfung und des Grades ihrer Trunkenheit.

»Der junge König ist müde und zieht sich zurück«, verkündete er. »Wir danken Euch erlauchten Herren für Euer Wohlwollen und den liebreizenden Damen für ihre Gesellschaft. Die Tafel ist hiermit aufgehoben. Natürlich darf jeder, der möchte, auch weiterhin die Gastlichkeit der Krone genießen.«

Nach einem kräftigen Vivat auf den König und den jungen Mitregenten teilte sich die Gesellschaft schnell in drei Gruppen: diejenigen, die sich in ihre Betten zurückziehen wollten; diejenigen, die schon lange darauf warteten, endlich die Heimlichkeit aufsuchen zu können, denn ohne Erlaubnis des Königs durfte niemand die Tafel verlassen; und die Schar der unermüdlichen Zecher, die weiterfeiern würde.

»Ich kann jetzt nicht gleich schlafen. Erlaubt Ihr, dass mir Adela von Vohburg noch eine Geschichte erzählt?«, bat Heinrich seinen Vater. »Sie kennt so viele Heldenepen und Verse wie niemand sonst hier, sogar das Hildebrandslied!«

Konrad lächelte nachdenklich.

Vielleicht war es wirklich kein schlechter Gedanke, dass Adela bei seinen Söhnen blieb, während er und ihr künftiger Gemahl im Heiligen Land kämpften. Sie ging sehr liebevoll mit Kindern um, und Heinrich würde sie zweifellos vermissen, falls sie fortzog.

»Ulrich, geht Ihr zu ihr und bittet sie in meinem Namen?«, fragte der junge König.

Der Lautersteiner nickte und schritt an den Tischen entlang zu der Erbin des Egerlandes, wie immer ein Bein leicht nachziehend aufgrund einer alten Verletzung. Dabei gab er sich größte Mühe, sich keinerlei Regung anmerken zu lassen. Er hätte nie gedacht, dass ihn in seinem Alter, nach dem immer noch betrauerten Tod seiner Frau und seiner kleinen Töchter, die Liebe wie ein Blitzstrahl treffen könnte. Doch tief verborgen in seinem Herzen liebte er Adela von Vohburg. Das Mädchen, das im nächsten Monat Friedrich von Schwaben heiraten würde.

Erstaunt blickte Adela auf, als der Vertraute des Königs an sie herantrat und ihr den Wunsch des jugendlichen Regenten übermittelte. Sie war furchtbar müde und musste dringend auf die Heimlichkeit. Außerdem fühlte sie sich zutiefst verletzt, weil ihr Verlobter sie immer noch keines Blickes würdigte.

Doch natürlich würde sie Heinrich seinen Wunsch erfüllen.

Ulrich winkte einen der Knappen mit den Wasserschalen heran, damit sich Adela die vom Essen fettigen Finger säubern konnte. Ein Page trocknete ihre Hände mit einem bestickten Leinentuch ab.

»Seid Ihr bereit?«, fragte Ulrich und bot Adela seine Hand.

Sie erhob sich und ließ sich führen. Ein Diener ging mit einer Fackel voran, um die Gänge zu beleuchten, bis sie den flussseitigen Bereich der Pfalz erreichten, in dem der König, sein Sohn und sein Neffe Quartier bezogen hatten.

In der Kammer der jungen Königs sank sie in einen tiefen Knicks.

»Majestät, meinen innigen Glückwunsch zu Eurer Wahl!«

»Danke. Ihr dürft Euch erheben«, sagte Heinrich feierlich. Er hatte es sich in einem Stuhl bequem gemacht und den breiten, mit Gold und Silber beschlagenen Gürtel abgelegt.

»Wenn ich dies noch sagen darf: Ihr seht ausgesprochen prächtig aus«, versicherte Adela.

»Ha! Kaum bin ich zum König gewählt, beginnt Ihr, mir zu schmeicheln«, triumphierte Heinrich. »Ich durchschaue Euch!«

Die junge Vohburgerin lächelte.

»Es ist keine Schmeichelei, Majestät. Seht nur die vielen Perlen und silbernen Fäden, die im Brokat eingewebten Löwen und Adler! Und das Blau des Stoffes passt wunderbar zu Euren blonden Locken. Doch Ihr habt recht, die Leute werden Euch jetzt schmeicheln. Solange Ihr das nicht vergesst, kann Euch niemand täuschen.«

Heinrich legte den Kopf ein wenig schräg – das tat er oft, wenn er überlegte – und gestattete großzügig: »Ihr dürft Euch setzen. Bald seid Ihr meine Cousine, eigentlich jetzt schon, denn Ihr seid mit meinem Cousin Friedrich verlobt. Also gehört Ihr zur Familie.«

Adela lächelte ein wenig gezwungen und streckte heimlich unter dem grünen Kleid die Zehen aus, weil ihr die Füße schmerzten.

»Das ist mir eine große Ehre. Der Herr von Lauterstein sagte, Ihr wünscht, dass ich Euch noch eine Geschichte erzähle, ein Heldenepos? Seid Ihr denn nicht müde?«

»Ich bin kein Kind mehr, ich bin jetzt König«, sagte der Junge streng. »Ich kann es befehlen, und Ihr müsst es tun.«

»Natürlich«, gab ihm Adela sofort recht. »Aber Ihr müsst gar nicht befehlen, Majestät. Ich erfülle Euch gern Eure Wünsche.«

»Meint Ihr etwa, es ist besser zu bitten, als zu befehlen?«, fragte der Zehnjährige skeptisch.

Adela wählte ihre Worte mit Bedacht.

»Das kommt darauf an. Bestimmte Dinge müssen befohlen

werden, um der Ordnung des Reiches willen. Aber solche Kleinigkeiten wie eine Geschichte erzählen … Die Menschen folgen Euch lieber, wenn sie das Gefühl haben, sie tun es aus freien Stücken und bereiten Euch damit eine Freude.«

»Ein König muss beweisen, dass er befehlen kann und seine Befehle auch erfüllt werden«, erklärte Heinrich kategorisch. Dann lehnte er sich zurück, kratzte sich ganz unmajestätisch an der Nase und seufzte.

»Ich muss mich erst an den Gedanken gewöhnen, ein König zu sein.«

Wenn sein Vater und sein Cousin in wenigen Wochen mit dem Heer der Kreuzfahrer ins Heilige Land aufbrachen, lag die Regentschaft bei ihm, und das ängstigte ihn. Zwar herrschte er nur pro forma; der betagte Erzbischof Heinrich von Mainz würde als Reichsverweser die Geschicke des Reiches leiten. Und sein königlicher Vater hatte einen allgemeinen Landfrieden ausgerufen.

»Was soll ich tun, wenn Vater fort ist und die Fürsten den Landfrieden nicht einhalten?«, fragte er. »Sie führen doch sowieso schon dauernd Fehden gegeneinander.«

Adela konnte ihn gut verstehen. Fast tat er ihr leid.

Heinrich-Berengar war noch so jung, oft kränklich, und jetzt verspürte er solche Last. Er würde erst noch begreifen müssen, dass er nur dem Titel nach ein König war. Regieren würden andere, bis sein Vater zurückkehrte.

Entweder steigt dem Jungen der Titel zu Kopf, dann brechen schwierige Zeiten für alle an, dachte sie. Oder er folgt seinen Beratern, ist nur ein Bauer im Schachspiel und wird dies bald erkennen.

Doch falls sein Vater nicht zurückkommt, falls der König auf der langen Reise stirbt oder im Kampf fällt … Dann wird irgendjemand den Kindkönig aus dem Weg räumen und selbst die Macht ergreifen. Davor kann ihn dann nicht einmal der Lautersteiner beschützen. Armer Heinrich!

»Die meisten Fürsten und Ritter haben das Kreuz genommen. So dürfte Eure Regentschaft eine friedliche in der Obhut erfahrener Männer werden«, versicherte sie, um den jungen König zu beruhigen.

»Wie könnt Ihr da so überzeugt sein?«, fragte der fast verzweifelt.

»Euer Vater lässt Euch gute Berater zurück, allen voran den weisen Abt von Stablo, der auch schon Kaiser Lothar diente. Und den treuen Ulrich von Lauterstein, der für Eure Sicherheit sorgt.«

Sie sandte einen freundlichen Blick zu Ulrich, der dem schlanken, grauhaarigen Ritter durch und durch ging.

»Ihr werdet bald vermählt. Aber gleich nach der Hochzeitsnacht wird Euer Gemahl mit dem Heer ziehen«, erinnerte Heinrich. »Ihr und ich, liebste Adela, wir werden bald sehr allein sein.«

»Das dürft Ihr nicht glauben, Majestät!«, widersprach sie leidenschaftlich. »Ihr werdet nie allein sein, Majestät! Viele Menschen werden dafür sorgen, dass es Euch gutgeht.«

Weil sie sah, dass dem Jungen die Augen fast zufielen, sagte sie sanft: »Es war ein ereignisreicher Tag für Euch, und morgen werdet Ihr die Treueschwüre der Fürsten entgegennehmen. Natürlich trage ich gern ein Heldenlied vor, wenn Ihr das wünscht. Aber vielleicht sprechen wir lieber zusammen ein Gebet, auf dass die Wallfahrer bald und wohlbehalten zurückkehren. Und dann ruht Euch aus.«

Heinrich, der sich längst nach seinem Bett sehnte, stimmte nach kurzer Überlegung zu. Gemeinsam knieten sie vor dem Bild der Heiligen Jungfrau nieder.

Dann geleitete Ulrich die Erbin des Egerlandes zu ihrer Kammer.

Zumindest der junge König wird nicht allein sein, dachte Adela, die Braut des Herzogs Friedrich von Schwaben.

»Tötet sie! Vernichtet sie! Rottet sie aus!«

*Bernhard von Clairvaux, Heinrich der Löwe,
Albrecht der Bär, Konrad von Wettin;
Hoftag zu Frankfurt, März 1147*

Durch die Fenster der Kaiserpfalz drangen wieder das Tosen der Menge draußen und die Unheilsrufe der Wanderprediger, als die Fürstenversammlung am nächsten Morgen erneut zusammentrat.

Doch all das versank in Bedeutungslosigkeit, als Bernhard von Clairvaux das Wort ergriff. Hochgewachsen und mager, ja hohlwangig, beschwor er mit leuchtenden Augen und ekstatischen Worten die höchsten Herren des Reiches.

»Schlimmster Schrecken und Entsetzen werden die Welt erschüttern! Und an einem nahen, furchtbaren Tag wird alles Sichere vergehen.«

Der Kreuzzugsprediger legte eine wirkungsvolle Pause ein, ehe er fortfuhr: »Es sei denn, jeder Fürst und Ritter, der fähig ist, das Schwert zu führen, nimmt das Kreuz, um das Unheil von der Menschheit abzuwenden. Doch sehe ich hier zu viele, die sich dieser heiligen Pflicht entziehen wollen.«

Tiefes Schweigen legte sich über den Saal, nur da und dort mühte sich jemand, ein Husten zu unterdrücken. Wer das Kreuz bereits am Umhang trug, reckte die Brust.

Als sei dies Teil der Ansprache, zuckten draußen plötzlich Blitze und krachte Donner. Prasselnder Regen ging nieder und ließ den größten Teil der Menschenmenge auf dem Platz schreiend das Weite suchen. Einige der Edlen im Saal bekreuzigten sich hastig.

Doch so eindringlich Bernhards Worte auch waren – der König ließ sich nicht davon beeindrucken. Mochte der Abt von seiner göttlichen Mission überzeugt sein, ein Herrscher hatte weitaus mehr zu bedenken.

Und ein Kreuzzug war das Letzte, was Konrad von Staufen jetzt brauchen konnte, nach all den Jahren des Krieges, die schwere Verwüstungen im Reich hinterlassen hatten, nach all den Missernten.

Nicht einmal der Papst wollte, dass der mächtigste König Europas jetzt das Kreuz nahm und ins Heilige Land zog! Stattdessen wäre es Eugen III. viel lieber, wenn ihm der Staufer half, wieder in Rom einzuziehen, denn dies verweigerte ihm unerhörterweise der Senat der Stadt.

Doch Bernhard hatte den französischen König beschwatzt, persönlich ein Heer ins Heilige Land zu führen. Und er, Konrad, konnte eine so bedeutende Angelegenheit nicht diesem frömmelnden Schwächling Ludwig überlassen. Als künftiger Kaiser *musste* er sich an die Spitze der militärischen Unternehmung stellen. Allerdings nur unter der Bedingung, dass seine ärgsten Widersacher mit ihm zogen. Dies war der unerbittliche und geheime Handel, den er mit Bernhard geschlossen hatte.

Sie hatten monatelang darum geschachert wie Weiber auf dem Fischmarkt, der Abt war meilenweit geritten, um den sechsten Welf zur Kreuznahme zu bewegen. Erst nachdem dieser zugestimmt hatte, erklärte sich auch Konrad dazu bereit, scheinbar von der Wortgewalt Bernhards überwältigt. Ein Schauspiel fürs Volk und die Chronisten.

Sein zweiter gefährlicher Widersacher – ebenfalls ein Welfe – würde gleich nachziehen und mit einer Überraschung aufwarten.

Da, jetzt!

Als der Abt von Clairvaux all diejenigen mit glühenden Augen fixierte, die noch nicht das Zeichen der Kreuzfahrer trugen, trat Heinrich der Löwe vor, das dunkle Haar zurückgestrichen, den hermelingefütterten Umhang über eine Schulter geworfen.

»Majestät, ehrwürdiger Abt!«, begann der siebzehnjährige

Herzog von Sachsen, ein gutaussehender und in seinem Auftritt beeindruckender junger Mann, seine Rede. »Jeder hier ist bereit, für den einzig wahren Glauben einzutreten, sein Leben für Gottes Willen zu geben. Wofür sonst würde es sich lohnen zu sterben?« Gemurmel brandete auf. Die Anwesenden kannten den jungen Welfen gut genug, um zu ahnen, dass er jetzt nicht einfach wie viele andere das Kreuz nehmen und dann seine Truppen sammeln würde, um dem König zu folgen. Sie erwarteten einen Winkelzug und sollten nicht enttäuscht werden.

Heinrich der Löwe wandte sich um und forderte Albrecht den Bären und Konrad von Wettin auf, zu ihm zu treten. Gemeinsam knieten sie nieder. Doch der hünenhafte Markgraf der Nordmark und der undurchsichtige Markgraf von Meißen und der Lausitz überließen dem jungen Herzog als Ranghöherem das Sprechen.

»Wir, die Fürsten der östlichen Lande, müssen Euch in Kenntnis setzen: So dringend die Rückeroberung Edessas ist, die bedrängten Christen in Outremer unsere Hilfe brauchen … So gern wir daran teilhaben würden, Gott zu Ehren … Wie können wir auf diese weite Reise gehen, wenn doch vor der eigenen Haustür noch unzählige Heiden zu bekehren sind? Wenn Slawen zwischen unseren Gebieten bis an die polnische Grenze Götzen anbeten und das Wort Gottes verschmähen?«

Der junge Welfe legte eine kurze Pause ein, streckte feierlich den Arm aus und fuhr fort: »Erlaubt uns, das Kreuz zu nehmen, hochverehrter Abt – doch für einen Kreuzzug gegen die Wenden, um Götzendienst und Heidentum in den Landstrichen Einhalt zu gebieten, die bis zum Lutizenaufstand vor hundertfünfzig Jahren noch christlich waren und es längst wieder sein sollten.«

Gespannt warteten die Teilnehmer des Hoftages, wie der Abt

von Clairvaux wohl darauf reagieren würde. Ziemlich jeder begriff sofort, dass die drei Fürsten des Ostens den weitaus bequemeren Weg gewählt hatten. Sie würden nur für ein paar Wochen auf Kriegszug gehen statt auf die lange und beschwerliche Reise ins Heilige Land und dabei noch beträchtliche Gebiete bis an die polnische Grenze erobern.

Ob der Papst ihnen das durchgehen ließe?

Er *wird*, dachte Bernhard von Clairvaux inbrünstig. Ich *muss* ihn einfach dazu bringen!

Denn natürlich war dieser Vorschlag mit ihm abgesprochen. Insbesondere der Bischof von Havelberg hatte sich dafür starkgemacht. Man stelle sich vor, er konnte seit Jahren sein Bistum nicht betreten, weil es sich in slawischer Hand befand! Bernhard hatte bis vor kurzem nichts davon geahnt, wie die Dinge im Osten standen. Die letzten Jahrzehnte hatte er überwiegend damit zugebracht, Klöster zu reformieren und dort die Regel des Heiligen Benedikt wieder durchzusetzen.

Von diesen slawischen Heidennestern zu hören, hatte ihn zutiefst entsetzt. Darüber verschaffte er sich jetzt mit gewohnter Leidenschaft Luft.

»Gott entflammte Könige und Fürsten, um Rache an den Heidenvölkern zu nehmen und sie von der Erde zu tilgen. Ihr habt deren Treiben viel zu lange toleriert, habt sie sogar gewähren lassen, wenn sie Euch nur Tribut zahlten!«, rief er zornig. »Gegen das Verbot des Papstes! Für schnödes Silber habt Ihr diesen Irrglauben weiter geduldet!«

Der hagere Abt bemühte sich, tief durchzuatmen, denn wieder einmal quälte ihn der altbekannte bohrende Schmerz im Magen.

»Ich werde bei Seiner Heiligkeit als Euer Fürsprecher auftreten, diesen Wendenkreuzzug anzuerkennen, mit allen Folgen und Rechten: Sündenablass und ewiges Seelenheil. Doch das gilt nur, wenn Ihr die Feinde Christi jenseits der Elbe entweder vollständig bekehrt – oder vollständig vernichtet. Taufe oder Tod!«

Nach einer wirkungsvollen Pause bekräftigte er: »Eher darf niemand heimkehren. Die Heidenvölker müssen unwiderruflich bekehrt oder *vollständig liquidiert* werden.«

Schweigen legte sich über den Saal angesichts dieses Aufrufs, ganze Völkerstämme auszurotten. Nur Markgräfin Sophia stieß einen leisen, erschrockenen Schrei aus.

Auf diese oder jene Art hatten alle Fürsten mit den Slawen zu tun, sei es durch Tributzahlungen oder Handel. Bernstein und Pelze, schön geformte Tonkrüge, fein ziselierter Silberschmuck und edle Bronzegefäße aus slawischen Gebieten waren sehr begehrt.

Mochte Anselm von Havelberg noch so sehr lamentieren, dass er nicht in sein Bistum konnte – die Wenden auszurotten, war eine ungeheuerliche Forderung. Zumal bekanntermaßen viele von ihnen schon vor Generationen den christlichen Glauben angenommen hatten.

Insbesondere die drei Fürsten des Ostens stimmten ganz und gar nicht mit Abt Bernhard überein. Doch für den Moment hüteten sie ihre Zungen. Anselm von Havelberg warf jedem von ihnen einen Blick zu, der besagte: Das klären wir später unter uns.

»So kommt und nehmt das Kreuz aus meinen Händen!«, rief Bernhard von Clairvaux feierlich. »Als Symbol dafür, dass das Christentum auf der ganzen Erde verbreitet wird, soll Eure Wallfahrt unter einem besonderen Zeichen erfolgen: das Kreuz auf einem Kreis.«

Die drei traten vor, und auf wundersame Weise fanden sich in der Schatulle, die der dürre Bischof Anselm hielt, die passenden zugeschnittenen Stoffteile aus rotem Leinen.

Unter den Hochrufen der Anwesenden erhielten die Fürsten des Ostens das Zeichen aus Bernhards Händen.

»Der Bischof von Havelberg wird Euer Anführer sein«, verkündete der Zisterzienserabt. Auch diese Notwendigkeit würde er dem Papst noch verdeutlichen.

Zufrieden traten Heinrich der Löwe, Albrecht der Bär und Konrad von Wettin zurück in die Reihen und nahmen die Glückwünsche der anderen Fürsten entgegen. Manche fielen recht verkniffen oder sogar hämisch aus, denn nur ein Dummkopf würde nicht den Plan dahinter erkennen. Doch der König war mehr als zufrieden.

So wurde das Slawenproblem gelöst, das immer wieder für Unruhe und kriegerische Auseinandersetzungen gesorgt hatte. Vor allem aber war Heinrich der Löwe fortan im Nordosten des Reiches beschäftigt. Erleichtert wandte sich Konrad den Einzelheiten seines Kreuzzuges zu.

»Der Normannenkönig Roger hat mir und König Ludwig von Frankreich angeboten, Schiffe, Proviant und Zurüstungen zu stellen«, verkündete er. »Doch Roger von Sizilien ist ein Feind, denn er bedroht sowohl Rom als auch den Kaiser von Byzanz, meinen Schwiegersohn. Deshalb werden unsere Heere den Landweg nehmen und sich in Konstantinopel vereinen. Unsere Gesandten haben mit König Gesa von Ungarn und dem Kaiser von Byzanz alles Nötige für den Durchzug unserer Truppen vereinbart. Wir marschieren voraus, die Franzosen folgen. Das Hauptheer sammelt sich im Mai in Regensburg.«

Bernhard hatte auf Ostern als Sammeltermin gedrängt, doch das war Konrad zu früh. Falls sein Bruder, der Herzog von Schwaben, seiner schweren Krankheit erlag, wollte er ihm in seinen letzten Stunden zur Seite stehen. Außerdem stand die Vermählung seines Neffen noch aus, des jungen Friedrich mit der Erbin des Egerlandes. Die konnte keinesfalls vor Ostern stattfinden, sondern erst nach Ende der Fastenzeit, damit die Ehe auch vollzogen werden durfte. Erst dann würde er sein Reich beruhigt verlassen können.

Anselm von Havelberg hüstelte und bat ums Wort.
»Wenn Euer Majestät gestatten, nehme ich meine neue Aufgabe wahr und rufe die edlen Herren zu einem Kriegsrat zusammen, die sich zum Wendenkreuzzug entschlossen haben.«
»Tut das, guter Bischof«, gestattete der König huldvoll. »Das Heer der Wendenkreuzfahrer wird sich Ende Juni in Magdeburg einfinden.«
Damit beendete er die Zusammenkunft und richtete alle Gedanken auf Aachen – auf die Krönung seines Sohnes.

Die Versammlung löste sich auf, und die immer noch entsetzte Sophia von Ballenstedt flüsterte ihrem Gemahl ins Ohr: »Er kann doch nicht ernsthaft wünschen, sie allesamt *auszurotten?* Er, der fast als Heiliger gilt?«
Albrecht der Bär tätschelte ihr den Arm.
»Sorgt Euch nicht, meine Liebe. Das werden wir gleich klären. Ruht Euch ein wenig aus derweil.«
Er winkte den draußen wartenden Grafen von Hillersleben herbei, seinen treuesten Gefolgsmann, damit dieser die Markgräfin sicher in ihr Quartier geleite, und folgte dann schnurstracks dem Bischof von Havelberg zu ihrem Kriegsrat, dem sich auch Erzbischof Friedrich von Magdeburg anschloss.
»Der hochgeschätzte, heiligmäßige Bernhard ist in Unkenntnis der Lage etwas übers Ziel hinausgeschossen«, eröffnete der dürre Anselm von Havelberg mit verkniffener Miene. »Seid unbesorgt, durchlauchtigste Fürsten! Wir verfahren wie geplant. Zuerst erobern wir mein Bistum zurück, dann die Gebiete, die an Eure Ländereien grenzen. Natürlich werden wir taufen und den christlichen Glauben verbreiten. Und die Störrischen unter den Wenden bekämpfen wir mit Feuer und Schwert.«
Er räusperte sich und stellte dann klar: »Aber Ziel unserer Unternehmung kann nicht sein, ganze Landstriche zu ver-

wüsten und zu entvölkern. Wer soll denn sonst die Felder bestellen und den Zehnten zahlen, nachdem wir die verlorenen Gebiete zurückerobert haben?«

»Darin sind wir uns einig, Ehrwürden. Ich danke Euch von Herzen für Eure erquickenden Worte!«, dröhnte Albrecht der Bär und ließ seine riesige Hand auf den Tisch krachen.

»Ich bitte Euch, Markgraf, mäßigt Eure Stimme, wir sind nicht taub!«, rüffelte der junge Herzog von Sachsen.

Innerlich angewidert, betrachtete er seine zwei Mitstreiter: den poltrigen, unberechenbaren Askanier und den ihm unheimlichen Wettiner, dessen wahre Absichten stets schwer zu erraten waren. Beide hatten ihre besten Zeiten längst hinter sich und zählten um die fünfzig Jahre. Ihre großen Kämpfe hatten sie bestritten, als sein Vater so jung war wie er jetzt. Doch sein Vater hatte dem Bären später eine triumphale Niederlage bereitet. Und der Meißner würde keine nennenswerten Truppen ins Feld führen, denn er hatte dabei nicht so viel Land zu gewinnen.

Trotzdem würde man diesen zwei erfahrenen Kämpen den Triumph ihres Wendenkreuzzuges zuschreiben, nicht ihm, dem Siebzehnjährigen. Das musste er um jeden Preis verhindern. Ohnehin konnte er die Gesellschaft der beiden alten Markgrafen kaum ertragen.

So beschloss Heinrich der Löwe still für sich, den Plan zu ändern. Er würde allein seinen Heerbann anführen und den ganzen Norden bis nach Pommern erobern. Sollten die zwei Alten doch ihrerseits zusammen losziehen und sehen, was ihnen noch an Beute blieb.

Er musste nur noch den richtigen Zeitpunkt und den besten Weg wählen, ihnen das plausibel zu machen. Gleich nachher würde er sich dazu mit dem Grafen von Holstein beraten.

Hochzeitsvorbereitungen

Konrad von Wettin, Mathilde von Seeburg;
Meißner Burgberg, Anfang April 1147

Mathilde, die gerade erst eingetroffene Schwester des Meißner Markgrafen, saß noch nicht einmal auf ihrem Platz in seiner Kammer, als sie sich auch schon entrüstete.

»Sag, Bruder, stimmt es wirklich, was mir zu Ohren gekommen ist: dass der angeblich so heilige Bernhard von Clairvaux gefordert hat, die Wenden mit Stumpf und Stiel auszurotten?« Sie war eine rundliche Witwe, die kein Blatt vor den Mund nahm, und weit und breit die einzige Person, die dem harten und eiskalt berechnenden Konrad von Wettin ohne Furcht gegenübertrat.

Mit ihrer Nichte Adele, die sie an ihrem Witwensitz in Seeburg erzog, war sie nach Meißen gekommen, um die Vorbereitungen für die Hochzeit von Konrads Sohn Dietrich mit einer polnischen Herzogstochter in die Hand zu nehmen. Ihr Bruder war im Vorjahr Witwer geworden, und bestimmte Angelegenheiten wie die Abfolge der Speisen und insbesondere die Festgewänder bedurften der Anwesenheit einer Frau, die sich darum kümmerte.

Der Markgraf und die gesamte Burgbesatzung hatten die Gräfin auf dem Burghof willkommen geheißen. Nun saßen Konrad, seine Schwester, seine zwei ältesten Söhne Otto und Dietrich und seine zwölfjährige Tochter Adele in der Kammer des Fürsten, um eine kleine Zwischenmahlzeit zu genießen und Neuigkeiten auszutauschen. Doch Mathilde ließ ihren Bruder gar nicht erst zu Wort kommen.

»Soll das etwa gottgefällig sein, wenn ihr wie eine Feuersbrunst durch die Lande zieht und alles vernichtet – ganz gleich ob Dorf oder Feld, Mensch oder Tier?«, echauffierte sie sich. »Sagte nicht schon der Heilige Augustinus, Missionierung dürfe nicht mit Gewalt geschehen? Wie kommt dieser Eiferer Bernhard nur auf so etwas? Hat er sich um den Verstand gefastet?«

»Schwester, hüte deine Zunge!«, mahnte der Markgraf.

Mathilde prustete verächtlich.

»Wozu? Wir sind hier unter uns, und ich bin nur ein törichtes altes Weib, das nichts von Politik versteht. Adelchen, sperr den Mund zu, sonst verschluckst du noch eine Fliege. Am besten halte dir auch gleich die Ohren zu! Das hier ist nichts für dich – und schon gar nicht für deine Schwestern. Die älteren sind zu frömmlerisch, die kleinen zu dumm.«

Die Zwölfjährige klappte gehorsam den Mund zu. Sie verstand durchaus, dass sie über das eben Gesagte kein Wort verlieren durfte. Schon gar nicht bei ihren älteren Schwestern, die im Kloster Gerbstedt erzogen wurden und Äbtissinnen werden wollten. Die Vorstellung, wie Bertha, Oda und Agnes auf so lästerliche Worte über den hochverehrten Abt Bernhard reagieren würden, entlockte ihr ein Schmunzeln. Sie tauschte einen kecken Blick mit Dietrich, ihrem Lieblingsbruder, der verstohlen zurücklächelte.

Krachend stellte der Markgraf seinen zinnernen Becher ab, ein deutliches Zeichen für seine schlechte Laune.

»Ja, es stimmt, er forderte diese Ungeheuerlichkeit. Doch Bernhard hat keine Ahnung, wie es hier zugeht. Er wusste nicht einmal, dass hier überhaupt noch Slawen leben, und war vollkommen außer sich darüber. Beruhige dich, er wird weit fort sein, wenn wir auf unseren Wendenkreuzzug gehen. Als geistlicher Führer wurde Anselm von Havelberg ernannt, und du kannst sicher sein, liebe Schwester, Hochwürden will sein Bistum zurückerobern und nicht in Schutt und Asche legen.«

Demonstrativ spießte Konrad ein Stück gut gewürzten Fisch auf seinen Essdorn und wollte damit zu verstehen geben, dass das Thema für ihn beendet war.

Doch er tat es umsonst, denn seine Schwester war noch lange nicht fertig. Kein Wunder, dass sie Bescheid wusste: Mathilde war eine außerordentlich kluge Person und unterhielt ein feines Netz von harmlos wirkenden Beziehungen quer durch die Ostlande, um das sie so mancher beneiden würde, wenn er ahnte, was sie alles erfuhr.

Wichmann, ihr zweitgeborener Sohn, war Dompropst in Halberstadt. Und der Bischof von Halberstadt würde ebenfalls am Wendenkreuzzug teilnehmen.

»Irgendeiner von den Geistlichen wird die Chronik eures Wendenkreuzzuges schreiben«, sagte sie im Plauderton. »Seht euch vor! Sie werden peinlich genau über jede getaufte Seele Buch führen.«

Konrad zuckte mit den Schultern. »Die Slawen sind gern bereit, sich noch ein zweites Mal taufen zu lassen, wenn wir dann nur weiterziehen.«

»Und stimmt es, dass sich euch der Herzog von Zähringen anschließen will? Was treibt den denn dazu, so weit aus dem Westen? Hier kann er schwerlich Land erobern«, mokierte sich Mathilde.

»Er verspürt in seinem vorgerückten Alter wohl wenig Lust, in Waffen ins Heilige Land zu ziehen«, gab ihr Bruder unwillig Auskunft. »Doch der König hat ihn an der Gurgel gepackt und gezwungen, das Kreuz zu nehmen, damit er nicht weiter den Landfrieden stört …«

»Besonders in schwäbischen Besitzungen«, ergänzte Mathilde spitz. Skeptisch spähte sie über die dargebotenen Speisen.

»Ist der Biber so zäh wie beim letzten Mal? Nein, mir ist eher nach etwas Süßem zumute. He, du!«, wandte sie sich an einen Pagen, der sich im Hintergrund hielt, um die Herrschaften zu bedienen. »Bring mir Gebäck und kandierte Früchte!«

Der Page blickte ängstlich zum Markgrafen, der mit einer

Handbewegung zustimmte, und setzte sich sofort Richtung Küche in Bewegung.

»Der Zähringer lag lange mit den Staufern in Fehde«, griff die Witwe das Thema wieder auf. »Vielleicht hofft er auf die Gunst des Königs, wenn der zurückkommt. *Falls* er zurückkommt. Wenn nicht, haben wir einen Kindkönig, den er beschwatzen kann. Aber es könnte auch sein …«

»Was?«, platzte Otto heraus, der ältere Sohn des Markgrafen, ein stämmiger und recht unbeherrschter junger Mann. »Er hat eine Tochter, die er dringend verheiraten muss, wenn sie nicht als alte Jungfer enden soll.«

Mathilde kicherte. »Sei froh, Otto, dass du schon mit der kleinen Hedwig von Ballenstedt verlobt bist. Und du, Dietrich, mit dieser Dobroniega. Obwohl ich befürchte, du musst bei ihr etwas mehr Strenge zeigen, sonst wirst du nicht glücklich. Das spüre ich bis ins letzte Knöchelchen, glaube mir, Junge!«

Dietrich widersprach nur aus Höflichkeit nicht, doch seine Züge verschlossen sich bei ihren Worten.

Seine Tante schien dies zu ignorieren und plauderte ungehindert weiter.

»Deine anderen Söhne sind zum Glück noch ein bisschen jung für Clementia von Zähringen, mein lieber Bruder. Vielleicht will der Herzog sie deinem wiedergewonnenen Freund aufschwatzen, dem Bären? Der hat doch sieben Söhne. Und drei Töchter dazu. Neulich sah ich seine Sophia zum ersten Mal überhaupt, ohne dass sie einen Bauch vor sich hertrug. Wie wird sie froh darüber sein.«

Es klopfte, und auf das Zeichen des Markgrafen trat der Küchenmeister ein, gefolgt von dem Pagen, und brachte persönlich ein großes Brett voller Backwerk und eine Schale mit in Honig eingelegten Früchten.

Er verneigte sich vor dem Fürsten und wandte sich dann an die Witwe.

»Ist dies zu Eurer Zufriedenheit, Gräfin?«

»Ja, schon gut, stellt es hin! Mir ist heute nicht nach Fleisch zumute«, sagte sie und wedelte mit der Hand.

Der Küchenmeister verschwand umgehend, nachdem er die Speisen auf dem Tisch abgeladen und sich noch einmal tief verneigt hatte.

Mathilde griff nach einer Kirsche, steckte sie sich in den Mund und leckte sich die Fingerspitzen ab.

»Um auf diesen Eiferer Bernhard zurückzukommen ... Du musst mir schon nachsehen, Bruder, dass ich heute ein wenig geschwätzig bin ...«

Heute?!, dachten unisono alle im Raum anwesenden Verwandten.

»... aber so ein Ereignis wirft natürlich viele Fragen auf«, fuhr sie ungerührt fort, als habe sie es nicht spöttisch auf einigen Gesichtern zucken sehen.

»Warum geht er nicht selbst mit dem König auf diesen Kreuzzug, nachdem er das halbe Reich dazu getrieben hat?«

Konrad wirkte verblüfft.

»Der Papst braucht ihn. Und seinen Orden. Die vielen Abteien, die reformiert werden müssen.«

»Dachte ich es mir doch!«, trumpfte Mathilde auf und beugte sich vor.

»Der Papst rief zwar gleich nach dem Fall Edessas zum Kreuzzug auf. Aber er hat selbst so viele Probleme um seine heiligen Ohren, dass er sich nicht an die Spitze der Bewegung stellen kann. Die Normannen machen ihm zu schaffen und haben schon halb Italien erobert, und Rom lässt ihn nicht herein. Ha! Und *Sankt* Bernhard? Ja, ich weiß, er hat fünf Mal auf den Bischofstitel verzichtet, läuft in bescheidener Kutte umher und fastet sich irgendwann noch zu Tode. Doch auf der anderen Seite ist er nicht besser als alle anderen: rafft und rafft eine Abtei nach der anderen an sich ...«

»Du gehst zu weit, Schwester!«, mahnte Konrad nun streng.

»Fast glaube ich, die wiederauferstandene Eilika von Ballenstedt mit ihren respektlosen Reden vor mir zu haben.«

»Gott sei ihrer Seele gnädig, sie war eine wackere Frau! Wie unsere Mutter. Hätte sie nicht in jungen Jahren deinen Ehrgeiz geschürt, säßen wir jetzt nicht hier«, erinnerte Mathilde.

Ohne Ida von Northeim wäre ihr Bruder wohl immer noch ein unbedeutender Graf statt der Herrscher zweier Marken. Aber das sprach Mathilde nicht aus, um ihn nicht vor seinen Kindern bloßzustellen.

Die Witwe war jedoch noch immer nicht bereit, sich von ihrem Thema abbringen zu lassen, und legte den Kopf ein wenig schief.

»Ich kann keine Frömmigkeit in der Forderung entdecken, ein Volk auszurotten und ganze Landstriche zu verwüsten. Edessa von den Sarazenen zurückzuerobern, unseren bedrängten christlichen Brüdern und Schwestern im Heiligen Land zu Hilfe zu eilen, ist eine Sache. Aber denk nur an die Massaker vor fünfzig Jahren beim ersten Kreuzzug! Und an die Judenpogrome im vorigen Jahr! Dieses Jahr soll es schon wieder welche in Würzburg gegeben haben. *Das* hat Bernhard entfesselt! Und er wird der Geister nicht Herr, die er da geweckt hat. Deshalb kriecht er beim Papst unter, um diesen Anblick nicht ertragen zu müssen.«

»Du warst noch in keinem Krieg, Schwester. In jedem Krieg werden unschöne Dinge entfesselt …«

»*Unschön?*«, schrillte Mathilde und beugte sich noch weiter vor. »Hunderte Juden, die unter dem Schutz des Königs stehen, in ihrer Zuflucht einzusperren und lebendigen Leibes zu verbrennen – das würde ich nicht *unschön* nennen! Sondern grausam und von schlimmster Verderbtheit.«

Sie holte tief Luft und ließ sich wieder zurücksinken.

»Doch dieser Kreuzzug war nicht meine Idee, und ich kann

ihn nicht verhindern. Also seien wir froh, dass du einen so guten Ausweg gefunden hast.«

Sie hob ihren Becher, und die anderen taten es ihr gleich. »Auf euren Wendenkreuzzug! Möget ihr viele Menschen unblutig zum wahren Glauben bekehren und das Land befrieden bis an die Grenze nach Polen!«

Erleichtert tranken sie und wandten sich erneut den Speisen auf dem Tisch zu. Adele nahm sich nach einem fragenden Blick zu ihrer Tante ein Stück Honigkuchen. Am liebsten hätte sie sich das größte gegriffen, doch das tat eine Dame nicht. Also nahm sie das kleinste mit dem festen Vorsatz, noch zwei oder drei weitere zu verputzen.

Es wurde gegessen, getrunken, Otto erzählte von seinem jüngsten Jagdabenteuer, Konrad berichtete, dass sein Sohn Dedo, der eindeutig zu fett war, um ein guter Ritter zu sein, nun von seinem strengen Waffenmeister auf karge Kost gesetzt sei. Adele freute sich darauf, mit ihren kleinen Schwestern zu spielen. Und sie hoffte, morgen mit Dietrich auszureiten. Er hatte es ihr versprochen.

Langsam setzte die Dämmerung ein. Bald würde das Mahl in der Halle beginnen.

»Wir haben natürlich unendlich viel wegen Dietrichs Hochzeit zu bereden«, erinnerte Mathilde. »Ich werde mit dem Küchenmeister die Gänge zusammenstellen, wenn es dir recht ist, Bruder, und mich um die Festgewänder kümmern. Lass mich sehen, was du an Stoffen besorgt hast ...«

Ihr Bruder deutete einladend auf die große Truhe, in der die Vorräte an feinsten Leinen und gutem Tuch lagen. Mathilde wusste, dass ihr Bruder von jüdischen Händlern kostbare Brokate und Seide dazugekauft hatte.

Ein Diener klappte gehorsam die Truhe auf, Kerzen wurden beiseitegeräumt, und Mathilde ging an die erste Bestandsaufnahme der Stoffe für die Festgewänder, nachdem ihr ein Page die Hände abgespült hatte.

»Das hier ist für den Bräutigam! Dietrich, du wirst aussehen wie ein Prinz, sie wird nicht nein sagen können«, versicherte sie und hielt den edelsten Stoff hoch, einen Brokat in Grün und Silber. »Und dieses passt zu dir, Bruder – schau nicht so grimmig! Du bekommst einen Bliaut aus blauer Seide. Du musst doch auf die polnischen Herzöge Eindruck machen! Hast du ausreichend gute Stickerinnen an deinem Hof? Wir brauchen unbedingt die begnadete Frau, die dies hier gefertigt hat.«

Mathilde wies auf die gestickten Bilder an der Wand hinter ihrem Bruder. Beide zeigten großartig gearbeitete Turnierszenen.

»Dann holen wir sie am besten gleich auf den Burgberg. Ihr Mann ist unlängst gestorben«, erklärte Konrad.

»Hat sie keine Kinder?«, fragte seine Schwester skeptisch. Sie konnte nicht dulden, dass schmuddelige Kleinkinder über die kostbaren Stoffe krabbelten.

»Einen Sohn, der aber bereits aus dem Haus ist.«

Konrads Miene verriet nichts – weder sein Bedauern über den grausigen Tod seines besten Spions, der mit dieser jungen Stickerin verheiratet gewesen war, noch den Umstand, dass er diesen Sohn an seinem Hof zum Pagen ausbilden ließ, ohne seine Herkunft preiszugeben.

Mathilde gab sich mit der Antwort zufrieden. Mit Kennerblick breitete sie Lagen edler Stoffe aus, maß nach, wie viele Ellen ihr zur Verfügung standen, fügte in Gedanken dieses zu jenem und hatte bald sehr genaue Vorstellungen von den fertigen Hochzeitsgewändern der Familie des Bräutigams.

»Für Adelchen habe ich schon ein rotes Kleid nähen lassen, aber wenn wir aus dieser hellgrünen Seide noch einen Besatz dafür machen und ihn besticken … Kind, du wirst ganz zauberhaft aussehen.«

Morgen würde sie mit Hilfe einiger Damen die guten Stoffe zuschneiden und dann von den Näherinnen weiterverarbeiten lassen. Sie würde viel zu tun haben in den nächsten Wochen. Schließlich heiratete der Sohn eines Markgrafen.

»Wir brauchen noch drei weitere Festgewänder, erlauchte Tante«, erklärte plötzlich Dietrich. »Vater, Otto und ich sind zur Hochzeit des Königsneffen eingeladen, des jungen Herzogs von Schwaben. Und ich soll als Freund des Bräutigams ganz in seiner Nähe sitzen.«

»Oh, wohl eingedenk eures gemeinsamen Turniersiegs in Bamberg?«

Stolz sah Mathilde auf ihren Neffen, doch dann ließ sie den Blick sorgenvoll über die ausgebreiteten Stofflagen schweifen. »Bruder, entweder du treibst noch ganz schnell einen jüdischen Fernhändler auf, der Stoffe aus dem Morgenland feilbietet, oder wir müssen feinstes Tuch in Leipzig kaufen und es von eurer begabten Stickerin verzieren lassen.«

Sie überlegte kurz und beschloss dann: »Das ist vielleicht sogar noch besser. Seide und Brokate werden bei dieser Hochzeit sicher mehrere hohe Gäste tragen. Aber solche feinen Stickereien habe ich noch nirgendwo sonst gesehen. Damit könnt ihr selbst bei Hofe Eindruck hinterlassen!«

Tod in Alzey

Herzog Friedrich von Schwaben
und sein Sohn Friedrich;
Burg Alzey, Anfang April 1147

Jedermann hatte gehofft, der seit Monaten schwerkranke Herzog von Schwaben würde sich noch hinreichend erholen, um die gleich nach Ostern angesetzte Hochzeit seines Sohnes mit der Erbin des Egerlandes zu erleben. In den zurückliegenden Wochen schien sich sein Zustand sogar gebessert zu haben – dank der Fürsorge seiner Gemahlin Agnes von Saarbrücken und der Aderlässe des Medicus.

Das Atmen und Sprechen fiel ihm zwar immer noch schwer, und nicht an allen Tagen konnte er das Bett verlassen, aber kein neuerlicher Anfall hatte ihm die Brust zusammengepresst.

Sein Erstgeborener, dem er bereits vor Monaten die Verwaltung des Herzogtums übertragen hatte, war gleich nach dem Frankfurter Hoftag nach Alzey zurückgekehrt. Es gab viel zu besprechen, bevor der junge Herzog zusammen mit dem König auf den Kreuzzug ging. Und insgeheim suchte Friedrich immer noch nach einem Ausweg, seine Hochzeit mit der Egerländerin zu verhindern.

Gerade kam er zusammen mit einigen anderen jungen Rittern von der Jagd, lachend und zufrieden mit der Beute, die sie an diesem sonnigen Frühlingstag erlegt hatten. Doch er war kaum aus dem Sattel gestiegen, als ihm ein Kammerdiener entgegenhastete, dessen bestürzte Miene nichts Gutes verhieß.

»Durchlaucht, es tut mir so leid ...«, keuchte dieser. »Euren Vater hat der Schlagfluss niedergestreckt ... Der Medicus sagt, es besteht keine Hoffnung mehr.«

Friedrichs Gesichtszüge erstarrten vor Schreck.

»Ich will zu ihm«, erklärte er sofort in einem Tonfall, der keinen Widerspruch duldete. Auf dem Weg zum Krankenlager ließ er eine Schüssel Wasser bringen und reinigte sich im Gehen die von der Jagd noch blutigen Hände, gab Handschuhe und Umhang irgendeinem der um ihn herumschwirrenden Diener und strich sich mit den Fingern durchs Haar, um die verschwitzten rotgoldenen Locken zu bändigen. Er wollte ordentlich vor seinen Vater treten, aber keinen Augenblick vergeuden. Zeit schien plötzlich sehr kostbar geworden.

Vor dem Gemach des todgeweihten Herzogs hatte sich ein

Dutzend Vertraute und Diener versammelt, die mit betroffenen Mienen flüsterten. Als sie seinen Erstgeborenen und Erben mit eiligen Schritten den Gang entlangkommen sahen, verschwand die bevorzugte Kammerfrau von Herzogin Agnes hinter der Tür und kam Augenblicke später wieder heraus.

Vor dem jungen Friedrich sank sie in eine tiefe Reverenz. »Geht hinein, Durchlaucht«, hauchte sie. »Aber macht Euch auf das Schlimmste gefasst ... und bitte seid so gütig, nehmt Rücksicht!«

Friedrich ignorierte sie und trat ein. Sofort wurde die Tür leise wieder hinter ihm geschlossen.

In der Kammer hing dichter Weihrauchqualm. Das war seine erste Wahrnehmung, noch bevor er durch die lediglich von Kerzen erhellte Dunkelheit den Kranken im Bett erblickte und zusammenzuckte.

Sein Vater konnte sich weder rühren noch sprechen. Auf die Begrüßung seines Erstgeborenen reagierte er mit einem Augenrollen und einem gelallten Laut, während er qualvoll röchelnd nach Atem rang. Im Kerzenschein sah sein Sohn das Öl auf der Stirn des Kranken schimmern. Er hatte also schon die Sterbesakramente erhalten.

Friedrichs Schrecken wich plötzlich aufflammendem Zorn. Mit großen Schritten ging er zum Fenster und riss die hölzernen Läden auf.

»Lasst endlich Luft herein! In diesem stickigen Nebel kann ja nicht einmal ein Gesunder atmen!«

Er ignorierte die vorwurfsvollen Blicke des Geistlichen und beorderte seine deutlich jüngeren Halbgeschwister mit einer Kopfbewegung hinaus – die weinende Judith und den kreidebleichen Konrad. Ebenso alle Diener.

Die Geistlichen, den Medicus und seine Stiefmutter Agnes konnte er nicht wegschicken, auch wenn er es liebend gern getan hätte.

Er setzte sich an das Krankenlager und legte seine Hand auf die seines Vaters. Dessen Finger zuckten hilflos, unfähig zu einer kontrollierten Geste.

Den Fünfundzwanzigjährigen, der sonst vor Tatendrang und Spottlust nur so strotzte, würgte der Kummer. Nur mühsam brachte er die zwei Silben »Vater« und ein mattes Lächeln zustande.

Herzog Friedrich von Schwaben war bis zu seiner Erkrankung ein beeindruckender Mann und gefürchteter Kämpfer gewesen. Wenn alles rechtens zugegangen wäre nach dem Tod des letzten Saliers, dann wäre er jetzt König und Kaiser.

Ihn so zu sehen, vom Tod gezeichnet und unfähig, sich zu bewegen und zu sprechen, schnitt seinem Sohn tiefer ins Herz, als er je erwartet hätte.

Vater hätte König sein sollen!, dachte der junge Friedrich wohl zum tausendsten Mal. Mit einer dreisten Intrige, inszeniert von der Geistlichkeit, raubte ihm der Süpplingenburger den Thron. Und als es nach Kaiser Lothars Tod Zeit war, den Spieß umzudrehen und Gleiches mit Gleichem zu vergelten, konnte nur noch mein Oheim die Krone für unser Haus beanspruchen, denn Vater hatte in den Kämpfen ein Auge verloren. Ein König muss nach altem Brauch unversehrt sein. Doch mein Oheim ist ein lausiger König. Er vermag sich nicht dauerhaft gegen seine Feinde durchzusetzen und lässt sich viel zu sehr von den Pfaffen lenken.

Mein Vater wäre ein besserer König, sogar ich wäre ein besserer König! Unter unserer Herrschaft würde niemand den Namen »Staufer« anders als mit Respekt oder Furcht aussprechen!

Der Sterbende röchelte qualvoll und richtete sein verbliebenes Auge auf den Geistlichen, der neben der still weinenden Agnes stand.

»Wünschen Euer Durchlaucht, dass ich das Schriftstück verlese?«, vergewisserte sich der Beichtvater.

Der Herzog bestätigte dies mit einem gelallten Laut.

Feierlich trat der Geistliche ans Schreibpult, entrollte das dort liegende Pergament und las die Verfügungen vor, die der Herzog getroffen hatte: die förmliche Übergabe seines Landes und seines Titels an seinen Erstgeborenen, Instruktionen bezüglich seiner Bestattung in Walburg sowie für seine Gemahlin und seine beiden Kinder aus der Ehe mit Agnes: Judith, die den jungen Landgrafen von Thüringen heiraten sollte, und Konrad.

Und dann kam, was der junge Friedrich befürchtet hatte.

»Es ist mein Wunsch und Wille, dass ungeachtet meines Ablebens die Vermählung meines Erstgeborenen mit Adela von Vohburg, der Erbin des Egerlandes, wie vereinbart stattfindet und vollzogen wird, bevor sich mein Sohn auf den Kreuzzug ins Heilige Land begibt«, las der Beichtvater mit monotoner Stimme.

Warum tust du mir das an, Vater?, dachte der junge Herzog verzweifelt.

Ich würde sie ja nehmen, wenn ich dich damit am Leben erhalten könnte! Aber du lässt mich im Stich, mich und dein Land, das nun ohne Herrscher auskommen muss, weil ich aus Übermut und Ruhmsucht das Kreuz genommen habe.

Du warst dagegen, und ich habe mich dir widersetzt, wie so oft aus reinem Stolz und um mich zu beweisen. Und das muss ich, ich kann nicht anders, denn deine Last habe ich schon mein halbes Leben lang mitgetragen! Ich war der Sohn eines Geächteten, während du gegen Lothar rebelliert hast. Als Kind musste ich zusehen, wie meine Mutter im belagerten Speyer fast verhungerte, weil sie mir jeden Bissen Essen gab, und wenig später an den Folgen der Entbehrungen starb.

Ich war zornig auf dich, als du schon ein Jahr später wieder geheiratet hast. Doch heute würde ich sogar meiner Stiefmutter verzeihen, wenn du nur am Leben bliebest.

Allmächtiger Gott, für Dich habe ich das Kreuz genommen. Nun wirke ein Wunder und lass meinen Vater weiterleben!

Drei Tage und Nächte rang der Herzog von Schwaben mit dem Tod, kämpfte qualvoll um jeden Atemzug. Sein jüngerer Bruder, der König, war gerade noch rechtzeitig eingetroffen, um ihn ein letztes Mal lebend zu sehen.

Sie wechselten sich ab mit den Wachen am Sterbelager: Konrad, Agnes, Friedrich.

Plötzlich – der Morgen dämmerte, die Vögel begannen schon zu singen – holte der Kranke röchelnd so tief Luft, dass sein Sohn glaubte, die Krise sei überwunden.

Ein Zittern ging durch den leidenden Körper, ein letztes, verzweifeltes Gieren nach Luft. Dann schloss Friedrich von Schwaben das verbliebene Auge für immer.

Sein Bruder kümmerte sich um die Überführung des Leichnams und die Bestattungszeremonie in der Kirche des Klosters St. Walburga, denn Agnes war von den vielen Wachen am Krankenbett völlig erschöpft, und der junge Herzog verbrachte ungewöhnlich viel Zeit in der Kapelle.

Eingedenk der Hasstirade seines Neffen in Frankfurt hatte Konrad von Staufen darauf verzichtet, die künftige Schwiegertochter des Toten an der Begräbnisfeier teilnehmen zu lassen. Doch er hoffte inbrünstig, dass Friedrich den Letzten Willen seines Vaters respektieren würde.

Die Hochzeit würde trotz des Todesfalls stattfinden, gleich nach dem Bamberger Osterhoftag. In Nürnberg hatte er schon kurz nach seiner Krönung einen entfernten Verwandten der Egerländerin als Burggrafen eingesetzt, den Grafen Gottfried von Vohburg. Deshalb sollte die Vermählung in Nürnberg stattfinden. Und drei Tage später die offizielle Verabschiedung des Wallfahrerheeres.

Heikle Gespräche

Adela und Gunda;
Hoftag in Bamberg, Ostern April 1147

A dela von Vohburg und Kunigunde von Plötzkau standen nebeneinander auf der Galerie und starrten hinab auf die Fürsten und anderen hochgeborenen Herren, mit denen der König den ganzen Vormittag lang schon Einzelheiten der bevorstehenden Kriegszüge ins Heilige Land und gegen die Wenden erörterte.

Noch nie hatten sie eine so lautstarke Versammlung erlebt; immer wieder erbebte der Saal unter stampfenden Füßen und gebrüllten Kriegsrufen.

Gunda griff nach Adelas Hand und flüsterte ihr zu:»Sie können es kaum erwarten, loszuziehen und Blut zu vergießen.«

Die beiden jungen Frauen waren seit ihrer Kindheit befreundet, von dem Tag an, an dem Adela an den königlichen Hof gekommen war. Doch rasch hatten sich ihre Lebenswege getrennt und ganz unterschiedliche Verläufe genommen. Dies war eine der seltenen Gelegenheiten, bei denen sie sich sahen und auch miteinander sprechen durften. Doch zu viel Kummer und Zukunftsängste erfüllten jede von ihnen, um die Freude an der Begegnung auszukosten.

»Ich kann das nicht länger ertragen«, raunte Gunda.»Lass uns gehen. Niemand wird uns vermissen.«

Schließlich hatte jede von ihnen heute noch ein wichtiges und heikles Treffen vor sich.

»Folgt mir!«, befahl Kunigunde von Plötzkau der grimmigen Frau des Burgverwalters, die zusammen mit der Grünbacherin drei Schritte hinter ihr stand und sie nicht aus den Augen ließ. Sollte die missgünstige Alte ihrem Mann ruhig berichten, was die Burgherrin den ganzen Tag lang unternahm, damit der es umgehend an den Grafen weitertrug. Gunda hatte nichts zu verbergen und handelte jetzt in einer Angelegenheit, mit der Männer ohnehin nichts zu tun haben wollten.

Zwei Wachen führten sie zum Quartier der Markgräfin der Nordmark. Gleich bei ihrer Ankunft in Bamberg hatte Gunda einen Boten zu Sophia von Ballenstedt schicken lassen und um eine Audienz gebeten.

»Es ist unerhört, dass Ihr eine *Askanierin* aufsucht, noch dazu ohne Begleitung Eures Gemahls«, keifte Gepa, während die Wachen ihnen den Weg durch das Gewühl von Menschen und Pferden bahnten. »Die Häuser Plötzkau und Ballenstedt waren Jahrzehnte verfeindet!«

»Und jetzt sind sie es nicht mehr«, konterte Gunda sofort entschieden.

»Ich werde Eurem Gemahl berichten, was Ihr hinter seinem Rücken treibt!«, drohte ihre Begleiterin.

Gunda blieb stehen, drehte sich zur Frau des Verwalters um und stemmte die Hände in die Seiten.

»Was denkt Ihr wohl, weshalb ich Euch mitnehme, Ihr garstiges Weib?«

Gepa schnappte nach Luft. Doch rasch kam sie zu dem Entschluss, lieber zu schweigen. Mit beleidigter Miene setzte sie ihren Weg fort und schmiedete im Geiste bereits Rachepläne. Sollte sie. Gunda würde nicht vergessen, dass Gepa und ihr Mann vor der Plünderung und Zerstörung der Burg einige kostbare Becher gestohlen hatten.

Alle paar Schritte mussten die Wachen Händler abweisen, die den Damen lauthals ihre Ware anpriesen: gewebte Borten, Nadeln, beinerne Kämme oder Backwerk. Überall versammelten sich schon Kreuzfahrer niederen Standes, prahlten mit künftigen Heldentaten und waren rasch zu einer Rauferei bereit. Doch zum Glück lag das Quartier der askanischen Gesandtschaft ganz in der Nähe.

Als Gunda in die Kammer der Markgräfin gebeten wurde, stand Sophia von Ballenstedt am Fenster und starrte nachdenklich hinaus. Sie trug ein blaues Gewand mit Borten in leuchtenden Farben und hatte rote Bänder ins Haar geflochten.

Doch schon drehte sie sich um und empfing die Besucherin mit einem Lächeln.

»Ich danke Eurer Durchlaucht innigst, dass Ihr mich empfangt«, begann Gunda und sank in einen tiefen Knicks.

Freundlich bot ihr die Gemahlin des Bären einen Platz an und ließ ihr Wein einschenken. Gepa musste an der Tür stehen bleiben und verharrte dort mit verkniffenem Gesicht.

Auf dem Tisch lag ein Stickrahmen mit einer halbfertigen Handarbeit, üppige Ranken aus Blumen und Weinlaub für den Halsausschnitt eines Mädchenkleides. Vielleicht für Sophias Tochter Hedwig, die erst acht Jahre zählte und seit kurzem mit Otto, dem ältesten Sohn des Markgrafen von Meißen, verlobt war.

Bei dem Gedanken an dessen Bruder Dietrich zog ein leiser Schmerz durch Gundas Brust. Noch immer sehnte sie sich insgeheim nach ihm. Bei einem Turnier genau hier in Bamberg hatte sie ihn zum ersten Mal gesehen. Damals hatte er den Wettstreit zusammen mit dem jungen Herzog von Schwaben und Prinz Sven von Dänemark gewonnen. Friedrich von Schwaben war nun Adelas künftiger Gemahl, Sven war König. Während ihrer Zeit als Kriegsgeisel hatte Dietrich sie beschützt. Doch sie gehörte Graf Bernhard, und Dietrich würde in Kürze eine polnische Herzogstochter heiraten.

Sophia fragte sich unterdessen, was ihre Besucherin wohl hierhergeführt haben mochte. Schließlich hatte jahrzehntelang Feindschaft zwischen Ballenstedt und Plötzkau geherrscht.

Sie wusste, dass die junge Gräfin auf Plötzkau einen schweren Stand hatte. Wie sollte sie erst ganz auf sich allein gestellt

Leben und Arbeit auf einer Burg ohne Bergfried und in einem darbenden Landstrich sichern, wenn ihr Gemahl weit fort weilte? Zumal jedermann wusste, dass Graf Bernhard hoch verschuldet war und fast alle seine Männer auf den Kreuzzug mitnahm.

Sophia vermutete, Kunigunde würde ihre Fürsprache erbitten, um während der Abwesenheit des Grafen Zuflucht im Frauenstift Quedlinburg zu finden. Ihre Schwester Beatrix war dort die Äbtissin. Doch eine solche Entscheidung musste Kunigundes Gemahl treffen, sie dorthin geleiten oder zumindest geleiten lassen und eine Mitgift zahlen.

»Euer Gemahl wird in wenigen Tagen zum Kreuzzug aufbrechen«, eröffnete die Markgräfin das Gespräch. »Dann lastet eine schwere Bürde auf Euch.«

»Deshalb bin ich hier, Durchlaucht: um in einer bestimmten Angelegenheit Eure Hilfe zu erflehen.«

Gunda wusste, ohne hinzusehen, dass Gepa ihre Nase jetzt vor Neugier weit nach vorn reckte und auf jedes Wort lauschte, um es dem Grafen zur Kenntnis bringen zu lassen. Sophia hingegen fühlte sich in ihrer Vermutung bestätigt. Sie wollte gern tun, was sie konnte, um die junge Frau zu einem sicheren Ort zu bringen. Zunächst aber musste sie die Besucherin etwas besser kennenlernen.

»Plötzkau wurde zerstört, weil sich Graf Bernhard auf die Seite meines Gemahls und des Königs stellte. Doch dann wechselte er zum Feind über«, erinnerte die Askanierin. »Ich will Euch das nicht vorhalten, denn Ihr hattet schwer unter diesen Kämpfen zu leiden. Ich hörte, Ihr wart zugegen, als Eure Burg belagert und niedergebrannt wurde?«

»Ja, Durchlaucht, mit nur wenigen kampffähigen Männern. Anschließend wurde ich als Geisel genommen, um den Übertritt meines Gemahls auf die welfische Seite zu erzwingen.«

»Ihr müsst noch sehr jung gewesen sein, als das geschah.«

»Dreizehn, Euer Durchlaucht.«

»Und jetzt tragt Ihr wieder allein die Verantwortung für eine Burg, die noch dazu nicht fertiggestellt ist, und für eine Grafschaft, in der eine Hungersnot herrscht.«

Bedrückt bejahte Gunda. »Das, worum ich Euch bitten möchte ...«

Mit einer Geste forderte Sophia die Jüngere auf, weiterzusprechen. Sie war gespannt, was nun käme.

Gunda stellte ihren Becher nach einem einzigen Schluck ab und starrte auf die große, mit Rubinen und Saphiren besetzte Fibel, die das Gewand der Markgräfin am Halsausschnitt verschloss.

»Ihr könnt Euch glücklich schätzen, so viele gesunde Kinder geboren zu haben, Durchlaucht. Es ist bekannt, dass Euch ein sehr fähiger Magister und mehrere erfahrene Wehmütter zur Verfügung stehen ...«

»Seid Ihr gesegneten Leibes?«, entfuhr es Sophia freudig, die natürlich auch vom diesbezüglichen Kummer der jungen Frau wusste.

»Es gibt keinerlei Anzeichen dafür«, gestand Gunda. Nun sah sie Sophia direkt in die Augen.

»Doch mehrere meiner Edeldamen werden in den nächsten Monaten niederkommen. Frauen, deren Männer auch das Kreuz genommen haben. Für zwei von ihnen ist es das erste Kind, und eine ist gerade mal dreizehn und sehr schmal von Statur. Seit dem Tod unserer weisen Frau ist im Umkreis von Meilen keine Heilkundige mehr zu finden, die auch eine komplizierte Entbindung bewältigen kann.«

Gunda holte tief Luft. »Deshalb möchte ich Euer Durchlaucht fragen und bitten, ob Ihr so gütig wärt, uns eine Eurer Wehmütter nach Plötzkau zu schicken, wenn die Zeit gekommen ist.«

Zu all den Sorgen, denen sie entgegensah, wollte sie nicht auch noch Judith und die kleine Isa im Wochenbett sterben sehen. Diese Last konnte sie nicht tragen.

Nach dem Tod der weisen Frau von Plötzkau hatte Gunda bei der nächsten Niederkunft auf der Burg eine Wehmutter aus einem entfernteren Ort holen lassen – und sie umgehend wieder fortgeschickt. Die Frau stank vor Dreck und wollte das Ungeborene gewaltsam aus dem Leib der Kreißenden zerren, um nicht die Nacht hindurch warten zu müssen. Gunda hatte schon zu viel Unheil in Gebärkammern gesehen, um das zu dulden. Eine normale Entbindung würde sie mit Hilfe einiger erfahrener Frauen notfalls auch bewältigen, wenn keine Wehmutter da war. Bei der geringsten Komplikation jedoch wäre sie hilflos – und die Kreißende dazu.

Sophia wirkte überrascht. Doch sie entschied sofort. Die Plötzkauerin beeindruckte sie durch ihre Voraussicht. Und sie wusste, dass diese junge Frau auf der Burg kein leichtes Leben hatte. Der gehässige Blick ihrer Begleiterin sagte genug, die still, aber sichtlich erbost darüber in der Tür stand, dass ihre Herrin ausgerechnet bei den Askaniern um Hilfe nachsuchte.

»Sendet einen Boten, wenn es an der Zeit ist, und ich schicke Euch eine sehr erfahrene weise Frau«, versprach die Gemahlin des Bären und zehnfache Mutter. »Die Zeiten sind ohnehin schon schwer genug, die uns nun bevorstehen. Für Euch noch mehr als für mich, denn Euer Gemahl wird viel länger ausbleiben als meiner.«

Gunda erhob sich und sank in einen tiefen Knicks.

»Ich vermag gar nicht zu sagen, wie dankbar ich Euch bin«, sagte sie und blinzelte ein paar Tränen der Erleichterung fort.

Adela stand derweil ein noch heikleres Gespräch bevor. Während sich Gunda zur Markgräfin der Nordmark geleiten ließ, suchte ihre Freundin mit bangem Herzen den Teil des *Castrum Babenberg* auf, in dem die königliche Familie wohnte.

»Darf ich Euch mein Beileid zum Ableben Eures erlauchten Gemahls aussprechen, Herzogin?«, fragte sie, während sie vor Agnes von Saarbrücken in einen tiefen Knicks ging.

Ihre künftige Schwiegermutter war gerade erst aus Walburg eingetroffen. Nach der Beisetzungszeremonie hatte sie noch einige Zeit der Trauer und Stille im Gästehaus des Klosters verbracht. Doch in wenigen Tagen stand die Hochzeit ihres Stiefsohnes mit diesem nicht besonders glücklich dreinschauenden Mädchen bevor. Morgen würde der gesamte Hof nach Nürnberg reisen, um daran teilzunehmen und die Teilnehmer beider Kreuzzüge zu verabschieden.

»Steh doch auf, liebes Kind! Ich danke dir für deine mitfühlenden Worte«, erwiderte Agnes, die immer noch erschöpft wirkte. Auch sie lud ihre Besucherin ein, sich zu setzen, und ließ ihr Wein einschenken.

»Soll ich etwas zu essen ordern?«, bot sie an. »Ich muss dir dafür danken, dass du dich so liebevoll um den jungen König gekümmert hast, während wir anderen meinem Gemahl – Gott hab ihn selig! – das letzte Geleit gaben.«

Heinrich-Berengar war an einem heftigen Fieber erkrankt und hatte nicht zur Beisetzung seines Oheims mitreisen können.

Agnes wusste von den rigiden Befehlen ihres Stiefsohnes bezüglich seiner Braut und war zutiefst bestürzt darüber. So hatte die Erkrankung des jungen Königs wenigstens ein Gutes: Sie bot eine Erklärung für Adelas Fernbleiben von der Beisetzungszeremonie, die jedem einleuchtete, Gerede verhinderte und vor allem das Mädchen vor einer schweren Kränkung bewahrte.

Saß die Egerländerin nun hier, weil sie von dem Ausbruch ihres Zukünftigen erfahren hatte? Agnes hoffte inständig, dass dies der Braut erspart geblieben war. Sie wusste, wie verletzend ihr Stiefsohn sein konnte, sie hatte es selbst oft genug zu spüren bekommen.

»Danke, Durchlaucht, das ist sehr gütig von Euch. Aber ich bin hier … wenn Ihr erlaubt … und die Zeit dafür findet in Euerm Kummer …«

Jäh verstummte Adela, während ihre Hände den Stoff des Kleides kneteten, und senkte den Blick.

Agnes verstand und schickte alle Diener und Kammerfrauen fort.

Überaus erleichtert darüber, brachte Adela nun heraus: »Ich möchte Euch um einen Rat bitten.«

Agnes lächelte schmerzlich.

»Deine Mutter ist gestorben, als du noch sehr klein warst, nicht wahr? Und die Königin, die dich an ihrer Stelle auf die Brautnacht vorbereitet hätte, ist auch von uns gegangen. Lass mich dir helfen, wenn ich kann«, ermutigte sie ihre Besucherin.

Adela schoss das Blut in die Wangen.

»Es geht nicht um die Brautnacht. Ich werde einfach tun, was mein Gemahl von mir wünscht«, sagte sie verlegen.

Dies war ein Thema, über das man den Mädchen bei Hofe nichts sagte, außer dass sie ihrem Mann zu gehorchen hätten. Adela versuchte sich nicht einmal auszumalen, was auf sie zukam. Von hochgeborenen Töchtern wurde erwartet, dass sie in jeder Hinsicht unschuldig ins Brautbett stiegen. So wollte sie es tun und auf Gott vertrauen.

Selbst ihre Freundin Gunda, die dreizehnjährig mit dem viel älteren Grafen Bernhard verheiratet worden war, hatte dazu nur gesagt: »Zum Glück bist du nicht mehr so blutjung und zerbrechlich wie ich damals. Und du bekommst einen gutaussehenden jungen Ritter. Dir wird es besser ergehen als mir.«

Bei dem Gedanken, den ersten Kuss von Friedrich zu empfangen, von ihm zärtlich berührt zu werden, wurde Adela ganz schwärmerisch zumute. Doch sofort kamen die bohrenden Zweifel, jedes Mal. Und die redete sie sich jetzt von der Seele.

»Ich liebe Friedrich von ganzem Herzen und will alles tun, um ihm eine gute Gemahlin zu sein. Doch manchmal glaube ich, er hasst und verabscheut mich. Bitte, Durchlaucht, gebt mir einen Rat, wie ich ihn für mich einnehmen kann!« Tränen liefen über Adelas Wangen, und plötzlich schluchzte sie herzzerreißend, während Agnes von Saarbrücken nach einer Antwort suchte.

Gern würde sie ihr sagen, dass sie sich irrte, dass Friedrich sie mochte und ihre Ängste nur der typischen Nervosität einer Braut kurz vor der Hochzeit entsprangen.

Doch dieses Mädchen war zu klug, um das zu glauben.

»Friedrich ist … sehr ehrgeizig, sehr stolz, auch wenn Stolz eine Sünde ist«, begann Agnes und strich über ihr schmuckloses, aber aus edlem Stoff gefertigtes Kleid. »Er meint, immer noch die Schande tilgen zu müssen, dass sein Vater einmal geächtet war. Er glaubt, jedem beweisen zu müssen, dass er vollkommen ist – als Ritter, als Mann, als Herrscher. Nichts ist ihm wichtiger als Ehre. Seine Ehre, die seines Hauses und die des Reiches.«

Adela nickte verhalten. Das wusste sie.

»Ich will es dir nicht verheimlichen: Er hatte auf eine byzantinische Braut gehofft«, fuhr Agnes fort. »Und mir gegenüber zeigt er sich auch kalt, weil er meint, sein Vater habe zu früh wieder geheiratet, nachdem seine erste Frau gestorben war, Friedrichs Mutter Judith. Deshalb kann ich dir nicht helfen, indem ich ein gutes Wort für dich einlege. Doch es gibt keine byzantinische Braut, nicht einmal für den König und die Prinzen, und zu deinem Glück musst du nicht dem Vergleich mit Friedrichs leiblicher Mutter standhalten.«

Agnes rang sich ein Lächeln ab und griff nach Adelas Händen. »Du bist klug und gütig. Sei nachsichtig mit ihm! Soeben ist sein Vater gestorben, und in seinen Gedanken ist er entweder in der Krypta in Walburg oder schon auf dem Kreuzzug. Eure Ehe wird erst richtig beginnen, wenn er aus dem Heiligen Land zurückkehrt. Alles, was in den drei Tagen und Nächten von Eurer Hochzeit bis zu seiner Abreise geschieht, wird ihn im besten Fall beflügeln – oder als Erinnerung verblassen. Das muss auch für dich gelten.«

Eine Weile schwieg die frisch verwitwete Herzogin, und Adela fragte sich schon, ob sie nun gehen sollte.

»Ich hätte dich heute sowieso zu mir gebeten«, sagte Agnes stattdessen in die Stille hinein. »Mein Schwager, der König, trug es mir auf, weil er sich den ganzen Tag mit den Wallfahrern berät. Du musst nicht befürchten, während Friedrichs Abwesenheit allein in der Fremde auszuharren. Der König hat eine hohe Meinung von dir und eine große Aufgabe für dich: Du sollst an der Seite des jungen Mitregenten bleiben. Das ist der Wunsch Seiner Majestät.«

Freundlicher kann ich ihr nicht klarmachen, dass sie vorerst nicht als Herzogin nach Schwaben darf, dachte Agnes und beobachtete ihre Besucherin genau.

Diese Wendung verblüffte Adela. Doch nach kurzem Überlegen fand sie sogar Gefallen daran. Sie würde vorerst bei Hofe bleiben und dem jungen Heinrich beistehen. So lief sie nicht Gefahr, in Schwaben irgendetwas zu unternehmen, was ihrem Gemahl vielleicht missfiel, wenn er zurückkam.

Sie wusste, dass er fähige Verwalter für alle Besitzungen eingesetzt hatte. Und Agnes vermochte ihr nicht zu helfen – dem Brauch gemäß würde sie sich als Herzoginwitwe auf ihren Witwensitz zurückziehen.

»Wenn es der Wunsch Seiner Majestät ist, komme ich dem gern nach«, versicherte sie und gestand: »Ehrlich gesagt, bin ich sogar erleichtert darüber. Was sollte ich allein in einem Herzogtum tun, ohne die Wünsche meines Gemahls zu kennen?«

Innerlich atmete Agnes auf.

»Ja, es ist besser so, glaube mir, Kind. Deshalb sagte ich ja, dass euer eigentliches Eheleben erst nach der Rückkehr deines Gemahls beginnt. Dann könnt ihr gemeinsam Gutes für Schwaben bewirken.«

Nach kurzem Zögern fügte sie noch an: »Sei sanft und stark zugleich, zeige keine Schwäche! Friedrich hasst Schwäche. Also: keine Tränen!«
Adela nickte, wischte sich mit dem Ärmel die Spuren ihres Kummers vom Gesicht und versuchte ein klägliches Lächeln.

Slawische Strategien

Jacza von Köpenick, seine Frau Agatha,
Wertislaw der Abodrit; Burg Köpenick, April 1147

Die Wachen am Torhaus der Wasserburg kannten den jungen Reiter, der auf sie zukam – eindeutig ein Slawe, nach Kleidung, Waffen, Haartracht und dem kleinen, flinken Pferd zu schließen. Und außerdem ein geschätzter Gast auf Copnic oder Köpenick, wie es auch genannt wurde.
»Willkommen!«, begrüßten sie ihn ehrfürchtig.
Noch ehe jemand seinen Rang und Namen nennen konnte, fiel der Reiter ihnen ins Wort: »Auch ihr seid gegrüßt! Mögen die Götter euch beistehen.«
Sein Besuch war dringend und wichtig. Doch es durfte sich nicht herumsprechen, dass einer der Söhne des Abodriten-fürsten Niklot hier einen *Verbündeten* aufsuchte: Jacza, den jungen Herrscher über Copnic.
Sie beide waren gleichaltrig und seit Jahren befreundet, des-halb konnte und sollte sein Kommen harmlos wirken.
»Ich bin lange nicht mit euerm Fürsten zur Jagd geritten. Jetzt wäre eine gute Zeit dafür, ehe sich im Sommer erst Schwärme von Mücken aus den Sümpfen erheben. Ist Jacza hier?«, fragte er und hoffte inständig, der Freund wäre nicht gerade auf Rei-sen. Zum Beispiel bei seinem Oheim in Brandenburg oder Spandau oder bei seinem polnischen Schwiegervater.

»Er ist hier«, versicherte ihm eine Wache und rief einen jungen Burschen herbei.

Köpenick war eine Wasserburg aus zwei Inseln am Zusammenfluss von Spree und Dahme.

Niklots zweitgeborener Sohn durfte über den hölzernen Steg auf die erste Insel reiten, Palisaden und Torhaus passieren. Dann nahm ihm der Bursche das Pferd ab, um es zu versorgen, und ein anderer führte ihn weiter.

Sie durchquerten die vordere Insel, wo Häuser mit weit herabreichenden Reetdächern und schönen Schnitzereien standen und die Bewohner ihrer Arbeit nachgingen. Sie webten, schmiedeten, kochten oder töpferten die auch bei Christen beliebten Tonwaren. Kinder tollten umher, ein Fischer brachte reichlichen Fang heim.

Über eine weitere, ebenfalls einziehbare hölzerne Brücke gelangten sie auf die zweite Insel, die von starken Palisaden umgebene Rundburg, in der sich auch das Langhaus des jungen Fürsten befand. Hier war genug Platz für Zufluchtsuchende, sollte Köpenick angegriffen werden. Auf den freien Flächen übten Burschen und Männer das Bogenschießen oder den Zweikampf mit Äxten und Schwertern.

Der Besucher schritt geradewegs auf das Heiligtum zu, um zwei weiße Tauben in die Schale davor zu legen. Zum Heiligsten der Slawen hatte nur der Priester Zutritt. Er würde die Opfergabe ins Innere bringen, falls er sie annahm.

Dann endlich betrat der Reisende Jaczas Langhaus, dessen Tür- und Giebelbalken mit farbig bemalten Schnitzereien verziert waren.

»Wertislaw!«, jubelte der Fürst von Köpenick, und schon lagen sich die jungen Männer in den Armen. Sie waren gute Freunde, seit Jacza als Zwölfjähriger einige Zeit unter Niklots Obhut auf der Mecklenburg zugebracht hatte und dort gemeinsam mit dessen Söhnen im Waffenhandwerk ausgebildet worden war. Nun zählten sie beide zwanzig Sommer, waren sogar gleich groß und im Kampf einander ebenbürtig. Nur hatte Wertislaw blondes Haar wie sein Vater und Jacza dunkles. Außerdem herrschte Jacza bereits über ein kleines, aber fruchtbares und wasserreiches Gebiet.

Sie klopften sich noch ein paar Mal gegenseitig auf den Rücken und lösten sich schließlich aus der Umarmung.

Anmutig trat Agatha zu ihnen, die zierliche Kindfrau des Fürsten von Köpenick, begrüßte den Gast mit einem strahlenden Lächeln und reichte ihm ein Horn mit Met.

Gemeinsam setzten sie sich um die Feuerstelle in der Mitte des Langhauses. Agatha wollte dem Gast eine Schüssel voll Wildsuppe aus dem Kessel füllen, der an einem hölzernen Haken von den Dachsparren herabhing, doch Wertislaw wehrte freundlich ab.

»Danke, Schönste, bis zur Abendmahlzeit halte ich noch durch.«

»Iss wenigstens etwas davon!«, insistierte Agatha und reichte ihm eine Portion. »Die Gesetze der Gastfreundschaft müssen geachtet werden.«

Wertislaw bedankte sich und aß gehorsam.

Doch seine Ungeduld hatte Jacza schon verraten, dass der Besuch von großer Dringlichkeit war. Also befahl er mit einer knappen Geste alle bis auf seine junge Frau hinaus.

»Ich ahne schon, was dich hierherführt«, sagte er und rieb sich nervös das Kinn. »Dein Vater schickt dich, nicht wahr? In derselben Angelegenheit habe ich gestern meinen zuverlässigsten Mann, Jaro, zu ihm gesandt. Eure Wege müssen sich gekreuzt haben …«

Wertislaw schluckte rasch einen Bissen Fleisch hinunter, um antworten zu können.

»Wir sind uns nicht begegnet. In Zeiten wie diesen, wo ausgehungerte Gesetzlose und blutrünstige Wallfahrer die Wege unsicher machen, nimmt ein kluger Mann manchen Umweg in Kauf, um unbehelligt ans Ziel zu gelangen.«

Nun aß er bedächtiger und überließ erst einmal Jacza das Sprechen. Wenn der Freund seinen besten Mann mit einer Botschaft für Niklot zur Mecklenburg geschickt hatte, dann wusste er schon von den besorgniserregenden Entwicklungen der letzten Wochen.

»Dass der Löwe und der Bär zusammen mit anderen christlichen Herren einen Kriegszug gegen uns Slawen planen, um unser Land zu erobern, ist uns nicht neu«, begann der Köpenicker. »Du warst dabei, als ich im Herbst deinen Vater aufsuchte und mit ihm darüber sprach. Doch jetzt spitzt sich die Lage bedrohlich zu. Ein Gesandter des Papstes hat auf einem Hoftag in Frankfurt diesen Kriegszug nicht nur gebilligt, sondern öffentlich dazu aufgefordert, die Slawen bis auf den letzten Mann, die letzte Frau, das letzte Kind zu vernichten, sofern nicht jeder Einzelne von uns bereit ist, sich taufen zu lassen. Die Heere sammeln sich Ende Juni in Magdeburg. Das weiß ich von Gefolgsleuten meines Oheims, der auf christlicher Seite steht. Ich musste euch warnen.«

Wertislaw stellte seine halbleere Schüssel ab und starrte ins Feuer.

»Danke für deine Warnung! Wir wissen von diesen Plänen.« Ein düsteres Lächeln huschte über sein Gesicht. »Mein Vater wäre ein Narr, wenn er seine Spione nicht gut verteilt hätte.« Er warf einen kurzen Blick auf Agatha. Doch da Jacza seiner Frau vertraute, tat er es auch. Die zierliche, bildhübsche Polin wirkte besorgt, aber nicht ängstlich. Wertislaw fragte sich einmal mehr, ob sie überhaupt schon alt genug war, damit die Ehe vollzogen werden konnte. Darüber würde Jacza nicht reden. Doch wie dem auch sei, Agatha war klug und ihrem Mann eine gute Gefährtin. Und sie mochte ihn, das war nicht zu übersehen. Ihre Augen leuchteten, wenn sie ihn anblickte.

»Ist Copnic von diesen Kreuzfahrern bedroht?«, fragte Niklots Sohn. »Oder können dich deine christlichen Verwandten davor bewahren?«

»Ich muss uns aus der Sache heraushalten. Wir sind zu wenige. Ich *kann* nicht gegen die Christen und *will* nicht gegen die Slawen kämpfen. Auch deshalb war meine Vermählung mit der lieblichen Agatha ein Glücksfall«, erwiderte Jacza und sandte seiner Frau einen liebevollen Blick, den sie mit einem Lächeln erwiderte.

Dann trank er einen Schluck und berichtete.

»Also habe ich Gesandtschaften an den Bischof von Havelberg und meinen Schwiegervater Peter Wlast geschickt. Das Haus des Grafen von Breslau ist sehr einflussreich. Die polnischen Fürsten werden für ihre Teilnahme an diesem Kriegszug zur Bedingung machen, dass Köpenick unbehelligt bleibt. Schließlich haben wir bereits ihren Glauben angenommen.«

Die beiden jungen Männer grinsten einvernehmlich. Jacza hatte sich zwar für seine Hochzeit mit Agatha taufen lassen, und vor der Inselburg stand eine Kapelle, um jedem Missionierungswütigen zu signalisieren: Hier leben Christen. Doch auf Köpenick durfte unter Jaczas Herrschaft jeder, der es wollte, weiterhin die slawischen Gottheiten anbeten. Der junge Fürst war entschlossen, die Traditionen seines Volkes zu bewahren.

»Als ich bei euch war, beklagte dein Vater, dass sich sein Bündnispartner Adolf von Holstein plötzlich weigere, mit ihm zu verhandeln. Was ist daraus geworden?«, fragte er.

»Das Verhalten des Holsteiners ist für uns das sicherste Anzeichen dafür, wie ernst die Lage mittlerweile ist«, berichtete Wertislaw stirnrunzelnd. »Vater und er pflegten über Jahre ein Freundschaftsbündnis und hatten geschworen, einander nicht anzugreifen. Vater gab sogar sein Wort, ihn zu warnen, falls die Wagrier planten, in Holstein einzufallen. Du weißt, dass der Holsteiner christliche Siedler dorthin geholt hat, um Land urbar zu machen. Der Graf ist ein guter Mann, jedenfalls für einen Christen. Ein Mann von Ehre und kriegserfahren, obwohl er nur ein paar Jahre älter ist als wir. Er spricht sogar unsere Sprache! Vater und er sind öfter zusammen zur Jagd geritten. Doch wenn der Holsteiner jetzt beharrlich schweigt und nicht einmal Vaters Boten vorlässt, kann das nur eines bedeuten.«

Jacza nickte bedauernd und sprach das Offensichtliche aus. »Er darf nicht mehr mit euch reden. Denn der Herzog von Sachsen, dieser junge Löwe Heinrich, ist sein Fürst. Und Heinrich wird der Anführer des gesamten Heerbanns sein ... Also wollen sie auch gegen euch ziehen. Die Götter mögen ihn verdammen!«

Mit der Faust hieb er in die Luft, dann holte er tief Atem und fragte: »Was wird Niklot tun?«

Dessen Sohn breitete hilfesuchend die Arme aus.

»Wir sind viel zu wenige, um gegen dieses gewaltige Heer zu bestehen. Vor allem, falls auch noch die Dänen ins Spiel kommen. Obwohl der junge dänische König nicht sehr durchsetzungsfähig ist. Sven musste die Hälfte seines Landes an Knut Magnusson abtreten, als der ihm den Anspruch auf die Krone streitig machte. Doch wenn die Dänen mit ihren Schiffen unsere Küsten überfallen ... Mag ihr König schwach sein – seine Männer sind es nicht.«

Wertislaw fuhr sich mit beiden Händen durch das helle Haar. »Mein Vater lässt alle Wehranlagen und Fluchtburgen ausbauen, die größte und stärkste am Schweriner See: Dobin. Dort können wir uns lange halten. Wenn das christliche Belagerungsheer der Sache müde ist, lassen sich ein paar Leute zum Schein taufen, und wir bieten Tributzahlungen gegen Abzug der Truppen.«

»Mit dem Bären, dem Meißner und den Polen könntet ihr so etwas sicher aushandeln«, meinte Jacza besorgt. »Aber der junge Löwe ist eitel und ruhmsüchtig.«

»Ich weiß.«

Nun beugte sich der junge Abodrit vor und senkte die

Stimme. »Es schwirren Gerüchte, dass der Löwe den nördlichen Kriegszug allein anführen will, um uns zu überfallen und unsere Gebiete zu erobern. Wenn das geschieht, haben wir womöglich keine andere Chance, als ihm mit einem Überraschungsangriff zuvorzukommen …«

»Möge Triglaw euch beistehen!«, murmelte Jacza.

Wertislaw griff instinktiv nach der Statuette des dreigesichtigen Gottes, die er in seinem Beutel trug.

»Es geht um das Überleben unseres Volkes. Deshalb bin ich hier.«

»Ich kann euch keine Krieger stellen, dazu sind wir zu wenige.« Bedauernd breitete Jacza die Arme aus. »Es wird schon schwierig genug, Köpenick aus den Kämpfen herauszuhalten, wenn die Heere hier durchziehen und plündern wollen. Kein Mann auf dieser Burg wird ohne Waffe in der Hand schlafen.«

»Das weiß mein Vater«, beschwichtigte ihn Wertislaw. »Wir bitten dich nicht um Krieger, sondern um etwas anderes.« Nun beugte er sich wieder vor und sagte fast beschwörend: »Wir müssen unbedingt wissen, was dein Oheim vorhat. Falls er sich wahrhaftig dem Bären anschließt, kennt er ihre geheimen Pläne. Wir müssen wissen, ob der junge Löwe wirklich mit seinem Heerbann gegen uns ziehen will – oder zusammen mit den anderen gegen die Lutizen. Das konnten wir bisher nicht in Erfahrung bringen.«

Jacza ballte unbewusst die Fäuste, weil der Gedanke an seinen Oheim ihn jedes Mal zornig stimmte.

Der kinderlose Fürst Pribislaw von Brandenburg hatte nicht nur vor vielen Jahren schon dem Glauben seines Volkes abgeschworen, sich taufen lassen und den christlichen Namen Heinrich angenommen. Er hatte auch Albrecht den Bären zu seinem Erben erklärt. Damit ginge die Brandenburg, die eigentlich Jacza als seinem nächsten Verwandten zustand, an die Christen. Vermutlich sogar schon bald, denn Pribislaw zählte mehr als siebzig Jahre.

»Ja, er hat tatsächlich dem Bären geschworen, mit ihm auf diesen Kreuzzug zu reiten«, bestätigte Jacza wütend. »Er wird gegen sein eigenes Volk kämpfen! Ich weiß, dass er den Bären erst vor wenigen Tagen aufsuchte, weil der gerade von einem Hoftag zurück ist, auf dem die Einzelheiten beider Kreuzzüge beraten wurden.«

Der junge Fürst ließ die Hände auf die Schenkel fallen und entschied: »Sei heute Nacht unser Gast, und morgen statten wir meinem Onkel einen Besuch ab. Ganz familiär, gemeinsam mit meiner lieben Agatha ...«

Er sah zu seiner Kindfrau, die zustimmend nickte.

»Es ist ein Tagesritt, wir brechen früh auf. Er kennt dich doch nicht von Angesicht, oder?«, vergewisserte sich Jacza.

Sein Freund verneinte.

»Dann sollten wir ihm andere Sachen geben, unauffälligere«, schlug Agatha vor.

Wertislaw trug die typische Kleidung der Slawen: breite, gewebte Bänder um die Waden gewickelt und ein Gewand mit aufgestickten Wolfs- und Drachenköpfen. Den blonden Bart hatte er nach der Sitte seines Volkes zum Dreieck geformt.

Jacza musterte den noch spärlichen Kinnbewuchs seines Freundes und überlegte laut: »Deine paar Stoppeln rasieren wir am besten ab. Die wachsen wieder nach. So wird morgen in Brandenburg niemand ahnen, wer du bist.«

Jäh musste er an die Weissagung eines Priesters denken, als er vor fast zehn Jahren auf der Mecklenburg auftauchte. Damals war er von seinem Oheim ausgerissen, um Niklot zu überreden, die Slawen zu einem Aufstand zu vereinen und anzuführen.

Der Priester hatte gemeint, Jacza würde später noch eine Rolle in der Geschichte spielen. Doch sah er ihn in seiner Vision mit Bart. Und was sich an seinem eigenen Kinn kräuselte, konnte man auch noch nicht recht als Bart bezeichnen.

»Sorge also dafür, dass du alt genug wirst, einen Bart zu bekommen!«, hatte Fürst Niklot ihn damals ermahnt.

Nicht zum ersten Mal fragte sich Jacza von Köpenick, ob es wirklich eine Prophezeiung gewesen war oder nur leeres Gerede, dass er einmal etwas Bedeutendes tun würde.

Der Fürst von Brandenburg und Spandau

Jacza von Köpenick, Agatha,
Heinrich und Petrissa;
April 1147

Sie erreichten die Brandenburg am nächsten Nachmittag bei freundlichem Frühlingswetter: Jacza mit seiner zierlichen Frau, die sich so gut auf dem Pferd hielt, dass der kleine Reitertrupp nicht ihretwegen das Tempo mindern musste, sowie sechs junge Männer als Geleit, unter denen sich Wertislaw in einfacher Kleidung und mit geschorenem Kinn befand. Von seinem Bart hatte er sich nur ungern getrennt, doch der war ohnehin spärlich und würde nachwachsen. Sein Auftrag hatte Vorrang.

Die Brandenburg lag an der Havel und war ebenfalls eine von Wasser umgebene Rundburg, mit Palisaden und Wall geschützt, jedoch viel größer als Köpenick. Im Gegensatz zu Jaczas Burg stand in ihrer Mitte kein slawisches Heiligtum mehr, sondern eine Kirche mit Kreuz darauf.

Fürst Heinrich, ehemals Pribislaw, ein gebrechlicher alter Mann mit spärlichem weißen Haar, gab sich demonstrativ damit beschäftigt, die letzten Brocken Fisch von den Gräten einer gekochten Forelle zu saugen und zu pulen, während sein Neffe, dessen Frau und ihre Begleiter eintraten. Erst nach betont langer Zeit würdigte er die Besucher eines

Blickes. Doch er bat sie nicht, näher zu treten oder gar sich zu setzen.

»Du kommst wohl, um dich zu vergewissern, dass ich tatsächlich noch lebe, hä?«, empfing er seine Verwandten mit hohntriefender Fistelstimme. »Fürchtest du, meine liebe Petrissa würde meinen Leichnam verstecken, nur damit diese Burg nicht an dich geht, Neffe? Oder bist du hier, um mich von meinen Plänen abzubringen? Glaubst du, ich sei zu alt, um mich noch auf dem Pferd zu halten?«

Die Sorge ist nicht unbegründet, dachte Wertislaw zynisch, während er den betagten Herrn von Brandenburg unauffällig musterte. Heinrichs Hände zitterten, als sie die abgenagte Gräte immer noch hielten; das konnte er sogar auf die Entfernung sehen. Und sie waren knotig von der Gicht. Das Gewand war befleckt, und in seinem schütteren Bart hingen Reste von Fisch.

Von Jacza wusste Niklots Sohn, dass auf Brandenburg und Spandau schon lange Heinrichs Frau Petrissa das Sagen hatte.

»Meine liebe Gemahlin und ich sind gekommen, um uns zu überzeugen, dass es dir gutgeht, Oheim«, antwortete Jacza höflich. »Als Gastgeschenk haben wir einen Keiler mitgebracht, den ich selbst mit dem Speer tötete. Er liegt draußen, wenn du ihn sehen möchtest.«

Heinrich ächzte angewidert und wedelte mit seiner knochigen Hand.

»Du weißt ganz genau, dass ich nichts Gebratenes kauen kann!«, fauchte er. »Das muss erst ewig gesotten werden! Hast du etwa vor, drei Tage zu bleiben, hä?«

»Wir reiten wieder heim, sobald es dir beliebt, Oheim. Gleich morgen früh, wenn dies dein Wunsch ist. Ich wollte dir nur eine Freude bereiten. Soll ich das nächste Mal lieber eine Handvoll Stichlinge mitbringen?«, fragte Jacza geduldig, nun aber mit leichtem Spott.

Jäh wurde sein Gesicht ernst.

»Ich bezweifle doch nicht, dass du dich im Sattel hältst, Onkel. Aber willst du mit deinen siebzig Sommern wirklich noch in einen Krieg ziehen? Willst du gegen dein eigenes Volk kämpfen?«

»Das hast du Dummkopf noch nie verstanden!«, knurrte Heinrich, der Herr von Spandau und Brandenburg, der einst Pribislaw geheißen hatte. »Ich tue es auch für dich, du Welpe! Wir können uns nicht auf Dauer allein halten. Das Bündnis mit Markgraf Albrecht verschaffte uns viele Jahre Frieden, während überall sonst Krieg herrschte. Und wenn mein Wahlsohn und Kriegsherr Albrecht ruft, dann folge ich und *schütze* so mein Volk! Sogar dich, auch wenn du das in deiner jugendlichen Hitzigkeit und Dummheit nicht einsehen willst.«

»Heinrich!«, schrillte plötzlich Petrissas Stimme durch die Halle. »Du redest zu viel. Prahl nicht herum!«

Ungehalten drängte sich die Gemahlin des Fürsten an den Gästen vorbei, die immer noch nicht gebeten worden waren, näher zu treten. Petrissa war genauso dürr wie Heinrich, doch mit ihrer lauten Stimme hätte sie jeden Marschall neidisch gemacht.

»Begrüße gefälligst deinen Neffen und seine Frau, wie es sich gehört!«, kommandierte sie ihren Gemahl und ruckte den Kopf zu einem Diener, der sofort loshuschte, um wenig später mit Brot und Salz zurückzukehren. Ein zweiter Diener reichte Jacza und Agatha jeweils einen Becher Met.

Sie bedankten sich und tranken davon. Dann brachen sie jeder ein Stück aus dem runden Brot und tunkten es in die mit Salz gefüllte Mulde in der Mitte des Backwerks. Beide waren erleichtert, dass wenigstens dieser Brauch hier noch gepflegt wurde.

Kauend wandte sich Jacza zu seinen Begleitern um und reichte Brot und Salz an sie weiter, damit die Gastfreundschaft auch ihnen zuteilwurde.

Petrissa beobachtete ihn dabei mit Argusaugen.

93

»Draußen wäre ich beinahe über ein gewaltiges Vieh von einem toten Keiler gestolpert«, beschwerte sie sich, ohne ihre Lautstärke zu dämpfen. »Da dachte ich mir gleich, dass der nur von euch kommen kann. Hätte ihn jemand von unseren Männern erlegt, würden längst alle damit prahlen, die dabei waren. Es ist auch nichts darüber bekannt, dass sich so ein riesiges Biest in unserer Gegend herumtreibt.«

Sie stemmte die Arme in die Seiten, legte den Kopf ein wenig schief und musterte ihren Neffen kritisch.

»Versuchst du wieder mal, deinem Oheim seine Pläne auszureden?«, keifte sie. »Mach dir keine Hoffnungen! Er ist alt, aber nicht altersschwach! Und du, Heinrich, benimm dich wie ein höflicher Gastgeber und nicht wie ein sturer Ochse, hast du gehört?«

»Jaja«, brummte Heinrich, bemüht, nur keinen Streit mit Petrissa vom Zaun zu brechen. Gegen sie und ihr Mundwerk hatte er keine Chance mehr. Die Zeiten waren schon lange vorbei.

Er wischte sich den Mund mit dem Handrücken ab, ließ die Gräte fallen und legte den Kopf auf einen Arm. Sollte sich Petrissa um die Gäste kümmern. Er war müde. So müde.

»Verehrte Tante, wollen wir gemeinsam beten gehen?«, schlug die zierliche Agatha mit heller Stimme vor. »Ich möchte Gott und der Jungfrau Maria danken, dass wir wohlbehalten hier eingetroffen sind und euch bei guter Gesundheit vorfinden. Und eine Kerze stiften, damit Euer liebwerter Gemahl wohlbehalten von seinen nächsten Unternehmungen zurückkehrt.«

Schon zog sie eine Kerze aus gutem Bienenwachs aus dem Almosenbeutel, den sie am Gürtel trug.

»Endlich einmal eine richtige Christin!«, lobte Petrissa sarkastisch. »Und nicht nur jemand, der so tut.«

Das galt eindeutig ihrem Neffen, dem sie finster ins Gesicht starrte, damit er auch begriff, dass er gemeint war, ehe sie der schlesischen Adligen folgte. Diese Bitte konnte sie ihr schließlich kaum abschlagen. Und Agatha als Tochter des Grafen von Breslau war nicht nur – im Gegensatz zu allen anderen – schon gleich nach ihrer Geburt getauft worden, sie kleidete sich auch so, dass sie an jedem christlichen Fürstenhof bestehen konnte: ein schöner Bliaut, mit farbigen Borten verziert, und ein Schleier, der ihr geflochtenes Haar züchtig bedeckte.

An der Tür warf Petrissa noch einmal einen einschüchternden Blick auf ihren Gemahl, den sie nur ungern mit den Besuchern zurückließ.

»Und rede kein wirres Zeug, Heinrich, bis wir wiederkommen!«, ermahnte sie ihn streng.

Hätte Petrissa geahnt, dass Agatha diesen Kirchgang eigens vorgeschlagen hatte, damit die Männer eine Weile allein mit dem alten Fürsten waren, und überdies beabsichtigte, ihre Gebete nach Kräften in die Länge zu ziehen, würde sie die Halle wohl nicht verlassen haben.

Mürrisch und mit müden kleinen Augen bot Heinrich seinem Neffen endlich einen Platz ihm gegenüber an. Jaczas Gefährten durften sich auf die hintere Bank setzen und bekamen jeder einen Becher gereicht und Bier eingeschenkt.

Wertislaw sah sich unauffällig um, streckte dann die Beine aus und tat so, als würde er sich nach dem langen Ritt ganz auf sein Bier konzentrieren. Doch unter halb gesenkten Lidern beobachtete er seinen Freund und dessen greisen Oheim genau und lauschte auf jedes Wort.

»Du wirkst erschöpft, verehrter Onkel«, begann Jacza. »Wir werden uns mit deiner Erlaubnis bald zurückziehen, damit du ruhen kannst.«

»Wenn du eine Woche lang bei Wind und Regen nach Aschersleben und zurückgeritten wärst, würden dir auch alle Knochen weh tun, und du würdest dich nach einem gemütlichen Platz am Feuer sehnen«, murrte Heinrich.

»Der sei dir von Herzen gegönnt, Oheim«, beteuerte Jacza. »Doch nun stell dir erst vor, für Wochen und Monate auf einen Kriegszug zu gehen! In einem sengend heißen Sommer ... oder in einem so verregneten wie dem letzten. Ich bin in Sorge, Oheim. Willst du das wirklich tun? Kannst du nicht deinem erfahrensten Kämpfer den Befehl über deine Männer übertragen?«

»Das hättest du wohl gern, Bursche, was?«, höhnte Heinrich, der plötzlich wieder zu Leben erwachte. »Du hoffst wohl, dann würden sie umkehren und sich in die Wälder verdrücken? Ich traue denen nicht, jedenfalls nicht allen. Zu viele beten immer noch heimlich die alten Götzen an.«

Du tust recht daran, hier keinem zu trauen, dachte Jacza zynisch. Viele von Heinrichs Untertanen waren nicht damit einverstanden, dass die Brandenburg nach seinem Tod an die Askanier gehen sollte statt an seinen Neffen, und Jacza verfügte hier über heimliche Verbündete für den Tag, an dem sein Oheim starb. Ein Rat, den ihm Niklot einst gegeben hatte.

»Ihr jungen Burschen, was wisst ihr schon! Eitel und ruhmsüchtig seid ihr, könnt nicht über eure Nasenspitzen hinaussehen«, murrte Heinrich derweil weiter und pulte ein Stück Gräte zwischen seinen letzten Zähnen hervor.

»Die alten Zeiten sind vorbei. Wir können nicht überleben zwischen Sachsen und Polen, wir müssen uns dem Reich anschließen, nur darin können wir ... nur darin kannst auch *du* als Herrscher bestehen! Du glaubst mir nicht, hä? Warst schon immer ein Streitkopf ... Wirst schon noch sehen, wie lange du dich auf deiner sumpfigen Insel halten kannst! Und an meine Worte denken.«

»Es geht mir nur darum, ob du in deinem Alter wirklich noch selbst in den Krieg ziehen willst«, beharrte Jacza.

»Ich muss! Als Zeichen guten Willens, damit meine Truppen nicht desertieren, und um meinen Wahlverwandten zu unterstützen«, schrillte Heinrich.

»Auch das bereitet mir Sorge«, meinte sein Neffe. »Jahrelang lag der Bär im Streit mit dem Löwen. Und jetzt wollen sie gemeinsam in den Krieg ziehen? Wird sich der alte Bär tatsächlich unter das Kommando des Löwen stellen? Das kann nie und nimmer gutgehen! Und du als verdienter Kämpfer von ehrbaren siebzig Jahren begibst dich unter die Befehlsgewalt eines eitlen Siebzehnjährigen, gegen den *ich* dir schon vorkommen muss wie ein erfahrener Mann? Das ist deiner unwürdig, Oheim. Du warst einmal *König!* Aber der junge Welfe wird in dir nur einen alten Mann slawischer Herkunft mit unbedeutendem und unzuverlässigem Heerbann sehen.«

»Wird er nicht!«, giftete Heinrich zurück. »Er wird mich überhaupt nicht zu Gesicht bekommen!«

»Ach! Lässt man dich etwa nicht am Kriegsrat teilnehmen?«, provozierte Jacza.

»Du bist noch dümmer, als ich dachte, wenn du glaubst, dass drei einstige Todfeinde – der Welfe, der Askanier und der Wettiner – gemeinsam auf Beutezug gehen könnten, ohne sich gegenseitig an die Gurgel zu geraten«, redete sich der alte Fürst wütend in Fahrt. »Dass sie ein Bündnis geschlossen haben, ist schon Wunder genug. Welfen und Askanier haben so viele Jahre Krieg gegeneinander geführt, so viel Land ist verwüstet und mein Wahlverwandter zutiefst gedemütigt worden ... Dieser Meißner hat ihm diese Sache mit dem Wendenkreuzzug eingeredet, dieser wettinische Konrad mit dem eiskalten Blick. Der Kerl ist mir unheimlich. Er hat Albrecht beschwatzt, ich weiß nicht, wie. Und zu dritt haben sie den Papst vollgesäuselt mit dieser Idee. Soll der nur glauben, was er will!«

Heinrich stieß einen verächtlichen Laut aus. »Der Löwe wird sich im Norden austoben und mein Wahlverwandter die Dinge östlich seiner Lande so regeln, wie *er* es für richtig hält. Und zwar ohne dass ihm dieser Welpe hineinredet oder gar Befehle erteilt! Zufrieden?«

Jacza nickte und musste sich zurückhalten, nicht zu Wertislaw zu sehen. Soeben hatten sie erfahren, was sie wissen mussten.

Als hätte sie es geahnt, tauchte plötzlich Petrissa wieder auf.

»Was schwatzt du da schon wieder?«, fauchte sie ihren Gemahl an.

Wütend drehte sie sich zu den Dienern um. »Und warum steht noch kein Essen auf dem Tisch? Was dachtet ihr, wann wir tafeln – um Mitternacht? Es ist spät, wir haben Gäste, und mein Gemahl ist müde. Also sputet euch, sonst werdet ihr es bereuen!«

Sie klatschte in die Hände, die Diener eilten los. Dann setzte sich Petrissa neben ihren Mann und streichelte überraschend zärtlich seine schmerzenden, knotigen Finger.

»Glaubst du, ich weiß nicht, was du denkst und wie du hier heimlich das junge Volk aufwiegelst, um die Brandenburg zu kriegen?«, keifte sie ihren Neffen an. »Schlag dir das aus dem Kopf! So viele Jahre hat dein Oheim seinem Volk den Frieden bewahrt, auch dir, und will es weiter tun. Und du meinst, ihn dafür schelten zu dürfen? Schäm dich!«

Während sich ihr Blick in Jaczas Antlitz bohrte, strichen ihre Finger sanft und beruhigend über die dürre Hand ihres Mannes. Plötzlich schien eine andere Petrissa dort zu sitzen: nicht die ewig scheltende, sondern die, die ihren zum Greis gewordenen Mann liebte und beschützte. Die von ihm einst so verehrt worden war, dass er sogar Münzen mit ihrem Antlitz prägen ließ.

Wie angekündigt brachen die Besucher am nächsten Morgen wieder auf.

Ein gutes Stück entfernt von der Brandenburg und Heinrichs Spähern verabschiedete sich Wertislaw von Jacza und Agatha.

»Ich danke euch von Herzen! Nun weiß ich, was ich in

Erfahrung bringen musste, auch wenn es keine guten Nachrichten sind. Ich komme nicht zurück mit euch nach Copnic, sondern reite auf schnellstem Weg zu meinem Vater. Er muss den Ausbau der Fluchtburgen beschleunigen und die Flotte zusammenrufen. Vielleicht helfen uns die Ranen auf Rügen. Viele Jahre kämpften wir gegeneinander, doch nun sind sie ebenfalls in Gefahr.«

»Ich bete darum, dass wir uns in diesem Leben noch einmal wiedersehen«, sagte Agatha mit Tränen in den Augen.

Wertislaw lächelte ihr aufmunternd zu, gab ihr mit Jaczas Erlaubnis einen Kuss auf die Wange und umarmte den Freund stürmisch. Dann saß er auf und galoppierte gen Norden. Seine slawische Kleidung trug er in einem Bündel am Sattel. Er würde sich erst umziehen, sobald er Heinrichs Herrschaftsgebiet verlassen hatte.

An der Hochzeitstafel

König Konrad, Friedrich von Staufen,
Adela von Vohburg; Hoftag zu Nürnberg,
24. April 1147

Feierlich kleideten die Diener den König in das Prunkgewand für die Hochzeit seines Neffen. Es war aus dunkelrotem Brokat über blauem Untergewand; goldene Muster zierten Halsausschnitt, Ärmelkanten und Reitschlitze. Gerade wollte ihm einer der Kammerherren den pelzgefütterten Umhang über die Schultern legen, als jemand anklopfte und durch die Tür rief, der ehrwürdige Abt von Stablo und Corvey bitte dringend darum, vorgelassen zu werden.

Konrad runzelte die Stirn. Was konnte jetzt wichtiger sein als die gleich stattfindende Vermählung? Hatte sein Neffe etwa doch noch irgendeinen Versuch unternommen, sich davor zu drücken?

Er wies an, den Leiter seiner Hofkanzlei einzulassen, und streifte die hirschledernen Handschuhe über. Der Kämmerer brachte eine Schatulle mit Ringen, aus der Konrad drei auswählte.

»Euer Majestät, soeben erreichte mich eine dringende Nachricht«, begann der etwa fünfzigjährige Abt, der schon unter Kaiser Lothar als Berater gedient hatte, obwohl er im Gegensatz zu dem stets herausgeputzten Erzbischof von Trier lieber im Hintergrund wirkte. Dessen ungeachtet – oder gerade deshalb? – war Wibald der einflussreichste Mann im königlichen Rat.

»Sprecht, aber fasst Euch kurz!«

Der Benediktiner reichte Konrad ein Pergament mit dem päpstlichen Siegel.

»Seine Heiligkeit wünscht, dass ich als sein Gesandter am Wendenkreuzzug teilnehme.«

Kürzer konnte man es wirklich nicht ausdrücken.

Der König war fassungslos und wütend zugleich. Wibald sollte sich in seiner Abwesenheit um die Angelegenheiten des Reiches kümmern und seinen Sohn beraten!

Keinem der Geistlichen vertraute er mehr als diesem Mann. Zwar war der Erzbischof von Mainz durch sein Amt zugleich Reichskanzler und in Abwesenheit des Königs Reichsverweser. Doch Heinrich von Mainz zählte schon fast siebzig Jahre, lag mit dem Papst im Streit und würde dem jungen Mitregenten zwar ein geduldiger Lehrer sein, aber niemand, der politische Schwierigkeiten bewältigen konnte.

Dafür war Albero von Trier unbestritten der rechte Mann. Nur bestand dessen Politik im Wesentlichen aus Täuschungen und raffiniert gesponnenen Intrigen, und Konrad wollte nicht, dass sein Sohn in solchem Sinne erzogen wurde.

Er scheuchte den Kammerdiener, der ihm seinen Umhang

anlegen wollte, mit einer Handbewegung beiseite und ließ sich in einen Stuhl sinken.

»Der Papst hat doch schon Anselm von Havelberg zu seinem Legaten für den Wendenkreuzzug ernannt«, monierte der König wütend. »Und es nehmen so viele Geistliche daran teil – fast noch mehr als Schwertträger von hohem Stand: die Erzbischöfe von Magdeburg und Bremen, die Bischöfe von Brandenburg, Havelberg, Halberstadt, Merseburg, Münster, Verden, Olmütz … Ich brauche Euch *hier*, Wibald! Um den Frieden des Reiches zu sichern und meinem Sohn zur Seite zu stehen.«

Der Abt in seiner schlichten Benediktinerkutte verneigte sich und breitete bedauernd die Arme aus.

»Ich fürchte, ich kann mich einer Anweisung des Papstes nicht widersetzen.«

Er legte eine bedeutungsvolle Pause ein und sah den König mit einem Blick an, der diesen veranlasste, alle anderen hinauszuschicken.

Dann nickte Konrad dem Abt auffordernd zu.

»Es gibt Gerüchte …«, begann dieser dann mit gesenkter Stimme und schob seine Hände in die Ärmel. »Ernstzunehmende Gerüchte, die besagen, dass die weltlichen Anführer des Wendenkreuzzuges nicht als geeinte Streitmacht losziehen wollen, wie es geplant und versprochen war, sondern sich in zwei Heere aufteilen. Eines unter Führung Heinrichs des Löwen, dem sich auch der Herzog von Zähringen anschließen wird, und eines unter Albrecht dem Bären, mit dem die meißnischen Truppen marschieren. Hier in Nürnberg wollen sie insgeheim darüber beschließen.«

Konrad stöhnte und hätte am liebsten herzzerreißend geflucht. Stattdessen hieb er mit der Faust auf den Tisch, um sich Erleichterung zu verschaffen.

»Können diese Herren nicht *einmal*, nur *ein einziges Mal*, für ein gemeinsames großes Ziel ihren Streit beilegen?«, grollte er. »Ich hätte es wissen sollen! Bei all der wundersamen Eintracht, die sie uns in Frankfurt vorgespielt haben …«

»Und da nun der junge Löwe ein Heer allein anführt, hält es Seine Heiligkeit für besser, ihn gut im Auge zu behalten. Ich bedaure sehr, Majestät, aber Ihr müsst den jungen Regenten der Obhut Heinrichs von Mainz und Alberos von Trier überlassen.«

Wibald besaß durchaus auch ein persönliches Interesse am Wendenkreuzzug: Er wollte Rügen, Sitz der kriegerischen und durch Raubzüge reichen Ranen, für sein Kloster Corvey, das alte Ansprüche darauf erhob. Doch das verschwieg er jetzt lieber.

Wieder hätte der König am liebsten geflucht.

»Dann soll Nachricht an Albero geschickt werden, dass er sich umgehend hier einzufinden hat! Das zwingt ihn wenigstens, endlich von seinem Streit mit den Mönchen von St. Maximin abzulassen. Der Papst hat ohnehin zu ihren Gunsten entschieden. Ich danke Euch, ehrwürdiger Abt.«

Der König atmete tief durch und erhob sich.

»Nun lasst uns zu dieser Hochzeit gehen. Damit wenigstens eine der vielen leidigen Angelegenheiten erledigt ist, die uns bevorstehen.«

Das Brautkleid der Erbin des Egerlandes war ein Traum aus byzantinischem Seidenbrokat in Rot und Gold, mit Perlen und Stickereien besetzt, in der Taille eng geschnürt, dann verschwenderisch weit fallend, mit bodenlangen Ärmeln nach neuester französischer Mode und einer drei Ellen langen Schleppe. Dazu trug sie ein goldenes Schapel in Form eines Jungfernkranzes und mit Blüten aus Edelsteinen.

Ihr Bräutigam war in einen Bliaut mit gleichem Muster gekleidet, jedoch von kräftigem Blau. Wer sie sah, dachte unweigerlich: Welch ein schönes Paar! Abgesehen natürlich von den Jungfrauen und jungen Witwen, die der Braut den gutaussehenden und mächtigen Herzog von Schwaben neideten.

Adela hatte den aufregenden Tag überstanden, ohne sich an Details erinnern zu können, mit pochendem Herzen und verkrampftem Magen, immer bemüht, zu lächeln, alles richtig zu machen, kein Wort zu sagen, das ihren frisch angetrauten Gemahl verärgern konnte … und um Himmels willen nicht vor Aufregung zu stottern! Ein Leiden aus Kindertagen, dessen Rückkehr zur Unzeit sie immer noch fürchtete.

Ihr Gemahl hatte sich heute freundlich zu ihr verhalten, was sie sehr beruhigte. Zeitweise. Denn das abendliche Festmahl dauerte nun schon eine Weile an, und bald würde jemand zur Bettlegungszeremonie aufrufen, an die sie jetzt gar nicht denken mochte.

Sie hatte ohnehin schon so viel Angst! Etwas Falsches zu tun, etwas Falsches zu sagen, sich und ihren Gemahl vor den Großen des Reiches zu blamieren …

So nah hatte sie ihnen noch nie gegenübergesessen.

Gleich am ersten Tisch vor der Hohen Tafel waren die Herzöge plaziert, in deren Mitte Heinrich der Löwe posierte und sie gelegentlich neugierig anstarrte, sich ansonsten jedoch kühl und erhaben gab, während der betagte Herzog von Zähringen unablässig auf ihn einredete.

Am Tisch daneben saßen ungeachtet ihres Ranges Friedrichs beste Freunde, allesamt etwa in seinem Alter, sie scherzten und prosteten ihm immer wieder zu. Der sechste Welf, sein noch junger Oheim und Kampfgefährte, hatte den Ehrenplatz in der Mitte zugeteilt bekommen. Er war zwar kein Herzog, aber er wirkte und benahm sich wie einer: kostbar ausstaffiert und sich seiner sehr bewusst. Adela fragte sich, was der König neben ihr wohl darüber denken mochte, seine zwei ärgsten Feinde direkt vor sich zu sehen: den sechsten Welf und den jungen Löwen, ebenfalls ein Welfe. Aber es war gewiss klug, seine Feinde im Auge zu behalten. Und schließlich hatten beide das Kreuz genommen.

Am Tisch mit den Freunden ihres Gemahls erkannte sie neben dem jungen Landgrafen von Thüringen auch Dietrich, den Sohn des Markgrafen von Meißen – die geheime und unerfüllte Liebe ihrer Freundin Kunigunde von Plötzkau. Die wiederum saß als Vertraute der Braut ein ganzes Stück weiter hinten neben ihrem Gemahl und sah nicht glücklich aus. Doch ab und zu riss sie sich zusammen und sandte Adela ein aufmunterndes Lächeln.

»Gefällt Euch die Musik?«, fragte Friedrich, nachdem er ihren gemeinsamen Becher hatte nachfüllen lassen.

»Der Harfner spielt wunderbar«, antwortete die Jungvermählte und zwang sich zu einem Lächeln. »Doch vom Lied des Sängers verstehe ich kein Wort bei all dem Lärm.«

Die meisten der prächtig gekleideten Gäste hatten dem Wein schon erheblich zugesprochen, und viele Männer prahlten lauthals von den Heldentaten, die sie auf ihrem Kriegszug vollbringen wollten.

»Soll ich den Barden an die Hohe Tafel rufen lassen?«, bot er an.

»Sofern das Euer Wunsch ist«, sagte Adela zögernd.

»Lieber plaudere ich mit Euch, um Euch etwas besser kennenzulernen«, erwiderte Friedrich höflich, worüber sie sich freute.

Dabei dachte er, ohne es sich anmerken zu lassen: Um Himmels willen, sie mag das Geklimper und Geschrei dieser sittenlosen Spielleute! So etwas kommt mir nicht an meinen Hof. Dort sollen Schwerter klingen und singen, wenn meine Ritter und Knappen den Kampf üben. Aber sei's drum, tausche ich eben ein paar Belanglosigkeiten mit ihr aus. Bin nett zu ihr. Das wird von mir erwartet. Ich bin der Herzog von Schwaben und Neffe des Königs. Und sie kann ja nichts dafür, schließlich hat sie sich diese Ehe ebenso wenig ausgesucht wie ich. In einer Stunde werde ich sie nehmen. Damit erfülle ich den Willen meines Vaters, Gott hab ihn selig, und kriege dafür das Egerland. Dann sind es nur noch drei Tage, bis ich fortreite und sie erst einmal los bin …

Adela sammelte derweil alle Kraft, da sie sich aufgefordert fühlte, etwas zu sagen.

»Ich bin überaus glücklich, Eure Gemahlin zu sein. Und ich werde alles tun, um Euch nicht zu enttäuschen und Eure Erwartungen in jeder Hinsicht zu erfüllen.«

Schon verloren, dachte er zynisch. Zu alt, falsche Haarfarbe, und sie mag diese Singerei. Doch er rang sich ein Lächeln ab.

Adela allerdings spürte, dass es nicht echt war.

In ihrer Not fand sie den Mut zu Worten, die sie nie hatte sagen wollen.

»Wir werden nur drei Nächte miteinander verbringen, mein Gemahl, dann reitet Ihr fort, zur Heerschau nach Regensburg und von dort aus ins Heilige Land. Niemand weiß, was Euch in der Fremde erwartet. Ich werde jeden Tag zu Gott und zur Heiligen Jungfrau beten, dass Euch nichts zustößt und Ihr gesund zurückkommt. Doch Ihr könnt mir etwas von Euch zurücklassen …«

Fragend sah er sie an.

»Einen Sohn!«, sagte sie leise. »Oder eine Tochter. Und wenn es Euch gefällt und die Heilige Jungfrau uns dieses Geschenk gewährt, würde ich das Kind gern nach Eurem Vater oder Eurer Mutter nennen.«

Verblüfft sah Friedrich ihr in die Augen, zum ersten Mal.

Sie hatte recht. Falls er fiele im Kampf gegen die Sarazenen, würde nichts von ihm zurückbleiben. Dann ginge das Herzogtum Schwaben an seinen Halbbruder.

Er musste sie heiraten und die Ehe vollziehen; am Letzten Willen seines Vaters war nichts herumzudeuteln. Doch falls er sie heute oder morgen Nacht schwängerte, würde es schwierig werden, die Ehe später einmal aufzulösen.

»Trinkt noch etwas, Ihr werdet es brauchen, liebwerte Gemahlin!«

Er reichte ihr den vollen Becher und bestand darauf, dass sie austrank, obwohl sie vor Aufregung den ganzen Tag über fast nichts gegessen hatte. Rasch ließ er erneut nachschenken und trank selbst den nächsten Becher. Und noch einen.

Sodann gab er seinem Oheim, dem König, mit einem Blick das Zeichen, die Bettlegungszeremonie auszurufen.

Ihm waren erfahrene Gespielinnen lieber als verängstigte Jungfrauen. Doch nun wollte er wissen, ob die Brüste der Egerländerin wirklich so schön waren, wie sie unter dem eng geschnürten Brautkleid wirkten.

Über verschiedene Arten, Abschied zu nehmen

Konrad von Staufen, Konrad von Wettin,
Adela, Gunda, Heinrich der Löwe;
Königsburg zu Nürnberg, Ende April 1147

Der König ist ein Narr!, dachte der Markgraf von Meißen verächtlich, während alle um ihn herum kampflustig die Schwerter in die Höhe reckten und »Gott will es!« schrien.

Die Fürsten und ihre bedeutendsten Gefolgsleute hatten sich auf dem Hof der salischen Königsburg von Nürnberg versammelt, weil sich ihr Herrscher feierlich von all jenen zu verabschieden wünschte, die ihm nicht ins Heilige Land folgen würden.

Ungewohnt lange und enthusiastisch sprach der König, immer wieder von kampflustigem Gebrüll befeuert.

»Wahrt den Landfrieden und erfüllt im Kampf gegen die Wenden eure Pflicht vor Gott!«, rief er gerade denen zu, die im Reich bleiben würden. »Während ich mit den Recken, die mir ins Heilige Land folgen, Edessa befreien und Jerusalem schützen werde!«

Ausgerechnet in diesem Moment setzte heftiger Regen ein, was der Festlichkeit der Stunde deutlich Abbruch tat. Nur Konrad von Staufen schien das nicht wahrzunehmen, während immer mehr Teilnehmer der Zeremonie missmutig zum Himmel blickten und ihre Umhänge enger an sich rafften.

Bald werdet ihr euch nach Regen sehnen, dachte Konrad von Wettin zynisch, den die leidenschaftliche Ansprache des Königs völlig kaltließ.

Wer von euch, so hätte er ihnen am liebsten zugerufen, wer von euch, die ihr jetzt noch jubelt und euch auserwählt fühlt, wird wohl in ein paar Monaten Pferdeblut und Urin trinken, um nicht zu verdursten? Wessen Kopf werden die Seldschuken auf die Nachhut schleudern? Wer wird bei der Überfahrt ertrinken und wer durch einen Pfeil aus dem Hinterhalt sterben, noch bevor er sein Schwert ziehen konnte? Wer von euch wird zurückkehren, ihr eitlen Narren? Einer von zehn? Einer von hundert? Einer von tausend?

Der Markgraf von Meißen und der Lausitz warf einen kurzen Blick auf seine beiden ältesten Söhne, die zusammen mit dem Marschall von Brehna hinter ihm standen, und pries sich wieder einmal glücklich, einen Weg gefunden zu haben, sich dem zu entziehen, ohne das Gesicht zu verlieren.

»Verzagt nicht, weil euer König euch verlässt! Als bedeutendster Herrscher der Christenheit muss ich diesen Kreuzzug persönlich anführen. Ich werde der erste König sein, der ein Heer nach Jerusalem führt!«, rief Konrad von Staufen immer pathetischer und immer lauter – was auch damit zu tun hatte, dass seine Worte durch das Pladdern des Regens und das Schnauben und Wiehern der Pferde kaum noch über den Hof drangen.

Diesen sonst oft zaudernden König hat der Größenwahn

gepackt, dachte der Wettiner zunehmend besorgt, der ein guter Beobachter und Menschenkenner war und seinen Blick auf den Staufer gerichtet hielt.

In den *neun* Jahren seiner Herrschaft hat er es als Erster auf diesem Thron nicht geschafft, sich zum Kaiser krönen zu lassen. Und wie viele Kriege und Fehden gab es unter seiner Regentschaft innerhalb des Reiches?, kommentierte der Meißner in Gedanken. Nur weil Ludwig von Frankreich das Kreuz genommen hat, meint Konrad, es auch tun zu müssen. Wen kümmert schon, was dieses Jüngelchen Ludwig tut? Und: der *bedeutendste* christliche Herrscher? Was mögen wohl Ludwig und der Kaiser von Byzanz dazu sagen? Die drei möchte ich zusammen in einer Kammer erleben, wenn sie diesen Streit austragen. Wobei der brave kleine Ludwig vermutlich kaum zu Wort käme.

Und zu all dem Ungemach lässt uns Konrad auch noch einen zehnjährigen Kindkönig zurück!

Der Meißner blickte auf Heinrich-Berengar, der offensichtlich kurz davorstand, in Tränen auszubrechen. Neben ihm stand die jungvermählte Braut des Königsneffen. Auch sie wirkte alles andere als glücklich.

Wegen einer missglückten Hochzeitsnacht oder vor Abschiedsschmerz?, fragte sich der Markgraf, um den Gedanken gleich wieder als unwichtig abzutun.

Von Nürnberg aus würden der König, sein frisch vermählter, anmaßender Neffe und ihr Gefolge nach Regensburg reiten, um sich bis Mitte Mai mit weiteren Truppenkontingenten zu vereinen. Dann wollte der König zu Schiff die Donau hinabfahren, derweil das Heer zu Fuß folgte, Himmelfahrt in Ardaker nahe Linz begehen und nach Pfingsten die Grenze zu Ungarn passieren.

Und spätestens dann gibt es für diese Dummköpfe ein böses Erwachen, dachte der Meißner eingedenk eigener Erfahrungen bei seiner Pilgerfahrt vor einem Jahr.

Der Papst und der König wollen, dass sich nur Ritter samt den nötigen Mengen an Knappen, Sergenten und Tross ihrem Kreuzzug anschließen. Viele haben sich gemeldet – hauptsächlich zweit- und drittgeborene Söhne in der Hoffnung, in den Kreuzfahrerstaaten Land und reichlich Beute zu erwerben. Doch die Not im Reich ist vielerorts so groß, dass die armen Pilger in Scharen folgen werden, ob es der König will oder nicht. Solche Menschenmassen kann man nicht aus dem Land heraus ernähren.

In Ungarn mag es noch angehen, sofern König Gesa Wort hält. Spätestens auf dem unruhigen Balkan aber werden sich die Schwierigkeiten häufen und in Anatolien zur Katastrophe auswachsen. Denn unsere schwere Panzerreiterei nützt nichts gegen die blitzschnellen Angriffe der seldschukischen Bogenschützen, die längst wieder verschwunden sind, ehe sich die Ritter zum Angriff formieren können.

Noch jubelt ihr, träumt von Reichtümern … Dabei reitet ihr in den Tod, dachte Konrad von Wettin und zuckte kaum merklich die Schultern. Immerhin war ihnen ewiges Seelenheil versprochen.

Adela, frisch angetraute Gemahlin Friedrichs von Staufen und formell Herzogin von Schwaben, bemerkte, dass Heinrich-Berengar gleich in Tränen ausbrechen würde, während sich sein Vater in Feuer redete. Zum Glück verbargen die Regentropfen dies vor all jenen, die etwas weiter weg standen. Sie neigte sich leicht zu dem Jungen und hätte ihm am liebsten eine Hand auf die Schulter gelegt oder beruhigend seine Finger gedrückt, aber sie konnte ihn nicht auf diese Art bloßstellen.

»Sie kommen wieder, seid unbesorgt«, flüsterte sie ihm zu.

»Das wisst Ihr nicht!«, entgegnete der junge König trotzig.

»Und wann? Wann kommen sie wieder? Vater lässt mich hier allein mit alldem zurück!«

Nun rollten eindeutig Tränen über seine Wangen, was aber nur Adela sah.

»Gott ist mit ihm, Gott ist mit ihnen allen!«, beschwor sie ihn, damit er jetzt nur nicht vor allen laut losheulte. »Seid tapfer, Majestät, nur noch diesen Moment, bis sie vom Hof geritten sind! Dann bringt Euch der Ritter von Lauterstein in Eure Kammer, und Ihr müsst Euern Kummer nicht mehr verbergen. Ich flehe Euch an ...«

Heinrich biss sich auf die Lippen, verkrampfte und bemühte sich, jede Regung auf seinem blassen Gesicht zu verbergen.

Tröstend strich ihm Adela heimlich über den Rücken in der Hoffnung, dass es niemand bemerkte.

Dabei war sie selbst völlig verzweifelt.

Vorsichtig richtete sie den Blick auf ihren Gemahl. Doch die Vorsicht wäre nicht nötig gewesen. Friedrich sah nicht ein einziges Mal auch nur in ihre Richtung, sondern schien ganz von der Zeremonie gefangen. Er jubelte und schwor mit den anderen, lächelte seinen Freunden und Gefährten zu, war ganz jener strahlende Ritter, als den alle Welt ihn kannte und in den sie sich schon vor Jahren verliebt hatte. Doch für sie empfand er keine Liebe. Nicht einmal Sympathie. Gar nichts. Sie war ihm gleichgültig.

Schlimmer noch: lästig. Das hatte sie in den vergangenen drei Tagen und Nächten erkennen müssen, und ihr Herz blutete. Dabei hatte sie sich solche Mühe gegeben! Sich so sehr gewünscht, zärtlich von ihm berührt zu werden, von ihm ein freundliches Wort zu hören, seine Wünsche zu erfüllen – wenn er denn welche geäußert hätte. Gierig und hastig hatte er sie entjungfert, ohne ein Wort, ohne ihr überhaupt ins Gesicht zu sehen. Sie hatte sich bemüht, sich ihre Scham darüber nicht anmerken lassen, vor ihm entkleidet zu werden, nackt wie Eva in sein Bett gelegt zu werden und dann all diese ... Dinge mit sich geschehen zu lassen.

Sie hatte ihre Pflicht getan, wie Gott es wollte. Und sich dabei wie ein lebloser Gegenstand gefühlt, eine Ware. Der Gegenwert zum Egerland, würde ihre Freundin Gunda sagen.

Gleich danach und immer noch ohne ein Wort verließ Friedrich ihr gemeinsames Bett und die Kammer. Sie blieb allein zurück mit dem Blut auf ihren Schenkeln, mit tausend Fragen und dem Entsetzen über seine Herzenskälte.

Nach dem Frühgottesdienst und dem Vorzeigen des blutigen Lakens bekam sie als Morgengabe ihr Wittum übertragen, durfte gerade noch ein Wort des Dankes äußern und war schon wieder allein gelassen.

Bei den Abendmahlzeiten saß sie an seiner Seite, sie wechselten wenige höfliche Sätze, und heute Morgen hatte sie sich ganz offiziell von ihm zu verabschieden: mit wohlgesetzten Worten vor jedermann, mit Segenswünschen und einem tiefen Knicks. Ein kurzer Dank wurde ihr zuteil, ein majestätisches Nicken … Und als Friedrich sich abwandte und auf sein Pferd stieg, überkam sie schlagartig das Gefühl, schon wieder aus seinem Leben entschwunden zu sein. Er würde in fremde Länder reisen, gegen fremde Männer kämpfen, fremde Frauen treffen …

Adela rief sich Agnes' Worte ins Gedächtnis: *Eure wahre Ehe beginnt erst nach seiner Rückkehr. Vergiss alles, was in den nächsten drei Tagen geschieht! Er ist in Gedanken längst fort.* Vielleicht ist es gut so, versuchte sich die todunglückliche junge Braut einzureden.

Wenn wir uns beide ineinander verliebt hätten, würde ich mir die Augen ausweinen, bis er wiederkommt. Stattdessen werde ich mich nun ganz um den jungen König kümmern – sofern ich kein Kind unterm Herzen trage. Kann ich in diesen wenigen Augenblicken überhaupt eines empfangen haben?

Sie biss sich auf die Lippen, um nicht in Tränen auszubrechen, denn dafür würde ihr Gemahl sie hassen.

Doch es bestand keine Gefahr, dass er in ihre Richtung sah.

Agnes von Saarbrücken hatte recht. In seinen Gedanken war

111

Friedrich von Schwaben schon weit fort, führte Männer in den Kampf und erwarb sich unsterblichen Ruhm.

Endlich war die Ansprache des Königs vorüber. Nach nicht enden wollendem Gebrüll: »Für Gott! Folgt dem König!«, formierten sich unter großem Gedränge die zahllosen Reiter zu einer Kavalkade, um gemeinsam vom Burgberg hinunter in die Stadt und zur Regnitz zu ziehen. Auf dem Weg würden sich ihnen die Mannschaften anschließen.

Graf Bernhard von Plötzkau hatte noch lange zu warten, ehe er und seine Ritter den Pferden die Sporen geben durften. Sie standen im hinteren Teil des Burghofes, und es ging streng nach Rang zu, was bedeutete, dass als Erstes die Herzöge, Landgrafen, Markgrafen, Erzbischöfe und Bischöfe dem König folgten.

Es dauerte lange, bis einigermaßen Ordnung in den vorderen Teil der Kolonne kam und die Nächsten nachrücken durften. So wanderten Bernhards Blicke immer wieder zu seiner Gemahlin, die gemeinsam mit den Frauen seiner Ritter zwischen zwei Säulen stand und vor Nässe triefte.

Zu Gundas Überraschung stieg Bernhard plötzlich noch einmal vom Pferd, obwohl sie sich längst förmlich voneinander verabschiedet hatten. Er drückte seinem Knappen die Zügel in die Hand und kam mit merkwürdiger Miene auf sie zu.

Erschrocken spannte sie ihren Körper an. Was hatte er im Sinn? Neue Befehle, weitere Anweisungen, die sie kaum erfüllen konnte? Schelte, weil durch den Regen ihr Schleier triefend nass auf ihrem Haar klebte und das Kleid an ihrem Körper? In diesen Dingen war er überaus streng.

»Ich bereue es nicht, das Kreuz genommen zu haben«, begann er mit rauher, ungewöhnlich brüchiger Stimme, als er vor ihr stand. »Gott wird mir meine Sünden vergeben und uns ein Kind schenken, wenn ich wiederkomme. Einen Erben.«

Dann stockte er und hob plötzlich die Hand.

Gunda zuckte zusammen. Er würde sie doch nicht hier vor allen schlagen?

Stattdessen tat er etwas, das er noch nie getan hatte: Er legte seine behandschuhte Hand auf ihre Wange.

»Ich war ... nicht immer gut zu dir«, sagte er leise und beklommen. »Es ist ... nicht leicht für mich. Du so jung und zart ... und ich um vieles älter, vom Kampf gehärtet. Doch falls der Allmächtige vorhat, mich in der Fremde zu sich zu rufen, muss ich meinen Frieden mit dir geschlossen haben.«

Nichts hätte Gunda mehr verblüffen können.

Ihr Leben als Gräfin von Plötzkau war von der Lieblosigkeit und Strenge ihres Gemahls geprägt, von den versteckten oder gar offenen Boshaftigkeiten seiner Vertrauten. Glücklich war sie nicht einen einzigen Tag lang gewesen.

Nur eine schöne Erinnerung verbarg sie in der Tiefe ihres Herzens: den leidenschaftlichen Kuss des Mannes, den sie liebte und der unerreichbar für sie war, auch wenn sie ihn hier auf dem Hof entdeckt hatte, was ihre Gefühle schon wieder durcheinanderwirbelte.

Sie musste etwas antworten. Die Männer riefen bereits nach dem Grafen; die Plötzkauer sollten sich endlich in die Kolonne einreihen und hinab in die Stadt reiten.

»Zieht in Frieden! Ich empfehle Euch der Güte der Jungfrau Maria an«, sagte sie leise.

Erleichterung zog über das Gesicht ihres Gemahls. Er küsste sie flüchtig auf die Stirn und stapfte zurück zu seinem Pferd, um aufzusitzen und loszureiten.

Immer noch verblüfft, wandte sich Gunda den Edeldamen zu, die mitgereist waren, um sich hier in Nürnberg von ihren Rittern zu verabschieden.

Die blonde Judith, die ebenso wie ihr Roland in der letzten gemeinsamen Nacht kein Auge zugetan hatte, zerfloss in Tränen und schluchzte herzzerreißend.

»Er wird nicht wiederkommen, ich spüre es«, wehklagte sie. »Er wird sein Kind nie sehen! Wie soll ich ohne ihn leben?« Gunda legte ihr den Arm um die Schultern und ließ zu, dass die junge Frau ihren Kopf an sie lehnte.

»Liebe, Glaube, Hoffnung!«, murmelte sie. »Wir gehen jeden Tag in die Kapelle und sprechen ein Gebet für Roland und die anderen.«

Schluchzend nickte Judith.

Es tat beiden Frauen gut, sich so aneinanderzuschmiegen und sich gegenseitig zu wärmen.

Doch dann richtete Gunda den Blick auf die zierliche, inzwischen hochschwangere Isa, die ihrem Mann Hugo nachblickte, die Augen voller Hass.

Isas vor Kälte blauen Lippen bewegten sich, und Gunda erriet jedes ihrer Worte: Komm nie wieder, du Ungeheuer, verrecke in der Ferne, und zwar so qualvoll, wie es nur geht! So wie du mich gequält hast, Hugo von Rottfels, so wie du mir immer wieder Schmerzen zugefügt hast! Verrecke, so wie ich elendig krepieren werde, weil ich das Ungeheuer nicht zur Welt bringen kann, das du in mich gepflanzt hast, grob und brutal und kaum dass mein erstes Blut floss, als ich zwölf war!

Rasch löste sich Gunda von Judith und schob die Kindfrau durch das Gewühl in eine Nische. Dann nahm sie ihr Gesicht in beide Hände und flüsterte ihr hektisch zu: »Sag kein Wort! Sprich es nie aus – sonst kann ich dich nicht beschützen!«, beschwor sie Isa. »Du bist ihn jetzt auf lange Zeit los, er kann dir nicht mehr weh tun. Und eine gute Wehmutter wird dir beistehen, wenn deine Stunde naht. Dafür habe ich gesorgt. Komm, ich bringe dich fort von diesem Hof. Hier sind zu viele Augen um uns herum.«

Das plötzliche Absitzen des Grafen von Plötzkau hatte die Aufmerksamkeit einiger Teilnehmer des Wendenkreuzzuges erregt, die auf der gegenüberliegenden Seite des Burghofes standen.

Wenn Bernhard fällt, und das ist nicht so unwahrscheinlich, er muss doch nun schon bald sechzig sein ..., sinnierte Albrecht der Bär und schüttelte seinen Umhang, damit das Regenwasser abperlen konnte. Dann hole ich mir Plötzkau! Das hätte mir schon längst gehören sollen – nur eine Reitstunde von Aschersleben entfernt.

Dietrich von Meißen hingegen beobachtete die kleine Szene aufmerksam und ließ kein Auge von Gunda.

Wenn Bernhard fällt, ist sie Witwe, dachte er. Doch dann werde ich schon mit Dobroniega vermählt sein. Warum nur kann ich mir meine Braut nicht frei wählen? Ich liebe diese außergewöhnliche Frau noch immer, ich kann sie einfach nicht vergessen.

Er überlegte, ob er es wohl wagen durfte, nachher unter einem Vorwand auf Gunda zuzugehen, ein paar Worte mit ihr zu wechseln. Doch das würde ihr nur Ärger einbringen – und ihm Kummer, weil sie ihm vermutlich zu seiner Verlobung gratulieren würde, die allgemein bekannt war.

Ein Befehl des Herzogs von Sachsen riss ihn aus seiner Versunkenheit.

Sobald all jene den Hof verlassen hatten, die dem König auf den Kreuzzug ins Heilige Land folgten, verkündete Heinrich der Löwe seinen Mitstreitern: »Hiermit rufe ich einen Kriegsrat zusammen. Seine Majestät hinterließ uns klare Anweisungen, doch die bedürfen noch einiger Verfeinerung im Detail.«

Der junge Herzog lächelte kalt.

Als die immer noch triefnassen Markgrafen der Nordmark und von Meißen mit ihren älteren Söhnen in der Kammer eintrafen, in die er sie beordert hatte, lehnte sich Heinrich der Löwe in seinem Stuhl zurück.

»Ich denke, wir sollten die Dänen fragen, ob sie uns mit ihrer Flotte unterstützen. Ist nicht einer Eurer Söhne mit diesem Sven Estridsson befreundet?«, wandte er sich an den Meißner Markgrafen, der bejahte. »Entsendet ihn zu diesem Sven in meinem Auftrag. Es ist unter meiner Würde, als Herzog mit jemandem zu verhandeln, der zu schwach ist, seine Krone zu behaupten. Und noch dazu von fragwürdiger Herkunft, ein Bastard, wie es heißt«, fügte er naserümpfend hinzu. »Die Dänen können mit ihrer Flotte vor Wismar landen, und die Polen stoßen von Osten auf uns zu, sobald wir uns ihrer Grenze nähern.«

Er legte eine kurze Pause ein, sah keinen Widerspruch – er erwartete auch keinen – und verkündete dann selbstgefällig: »Vernehmt meinen Beschluss als Oberbefehlshaber des Wendenkreuzzuges: Wir werden unser Heer teilen. Ich ziehe mit meiner Streitmacht und der des Herzogs von Zähringen gegen die Abodriten im Norden, Euch anderen überlasse ich die Lutizen südlich davon.«

Da atmete auch Konrad von Meißen auf.

Nur mit dem Versprechen, er werde den Löwen auf diesem Kriegszug nicht zu Gesicht bekommen, hatte er Albrecht den Bären überhaupt von dieser Unternehmung überzeugen können. Die Feindschaft zwischen den beiden war so tief, dass es unweigerlich zum Zerwürfnis gekommen wäre.

Sollte sich der Jungsporn von einem Herzog doch im Norden austoben! Albrecht würde östlich von seiner Nordmark jede Menge Beute machen. Für ihn, Konrad, sprang nicht ganz so viel heraus. Doch ihm ging es ja um etwas ganz anderes: nicht für das unausweichliche Desaster, in dem dieser Kreuzzug enden würde, ins Heilige Land zu ziehen. Stattdessen würde er ein paar Wochen gen Osten reiten, ein paar Slawen zwangsweise taufen lassen und spätestens im Herbst wieder in Meißen sein. Und er brauchte sich nicht um das Leben seiner Söhne zu sorgen. Sie konnten ruhigen Herzens hierbleiben, denn er würde sie im Falle seines Todes allesamt mit Land und Titeln ausstatten, nicht nur seinen Ältesten.

Doch die Edlen, die dies nicht taten, würden bald schon um ihre Nachgeborenen weinen, wenn sie in der Fremde starben, statt dort eigenes Land zu erobern.

Zu Hause wartet der Tod

Gunda; Plötzkau Mai 1147

Die verwesenden Leichen von vier Gehenkten waren das Erste, was Gunda und ihre Begleiter zu Gesicht bekamen, als sie sich Plötzkau nach zehntägiger Reise endlich näherten. Mit leergehackten Augenhöhlen in den schwarzen Gesichtern hingen die Toten an den Ästen einer Linde wie riesige, faulige und Gestank verbreitende Früchte.

Und davor steckten sechs verweste Köpfe auf Pfählen.

Die Ankunft der Reitergruppe scheuchte den Krähenschwarm kurz in die Luft, der sich auf Baum und Kadavern niedergelassen hatte. Doch gleich kehrten die schwarzgefiederten Aasfresser zu den Gehenkten zurück, um weiter Fleischbrocken aus ihnen herauszureißen.

»Was hat das zu bedeuten?«, fragte Gunda den Kommandanten der Wachmannschaft, der ihnen mit einigen seiner Männer ein Stück entgegengaloppiert war, um sie zur Burg zu geleiten.

»Gesetzlose. Vor einer Woche überfielen sie das Dorf und plünderten. Obwohl … viel zu holen war da nicht.«

Helmhold von Steinau, der alte und starrköpfige Ritter, der schon vor Jahren mit Gunda um die Kapitulation der Burg gestritten hatte, ließ ein verächtliches Grunzen hören.

»Gab es Tote im Dorf?«, fragte Gunda ungeduldig. »Und sind das sämtliche Angreifer, die da hängen?«

»Drei Tote unter den Dörflern und ein paar Weiber, die geschändet wurden. Die da« – er deutete auf die Gehenkten – »waren alle, die wir zu fassen bekamen. Den Dürren rechts hat der alte Paul erschlagen, als sie in seine Kate kamen, ehe sie ihm den Garaus machten. Die meisten von dem Gesindel flohen in den Wald, sobald sie uns von der Burg kommen sahen. Die, die wir töten konnten, seht Ihr da.«

Der weißhaarige Kommandant deutete auf die aufgespießten Köpfe und spuckte aus.

Gunda befahl der ganzen Reisegesellschaft Halt.

»Lasst sie abnehmen und begraben!«, wies sie Helmhold an. Der starrte sie an, und sofort brach seine alte Widerspenstigkeit sich Bahn.

»Sie hängen dort zur Abschreckung!«, blaffte er. »Es waren viel mehr Wilde, mehr als sechs Dutzend, die das Dorf überfielen. Einige sind mit Pfeil und Bogen bewaffnet, nicht nur mit Knüppeln. Die Entkommenen verstecken sich wahrscheinlich im Wald und überlegen, ob sie sich noch einmal herauswagen. Ladet sie nicht dazu ein, Gräfin!«

»Sobald wir in der Burg sind, werden wir beraten, was wir tun können, um uns zu schützen«, erklärte Kunigunde respektvoll genug, um die Autorität des Burgkommandanten nicht vor seinen Männern in Frage zu stellen. »Doch falls die Gesetzlosen noch in unseren Wäldern hausen, haben sie die Gehenkten längst gesehen. Lasst also die hier abnehmen, denn wir können nicht auch noch eine Seuche riskieren«, beharrte sie.

»Wie Ihr befehlt, Gräfin«, murrte von Steinau. »Ich werde von der Burg aus ein paar Knechte losschicken.«

Der alte Burgkommandant gab nur nach, weil seine Herrin vollkommen recht hatte: Der Mai war heiß und der Gestank jetzt schon nicht zu ertragen, den die verwesenden Kadaver verbreiteten.

Er selbst hätte auch längst den Befehl gegeben, sie zu verscharren. Doch er wollte unbedingt erleben, wie die junge Gräfin auf den Anblick reagierte. Vielleicht würde sie entsetzt kreischen oder in Ohnmacht fallen und dann angesichts weiterer drohender Überfälle lieber alle Entscheidungen ihm überlassen, die die Verteidigung von Burg und Siedlung betrafen.

Leider hatte sich gerade erneut bestätigt, dass sie trotz ihrer Jugend aus anderem Holz geschnitzt war. Seufzend bereitete sich der Steinauer darauf vor, dass sich während der Abwesenheit des Grafen ein Weibsbild in seine Angelegenheiten einmischen würde. Dieses junge Ding, das ihn schon einmal gezwungen hatte, die Burg kampflos zu übergeben, wonach der Feind sie einäscherte.

Gunda nickte dem Kommandanten betont höflich zu und gab das Zeichen, weiterzureiten. Rasch warf sie noch einen Blick auf Isa, die kreidebleich und schmerzverkrümmt im Sattel hing. Sie alle hatten eine beschwerliche Reise von Nürnberg aus hinter sich, und die Hochschwangere war sichtlich am Ende ihrer Kräfte. Schon bei der letzten Rast hatte Gunda ihr angeboten, sich lieber in einen der Trosswagen zu setzen. Aber Isa weigerte sich.

»Mein Gemahl würde nicht dulden, dass ich mich wie einen Sack Korn herumkarren lasse.«

Sie fürchtet ihn immer noch, obwohl er hundert Meilen entfernt ist, dachte Gunda beklommen. Isa hätte in ihrem Zustand gar nicht mit nach Nürnberg reisen sollen. Doch Hugo von Rottfels bestand darauf, dass seine Gemahlin bei der offiziellen Verabschiedung der Kreuzfahrer zugegen war.

Während der letzten Wegstrecke hatte Gunda schon erwogen, eine der Geleitwachen nach Ballenstedt loszuschicken, um von dort eine Wehmutter zu holen. Doch es wäre besser, einen Schnellreiter mit einem frischen Pferd von der Burg aus zu entsenden.

»Geh auf den Wagen, ehe du noch aus dem Sattel stürzt!«, redete nun auch Agnes der Hochschwangeren zu. »Ich setze mich zu dir, und wir werden gemeinsam beten, bis wir daheim sind.«

Während Isa vorsichtig aus dem Sattel gehoben wurde, tauschte Agnes, die schon mehrere Entbindungen hinter sich hatte, einen sehr ernsten Blick mit Gunda. Doch als sie der kleinen Isa das Gesicht wieder zuwandte, plauderte sie ganz unbefangen, um die Schmerzgeplagte abzulenken.

»Wir sind ja gleich da. Wie freue ich mich, meinen Rupert wiederzusehen! Er hat mir so gefehlt …«

Rupert und Agnes stammten aus benachbarten Gütern und waren einander schon als Kinder versprochen worden. Doch weil Rupert im Krieg die halbe Schwerthand verloren hatte, durfte er nicht mit auf den Kreuzzug reiten, sondern war zum Schutz der Burg zurückgeblieben.

»Gleich können wir ausruhen«, versprach Agnes und setzte sich neben Isa. Die nickte mit zusammengepressten Lippen.

Zu all den Sorgen nun auch noch eine nahende, vermutlich schwierige Niederkunft und eine Bande Gesetzloser im Wald!, dachte Gunda verzweifelt. Wie soll ich nur das Leben all dieser Menschen schützen?

Auf dem Burghof hatten sich Wachmannschaft und Gesinde aufgereiht, um die Gräfin und ihr Gefolge zu begrüßen. Gernot, der Verwalter, reichte ihr den Willkommenspokal mit einem kühlen Trunk. Gepas Mann war in Plötzkau geblieben, um sich um die Vorräte und den Fortgang der Bauarbeiten am steinernen Bergfried zu kümmern, während seine gehässige Frau als Gundas Aufpasserin mit nach Nürnberg reiste.

Die junge Burgherrin ließ sich aus dem Sattel helfen, trank durstig einen Schluck aus dem Pokal, begrüßte die vor ihr Knienden und erlaubte ihnen, aufzustehen.

Dann sah sie erschrocken, dass Isa sich zusammenkrümmte,

nachdem zwei Frauen ihr vorsichtig vom Wagen geholfen hatten und sie nun stützten.

Maria, Gnadenreiche, lass es noch keine Wehen sein!, flehte Gunda in Gedanken. Sie ging die paar Schritte zu Isa und las auf deren Gesicht, was sie befürchtet hatte.

»Bringt sie vorsichtig in ihre Kammer!«, befahl sie.

»Ich kümmere mich um Isa«, erklärte Agnes sofort. »Gestattet nur, dass ich zuerst meinen Gemahl begrüße.«

Als Gunda nickte, lief Agnes auf Rupert zu, und mit jedem Schritt leuchtete ihr Gesicht mehr auf.

Glücklich wollte sie vor ihm knicksen, doch er nahm sie einfach in den Arm und zog sie an sich, auch wenn er damit missbilligende Blicke einiger Beobachter erntete. »Ich habe dich vermisst«, flüsterte er, und sie schmiegte sich kurz an ihn.

»Sind unsere Kinder wohlauf? Dir ist nichts passiert bei dem Überfall? Wir können erst nachher in Ruhe miteinander reden; ich muss mich zuerst um Isa kümmern. Die Wehen haben eingesetzt.«

»Dann hilf ihr, so gut du kannst«, sagte er. »Unseren Kindern geht es bestens, und ich muss sicher gleich zum Treffen mit der Gräfin und dem Kommandanten. Geh nur, wir haben heute Nacht Zeit füreinander.«

Sie lächelten sich zu, dann hastete Agnes hinauf in Isas Kammer.

Gunda hatte das glückliche Paar beobachtet und einen Stich im Herzen verspürt. Doch rasch blickte sie weg und wandte sich an Helmhold.

»Kommandant, Euer schnellster Reiter soll sogleich nach Ballenstedt aufbrechen und Markgräfin Sophia aufsuchen. Sie hat mir versprochen, uns eine erfahrene Wehmutter zu schicken. Vielleicht trifft er sie schon auf halber Strecke in Aschersleben. Gebt ihm ein zweites Pferd zum Wechseln mit. Jede Stunde zählt.«

Sie holte tief Luft und streckte sich unauffällig, weil auch ihr Körper vom langen Ritt schmerzte. Wie gern hätte sie sich etwas Ruhe und ein warmes Bad gegönnt. Doch dafür blieb vorerst keine Zeit. Der auf dem Hof versammelte Rest der Burgbesatzung erwartete eine Ansprache von ihr, und dann waren wichtige Dinge zu entscheiden.

»Mein Gemahl, Graf Bernhard, seine Ritter und alle sonst, die ihn auf der Kreuzfahrt ins Heilige Land begleiten, haben sich frohen Mutes dem Heer des Königs angeschlossen und ziehen ins Morgenland, um Edessa und Jerusalem zu retten. Beten wir alle für den Erfolg der Unternehmung und für ihre glückliche Wiederkehr!«, rief sie den auf dem Burghof Versammelten zu. Es standen auch etliche Frauen dort, deren Männer oder Söhne als Ritter, Reisige oder Pferdeknechte mit dem Grafen gezogen waren.

»Amen!«, sprach der dicke Kaplan Johann, und jedermann wiederholte das Wort.

Gunda ließ ihre Blicke über die Gesichter der Wartenden schweifen, in denen sie Angst, Hoffnung oder Gleichgültigkeit las.

»Nun geht alle wieder an eure Arbeit! Kommandant, ich treffe Euch und Eure Hauptleute, den Kaplan, den Verwalter, seine Frau und den Küchenmeister in der Kammer des Burgherrn, sobald wir uns kurz erfrischt und in saubere Gewänder gekleidet haben. Es gibt Dringliches zu besprechen.«

Nun setzte große Geschäftigkeit auf dem Hof ein.

Stallknechte führten die Pferde fort, Diener trugen Truhen und anderes Gepäck in die Kammern, ein junger Reiter wurde nach Ballenstedt entsandt, und Helmhold schickte widerwillig ein paar Knechte los, die die Gehenkten vom Baum schneiden und daneben begraben sollten, möglichst tief.

Gunda ging in ihre Kammer, wusch sich Gesicht und Hände,

ließ sich von Anni aus den staubigen und verschwitzten Sachen helfen und in ein frisches Gewand kleiden.

Sie trank einen ganzen Becher stark verdünnten Wein, denn sie war immer noch durstig, ließ sich das schwarze Haar kämmen, die Zöpfe neu flechten und den Schleier richten.

Bevor sie in die Kammer ging, in der die Beratung stattfinden sollte, sah sie nach Isa – um sicherzugehen, dass sie bequem auf dem Bett lag, und Mut zuzusprechen.

Sie strich ihr über die schweißbedeckte Stirn und nahm ihre Hand. »Ein Reiter ist schon unterwegs, der eine gute Wehmutter holt. Und Anni kommt gleich, um zu helfen.«

»Ich werde sterben. Ich weiß es.«

Die Stimme der blutjungen Gebärenden klang schwach und schmerzverzerrt, ohne jede Hoffnung. »Das kann auch die beste Wehmutter nicht verhindern. Dann hat mein Leiden wenigstens ein Ende. Vielleicht erbarmt sich Gott der Herr meiner armen Seele.«

»Woher willst du das wissen?«, widersprach Agnes energisch. »Den Tod fürchtet jede Frau in ihrer schweren Stunde, glaube mir! Das ging mir auch jedes Mal so. Soll ich den Kaplan hierherbitten, damit er ein Gebet mit uns spricht?«

»Ja. Ich will beichten. Und die Sterbesakramente.«

»Maße dir nicht an, Gottes Willen vorhersagen zu wollen!«, mahnte Gunda, so streng sie konnte. »Ich lasse dir etwas Leichtes zu essen bringen und einen milden Beruhigungstrank. Der Kaplan kommt, sobald er kann.«

Anni klopfte und trat ein, und nun schickte Gunda Agnes los, damit die ihre Kinder wenigstens kurz umarmen konnte.

In der Kammer hatten sich bereits alle versammelt, die dorthin befohlen worden waren. Auf dem Tisch standen Wein, Wasser und Platten mit Fleisch und Käse.

Nachdem sich die Zusammengerufenen mit Gundas Erlaubnis gesetzt hatten, ging Ruperts sommersprossiger Knappe Till mit dem Krug herum und füllte ihre Becher.

»Wie viele Seelen leben jetzt noch auf der Burg?«, wollte Gunda als Erstes wissen.

»Da Euer Geleitschutz mit Euch zurückgekehrt ist, stehen unter meinem Kommando wieder acht Ritter, vierzehn Knappen, zwei Dutzend Reisige und ein Dutzend Bogenschützen«, begann von Steinau aufzuzählen.

»Hinzu kommen sieben Edeldamen, der Küchenmeister sowie an Gesinde dreiundzwanzig Frauen und fünfzehn Männer«, ergänzte der Verwalter Gernot.

»Den geschätzten Kaplan wollen wir nicht vergessen«, erinnerte Gunda, die schon sah, dass Pater Johann vor Wut zu schnaufen begann. »Und die Kinder. Bei der Gelegenheit meine dringende Bitte an Euch, Pater Johann: Die junge Herrin Isa ist in großer Not und bittet Euch um seelischen Beistand. Ihre Niederkunft steht bevor. Eine Wehmutter ist auf dem Weg hierher.«

Der Pater erhob sich umständlich und ging hinaus.

»Wie viele Menschen leben noch in der Siedlung?«, fragte Gunda weiter.

»Das dürften kaum vier Dutzend sein. Fast nur Weiber, Alte und Kranke. Die meisten Männer und auch die kräftigeren Frauen sind mit Graf Bernhard mitgezogen, mehr als das halbe Dorf«, meinte der Verwalter.

Ganze Landstriche waren von Menschen entleert, die aus purer Verzweiflung den Kreuzfahrern folgten. Im Norden sollte die Lage, so besagten Gerüchte, sogar noch schlimmer sein als hier. Ohne die Lieferungen aus den anderen Ortschaften, die Graf Bernhard gehörten und ihm tributpflichtig waren, vermochte dieses Dorf die Burgbewohner nicht mehr zu ernähren.

»Ich werde morgen hinuntergehen und es herausfinden«, erklärte Gunda, verärgert darüber, dass niemand diese Frage genau beantworten konnte. »Wie sollen wir mit so wenigen Menschen die Felder bestellen, die Ernte einbringen?«

Sie atmete tief durch.

»Küchenmeister, berichtet mir über unsere Vorräte!«

»Ich führe Euch gern durch die Kammern, Gräfin. Dank der gnädigen Erlaubnis Eures Gemahls, dass die Bauern fischen dürfen, ist die schlimmste Not gebannt.«

Erleichtert atmete Gunda auf. Die Saat war ausgebracht und aufgegangen, die meisten Felder bestellt, das hatte sie unterwegs gesehen. Nun brauchten sie nur noch günstiges Wetter – und Menschen, die die Ernte einholten.

Und damit kam sie zum unerwartet größten Problem.

»Burgkommandant, seid Ihr sicher, dass diese Gesetzlosen noch in unseren Wäldern hausen?«

»Ich habe zu wenig Männer, um die Wälder durchstreifen und diese Kerle erschlagen zu lassen«, erklärte von Steinau grimmig. »Diese Wilden sind nicht nur mit Knüppeln bewaffnet, sondern einige auch mit Pfeil und Bogen. Falls sie noch dort sind, hocken sie im Unterholz und würden uns einzeln abschießen, bevor wir sie entdecken. Für so etwas kann ich keinen einzigen Mann entbehren. Vorrang hat es, die Burg zu verteidigen.«

Gunda erschrak und hatte Mühe, dies zu verbergen.

»Rechnet Ihr etwa mit einem Angriff auf die Burg?«

»Jeder Ritter von Ehre wird sich an den Königsfrieden halten und den Besitz eines Kreuzfahrers respektieren«, knurrte der Kommandant. »Doch diese Gesetzlosen ... Dass im Dorf nichts mehr zu stehlen ist, wissen sie nun. Um die Jahreszeit finden sie im Wald genug zum Leben. Sie werden wildern, und es juckt mich sehr in den Fingern, ihnen das mit Schwert und Seil auszutreiben. Denn wenn sie zu lange ungeschoren bleiben, überlegen sie früher oder später: Warum nicht die Burg plündern? Es kommt darauf an, wie viele es sind. Und ob sie wissen, wie wenige wir sind.«

»Die Bauern wagen sich kaum noch in den Wald, um trockenes Holz aufzulesen und Pilze und Beeren zu sammeln«, lamentierte Gepas Mann.

»Wenn die Erntezeit kommt, müssen wir uns darauf einstellen, dass sie die Felder plündern«, gab Gunda zu bedenken.

»Ich kann nicht noch die Felder bewachen lassen!«, rief Steinau ungehalten.

»Wenn Rüben und Korn reif sind, müssen wir es tun – sofern wir es nicht schaffen, die Gesetzlosen bis dahin zu vertreiben«, beharrte Gunda. »Kommandant, gewiss habt Ihr schon Maßnahmen ergriffen …«

»Ich lasse die Mägde Pfeile befiedern und die Knechte mit Pfeil und Bogen üben, solange sie nichts anderes zu tun haben. Die Wehrgänge sind ständig besetzt, auch wenn die paar Männer, die ich habe, dadurch kaum noch zum Schlafen kommen.«

»Vielleicht sollten wir die letzten paar Kätner alle hierher zu uns holen, hinter Wall und Palisaden, wo sie geschützt sind. Und falls jemand sie bei der Feldarbeit angreifen will, schickt Eure Reiter aus.«

Gunda erntete einige verwunderte Blicke für diesen Vorschlag, doch er bot so offensichtliche Vorteile, dass niemand Einwände erhob. Es war nun Platz auf der Burg nach dem Abzug so vieler Leute, und lieber sollten bei einem Angriff ein paar Hütten zerstört werden als weitere Leben.

»Ich werde Pater Johann bitten, mich morgen ins Dorf zu begleiten, um jeden davon zu überzeugen.«

Sie überlegte kurz, dann sah sie dem Kommandanten in die Augen.

»Seit der Hungersnot streifen Heimatlose zu Hunderten durch die Lande. Wenn sich herumspricht, dass sie in Plötzkau ungestraft wildern können, werden sich immer mehr von ihnen in unseren Wäldern sammeln.«

»So weit dürfen wir es nicht kommen lassen«, stimmte der

Steinauer ohne Zögern zu. »Aber zuerst müssen wir wissen, ob sie noch hier sind, wo sie stecken und wie viele es sind. Vor dem Überfall hatten sie ihr Lager am Dunklen Weiher. Das prügelten wir aus den Gefangenen heraus, bevor wir sie aufhängten. Doch dort werden sie nicht mehr sein.«

»Statt hier festzusitzen und zu rätseln, ob im Wald nun hundert Gesetzlose sind oder gar keiner mehr, sollten wir jemanden ausschicken, der sie aufspürt«, schlug Agnes' Mann Rupert ungeduldig vor, einer von Helmholds Hauptleuten.

»Nur einen? Der wäre verloren«, widersprach der Kommandant sofort. »Dann haben wir einen Kämpfer eingebüßt und nichts erfahren. Doch ich bin nicht bereit, mit einem Trupp in den Wald zu reiten, ohne zu wissen, mit wie vielen Gegnern ich es zu tun habe.«

»Eben«, beharrte Rupert und hielt seine verkrüppelte Hand hoch. »Ich kleide mich in Lumpen, und falls sie mich entdecken, behaupte ich, mich ihnen anschließen zu wollen.«

Sein Knappe, der ihm gerade Bier nachschenken wollte, fuhr zusammen und verschüttete etwas von dem Gebräu auf die eigenen Füße.

»Ihr geht niemals als Gesetzloser durch!«, protestierte Gunda besorgt. »Nicht einmal in Lumpen. Ihr redet wie ein Ritter, bewegt Euch wie ein Ritter, seid glatt rasiert und tragt das Haar wie ein Ritter.«

»Wir sollten einen Stallknecht dafür nehmen«, schlug Helmhold vor.

»Das ist nicht deren Aufgabe, sondern unsere«, widersprach Rupert. »Aber sie können mir helfen, mich zu verkleiden. Gebt mir diesen Auftrag! Das ist es, was ich mit meiner verkrüppelten Schwerthand noch ausrichten kann.«

Agnes' Mann schien von seiner Idee nicht abzubringen. Und sie war auch verlockend, denn sie mussten unbedingt erfahren, was in den Wäldern vor sich ging. Doch es war zu riskant.

»Vertagen wir die Entscheidung auf morgen, wenn wir sehen,

wie glaubwürdig sich Rupert als Gesetzloser ausstaffieren lässt«, schlug Gunda vor, die es eilig hatte, wieder nach Isa zu sehen.

Die Wehmutter traf kurz nach Einbruch der Dämmerung ein. Sie wurde zu Gunda geführt, als diese gerade mit dem Küchenmeister und dem Verwalterpaar die Vorräte an Fleisch, Rüben, Korn und Futter überprüfte. Seit ihrer Ankunft hatte sie noch keinen Moment Ruhe gehabt, sondern rieb sich auf zwischen all den Sorgen und Dingen, die dringend zu erledigen waren.

»Markgräfin Sophia schickt mich, hohe Frau, um Euren Damen in ihrer schweren Stunde beizustehen. Mein Name ist Sunhild«, stellte sich die weise Frau vor, sobald man ihr gestattet hatte, zu sprechen. »Seit zwanzig Jahren hole ich nun schon Kinder auf die Welt, und mit Gottes Hilfe sind die meisten Mütter durchgekommen. Auch Ihrer Durchlaucht, der Markgräfin, habe ich bei fast allen Niederkünften beigestanden.«

Sunhilds Haar färbte sich bereits grau, soweit sich dies unter dem Kopftuch erkennen ließ; sie war robust gebaut, hatte aber schmale Hände und feingliedrige Finger.

»Wenn Ihr erlaubt, Gräfin, würde ich mich gern säubern und dann nach der Kreißenden sehen.«

Die Wehmutter strahlte etwas Beruhigendes aus, und Gunda überließ sofort die Rüben und sonstigen Vorräte Gepa.

Sophia hatte Wort gehalten und ihre beste weise Frau geschickt.

Isas Kammer war inzwischen abgedunkelt, die Fensterläden verschlossen, wie bei einer Geburt üblich, damit keine üblen Dünste und Geister in den Raum eindringen konnten. Anni, Agnes und ein paar ältere Frauen waren zugegen. Gunda wusste von ihren kurzen Besuchen im Verlauf des Nachmittags, dass die Wehen nun in kürzeren Abständen kamen. Gerade wieder wand sich die Dreizehnjährige vor Schmerzen und wimmerte, bis sie sich mit einem durchdringenden Schrei Erleichterung verschaffte.

Beruhigend redete Sunhild auf sie ein und nahm ihre Hand. Sobald der Schmerz verebbt war, schlug sie die Decke beiseite und untersuchte sorgfältig und lange Isas Körper.

»Uns bleibt noch Zeit«, sagte sie dann mit sehr ruhiger Stimme und regloser Miene.

»Hol Wasser und kühle ihr die Stirn mit feuchten Tüchern«, beauftragte sie Anni. »Ich werde mit der Burgherrin kurz in die Kapelle gehen und ein Gebet für die Gebärende und das Kind sprechen, wenn es der Gräfin recht ist.«

»Wo können wir unbelauscht reden, Herrin?«, fragte die weise Frau, sobald sie weit genug von der Gebärkammer entfernt waren, um gehört zu werden.

Dass die Wehmutter nicht in die Kapelle wollte wie angekündigt, beunruhigte Gunda sehr.

Sie führte die Heilerin in ihre eigene Kammer und schickte alle hinaus, die sich dort gerade zu schaffen machten, die Reisetruhen leerten und die Kleider und Umhänge ausbürsteten. Gunda war zu unruhig, um sich zu setzen, doch bei Sunhilds nächsten Worten sank sie in einen Stuhl.

»Es tut mir unendlich leid, aber ich kann nichts für sie tun«, erklärte die weise Frau in einem Tonfall, der keinen Zweifel ließ und keine Hoffnung. »Niemand könnte das. Der Kopf des Kindes ist zu groß, um durch ihr schmales Becken zu treten. Sie hätte so jung einfach noch nicht schwanger werden dürfen.«

Tiefe Traurigkeit zog über das Gesicht der Wehmutter.

»Ich hatte schon vier solcher Fälle. Deshalb weiß ich leider nur zu gut, was der unglücklichen jungen Herrin und dem Kind in den nächsten zwei Tagen Furchtbares bevorsteht ...«

»Irgendetwas muss man doch tun können!«, flüsterte Gunda verzweifelt.

»Nichts, bei dem sie *und* das Kind überleben.«

Bedrückt erklärte Sunhild: »Die arme junge Frau wird Höllenqualen leiden, während das Ungeborene wieder und wieder versucht, aus dem Körper zu drängen – bis es die Kreißende Stück für Stück zerreißt. Oder die Wehen verebben, das Kind bleibt im Mutterleib, stirbt und vergiftet ihn, was dann unweigerlich auch den Tod der Gebärenden zur Folge hat. Doch so weit wird es gar nicht kommen, denn die Geistlichen bestehen darauf, das Kind lebend aus dem Leib zu holen, damit es getauft werden kann. Malt Euch lieber nicht aus, wie dies in so einem kritischen Fall vonstattengeht ... Aber ich kann Euch die Wahrheit nicht ersparen, so leid es mir für die junge Herrin und auch für Euch tut.«

Gunda war zumute, als blicke sie in einen Abgrund.

Die Kirche stellte das Leben des Kindes über das der Mutter. Es musste unbedingt getauft werden, damit seine Seele nicht der Verdammnis anheimfiel – auch um den Preis, dass die Gebärende starb.

Sunhild hingegen dachte: In irgendeiner entlegenen Bauernkate könnte ich die Kreißende vielleicht retten, sofern der Ehemann verschwiegen und auf das Überleben seiner Frau angewiesen ist. Dafür müsste ich das Ungeborene in Stücken aus dem Mutterleib herausholen. Doch wenn jemand davon erführe, hängen sie mich auf. Hier, auf der Burg, unter den Augen so vieler Zeugen und eines Kaplans, kann ich so etwas nicht wagen. Wie ich die Metzgerarbeit verabscheue, die er noch von mir fordern wird!

Manchmal könnte ich die ganze Welt verfluchen – und vor allem jene Kerle, die nicht warten können, bis ihre Kindfrauen auch gebären können. Schande über sie!

Blutzoll

Gunda, Isa, Judith, Agnes;
Plötzkau, 1147

Die halbe Nacht verbrachte Gunda damit, Isa in ihrer Qual zur Seite zu stehen. Dann löste Agnes sie für eine Weile ab, und kurz vor dem Morgengrauen kehrte Gunda in die Gebärkammer zurück.

Die Wehmutter hatte ihr eingeschärft, dass die ebenfalls kurz vor der Entbindung stehende Judith auf keinen Fall zu sehen bekommen durfte, was hier geschah.

Isa war längst jenseits jeder Kraft und vor allem jenseits jeder Hoffnung. Sunhild hatte ihr stärkende Tränke gegeben, den hochgewölbten Leib wieder und wieder untersucht und sich ihre eigene Hoffnungslosigkeit nicht anmerken lassen.

Düstere Gedanken erfüllten die erfahrene Wehmutter – und tiefes Mitleid mit der jungen Frau. Denn es blieb dabei: Der Kopf des Kindes war zu groß, um durch das schmale Becken zu gleiten.

Erschöpft, müde und ausgelaugt verließ Gunda am Morgen die Kammer, weil sie sich nun um eine andere Angelegenheit zu kümmern hatte, in der es ebenso um Leben und Tod gehen konnte.

Rupert hatte sich mit Hilfe seines Knappen Till und einiger Knechte in Lumpen gekleidet, das Haar zusammengebunden und mit einer löchrigen Kappe bedeckt, sich Ruß ins Gesicht und in die Hände gerieben und ließ sich nun begutachten. Die verkrüppelte Hand hielt er als Blickfang vor den Körper, hatte sogar den Ärmel bis zum Unterarm aufgerissen.

»Ihr geht wie ein Ritter, und Ihr blickt drein wie ein Ritter«, beanstandete Annis Mann Paul, der Beste der Bogenschützen.

»Schaut nicht so stolz, Ihr solltet die Schultern hängen lassen, den Kopf senken … Und Eure Wunde sieht sauber verheilt aus. Man erkennt gleich, dass sie ordentlich genäht wurde …« Rupert seufzte und wickelte einen schmalen, dreckigen Leinenstreifen darum, den Anni verknotete.

»Besser?«

»Ich habe Angst«, flüsterte Agnes.

Rupert lächelte zuversichtlich. »Sorge dich nicht! Wir können nicht tatenlos hier hocken, während sich draußen vielleicht immer größere Gefahr zusammenballt. Und ich gebe mich ja nicht als verarmter Bauer aus, sondern als einstiger Reitknecht, der nach dem hier« – er streckte die rechte Hand hoch – »von niemandem mehr in Dienst genommen wird.«

Er sandte Agnes einen liebevollen Blick, dann versteckte er seinen Dolch unter dem zerlumpten Kittel.

Als Paul einen Einwand gegen diese gute Waffe vorbrachte und dem Ritter sein eigenes schartiges, kleines Messer anbot, lehnte der jedoch ab.

»Wenn es zum Kampf kommt, will ich meine vertraute scharfe Klinge. Aber vielleicht brauche ich sie gar nicht. Ich streife durch den Wald, ganz vorsichtig, denn sie werden entweder an einem der Weiher oder an einem Bachlauf lagern. Vielleicht kann ich nur beobachten und mich dann unauffällig zurückziehen.«

»Bitte, Herr, überlegt es Euch noch einmal, nehmt mich mit!«, rief Till aufgeregt. »Ich könnte Euch bestimmt von Nutzen sein.«

»Ich sagte: nein!«, wies der Ritter das Angebot seines Knappen zu dessen großer Enttäuschung zurück. Der Junge war zwar zuverlässig, doch diese Sache barg zu viele Risiken. Nicht geeignet für einen Knappen, der erst noch Kampferfahrung sammeln musste.

»Geht mit Gott, Rupert, der Heilige Georg möge Euch beistehen!«, entschied der Burgkommandant.

Ihm gefiel diese Lösung. So fanden sie heraus, was in den Wäldern vor sich ging. Und falls der Mann dabei umkam – ein Ritter ohne Schwerthand war in seinen Augen ein geringerer Verlust als ein voll kampftauglicher oder ein erfahrener Bogenschütze.

Mit den Segenswünschen der anderen versehen, ging Rupert zum Burgtor. Agnes rannte ihm nach und sah ihm bedrückt in die Augen. »Sieh dich vor! Die Kinder und ich, wir brauchen dich!«

Er lächelte ihr aufmunternd zu. »Sprich ein Gebet für mich. Vielleicht bin ich heute Abend schon wieder zurück ...«

Nun sind meine drei liebsten Freundinnen hier in Not, dachte Gunda. Isa quält sich zu Tode, Judith sorgt sich um ihren Roland, und Agnes bangt um Ruperts Leben. Sie tun mir so leid, Isa am allermeisten. Und ich kann nichts tun.

Sollte ich nicht auch irgendetwas empfinden, weil mein Gemahl in der Fremde in einen Krieg zieht?

Sie schob den Gedanken beiseite und stieg wieder hinauf in Isas Kammer.

Den Kaplan hatte sie gebeten, statt mit ihr nun mit dem Verwalter zu den letzten verbliebenen Dorfbewohnern zu gehen und ihnen vorzuschlagen, auf der Burg Zuflucht zu suchen.

Den ganzen Tag lang blieb sie bei Isa, hielt ihre Hand und betete für sie und das Kind.

Irgendwann im Verlauf des Nachmittags kam Anni, als sie frisches Wasser holen sollte, mit der leeren Schüssel zurück und richtete aus, der Kaplan wünsche die Gräfin und die Wehmutter zu sprechen.

Sunhilds Gesichtsausdruck bei diesen Worten jagte Gunda einen kalten Schauer über den Rücken.

Sie strich der schweißüberströmten und nur noch lethargisch wimmernden Isa über die Wange und bat dann Pater Johann in ihre Kemenate.

Der hielt sich nicht mit langen Vorreden auf.

»Die Geburt geht nun schon über den zweiten Tag, und wenn ich auch als Mann nichts von diesen Dingen verstehe, so weiß ich doch, dass so etwas ohne göttliches Wunder dann kein gutes Ende mehr nimmt. Kann die Herrin von Rottfels dieses Kind gebären? Lebt es überhaupt noch im Mutterleib?«, forderte er Auskunft.

»Es lebt noch, Pater, aber es wird schwächer durch die Anstrengung«, antwortete die Wehmutter. »Ob die Herrin es lebend gebären kann, vermag ich nicht zu sagen. Das weiß nur der Allmächtige allein.«

Gibt es doch noch Hoffnung für Isa?, fragte sich Gunda, und in ihrem Herzen flackerte ein Fünkchen auf. Hatte sich die Wehmutter mit ihrer ersten Einschätzung womöglich geirrt?

»Du weißt, dass das Leben des Kindes Vorrang vor dem Leben der Mutter hat, damit es getauft werden kann und seine Seele nicht dem Bösen anheimfällt«, ermahnte der Kaplan streng.

Nun begriff Gunda, warum sich die weise Frau so vorsichtig ausgedrückt hatte.

»Hol es heraus, wenn sie es nicht von selbst gebären kann«, befahl der Kaplan.

»Ja, Pater. Und ich kenne die Worte für die Nottaufe«, sagte Sunhild fest. »Doch noch steht es nicht so schlimm, dass ich zum Äußersten greifen muss. Möge die Heilige Jungfrau uns beistehen.«

»Du weißt, was geschieht, wenn durch deine Schuld das Kind ungetauft stirbt!« Drohend hob der Geistliche den Zeigefinger.

»Ja, Pater. Wenn Ihr erlaubt, gehe ich und kümmere mich um Mutter und Kind.«

Die Wehmutter verneigte sich tief und verließ die Kemenate. Nun wandte sich der Kaplan an Gunda.

»Ihr seid dafür verantwortlich, Gräfin! Ihr habt diese fremde Wehmutter holen lassen. Wenn die Herrin von Rottfels das

Kind nicht gebären kann, muss es die Heilkundige herausrei-
ßen oder herausschneiden.«

»Aber das wäre Isas Tod!«, hauchte Gunda, die die Worte vor
Entsetzen kaum herausbrachte.

»Gott wird ihr gnädig sein für dieses Opfer, weil damit die
unsterbliche Seele des Kindes gerettet wird. Das ist alles, was
jetzt zählt«, sprach Johann mit selbstgerechter Miene und
schritt hinaus.

Erschüttert spritzte sich Gunda mit beiden Händen Wasser
aus einer Schüssel ins Gesicht, dann ging sie zurück in die
Gebärkammer.

Isa hatte keine Kraft mehr, und in ihrem hochgewölbten Leib
rührte sich das Kind kaum noch.

Sunhild blickte finster. Gunda zog sie rasch zur Tür hinaus
und flüsterte: »Kannst du denn gar nichts tun? Sie ist erst
dreizehn, sie sollte ihr Leben noch vor sich haben …«

»Nein, edle Gräfin. Ich kann die junge Frau nicht retten, wie
sehr ich es auch will. Und auch nicht das Kind – höchstens
um einen Preis, den ich nicht zahlen mag.«

Sie gingen wieder hinein.

»Ich will die Sterbesakramente«, hauchte Isa.

Niemand konnte ihr es ausreden. Und an der großen Eile,
mit der Pater Johann die Zeremonie vornahm, erkannte
Gunda, was nun geschehen sollte. Ein eiskalter Schauer lief
ihr über den Rücken.

»Lebt das Kind?«, fragte der Kaplan die Wehfrau.

Sunhild legte die Hände sanft auf den geschwollenen Leib.

»Es bewegt sich kaum noch.«

»Wenn du nicht sofort dafür sorgst, dass es lebend zur Welt
kommt, wird euch die schrecklichste Strafe heimsuchen –
dich, die Kreißende und das Ungeborene. Ewige Verdammnis und Höllenqual!«, drohte Johann mit anschwellender
Stimme.

»Ich …«

»Tu es«, unterbrach Isa mit ersterbender Stimme die Wehmutter. »Tu es. Ich bin doch schon so gut wie tot, und meine Sünden sind mir vergeben. Tu es, um die Seele des Kindes zu retten. Ich merke doch, dass es sich kaum noch bewegt. Es stirbt, ich kann es nicht gebären – also schneide es heraus!«

»Herrin …«, setzte Sunhild an, doch der Pater schrie: »Tu es!«

Totenstille legte sich über den Raum.

Gunda griff nach Isas Hand, während ihnen beiden Tränen über die Wangen liefen.

»Tu es, oder ich lasse einen der Ritter oder den Schlachter holen. Die wissen, wie man Körper aufschlitzt, und sie werden nicht zögern!«

Sunhild schloss die Augen vor Widerwillen.

»Trinkt das«, sagte sie nach einem tiefen Atemzug und reichte Isa einen Becher, in den sie etwas aus einem Tonkrüglein träufelte.

»Was ist das? Gift?«, schnappte die Frau des Ritters von Grünbach, eine der älteren Damen auf der Burg, die Gunda mit bösen Blicken und Gewisper das Leben schwermachten.

»Mohnsaft. Er wird ihr den Schmerz nehmen.«

Da ihr kein Ausweg blieb, hoffte Sunhild nur, der Leidenden das Sterben zu erleichtern und dabei das Kind zu retten. Sie würde erst zum Messer greifen, wenn Isa ihren letzten Atemzug getan hatte – ohne dass es jemand bemerkte und die fremde Wehmutter als Mörderin anklagen konnte. Dafür musste sie die Anwesenden im entscheidenden Moment ablenken. Ein großes Wagnis für sie, aber es war alles ohnehin schon schlimm genug.

Wieder fühlte sie nach Lebenszeichen des Kindes und fand kaum noch welche. Es wurde Zeit.

Gunda stützte Isa, die durstig trank und dann mit glasigen Augen zurück auf ihr Lager sank.

Sunhild beobachtete jeden Atemzug genau.

»Betet alle für diese arme junge Frau und ihr Kind«, sagte sie demütig, und die im Raum Anwesenden folgten ihrer Bitte.

Nur Gunda blieb weiter neben dem Bett der Todgeweihten stehen und hielt ihre Hand.

Ein paar Frauen kreischten, als die Wehmutter ihr kleines, aber scharfes Messer zog, den Leib der Sterbenden aufschnitt und das Kind herausholte, einen Jungen.

Isa zuckte noch ein letztes Mal.

Das Gesicht des Neugeborenen war bläulich verfärbt, und Sunhild begann sofort, seine Mundhöhle von Schleim zu säubern und ihm Atem einzublasen.

Doch der Kaplan befahl ihr, damit aufzuhören.

»Zuerst muss er getauft werden!«

Verzweifelt unterbrach die Wehmutter ihre Bemühungen und hielt das blutverschmierte Neugeborene dem Kaplan hin, der eilig die Formel herunterhaspelte.

»... taufe ich dich auf den Namen Hugo ...«

Gunda hatte weder Augen noch Ohren dafür, sie sah nur das Blut, das träge aus Isas aufgeschnittenem Körper rann und die Binsen rot tränkte, und dachte: Gott verdamme Hugo von Rottfels!

»Er atmet nicht mehr!«, rief Sunhild und versuchte erneut, dem Neugeborenen Atem zu spenden. Doch zu spät.

»Dann kommt dieses unschuldige Kind jetzt ins Himmelreich, denn es ist getauft und seine Seele gerettet«, verkündete der Pater und schien zufrieden mit diesem Ausgang.

Gunda wollte schreien vor Verzweiflung.

Doch da schrie schon ein anderer, draußen, laut und gellend über den Burghof. Erst ein entsetzter Schrei, dann der Hilferuf: »Kommt schnell!«

Schon hörte sie Männerschritte über den Hof eilen.

Was war geschehen?

Schweren Herzens ließ Gunda Isas leblose Hand sinken,

raffte ihre Röcke und hastete nach draußen in die Dunkelheit, die nur von Fackeln erleuchtet wurde. Der Kommandant und die Männer, die wachfrei hatten, rannten schon vor ihr zum Burgtor.

»Kommt und seht!«, rief der Junge ängstlich, der Wache überm Tor hielt.

Sie liefen den Wehrgang hinauf und starrten nach draußen.

Ein Brandpfeil steckte im Boden vor den Palisaden und beleuchtete mit unheimlichem Flackern Ruperts Kopf, den jemand im Dunkel der Nacht unbemerkt vor die Burg geworfen hatte.

Keinem der Männer kam der fürsorgliche Gedanke, Agnes aufzuhalten, die mit schlimmen Vorahnungen den Wehrgang heraufgestürmt kam.

Als sie das grausige Bild sah, brach sie in Schluchzen aus und sank auf die Knie.

»Warum habt ihr ihn allein gehen lassen? Weil ihr zu feige wart, alle zusammen hinauszureiten und dem Ganzen ein Ende zu bereiten!«, schrie sie den Kommandanten an, stemmte sich hoch und wollte auf ihn losgehen. Gunda hielt sie mit aller Kraft zurück, Till stand mit hängenden Schultern und Tränen im Gesicht dabei.

»Er wusste, was er riskierte, er war ein Ritter!«, wies Helmhold Agnes zurecht und befahl, die Frau zu beruhigen und in ihre Kammer zu bringen.

Dann ließ er den Kopf holen und besah ihn sich genauer.

»Sie haben ihm die Zunge herausgeschnitten – als Zeichen dafür, dass sie ihn für einen Verräter halten«, erklärte er grimmig. »Jemand soll sich um die sterblichen Überreste kümmern, es ist ja wenig genug. Ich muss nachdenken.«

Und damit stapfte er davon.

ZWEITER TEIL

WILL GOTT ES?

Eröffnungsangriff

Niklot, Fürst der Abodriten;
Lübeck, 26. Juni 1147

Es war tief in der Nacht, und der Mond stand nur als schmale Sichel am Himmel, als Niklot an der Spitze seiner Flotte in die Travemündung einfuhr. Sein Schiff war das größte und schönste, am hochgebogenen Vordersteven mit einem geschnitzten Drachenkopf verziert. Auf das Zeichen des Fürsten landete die Flotte ein Stück vor Lübeck an.

Wortlos wie befohlen sprangen die Männer von Bord und zogen die Schiffe ans Ufer. Dann holten sie ihre Rundschilde und Waffen, soweit sie diese nicht schon bei sich trugen, und blickten erwartungsvoll zu ihm.

Es gehörte sich nicht, in den Kampf zu ziehen, ohne ein paar anfeuernde Worte des Anführers mit auf den Weg bekommen zu haben.

Doch Fürst Niklot, ein breitschultriger Mann von etwa vierzig Jahren mit glattem blonden Haar und leuchtend blauen Augen, würde jetzt nicht in Kampfgeschrei ausbrechen. Entscheidend für ihren Plan war, dass sie vorerst nicht entdeckt wurden. Das wussten auch die Männer.

Die flammende Ansprache hatte er auf der Mecklenburg gehalten, nachdem er die angesehensten Krieger und weisesten Männer seines Stammes versammelt und sich mit ihnen beraten hatte. Zuvor hatte er den Göttern einen Keiler als Opfer gebracht, und es war ein gutes Omen, dass der Priester diese Gabe annahm und in das Heiligtum zerrte, das niemand außer ihm betreten durfte.

»Adolf von Holstein hat das Freundschaftsbündnis mit uns gebrochen«, hatte Niklot laut vor den Seinen verkündet, mit dem Priester an seiner Seite. »Doch nicht nur das: Die Christen planen noch diesen Sommer einen Kriegszug, um die slawischen Stämme zu unterwerfen oder zu vernichten. Ihre Losung heißt: Taufe oder Tod!«

Lange musste er abwarten, bis nach den Wutschreien wieder einigermaßen Ruhe eintrat.

»Seit Jahren leben wir in Frieden mit den Christen. Wir zahlen ihnen sogar Tribut dafür, dass wir weiter auf unsere Art leben und *unsere* Götter verehren können. Wir wahrten den Frieden selbst dann noch, als der Holsteiner Siedler in Gebiete holte, die einst den Slawen gehörten. Doch jetzt genügt es ihnen nicht mehr, unser Land dort zu besetzen, wo es nach Kriegen verwaist war. Immer mehr strömen nach, und das wird kein Ende nehmen. Aus Flandern, Westfalen, Sachsen, ja sogar vom Rhein kommen sie in Scharen, und Unzählige werden ihnen folgen, weil es hier fruchtbare Erde und saftige Weiden gibt. Sie alle wollen Land. Und ihre Priester wollen große Kirchen bauen für ihren einen Gott. Deshalb planen sie, uns zu vernichten, uns und unseren Glauben.«

Er hatte eine Pause eingelegt, in der sich erneut alle Blicke auf ihn richteten.

»Es sind zu viele, als dass wir sie auf Dauer besiegen könnten«, erklärte der Fürst der Abodriten. »Doch ich werde nicht tatenlos zusehen, wie sie ihre Heere gegen uns in Marsch setzen, unsere Dörfer und Heiligtümer niederbrennen, unsere Frauen und Kinder abschlachten. Wir führen den ersten Angriff – zum Zeichen dafür, dass wir uns nicht widerstandslos vertreiben und vernichten lassen.«

Mit Silberreifen geschmückte Arme wurden hochgereckt, Fäuste geballt, Kampfrufe gebrüllt.

Und dann erklärte Niklot seinen Plan.

»Die Flotte segelt unter meinem Kommando nach Liubice, in das *neue* Liubice, das die Christen Lübeck nennen.«

Die alte slawische Handelssiedlung mit dem anheimelnden Namen »Die Liebliche« war in Kriegen zerstört worden, doch Adolf von Holstein gründete sie vor vier Jahren neu, ein Stück vom einstigen Ort entfernt. Möglich war das nur geworden, nachdem er sein Freundschaftsbündnis mit Niklot geschlossen hatte – das nun nicht mehr galt. Das neue Liubice oder Lubece oder Lübeck lag an einem strategisch günstigen Ort auf einem Hügel zwischen zwei Flüssen, der Trave und der Wakenitz, und wurde durch eine alte, einst slawische Burg geschützt.

»Zur gleichen Zeit ziehen zwei Reitertrupps mit meinen Söhnen Wertislaw und Pribislaw an der Spitze los und zerstören so viele der neuen Dörfer, dass den Christen die Lust darauf vergeht, hier zu siedeln«, fuhr Niklot fort. »Vernichtet, was ihr könnt; jagt ihnen und allen, die noch kommen wollen, einen gewaltigen Schrecken ein! Nur die Dörfer, die Adolf von Holstein schon lange gehören, lasst unberührt. Vielleicht besinnt er sich doch noch auf unser Freundschaftsbündnis. Und ich werde sogar mein Wort halten, ihn vor dem Angriff zu warnen.«

Zu kurzfristig, als dass er uns aufhalten könnte, doch meiner Ehre ist Genüge getan, hätte er hinzufügen können.

»Wir führen einen schnellen Angriff, nur ein paar Tage lang. Sobald sich die Truppen des Holsteiners nähern, zieht euch zurück. Diesmal lassen wir uns nicht auf eine offene Schlacht ein. Wir wollen nur zeigen, dass wir bereit sind, zu kämpfen. Dann sammeln wir uns in Dobin. Jeder kampfbereite Mann soll sich dort einfinden, sobald hier unser Werk getan ist.«

Die große Fluchtburg am nordöstlichen Ufer des Schweriner Sees sowie mehrere andere hatte Niklot in den letzten Monaten verstärken und bevorraten lassen.

»Sorgt dafür, dass sich alle Bewohner aus euren Dörfern in den Wäldern und Sümpfen verstecken oder in die Fluchtburgen begeben! Dort können wir eine Belagerung überstehen und Bedingungen aushandeln.«

Stolz sah er auf seine Söhne Pribislaw und Wertislaw, die links und rechts neben ihm standen, und rief: »Die Christen haben einen Gott. Doch wir haben viele Götter, und sie werden uns beistehen!«

Der Abodritenfürst zog sein Damaszenerschwert und reckte es in die Höhe.

Die Männer vor ihm griffen nach ihren Waffen und taten es ihm gleich, oder sie hielten Statuetten ihres Kriegsgotts hoch.

Wenig später war er mit der Flotte gen Lübeck aufgebrochen.

Den Zeitpunkt des Angriffs hatte der Abodritenfürst klug gewählt. Es war Neumond, und damit spiegelte sich kaum Licht auf Meer und Flüssen, das sie verraten könnte. Außerdem hatten die Lübecker an diesem Tag ein Fest gefeiert, das Johannisfest, und lagen jetzt vermutlich schwer betrunken in ihren Betten. Auch die Wachmannschaft auf der Burg würde nach der Feier sicher weniger aufmerksam sein als sonst. Niemand dort rechnete mit ihrem Angriff.

Und Adolf von Holstein war vor wenigen Tagen nach Lüneburg aufgebrochen, um sich dem Heerbann seines Herzogs anzuschließen. Gemeinsam wollten sie nach Magdeburg reiten, wo sich all die hohen Herren mit ihren Truppen sammelten, um zu ihrem Wendenkreuzzug aufzubrechen.

Niklot hatte also unbesorgt seinen Boten auf die Siegesburg nach Segeberg schicken können – Adolf von Holstein war nicht dort. Die Warnung würde ihn zu spät erreichen.

Sand knirschte, als die Schiffe ans Ufer gezogen wurden, jemand nieste und stieß einen leisen Fluch aus, weshalb er von seinem Nachbarn angezischt wurde. Doch dann herrschte wieder Stille, abgesehen vom Rauschen der Strömung.

Niklot teilte einige Männer zur Wache bei den Schiffen ein und versammelte die anderen um sich.

»Folgt mir zum Hafen! Dort räumt die Wachen aus dem Weg und brennt die Flotte nieder! Schaut nicht nach Beute, die kümmert uns heute nicht!«, sagte er mit gedämpfter Stimme, aber so, dass ihn alle verstehen konnten. »Wir werden uns nicht mit Schätzen beladen. Nehmen wir ihnen die Schiffe, können sie uns nicht folgen. Und dann zerstört die Siedlung!«

Jeder Mann sprach ein stilles Gebet zu den Göttern, die ihm gerade besonders wichtig waren. Danach brachen sie auf.

An Niklots Seite schritt der junge Jaro, der beste Freund und Kämpfer Jaczas von Köpenick. Jacza hatte ihm freigestellt, mit Niklot in den Kampf zu ziehen. Weil er wusste, dass Jaro es unbedingt wollte, und weil er dem Abodritenfürsten damit symbolisch zeigte: Wenn er nur könnte, hätte er ihm noch mehr Männer geschickt.

Wortlos und ohne Fackeln liefen die Männer durch die tiefschwarze Nacht an der Trave entlang. Die Siedlung lag still und dunkel jenseits des Flusses, und auch auf der alten slawischen Burg Bucu, die der Holsteiner verstärkt hatte, schien niemand sie zu bemerken. Es flackerten ein paar Fackeln hinter den Zinnen, aber ansonsten herrschte Stille.

Jaro atmete auf, als sie die Burg passiert hatten, ohne dass Alarm ausgelöst wurde. Sie sahen den Hafen schon auf der gegenüberliegenden Seite der Trave. Dutzende Schiffe ankerten dort, die meisten offensichtlich nicht entladen, so tief lagen sie im Wasser. Ein kleines Stück südlich davon befand sich eine der beiden Furten, die auf die hügelige Landzunge führten.

Niklot gab seinen Männern das Zeichen, ihr Tempo zu zügeln und so leise wie möglich durch die westliche Furt zu waten. Dann schlichen sie sich in den Hafen und hielten Ausschau nach denen, die die Schiffe bewachen sollten. Doch keiner von ihnen war wach; sie schnarchten in verschiedenen Stadien der Trunkenheit. Bis ihnen Niklots Männer ihre Dolche ins Herz stießen.

Oben auf dem höchsten Punkt der Wallburg Bucu hielten Piet und Hinnerk Wache, der eine jung und schlaksig, der andere dick und kahl, aber beide wütend darüber, dass sie nicht am Fest teilnehmen durften.

Der dicke Hinnerk hatte es irgendwie geschafft, sich einen großen Krug mit dem stärksten Bier von Lübeck zu besorgen – jenem, das die Frau des Wirtes am Markt braute. »Mein Johanniswasser!«, verkündete er zufrieden, als er es aus seinem Versteck hervorholte und Piet einen Schluck anbot. »Macht zwar nicht jung und schön, aber glücklich.«

Dann ließ er sich einfach auf den Boden plumpsen und lehnte sich mit dem Krug im Arm gegen eine der Zinnen, um das Bier zügig auszutrinken. Es war ein quälend heißer Tag gewesen, und schließlich hatten alle anderen ja auch kräftig bechern dürfen.

»Komm hoch!«, murrte Piet und versuchte, ihn wieder auf die Füße zu zerren. »Wenn der Kommandant hier auftaucht und dich so sieht, dann schieben wir künftig bei jedem Fest bis ans Ende unserer Tage Wache. Falls wir Glück haben.«

Der von dem Holsteiner eingesetzte Burgkommandant war bei der Mannschaft wegen seiner Strenge gefürchtet.

»Ach was, der alte Mann schläft auch«, brummte Hinnerk und nahm den nächsten tiefen Schluck. »Ist doch sowieso nichts zu sehen da draußen, finster wie im Bärenarsch …«

Piet gab es auf und starrte hinaus in die Dunkelheit. Ab und zu warf er einen Blick auf den Dicken, dem langsam die Augen zufielen.

Es war wirklich fast nichts zu sehen in dieser Neumondnacht. So richtete der schlaksige Bursche den Blick zwischen den Zinnen hindurch über die Palisaden, die die eigentliche Burg umgaben, auf die Siedlung und versank in finsteren Gedanken.

Während er hier Wache schob und sich Hinnerks Gemaule anhören musste, hatte wahrscheinlich sein Bruder, dieser Tunichtgut, mit Marieke getanzt und ihr die Ohren vollgesäuselt. Noch war Marieke nicht die Seine, aber wäre er heute beim Fest gewesen, hätte er sie gefragt, ob sie mit ihm übers Feuer springen und ihm einen Kuss schenken würde. Was nun sicher sein Bruder getan hatte, und vielleicht zog der Mistkerl sie gerade ins Stroh.

Während er hier oben stand, hundemüde und einsam, und es nicht verhindern konnte.

Wütend hieb Piet mit der Hand gegen eine Zinne und starrte in die Nacht. Mal in den Himmel, ob vielleicht eine Sternschnuppe fiel, und dann wieder hinunter. Totenstille lag über der Siedlung, nächtlicher Frieden, nur ein paar Hunde kläfften und beruhigten sich wieder.

Plötzlich musste Piet blinzeln.

Am Hafen leuchtete etwas auf; es schien nur ein Fünkchen zu sein … Oder hatte er sich geirrt? Von hier bis zum Hafen waren es fast tausend Schritte. Eilig lief er zur südlichen Mauer, um mehr sehen zu können.

Schon blitzten weitere solcher Fünkchen auf, die ersten wuchsen rasch, und Piet war jäh hellwach. Hatte ein Trunkenbold eine Kerze umgeworfen? Das konnte sich schnell zur Katastrophe auswachsen – in jedem Ort, dessen Häuser aus Holz und Lehm bestanden.

Er rannte zu Hinnerk und zerrte ihn hoch. »Los, sieh nur, Feuer im Hafen!«

Verwirrt blinzelte der ihn an und rappelte sich mühsam auf.

Doch in der kurzen Zeit, die Piet für die paar Schritte hin und zurück brauchte, hatte sich die Lage schon drastisch verändert: Das waren nicht nur kleine Flammen oder Fackeln, da brannten Schiffe!

Er schrie: »Alarm! Feuer im Hafen!«, und rannte zur Treppe. Noch ehe er dort ankam, stand wie aus dem Nichts gewachsen der Burgkommandant neben ihm, ein hagerer, kampferfahrener Mann mit zerfurchtem Gesicht und mehrfach gebrochener Nase. Er stieß einen gotteslästerlichen Fluch aus und befahl Piet: »Schlag das Eisen, so laut du kannst! Das ist kein versehentlich ausgebrochenes Feuer. Wir werden angegriffen!«

Dann brüllte er die gesamte Wachmannschaft herbei.

»Du und du« – er zeigte auf zwei Männer, die noch vollständig gekleidet und gerüstet waren –, »ihr rennt zum Hafen und zum Markt und schreit jedermann aus den Betten! Sie sollen sich verteidigen und sofort die Frauen und Kinder zu uns schicken. Ein Dutzend Kämpfer zum Tor, damit gesichert ist, dass wirklich nur unsere Leute hereinkommen. Sämtliche Bogenschützen hier hoch! Lauft, worauf wartet ihr noch?«

Die Männer rannten los. Manche waren noch nicht vollständig bekleidet, andere mussten erst ihre Waffen holen.

Der Kommandant ging zur südlichen Mauer und starrte auf das Fiasko am Hafen. Inzwischen brannten alle Schiffe. Die ersten zerbrachen schon in Einzelteile, die zischend in die Fluten sanken und erloschen.

Lübeck, die aufstrebende Handelssiedlung mit Zugang zum Meer, hatte seine Flotte mit sämtlichen Prisen verloren – und damit seinen Reichtum.

Und gleich würden die Angreifer vom Hafen Richtung Markt vordringen. Er sah schon die Fackeln, mit denen sie sich auf die Häuser zubewegten.

Warum tun die da unten nichts?, dachte er voller Zorn. Die ganze Einwohnerschaft schien immer noch in tiefstem Schlaf zu liegen, niemand rührte sich. Und wer war das überhaupt, der sie angriff?

Er beorderte drei gute Reiter zu sich und befahl ihnen, sich durch die Furt Richtung Lüneburg durchzuschlagen und den

Grafen von Schauenburg, Holstein und Stormarn zu benachrichtigen.

Schon züngelten Flammen an den ersten Häusern am Markt empor, der nicht weit vom Hafen entfernt lag. Und nun erschollen auch gellende Schreie, die trotz der Entfernung bis zur Burg zu hören waren: Warnrufe, ängstliches Kreischen von Frauen und Kindern, Schmerzgebrüll.

Er betete stumm, dass so viele Bewohner wie möglich es in die Burg schaffen mochten. Hier konnte er sie verteidigen, hinter Wall und Palisaden und mit Hilfe seiner Bogenschützen. Doch dazu mussten die Fliehenden den Angreifern entkommen. Tausend Schritte waren es vom Hafen bis zur Vorburg, die galt es lebend zu überstehen.

Hinter den Zinnen hatten sich inzwischen sämtliche Bogenschützen aufgereiht und hängten die Sehnen ein. Knechte brachten Körbe mit Pfeilen und stellten sie neben ihnen ab. Doch noch war die Distanz viel zu groß, um einen der Angreifer zu treffen.

Immer mehr Häuser brannten lichterloh und erleuchteten die Nacht mit rötlichem Schein. Von den Zinnen aus sahen die Männer Menschen panisch in Richtung Burg fliehen. Die Angreifer würden ihnen rasch folgen.

Der Kommandant beschloss, selbst hinunter zum Tor zu gehen. Schon bald würde er befehlen müssen, es zu schließen. Wer jetzt nicht schnell genug rannte, der war verloren.

»Ich will es sofort wissen, wenn die ersten Feinde die Vorburg erreichen«, wies er den Anführer der Bogenschützen an. Der nickte und bestätigte den Befehl. Ein Blick nach draußen verriet, dass es nicht mehr lange dauern würde. Die Fackeln bewegten sich schon auf die Vorburg zu.

»Komm mit mir!«, befahl der Kommandant Piet.

Der war froh darüber, denn unten am Tor konnte er sehen, ob Marieke und seine Familie zu denen gehörten, die es bis zur rettenden Burg schafften.

Die ersten Flüchtenden hatten inzwischen den Burghof erreicht, verängstigt, viele nur im Unterkleid, zumeist Frauen, die ihre weinenden Kinder im Arm hielten.

»Lauft, lauft um euer Leben!«, schrie der Kommandant denen zu, die nachdrängten. Manche hatten in ihren Häusern noch schnell irgendwelchen Besitz an sich gerissen und ließen den nun schlagartig fallen. Eine Frau blieb stehen und schrie nach dem Kind, das ihre Hand losgelassen hatte, weil es so schnell nicht nachkam. Sie hastete zurück, riss es hoch auf ihren Arm und rannte stolpernd weiter. Ein Stück entfernt bildete sich ein Menschenknäuel, jemand war gestürzt, hatte dabei einen Zweiten mit sich gerissen, und nun trampelten die Nachfolgenden über sie hinweg.

Piet bekreuzigte sich und hielt weiter Ausschau nach Marieke.

»Feuer in der Vorburg!«, schrie jemand von oben.

»Rennt! Wir müssen das Tor schließen!«, brüllte der Burgkommandant den Lübeckern entgegen, die auf sie zukamen – unter ihnen auch Piets Eltern, völlig aufgelöst, nur im Unterkleid unter ihren Umhängen und mit zerzausten Haaren.

Sein Bruder war schon da. Er war als einer der Ersten aufgetaucht, und Piet hatte ihn wütend gefragt, warum er ohne Mutter und Vater kam und ohne Marieke, die im Nachbarhaus wohnte. Dieser Feigling!

Und dann endlich entdeckte er das Mädchen, das er so gern heiraten wollte – falls sie ihn denn nahm. Ihr weißes Unterkleid und ihre wehenden blonden Haare leuchteten durch die Nacht. Doch sie würde es nicht mehr schaffen; sie stützte ihren alten Vater, der am Bein blutete und stark hinkte.

»Marieke!«, schrie Piet.

»Kommt herein, sofort!«, schrie der Kommandant.

Piet sah, dass Mariekes Vater seiner Tochter einen Stoß versetzte und sich auf die Erde fallen ließ.

Es war eindeutig, was er ihr sagte, auch wenn es bis hier herauf nicht zu hören war: »Lauf allein weiter!«

Verzweifelt sah sie noch einmal zum Vater, dann rannte sie los.

»Zieht die Hängebrücke hoch!«, befahl der Kommandant, denn nun kamen die ersten Angreifer in Sicht, meldete jemand von den Zinnen. Wenn er jetzt zögerte, brachte er alle in Lebensgefahr.

Marieke hatte es bis an die Zugbrücke geschafft, doch die begann sich nun auf ihrer Seite zu heben.

»Spring!«, brüllte Piet, rannte auf sie zu und streckte ihr die Hand entgegen.

Sie zögerte einen Wimpernschlag, dann warf sie sich auf das immer höher steigende Brückenende, stürzte, noch ehe sie seine Hand ergreifen konnte, und rutschte auf den abschüssigen Balken dem Burgtor entgegen.

Sofort war Piet bei ihr und half ihr auf.

»Geh nach hinten zu den anderen!«, sagte er und zeigte auf den Teil des Burghofes, wo sich die Geretteten sammelten. »Kannst du laufen?«

Sie weinte, nickte stumm und humpelte dorthin.

Erleichtert machte sich Piet auf die Strafe für sein Verhalten gefasst.

Doch vorerst war der Burgkommandant zu beschäftigt, um sich ihm zu widmen. Noch während die Brücke hochgezogen wurde, ließ er das Burgtor schließen und mit dicken Querbalken sichern. Davor postierte er zwei Dutzend erfahrene Kämpfer.

Dem Koch gab er den Befehl, die Geflüchteten zusammenzuhalten und mit etwas Brot und Suppe zu beruhigen, so gut es ging.

Dann stieg er wieder nach oben, zu den Zinnen. Die Verteidigung der Burg würde er von hier aus leiten. Überall, wo eben noch Häuser gestanden hatten, loderten nun Flammen zum Himmel. Er sah, wie ein paar zu spät Geflohene von Verfolgern niedergemacht wurden.

Und endlich konnte er seinen Bogenschützen den Befehl geben, die Pfeile einzulegen und zu schießen. Die Gegner waren fast nah genug heran. So schnell würden sie diese Burg nicht einnehmen.

Als das Burgtor geschlossen und gesichert war, rief Niklot seine Männer zurück, damit sie außer Reichweite der Pfeile blieben.

»Das sollte ihnen eine Lehre sein«, verkündete er zufrieden angesichts der brennenden Siedlung.

»Zu den Schiffen?«, fragte Jaro mit rußgeschwärztem Gesicht.

Niklot lächelte schmal. »Nein, wir spielen hier noch ein, zwei Tage Belagerung, damit sie uns auch wirklich ernst nehmen. Wir ziehen uns erst zurück, wenn die Truppen des Holsteiners nahen, und die können frühestens in zwei Tagen hier sein.«

Er teilte Männer ein, damit sie die Wachen bei den Schiffen verstärkten, andere wiederum, die sich ein paar der panisch umherrennenden Pferde einfangen und Richtung Süden reiten sollten, um Ausschau nach den holsteinischen Truppen zu halten. Sicher hatte der Burgkommandant gleich zu Beginn des Angriffs Boten durch die Lüneburger Furt geschickt, damit sie den Grafen von dem Überfall informierten.

Das hätte der Slawenfürst verhindern können, aber wozu?

Sein einstiger Bündnispartner sollte ruhig wissen, dass er in dem Abodriten nun einen ernstzunehmenden Gegner hatte. Der Holsteiner würde umkehren und seine Stammlande sichern, statt das Heer des Löwen zu verstärken.

Er, Niklot, und seine Söhne, die derweil die Dörfer der Siedler um Lübeck und in Wagrien verheerten, würden ihn noch ein wenig beschäftigt halten.

Schlechte Neuigkeiten, gute Neuigkeiten

Adolf von Holstein, Heinrich der Löwe;
Lüneburg, 27. Juni 1147

Düstere Gedanken plagten Graf Adolf von Schauenburg, Holstein und Stormarn, als er an der Spitze seines Heerbanns Richtung Süden ritt, vorbei an schmalen Feldern, auf denen Bauern mähten oder Getreide zu Garben banden. Sie äugten misstrauisch zu ihnen herüber, nachdem sie demütig niedergekniet waren. Die meisten jedoch waren beim Anblick der Reiterschar davongestoben. Ritter – noch dazu in so großer Zahl – und Pferde, das bedeutete meistens Ärger.

Der Graf wirkte normalerweise jünger als die dreißig Jahre, die er zählte, aber jetzt hatten ihm Staub und Sorgen ein paar zusätzliche Jahre ins Gesicht gezeichnet.

Bald würden sie Lüneburg erreichen und sich dort dem Herzog von Sachsen anschließen, Heinrich dem Löwen. Und dann würden sie mit ihren geeinten Heeren und weiteren Gefolgsleuten nach Magdeburg ziehen, wo sich die Teilnehmer des Wendenkreuzzuges sammelten: Herzöge, Markgrafen und Bischöfe mit ihren Truppen.

Doch dem Holsteiner gefiel die Idee eines Wendenkreuzzuges nicht. Noch weniger gefiel es ihm, sein Land weitgehend von Bewaffneten zu entblößen, um gegen die Slawen zu kämpfen. Jahrzehntelang hatten Kriege das Land verheert und teilweise entvölkert. Erst seit er das Freundschaftsbündnis mit Niklot geschlossen hatte, herrschte Frieden. Die Abodriten zahlten ihm Tribut, durften dafür aber weiter nach ihren Sitten und Bräuchen leben und trieben regen Handel mit den Christen. Pelze, Bernstein, Metallgegenstände, schön gearbeitete Krüge und Becher mit slawischen Mustern waren sehr begehrt.

Die Zeit des Friedens nutzte der Graf, um Siedler aus Flandern, Holland, Westfalen und Friesland nach Holstein und

Wagrien zu holen, wo gutes Weideland und fruchtbare Äcker aufgrund früherer Kriege brachlagen. Er ließ die mehrfach zerstörte Siegesburg auf dem großen Kalkberg in Segeberg wieder erbauen, umgab sie mit einer steinernen Mauer und erkor sie zu seinem Stammsitz. Das von den Ranen, einem Slawenstamm auf Rügen, vor knapp zehn Jahren zerstörte Lübeck gründete er neu – auf einem Hügel zwischen zwei Flüssen, mit gut schiffbarem Zugang zum Meer, vor Hochwasser geschützt durch seine Lage und vor Angreifern durch eine Burg.

Die Neusiedlungen gediehen, besonders das erst vier Jahre junge Neu-Lübeck als Handelsplatz. Nun stand all das auf dem Spiel.

Adolf von Holstein mochte die Dinge lieber friedlich regeln als durch Krieg. Das lag wohl an seiner Erziehung. Als zweitgeborener Sohn war er nicht zum Herrschen vorgesehen, sondern im Kloster erzogen worden – bis sein älterer Bruder plötzlich starb, der Vater kurz darauf und er noch im Kindesalter der Erbe wurde, unter Regentschaft seiner Mutter Hildewa.

Es lag ihm schwer auf der Seele, dass sein bisheriger Verbündeter Niklot nun sein Feind sein würde – wegen dieses Wendenkreuzzuges, auf dem er seinem Herzog folgen musste und den er für äußerst verhängnisvoll hielt.

Doch der Papst wollte es so, Bernhard von Clairvaux wollte es so, obwohl sie beide noch nie einem Slawen von Angesicht zu Angesicht gegenübergestanden hatten. Und die Bischöfe wollten es noch mehr. Wer war er, um ihre Pläne zu kritisieren?

Er und Niklot hatten einander geachtet, sogar geschätzt, und ihr Freundschaftsbündnis tat dem Land gut. Außerdem brauchte jeder den anderen für seinen Machterhalt. Der Rückhalt bei den Abodriten, deren Sprache er ebenso gut beherrschte wie Latein, sicherte dem Grafen seine Stellung gegen den alteingesessenen Holsteiner Adel. Und Niklot konnte mit diesem Verbündeten die Kessiner und Zirzipanen ruhig halten, zwei Stämme im Nordosten, die er sich tributpflichtig unterworfen hatte.

Sie beide waren fast so etwas wie Freunde geworden.

Während der Holsteiner auf seinem Rappen durch die sengende Hitze des Sommertages trabte, bedauerte er, diese Freundschaft aus Pflichtgefühl gegenüber Heinrich dem Löwen und der Kirche verraten zu müssen.

Er hatte keine Wahl.

Am Ende musste er sogar Niklots Boten abweisen, der im Auftrag seines Fürsten an ihr Bündnis gemahnte. Sonst könne der Abodritenfürst seine Untertanen nicht länger von Überfällen auf die Siedlungen abhalten, die auf einst slawischem Land gegründet worden waren – so die unmissverständliche Drohung.

Graf Adolfs eigener Bote mahnte wiederum zur Treue, und Niklots Mann richtete aus, sein Fürst werde sein einmal gegebenes Wort halten und ihn warnen, wenn ein Angriff vorgesehen sei.

Jetzt redeten sie also nur noch über Dritte miteinander.

Und bald schon musste er mit dem Heerbann des Löwen durch Abodritenland ziehen, Dörfer verwüsten, Heiligtümer verbrennen und Menschen zur Zwangstaufe bewegen, wollten sie nicht ihr Leben lassen.

Er gab sich nicht der Illusion hin, dass die Slawen auch im Herzen ihren Göttern abschwören würden. Sie waren ein altes Volk mit festverwurzelten Traditionen, mit eigenständiger Kultur. Auch wenn viele Christen sie als Barbaren bezeichneten, weil sie Götzen anbeteten und Sklaven hielten.

Doch andererseits hatten die Christen keinerlei Skrupel, ungetaufte gefangene Wenden auf dem größten Sklavenmarkt in Prag feilzubieten, von wo aus sie an die Sarazenen verkauft wurden. War das nicht ebenso schändlich?

Außerdem bezweifelte Adolf von Holstein, dass eine Zwangstaufe überhaupt Gültigkeit in Gottes Augen fand. Viele Geistliche hatten sich dazu eindeutig ablehnend geäußert. Am Ende würde dieser ganze »Wendenkreuzzug« eher eine rücksichtslose Landnahme als ein Missionierungswerk sein. Auch das missfiel ihm.

»Wir rasten hier, die Pferde müssen getränkt werden!«, befahl er am Rande eines Waldes, neben dem ein Bach sprudelte, der durch fruchtbares Weideland mäanderte.

Sichtlich erleichtert stiegen seine schweißüberströmten Männer aus den Sätteln.

Der Graf ging ein paar Schritte in den Wald hinein, genoss die Kühle des Schattens und sog den Geruch von Pilzen, Harz und feuchtem Laub in sich ein. Müde wischte er sich den Schweiß von der Stirn, nachdem er sich die Kopfbedeckung vom hellbraunen Haar gezogen hatte.

Einer seiner Ministerialen näherte sich und fragte, ob der Graf etwas zu essen wünsche. Doch der lehnte ab und ließ sich nur einen Becher Wein einschenken, der wegen der Hitze stark mit Wasser verdünnt war.

Gedankenversunken starrte er den Knappen und Pferdeknechten nach, die die Pferde tränkten und sie grasen ließen.

Adolf von Holstein kniete am Bach nieder, um Gesicht und Hände mit dem kalten Wasser zu erfrischen, richtete sich dann auf und spürte genüsslich ein kühles Rinnsal seinen Hals hinabströmen.

Doch dann sah er sie kommen, und ihn überfielen sofort dunkle Ahnungen: die rechte Hand seines Verwalters und ein Mann in typisch slawischer Kleidung mit Wickelbändern um die Waden.

Ein Bote Niklots; er erkannte ihn schon aus der Entfernung an dem auffällig gescheckten Pferd und dem leuchtend roten Bart, den er nach Art der Slawen zum Dreieck geformt hatte. Begleitet wurden sie von einem halben Dutzend schneller Reiter aus der Segeberger Burgbesatzung.

Der Graf stand auf, befahl seine engsten Vertrauten zu sich und ging den Neuankömmlingen entgegen.

Der Schreiber des Verwalters sank auf die Knie.

»Edler Graf, dieser Wende hier traf vor drei Tagen in Segeberg ein und behauptet, er habe eine Botschaft Fürst Niklots, die er nur Euch persönlich ausrichten dürfe. Ihr wart schon aufgebrochen, doch die Angelegenheit schien mir so dringlich, dass wir Euch folgten.«

»Daran habt Ihr gut getan«, lobte der Graf, ließ ihm und den Reitern Bier reichen und forderte den Slawen auf, seine Botschaft vorzutragen.

»Fürst Niklot sendet Euch seine Grüße und die Warnung, dass er am nächsten Tag angreifen wird, da er das Freundschaftsbündnis mit Euch als erloschen betrachten muss.«

Adolf von Holstein war nicht so überrascht, wie er hätte sein sollen, sondern vielmehr enttäuscht.

»Am nächsten Tag – und Ihr kamt vor zwei Tagen auf Segeberg an, ohne mich dort vorzufinden. Das heißt, der Angriff hat bereits gestern stattgefunden?«, vergewisserte er sich und dachte: Oh, Niklot, du listiger Fuchs! Du hältst dein Wort, ohne es tatsächlich zu halten. Aber ich habe es wohl verdient, indem ich dir das Gespräch verweigerte.

»Ich bedaure es sehr, edler Herr. Doch wie gesagt, ich traf Euch nicht auf Eurer Burg an und hatte strikte Weisung, die Nachricht ausschließlich Euch gegenüber auszusprechen«, beteuerte der Bote, ein Mann in mittleren Jahren namens Miroslaw. »Wir sind so schnell geritten, wie wir konnten.«

»Darfst du mir auch sagen, wo dieser Angriff stattgefunden hat?«

»Lübeck und Umgebung. Und die Dörfer der Neusiedler.«

Adolf von Holstein hatte Mühe, nicht aufzustöhnen.

Kein kleiner Überfall, sondern ein großflächiger Angriff! Niklot musste die meisten seiner Männer in den Kampf geführt haben.

Lübeck war vermutlich schon zerstört, und er konnte nur hoffen, dass sich die Bewohner auf die Burg gerettet hatten. Jetzt musste er umkehren und seine Truppen schnellstmöglich wieder nordwärts führen, damit sie die Abodriten mit aller Macht zurückdrängten.

Auch wenn ihn in Lüneburg Herzog Heinrich erwartete.

Er entschied sofort, die Zeit drängte.

»Belohnt den Boten und gebt ihm einen Schutzbrief für sicheres Geleit«, wies er den Schreiber an. Den Slawen verabschiedete er mit den Worten: »Richte Fürst Niklot meinen Dank für die Warnung aus!«

Und für den Überfall, fügte er voller Bitterkeit in Gedanken hinzu.

Dann versammelte er die Anführer seiner Reitertrupps um sich und setzte sie von den schlechten Neuigkeiten in Kenntnis.

»Kehrt sofort um, wir müssen das Land verteidigen!«, befahl er.

»Aber wir sollten gen Süden ... der Herzog erwartet Heerfolge von uns ...«, stammelte einer der jungen Ritter erschrocken.

»Es ist im Galopp nur noch eine Stunde bis Lüneburg. Ich reite mit einem Dutzend Begleiter dorthin, berichte dem Herzog von der Notlage, und noch vor Einbruch der Dämmerung habe ich euch und den Tross eingeholt«, erklärte der Graf. »Dann retten wir unser Land.«

Beziehungsweise das, was davon noch übrig ist, dachte er zynisch. Im Kloster hatte er zwar gelernt, niemals zu fluchen, doch nun zuckte ihm ein Gedanke durch den Kopf: Verdammt mögen die sein, die uns diesen Kreuzzug eingebrockt haben!

In scharfem Galopp erreichten der Graf von Holstein und die zwölf Ritter, die ihn begleiteten, Lüneburg tatsächlich in weniger als einer Stunde.

Auf dem Weg kamen ihnen immer wieder Salzfuhrwerke entgegen, deren Fuhrleute erschrocken – und manchmal erst im letzten Augenblick – zur Seite auswichen, um die wilde Reiterschar vorbeizulassen.

Lüneburg, vor zweihundert Jahren zum Stammsitz der Billunger ausgebaut, verdankte sein Erblühen nicht nur der Kreuzung zweier bedeutender Handelsstraßen, sondern vor allem dem Salz. Südöstlich der Burg auf dem Kalkberg lagen die Salinen, in denen das kostbare Gut gewonnen wurde – unverzichtbar zum Kochen, Backen und vor allem zum Pökeln von Fleisch und Fisch.

Salzig war auch der Schweiß, den sich Adolf von Holstein vom Nacken rieb, als er seinen Rappen den Burgberg hochgetrieben hatte, im Hof aus dem Sattel stieg und bat, wegen dringender Neuigkeiten unverzüglich bei Seiner Durchlaucht vorgelassen zu werden.

Der Truchsess wurde herbeigerufen, begrüßte ihn förmlich und forderte ihn auf, ihm zu folgen.

Adolf von Schauenburg, Holstein und Stormarn war nicht nur ein bedeutender Graf, sondern auch als Berater des jungen Herzogs eingesetzt worden, als dessen Vater vor acht Jahren unter mysteriösen Umständen starb und einen noch unmündigen Sohn hinterließ.

Heinrich der Löwe, der nunmehr achtzehnjährige Herzog von Sachsen – und auch von Bayern, wenn es der König nicht seinem Bruder Heinrich Jasomirgott zugeschanzt hätte –, saß an einem Tisch vor einer ausgerollten Karte.

Um ihn versammelt waren ein halbes Dutzend Männer, die der Holsteiner allesamt kannte. Zwei von ihnen, Heinrich von Weida und Poppo von Blankenburg, waren wie er von Heinrichs Großmutter Richenza zu Beratern des jungen

Erben ernannt worden, als Herzog Heinrich der Stolze unerwartet dahinschied.

Der Holsteiner erinnerte sich noch genau an diese Schreckensnacht im Oktober 1139 in Quedlinburg.

Damals konnte der zehnjährige Heinrich den jähen Tod seines Vaters weder fassen noch verstehen, und seine Mutter Gertrud verging vor Angst und Tränen. Doch seine Großmutter, die energische Kaiserinwitwe Richenza von Northeim, hatte sofort die Zügel in die Hand genommen und umgehend dafür gesorgt, dass der Anspruch des Jungen auf das Erbe seines Vaters gesichert wurde. Noch in dieser Nacht, angesichts des aufgebahrten Toten, schwor sie seine Gefolgsleute auf den jungen Erben ein. Den sechsten Welf, seinen Oheim, ernannte sie zu seinem Vormund und Adolf von Holstein zu seinem ersten Berater.

Nun, acht Jahre später, hörte der junge Löwe auf niemandes Rat mehr. Er sah seinem Vater nicht nur äußerlich sehr ähnlich mit dem schwarzen Haar und den ebenmäßigen Gesichtszügen. Auch der Beiname »der Stolze« hätte gut zu ihm gepasst.

In einem Bliaut aus rotgoldenem Brokat mit eingewebten Löwen saß er da, sah von der Karte auf und musterte den Neuankömmling kühl.

»Ihr seid erhitzt, Graf. Habt Ihr es so eilig, zu unserem Kreuzzug aufzubrechen? Vergönnt uns wenigstens die Zeit, noch unsere Becher auszutrinken«, sagte er spöttisch.

Hermann von Lüchow, sein Mann fürs Grobe, lachte gekünstelt.

Der Holsteiner kniete nieder.

»Durchlaucht, soeben erreichte mich die Nachricht, dass die Abodriten in mein Land eingefallen sind, Lübeck angegriffen haben und Holstein und Wagrien verwüsten. Gestattet mir, mit meinen Truppen umzukehren, um sie aus dem Land zu vertreiben.«

»Soso … die Abodriten«, meinte der achtzehnjährige Herzog gedehnt. »Unter Euerm *treuen Freund* Niklot, wie ich vermute, nicht wahr?«

»Ja, Durchlaucht«, gab der Graf zu, der wusste, wie sehr Heinrich diese Demütigung genoss. »Er sandte mir eine Warnung. Aber als sie eintraf, hatte ich Segeberg schon verlassen.«

»Sagte ich Euch nicht, dass Ihr den Wenden nicht trauen könnt?«, belehrte ihn der junge Herzog. »Doch Ihr meintet ja, es besser zu wissen. Nun habt Ihr den Schaden. Ich hoffe, Ihr werdet klug daraus.«

Der Holsteiner riss sich zusammen, um sich seinen Zorn nicht anmerken zu lassen. Statt einer Antwort schwieg er.

»Aber wie gut, dass wir gegen die Wenden ziehen und sie allesamt vernichten oder zu braven Christenmenschen machen werden«, triumphierte Heinrich und sah in die Runde, um zustimmendes Nicken zu ernten.

»Ich als Oberbefehlshaber des nördlichen Heeres erteile Euch, Graf Adolf, die Erlaubnis, schon jetzt mit Euren Truppen den Kampf gegen die Wenden aufzunehmen. Sie haben es sich selbst zuzuschreiben.«

»Ich danke Euch, Durchlaucht!«, erwiderte der Holsteiner erleichtert. »Und wenn Ihr erlaubt, breche ich sofort wieder auf.«

»Tut das, mein treuer Gefolgsmann, tut das«, erklärte der Herzog generös. Dass der Holsteiner offiziell auch sein Berater war, davon schien er nichts mehr zu wissen. »Wir kommen hier auch ohne Euch zurecht. Gott schütze Euch und Eure Ritter.«

Der Graf bedankte sich, erhob sich und verließ den Raum.

»Das kommt uns ganz wunderbar zupass!«, verkündete der junge Löwe und strahlte über das ganze Gesicht.

»Ich weiß nicht, was diesen Niklot geritten hat, als Erster

161

anzugreifen. Aber damit bietet er uns den idealen Anlass, unseren Kreuzzug auf Abodritengebiet auszudehnen – so wie wir es geplant haben«, erklärte er hocherfreut. »Nicht dass wir einen Anlass brauchten, um den wahren Glauben zu verbreiten …«

Die Männer an seinem Tisch grinsten zustimmend.

»Als Oberbefehlshaber des nördlichen Heeres sage ich Euch, was nun geschieht«, fuhr Heinrich fort, der den Titel des militärischen Anführers gar nicht oft genug hören konnte.

»Der Holsteiner treibt die Abodriten bis an die Warnow, und dort in der Nähe wird die dänische Flotte auf sie warten. Wie gut, dass ich diese Idee hatte!«, fügte er kalt lächelnd hinzu.

»Nun hat zwar der König für übermorgen das Treffen aller beteiligten Fürsten und das Sammeln der Heere in Magdeburg angesetzt«, erklärte er dann, was jedermann wusste.

»Aber der König ist weit weg, und solche Zusammenkünfte ziehen sich immer hin, bis alle eingetroffen sind. Zumal der Markgraf von Meißen erst noch einen seiner Söhne verheiraten will. Wir können uns also Zeit lassen, auch wenn die Bischöfe noch so drängeln. Der wackere Holsteiner reitet ja schon für uns ins Feld.«

Wieder lächelte der junge Löwe kühl.

Zwischen beiden Heeren

Adolf von Holstein, Niklot;
Lübeck und Süsel, Ende Juni 1147

Schon bald auf dem Weg Richtung Norden kamen den Holsteinern Boten entgegen, die von der Zerstörung und Belagerung Lübecks berichteten oder Kunde von verwüsteten Dörfern in der Umgebung brachten.

Adolf von Holstein teilte seinen Heerbann und schickte eine Hälfte nach Segeberg. Die Siegesburg auf dem Kalkberg hatte er gerade erst wieder erbauen und mit einer starken Mauer umgeben lassen. Doch sicher würden die Abodriten die davor gelegene Siedlung angreifen.

Den anderen Teil der Truppen führte er selbst nach Lübeck, um die Belagerung zu zerschlagen. Doch wie er bereits vermutet hatte, war Niklot rechtzeitig abgezogen, um eine Begegnung mit seinem Heer zu verhindern.

»Dreihundert Tote«, meldete ihm der Burgkommandant mit Bedauern. »Es wären weniger gewesen, hätten sie schneller aus den Betten gefunden. Aber das Fest, das Bier … Als die Wenden schon in der Vorburg waren, *musste* ich das Tor schließen. Ich hätte gern alle gerettet.«

Der Graf versicherte ihm, er habe seine Pflicht erfüllt, und dankte ihm dafür.

Die Bewohner Lübecks hatten inzwischen die schützende Burg wieder verlassen und stocherten in der Asche ihrer Häuser, um noch irgendetwas Verwendbares zu finden. Auf ihren rußverschmierten Gesichtern standen Kummer und Verzweiflung.

Adolf von Holstein, der nicht lange verweilen konnte, weil er die Angreifer verfolgen musste, ließ die überlebenden Lübecker zusammenrufen.

»Es gab auch ein kleines Wunder in dieser Nacht«, berichtete der Kommandant und führte ihn zu einem der wenigen Häuser, die am Markt noch standen. »Nur hier war jemand wach, bevor das Unheil losbrach. Eine Frau, die gerade ihr erstes Kind gebar. Die Wehmutter war bei ihr.«

Er öffnete die Tür und rief eine junge Frau heraus, die einen winzigen Säugling im Arm hielt. »Erzähl dem edlen Grafen, was passiert ist!«, forderte er sie auf.

Kreidebleich vor Schreck, zu einem so hohen Herrn sprechen zu müssen, sank sie auf die Knie.

»Wir hörten schon den Lärm vom Hafen, sahen den Feuerschein«, erzählte sie mit zittriger Stimme und schüttelte sich vor Schaudern. »Doch ich lag in den Presswehen, ich konnte nicht aufstehen und weglaufen.«

Sie drückte das Kleine an sich.

»Einer von den Wilden riss die Tür auf und stürzte mit der Axt in der Hand herein. Vielleicht einer ihrer Anführer, der Kleidung nach. Ich kreischte vor Schreck, und genau in dem Augenblick glitt das Kind aus mir heraus. Da ließ er die Axt sinken, ging nach draußen und gab irgendwelche Befehle in seiner Sprache – die wohl besagten, dass sie dieses Haus verschonen sollten.«

Tränen liefen der jungen Frau über die Wangen, und sie bedeckte das Gesicht des Säuglings mit Küssen.

»Gott segne dich und dieses Kind!«, sagte der Holsteiner mild. Dann wandte er sich den Bewohnern zu, die sich auf dem Marktplatz versammelt hatten, über den der Wind Rußflocken und Asche wehte.

»Wir bauen Lübeck ein weiteres Mal auf!«, rief er. »Es ist Sommer, ihr werdet nicht hungern. Die Flüsse sind reich an Fisch, und mein Verwalter wird euch ein Stück Wald zuweisen, in dem ihr Holz schlagen dürft, um eure Häuser neu zu errichten. Sobald ich weiß, wie groß die Schäden in den anderen Orten sind, lasse ich euch an Hilfe zukommen, was mir möglich ist. Gott sei mit euch. Baut Lübeck größer und schöner auf denn je!«

Die Menschen knieten nieder, manche riefen ihm dankbar ihre Segenswünsche zu, und in ihren müden, verschmutzten Gesichtern flackerte Hoffnung auf. Vor sich sah er ein junges Paar, einen schlaksigen Burschen von der Wachmannschaft mit einem hübschen blonden Mädchen, das zaghaft nach der Hand ihres Beschützers griff.

Vielleicht wäre eine Hochzeit genau das, was die Menschen hier jetzt brauchten. Er würde das mit dem Kommandanten besprechen. Doch zuvor veranlasste er noch, dass aus dem Tross einiges an Äxten und anderem Werkzeug für den Hausbau ausgeteilt wurde.

Dann ritt der Graf von Holstein mit seinen Truppen weiter gen Norden, immer der Spur der Verwüstung nach, die Niklot und seine Leute hinterlassen hatten.

Ihr zu folgen war leicht, aber nicht leicht zu ertragen: niedergebrannte Dörfer und Felder, Leichen, die unbestattet in der Hitze verwesten ... Er hatte diese Menschen mit der Hoffnung auf gutes Land hierher geworben. Und nun waren sie tot.

Es hätte nicht sein müssen, dachte er immer wieder. Wir hätten weiter in Frieden mit den Slawen leben können.

Totes Vieh sahen sie nirgendwo. Die Abodriten hatten die Ziegen und Hühner sicher verspeist und die Ochsen mitgenommen, ebenso alles, was sie noch an Vorräten fanden. Wo Menschen überlebt hatten, kamen sie zögernd aus ihren Verstecken.

»Ich werde für Frieden sorgen«, versprach der Graf. »Baut eure Dörfer wieder auf!«

Vor Süsel, einer uralten kleinen Burg etwa fünfzehn Meilen nördlich von Lübeck, stieß der Holsteiner schließlich auf Niklot und seine Mannen, etwa dreitausend Krieger, wie er schätzte.

Sie hielten die von einem breiten Wall umgebene Burg umzingelt und sandten ihm einen Parlamentär entgegen, kaum dass die gegnerischen Heere in Sichtweite zueinander standen.

»Ich will zuerst in die Schanze«, forderte der Graf, was ihm widerspruchslos gewährt wurde.

Vor ihm und seinen Begleitern teilten sich die slawischen Truppen wie das Rote Meer vor Moses.

Im Innern der Schanze lief ihm als Erster ein dürrer, weißhaariger Priester entgegen. »Wir sind gerettet! Gott hat uns gerettet! Habe ich es euch allen nicht gesagt?«, schrie er und sah sich nach Zustimmung heischend um. Ein paar Dutzend Bauernfamilien – kaum hundert Seelen – standen hinter ihm und sanken gehorsam auf die Knie.

»Wir sind das Bollwerk Gottes gegen die Götzenanbeter!«, verkündete der Priester lautstark, der sich als Pater Gerlach vorgestellt hatte. »Wir haben gebetet und uns gegen die Heiden verteidigt. Jetzt sendet Eure Ritter aus, edler Herr, damit sie die Wenden geradewegs in die Hölle schicken! Ihr seid viele, Ihr könnt sie alle töten.«

Die Bauernfamilien hinter diesem Gerlach wirkten bei weitem nicht so entschlossen und zuversichtlich. Sie fürchteten sich vor einer Schlacht mit ungewissem Ausgang.

Der Holsteiner hatte schon gesehen, dass seine Männer zahlenmäßig den Slawen, die die Schanze belagerten, deutlich überlegen waren. Doch er wusste, dies hier war nicht das gesamte abodritische Heer. Zwei große Reiterabteilungen streiften noch durch Holstein und Wagrien, das hatten ihm Boten gemeldet. Er vermutete, sie wurden von Niklots Söhnen angeführt, ehrgeizigen und entschlossenen Kämpfern.

»Zieht euch in das Innere des Walls zurück, betet und überlasst diese Angelegenheit mir!«, befahl er den Siedlern und ließ sich wieder hinausgeleiten.

»Ich will *knes* Niklot sprechen. Allein. Zwischen beiden Heeren«, wies er den Parlamentär an. Der nickte und ritt los, um die Nachricht zu überbringen.

Zwei Krieger, Hildebrand und Hadubrand, die zwischen ihren beiden Heeren aufeinanderstießen, ging es dem Grafen vage durch den Kopf. So begann das Hildebrandslied.

Doch er hoffte, dass die heutige Begegnung nicht tödlich endete.

Rasch wurden für alle sichtbar die Vorbereitungen für ihre Zusammenkunft getroffen. Ein halbes Dutzend Slawen ritten auf ihren kleinen, flinken Pferden vor, errichteten einen Leinenbaldachin mitten auf dem Feld, stellten einen Krug, Becher und verschiedene Speisen auf eine Truhe.

Dann kam der Parlamentär zurück und zeigte einladend auf den Platz zwischen den Heeren.

Graf Adolfs Ritter waren wenig begeistert, dass ihr Herr allein losreiten wollte, doch der ließ keine Diskussion darüber zu. Es war ein heikles Gespräch, und er würde es in Niklots Sprache führen. Er konnte nicht zulassen, dass es Spekulationen darüber gab, wie und was er verhandelte. Das Ergebnis zählte.

Als er Niklot auf den Baldachin zureiten sah, gab er seinem Rappen ebenfalls die Sporen. Sie trafen zur selben Zeit am Platz ein und musterten sich einen Augenblick mit vorwurfsvollen Mienen. Dann stiegen sie aus den Sätteln und setzten sich unter dem schattenspendenden Leinendach einander gegenüber.

»Es hätte nicht sein müssen, mein Freund«, eröffnete Adolf von Holstein. »Da stehen wir nun …«

»Genauer gesagt, sitzen wir«, korrigierte Niklot mit einem kleinen Lächeln.

»Ich wollte keinen Krieg«, beharrte sein Gegenüber.

»Und doch bist du zu dem Löwen gezogen, um Krieg zu führen, und wolltest nicht mehr mit mir reden«, hielt ihm der einstige Verbündete vor. »Ich hatte versprochen, dein Auge und Ohr im Slawenland zu sein, doch du hast mich verleugnet. Einen Freund verleugnet in der Not! Ich *musste* mir Gehör verschaffen.«

»Das ist dir gelungen – um den Preis von hunderten Toten, verwüsteten Dörfern und Feldern«, entgegnete der Holsteiner düster.

»Gehör bis nach Lüneburg und Magdeburg, bis zu euren Bischöfen und diesem Abt von Clairvaux!«, sagte Niklot leidenschaftlich. »Wir kennen seinen Schlachtruf, uns vollständig auszurotten, wenn wir unseren Glauben nicht aufgeben. Deine Priester wollen uns unsere Götter nehmen, deine Fürsten unser Land. Was hättest du an meiner Stelle getan?«

Wahrscheinlich auch etwas sehr Verzweifeltes, dachte der Holsteiner.

»Wir sind deinen Männern hier in der Zahl deutlich überlegen. Willst du die Deinen in die Schlacht und in den Tod führen?«, fragte er.

»Dieser Eiferer Gerlach da drinnen in der Schanze schreit ja laut genug danach«, erwiderte der Abodritenführer ironisch und rückte die spiralförmigen silbernen Reifen an seinem Arm zurecht.

»Ein Pirat tötet für Beute. Doch einen Menschen dafür zu töten, *woran er glaubt?* Deine Priester behaupten, ihr Glaube sei der rechte. Wir halten unseren dafür. Und die Sarazenen im Morgenland meinen, ihrer sei der einzig wahre. Sie werden euren Kreuzfahrern als Ungläubigen die Köpfe abschlagen – so wie ihr uns töten wollt. Warum das alles?«, fragte Niklot eindringlich und lehnte sich zurück.

»Vielleicht sollten wir einfach abwarten, bis ihr euch gegenseitig umgebracht habt, Christen und Sarazenen.«

Niklot breitete die Arme aus und ließ sie wieder sinken. Eine Bö wehte ihm eine blonde Haarsträhne ins Gesicht, er strich sie zurück.

»Was nun diesen Ort und den heutigen Tag betrifft …«, meinte er dann achselzuckend. »Du könntest uns *vielleicht* allesamt töten. Doch dann bleiben dir nicht mehr viele Männer. Wir kämpfen hart und zäh, und unsere Äxte und Schwerter sind scharf.«

Nach einer kurzen Pause fuhr er fort: »Die dir blieben, würden nicht ausreichen, um die zwei Reiterheere zu besiegen, die meine Söhne anführen.«

»Ich habe diesen Kampf nicht gewollt. Ich will weder dich noch deine Söhne töten.«

»Wenn du es überhaupt könntest!«, meinte Niklot grinsend. Dann wurde er wieder ernst.

»Wir kämpfen für unser Land, für unsere Lebensweise, und ich weiß, dass wir auf Dauer diesen Kampf nicht gewinnen können. Ihr seid zu viele.«

Er hielt kurz inne und sah in die Ferne, auf das Holsteiner Heer. »Diese Schanze kümmert mich nicht. Ich habe hier nur auf dich gewartet – auf den einzigen Mann, mit dem ich zu verhandeln bereit bin«, sagte er und richtete seine stechend blauen Augen auf den einstigen Verbündeten und Freund.

»Ich habe sogar deine Dörfer mit den alteingesessenen Holsten verschont! Vielleicht werden sie dich künftig mehr lieben als bisher.«

Für einen Augenblick zog ein Lächeln über sein sonnengebräuntes Gesicht, doch sogleich wurde er wieder ernst.

»Mein Plan war von Anfang an, uns nach Dobin zurückzuziehen und uns dort zu verteidigen. Lässt du uns dorthin?«

»Du rufst deine Söhne zurück?«

»Umgehend. Sie werden mir nach Dobin folgen.«

»Ihr zahlt mir drei Mark Silber als Wergeld und gebt alles Vieh zurück, das ihr erbeutet habt«, forderte der Graf. »Ich schicke es in die Dörfer, in denen genug Menschen überlebten, um sie wieder aufzubauen. Und gib die Gefangenen frei, die ihr noch nicht in die Sklaverei verkauft habt!«

Niklot verzog keine Miene. Sie hatten trotzdem genug Beute gemacht, um sich die Unterstützung der Ranen zu erkaufen. Die kriegerischen Bewohner der Insel Rügen würden ihre Flotte schicken, um die Dänen aufzuhalten.

»Du stellst viele Forderungen, mein Freund«, konstatierte er stattdessen kühl. »Meine Männer sind bereit, zu kämpfen, ehrenhaft zu kämpfen und zu sterben, falls es sein muss, um unserer Götter willen. Sie werden mich feige schimpfen, wenn ich alldem zustimme und du mir gar nichts gibst.«

»Freier Abzug«, erinnerte der Holsteiner.

»Freier Abzug in Waffen!«, forderte Niklot.

»Ihr lasst mein Land in Frieden, dann werde ich mich mitsamt meinen Leuten aus den Kämpfen gegen die Slawen heraushalten.«

Das konnte er vor dem Herzog rechtfertigen, indem er sagte, er müsste seine Ländereien vor drohenden Angriffen verteidigen.

Jetzt lächelte Niklot. »Das ist ein Wort, mein Freund, und ich bin sehr froh darüber.«

Er griff nach dem Krug und schenkte sich und seinem Gegenüber Met ein.

»Unser Freundschaftsbündnis ist erneuert und besiegelt!«

»Unser Freundschaftsbündnis ist erneuert und besiegelt!«, bekräftigte der Graf, und sie tranken jeder ihren Becher aus, teilten Brot und Salz.

Eine Weile musterten sie sich schweigend, dann standen sie auf und klopften sich den Sand aus den Kleidern.

»Ich bin froh über diese Einigung«, sagte der Graf von Holstein.

»Das kannst du auch, wir hätten euch in der Schlacht mächtig bluten lassen!«, prahlte Niklot.

»Spar dir deine Männer für Dobin. Es wird ein großes Heer sein, das euch belagert«, mahnte sein christlicher Freund.

»Mit dem heutigen Tag nicht mehr ganz so groß«, erinnerte Niklot. »Lassen wir sie kommen, und wir werden sehen, was passiert.«

Dass er sich die Flotte der Ranen zu Hilfe holte, brauchte sein Gegenüber nicht zu wissen.

Dann hielten sie sich bei den Armen.

»Mögen die Götter dir beistehen!«

»Möge Gott dir beistehen!«

»Wenn das hier vorbei ist, reiten wir wieder gemeinsam auf die Jagd«, meinte Niklot lächelnd.

»Das hier wird *nie* vorbei sein«, erwiderte Adolf von Holstein düster.

»Gut!«, rief Niklot. »Denn das würde bedeuten, dass es auch in hundert Jahren noch Abodriten, Ranen und Lutizen gibt.« Er streifte einen seiner reichverzierten silbernen Amreifen ab und schenkte ihn dem Freund.

»Zur Erinnerung.«

An diesen Tag? An unser erneuertes Bündnis? Oder an dich, weil du den Tod schon lauern siehst?, dachte der Graf wehmütig.

Keiner von ihnen wusste, ob sie sich je wiedersehen würden, und keiner von ihnen verbarg seine Gefühle.

Sie umarmten sich, dann bestiegen sie ihre Pferde und ritten in entgegengesetzte Richtungen davon – jeder zu seinem Heer, um zu sehen, wie ihre Krieger den Ausgang der Verhandlung aufnehmen würden.

Standesfragen

Mathilde, Dietrich, Hanka;
Meißen, Anfang Juli 1147

Auch der Meißner Markgraf hatte keine Eile, den vom König anberaumten Termin in Magdeburg einzuhalten. Schließlich musste zunächst sein Sohn mit der polnischen Herzogstochter vermählt werden, und der war erst vor drei Tagen von den Verhandlungen mit dem Dänenkönig Sven über dessen Teilnahme am Wendenkreuzzug zurückgekehrt.

Gestern hatte die Hochzeit von Dietrich und Dobroniega stattgefunden, und heute Morgen nun wurde den versammelten Gästen der Sitte gemäß das blutbefleckte Laken vorgezeigt, um die Tugendhaftigkeit der Braut und den Vollzug der Ehe zu bezeugen.

Die Hochzeitsgesellschaft sparte nicht mit anzüglichen Bemerkungen, ganz besonders nicht Dobroniegas temperamentvolle Brüder Boleslaw Kraushaar und Mieszko aus dem mächtigen Haus der Piasten, während die Jungvermählten eisig vor sich hinstarrten.

Rasch ließ Mathilde, die Schwester des Markgrafen, das Tuch zusammenfalten und der polnischen Herzogstochter übergeben, damit sie es aufbewahrte. Es bewies Dobroniegas bräutliche Jungfräulichkeit und den Vollzug der Ehe, die somit nicht mehr annulliert werden konnte.

Danach bekam die schöne Polin vor allen hohen Gästen das Pergament über ihre Morgengabe überreicht: Anspruch auf ein einträgliches Landstück mit einem Witwensitz, auf Bedienstete und alles, was sie sonst noch benötigte, um im Fall von Dietrichs Tod versorgt zu sein. Die Verhandlungen über dieses Leibgedinge zwischen dem Markgrafen und den beiden polnischen Herzögen hatten sich lange hingezogen.

Dann lud der Markgraf seine Gäste ein, ihn zu einem Jagdausritt zu begleiten.

Mathilde war erleichtert, die Männer für eine Weile aus dem Haus zu haben, denn sie hatte alle Hände voll zu tun. Eine standesgemäße Hochzeit sollte mindestens drei Tage lang gefeiert werden, doch gleich danach musste ihr Bruder endlich mit seinem Heerbann nach Magdeburg aufbrechen. Otto, sein Ältester, würde in Meißen bleiben, die Jungvermählten den Markgrafen bis Eilenburg begleiten.

Von dort aus sollte Dietrich die Lausitz regieren und die Bauarbeiten auf der gewaltigen Ringburg vorantreiben. Eine Burg war nie fertig, und die Eilenburg hatte zwar einen mächtigen Bergfried, doch Dietrich wollte die ganze Wehranlage ausbauen und die Mauer darum verstärken lassen.

Während die Pferde für die Jagdgesellschaft schon gesattelt

auf den Burghof gebracht wurden und die Hunde aufgeregt kläfften, trieb Mathilde die Mägde und Küchenjungen zur Eile an.

»Wo bleibt der Proviant? Und der Wein? Worauf wartet ihr? Dass euch Bärte wachsen? Oder Frösche vom Himmel fallen? Sputet euch!«

Es würde ein heißer Sommertag werden, auch wenn am Morgen ein Regenguss niedergegangen war, und sie würden viele Erfrischungen brauchen.

Obwohl die verwitwete Gräfin von Seeburg eine resolute Frau war, stand sie diesmal vor besonderen Herausforderungen. Zwar war zumindest die Hochzeit nach Plan verlaufen, aber trotzdem gab es immer noch mehr als reichlich zu tun: Nicht nur die Festmähler für die nächsten zwei Tage mussten vorbereitet werden, sondern auch die Abreise der Ritter und die des Brautpaares.

Trotz all der Dinge, um die Mathilde sich zu kümmern hatte, entging ihr nicht, dass die frisch vermählte Dobroniega in dem wunderschön bestickten Kleid, das Dietrich ihr geschenkt hatte, betont lustlos über den Hof schlenderte und dabei mutwillig durch jede Pfütze lief, die sich dort gesammelt hatte, um die schönen Stickereien am Saum zu ruinieren. Für die hatte sich die begabteste Stickerin Meißens, eine junge Witwe namens Hanka, noch nachts bei Kerzenschein fast die Augen verdorben, damit sie rechtzeitig fertig wurden.

Mathilde, die so schon nicht gut auf die Herzogstochter zu sprechen war, weil sie ganz offensichtlich vorhatte, ihrem Lieblingsneffen das Leben zur Hölle zu machen, kochte vor Wut.

Ihren Zorn bekamen zwei Pagen ab, die mitten auf dem Hof eine Prügelei angefangen hatten. Erst nach einem donnernden Schrei Mathildes hielten sie inne, knieten mehr oder weniger reumütig nieder und warteten.

»Hol den Truchsess!«, rief sie einem vorbeieilenden Diener zu. »Der soll diese Taugenichtse bestrafen.«

Mathilde hielt jeden der beiden Sieben- oder Achtjährigen an einem Ohr gepackt, was sie mit schmerzverzerrten Gesichtern erduldeten, während ihre Körper vor Schreck schier zu Stein erstarrten. Die Schwester des Markgrafen hatte sie ertappt! Und ihre Strenge war berüchtigt.

Die Witwe empfing den sofort erscheinenden Truchsess wutentbrannt mit den Worten: »Könnt Ihr mir diese Ungeheuerlichkeit erklären? Wir haben den Hof voller edler Gäste, und diese zwei Burschen prügeln sich hier vor aller Augen.«

Edwin, der dürre Truchsess, dessen Familie schon seit langem dem Haus Wettin diente, war ebenfalls sehr ungehalten.

»Verzeiht mir, Gräfin, sie werden natürlich streng bestraft.«

Dann wandte er sich den beiden Jungen zu, die immer noch mitten in der Pfütze knieten und von Mathilde am Ohr festgehalten wurden.

In einigem Abstand hatten sich schon etliche Zuschauer versammelt, um die Szenerie mit Schadenfreude zu beobachten und zu genießen.

»Raimund von Muldental und Randolf von Muldenstein!«, fuhr er sie streng an. »Eure Väter sind vorbildliche Ritter und die besten Freunde. Warum könnt ihr beide diese Tradition nicht fortsetzen, sondern bereitet ihnen, mir und dem ganzen Hof Schande?«

»Es ist wegen dieses Jungen, wegen des neuen Pagen«, murmelte der braungelockte Raimund mit gesenktem Kopf. »Christian. Randolf schimpft ihn dauernd einen Bastard und Hurensohn.«

»Ist er doch auch«, triumphierte Randolf, der Größere von ihnen, der durch sein weißblondes Haar auffiel.

»Ist er nicht!«, widersprach Edwin scharf und schlug ihm mit dem Handrücken über den Mund. »Du würdest staunen, wer sein Vater ist.«

Das würde er ganz bestimmt – denn Christians Vater war ein Spielmann und Spion gewesen, seine Mutter ebenjene begabte Stickerin, die die schönsten Kleider für die Hochzeit verziert hatte. Aber das durfte niemand wissen. Weil Christians Vater in Diensten des Markgrafen einen grausamen Tod gestorben war, hatte der Markgraf dessen Sohn auf den Burgberg geholt, um für ihn zu sorgen. Doch die Herkunft des neuen Pagen musste geheim bleiben, sollte er einmal zum Knappen und Ritter werden. Darauf achtete Edwin sorgfältig. Auch ihm hatte Christians Vater einst einen unschätzbaren Gefallen erwiesen.

Während Randolf den Truchsess jetzt mit offenem Mund anstarrte und über die Herkunft des ihm verhassten Knappen rätselte, pries sich Edwin glücklich, dass Christian ausnahmsweise nicht in diese Prügelei verwickelt war.

»Jeder fünf Hiebe für sein unerhörtes Benehmen, eure Väter werden in Kenntnis gesetzt, und ihr bekommt zur Strafe Arbeiten aufgetragen, bis ihr vor Erschöpfung umfallt. Habt ihr mich verstanden? Beim nächsten derartigen Vorkommnis bringe ich euch vor den Markgrafen. Dann soll er entscheiden, ob ihr in Schimpf und Schande davongejagt werdet.«

»Ja, Herr«, murmelten die beiden betreten, die einhellig die Benachrichtigung ihrer Väter für die schlimmste Strafe hielten.

»Und nun hinfort mit euch, Sättel putzen!«, befahl Edwin.

Gnädigerweise ließ Mathilde die inzwischen roten Ohren der beiden Jungen los. Sie erhoben sich, verneigten sich tief und stoben davon.

»Ich bedaure Eure Verärgerung außerordentlich, Gräfin«, beteuerte Edwin.

»Ach, wenn das mein einziger Ärger wäre, wäre ich eine glückliche Frau«, meinte sie sarkastisch. »Ich habe noch et was zu erledigen, und dann lasst uns gemeinsam das heillose Durcheinander bewältigen, das die Abreise so vieler Menschen mit sich bringt, zuvorderst ein Markgraf, ein Brautpaar, zwei Herzöge und ein Heerbann.«

»Zu Euren Diensten, Gräfin!«, versicherte Edwin, der die Tatkraft der Seeburgerin sehr zu schätzen wusste.

Mathilde suchte mit Blicken die Jagdgesellschaft ab, die inzwischen zum Aufbruch bereit war. Doch wie vermutet, konnte sie Dietrich dort nicht entdecken. Sie hätte gern ein paar Worte mit ihrem Neffen gewechselt, auch wenn der ihr heute sicher lieber aus dem Weg ging.

Also ließ sie zuerst die Stickerin in ihre Kammer rufen, die sie für die letzten Wochen auf die Burg geholt hatte.

Wenig später trat Hanka ein, Christians Mutter, eine traurige junge Frau mit braunem Zopf, und kniete nieder.

»Steh auf, liebes Kind, du hast uns hervorragende Dienste geleistet«, sagte Mathilde zur Begrüßung. »Ich habe noch nie jemanden kennengelernt, der so feine Arbeiten auszuführen weiß. Eine große Begabung!«

»Ich danke Euch, hohe Frau«, erwiderte Hanka leise.

»Nun darfst du wieder in dein Heim gehen – sofern du nicht auf dem Burgberg bleiben möchtest? Wie ich weiß, bist du verwitwet, und dein Sohn ist aus dem Haus. Du wärst hier gut aufgehoben.«

Heim?, dachte Hanka. Ein leeres Haus. Lukian kommt nie wieder. Aber wenn mein Sohn eines Tages doch zurückwill und lieber seine Lehre beim Messerschmied fortsetzen möchte, muss er ein Zuhause haben.

Sie hatte während der ganzen Zeit auf dem Burgberg nicht ein einziges Wort mit Christian wechseln dürfen, obwohl sie den Truchsess inständig darum gebeten hatte, mehrfach und zum Schluss unter Tränen. Doch Edwin meinte, das sei zu gefährlich für den Jungen. Niemand dürfe herausfinden, wer seine Eltern waren. Das Rätsel um seine Herkunft errege schon genug Aufsehen und Ärger unter den Pagen und Knappen.

Das wusste Hanka auch. Während der letzten Wochen hatte

sie die meiste Zeit in einer Kammer gesessen und zusammen mit anderen Frauen Tag und Nacht gestickt, sogar bei Kerzenlicht, bis ihre Augen nicht mehr mithielten. Doch manchmal sah sie durchs Fenster Christian über den Hof gehen, jemandem ein Pferd bringen, irgendwelche Botschaften ausrichten. Und sie konnte sehen, dass sein Gesicht fast ständig von Blutergüssen entstellt war.

Das schmerzte sie so, als hätte sie selbst die Schläge abbekommen.

»Ich danke Euch für die Gnade, edle Gräfin, doch nun muss ich zurück in mein Haus«, sagte sie.

»Nimm deinen Lohn.«

Mathilde winkte eine Bedienstete herbei, die Hanka eine Lage feines Leinen in schönem Waidblau und eine bis zum Rand gefüllte Pfennigschale übergab, dazu ein duftendes Brot, Käse und eines der Honigküchlein von der markgräflichen Tafel.

Hanka bedankte sich höflich und ging in die Nähkammer, um ihre Sachen zusammenzusuchen.

Auch Dietrich hatte sein Pferd satteln lassen, doch er wollte allein ausreiten und wies die Ritter seiner Leibgarde an, zurückzubleiben.

Dabei allerdings kam ihm seine Lieblingsschwester Adele in die Quere. Sie hatte ihm aufgelauert, denn es war nicht zu übersehen, dass ihr Bruder unglücklich war. Das lag ihrer festen Überzeugung nach eindeutig an dieser polnischen Eisprinzessin, weshalb Adele sie inbrünstig hasste.

»Nimmst du mich mit?«, fragte sie lächelnd, fest entschlossen, ihren Bruder von seinem Kummer abzulenken.

Ohne ein weiteres Wort hob er sie vor sich in den Sattel. Mit ihren zwölf Jahren schien sie leicht wie eine Feder für jemanden, der von klein auf im Schwertkampf ausgebildet wurde. Gemächlich trabten sie am Dom vorbei, der seit Jahren beträchtlich erweitert wurde, dann durch den Bereich des erst vor vier Jahren eingesetzten königlichen Burggrafen, an dessen Palas ebenfalls noch gebaut wurde.

Sie durchquerten das Tor und ritten den schmalen, mit Bohlen belegten Pfad hinunter, der links und rechts von Unterkünften für die Wachmannschaft gesäumt war, dann durch die Handwerkersiedlung hinunter zur Elbe.

Das Mädchen ahnte bald, wohin Dietrich wollte: an seinen Lieblingsplatz ein Stück auswärts von Meißen, von dem aus man einen wunderschönen Ausblick auf die Elbe, die Weinhänge, die Wälder und die Kaufmannssiedlung unterhalb des Burgbergs hatte. Und natürlich auf den Burgberg selbst.

Dort hielt er an und hob sie behutsam aus dem Sattel.

Sie zog etwas aus ihrem Gürtel, ein Leinentuch, in das sie Honigküchlein gehüllt hatte, und hielt es ihrem Bruder stolz entgegen. »Hier, hab ich mir heimlich aus der Backstube besorgen lassen!«

»Ich hoffe, niemand bekommt Prügel dafür«, meinte er.

Die zierliche Adele lächelte verschmitzt und warf die schwarzen Locken zurück. »Nein, es wissen alle dort, dass sie für mich bestimmt waren. Komm, probier sie, die sind ganz köstlich!«

Sie strich mit einer Hand, so gut es ging, ihr Kleid glatt und ließ sich ins Gras sinken, das die Sonne nach den Regengüssen des Morgens schon wieder getrocknet hatte. Dann nahm sich das Mädchen selbst ein Kuchenstückchen, aß es auf und leckte sich genüsslich die Finger ab.

Dietrich setzte sich neben sie und musterte sie liebevoll.

Seine Schwester wusste, von der Hochzeit durfte sie jetzt nicht sprechen, das stand ihr nicht zu. Aber sie wollte ihn unbedingt von seinem Kummer ablenken.

»Du bist noch gar nicht dazu gekommen, mir ausführlich von diesem Dänenprinzen zu erzählen, der nun König ist!«, sagte sie lebhaft. »Ich habe noch nie einen König gesehen!

Wie schaut er aus? Groß und mächtig? Trägt er immer eine Krone? Schläft er auch damit?«

Wider Willen musste Dietrich lächeln. »Groß ist er, ja. Mit glattem blonden Haar, so alt wie ich, und die Krone trägt er nur bei festlichen Anlässen.«

»Ihr habt damals ein Turnier in Bamberg gewonnen, zusammen mit dem jetzigen Herzog von Schwaben. Das weiß ich, obwohl ich damals noch ganz klein war. Aber ich habe mir diese Geschichte immer wieder erzählen lassen, weil ich so stolz auf dich bin. Auch wenn Stolz eine Sünde ist, ich weiß. Und in Vaters Kammer hängt ein Bild davon. Dann seid ihr also Freunde?«

Dietrich hatte wieder das Turnier vor Augen, wie sie danach gemeinsam gefeiert hatten und Friedrich von Schwaben ihnen die hübschesten Mädchen für die Nacht besorgt hatte. Unvergesslich in jeder Hinsicht.

»Ja, das kann man wohl so sagen«, beantwortete er ihre Frage.

Adele sprang auf und tanzte um ihn herum. »Mein Bruder hat einen König zum Freund! Einen gutaussehenden blonden Wikinger! Bestimmt sind alle dänischen Mädchen ganz schrecklich in ihn verliebt.«

»Spotte nur.«

Sven war zwar tatsächlich ein gutaussehender junger Mann, von Größe und Haarfarbe ein echter Wikinger. Doch mit dem Regieren tat er sich schwer und war überhaupt nicht glücklich damit.

»Dir hat es dein Vater beigebracht, und auch Friedrich war ständig zugegen, wenn sein Vater Kriegsrat hielt, beim Landding Recht sprach und seine Verwalter die Abgaben seiner Untertanen vorrechneten«, hatte er geklagt, als Dietrich ihn nun aufsuchte. »Aber mein Vater starb, als ich noch zu jung dafür war, und mein Oheim hat mich an euerm Königshof gelassen … Ich denke mittlerweile, das tat er, weil er nicht wollte, dass ich die Herrschaft übernehme. Nun stehe ich hier, musste mir das halbe Land von Knut Magnusson stehlen lassen und weiß nicht, was ich tun soll. Doch jetzt mit der Flotte gegen die Wenden auszurücken, das ist gut, das bringt mir Sympathien ein.«

Dabei hellte sich sein Gesicht auf.

»Die Wenden kommen über See, überfallen unsere Schiffe und plündern unsere Dörfer. Jetzt schlagen wir zurück. Die Männer werden sich freuen, auch über die Beute. Ich bin dabei! Und ich denke, auch Knut wird sich das nicht entgehen lassen. Dafür könnten wir sogar unsere Rivalität begraben, wenn es gegen den gemeinsamen Feind geht.«

Die Aussicht auf einen Kriegszug zur Abwechslung schien ihn geradezu aufzumuntern. Da wusste er, was zu tun war. In Kriegsdingen war er am Hof Konrads von Staufen hervorragend ausgebildet worden, zusammen mit Friedrich von Schwaben.

»Wird die Tante dich nicht vermissen?«, mahnte Dietrich seine Schwester, nachdem sie ihn noch eine ganze Weile nach Sven ausgefragt hatte.

»Die hat heute so viel zu tun, dass sie uns vergisst«, meinte Adele zuversichtlich.

»Da wäre ich mir nicht so sicher«, entgegnete Dietrich, obwohl er argwöhnte, dass Mathilde heute mehr nach ihm als nach dem Mädchen Ausschau hielt, das sie erziehen sollte.

»Wir reiten zurück, ehe sie dich suchen lässt«, entschied er und stand auf.

Adele schmollte. »Es ist so schön hier, die Sonne strahlt ... Auf dem Burghof herrscht ein einziges Gewimmel von krakeelenden Menschen.«

Doch Dietrich blieb hart.

Adele wischte sich die klebrigen Finger am Gras ab, hielt Dietrichs Hengst noch ein Büschel hin und ließ sich dann wieder in den Sattel heben.

Dietrich gab dem Pferd die Sporen, und Adele jubelte,

während sie den Hang hinuntergaloppierten – es war, als ob sie flöge.

Wie erwartet fing Mathilde sie bereits auf dem Hof ab, kaum dass sie aus dem Sattel gestiegen waren.

»Ab in deine Kammer! Wir sprechen uns später«, befahl sie Adele, die ein grimmiges Gesicht zog, aber wortlos gehorchte. Zu ihrem Neffen hingegen sagte die Gräfin einfach: »Komm mit!«

Er folgte ihr in die Kammer, obwohl er schon ahnte, welches Gespräch ihn erwartete.

Dort angelangt, legte Mathilde auf einmal ihr strenges Gesicht ab, seufzte und betrachtete ihn mitleidig.

»Setz dich, Junge, und sag mir, wie ich dir helfen kann«, begann sie, ohne eine Antwort zu erhalten.

Also fuhr Mathilde einfach fort, leise, sanft und wehmütig.

»Im Gegensatz zu deinem Vater und vielen anderen Menschen hatte ich das große Glück, wahre Liebe kennenzulernen. Mein Gero und ich, wir waren beide noch jung, als wir miteinander vermählt wurden, so wie ihr. Und wir haben uns vom ersten Augenblick an ineinander verliebt, als wir uns gegenüberstanden. Das kommt nicht allzu häufig vor, ich weiß, und wir nutzten unser Glück.«

Ein schwärmerischer Glanz trat in ihre Augen, der rasch wieder erlosch. Bekümmert ließ sie eine Hand auf die Lehne sinken.

»Ich war immer noch jung, als mein innig geliebter Gemahl starb, und ich bin deinem Vater bis heute dankbar, dass er nicht darauf bestand, mich neu zu vermählen. Was er eigentlich hätte tun *müssen*. Doch ich trauerte um Gero und wollte keinen anderen.«

Sie seufzte. »Ich habe die Erinnerung an die schönen Zeiten mit ihm und war jedes Mal dankbar dafür, wenn ich deine Eltern zusammen sah, die eine ganz andere Art von Ehe führten. Doch wie sich jetzt diese Dobroniega aufführt … Ich kann mir nicht vorstellen, dass du ihr Grund für dieses Verhalten gibst. Dafür kenne ich dich zu gut. Wollte sie lieber ins Kloster? Liebt sie einen anderen?«

Mit stiller Wut auf sich und seine Frau dachte Dietrich an die vergangene Nacht zurück. Er hatte sanft und zärtlich zu ihr sein wollen, sogar rücksichtsvoll in der Hoffnung, ihr die Angst zu nehmen und sie nach und nach für sich einzunehmen.

Doch sie hatte ihm nicht die geringste Chance gegeben. Starr und steif lag sie auf dem Laken und forderte mit eisiger Stimme: »Nun tut schon Eure Pflicht! Damit mich meine Brüder nicht umsonst in Euer Bett geschleift haben!«

»Warum hasst Ihr mich?«, hatte er verwundert gefragt. »Ihr seid eine schöne Frau, und ich bin willens, Euch meine Liebe und meine Fürsorge zuteilwerden zu lassen. Nichts Böses soll Euch geschehen.«

Da hatte sie kalt aufgelacht. »Das Böse ist schon geschehen, indem ich so weit *unter meinem Stand* vermählt wurde. Mit dem *zweit*geborenen Sohn eines unbedeutenden Markgrafen, der einmal ein Stück Sumpfland erben wird.«

Es war wie eine Ohrfeige gewesen und hatte ihn unglaublich zornig gemacht. »Jeder andere hätte Euch für diese Antwort verprügelt. Doch ich erhebe die Hand nicht gegen eine Frau – zu Eurem Glück.«

Wenn sein Vater von ihren Worten erführe, er *würde* sie verprügeln, auf jeden Fall hart bestrafen, da war sich Dietrich ganz sicher. Deshalb sagte er jetzt nichts davon, sondern log: »Vielleicht liebt sie einen anderen, jemanden aus ihrer Heimat. In der Hochzeitsnacht rief sie einen Namen im Traum.«

»Im Schlaf? Nun, dann könnte es auch der Name ihres Hundes oder ihres Großvaters gewesen sein«, meinte Mathilde abfällig. »Doch ein Liebhaber ist wahrscheinlicher. War sie eindeutig noch unberührt?«

Dietrich nickte. »Ohne jeden Zweifel.«

Mathilde verkniff sich einen Einwand. Die Kräuterweiber kannten viele Wege, Jungfräulichkeit vorzutäuschen. Doch Dobroniegas Brüder hätten nicht gewagt, dem Meißner Markgrafen eine herzogliche Braut für seinen Sohn unterzuschieben, die nicht mehr Jungfrau war. Dafür war diese Eheallianz zu wichtig. Wahrscheinlich hatte sich die sture Schönheit einen anderen in den Kopf gesetzt.

»An Bewunderern kann es ihr nicht gemangelt haben«, meinte Mathilde. »Doch jetzt muss sie sich mit ihrer Lage abfinden, wenn sie nicht ihr ganzes Leben lang grollen will. Und ich meine, sie hätte es wahrlich schlechter treffen können. Die Zeit wird es schon richten«, schloss Mathilde.

Dietrich ließ seine Tante in dem Glauben. Doch die Zeit würde nichts richten. Widerwillig und schnell hatte er in der Nacht seine Pflicht erfüllt und hoffte inständig, einen Sohn gezeugt zu haben, damit er nie wieder mit seiner Gemahlin das Bett teilen musste. Noch nie hatte er einer Frau beigewohnt, die ihn nicht haben wollte, noch nie hatte er den Akt anders vollzogen als mit Leidenschaft und Zärtlichkeit. Er hasste Dobroniega dafür, dass sie ihn zum Gegenteil getrieben hatte.

Müden Schrittes ging Hanka vom Burgberg hinab in das untere Viertel, wo sie in einem winzigen Haus am Ende der Gasse wohnte. Die strahlende Sonne ließ sie blinzeln, aber ihr Gemüt konnte sie nicht aufhellen.

Sie war so tief in düstere Gedanken versunken, dass sie den Dieb zu spät bemerkte, der sich ihr von hinten näherte. Blitzschnell hatte er ihr den Almosenbeutel vom Gürtel geschnitten, in dem nicht nur der Lohn für ihre Arbeit steckte, sondern auch ihre einzigartig feine silberne Nadel, ein Geschenk des Markgrafen zu ihrer Hochzeit.

Sie drehte sich um und wollte rufen: »Haltet den Dieb!«, aber von dem war schon nichts mehr zu sehen. Und keiner der Menschen in der Gasse schien etwas bemerkt zu haben.

Nun stiegen ihr die Tränen in die Augen. Den Verlust der Pfennige konnte sie notfalls verschmerzen, wenngleich nicht leicht. Es war der Lohn für wochenlange Arbeit gewesen. Aber sie hatte noch das Brot, in dem Gärtchen hinter ihrem Haus standen üppig tragende Ostbäume. Sie konnte aus dem waidblauen Stoff ein Kleid nähen und es verkaufen, und sicher kämen bald neue Aufträge.

Doch der Verlust der feinen Nadel für ihre Stickereien traf sie hart. Beinerne Nadeln brachen leicht, und die aus Bronze, die die Slawen fertigten, waren gröber als ihre und nun auch unerschwinglich für sie.

Mit rotgeweinten Augen bog sie in die Gasse ein, an deren Ende ihr Haus stand. Sie konnte es schon sehen.

Da stieß sie plötzlich jemand von hinten so grob ins Kreuz, dass sie hinfiel und ihren Korb verlor. Irgendein Halbwüchsiger schnappte sich das Brot und verschwand sofort, eine Stimme hinter ihr zischte: »Hure! Sie haben dich jetzt wohl satt auf dem Burgberg, die feinen Herren? Oder hast du's mit den Stallburschen getrieben?«

Mühsam kämpfte Hanka sich hoch, drehte sich um und sah sich einer Gruppe Frauen gegenüber, die sie feindselig anstarrten. Allesamt aus der Nachbarschaft.

»Ihr wisst doch, dass ich zum Besticken der Festkleider auf der Burg war!«, sagte sie, fassungslos über die Anschuldigung und die plötzliche Feindseligkeit ihrer Nachbarinnen. Sie alle hatten auf ihrer Hochzeit mitgefeiert, jeder von ihnen hatte sie schon einmal ausgeholfen, wenn sie in Not waren – und die Frauen hatten das Gleiche auch für sie getan.

»Wer's glaubt!« Verächtlich spuckte die Älteste von ihnen auf den Boden. »Nachts im Stroh, ja?«

Die anderen lachten boshaft.

»Das hat wohl auch ihren guten Mann vertrieben«, meinte

eine. »Von wegen tot! Eine Leiche hat man nie gesehen, kein Begräbnis hat's gegeben. Auf und davon ist er, weil er sich nicht mehr mit dir abgeben wollte.«

»Und der Junge ist auch weg. Hast ihn wohl fortgeschickt, damit er nicht stört, wenn du deine Kundschaft empfängst? Aber nicht hier, nicht in unserer Gasse!«

Hanka glaubte, sich in einem bösen Alptraum zu befinden. Hilfesuchend sah sie zu Josefas Tür. Die alte weise Frau hatte ihr immer geholfen. Aber sie schien nicht da zu sein, sonst hätte sie längst eingegriffen. Vermutlich war sie zu einer Geburt gerufen worden.

»Kein Wort ist wahr!«, schrie Hanka verzweifelt. »Ihr kennt mich, ihr wart bei meiner Hochzeit und habt an meinem Tisch gesessen. Ihr wisst, womit ich mir mein Brot verdiene!«

»Und wie wir das wissen, Hure!«, höhnte die Älteste. »Pack deine Siebensachen und verschwinde!«

Hanka wollte den verstreuten Inhalt ihres Korbs aufsammeln, aber den griffen sich die Weiber schon, und den Korb gleich mit.

Dann bildeten sie eine Mauer, an der Hanka nicht vorbeikam. Sie rannte in ihr Haus und verriegelte es von innen. Draußen hörte sie die Frauen lachen und davonschlurfen.

Hanka stieg auf ihr Bett, rollte sich zusammengekrümmt auf die Seite, zog die Decke über sich und wollte nur hier liegen und sterben.

Drei Tage später brach, feierlich verabschiedet, der Heerbann Markgraf Konrads nach Magdeburg auf.

Die ranghohen Herren legten die erste Reisestrecke bis Torgau per Schiff auf der Elbe zurück, während die Reiterei und die Fußtruppen am Ufer folgten.

Die Regentschaft über die Mark Meißen hatte der Fürst vorübergehend seinem ältesten Sohn Otto übertragen, während Dietrich in Abwesenheit seines Vaters über die Lausitz herrschen sollte. Deshalb zogen er und Dobroniega mit ihrem gesamten Gefolge bis Eilenburg mit dem Heer.

Jubelnd standen die Menschen am Elbufer, um ihrem Fürsten, den Jungvermählten und den ausziehenden Kriegern nachzuwinken.

Kalte Wut

Friedrich von Staufen, Welf VI., König Konrad;
Byzantinisches Reich, kurz hinter Adrianopel,
August 1147

Denkbar schlecht gelaunt ritt Herzog Friedrich von Staufen durch die unendlich weite, flache Landschaft, in der es keinen Schutz vor der gleißenden Sonne gab.

Eine riesige Staubwolke umhüllte die Reiterkolonne, aufgewirbelt von tausenden Hufen. Sie erschwerte ihnen das Atmen und brachte ihre Augen zum Brennen. Ohne diesen Staub hätten sie bis zum Heerbann des Königs blicken können, der in einigem Abstand vor ihnen seinen Weg nahm.

Der Boden war karg, nur da und dort sprießten ein paar Halme oder stachlige Grasbüschel aus dem Boden.

Das fruchtbare Land um Adrianopel lag hinter ihnen, nun ritt die endlose Kolonne durch eine Tiefebene mit monotoner Landschaft und wenigen ärmlichen, halb verfallenen und mitunter sogar verlassenen Dörfern – die traurige Hinterlassenschaft von Kriegen, Fehden und Missernten.

Vom legendären Glanz und Reichtum des Byzantinischen Reiches war hier nichts zu spüren. Dabei konnten es keine zweihundert Meilen mehr bis Konstantinopel sein.

Doch nicht die sengende Sonne und das karge Land machten dem jungen Herzog zu schaffen, sondern die finsteren Gedanken, die in ihm brodelten, seit sie deutschen und ungarischen Boden verlassen hatten. Spätestens nach den Vorfällen in Adrianopel gestern, als ein Teil des Fußvolks massive Plünderungen begangen hatte, mussten seine Einwände als berechtigt gelten. Und es war nicht der erste Zwischenfall dieser Art. In Philippopel hatte ein disziplinloser Haufen ein ganzes Stadtviertel niedergebrannt.

Trotzdem stießen seine Appelle beim König auf taube Ohren. Weshalb Friedrich heute nicht wie meistens zusammen mit dem königlichen Oheim ritt, sondern neben dem sechsten Welf, um seinem Ärger Luft zu verschaffen – Friedrich auf einem Schimmel, Welf auf einem elegant gebauten Fuchshengst.

»Das ist kein Heerbann, das ist eine Ansammlung von Abschaum«, schimpfte der junge Staufer, während ihm der Schweiß über das sonnengerötete Gesicht perlte.

»Aus gerüsteten Männern, gesalbten Rittern sollte dieses Heer bestehen, aus erprobten Kämpfern! Stattdessen sind inzwischen Bettler, Diebe und Huren in der Mehrzahl. Doch über dieses jämmerliche Fußvolk verliert Papst Eugen kein Wort, statt es zurückzuschicken oder wenigstens die Kräftigen zu bewaffnen! Während er uns, die wir kämpfen sollen und wollen, bis ins Kleinste reglementiert. Wir dürfen keine verzierte Kleidung tragen, die doch unseren Stand anzeigt, weder Hunde noch Falken mit uns führen, weil das alles eitel sei, und er schreibt uns sogar die Waffen vor! Fehlt nur noch eine päpstliche Instruktion, wie und wo wir zu pissen haben.«

»Das wäre immerhin *ein* Erfolg unserer Mission: wenn wir die Wüste bewässern«, spottete der Welfe und schlug mit einer Hand lässig nach einer Pferdebremse.

Er war nur sieben Jahre älter als Friedrich, und niemand, der ihn sah, hätte vermutet, dass er offiziell lediglich den Rang eines Grafen trug. Welf, der sechste dieses Namens, betrachtete sich als rechtmäßiger Herzog von Bayern, nachdem Land und Titel seinem älteren Bruder Heinrich dem Stolzen gestohlen worden waren.

Friedrich hatte sich zugunsten der entmachteten Welfen immer wieder mit seiner Familie angelegt, mit seinem Vater und auch mit dem König. Das einte die beiden jungen Männer ebenso wie gemeinsam ausgetragene Kämpfe, ihre herausragenden Fähigkeiten im Waffenhandwerk und der geringe Altersunterschied. Sie schienen eher Cousins oder Brüder zu sein als Oheim und Neffe. Nur hatte Welf das typische schwarze Haar seiner Vorväter, Friedrich hingegen rotgoldene Locken, die nun verschwitzt unter seiner Kopfbedeckung hervorlugten.

»Sie können nicht kämpfen, sie plündern und stehlen, und sie werden immer mehr!«, wetterte der junge Herzog weiter über die Scharen armen Pilger, die sich unaufgefordert und unerwünscht dem Zug angeschlossen hatten. »Kein Wunder, dass die Byzantiner sogar Truppen aufstellen, um sich vor diesem Gesindel zu schützen, das unsägliche Schande über unser Heer und das Reich bringt.«

»Jemand muss endlich die Befehlsgewalt über den gesamten Heerbann übernehmen«, bekräftigte der dunkelhaarige Welf, bereits ein Mann mit großer Erfahrung als Feldherr.

Friedrich stieß einen zornigen Laut aus.

»Genau das bringt mich ja so auf: dass mein Oheim, der König, es nicht tut! Obwohl er doch neuerdings mit jedem zweiten Satz betont: *Ich, als künftiger Kaiser und mächtigster weltlicher Herrscher Europas ...*«

Er rollte mit den Augen, aber dann musste er die Lider zusammenkneifen, weil ein Windstoß ihnen scharfkörnigen Sand in die Gesichter trieb.

»Ich frage mich auch, warum er kein Machtwort spricht«, stimmte der Welf zu. »Aus Rücksicht auf Ludwig von Frankreich? Pah, der reitet mit seinem kleinen Heer hunderte Meilen hinter uns, ist als wenig entscheidungsfreudig bekannt und hat vermutlich vollauf damit zu tun, die Launen seiner Gemahlin zu befriedigen, die ihn ja unbedingt samt ihren Damen und Truhen voller Putz und Kleider begleiten wollte. Weiber auf einem Kreuzzug! Ist *das* nicht eitel, Eure Heiligkeit?«, rief er zum Himmel, als könnte der Papst ihn hören, und musste seinen Hengst zur Ruhe bringen.

»Obwohl – hübsch soll sie ja sein, diese Eleonore von Aquitanien, und feurig dazu«, fügte Welf an, der ein großes Herz für schöne Frauen hatte, sehr zum Kummer seiner Gemahlin Uta von Calw.

»Nur um die hundertzwanzig Tempelritter beneide ich Ludwig. Kämpfer, die jeden Feind zum Erzittern bringen«, meinte er noch. Doch das schien sein staufischer Verwandter nicht gehört zu haben.

»Weiber, Alte, Sieche … Die wären allesamt längst fortgejagt, hätte ich hier die oberste Befehlsgewalt«, fuhr Friedrich mit seiner Tirade fort. »Diese gewaltige Schar von Fußvolk kann nicht verpflegt werden. Sieh dich doch um – das Land hier ernährt kaum seine paar Bewohner!«

Mit dem Kinn deutete er auf die Einöde vor ihnen.

»Das wird uns noch riesige Probleme bereiten. Als hätten wir nicht schon genug davon. *Ich* hätte gestern ein paar Dutzend Plünderer in Adrianopel zur Abschreckung aufhängen lassen. Aber der König unternimmt nichts dergleichen!«

»Die päpstlichen Legaten sind auch nicht gerade hilfreich«, warf der Ältere ein. »Der eine spricht kein Französisch, der andere verabscheut den Krieg. Wieso schickte uns der Papst nicht Bernhard von Clairvaux mit? Wo dem doch dieser Kreuzzug so sehr am Herzen lag, dass er sogar mitten im Winter mehrmals zu mir nach Peiting ritt, um mich zur Kreuznahme zu bewegen …«

Welf lachte kurz auf, als er sich das Bild vor Augen rief, wie Bernhard tagelang halb erfroren durch tiefsten Schnee auf einem Maultier zu ihm zuckelte, denn ein gutes Pferd wäre auch eine Eitelkeit gewesen.

Doch schon stieg wieder kalte Wut in ihm auf. Denn Bernhard hatte ihn nicht *überredet*, das Kreuz zu nehmen, der König hatte ihn dazu gezwungen. Sonst wäre er wohl vollends entmachtet und aus irgendeinem vorgeschobenen Vorwand geächtet worden. Wie es seinem Bruder Heinrich dem Stolzen widerfahren war, der dann auch noch eines rätselhaften Todes starb, bei bester Gesundheit und noch jünger als er jetzt, kaum dreißig.

Deshalb musste der sechste Welf seine Ländereien zurücklassen, seine Frau, die ihn vermisste, seine Tochter, für die er besser eine gute Ehe absprechen sollte, als hier durch diese Einöde zu ziehen, und seinen siebenjährigen Sohn.

Der Gedanke an den Jungen schmerzte besonders. Denn er hatte ihn auf Anraten seiner Gemahlin ins Kloster Hirsau gegeben, weil sie beide fürchteten, jemand könnte ihn als legitimen Anwärter auf das Herzogtum Bayern aus dem Weg räumen lassen. Im Kloster war der siebente Welf zwar hoffentlich sicher, doch er würde todunglücklich sein. Er wollte ein großer Kämpfer werden wie sein Vater und sein Großvater.

»Das ist die Crux auf diesem Feldzug: zwei Könige und kein päpstliches Oberhaupt«, konstatierte derweil Friedrich, schnaubte verächtlich und griff nach seiner ledernen Flasche, um einen kräftigen Schluck gegen die Hitze zu trinken.

»Der König wird immer hochmütiger in seinem Gebaren. Doch das sind alles leere Worte, solange er sich nicht entschließt, den Oberbefehl zu übernehmen und Ordnung zu schaffen, damit das hier wieder ein Heer wird, das diesen Namen verdient und seine Gegner das Fürchten lehrt.«

Vor Wut ballte er die Faust um die Zügel.

Trockener, heißer Wind kam auf, und nun griff auch Welf nach seiner Flasche, um zu trinken. Am liebsten hätte er sich den Rest über das Gesicht gegossen. Doch es war besser, mit Wasser sparsam umzugehen, bis sie wieder an einen Fluss oder einen See gelangten. Oder wenigstens zu einer Oase mit Brunnen. Außerdem würde sich dieser allgegenwärtige Staub dann nur noch leichter auf seinem Gesicht festsetzen.

Auf einer kleinen Anhöhe – eine Abwechslung in dem eintönig flachen Land – hob Friedrich die Hand und befahl damit allen, die ihnen folgten, anzuhalten.

Sofort schwärmten seine Leibwachen heran.

Doch er saß ohne ein Wort ab und hob die Hinterhand seines Schimmels. Seine Vermutung stimmte: Das Tier hatte sich einen Dorn eingetreten.

Der Hauptmann der Leibwache saß ebenfalls ab und ergriff die Zügel von Friedrichs kostbarem Reittier. Sie hätten natürlich einen Pferdeknecht heranrufen können, aber es war bekannt, dass der Herzog bei solchen Zwischenfällen lieber selbst Hand an seine Lieblingspferde legte. Das wollte er keinem anderen überlassen. Vom Verständnis zwischen Reiter und Pferd hing beider Leben in der Schlacht ab.

Friedrich zog den Dorn und kratzte den Huf aus, stand dann auf und tätschelte dem Tier die Flanke und den Hals.

Bevor er wieder in den Sattel stieg, ließ er seinen Blick über den Heeresteil schweifen, den er anführte. Männer zu Pferde und in Waffen, wie es sein sollte, dahinter der Tross mit Zelten, Rüstung, Vorräten, Schmiedewerkzeug, Lanzen und Schilden.

Doch ganz hinten in der Staubwolke liefen in einem riesigen Haufen die Pilger, die nicht zum Heer gehörten, sondern sich ihm einfach angeschlossen hatten: Arme, Hoffnungslose, Schwache, Kranke, die ihre Heimat aus purer Not verlassen hatten, aber auch Huren, Diebe, Abenteurer. Für jeden, der unterwegs an den Strapazen der Reise oder bei einer der ständigen Raufereien starb, kamen zehn Neue hinzu.

»Wir können sie nicht fortjagen. Jeder darf ins Heilige Land pilgern und dabei unseren Schutz beanspruchen«, sagte Welf leise, der die Gedanken seines Verwandten und Freundes erraten hatte.

Friedrich erwiderte nichts. Schließlich hatte er seinem Ärger darüber heute schon seit dem Aufbruch am Morgen Ausdruck verliehen.

»Wir müssen bald Rast einlegen, die Pferde brauchen Wasser«, sagte er stattdessen, saß auf und spähte mit halb geschlossenen Augen nach vorn, ob in der Ferne schon auszumachen war, dass der König ein Lager errichten ließ. Es war noch mitten am Tag, doch sie mussten die Tiere tränken und füttern.

»Einer der Ortskundigen sagt, dass wir bald einen kleinen Flusslauf erreichen«, berichtete der Hauptmann seiner Wache.

»Gebe Gott, dass es so ist«, knurrte Friedrich. »Ich traue diesen Kerlen nicht.«

Die Reiterkolonne setzte sich wieder in Bewegung, und jeder hoffte insgeheim auf einen schattigen Platz, ein kühles Bächlein, einen Baum oder Strauch in der Landschaft, die das monotone Gelb des Sandes aufbrachen.

Sie waren kaum eine halbe Meile weit gekommen, als eine kleine Gruppe von Reitern an ihnen vorbeipreschte, vermutlich mit einer dringenden Botschaft für den König. Nur so ließ sich erklären, dass sie den beiden edlen Herren mit dem staufischen und dem welfischem Wappen keinen Blick gönnten.

Es schien tatsächlich kaum eine Stunde vergangen, als sie ein Stück weiter das Rastlager des Königs entdeckten.

Friedrich und Welf schickten ihre Quartiermeister voraus, damit die beiden einen guten Platz fanden, an dem die edlen Herren und ihre Männer etwas ausruhen und die Pferde tränken konnten.

Sie saßen ab, und Friedrich strich seinem Schimmel beruhigend über das schweißnasse Fell, ehe der Stallmeister kam und das Tier zum Fluss führte.

Noch bevor die Knappen einen Baldachin aufbauen und der Küchenmeister eine Mahlzeit bereiten konnten, wurde Friedrich ein Bote des Königs gemeldet.

»Durchlaucht, Seine Majestät wünscht Euch dringend zu sehen«, brachte der hervor, nachdem er vor dem Herzog von Schwaben im Sand auf ein Knie gesunken war. Sein Gesicht war rot und schweißüberströmt, ein paar feuchte Haarsträhnen klebten an seinem Hals.

Friedrich tauschte einen Blick mit Welf, doch da nur er ausdrücklich zum König beordert war, konnte sein junger Oheim nicht einfach mitgehen. Die gemeinsame Wallfahrt in Waffen hatte die Feindschaft zwischen dem sechsten Welf und dem König trotz öffentlich erwiesener Höflichkeiten nicht ausgeräumt. Und schon gar nicht zwischen Welf und Konrads Bruder Heinrich Jasomirgott, dem der König das Herzogtum Bayern übertragen hatte, das die Welfen aus langer Tradition heraus für sich beanspruchten.

Der Weg war kurz genug, um ihn zu Fuß zu gehen, der im Verlauf der Reise schon recht verblichene rote Baldachin des Königs leicht zu erkennen. Friedrich genoss es nach dem langen Ritt, ein paar Schritte zu laufen und seine Muskeln und Gelenke zu lockern.

Drei seiner engsten Vertrauten begleiteten ihn: junge, wagemutige Ritter. Der Neffe des Königs wählte die Männer, mit denen er sich umgab, nicht nur nach Rang, sondern vor allem nach Kampfgeschick und Kühnheit aus. Wer in diesen Kreis wollte, musste mit dem Schwert gegen den jungen Herzog antreten und dabei Außergewöhnliches leisten. Besiegt hatte ihn noch keiner. Doch diese Gemeinsamkeit machte sie zu einer eingeschworenen Gruppe.

Friedrich ließ sich beim König melden und wurde aufgefordert, unter den Baldachin zu treten.

Dort sank er vor dem finster blickenden Konrad von Staufen auf ein Knie, der sich in Begleitung mehrerer hoher Herren und seines Halbbruders Otto befand, des jungen Bischofs von Freising. Auch sie wirkten überaus missgelaunt und sahen gespannt auf den Neuankömmling.

»Ihr ließt mich rufen, Oheim. Majestät.«

Konrad saß nicht, sondern stand und erlaubte seinem Neffen mit einer Handbewegung, sich ebenfalls zu erheben.

Mit zorniger Ungeduld und ohne die Spur eines Lächelns wartete Friedrich darauf zu hören, was sein Oheim von ihm wollte. Sollte er ab sofort wieder neben ihm reiten und sich den ganzen Tag lang das Gerede über Konrads Größe und Bedeutung anhören?

Doch der König brachte kein Wort heraus.

Endlich atmete er tief durch und sagte düster: »Es gab einen schwerwiegenden Vorfall in Adrianopel, nachdem wir die Stadt verlassen hatten. Das Volk war aufgebracht über die Plünderungen, die ein Teil des Fußvolks begangen hatte, und nicht mehr zu beruhigen. Eine Meute rottete sich zusammen, beraubte und erschlug einen unserer Ritter. Der war erkrankt in der Herberge zurückgeblieben, die zu dem Kloster ausgangs der Stadt gehört.«

Friedrich erinnerte sich an das Kloster am Rande von Adrianopel. Auch er hatte in dieser Herberge übernachtet, die sich als ziemlich heruntergekommen entpuppte, obwohl die Reisenden dort Wucherpreise für Kost und Quartier bezahlen mussten. Der vernachlässigte Zustand des Klosters warf die Frage auf, wo diese Einnahmen blieben. Er glaubte sogar, sich an den Ritter erinnern zu können, der zurückgelassen werden musste: jemand aus dem Gefolge irgendeines Grafen von der Saale.

Wieder ein tiefer Atemzug des Königs, dann schleuderte Konrad den Becher, den er in der Hand gehalten hatte, zornig in den Sand.

»Neffe, ich wünsche, dass du mit einer Gruppe bewährter Ritter dorthin zurückkehrst und Vergeltung übst«, verkündete er mit harter Stimme. »Wir können so etwas nicht hinnehmen. *Ich* kann so etwas nicht hinnehmen, ohne dass meine Ehre als König und Kaiser befleckt wird. Und die Ehre aller Ritter, die das Kreuz genommen haben.«

»Mit dem größten Vergnügen, Majestät«, erwiderte Friedrich grimmig, nickte dem König kurz zu und stapfte hinaus, zurück zu seinem Lager.

Dort rief er seine Männer zusammen und berichtete ihnen von der Ermordung eines ihrer Kampfgefährten durch eine enthemmte Menge. Er musste niemanden erst auffordern, ihm nach Adrianopel zu folgen. Seine Ritter schrien nach Rache.

Sie rüsteten sich und erreichten die Stadt noch vor Anbruch der Dämmerung.

Flammender Zorn

Friedrich von Staufen;
Adrianopel, Sommer 1147

Kaum abgesessen, riss Friedrich wütend die Tür zur Herberge auf und brüllte mit gezogenem Schwert: »Wo ist der tote deutsche Ritter?«

Eine Schankmagd ließ vor Schreck ihren Krug fallen, der krachend zersprang, so dass der Inhalt schäumend im gestampften Boden versickerte.

Der Raum war groß und düster, voller Menschen und vom Gestank nach Schweiß und Rauch erfüllt. Staubkörnchen flirrten im Sonnenlicht, das durch die schmalen Fenster fiel. Eine dicke Frau rührte in einem Topf über dem Feuer, während ein paar verschwitzte Schankmägde Krüge füllten. Doch bei Friedrichs furchterregendem Auftritt und angesichts der ihm nachdrängenden Ritter erstarrte jedermann, ob er nun an einem der grob gezimmerten Tische über seiner Schüssel Eintopf saß, erschöpft in einer Ecke an der Wand lehnte oder sein Brot kaute.

Ein Mönch trat vor und übersetzte hastig.

Sofort warf sich der Wirt dem Staufer zu Füßen und brachte in atemlosem Redefluss Entschuldigungen und Erklärungen vor, die niemand von den Neuankömmlingen verstand.

»Sein Name war Hugo. Wir haben ihn gewaschen und aufgebahrt«, erklärte der Mönch, ein grauhaariger Mann mit beträchtlichem Leibesumfang.

»Führt mich hin!«, befahl Friedrich mit eisiger Miene und dann, an seine Ritter gewandt: »Ihr sorgt dafür, dass niemand dieses Haus und das Klostergelände verlässt. Jedermann, ganz gleich ob Mönch oder Gast, hat sich hier einzufinden. Und ich will den Abt sprechen. Unverzüglich!«

Der dicke Mönch nahm eine Öllampe und führte den Anführer des Vergeltungstrupps zu einem der reichlich verwahrlosten Klostergebäude und hinab in ein winziges Kellergewölbe. Auf den Stufen musste Friedrich den Kopf einziehen.

Der Tote war nicht zu erkennen, obwohl die Mönche sicher einiges getan hatten, um ihn herzurichten. Das Gesicht zu einer blutigen Masse zerschlagen, der Schädel zerschmettert, ein Ohr fehlte, die Finger zermalmt.

Friedrichs Miene versteinerte.

Jemand näherte sich mit schlurfenden Schritten: der Abt des Klosters, uralt und mit schütterem weißen Bart.

»Ihr habt *das* zugelassen, Pater? Ist das die hiesige Art, Wallfahrer zu empfangen, die unter Euerm Dach Schutz suchen?«, fragte der Staufer scharf.

Der Abt senkte den Kopf, rang die Hände und drückte hüstelnd sein Bedauern aus.

»Lasst ihn in geweihtem Boden begraben – sofort! Und dann

will ich Euch und alle Eure Brüder in der Herberge sehen«, befahl Friedrich schroff.

Tief verneigte sich der Abt und wollte davonschlurfen, doch der Herzog rief ihn noch einmal zurück. »Wer sind die Schuldigen? Wer hat Hand an einen Wallfahrer gelegt?«

»Es waren so viele …«, wich der alte Mann aus, und sein Barthaar zitterte. »Dieser Mann hatte sich Feinde gemacht. Aber das entschuldigt natürlich nicht, was hier vorgefallen ist …«

Friedrich, dessen Zorn immer heftiger wurde, ließ den Alten stehen und lief mit großen Schritten zurück in die Herberge.

»Ich will auf der Stelle wissen, wer die Schuldigen sind! Wer wagte es, einen Kreuzfahrer und Ritter anzugreifen? Sprecht, sonst lasse ich euch alle hängen!«, rief er dort laut und grimmig.

Entsetzt schrie die Menge auf. Einige sprangen von ihren Bänken und suchten nach einer Fluchtmöglichkeit, andere sanken weinend auf die Knie und flehten um Gnade. Doch angesichts der zornigen Kämpfer und ihrer blanken Schwerter war Flucht unmöglich.

»Ist hier jemand aus dem Gefolge des Getöteten?«, verlangte Friedrich zu wissen.

Eine Frau in zerrissenem Kleid, mit Prügelspuren im Gesicht und einem großen Muttermal auf der Wange kroch unter einem Tisch in der hintersten Ecke hervor und warf sich dem jungen Herzog zu Füßen.

Auf seine Aufforderung stammelte sie ängstlich: »Er war Ritter im Gefolge des Grafen von Plötzkau, edler Herr … Hugo von Rottfels ist sein Name … Gestern brach er sich den Arm … Graf Bernhard befahl, ihn hierherzubringen, und ließ mich und meinen Mann bei ihm, damit wir ihn versorgen, bis er dem edlen Grafen nachfolgen kann.«

Nun sank die Frau schluchzend in sich zusammen.

»Fürchte dich nicht, Weib! Wie ist dein Name?«, fragte Friedrich, damit sie sich beruhigte und ihn nicht mit ihrem Gejammer aufhielt.

»Bertha, edler Herr«, wimmerte sie, während sie krampfhaft die Überreste ihres Kleides zusammenhielt. »Ich wasche die Wäsche für die Plötzkauer Ritter.«

Da hatte sie nun wider Erwarten den ganzen weiten Weg bis hierher überstanden … und musste gestern nicht nur zusehen, wie die blutrünstige Meute den Ritter von Rottfels zu Tode prügelte. Die Tobenden hatten auch ihren Mann erschlagen und waren über sie hergefallen. Nun war sie geschändet, am ganzen Körper grün und blau – und Witwe. Falls sie diesen Tag überstand, würde sie als Hure ihr Dasein fristen müssen.

Die gute Gräfin hat mich davor gewarnt, das Dorf zu verlassen und in die Fremde zu ziehen, dachte Bertha verzweifelt. Warum hörte ich nicht auf sie? Nun ist alles Unheil der Welt über mich und meinen Mann gekommen.

Doch das würde diesen hohen Herrn nicht interessieren, der zwar viel jünger als Graf Bernhard war, aber noch furchterregender wirkte.

Ängstlich überlegte sie, wie sie dem Anführer des Vergeltungstrupps nur erklären sollte, was gestern passiert war, ohne dass er noch wütender wurde. Denn der Ritter von Rottfels war nicht schuldlos an seinem Tod. Doch das wollte dieser zornige junge Edelmann hier bestimmt nicht hören.

Hugo hatte in einem Hurenhaus nach einer Jungfrau verlangt und eine Schlägerei angefangen, als er wieder aus der Kammer kam. Das Mädchen sei gar keine Jungfrau mehr gewesen. Der Ritter von Rottfels bevorzugte eben sehr, sehr junge Frauen, und er war ein gewalttätiger Mann. Das Elend seiner Gemahlin Isa hatte in Plötzkau jeder vor Augen gehabt.

Hugo musste wohl ziemlich betrunken gewesen sein, wenn ihn die Knechte des Hurenwirts überwältigen konnten. Jedenfalls hatte ihm einer den Arm gebrochen, so dass er nicht mehr weiterreiten konnte. Doch zuvor, noch in der Kammer, hatte der Ritter dem Mädchen mehrere Zähne ausgeschlagen und den Kiefer zerschmettert.

Das sprach sich in dem Viertel im Nu herum und brachte nach den schon schlimmen Plünderungen die Wut der Bewohner zum Überkochen. Eine riesige Meute kam die Gasse entlang in die Herberge gestürmt, schreiend und Knüppel schwingend, um an Hugo Rache für die kleine Hure und das zuvor erlittene Unrecht zu nehmen.

Doch wenn sie dies dem edlen Herrn berichtete, würde er sie eine Lügnerin schimpfen und vielleicht sogar bestrafen. Den Wallfahrern war der Besuch bei Huren verboten. Nur hielten sich die wenigsten daran.

»Sprich endlich! Was ist geschehen?«, forderte Friedrich ungeduldig.

»Der Tote ... also, als er noch lebte ... er ... hatte Streit wegen einer Hure ...«, schluchzte sie. »Das und die Plünderungen erregten großen Ärger im Viertel ... Es waren vielleicht hundert, die kamen ... Sie schlugen ihn tot und auch meinen Mann, Gott hab ihn selig!«

Schluchzend bekreuzigte sich Bertha.

Friedrich seufzte innerlich. Eine Prügelei in einem Hurenhaus war eines Ritters und Wallfahrers unwürdig – doch kein Grund, ihn zu berauben und zu erschlagen.

»Wo ist sein Knappe?«

»Weitergeritten mit dem Heer, der Graf glaubte den Herrn Hugo ja hier in guten Händen«, wimmerte sie.

»Stimmt es, was diese Frau sagt?«, fragte der Königsneffe den Wirt drohend, der mit einem Wortschwall antwortete.

Friedrich fuhr ihm schroff ins Wort. »Ich bin nicht in der Laune, mir Ausflüchte anzuhören. Ihr kennt die Leute hier, ihr kennt die Schuldigen. Wenn ihr mir nicht sofort die Anführer benennt, lasse ich euch alle hängen!«

Er gab seinen Rittern ein Zeichen, die daraufhin näher traten.

»Edler Herr, das könnt Ihr nicht tun!«, flehte der Abt, der nun wieder eingetreten war. »Dies ist ein Kloster.«

»Dies ist eine Herberge, in der ein Mord stattfand. Ein Mord an einem Wallfahrer, der für Gott das Kreuz nahm. Und dass diese Herberge zu einem Kloster gehört, das Pilger ausnimmt, statt ihnen Schutz und Obdach zu bieten, macht es nur noch widerlicher.«

Er wandte sich zu den Männern um, die mit ihm gekommen waren. »Holt alle Knechte aus dem Hurenhaus und den Hurenwirt dazu!«

Sofort schwärmte die Hälfte seiner Begleiter aus. Sie kamen bald darauf mit sechs zerlumpten Männern zurück, die sich wehrten und wanden und wortreich ihre Unschuld beteuerten, während sie dem Anführer der Strafexpedition zu Füßen geworfen wurden.

»Nennt uns die Namen derjenigen, die den Wallfahrer beraubt und erschlagen haben!«, forderte Friedrich und gab dem dicken Mönch mit einem Blick die Order, zu übersetzen.

»Wir wissen nichts! Wir haben nichts damit zu tun«, schrie ein Mann mit dunklem Haar und geschwollener Nase, der einen blutigen Lappen um seine rechte Hand gewickelt hatte.

»Du hast ganz sicher damit zu tun«, erklärte Friedrich und ließ den Verband herunterreißen, wodurch eine frische, tiefe Messerwunde zum Vorschein kam.

»Ich bin unschuldig!«, schrie der Mann, als ihn zwei Reisige festhielten. »Ich wollte nur Schadenersatz für das Mädchen! Die ihn erschlagen haben, das waren andere: der Töpfer, der Leimsieder ...«

Bald hatten die Staufischen ein Dutzend Männer ergriffen und gefesselt vor der Herberge in den Staub geworfen, die als Schuldige benannt worden waren.

»Hängt sie auf!«, befahl Friedrich ungerührt, und die Reisigen zerrten einen nach dem anderen mit einem Seil um den Hals auf einen Hackklotz. Kein Jammergeschrei, kein Flehen um Gnade half, bald baumelten zwölf Gehenkte an den Balken der Herberge.

»Damit jedermann weiß, was ihm geschieht, wenn er Hand an einen Wallfahrer legt«, kommentierte Friedrich mit eiserner Miene. Dann befahl er seinen Männern: »Brennt das Kloster nieder!«

»Ihr lästert Gott!« Der Abt ereiferte sich so sehr, dass sein weißer Bart bebte.

»Nein, das tatet ihr Brüder«, erwiderte der Herzog von Schwaben kalt. »Wenn Gott meinte, *ich* würde ihn lästern, dann würde er mich jetzt mit einem Blitzstrahl niederstrecken oder mit einer Springflut das Feuer vernichten, das meine Männer legen. Kommt mit, Pater, und seht zu, wie Gott entscheidet: Ob euch Brüder die gerechte Strafe für euren Verrat trifft, oder ob ich eine empfange – ich, Friedrich von Schwaben!«

Als die Ritter die Tischplatten von den Schragen warfen und die Gestelle zerbrachen, um die Holzstücke im Herdfeuer zu entzünden, rannten die Menschen schreiend davon. Niemand hinderte sie daran.

Zuerst ging die Herberge in Flammen auf, dann ein Klostergebäude nach dem anderen, während die Brüder wehklagend auf die Knie sanken. Nur die kleine Kirche blieb auf Friedrichs Befehl unangetastet.

Bald trieben dicke Rauchschwaden Richtung Stadt, loderte das Feuer, flogen die Funken.

Friedrich verfolgte das Geschehen vom Sattel seines Schimmels aus mit regloser Miene. Als alles in Flammen stand, fanden sich seine Männer nach und nach wieder bei ihm ein.

Doch er gab noch nicht den Befehl zum Aufbruch. Denn er argwöhnte, dass gleich ein Nachspiel mit ungewissem Ausgang folgen würde.

Davor konnten sie nicht davonreiten.

Schon bewegte sich eine dichte Staubwolke rasch auf sie zu.

Bald mischten sich in das Knistern der Flammen und das Wehklagen der Mönche aus der Ferne Kommandoschreie und das Wiehern von Pferden. Von sehr vielen Pferden.

Geduldig und reglos wie eine Statue harrte Friedrich aus, während ihm der Wind den Qualm der Brandherde in die Augen trieb.

Nun konnte er sie sehen, sie ritten schon durch das angrenzende Viertel: eine Kolonne bewaffneter Byzantiner. Mindestens zweihundert.

Friedrich gab seinen Männern das Zeichen, Ruhe zu bewahren.

Dreihundert, korrigierte er in Gedanken, als die Kolonne noch näher rückte. Sie selbst waren keine fünfzig, und auf dem winzigen Platz vor dem Kloster konnten sie sich nicht zu einer Linie formieren, um anzugreifen. Doch Flucht stand außer Frage.

Als die anderen auf dreißig Schritt herangekommen waren, zogen Friedrich und seine Männer die Schwerter.

Der gegnerische Anführer riss sein Pferd hoch, brachte mit einem Handzeichen seine Männer zum Halten und ritt Friedrich entgegen, während er ihm hart in die Augen starrte.

Es war ein Mann in reichverzierter Rüstung und mit exzellenten Waffen, mit gebräunter Haut, Adlernase und hagerem, zerfurchtem Gesicht.

Friedrich legte sein blankes Schwert demonstrativ quer über die Schenkel, ohne es loszulassen, gab seinem Schimmel die Sporen und ritt auf den dunkelhaarigen Anführer zu.

Sie hielten zwischen ihren Truppen an und musterten sich einen Augenblick lang schweigend.

»Ihr seht vor Euch Herzog Friedrich von Schwaben, Neffe des Königs Konrad von Staufen und hier im Auftrag Seiner Majestät, um den Mord an einem deutschen Wallfahrer zu sühnen, einem Mann im Ritterstand«, stellte er sich vor.

Der andere antwortete auf Griechisch, aber Friedrich verstand das entscheidende Wort – einen Namen. Das bestätigte seine Vermutung, mit wem er es zu tun hatte.

Der dicke Mönch hastete nun wieder herbei und übersetzte erst Friedrichs Worte, dann die des anderen.

»Ihr seht vor Euch Prosuch, den Befehlshaber der Truppen, die Seine Kaiserliche Majestät Manuel Komnenos aufstellte, um sein Volk vor den Übergriffen fränkischer Barbaren zu schützen.«

Sie nickten einander zu, dann fuhr Prosuch scharf fort: »Ihr brennt gerade ein Kloster nieder! Was wird mein Kaiser dazu sagen, Königsneffe? Welche Strafe für Euch fordern? Mit mir reiten beinahe vierhundert Mann. Ihr habt keine Chance gegen uns.«

Das musste Friedrich insgeheim zugeben, wenn auch ungern.

»Wir stehen nicht im Krieg miteinander«, erklärte er ruhig und steckte sein Schwert demonstrativ in die Scheide. »Unser gemeinsamer Feind sind die Sarazenen. Und Roger von Sizilien.«

»Euer Toter ist gerächt«, erklärte Prosuch ernst. »Es war Eure Pflicht und Euer Recht. Doch nun zieht Eures Weges, ehe noch mehr Unglück geschieht.«

Die Drohung war nicht zu überhören.

Zu gern hätte Prosuch dieses Häuflein Deutscher angegriffen. Doch sein Kaiser hatte ihn ausgeschickt, um für den schnellen Durchzug der Kreuzfahrer zu sorgen.

Friedrich blieb ruhig, nickte dem byzantinischen Feldherrn zu und gab seinen Männern das Zeichen zum Abmarsch.

Sie wendeten die Pferde und bildeten eine Gasse, damit ihr Anführer an die Spitze reiten konnte.

Bertha rannte aus ihrem Versteck hervor und warf sich ihm erneut zu Füßen. »Herr, lasst mich nicht hier zurück, sonst kommen sie wieder und schlagen mich auch noch tot!«, flehte sie.

Friedrich winkte einen seiner Reisigen heran und befahl ihm, die Frau zu sich in den Sattel zu nehmen und zum Fußvolk zu bringen.

Dann ritt er los, gefolgt von seinen Männern, das Herz voller Grimm, während hinter ihnen immer noch schwarzer Rauch zum Himmel stieg.

Sumpfgeister

Heinrich der Löwe, Niklot;
Slawenburg Dobin am Schweriner See,
August / September 1147

Mit einer trägen Handbewegung verscheuchte der junge Herzog von Sachsen eine der allgegenwärtigen Mücken, die ihn wie jeden anderen hier umschwärmten. Doch schon schwirrte sie wieder auf ihn zu.

Diese lästigen Biester waren überall, sogar in seinem Prunkzelt. Kein Wunder: Die Abodritenburg, die sie nun schon den dritten Monat belagerten, war eine Insel zwischen zwei Seen und von Sümpfen umgeben. Und in der Nacht hatte es geregnet, so dass sich auch noch das Stück Land, auf dem ihre Zelte standen, in Morast verwandelt hatte, der bei jedem Schritt an den Füßen klebte.

Die Stimmung unter den Männern war entsprechend schlecht. Besonders bei den Dänen, die gerade erfahren hatten, dass ihre Flotte in Ralswiek von den Ranen vernichtet worden war, einem Slawenstamm auf Rügen, der sich nun offenbar mit Niklot verbündet hatte.

Sie schrien nach Rache.

Und das gesamte Fußvolk schrie nach Beute.

Doch Heinrich der Löwe und die hohen Herren unter seinem Oberbefehl hatten strikte Order erteilt, das Land nicht zu verwüsten. Sie wollten es in Besitz nehmen, nicht veröden. Und die Bischöfe, die ihn begleiteten, wollten Bistümer wiederherstellen oder einrichten. Ihnen genügte es, wenn sich die Wenden zur Taufe bereit erklärten.

So hatten sie seit ihrem Elbübergang bei Ertheneburg einige Orte zerstört, in denen sie auf Widerstand stießen, Götzentempel niedergebrannt, jede Menge gefangener Heiden auf den Sklavenmarkt nach Prag schaffen lassen, was guten Gewinn versprach. Doch vor allem hatten sie Massentaufen vorgenommen – überall dort, wo die Bevölkerung nicht geflüchtet war.

Die Mehrzahl der Dörfer allerdings stand leer. Die Abodriten versteckten sich in den Wäldern und Sümpfen, oder sie leisteten ihnen hinter dieser riesigen Wallburg Widerstand, deren Eroberung sich als nicht so einfach herausstellte, wie es sich der junge Löwe ausgemalt hatte.

Sehr zu Heinrichs Zorn. Unsterblichen Ruhm wollte er erwerben als noch junger, aber fähiger Anführer eines großen Heerbanns – auch wenn der unter Albrecht dem Bären und dem Wettiner größer war. Doch dieser Niklot spielte Katz und Maus mit ihm, nun schon den dritten Monat.

Der Wendenführer hatte klug geplant und im Frühsommer fast seinen ganzen Stamm den Handelsplatz am Nordostufer des Schweriner Sees zur Fluchtburg ausbauen lassen, Wall und Palisaden verstärkt und sich gut bevorratet.

Vor allem kam ihm die Lage der Burg zunutze: Sie befand sich zwischen Fluss und See. Wer über die Landbrücke wollte, lief den abodritischen Bogenschützen direkt vor die Pfeilspitzen. So konnten Heinrichs Männer nicht einmal zu Knut Magnussons Dänen hinüber, die im Norden ihre Zelte aufgeschlagen hatten. Und der Fischreichtum der Gewässer lieferte den Wenden reichlich Nahrung, während den Belagerern der Proviant ausging.

Trotz des nächtlichen Regens und der frühen Stunde sengte die Sonne schon wieder herab und erhitzte die Luft im Zelt in unerträglichem Maß. So befahl Heinrich, das Frühstück mit dem Herzog von Zähringen, seinen Ratgebern und den anderen ranghohen Mitstreitern vor sein Zelt zu verlegen, unter den großen Baldachin neben dem Löwenbanner.

Sofort setzte heftige Geschäftigkeit ein, um dort alles für die edlen Herren herzurichten. Bei jedem Schritt der Bediensteten spritzte Schlamm auf.

Heinrich trug eines seiner Prunkgewänder, was er wegen der Schwüle schon jetzt bereute, weil ihm das Unterhemd auf der Haut klebte und der Schweiß in Strömen den Rücken hinablief. Die Sachen wurden hier überhaupt nicht mehr trocken. Doch Standesdenken ging vor Bequemlichkeit.

Durstig griff er nach einem Becher Wein, den er mit Wasser verdünnen ließ. Für ein Gespräch mit dem alten Konrad von Zähringen brauchte er zwar nicht zwingend einen klaren Kopf, aber wer wusste schon, was der Tag noch brachte?

Die Wenden hockten nicht nur da drüben hinter dem Wall und mochten Gott weiß was aushecken, sie steckten unsichtbar überall in diesem Sumpfland, in dem sie sich bestens auskannten. Doch dem Unkundigen konnte ein einziger Schritt auf scheinbar festem Boden zum tödlichen Verhängnis werden.

Unwirsch wehrte Heinrich einen Bediensteten ab, der ihm sein schulterlanges schwarzes Haar noch einmal kämmen wollte, und ging hinaus, um das Frühmahl zu eröffnen.

Das Tischgebet des Erzbischofs von Bremen war kaum verklungen, Konrad von Zähringen hatte noch nicht einmal von dem Stück gebratener Ente abgebissen, auf das seine faltige Hand zielstrebig zugeschossen war, als er auch schon auf sein Lieblingsthema zu sprechen kam.

»Ihr findet ganz gewiss Freude an meiner Clementia«, versicherte er zum hundertsten Mal und fuchtelte mit dem Stück

Geflügel in der Luft herum. »Sie ist genau im richtigen Alter zum Heiraten und klug genug, Eure Güter zu verwalten, wenn Ihr auf Reisen seid. Oder auf einem Kriegszug«, fügte er mit listigem Blick an.

Heinrich hatte sich ja längst durchgerungen, die einzige Tochter der Herzogs zu ehelichen. Er hoffte nur, sie käme äußerlich nach ihrer Mutter und nicht nach dem Vater. Doch die Mitgift war sehr stattlich, wodurch sein Traum ein Stück näher rückte, Braunschweig zu seinem festen Sitz auszubauen und statt der uralten Dankwartsburg eine neue Burg zu errichten, prachtvoll wie eine Kaiserpfalz.

Vor allem aber einte sie der Hass auf die Staufer.

»Auf die neuerliche Verbindung unserer Häuser, mit der wir eine gute Tradition fortführen!«

Der junge Löwe hob seinen Becher, die anderen folgten seinem Beispiel.

»Gemeinsam gegen den gemeinsamen Feind!«, prostete der Zähringer dem künftigen Schwiegersohn zu, der die Worte kühl lächelnd wiederholte. Sie beide wussten, damit waren nicht die Abodriten gemeint, selbst wenn es für die anderen so klingen mochte.

Der junge Herzog von Schwaben hatte verbissen und erfolgreich Fehde gegen den Herzog von Zähringen geführt, bevor er ins Heilige Land aufbrach.

Und Heinrich würde niemals vergessen, dass Konrad von Staufen seinem Vater den Thron geraubt und Besitz und Titel entrissen hatte. Zweifellos hatte er auch bei Vaters Tod die Hände im Spiel, gar keine Frage! Er oder seine intriganten Helfershelfer.

Heinrichs Großmutter, die Kaiserinwitwe Richenza, sorgte zwar dafür, dass ihr Enkel das Herzogtum Sachsen zurückbekam. Doch das genügte ihm nicht; er wollte auch Bayern wiederhaben. Mit einem starken Verbündeten wie seinem künftigen Schwiegervater – weitere würden sich finden –

konnte er dies durchsetzen. Dafür nahm er sogar das unablässige Gerede des Zähringers in Kauf.

Und Clementia ... Mit seinen achtzehn Jahren erwartete der junge Welfe von einer Ehefrau vor allem eine hohe Mitgift, einen klangvollen Titel und schleunigst einen Erben. Was er sonst noch im Bett wollte, konnte er sich anderswo holen. Aber wenn sie hübsch war und noch dazu fähig, seine Ländereien zu hüten, während er Krieg gegen den Staufer führte – umso besser.

Klatschend erschlug Heinrich eine Mücke, die sich dreist auf seinem Handrücken niedergelassen hatte, und stellte sich vor, auch seine Feinde so zu zerquetschen, dass nur noch ein Blutfleck von ihnen übrig blieb.

»Wenn wir nur endlich aus diesem Sumpfloch verschwinden könnten!«, stöhnte der Zähringer gerade, dem die stechfreudigen Insekten noch ärger zu Leibe rückten, und wedelte mit den Händen, um sie zu verscheuchen.

»Niklot ist ein zäher Mann. Ich frage mich, wie lange die da drin noch durchhalten«, warf Heinrich von Weida ein – einer der sieben Männer, die Richenza unmittelbar nach dem Tod ihres Schwiegersohnes zu den Beratern ihres Enkels ernannt hatte. Und derjenige von ihnen, auf dessen klugen Rat Heinrich noch am ehesten zu hören geneigt war.

»Vor allem sollten wir dem abergläubischen Gemunkel unter den Männern Einhalt gebieten!«, forderte ein noch junger Augustiner namens Helmold, der in Heinrichs Heerbann als Chronist und Schreiber diente. »Sie reden von Sumpfteufeln und Zaubern, wispern, die Wenden könnten sich mit Hilfe ihrer grausigen Götzen unsichtbar machen.«

Missbilligend schüttelte er den Kopf und schlug ein Kreuz.

»Versuch nur, es ihnen auszureden, Bruder!«, höhnte der grobschlächtige Hermann von Lüchow, einer der härtesten Männer unter Heinrichs Kommando. »Jeder, neben dem eine Wache verschwunden war oder mit aufgeschnittener Kehle hinter der Wurfmaschine lag, schwört, nichts gesehen und gehört zu haben. Ich weiß es, denn ich habe sie alle wegen Säumigkeit hängen lassen.«

Sie hatten zwar Wurfmaschinen aufgestellt und schleuderten Geschosse in die Fluchtburg, die dort ganz sicher verheerende Wirkung zeigten und vor allem unter den Frauen und Kindern Furcht und Schrecken säten. Doch allzu oft waren am Morgen die Spannseile entfernt, was die Geräte vorübergehend unbrauchbar machte, und die Wachen unauffindbar – wahrscheinlich im Sumpf versenkt. Auch Kuriere und zur Jagd ausgesandte Provianttrupps verschwanden auf unerklärliche Weise.

Die Männer fingen an zu unken: von Sumpfgeistern, die den Wenden zu Hilfe kamen, von Sumpfteufeln, die jeden zu sich auf den Grund zogen, und davon, dass sich diese Götzenanbeter mit heidnischem Zauber unsichtbar machen konnten und nur darauf warteten, ihnen einem nach dem anderen die Kehle durchzuschneiden.

Sie waren schon missgelaunt, weil sie auf diesem Kriegszug bisher kaum Beute machen durften. Und nun waren sie auch noch von Aberglauben und Angst befallen.

»Wir hätten den Männern erlauben sollen, auf dem Marsch hierher richtig zu plündern. Dann wären sie jetzt besserer Laune«, nörgelte Konrad von Zähringen.

Der junge Löwe verzog das Gesicht.

»Mein hochgeschätzter künftiger Schwiegervater«, begann er von oben herab. »Eure Ländereien liegen weit fort von hier. Aber alle anderen Herren von Rang, die mit uns ziehen, herrschen über genau dieses oder benachbartes Land oder wollen es erobern. Warum sollten wir *unser* Land verwüsten, unsere eigenen Einkünfte vernichten?«

Energisches Nicken seiner Mitstreiter links und rechts an der Tafel bekräftigte diese Worte.

»Das war von Anfang an die Regel, und ich habe es im

Kriegsrat oft genug gesagt«, fuhr der Löwe streng fort, nun mit gerunzelter Stirn: »Wir brennen die Götzentempel nieder, lassen die Priester ein paar Massentaufen vornehmen, erzwingen kräftige Tributzahlungen und erklären uns zu Herren dieser Ländereien. Aus einem eingeäscherten Dorf ist kein Tribut zu erwarten. Das Fußvolk wird sich gefälligst mit seinem Sold und ein paar Raufereien und Weibern begnügen.«

»Nicht ewig«, widersprach der Herzog von Zähringen. »Unterschätzt nicht die Stimmung in einer unzufriedenen Truppe!«

»Ich bin der Heerführer, und mir werden sie gehorchen!«, wies Heinrich den Älteren schroff zurecht. »Und wer es nicht tut, der wird es bitter bereuen.« Der Lüchower hatte auch schon einige Meuterer hängen lassen.

Urplötzlich drang gewaltiger Lärm von Norden herüber, Schreie und Wutgebrüll.

»Kann es sein, dass Ihr Euch irrt, mein lieber …«, setzte der Zähringer mit leichter Häme zu einer Erwiderung an, doch Heinrich war bereits aufgesprungen, um zu sehen, was vor sich ging.

Da lief auch schon mit großen Schritten einer seiner Ritter auf sie zu; beinahe wäre er auf dem morastigen Boden ausgerutscht.

»Durchlaucht, Niklot macht einen Ausfall auf das Lager der Dänen!«, rief er.

Das war tollkühn. Zwar war Knuts Truppe ziemlich disziplinlos und trank über die Maßen, vor allem seit der Nachricht von der Vernichtung ihrer Flotte. Dennoch, es war tollkühn von Niklot!

»Die Tafel ist aufgehoben«, verkündete der junge Herzog hastig, und eilig liefen sie so weit vor, wie das Gelände es erlaubte, um zu sehen, was geschah.

Denn sie konnten in der Tat nicht mehr als zuschauen – der

Fluss und unüberwindliche Sümpfe trennten beide Heeresteile voneinander.

So wurden sie tatenlos Augenzeugen, wie hunderte abodritische Krieger aus der Wallburg stürmten und mit Kampfgebrüll über die Dänen hinwegfluteten, von denen die meisten lieber davonrannten, als Widerstand zu leisten.

»Setzt die Wurfmaschinen ein!«, befahl Heinrich wütend, während er ansehen musste, wie Niklots Männer über die völlig verblüfften Dänen herfielen und sie niedermachten.

»Alle Spannvorrichtungen wurden in der Nacht unbrauchbar gemacht«, gestand mit ängstlicher Miene ein herbeigeeilter Maschinenmeister, nachdem er sich vor dem Herzog in den Schlamm geworfen hatte.

Heinrich war außer sich, aber nicht überrascht.

»Dann repariert das – und holt die Bogenschützen zusammen, worauf wartet ihr noch?«, schrie er.

»Wenn wir schießen, treffen wir auch die Dänen!«, wandte jemand entsetzt ein.

»Ihr Tölpel, doch nicht auf die! Brandpfeile auf die Burg, sofort!«, tobte Heinrich.

Da ertönte ein Hornsignal. Eilig zogen sich die Abodriten in ihre Wasserburg zurück und holten die Verbindungsbrücke ein. Nach Heinrichs Schätzung hatten sie um die dreihundert Gefangene bei sich.

Wie wollen sie die auch noch durchfüttern?, fragte er sich, aber nur einen Augenblick lang.

Niklot hatte ihm eine Botschaft geschickt, und Heinrich verstand.

Die verbliebenen Dänen begannen umgehend, ihr Lager zu räumen. Sie würden fort sein, noch bevor ihm dies ein Gesandter auf großen Umwegen mitteilen konnte.

»Holt den Holsteiner!«, befahl der junge Löwe. »Drei Reiter nach Segeberg, die schnellsten. In vier Tagen spätestens will ich ihn hier sehen.«

Adolf von Holstein war in Segeberg geblieben, um sein Land gegen mögliche erneute Angriffe zu verteidigen. Aber jetzt brauchte er ihn hier.

Niklot wollte Kapitulationsbedingungen verhandeln. Doch würde er nur mit dem Grafen von Schauenburg, Holstein und Stormarn reden, ehe er sich dem Herzog von Sachsen ergab.

Bedingungen

Niklot, Adolf von Holstein, Heinrich der Löwe;
Festung Dobin, September 1147

adigost und alle Götter werden uns beistehen, so wie sie es bisher auch getan haben!«, rief Niklot und hob sein Schwert, während er die Männer um sich sammelte, die mit ihm den Ausfall auf das dänische Lager wagen würden. Inbrünstig wiederholten sie seinen Ruf.

Wertislaw würde ihn begleiten, doch Pribislaw, sein Erstgeborener, sollte die Verteidigung der Burg leiten, solange sein Vater draußen kämpfte. Niklot war zwar ein erfahrener und gefürchteter Krieger, aber im Kampf konnte viel Unvorhergesehenes geschehen.

Noch einmal sah sich der Fürst unter den Menschen um, die innerhalb der Palisaden bleiben würden und auf seinen Plan vertrauten. Es waren Hunderte, zumeist Männer, aber auch kräftige Frauen und einige Jüngere.

Die meisten Frauen, Kinder und Schwachen hatte er zu ihrem Schutz in den Wald geschickt; seine Gemahlin würde sie dort zusammenhalten. Wachen sorgten für ihre Sicherheit und dafür, dass kein Feind, der sich in den Wald wagte, ihn wieder verließ.

Die hierblieben, waren bereit und fähig zu kämpfen. Stürmen konnten die Belagerer die Burg nicht, aber ihre Wurfgeschosse und Brandpfeile richteten großen Schaden an.

Sie hatten Tote und Verletzte in der Wallburg. Etliche Häuser waren zerstört, Wände rauchgeschwärzt, die Schmiede zertrümmert, aber inzwischen wieder aufgebaut. Vorsichtshalber hatte Niklot das Reet von den Häusern abdecken lassen, die sich in Reichweite der Brandpfeile befanden, und Tierhaut über die Balken genagelt. Und auch jetzt waren die Zurückbleibenden bereit, sofort zu löschen, sollte irgendetwas in Brand geraten. Überall standen mit Wasser gefüllte Bottiche und Fässer.

Den Sklaven hatte er die Wahl gelassen, mit den Frauen in die Wälder zu ziehen oder bei der Verteidigung der Burg zu helfen. »Doch wer dabei erwischt wird, dass er Schaden anrichtet, statt zu löschen, der ist des Todes!«, so seine unmissverständliche Drohung.

Nach dreimonatiger Belagerung waren die Feinde immer noch nicht abgezogen. Also musste er etwas unternehmen.

Vor ihm sank jemand auf ein Knie.

»*Knes* Niklot, bitte erlaube mir, mit euch hinauszustürmen!«, flehte Jaro, Jaczas Freund und bester Mann aus Köpenick, der immer noch bei den Abodriten weilte, weil er hier sein Herz an ein Mädchen verloren hatte, eine fröhliche Töpferin mit hellbraunem Haar und blauen Augen.

»Das ist nicht dein Kampf!«, erklärte der Fürst entschieden.

Jaro nahm seinen ganzen Mut zusammen.

»Ich hoffte, mir damit die Ehre zu verdienen, eines eurer Mädchen als meine Braut nach Copnic zu führen: Sweta. Sofern du es erlaubst, *knes*«, gestand er.

Niklot lächelte ein wenig, nur ganz kurz. »Wenn sie dich will, mag sie dir folgen als dein Eheweib. Verdient hast du es dir längst«, antwortete der Fürst zu Jaros Erstaunen und zu seiner großen Freude.

»Doch heute bleibst du in der Burg und beschützt mein Volk, damit du einmal in Copnic Zeugnis darüber ablegen kannst, was hier geschah.«

Jaro neigte den Kopf zum Zeichen seines Gehorsams. Dann trat er von den Kriegern weg, die sich schon für den Ausfall sammelten.

Niklot rückte noch einmal seine ledernen Armschienen zurecht – eine alte Angewohnheit von ihm vor dem Kampf – und zog sein Damaszenerschwert. Einen Augenblick lang gestattete er sich den Gedanken, ob er dort draußen auf seinen drittgeborenen Sohn treffen würde, Prislaw. Ein Verräter. Er war zu den Dänen übergelaufen, vor Jahren schon, weil er nicht an das Überleben der Slawenstämme glaubte. Deshalb hatte Niklot ihn verstoßen.

Ich habe nur *zwei* Söhne, ermahnte sich der Fürst.

Es konnte durchaus sein, dass Prislaw dort draußen bei Knuts Truppen steckte und seinem Vater direkt vor die Klinge lief. Niklot wusste nicht, ob er auf diesen Moment vorbereitet war.

Jaro und auch die anderen Krieger in der Nähe des Tores sahen den Hinausstürmenden nach.

Der junge Köpenicker spürte, dass jemand neben ihn trat: Liuba, die junge Frau, die Wertislaw liebte und bald heiraten würde. Sie fürchtete sich, das war nicht zu übersehen.

»Er kommt wieder«, sagte er leise zu ihr.

Sweta trat neben Liuba und sah ihn fragend an.

Sie mochte ihn, daran bestand kein Zweifel. Fieberhaft überlegte Jaro: War dies der geeignete Moment, sie zu fragen, ob sie ihn heiraten und mit ihm nach Copnic ziehen wolle? Zu gern wäre er damit herausgeplatzt, dass er Niklots Einverständnis hatte – ihres vorausgesetzt. Doch jetzt konzentrierte er sich wohl besser auf den bevorstehenden Angriff. Die Belagerer würden sicher gleich mit Brandpfeilen und Steingeschossen antworten.

Jemand griff nach seiner Hand: Milo. Ein Sechsjähriger, den sie unterwegs zusammen mit seinem älteren Bruder aufgelesen hatten, nachdem seine Eltern und sämtliche Dorfbewohner von durchziehenden Kreuzfahrern erschlagen worden waren.

»*Knes* Niklot soll sie alle töten!«, brachte der Junge wütend zwischen den Zähnen hervor.

Noch ehe Jaro etwas erwidern konnte, hörten sie Schreckensschreie von der Südseite der Insel. Aus dem Lager des Herzogs von Sachsen gingen die ersten Brandpfeile auf sie nieder. Sie rannten zu den Brandherden, traten sie aus oder löschten mit allem, was bereitstand.

Das Haus eines Töpfers geriet lichterloh in Flammen. Dort konnten sie nur noch dafür sorgen, dass kein Funke auf das nächste übersprang, indem sie die brennenden Wände einrissen. Hustend hieb Jaro mit der Langaxt auf die lodernden Balken ein, bis sie glimmend am Boden lagen.

Er dankte allen Göttern dafür, dass ein paar mutige junge Späher unter den Abodriten auch vorige Nacht hinausgeschlichen waren, um die Wurfmaschinen unbrauchbar zu machen. Die jungen Männer betrachteten es als Wettkampf, einen gefährlichen Wettkampf: sich in Kleidern, die sie gefangenen Boten abgenommen hatten, ins feindliche Lager zu wagen und dort unbemerkt möglichst viel Schaden anzurichten.

Keiner hätte sagen können, wie viel Zeit vergangen war, bis die Männer unter Niklots Kommando blutbespritzt und mit fast dreihundert Gefangenen zurückkehrten. Doch es konnte nicht sehr lange gedauert haben.

»Bringt die Gefangenen in den Pferch!«, befahl der Fürst, und umgehend wurden sie dort hineingestoßen und an die Zäune gefesselt. Manche bluteten, manche waren immer noch nicht ganz nüchtern, die meisten starrten wütend oder betreten vor sich hin. Einige brüllten Bitten oder Flüche, ohne damit auf die Abodriten auch nur den geringsten Eindruck zu machen.

Liuba rannte Wertislaw entgegen und fiel ihm um den Hals, ungeachtet seiner blutbespritzten Sachen, die ihr Kleid verdarben. »Nicht mein Blut«, sagte er zu ihrer Beruhigung und drückte sie an sich, immer noch atemlos.

Vier Tote wurden gebracht und auf die Erde gelegt. Der Priester würde sich um sie kümmern.

Milo kam wie viele andere, um sie zu sehen, und fand seinen Bruder unter ihnen. Mit einem wilden Schrei riss er dem am nächsten Stehenden das Messer aus dem Gürtel und rannte Richtung Pferch.

»Ich bring euch alle um!«, brüllte er mit seiner hellen Kinderstimme und schien entschlossen, einem Gefangenen nach dem anderen die Kehle durchzuschneiden. Jaro setzte ihm nach, schnappte ihn sich, kurz bevor er den ersten Gefesselten erreichte, und hielt ihn umklammert, während der Junge wie wild strampelte und tobte.

»Die haben meine Eltern ermordet, die haben meinen Bruder getötet, die haben mein ganzes Dorf abgeschlachtet!«, brüllte Milo.

»Der Fürst wird deinen Bruder rächen«, sagte Jaro. »Nicht du.«

Es dauerte lange, bis er den Jungen zur Ruhe gebracht hatte. Schluchzend sank Milo neben dem Leichnam seines Bruders zu Boden.

Inzwischen hatten die Frauen begonnen, die Verletzten zu versorgen, ihre Wunden mit Kräutersud auszuwaschen und zu verbinden.

»Drei von ihnen werde ich wohl nicht durchbekommen«, sagte leise die älteste Heilkundige zu Niklot, bevor sie sich um einen klaffenden Schnitt an seiner Hand kümmerte.

Niklot erwiderte nichts. Er wartete auf eine Nachricht. Und die erhielt er wenig später.

Einer der Wachposten auf dem Turm berichtete aufgeregt, dass vom Lager des Löwen aus eine kleine Gruppe schneller Reiter Richtung Westen aufgebrochen war. Boten.

Erleichtert schloss Niklot kurz die Augen.

»Sie sind nicht umsonst gestorben!«, rief er angesichts der Toten seinen Leuten zu. »Der Plan geht auf. In drei, spätestens vier Tagen verhandeln wir über unsere Zukunft und den Abzug der Christen. Gedankt sei den Göttern.«

Am dritten Tag meldete die Wache dem Fürsten, ein einzelner Mann in bester Rüstung nähere sich dem Torhaus.

Niklot verbarg seine tiefe Erleichterung. Der Holsteiner war schnell geritten; er musste auf seinem Weg hierher ein paar Mal die Pferde gewechselt haben.

Er befahl den Bogenschützen, den Mann vors Tor zu lassen, und trat selbst durch einen schmalen Durchlass hinaus.

Sie gingen sich bis auf einen halben Schritt Abstand entgegen und sahen sich in die Augen – Freunde, Feinde, Verbündete, Sieger und Verlierer, Überbringer schlechter Nachrichten.

»Da stehen wir nun erneut«, begann Adolf von Holstein nach einem Augenblick des Schweigens.

»Und diesmal stehen wir wirklich«, erinnerte Niklot mit der Spur eines Lächelns an ihr Treffen vor der Süseler Schanze.

Der Holsteiner brachte kein Lächeln zustande.

»Du weißt, dass es unausweichlich ist«, konstatierte er.

»Ja«, entgegnete Niklot kühl. »Aber zu *meinen* Bedingungen. Keiner von euren Leuten betritt meine Burg. Wir kommen hinaus. Unsere Waffen bleiben drinnen.«

Nur so konnte er das Heiligtum retten. Sonst würden die Christen es unweigerlich niederbrennen.

Und sie würden ihre Waffen nicht abliefern.

Als sein Gegenüber mit der Antwort zögerte, erinnerte Niklot: »Ich habe noch genug Vorräte, um Monate hier auszuharren. Und dreihundert gefangene Dänen.«

»Was willst du mit denen anfangen? Es sind nutzlose Esser, sollte die Belagerung nicht enden.«

»Ich könnte sie den Göttern opfern. Oder wenigstens ein paar von ihnen«, meinte der Abodritenfürst leichthin und zuckte in gespielter Gleichgültigkeit mit den Schultern. »Du weißt, dass wir so etwas manchmal tun, in ganz besonderen Zeiten. Und dies sind doch wohl *besondere Zeiten*.«

Nun konnte er die Bitterkeit nicht ganz aus seiner Stimme verbannen.

Der Graf kam nicht umhin, die Kaltblütigkeit seines Verhandlungspartners in dieser heiklen Lage zu bewundern. Gerüchte von Tier- und sogar gelegentlichen Menschenopfern und die Sklavenhaltung hatten den Slawen bei den Christen den Ruf von Barbaren eingetragen, obwohl die selbst mit Sklaven handelten, sofern diese nicht getauft waren.

»Ich werde deine Antwort übermitteln und für dich sprechen«, beendete der Graf die Verhandlung. Mehr blieb nicht zu sagen.

Niklot neigte leicht den Kopf, dann ging jeder zurück in sein Lager.

Kaum war das Tor hinter ihm geschlossen, holte Fürst Niklot seine Leute erneut zusammen.

»Ich sage euch, warum heute ein guter Tag ist, ein Bad zu nehmen!«, rief er. »Die Sonne brennt, wir alle haben noch Ruß auf der Haut oder Blut vom Kampf, und das Wasser ist klar und kühl. Also lasst euch von den Christenpriestern ins Wasser tauchen und einen neuen Namen geben. Sobald das geschehen ist, zieht das feindliche Heer ab. Danach können wir weiter so leben, wie wir leben wollen, weiter an die Götter glauben, an die wir glauben wollen, weiter den Namen tragen, den wir tragen wollen. Das sage ich euch, euer Fürst. Ihnen« – er zeigte mit dem Arm nach Süden, wo die Truppen des Löwen lagerten – »bedeutet es viel. So viel, dass sie dafür

sogar in den Krieg ziehen. Uns bedeutet es nichts außer Abkühlung an einem heißen Tag. Wir lassen es über uns ergehen im Gegenzug für unser Leben und das Fortbestehen unserer Bräuche. Schließlich sind wir reinliche Menschen.«
Ein paar leise Lacher durchbrachen die Stille.
»Noch mehr bedeutet ihnen natürlich der Tribut, den wir zu zahlen haben«, fuhr Niklot fort. »Der wird nun wohl etwas höher ausfallen, weil die lange Belagerung sie teuer zu stehen kam und es nichts zu plündern gab.«
Die Lacher wurden lauter.
»Doch ich habe das Gefühl, dass unsere begehrten Töpferwaren, der Bernstein und die Pelze in nächster Zeit auch teurer werden.«
Er blickte von einem Gesicht zum anderen, sah Schmunzeln, Erleichterung, Tränen, Sorge, Trauer, Hoffnung … jedes nur erdenkliche Gefühl.
»Folgt meinem Beispiel, und wir werden überleben – als Abodriten«, sagte er und ging als Erster zum Tor.

Die Details waren genau ausgehandelt worden, und der junge Herzog Heinrich hatte geschworen, jeden am Leben und in Freiheit zu lassen, der sich der Taufe unterzog.
Waffenlos, um sein gutes Schwert nicht dem Löwen übergeben oder zu Füßen legen zu müssen, trat Niklot vor Heinrich den Löwen, kniete nieder und unterwarf sich tributpflichtig seiner Macht. Womit er sich und seinem Volk zugleich den Schutz des Herzogs sicherte.
Ohne den geringsten Laut sahen die Abodriten dieser Prozedur und auch der nachfolgenden zu: wie Niklot ins Wasser stieg, von einem der Priester kurz untergetaucht wurde und mit ihnen unverständlichen Gesten und Worten auf den Namen Nikolas getauft wurde. Niklot schüttelte sich kurz, so dass das Wasser aus seinem blonden Haar troff und aus dem Bart rann, und stieg wieder ans Ufer.

Während die Geistlichen des christlichen Heeres in Lobpreisungen ausbrachen, starrten die Abodriten auf ihren Fürsten, um zu sehen, ob diese merkwürdige Zeremonie ihm irgendwie geschadet hatte. Aber er schien immer noch ganz der Alte zu sein.

»Heute ist ein guter Tag!«, rief er ihnen erneut zu, und sie wussten, was er damit meinte.

Nach und nach folgten sie seinem Beispiel. Nur zwei Männer waren auf der Insel geblieben, was jedoch keiner von den Christen wusste: der Hohepriester und Jaro, denn der war kein Abodrit.

Der junge Chronist Helmold stand am Ufer und versuchte zu überschlagen, wie viele Seelen wohl an diesem Tag gerettet worden waren … und wie viele von den Slawen im Fluss auch wirklich ihren Götzen abschworen.

Er hatte auf dem Kriegszug einen ihrer Tempel gesehen. Da waren furchteinflößende Dämonengesichter in die Pfähle geschnitzt, die die Stätte umgaben, und ein Haufen Knochen lag in der Mitte des runden Heiligtums. Sicher gab es auf dieser Insel auch solch eine Abscheulichkeit. Aber der junge Herzog hatte akzeptiert, dass keiner seiner Männer sie betrat. Wir sollten froh sein, dass es ohne Blutvergießen vor sich geht, dachte Helmold, um seine Zweifel zu ersticken, während nach und nach hunderte Slawen in den Fluss stiegen und dabei Unmengen von Schlamm aufwühlten.

Ein Blick zur Seite auf den Erzbischof von Bremen und den Bischof von Verdun zeigte ihm, dass diese durch und durch zufrieden waren. Mit vor den Bäuchen verschränkten Händen standen sie am Ufer und lächelten. Da sollte er wohl nicht hadern.

Und doch tat er es. Viele christliche Gelehrte lehnten die Zwangstaufe ab. Und erst recht Bernhard von Clairvaux' Losung »Taufe oder Tod«. Missionierung dürfe nicht durch Gewalt erfolgen, das hatte schon der Heilige Augustinus gesagt.

Den Priestern im Fluss gingen rasch die Namen aus, so dass bald alle frisch Getauften nur noch Peter, Paul und Heinrich oder Maria, Magda und Martha genannt wurden.

In triefend nassen Kleidern, unter denen sich seine muskulösen Arme deutlich abzeichneten, kniete Niklot erneut vor dem stolz dreinblickenden jungen Löwen nieder.

Zwei Fürsten des Nordens, doch unterschiedlicher kaum denkbar.

Niklot sah mit seinen stechend blauen Augen in Heinrichs dunkle und erkannte darin mehr, als der Junge je ahnen würde: Stolz, Hochmut, übergroßer Ehrgeiz, doch auch eine ungewöhnliche Mischung von Kühnheit und sorgsam verborgener Unsicherheit.

»Nun preise und verehre den allmächtigen Gott im Himmel, der dich und dein Volk heute auf den rechten Weg gebracht hat!«, forderte Heinrich der Löwe den Slawen auf.

Niklot blickte ihm direkt ins Gesicht und erklärte laut: »Der Gott im Himmel möge dein Gott sein, du selbst sei unser Gott, das genügt uns. Verehre ihn, wir werden dich verehren!«

Die Antwort irritierte den jungen Herzog. Doch er ließ es dabei bewenden. Er hatte unblutig einen Sieg errungen und konnte endlich aus diesem Sumpfland abziehen. Einzunehmen war diese vermaledeite Wasserburg ja nicht.

Niklot und Adolf von Holstein wechselten einen Blick.

Die Botschaft war klar, auch ohne Worte: Wir halten es wieder wie zuvor. Ich lasse deine Holsten in Ruhe und hoffe, sie wissen es dir zu danken. Und du hilfst mir, sollten die Kessiner und Zirzipanen wieder mal einen Aufstand planen.

Niklot hatte einen bitteren Preis gezahlt. Doch er konnte seinen Stolz bezwingen, wenn nur sein Volk überlebte – mit allen seinen Sitten und Bräuchen.

»Ihr steht jetzt unter dem Schutz Gottes. Und unter meinem Schutz als Herzog von Sachsen. Das gelobe ich!«, rief Heinrich der Löwe. Vor Triumph wäre seine noch helle Stimme beinahe gekippt.

Von beiden Seiten kam mäßiger Jubel auf.

Und damit war die Belagerung beendet.

Heinrich war überaus zufrieden mit sich.

Nun war das Abodritenland sein, Niklots Stamm zahlte ihm Tribut und nicht mehr dem Holsteiner. Und er konnte sich vom Papst für seinen erfolgreichen Missionierungskreuzzug loben lassen, während der Stauferkönig und sein Heer vermutlich nach wie vor durch die Wüste zogen und noch nicht einmal in der Nähe des Heiligen Landes waren.

In ein paar Wochen würde er wieder in Lüneburg sein und Hochzeit mit Clementia feiern. Und dann war es Zeit, Pläne für die nächsten Eroberungen zu schmieden.

Er hatte noch Großes vor.

In den Gärten von Byzanz

Bernhard von Plötzkau, Konrad von Staufen;
Sommerpalast Philopatium vor Konstantinopel,
10. September 1147

Die deutschen Kreuzfahrer konnten es kaum erwarten, in die für ihren sagenhaften Reichtum berühmte Stadt Konstantinopel einzuziehen. Über drei Monate waren sie nun schon unterwegs, der Weg war immer strapaziöser, die Verpflegung immer schlechter geworden. Nun endlich wollten sie die Pracht der Hauptstadt des Byzantinischen Reiches genießen, sich an köstlichen Speisen laben und mit Schätzen beschenkt werden vom Bundesgenossen und Schwiegervater ihres Königs, Kaiser Manuel Komnenos, der mit Konrads Schwägerin und Adoptivtochter Bertha von Sulzbach vermählt war.

Doch als sich herumsprach, das Heer dürfe die Stadt nicht betreten, sondern müsse davor lagern, brach großes Murren aus.

Die Männer waren es leid, unter freiem Himmel zu nächtigen. Und erst vor zwei Nächten hatte sie eine Katastrophe ereilt, die zahlreiche Leben forderte. Durch gewaltige Regenfälle war ein Fluss rasend schnell angeschwollen und über die Ufer getreten. Urplötzlich überfluteten riesige Wassermassen die Ebene. Männer, Pferde und Ausrüstung wurden von der Strömung fortgerissen. Nur die Schwaben blieben weitgehend unbeschadet, denn der junge Herzog Friedrich und sein Oheim Welf hatten ihr Lager auf einem Hügel errichten lassen.

Nach alldem weiterhin auf nacktem Boden und im Freien nächtigen zu müssen, vor den Mauern der reichen Stadt, sorgte für Unmut unter den Männern, ganz gleich, welchen Standes.

Doch als sie sich dem ihnen zugewiesenen Ort vor den Mauern näherten, stand den meisten vor Staunen der Mund offen. Der Sommerpalast, in den ihr König einziehen würde, war von atemberaubender Pracht: mit purem Gold verziert und umgeben von riesigen Gärten, von Zypressenhainen, blumenübersäten Hängen, blühenden Sträuchern und üppig tragenden Obstbäumen.

»Dieser Quelle werden wundersame Heilkräfte zugeschrieben. Hier badeten Kaiser und Kaiserinnen, ein Blinder erlangte allein durch die Berührung des Wassers sein Augenlicht wieder«, erklärte ein orts- und sprachkundiger Führer dem Grafen von Plötzkau, während er ihn unter vielen Verbeugungen zu dem Platz geleitete, an dem die Männer von der Saale ihr Lager errichten sollten.

Graf Bernhard gönnte sich jedoch kaum einen Blick auf das klare Wasser, das in sanften Bögen durch die schön gestaltete Landschaft floss. Ihn beschäftigte ein längst überfälliges Vorhaben, für das wohl jetzt der geeignete Moment gekommen war.

Sobald sie den Lagerplatz erreicht hatten, erteilte er ein paar Anweisungen für den Aufbau und befahl dann drei von seinen Gefolgsleuten, ihn zum König zu begleiten.

Zu den Ausgewählten zählte auch Roland, der Gemahl der hübschen Judith, ein Ritter von schlanker Statur, fünfundzwanzig Jahre alt, zumeist fröhlichen Wesens und im Schwertkampf einer der Besten in Graf Bernhards Diensten.

»Komm mit bis zum Tor!«, forderte Roland seinen rothaarigen Knappen Martin auf, der darüber verzweifelte, dass einer seiner Freunde vor zwei Nächten in der Flut ertrunken war. Roland hoffte, der Gedanke, dem König ganz nah zu sein, würde den Fünfzehnjährigen für eine Weile von seinem Kummer ablenken.

Die Stimmung war nicht gut in ihrem kleinen Heerbann. Dem Ritter von Rottfels trauerte zwar kaum jemand nach, er war wegen seiner Streitsucht wenig beliebt gewesen. Roland fragte sich, wann und wie Judiths zierliche Freundin Isa erfahren würde, dass sie nun Witwe war.

Doch der Angriff auf einen der Ihren und die vielen Auseinandersetzungen mit den Einheimischen empörten die Männer maßlos. Was waren das für Verbündete, diese Byzantiner?

Hinzu kam nun noch der Verlust von zwei Männern, sieben Pferden und eines großen Teils ihrer Ausrüstung durch die Flutwelle. Die Schilde und auch die meisten Zelte waren fortgeschwemmt worden. Bis sie neues Leinen besorgen konnten, mussten sie sich zum Schlafen in ihre Umhänge wickeln und auf den nackten Boden legen.

Wieder einmal flogen Rolands Gedanken nach Hause, nach Plötzkau. Er vermisste seine geliebte Frau und sorgte sich um sie. Das Kind – *sein* Kind – musste inzwischen längst geboren sein. Aber hatten Judith und das Kleine die Geburt überstanden? Er betete jeden Tag für sie und hoffte, Gott würde ihm dafür die Kreuznahme anrechnen.

Doch im Grunde seines Herzens wünschte er sich, bei ihnen zu sein und sie zu beschützen, auch wenn er als Mann bei der Niederkunft nicht von Nutzen sein konnte. Dann hätte er Gewissheit über ihr Schicksal, er würde sie sehen, berühren und liebkosen können, durch ihr blondes Haar streichen, ihre Stimme hören, sich an ihrem Lächeln erfreuen.

»Erlaubt Ihr eine Frage, Herr?«, wagte Martin, der einen halben Schritt hinter Roland herstolperte, ihn anzusprechen. Der Ritter schätzte kurz ab, ob der Graf und seine anderen beiden Begleiter sie hören konnten, und gewährte dann die Erlaubnis.

»Warum will uns der Kaiser von Byzanz nicht in seiner Hauptstadt haben, obwohl wir doch Verbündete sind und er sogar ein hoher Verwandter unseres Königs ist?«, brachte der sommersprossige Knappe zögernd heraus, der klug genug war, sich seine eigenen Gedanken zu machen.

Wohl jeder im deutschen Heerbann wusste, dass immer wieder Gesandte von Kaiser Manuel Komnenos den König aufsuchten, schon von der ungarischen Grenze an, um ihn zu bewegen, einen anderen Weg zu nehmen und Konstantinopel zu meiden, über den Hellespont und nicht über den Bosporus nach Kleinasien überzusetzen.

Doch der König hatte mit Ludwig von Frankreich vereinbart, in Konstantinopel auf ihn zu warten, damit sich ihre Heere hier zusammenschließen konnten. Und war es nicht eine Selbstverständlichkeit, einen engen Verwandten zu empfangen, wenn der schon eine so weite und gefährliche Reise auf sich nahm?

Jetzt, wo er den König zwar nicht sehen, aber zumindest vor seinem Palast warten durfte, hoffte Martin, eine solche Frage stellen zu dürfen.

»Sieh dich um – da hast du die Antwort!«, meinte Roland sarkastisch.

Martin stutzte. Dann begriff er, was sein Herr meinte.

Die Wallfahrer waren noch keinen halben Tag hier, aber die Schönheit der Gärten schwand mit jedem Augenblick dahin. Blühende Wiesen wurden rücksichtslos von Füßen und Hufen zertrampelt, planvoll angelegte Hecken zerteilt oder zerfressen, jeder Baum, der Früchte trug, leer geplündert und mancher gleich umgehauen und zu Feuerholz zerhackt. Blumenrabatten wurden niedergetrampelt, um Zelte zu errichten. Und an der Quelle soffen Pferde, während Pilger ungeniert ins Wasser urinierten.

Nicht nur durch ihre Achtlosigkeit, auch durch ihre große Zahl wurden die Wallfahrer zum Verhängnis für die kaiserlichen Gärten, die bei ihrer Ankunft noch ein Bild vollendeter Harmonie geboten hatten.

Martin musste nicht weiter fragen.

Wäre er der Kaiser, würde er einen so großen, disziplinlosen Trupp auch nicht in seiner Hauptstadt dulden, nachdem diese Streitmacht schon auf dem Weg hierher etliche Verwüstungen und sogar brennende Stadtviertel hinterlassen hatte.

Als die kleine Plötzkauer Gruppe das Tor des Palastes erreicht hatte, der Konrad von Staufen als Quartier zugewiesen war, wandte sich Graf Bernhard an einen älteren Zisterzienser aus dem Gefolge des Bischofs von Freising und erbat eine Audienz beim König.

Der Mönch musterte ihn wortlos, verzog keine Miene und schlurfte davon, um die Anfrage weiterzumelden.

Der Graf und seine Ritter richteten sich darauf ein, mehrere Stunden zu warten. Es war kein leichtes Unterfangen, vom König empfangen zu werden. Eine solche Bitte musste über etliche Stationen von einer Person zur anderen getragen werden, bis sie zu Seiner Majestät gelangte. Und ein König hatte immer viel zu tun. Entweder traf er sich mit seinen Ratgebern, hielt Kriegsrat oder empfing Bittsteller, Gesandte, Boten.

Zu jedermanns Überraschung kam schon nach gar nicht langer Zeit ein weiterer Geistlicher aus dem Palast, diesmal ein noch recht junger namens Rahewin mit tintenbeklecksten Fingern. Wie Bernhard wusste, war er Kaplan und Urkundenschreiber des Bischofs. Rahewin begrüßte sie mit einem Segensspruch und forderte sie auf, ihn eilig zum Bischof zu begleiten.

Otto von Freising, ein Bruder des Königs, wirkte durch die Sorgenfalten auf seinem Gesicht heute deutlich älter als die fünfunddreißig Jahre, die er zählte. Auch er trug das schwarzweiße Habit der Zisterzienser und hielt in seinen tintenfleckigen Fingern ein Pergament, das er rasch beiseitelegte, als ihm die Besucher gemeldet wurden.

»Tretet ein, Graf, tretet ein!«, rief er lebhaft und winkte sie näher heran. »Ich ahne, worum es Euch geht, und die Stunde ist günstig. Seine Majestät hat vorhin einen Boten zu seinem kaiserlichen Schwiegersohn gesandt und erwartet dringend Antwort. Bis die eintrifft, bleibt Euch Zeit, Euer Anliegen vorzutragen.«

Er lief vorweg und führte die Plötzkauer durch den Palast, der Philopatium hieß, wie der Bischof im Plauderton mitteilte, und eine beliebte Sommerresidenz vieler byzantinischer Kaiser gewesen sei. Einmal mehr plagte Roland das schlechte Gewissen wegen der Zerstörung der Gärten. Zugleich bedauerte er die Hast, mit der sie durch die Gänge eilten. Gern hätte er die kunstvollen Mosaiken auf dem Boden und die farbenfreudigen Fresken an Wänden und Decke genauer betrachtet.

Mit großen Bildern bemalte Wände kannte er bisher fast nur aus Kirchen. Ein Graf in deutschen Landen verzierte die Halle seiner Burg zumeist mit Bannern, Schilden oder – wenn er sehr viel Silber besaß – mit Teppichen. Und wie hell und lichtdurchflutet dieser Palast war! Das genaue Gegenteil von einer deutschen Burg. Aber hier gab es sicher keinen Schnee im Winter, da konnte man sich große Fensteröffnungen leisten. Und schließlich war dies ein kaiserlicher Palast, keine Festung.

Der Bischof von Freising ging zunächst allein in den Audienzsaal seines königlichen Bruders, doch schon nach wenigen Augenblicken kehrte er zurück und hieß den Graf, ihm zu folgen.

Seine Ritter schritten mit ihm durch die Tür und verharrten, Graf Bernhard wurde aufgefordert, näher zu treten, und nachdem er dies getan hatte, sanken alle vier Plötzkauer vor dem König auf die Knie und neigten das Haupt.

»Majestät, ich möchte Euch dafür danken, dass Ihr den Tod meines Ritters von Rottfels gerächt habt. Dieser Dank gilt auch dem Herzog von Schwaben, der die Strafexpedition anführte«, erklärte Graf Bernhard, nachdem das Begrüßungszeremoniell vollzogen war.

»Ich hoffe, Ihr rechnet es mir nicht als Mangel an Ehre an, dass ich nicht selbst für Vergeltung sorgte«, fuhr Bernhard hastig fort, der wusste, diese Audienz konnte mit Eintreffen eines weiteren Boten ein sofortiges Ende finden. »Seid versichert: Ich hätte es getan! Doch wir wussten nichts von der ungeheuerlichen Bluttat«, beteuerte er. »Ich glaubte meinen Gefolgsmann in bester Obhut und ritt mit meinen Männern weiter. Die Nachricht von Hugos Ermordung und dem von Euch befohlenen Strafgericht erreichte uns erst Tage später, als eine Wäscherin wieder zu unserem Tross stieß, die ich meinem Ritter zu Diensten zurückgelassen hatte.«

»Eure Ehre steht außer Frage. Es ist Sache des Königs, in einer solchen Angelegenheit zu handeln und zu richten«, erklärte Konrad nachdrücklich.

Dass der Graf von Plötzkau erst nach Tagen vom Tod eines seiner Männer erfahren hatte, war nur ein weiteres Zeichen dafür, wie unorganisiert und schlichtweg unübersichtlich der

Heerbann inzwischen geworden war. Kleinere Truppenteile ließen sich kaum mehr auffinden, die Lothringer, die am Ende marschierten, wechselten je nach Laune zum französischen Heer. Einige Kontingente aus Köln und Niedersachsen, die sich im Norden eingeschifft hatten, waren nie eingetroffen. Gerüchte besagten, nach einem Sturm seien sie an der iberischen Küste gestrandet und würden dort den Portugiesen helfen, die Mauren aus dem Land zu treiben.

Doch die größten Schwierigkeiten bereitete die gewaltige Zahl der armen Pilger. Sie hielten das Heer in seinem Marsch auf und ließen die Proviantvorräte in beängstigendem Tempo schwinden, sie plünderten und stahlen in jedem Ort, den sie durchquerten, was auch auf die Truppen abfärbte, sich zu den gleichen Disziplinlosigkeiten hinreißen zu lassen.

Nach Konrads Plänen hätten sie längst in Konstantinopel sein sollen. Dann wäre ihnen auch diese Flutkatastrophe vor zwei Nächten erspart geblieben, durch die sie enorme Mengen an Ausrüstung eingebüßt hatten. Stattdessen hockten sie nun hier *vor* der Stadt, fast als Bettler. Und sein kaiserlicher Schwiegersohn Manuel versuchte nicht nur weiterhin, ihn und sein Heer schleunigst loszuwerden. Nein, er stellte unerhörte Forderungen und war nicht bereit, ihm, Konrad, einen ebenbürtigen Rang zuzugestehen.

Doch von diesen Streitigkeiten musste der Graf von Plötzkau nichts erfahren. Deshalb wechselte der König das Thema und erkundigte sich nach dem Befinden seines einstigen Mündels, das er dem Plötzkauer vor Jahren zur Frau gegeben hatte.

»Gräfin Kunigunde war wohlauf, als ich meine Wallfahrt antrat, und ich bete jeden Tag, dass der Allmächtige uns nach meiner Rückkehr den lang ersehnten Erben schenkt«, antwortete Bernhard und begann, in höchsten Tönen die Tugenden seiner Gemahlin zu preisen. Das war es wohl, was der König von ihm hören wollte.

Roland vernahm mit Erstaunen diesen Lobgesang auf Gunda,

denn zu Hause in Plötzkau konnte sich die junge Gräfin noch so mühen, ihrem Gemahl war nichts recht zu machen.

Das sollte er Judith erzählen, wenn er wieder daheim war. Und jedes Detail über diesen wunderschönen Palast.

Während der Graf und der König weiter höfische Floskeln austauschten, nutzte Roland die Gelegenheit, von seinem Platz aus all die feinen Details zu bewundern. Vor allem die leuchtend bunten Mosaiken auf dem Fußboden faszinierten ihn. Sie stellten Jagdszenen dar und waren von Blumengebinden und verschlungenen Ornamenten umrahmt. Alle seine Versuche zu schätzen, wie viele winzig kleine Steinchen für ein einziges Motiv nötig waren, scheiterten.

Sich eilig nähernde Schritte auf dem Gang riefen Rolands Aufmerksamkeit zurück zum König und dem Grafen. Innerlich stellte er sich schon auf einen Kampf ein, falls Feinde bis hier vordringen würden. Der junge Ritter schalt sich zwar einen Narren dafür, denn der König würde von vielen Männern geschützt werden, nicht zuletzt von den Leibwachen hier im Saal, doch das war ein Reflex nach vielen Jahren harter Ausbildung.

Die Tür wurde schwungvoll aufgerissen, und herein trat mit langen Schritten der Herzog von Schwaben. Er wirkte sehr zornig, doch angesichts der Szene vor sich beherrschte er sich und setzte eine höfliche Miene auf.

Friedrich hatte ein ausgezeichnetes Gedächtnis für Gesichter und erkannte gleich, wer den König aufgesucht hatte.

Das war doch jener Graf von der Saale, den der König einst mit dieser schwarzhaarigen Schönheit vermählt hatte, der besten Freundin seiner Gemahlin Adela.

Den Gedanken an Adela von Vohburg drängte Friedrich sofort beiseite, er wollte nicht an sie erinnert werden. Aber von der Plötzkauerin erzählte man sich immer noch ganz erstaunliche Geschichten darüber, wie sie im Krieg dem Erzbischof von Magdeburg die Stirn geboten hatte.

Friedrich erinnerte sich auch an die Verlobungszeremonie. Damals hatte er gedacht, dieses Mädchen wäre ganz nach dem Geschmack seines Freundes Sven, der nun König von Dänemark war. Genauer gesagt, König von *halb* Dänemark. Begann er jetzt etwa selbst, sich für sie zu interessieren?

Es wird Zeit, dass wir in Konstantinopel einreiten, dachte er. Dann suchen Welf und ich uns die hübschesten und raffiniertesten Gespielinnen.

Anfangs hatte er noch gezögert, dem Oheim in ein Hurenhaus zu folgen – schließlich waren sie Wallfahrer. Aber Welf hatte nur gelacht. »Dann sind uns doch alle Sünden vergeben!«

Dieses Argument zerstreute sofort jeden Zweifel in Friedrich. Doch erlesene Gespielinnen würden sie *vor* der Stadt nicht finden, lediglich heruntergekommene Trosshuren. Und wegen der Verhandlungen um ihren Einzug in Konstantinopel stand er nun hier.

In aller Kürze nahm auch Friedrich den Dank des Plötzkauers für das Strafgericht in Adrianopel entgegen und bedeutete seinem königlichen Oheim mit hochgezogenen Augenbrauen, dass er eilige Nachricht brachte.

Konrad beendete die Audienz für die Plötzkauer mit wenigen Worten.

»Eure Ehre steht außer Frage, Graf«, wiederholte er. »Ihr geltet als zäher und erfahrener Kämpfer. Ich werde mich Eurer erinnern, wenn ein besonders ruhmreicher Auftrag auszuführen ist.«

Graf Bernhard bedankte sich, stolz über das Lob und die Aussicht auf eine ehrenvolle Aufgabe. Nach einer Verneigung wurden er und seine Begleiter hinausgeführt.

Roland bestaunte auch auf dem Rückweg wieder die kunstvolle Bauart des Palastes, während die beiden anderen Ritter leise Vermutungen austauschten, was für ein Auftrag ihnen wohl zuteilwerden sollte. Schließlich würden sie bald über den Bosporus setzen und ihren Feinden begegnen.

Draußen erwartete sie ein tiefbetrübter Martin. Ob er nun wieder seinen toten Freund betrauerte oder die zusehends schwindende Schönheit der Gärten, war nicht zu sagen. Vielleicht beides; jedenfalls ging es Roland so. Der ertrunkene Junge war ein tüchtiger Knappe gewesen. Und die Verwüstung der eben noch so idyllischen Gärten ein bedrückender Anblick. Rasch bückte sich Roland, um eine hellblaue Blüte zu pflücken, die von einem Pferdehuf niedergetreten war und sich gerade wieder aufrichtete. Wenn seine Judith hier wäre, würde er sie ihr schenken.

»Die Gesandten des Kaisers sind zurück«, verkündete Friedrich mit finsterer Miene, kaum dass die Plötzkauer gegangen waren. Aus seinem Gesichtsausdruck schloss Konrad, dass er diese Gesandten heute besser ohne viele Zeugen empfing, wollte er nicht vor seinem Heer das Gesicht verlieren oder einen Aufruhr und Sturm auf Konstantinopel entfachen.

Mit einem Wink befahl er alle hinaus bis auf seinen Neffen, seinen Halbbruder Heinrich Jasomirgott, Herzog von Bayern und Markgraf von Österreich, den Kanzler Arnold von Wied, den Bischof von Freising, dessen Urkundenschreiber Rahewin und die Leibwachen.

Dann durften die beiden Gesandten – ein sehr dicker und ein sehr dünner – eintreten und warfen sich ihm zu Füßen, kaum dass sie die Tür durchquert hatten.

Konrad kannte die weitschweifige und blumige Art der Hiesigen, zu reden, ließ ungeduldig die Begrüßungsfloskeln und Ergebenheitsbekundungen über sich ergehen und fragte dann geradeheraus: »Hat sich mein kaiserlicher Schwiegersohn endlich besonnen, mich als Gleichrangigen zu empfangen?«

Der Dicke und der Dünne, beide mit schmalen schwarzen Bärten und golddurchwirkten Seidengewändern, tauschten einen besorgten Blick.

Dann begann der Dünne zu reden, der Deutsch mit kräftigem Akzent sprach, aber über einen großen Wortschatz verfügte.

»Seine Kaiserliche Majestät, der erhabene Herrscher Manuel, freut sich über alle Maßen, seinen deutschen Bruder und Verwandten, den Vater der lieblichen Kaiserin Irene, zu empfangen«, beteuerte er mit lebhaftem Mienenspiel, vielen Verbeugungen und aufs Herz gelegter Hand.

Dann stockte er, und ungeduldig sprach Konrad aus, was er hören wollte: »Als *Gleichrangigen*. Von Kaiser zu Kaiser mit allen Ehren!«

Diesmal tauschten die beiden keinen besorgten, sondern einen zutiefst betrübten Blick, und sowohl Friedrich als auch Konrad erkannten darin ein gut einstudiertes Schauspiel.

»Verzeiht, Euer Majestät, das verbieten das Protokoll und die Ehre unseres erhabenen Herrschers. Ihr seid ein König, Seine Majestät Manuel ist Kaiser.«

»Als König der Deutschen und bedeutendster Herrscher Europas bin ich Kaiser per se – auch wenn meine Krönung in Rom wegen politischer Wirren noch nicht stattfinden konnte«, schnauzte Konrad, der in dieser Angelegenheit nicht mit sich handeln ließ. Was bildete sich Manuel ein? Er war ein Viertgeborener, der nur an die Macht kam, weil seine älteren Brüder tot oder geistesschwach waren. Und den ganzen Weg hierher hatte er sie schon abwimmeln und von Konstantinopel fernhalten wollen.

»Wie Ihr sagt, Erlauchter«, ergriff auf einmal der Dicke das Wort, der Latein sprach, was der Bischof von Freising sofort für seine Brüder und ihren gemeinsamen Neffen übersetzte.

»Eure Erhebung zum Kaiser fand noch nicht statt. Also seid Ihr ein *König*. Ein König steht im Rang unter dem Kaiser. In diesem Fall verlangt das Protokoll ...«

»Wagt ja nicht, es auszusprechen!«, drohte Konrad.

Der Dünne hüstelte.

»Unser erhabener Kaiser ist bereit, Euch entgegenzukommen, Eure königliche Majestät. Er wird Euch umarmen und den Friedenskuss geben …«

Schon wollten Konrad und vor allem Friedrich aufatmen, der diese Posse in höchstem Maße widerlich fand.

Doch da sprach der Dünne weiter: »… *nachdem* Ihr ihm zu Füßen gefallen seid und sein Gewand geküsst habt.«

Wieder verneigte er sich und lächelte schief.

»Hinaus!«, schrie Konrad und wies mit ausgestrecktem Arm zur Tür.

Die beiden Gesandten rafften ihre golddurchwirkten Gewänder und gingen in gebeugter Haltung rückwärts zur Tür, bis sie sich umdrehen durften und eiligst das Weite suchten.

Kaum war die Tür wieder geschlossen, brachen Konrad, sein Neffe und der Bischof von Freising in wütende Rufe aus.

»Eine solche Entehrung dürfen wir uns keinesfalls bieten lassen!«, forderte Friedrich aufgebracht. »Und wenn wir die Stadt mit Heeresmacht erobern!«

»So weit dürfen wir es nicht kommen lassen«, mahnte Konrad, wenngleich er selbst nicht wenig Lust darauf verspürte. Doch an den starken, dreifachen Mauern von Konstantinopel waren schon größere Heere als seines gescheitert.

»Vergessen wir nicht unser wahres Ziel! Doch nie und nimmer werde ich vor Manuel auf die Knie sinken. Mich ihm gar zu Füßen werfen und sein Gewand küssen. Was denkt er sich? Das ist eine Beleidigung der Ehre des Reiches. Er muss vor die Tore seiner Stadt kommen und mich dort empfangen und begrüßen.«

»Ja, so mir Gott helfe!«, warf der rundliche Herzog von Bayern ein – wie bei jeder passenden Gelegenheit, was ihm den Beinamen »Jasomirgott« eingetragen hatte.

»Manuels Forderung ist inakzeptabel«, stimmte auch Otto von Freising zu. »Doch wir verhandeln jetzt schon seit Wochen ohne den geringsten Fortschritt über diesen einen Punkt!«, erinnerte er händeringend. »Was soll ich in meiner

Weltenchronik über Eure denkwürdige Begegnung berichten? Dass sie wegen ungelöster Protokollfragen nie stattgefunden hat? Wir können hier nicht warten bis ans Ende aller Tage, wir müssen über den Bosporus. Dazu brauchen wir Manuels Hilfe.«

»Und er wiederum braucht unsere Hilfe gegen die Normannen, die in sein Land eingefallen sind«, erinnerte der Kanzler Arnold von Wied, Dompropst von Köln.

Konrad schwieg und starrte vor sich hin, auf einen unbestimmten Punkt in der Ferne.

»Bertha muss es richten, meine Schwägerin und Adoptivtochter – Irene, wie sie hier genannt wird«, sagte er dann.

»Heißt es nicht, dass sie mäßigenden Einfluss auf den Kaiser hat?«

»So sagt man«, bestätigte der über solcherlei Dinge gut informierte Kanzler.

Das vermochte sich Friedrich kaum vorzustellen. Schließlich hatte er jahrelang erlebt, wie Berthas Schwester Gertrud als Königin zu schwach und zu ängstlich war, um ihrem Gemahl in politischen Fragen eine Stütze zu sein.

»Da wir nun *hier* sind, wo uns Manuel Komnenos gar nicht haben wollte, und unsere Truppen gerade seine schönen Gärten verwüsten … Glaubt ihr nicht, er wird bald einlenken, nur um dieses Heer loszuwerden?«, meinte Friedrich lächelnd und verschränkte die Arme vor der Brust.

Die Sorgen des Kaisers

Manuel Komnenos und Kaiserin Irene;
Palast Polylimos in Konstantinopel, 10. September 1147

Hufgetrappel und Kommandorufe kündeten von der Ankunft des Kaisers. Rasch erhob sich Bertha von Sulzbach, Schwester der verstorbenen Königin Gertrud und seit einem Jahr unter dem Krönungsnamen Irene Kaiserin von Byzanz, und trat vor die Tore des verspielten Palastes, den Manuel eigens für sie hatte errichten lassen.

»Willkommen, mein kaiserlicher Gemahl! Wie freuen sich meine Augen, Euch zu sehen, und mein Herz schlägt voller Liebe für Euch!«

Irene lächelte zärtlich, neigte den Kopf und schritt Manuel anmutig entgegen.

Sie hatte ihn an diesem sonnigen Nachmittag in ihren Palast gebeten und zuvor eigens seinen wichtigsten Ratgeber als Fürsprecher gewonnen, damit der Kaiser auch wirklich kam. Denn Manuel Komnenos plagten Sorgen über Sorgen. Sie wollte ihn ein wenig aufheitern und dabei natürlich ein vermittelndes Wort für Konrad von Staufen einlegen.

Wohlwollend betrachtete Manuel seine deutsche Gemahlin, während er schwungvoll aus dem Sattel stieg.

Sie trug ein traditionelles byzantinisches Gewand aus zarten Stoffen, ein rotes Unterkleid und eine blaue, goldverzierte Tunika mit halblangen Ärmeln. Den Schleier hielt ein mit Perlen besetztes Diadem. Ihr goldblondes Haar, in das er ganz vernarrt war, duftete nach köstlichen Essenzen.

»Meine schönste Blume«, begrüßte er sie laut vor allen, um ihr dann ironisch ins Ohr zu raunen: »Wollt Ihr für Euren Wahlvater bitten?«

»Ich erflehte Euer Kommen, um Eure Sorgen ein wenig zu lindern«, entgegnete sie für jedermann vernehmlich. »Tretet ein, mein erhabener und innig geliebter Gemahl. Eine Überraschung erwartet Euch.«

Manuel lächelte und zog erwartungsvoll die Augenbrauen hoch. Er liebte Überraschungen, die Irenes Einfällen entsprangen.

»Und vielleicht finden wir sogar einen Weg, Eure Differenzen mit meinem Vater zu beheben«, flüsterte sie ihm zu und zwinkerte vergnügt.

Um ihren Gemahl zu erfreuen, hatte sie nicht nur Kleider in seinen Lieblingsfarben angelegt und ihr Haar noch einmal mit Kamillensud aufgehellt, sondern auch den Bäcker herbeordert, der die besten Süßspeisen von ganz Konstantinopel zubereiten konnte.

Manuel Komnenos war ein stattlicher Mann von achtundzwanzig Jahren, mit gebräunter Haut, ebenmäßigen Zügen und einem sorgfältig geschnittenen schwarzen Bart, klug, durchsetzungsfähig – und mit einer Schwäche für Süßes.

Doch im Moment erreichte ihn eine Unglücksnachricht nach der anderen, und auch die Verhandlungen mit Konrad von Staufen schienen hoffnungslos festgefahren. Also wollte und musste sie vermitteln.

Konrad war ihr Schwager und hatte vor fünf Jahren ihre Hochzeit mit dem viertgeborenen Sohn des Kaisers Johannes Komnenos verabredet, um ein Bündnis mit Byzanz und gegen die Normannen zu schmieden – gemeinsame Feinde, die schon große Teile Italiens erobert hatten und auch Byzanz angriffen. Bevor Johannes starb, bestimmte er ihren Bräutigam zu seinem Nachfolger. Also adoptierte Konrad Bertha, um ihren Rang zu erhöhen. Damit wurde sie zur Königstochter.

Doch trotz des rein politischen Arrangements und ihrer Rolle als Faustpfand für den Kampf Konrads gegen die Normannen durfte sie mit ihrem Schicksal zufrieden sein.

Seit einem Jahr war sie nun vermählt und Kaiserin, die erste

Deutsche auf dem byzantinischen Thron, und sie und ihr Gemahl waren einander sehr zugetan. Er liebte nicht nur ihr blondes Haar und ihre blauen Augen, er schätzte auch ihren Verstand und suchte nicht selten ihren Rat.

Sie hatte die vier Jahre, die sie zur Vorbereitung auf die Ehe überwiegend in den Frauengemächern des Palastes verbracht hatte, gut genutzt.

Die fremde Sprache zu erlernen, war ihr überraschend leichtgefallen, die meisten der hiesigen Gegebenheiten gefielen ihr: das sonnige Wetter, die elegante Kleidung, die prächtigen Bauten, die Blütenfülle in den Gärten und die köstlichen Speisen. Dass sie weiter dem weströmischen Glauben anhing und nicht der Kirche von Byzanz, erfüllte zwar die Geistlichen mit äußerstem Misstrauen. Doch Manuel kümmerte das nicht. Seine Mutter war eine Ungarin gewesen, und er interessierte sich für die Traditionen, Denk- und Kampfweisen im westlichen Europa.

»Ich bin glücklich, Euch zu sehen«, wiederholte sie, während sie den Palast betraten. »Lasst mich Euch ein paar Stunden von Euren Sorgen ablenken.«

Manuel brachte nur ein skeptisches Lächeln zustande.

Er schätzte Irene sehr, doch das Unheil, das ihn derzeit heimsuchte, konnte sie nicht wegplaudern.

Von allen Seiten strömten feindliche Heere in sein Reich.

Vor wenigen Wochen hatten die Normannen Korfu besetzt, Theben und Korinth zerstört, waren brandschatzend und plündernd durch griechisches Gebiet gezogen. Nicht genug damit, sie vernichteten auch seine wichtigsten Zentren der Seidenproduktion und entführten die Weber und alles, was diese für ihre Arbeit brauchten, nach Sizilien. Es hieß, ihre Schiffe seien so überladen mit Beute an Menschen und Stoffen gewesen, dass sie kaum noch als seetüchtig gelten konnten.

Das war ungeheuerlich, der Schaden unermesslich. Der Handel mit byzantinischen Seiden und Seidenbrokaten war die wichtigste Quelle seines Reichtums gewesen! Und nun würden die Normannen auf Sizilien *seine* Seiden weben lassen und König Roger sich eine goldene Nase daran verdienen!

Doch statt mit ihm gegen das Piratengesindel zu kämpfen, durchzog sein Schwiegervater Konrad mit zwanzigtausend Bewaffneten und einer ähnlich großen Zahl an Dieben, Huren und Bettlern das Land wie eine Heuschreckenplage, so dass er gegen einen Verbündeten Beobachtungstruppen aufstellen und ihretwegen die Stadtmauern ausbessern lassen musste!

Den Deutschen folgte noch das französische Heer und würde kaum mehr Proviant vorfinden, was die Notlage weiter zuspitzte. Außerdem misstraute Manuel dem jungen Ludwig zutiefst. Er argwöhnte, der Wankelmütige würde heimlich ein Bündnis mit dem Normannenkönig Roger schließen.

Wenn sich seine Verbündeten schon wie Feinde benahmen, dann blieb ihm ja nichts anderes, als mit wenigstens einem seiner Gegner – dem Sultan von Iconium – Waffenstillstand zu schließen. Er brauchte jetzt seine Kämpfer, um erneute Angriffe von Süditalien her abzuwehren und die »befreundeten« Heere einigermaßen in Schach zu halten. Da konnte er nicht noch eine Streitmacht nach Anatolien schicken.

Doch das würde Konrad nicht verstehen. Er hielt es für Verrat, mit den Seldschuken Abkommen zu schließen. So würde er ihnen wohl in der Schlacht begegnen – und damit Manuels dringend benötigten Waffenstillstand stören.

»Setzt Euch, macht es Euch bequem«, lud Irene ein, der nicht entgangen war, dass ihr Gemahl schon wieder düsteren Gedanken nachhing.

Der sonnendurchflutete Raum war mit Mosaiken und Wandmalereien verziert, links und rechts floss raunend Wasser durch marmorgefasste Kanäle, um an heißen Tagen für Kühle zu sorgen, die kunstvoll geschnitzten Fenstergitter warfen symmetrische Schattenmuster.

Kerzen brannten, auf runden Tischchen standen fein verzierte Kannen, Schalen mit Obst und Oliven, Trinkgefäße aus kostbarem Glas.

Irene klatschte in die Hände, und sofort verließen alle Bediensteten nach tiefen Verbeugungen den Saal.

Natürlich würden die warägischen Leibgarden weiter über den Kaiser wachen und Dienerinnen und Diener auf einen Ruf hin sofort wieder zur Verfügung stehen. Doch jetzt wollte Irene allein mit ihrem Gemahl sein.

Sie reichte ihm einen Becher süßen Wein, der mit kühlem Quellwasser verdünnt war. Manuel trank ihn zur Hälfte aus, dann lehnte er sich zurück und schloss müde die Augen.

Nur hier, allein mit Irene, durfte er es sich erlauben, Erschöpfung zu zeigen.

Sie griff nach einer kleinen Phiole aus farbigem Glas, in der sich erwärmtes Öl befand, das mit wohltuenden Ingredienzien vermischt war. Sie goss sich etwas davon auf die Handfläche, stellte sich hinter ihren Mann und massierte ihm sanft das Öl in Nacken und Schultern. Natürlich hätte sie damit eine Bademagd beauftragen können. Doch sie wollte ihm diesen Liebesdienst erweisen. Und sie wollte, dass er sich entspannte, ohne von anderen Personen umschwirrt zu sein wie sonst fast ständig.

»Ich liebe es, wenn du das tust«, sagte er genüsslich mit geschlossenen Augen, als sie mit ihren Händen an den Wirbeln entlangfuhr.

Träge tauchte irgendwo ganz am Rande seiner Gedanken die Erkenntnis auf, dass dies wohl ein geeigneter Moment für ein Attentat wäre. Die Geschichte des Byzantinischen Reiches war lang – und ebenso die Liste ermordeter Kaiser.

Doch er vertraute Irene.

Sanft fuhren ihre Hände seinen Hals hinauf bis an die Schläfen, die sie nun in federleichten kreisenden Bewegungen massierte.

Manuel griff nach ihren schmalen Fingern. »Hör auf damit, meine Blume, sonst schlafe ich auf der Stelle ein, und das wirst du doch nicht wollen?«

»Nein, liebster Gemahl«, antwortete sie lächelnd. »Zuvor solltet Ihr noch von den Köstlichkeiten probieren, die Simeon für Euch zubereitet hat.«

Manuel öffnete die Augen und lächelte nun ebenfalls – nicht nur wegen dieser Ankündigung. Wie so oft amüsierte ihn ihre Art zu sprechen, die kleinen, aber charmanten Fehler in der Aussprache oder in der Reihenfolge der Worte.

Irene klatschte in die Hände, und der beste Honigbäcker von Konstantinopel trat ein und verbeugte sich tief. Vier Diener folgten dem Meister seines Fachs mit Schalen voller Süßigkeiten: verschiedene honigtriefende Küchlein, mit Mandeln, Rosinen und kostbaren Gewürzen übersät, und ein Kästchen voll Chalvas, das Manuel über alles liebte.

Manuel entlohnte den dicken Honigbäcker großzügig mit Münzen aus seinem Beutel, dann schickte er ihn und seine Gehilfen wieder hinaus.

»Setzt Euch zu mir, meine Perle«, lud er Irene ein und klopfte auf die seidenen Kissen. »Ihr versteht es wahrlich, einen Mann seine Sorgen vergessen zu lassen.«

Sie wusch sich das Öl in einer kunstvoll gravierten Kupferschale von den Händen, setzte sich zu ihm, steckte ihm zärtlich ein Stück Chalvas in den Mund und naschte selbst davon.

Nachdem Manuel alle Süßigkeiten probiert hatte, machte er es sich auf der Liegestatt bequem und bettete seinen Kopf auf Irenes Schoß. Das tat er oft in Momenten trauter Zweisamkeit, wenn sie gemeinsam über Dinge nachdenken und reden wollten.

Geduldig wartete Irene, bis ihr Mann zu sprechen begann.

Sie spürte, wie er um Worte rang. Aber es hatte keinen Sinn, ihn zu drängen.

»Dieses Kreuzfahrerheer bereitet mir Sorgen, seit ich erfuhr, dass es durch unser Reich ziehen will«, gestand er schließlich. »Zwanzigtausend Mann in Waffen, dazu noch einmal so viele arme Pilger oder mehr. Kaum waren sie im Land, gab es die ersten Zwischenfälle. Weißt du noch … als sie diesen Schlangenbeschwörer wegen angeblicher Hexerei erschlugen, gleich hinter der ungarischen Grenze?«

»Sie werden sich wohl mehr vor der Schlange gefürchtet haben«, meinte Irene leichthin. »Wo ich herkomme, gibt es kaum Schlangen. Und abgesehen davon, dass man dort höchst selten eine zu sehen bekommt, werden sie nicht so groß wie hier.«

Sosehr sie das Leben in Byzanz auch schätzte – vor den hiesigen Schlangen, die armdick werden konnten, graute ihr, seit sie die erste zu Gesicht bekommen hatte. Das war kurz nach ihrer Ankunft gewesen, und sie war panisch schreiend hinter eine der Dienerinnen geflüchtet. Die Frauen hatten sie ausgelacht und sie gelehrt, welche Tiere giftig waren und welche nicht. Doch ihre Angst vor Schlangen blieb. Und insgeheim fürchtete sie sehr, einmal eine der giftigen Hornvipern zwischen ihren Kissen zu finden, sollte sie sich hier jemanden zum Feind machen.

Was leicht geschehen konnte. Sie durfte nie vergessen, dass sie hier keine Freunde hatte. Sie war und blieb eine Fremde, die noch dazu einer anderen Religion anhing – und Einfluss auf den Kaiser besaß.

Jahrelang hatte sie genau beobachtet, wie ihre Schwester als Königin nur zierendes Beiwerk war und darin versagte, ihrem Gemahl auch eine Verbündete zu sein. Das wollte sie anders machen. Denn einzig Manuel konnte sie hier in der Fremde schützen. Er würde es jedoch nur so lange tun, wie sie ihn an sich zu binden vermochte.

Deshalb sah sie auch still darüber hinweg, wenn er sich seine blutjunge Nichte Theodora ins Bett holte – sosehr es sie schmerzte. Sie tröstete sich damit, dass Theodora schon bald den viel älteren Heinrich Jasomirgott heiraten und nach Bayern verschwinden würde.

Alle Männer von Rang besaßen Gespielinnen. Es würde ihr nur schaden, deshalb zu streiten.

Gott hatte Irene einen Gefallen getan und ihr einen Gemahl gegeben, der nicht nur stattlich aussah, sondern auch weibliche Klugheit zu schätzen wusste. Zumindest an ihr, denn sie war seine Kaiserin und so ganz anders als die Frauen in seiner Heimat – blond und blauäugig. Sie durfte sogar Lesen und Schreiben auf Griechisch und Latein lernen, was zu Hause undenkbar gewesen wäre. Manchmal, wenn ihr die Zeit lang wurde, schrieb sie nun Gedichte.

»Der Schlangenbändiger, das brennende Stadtviertel in Philippopel, die Toten und das Kloster in Adrianopel ...«, zählte Manuel gerade auf. »Prosuch ist ein fähiger Mann, aber er kommt kaum nach. Jetzt habe ich diesen verwahrlosten Haufen vor meinen Mauern, und die Franzosen sind auch noch auf dem Weg hierher. Wovon wollen die unterwegs satt werden, wenn Konrads Meute schon die ganze Ernte vom Halm weggefressen hat? Und wie ich vorhin hörte, sollen die Gärten von Philopatium restlos verwüstet sein ... Es reicht! Ich schicke das Kreuzfahrerheer nach Pera. Da hält uns ein Fluss diese Vandalen vom Leib.«

»Sorgt vor allem dafür, dass sie schnell übersetzen«, riet Irene, glättete seine Stirnfalten und strich sanft durch das schwarzglänzende Haar ihres Gemahls.

»Mein Vater will hier auf den König von Frankreich warten, das haben sie so vereinbart. Aber wer weiß schon, wann Ludwig eintrifft? Und die Ritter können es kaum erwarten, Heldentaten im Kampf gegen die Sarazenen zu vollbringen.«

»Wahr gesprochen!«, meinte Manuel und zog ihre Rechte zu sich, um die Innenseite ihres Handgelenks zu küssen.

Daraus ließ sich etwas machen!

»Dann empfangt meinen Vater morgen und legt ihm nahe, bald über den Bosporus zu segeln.« Nun war es heraus.

»Er will sich dem Protokoll nicht fügen«, murrte der Kaiser.

»Stell dir vor, er verlangt sogar, dass ich vor die Mauern meiner eigenen Stadt ziehe, um ihn zu begrüßen!«

Irene seufzte leise.

»Seine Ehre und die des Römischen Reiches verbieten ihm den Fußfall«, erinnerte sie.

»Und meine Ehre als Kaiser und die des Byzantinischen Reiches verbieten es, jemanden als Gleichrangigen zu behandeln, der kein Kaiser ist«, erklärte Manuel Komnenos in endgültigem Tonfall.

»Gibt es denn keinen Kompromiss, bei dem ihr beide das Gesicht wahren könnt, als Verwandte?«, fragte Irene vorsichtig und erntete nur verbissenes Schweigen.

»Dann werdet Ihr meinen Vater also nicht empfangen«, resümierte sie traurig. »Ich hätte ihn so gern gesehen, nach seinen Söhnen gefragt, gemeinsam mit ihm ein Gebet für das Seelenheil meiner lieben Schwester gesprochen …«

»Du kannst mich zu vielerlei überreden, mein Augenstern, aber nicht dazu. Sofern er nicht einlenkt«, beharrte Manuel und bat mit einem Lächeln um Verzeihung.

»Das darf er nicht. Das würden ihm seine Fürsten nie verzeihen und ihn der Unterwürfigkeit bezichtigen«, wiederholte sie.

»Dann kann ich ihn nicht empfangen, denn das würden mir *meine* Edlen nicht verzeihen! Und sein auf dem Marsch verwildertes Heer lasse ich nicht in diese Stadt! In einem hast du recht, mein Edelstein: Um eine Katastrophe zu verhindern, muss ich ihn auf schnellstem Weg loswerden. Aber er weigert sich, nach Kleinasien weiterzuziehen, beruft sich auf Ludwig von Frankreich und will seinem Heer eine Ruhepause gönnen. Wie lange soll ich es durchfüttern? Er kommt mir in keiner Angelegenheit auch nur *einen* Schritt entgegen, dieser starrköpfige Staufer!«

Schwungvoll setzte sich Manuel auf.

Irene lächelte, während sie weiter sanft durch seine Haare strich. Was die Starrköpfigkeit anging, stand ihr Gemahl ihrem Wahlvater in nichts nach. Im Gegenteil.

»Schickt doch Demetrius Macrembolites und Graf Alexander von Gravina als Gesandte zu ihm, nicht mehr jene Männer, die von ihm den Fußfall verlangten«, schlug sie vor. »Mit denen wird er nicht mehr reden. Doch diese beiden kennt mein Vater seit langem, sie haben schon viele Verhandlungen erfolgreich geführt und Differenzen freundschaftlich gelöst. Der König vertraut ihnen.«

Manuel fand diese Idee so großartig, dass er nach Irenes Händen griff. Warum war er nicht selbst darauf gekommen? Nun, weil Demetrius sehr alt und in letzter Zeit recht kränklich gewesen war. Aber das Reich brauchte ihn, und den kurzen Weg in die Vorstadt würde er schon bewältigen.

Der Kaiser klatschte in die Hände, sofort erschien einer seiner Leibdiener und verneigte sich.

»Ich wünsche morgen früh Demetrius Macrembolites und den Grafen von Gravina zu sehen. Sie sollen sich in meinem Palast einfinden. Schickt jedem eine Sänfte, ihrem Rang angemessen.«

Da keine weiteren Befehle folgten, ging der Mann, um alles zu veranlassen, damit der Wille des Kaisers erfüllt wurde.

»Richte meiner Leibwache aus, ich werde die Nacht hier verbringen«, rief Manuel ihm noch nach.

Erneut verbeugte sich der Diener und schloss die Tür hinter sich. Irene atmete auf, denn sie setzte große Hoffnungen in den weisen Demetrius.

»Wünscht Ihr zu speisen?«, erkundigte sie sich. »Ich habe ein Mahl aus verschiedenen Sorten Wild und Gemüse vorbereiten lassen.«

»Später, Liebste. Vorerst gelüstet es mich nach etwas anderem«, sagte der Kaiser. Er zog das Diadem heraus, das ihren Schleier hielt, fuhr genießerisch mit seinen Fingern durch ihr blondes Haar und roch daran. Dann küsste er sie, hingerissen von ihren Lippen, ihrem Duft ... und ihrer Klugheit.

Vorschläge und Ratschläge

Konrad von Staufen;
vor Konstantinopel, September 1147

Am nächsten Tag wurde dem Kreuzfahrerheer auf Anweisung des Kaisers ein anderer Lagerplatz zugewiesen, und zwar im Vorort Pera, der durch einen Fluss von der Stadt getrennt war und wo – darauf ließ Manuel seinen Schwiegervater ausdrücklich hinweisen – vor rund fünfzig Jahren schon die Kreuzfahrer unter dem Kommando des berühmten Gottfried von Bouillon Quartier genommen hatten.

Gärtner wurden zum Philopatium geschickt, um die Parks wieder herzurichten, und standen weinend vor den Überresten ihrer Arbeit.

Konrad hatte den Palast bewachen lassen, bis sein gesamtes Heer abgezogen war. Doch kaum waren die Wachen fort, stieg eine Diebesbande durch die hinteren Fenster ein, raubte Schalen aus getriebenem Kupfer, kostbare Gläser und riss sogar die Vorhänge aus Musselin herunter, um den Stoff auf einem Markt zu verhökern.

Als Konrad davon erfuhr, ließ er, außer sich vor Wut, das gesamte Lager durchsuchen und jeden aufknüpfen, bei dem er solche Beute fand. Die gestohlenen Stücke sandte er zurück an den Kaiser – zusammen mit den abgeschlagenen Händen der Diebe.

Beinahe stündlich wurden Botschaften zwischen Konrad und Manuel ausgetauscht. Doch in der Frage des Protokolls ließ sich keine Einigung erzielen.

Es würde also keine Begegnung zwischen ihnen geben.

Dennoch schickte Manuel Komnenos nach gründlicher Instruktion die beiden Gesandten, die schon unzählige Gespräche und Verhandlungen mit Konrad von Staufen geführt hatten: Demetrius Macrembolites und Graf Alexander von Gravina. Sie sollten den König und sein Heer zur umgehenden Abreise überreden.

»Zuletzt sahen wir uns, als wir das Reich Eures Kaisers betraten«, erinnerte Konrad höflich, der zwar immer noch schwer beleidigt wegen das geforderten Fußfalls war, doch diese beiden Gesandten für ihr diplomatisches Geschick und ihre Verdienste schätzte.

»Wo wir Euch die Bitte unseres erhabenen Kaisers überbrachten, eine andere Route zu wählen und Konstantinopel zu meiden. Euer Majestät zogen es vor, diesen kaiserlichen Rat zu ignorieren. Doch Ihr werdet gewiss triftige Gründe dafür gehabt haben«, sagte Demetrius sanft, dessen Haar inzwischen ganz weiß geworden war. Seine Stimme klang brüchig, seine Hände zitterten unablässig, doch seine Augen strahlten immer noch dieselbe Weisheit und Verschmitztheit wie früher aus.

»Die hatte ich, wie Ihr sehr wohl wisst«, sagte Konrad harscher, als er eigentlich wollte. »Ich wünschte meinem kaiserlichen Schwiegersohn einen Besuch abzustatten und meine Tochter zu sehen, und ich will hier meine Streitmacht mit der Ludwigs von Frankreich vereinen. Außerdem braucht mein Heer nach dem langen Marsch eine Ruhepause.«

»Nun, unüberwindbare Hindernisse scheinen Euern ersten Wunsch scheitern zu lassen. Ich bedaure zutiefst, hierin nicht behilflich sein zu können.«

247

Demetrius verlagerte sein Gewicht auf das andere Bein, weil ihm das Stehen zunehmend schwerfiel.

»Was jedoch Ludwig von Frankreich betrifft«, fuhr er fort, und seine Augen funkelten, »so kann es noch Monate dauern, bis er hier eintrifft. Uns liegen zuverlässige Berichte vor, dass sein Heer weit abgeschlagen ist, hauptsächlich wegen der riesigen Trosskolonne von Königin Eleonore und ihren Damen.«

Das war neu für Konrad.

Stimmte es denn? Oder wollten ihn die Byzantiner hinters Licht führen, um ihn rasch loszuwerden?

»So lange werden Eure Krieger sicher nicht warten wollen, die darauf brennen, sich dem Feind zu stellen. Und wir sehen uns außerstande, ein so großes Heer noch über Monate zu verköstigen«, erklärte Demetrius und breitete bedauernd die Arme aus. »Deshalb bittet Euch unser erhabener Kaiser, Eure baldige Abreise zu erwägen. Er wird dafür sorgen, dass Schiffe bereitgestellt werden, um alle Männer, Pferde und Zugtiere über den Bosporus zu transportieren.«

Der tägliche Austausch von Gesandtschaften zog sich über zwei, drei Wochen hin. Von Ludwig keine Spur.

Konrad war jedoch nicht gewillt, seine Meinung so schnell zu ändern. Er besprach sich mit seinem Kriegsrat, und es herrschte große Uneinigkeit darüber, ob man den Byzantinern trauen konnte.

Doch die Zeit drängte, der König musste endlich einen Erfolg vorweisen können, und seine Männer wollten kämpfen.

»Wir ziehen über den Bosporus. Ludwig treffen wir in Nicaea«, entschied er schließlich mit seinen Heerführern – zu deren großer Zufriedenheit.

»Unser erhabener Kaiser wird über Eure Entscheidung sehr erfreut sein und sofort eine Flotte klarmachen!«, rief Demetrius begeistert, als Konrad ihm dies mitteilte.

»Außerdem unterbreitet er Eurer königlichen Majestät ein

großzügiges Angebot«, ergänzte Graf Alexander. »Er stellt Euch eine Einheit leichte Reiterei zur Verfügung, im Austausch für einige Eurer schwer gerüsteten Reiter, die wir – falls es notwendig wird – gegen die Normannen einsetzen können.«

Diese Offerte sorgte für Verwunderung bei den im Raum versammelten Anführern der einzelnen Heeresabteilungen.

»Ich soll meine guten Panzerreiter gegen ein paar schwach gerüstete berittene Bogenschützen eintauschen?«, empörte sich Konrad und wusste sich da einig mit seinen Fürsten.

»Ja, Majestät, das solltet Ihr«, beteuerte Demetrius. »Denn Ihr werdet sie brauchen gegen die Seldschuken, die auf eine ganz andere Art kämpfen, als Eure Ritter es gewohnt sind.«

»Meine Ritter werden sie schon das Fürchten lehren! Zu solch einem Handel kann mich mein Schwiegersohn nicht überreden.«

»Majestät, erlauchte Fürsten, auch ich rate Euch dringend zu leichter Reiterei! Ihr braucht wenigstens eine Einheit für Späherdienste und zur Verfolgung bei schnellen Reiterattacken«, flehte nun auch Graf Alexander.

»Wie es scheint, habt Ihr noch nie einen Angriff unserer Panzerreiter erlebt«, wies der König ihn zurecht. »Wir werden die Seldschuken niederreiten wie reifes Getreide.«

»Sofern sie bei unserem Anblick nicht gleich davonrennen«, ergänzte Friedrich von Schwaben mit selbstsicherer Lässigkeit, und die anderen Heerführer lachten.

Demetrius sah die Männer betrübt an und dachte: Sie haben keine Ahnung, womit sie es zu tun bekommen werden …

Vorwände und Einwände

Albrecht der Bär,
Konrad von Wettin;
Slawenfestung Demmin im Lutizenland,
September 1147

Mir ist langweilig!«, beschwerte sich Albrecht der Bär, der hünenhafte Markgraf der Nordmark. »Und diese blutrünstigen Bestien!«

Wütend hieb er nach einer Mücke, die sich auf seiner Pranke niedergelassen hatte, doch das Insekt war schneller und schwirrte davon.

»Jeden Keiler, der sich auf zwei Schritt an mich heranwagt, erledige ich mit der Saufeder! Aber diese kleinen Biester ...«, murrte er. »Langsam beginne ich zu glauben, dass die Wenden ihre Wasserburgen nur deshalb so sehr lieben, weil sie dort das tückische Geschmeiß auf uns loslassen können. Jeden Morgen wache ich auf und sehe nach, ob mir nicht schon Schwimmhäute zwischen den Fingern wachsen. Wollen wir dieses Land wirklich erobern?«

»Willst du«, erinnerte ihn der Markgraf von Meißen trocken. »Glaube mir, das ist für dich nicht nur gewinnbringender, sondern auch weitaus angenehmer, als in voller Rüstung durch die Wüste zu ziehen, wo sich jede Menge giftiges Getier herumtreibt, nicht nur ein paar Mücken. Von den Sarazenen ganz zu schweigen, die sich nun darin einig sind, uns allen die Köpfe abzuschlagen ...«

Sie hatten mit dem weitaus größeren südlichen Heer des Wendenkreuzzuges die alte Lutizenburg Demmin umschlossen, ein wichtiger Handelsplatz, und sahen sich vor den gleichen Problemen wie Heinrich der Löwe in Dobin. Nur dass sie davon nichts wissen konnten.

Konrad schlug dem alten Freund – und manchmal auch

Feind – eine Partie Schach zum Zeitvertreib vor. Doch der prustete nur und lehnte ab.

»Das ist ja noch langweiliger! Ich weiß wirklich nicht, warum man es Spiel der Könige nennt. Wahrscheinlich, weil man dabei still auf seinem Stuhl sitzen muss, wie auf einem Thron. Ich würde ja auf die Jagd gehen, doch was soll ich in den Sümpfen jagen? Frösche, Kröten, Unken?«

»Auerochsen«, schlug Konrad in Erinnerung an ein altes Streitgespräch vor. Die Anspielung entging dem Bären.

»Ob es hier welche gibt? Würden sie mit ihrem Gewicht nicht in den Boden sinken?«, überlegte er laut.

Dann beorderte er seine beiden ältesten Söhne zu sich, die ihn auf diesem Kreuzzug begleiteten, während Konrad seinen Söhnen die Verwaltung seiner Ländereien überlassen hatte.

»Otto, Hermann, ihr spielt jetzt jeder mit dem Markgrafen von Meißen und der Lausitz eine Partie Schach, damit er sieht, dass sich eure ritterlichen Tugenden nicht auf den Schwertkampf beschränken«, befahl er.

Hermann wirkte ähnlich unglücklich wie sein Vater bei der Erwähnung des Spiels, aber Otto holte widerspruchslos Brett und Spielfiguren aus einer Truhe im Zelt seines Vaters, baute auf und überließ dem Herausforderer die Wahl der Farbe.

Interessiert beobachtete Konrad den Erstgeborenen seines Freundes, der den gleichen Namen wie sein eigener Ältester trug, knapp dreißig Jahre zählte und sich klug durch das Spiel schlug, bis er dem geübteren Gegner dann doch unterlag. Ein gründlicher Denker, dachte Konrad anerkennend. Nicht so ein Haudrauf wie sein Vater. Gut für die Nordmark, die er einmal erben wird. Und gut für den Bären, weil sein Sohn vielleicht warten wird, bis er sie erben *kann*.

Ob er das auch von seinem Otto erwarten durfte? Da war sich Konrad nicht so sicher.

Dies war ein heikles Feld: Väter und Söhne, die oft viele Jahre darauf warten mussten, ihr Erbe anzutreten. Aber in seinem

Haus hielt er die Zügel in der Hand, und daran würde sich auch nichts ändern.

Nach der Partie entließ er Otto und Hermann, die sichtlich erleichtert aus dem Zelt gingen. Wer weiß, was sie vorhatten.

»Wenn ich gewusst hätte, dass wir hier nur herumsitzen, hätte mein Brandenburger Wahlverwandter doch mitkommen können«, murrte Albrecht.

Petrissa hatte ihm im Frühsommer eigens einen Boten geschickt und ihn inständig gebeten, nach Brandenburg zu reiten, um ihrem alten, kranken Mann diesen Kriegszug auszureden. Heinrich von Brandenburg zählte nun über siebzig Jahre und war arg von Gicht und Gliederreißen geplagt, was niemanden wundern konnte angesichts der feuchten Mauern seiner Burg.

»Das ist Unsinn, und das weißt du genau«, widersprach Konrad leidenschaftslos. »Er kommt ja kaum noch auf ein Pferd und hätte uns nur aufgehalten. Am Anfang hatten wir durchaus einige Kämpfe zu bestehen.«

»O ja«, erinnerte sich Albrecht, und ein Leuchten ging über sein Gesicht.

Während der Löwe gegen die Abodriten zog, durchquerten sie das Lutizenland. Als Erstes hatten sie Havelberg eingenommen, zur allergrößten Freude von Bischof Anselm, der zugleich als päpstlicher Legat an diesem Kreuzzug teilnahm. Endlich konnte er sein Bistum betreten! Seitdem sprach der dürre Bischof von nichts anderem mehr als von den Plänen für den Dom, den er dort errichten lassen würde.

Danach eroberten sie die Prignitz – jenes Gebiet, das an Albrechts grenzte und von woher die Slawen immer wieder in seine Ländereien eingedrungen waren. Er hatte gleich ein paar Ministeriale dort gelassen, damit sie in den Gebieten um Jerichow, Gransee und Templin kleine Herrschaften einrichteten.

Die meisten slawischen Orte waren ohnehin verlassen. Auch

hier hatten sich die Bewohner in Wälder und Sümpfe zurückgezogen.

Als Nächstes stürmten die Kreuzfahrer Malchow, ein slawisches Widerstandsnest auf einer Wasserburg, die sie in Brand schossen. Nachdem das Heiligtum zerstört war, fanden Massentaufen statt, die von den zahlreichen Bischöfen und Erzbischöfen dieses Heeresteils persönlich vorgenommen wurden.

Und nun lagen sie vor Demmin, dessen Bewohner sich darauf beriefen, längst missioniert zu sein, und zwar durch keinen Geringeren als Otto von Bamberg.

Der Abt von Stablo und Corvey führte hierzu gerade Verhandlungen. So lange ruhten die Waffen, sehr zu Albrechts Verdruss.

»Wie wäre es, wenn wir deinen polnischen Verwandten aufsuchen? Das ist der rechte Mann, um einen Krug Wein zu leeren oder auch zwei«, schlug der Bär nun vor.

Mieszko aus dem Hause Piast führte das polnische Kontingent auf dem Kreuzzug an, während sein Bruder Boleslaw gerade mit seinen Truppen irgendwo östlich der unteren Weichsel gegen die Preußen kämpfte.

»Seine Schwestern sollen bildschön sein«, sinnierte Albrecht weiter. »Vielleicht sollte ich meinen Ältesten mit einer von ihnen vermählen. Ein Bündnis mit den Piastenherzögen wäre von Vorteil. Sie sind mächtig. Und reich.«

»Dann sieh dir die Braut besser vorher an«, riet Konrad, der bei diesem Thema eine säuerliche Miene zog. »Meine Schwiegertochter ist zwar bildschön, aber sie führt sich derart anmaßend auf, dass ich Lust bekomme, ihr Benehmen gegenüber einem Markgrafensohn einzubleuen – was mir ihr Bruder sogar ausdrücklich erlaubt hat. Ich hoffe, diese Dobroniega hat bis zu meiner Rückkehr gelernt, sich zu fügen. Nun geh schon zu Mieszko!«, forderte er den Freund auf. »Ich habe noch etwas zu erledigen.«

Erleichtert stemmte sich Albrecht hoch, um den Grafen von

Hillersleben zu suchen, seinen engsten Vertrauten, der sich ebenso langweilte. Gemeinsam würden sie dem Polen einen Besuch abstatten.

Markgraf Konrad ging unterdessen zurück in sein eigenes Lager. Er hatte nicht nur das Thema polnische Hochzeit satt, sondern auch Albrechts Gejammer. Der Bär war schließlich der größte Gewinner auf diesem Feldzug – sah man einmal von den Bischöfen ab, die freudig die Getauften zählten und Diözesen absteckten. Während für ihn selbst kaum etwas dabei heraussprang. Außer eben, nicht mit dem König ins Heilige Land reiten zu müssen. Und das war gar nicht hoch genug einzuschätzen.

Drei Monate war er nun mit seinem Heerbann durch Slawengebiet gezogen, mal zu Pferd, mal zu Schiff. Das durfte ihm durchaus als Pflichterfüllung angerechnet werden. Jetzt brauchte er nur noch einen Vorwand, um diese Farce zu beenden und nach Meißen zurückkehren zu können. Der kühle Rechner Konrad hatte das sichere Gefühl, dieser Vorwand würde sich schon bald bieten.

Gemessenen Schrittes lief er zwischen den Zelten entlang, während sich links und rechts von ihm seine Männer verneigten oder auf ein Knie sanken.

Im meißnischen Lager herrschte mustergültige Ordnung. Kein Betrunkener war zu sehen, dafür Knappen, die Kettenhemden von Rost befreiten, Ritter bei Waffenübungen, Stallknechte bei der Pflege der Sättel und des Zaumzeugs. Sein Marschall von Brehna hatte die Truppen gut im Griff, und im Beisein des Markgrafen würde sich ohnehin niemand eine Nachlässigkeit zuschulden kommen lassen.

Konrad hatte zwei ganz bestimmte, nebeneinanderstehende Zelte zum Ziel gewählt. Sie gehörten zwei seiner besten Ritter, von denen einer beim Kampf um Malchow durch einen Pfeil verwundet worden war.

Wie erwartet lag der Muldensteiner vor seinem Zelt, das verbundene Bein weit von sich gestreckt, und sein Freund und Nachbar hockte bei ihm.

Raimund von Muldental erhob sich sofort, um vor dem Markgrafen niederzuknien, auch der Verletzte deutete an, sich erheben zu wollen, doch der Fürst erlaubte ihm mit einer Geste, liegen zu bleiben.

»Was macht das Bein?«, erkundigte er sich, während ihm Raimunds Knappe eiligst einen Schemel brachte.

»Es pocht und schwillt an, Durchlaucht; es muss wohl noch einmal aufgeschnitten werden«, berichtete Radulf von Muldenstein. Sein Gesicht war gerötet, was durch sein hellblondes Haar noch deutlicher auffiel. Schweißperlen standen ihm auf der Stirn, die eindeutig vom Fieber herrührten, nicht vom Wetter.

Konrad wusste, was dies zu bedeuten hatte. Wenn die Wunde so schlimm entzündet war, vielleicht sogar schon brandig, gab es kaum noch Hoffnung für den Mann.

»Ich schicke Euch meinen Wundarzt«, versprach er, und der Muldensteiner bedankte sich unter Schmerzen.

Konrad beauftragte den Knappen, sich sofort auf die Suche nach dem Chirurgus zu begeben und ihn mitsamt allen Instrumenten hierherzuschicken.

Bei dem Wort »Instrumente« zuckten beide Ritter zusammen. Dass eine Amputation drohte, befürchteten sie längst insgeheim, auch wenn es keiner aussprach. Aber nun nahm diese schreckliche Aussicht feste Formen an.

Raimund bot dem Fürsten Wein an, fragte nach sonstigen Wünschen. Doch Konrad wollte nichts trinken. Bei Albrecht hatte er schon die ganze Zeit vor dem Weinkrug gesessen.

»Sagt mir nur eines«, begann er, und zwei Augenpaare richteten sich auf ihn: eines dunkel und eines fiebrig glänzend und von stechendem Blaugrau wie seine eigenen Augen.

»Eure Familien sind seit Generationen Nachbarn an der

Mulde, und Ihr seid die besten Freunde, solange ich mich erinnern kann. Wie kommt es, dass Eure Söhne, die Eure Namen tragen und miteinander aufwachsen, neuerdings nur noch Ärger machen und sich ständig prügeln?«

Beide Ritter schauten betreten drein.

»Es tut uns außerordentlich leid, Durchlaucht! Wir müssen uns für das schlechte Betragen unserer Söhne entschuldigen«, begann Raimund. »Sie sind im Streit, seit dieser neue Page an den Hof gekommen ist, Christian ist sein Name.«

»Randolf provoziert ihn, weil niemand etwas über seine Herkunft weiß«, gestand dessen Vater Radulf. »Und da Christian der Kleinste ist, fühlt Raimunds Sohn sich berufen, ihm in Prügeleien beizustehen, weil mein Sohn einen Kopf größer ist.«

»Die Herkunft dieses Jungen geht niemanden außer mich etwas an«, erklärte der Markgraf scharf. »Ich habe meine Gründe, ihn an den Hof zu holen. Nicht etwa, weil er mein Bastard wäre, wie gemunkelt wird ...«

Als wenn ihm so etwas nicht zu Ohren käme!

»Sondern weil sich sein Vater große Verdienste um die Mark Meißen erworben hat. Bleut das Euren Söhnen ein, wenn sie nicht in Schimpf und Schande vom Hof gejagt werden wollen. Ich wünsche keinerlei Gezänk unter meinen Leuten, ob es nun Ritter, Knappen oder Pagen sind!«

»Sehr wohl, Durchlaucht!«, bestätigten beide Ritter.

Inzwischen war Konrads Leibarzt eingetroffen, was der Markgraf zum Anlass nahm, aufzubrechen. Was jetzt folgte, wollte er sich lieber ersparen.

»Der Heilige Georg möge Euch beistehen«, wünschte er Radulf.

»Danke, Durchlaucht«, sagte der Fiebernde. Seine Stimme zitterte.

Radulf stöhnte zum Erbarmen, als ihm der Medicus die mit Blut und Eiter verklebten Verbände vom Bein schnitt und riss. Keuchend holte er Atem, bis er sich wieder einigermaßen gefangen hatte.

Sein Freund stützte ihn, damit sich der leicht aufgerichtete Verwundete gegen seine Brust lehnen konnte. Das bot den Vorteil, dass Radulf die Gesichtszüge des Gefährten verborgen blieben.

Denn der sah, was nun jeder sah, auch der Verletzte und der Leibarzt ohnehin: Das Bein war nicht mehr zu retten. Bis zur Unförmigkeit angeschwollen und mit großen schwarzen Stellen aus verfaultem Fleisch.

Radulf schloss die Augen und richtete das Gesicht zum Himmel.

»Mit Ausbrennen ist hier nichts mehr zu bewirken. Ich kann Euch das Bein abnehmen – oder Ihr sterbt auf jeden Fall. Wie entscheidet Ihr Euch?«, fragte der Wundarzt, ein Mann, dessen Alter auf Erfahrung hoffen ließ.

»Gewährt mir einen Moment der Besinnung«, bat der Ritter. »Und zuallererst möchte ich die Beichte ablegen.«

»Ich schicke Euch einen Priester und komme in einer Stunde wieder«, erklärte der Heilkundige. Dann wandte er sich an Raimund.

»Sollte sich Euer Gefährte für die Amputation entscheiden, dann tut ihm den Gefallen und sorgt dafür, dass er so betrunken wie nur irgend möglich ist. Allerdings noch bei Bewusstsein, das ist wichtig.«

Raimund nickte und strich sich verzweifelt durch sein lockiges braunes Haar.

Dann saß er einfach still bei seinem Freund und fragte ihn nach allen möglichen Verfügungen, die er noch treffen wollte: für seine Ländereien, Worte an seine Gemahlin, an seinen Sohn.

»Hab ein Auge auf Randolf, wenn ich es nicht mehr kann«, bat der Todgeweihte. »Der Junge wird sich schwertun, und er braucht einen Mann von Ehre als Vorbild, wenn er selbst einer werden soll.«

»Ich versprech's«, sagte Raimund.

Der Freund war ihm dankbar dafür, dass er sich Floskeln verkniff wie: Er werde schon genesen und sich dann wieder selbst um Sohn und Frau kümmern können.

Ein noch sehr junger Priester kam, um Radulf die Beichte abzunehmen, und wich zu Tode erschrocken vor dem Anblick des verwesenden Beins und dem Gestank nach Eiter und Fäulnis zurück.

Verzweifelt versuchte er, sich zu ermannen. Er vergab Radulf in solcher Windeseile sämtliche Sünden, die er je begangen hatte oder noch begehen könnte, dass er kaum Luft holte zwischen den Worten.

Dann stand er auf und rückte ein paar Schritte ab. »Ihr habt das Kreuz genommen, da sind Euch ohnehin alle Sünden vergeben und ewiges Seelenheil gewiss«, sagte er zur Rechtfertigung. »Ich warte in der Nähe ... falls die Sterbesakramente benötigt werden ...«, stammelte er und hielt Ausschau nach einem geeigneten Platz.

»Das war es nicht, was ich mir in meiner letzten Stunde erhofft hatte«, murmelte Radulf. »Etwas mehr Trost und innere Einkehr ... Stattdessen müssten wir eigentlich noch diesen Hänfling trösten«, quälte er sich zu einem müden Scherz.

»Hast du dich entschieden?«, fragte Raimund mit bangem Herzen.

»Gib mir Wein, ich muss mich besaufen, und dann soll dieser Quacksalber zur Knochensäge greifen. Ich verrecke doch sowieso! Aber dann geht es wenigstens schneller. Man hat sogar schon von Leuten gehört, die so etwas überlebten. Ich will nicht tagelang bei lebendigem Leib verfaulen und im Fieber schreien. Das ist würdelos.«

»Er ist der Leibarzt des Markgrafen«, erinnerte Raimund sacht. »Dann muss er gut darin sein. Hier, trink ...«

Er rückte Radulfs Oberkörper ein wenig zurecht, damit er

bequem schlucken konnte, und reichte ihm einen Becher Wein, den ersten von vermutlich vielen.

»Aber trink langsam«, mahnte er. »Wenn du alles wieder herauswürgst, musst du die Prozedur nüchtern überstehen.«

»Ich finde, du solltest mit mir mithalten. Denn ich darf wohl hoffen, dass du als mein Freund dabei an meiner Seite bleibst.«

»Das tue ich, versprochen. Aber nüchtern. Jemand muss dich ja festhalten.«

»Gut. Ich danke dir.«

Radulfs Stimme war nun nur noch ein Flüstern.

Er trank einen zweiten und einen dritten Becher, dann geriet er ins Erzählen. Leise und monoton redete er sich von der Seele, was ihm durch den Kopf ging. Nur sein Freund konnte ihn hören.

»Ein Wendenpfeil. Nicht tapfer im ritterlichen Zweikampf sterbe ich, sondern durch einen Wendenpfeil, aus dem Hinterhalt abgeschossen. Hast du die grausigen Fratzen gesehen, die sie in die Holzpfähle schnitzten, damit sie das Heiligtum bewachen? Auf der Insel, als wir diesen Tempel niederbrannten? Jetzt nehmen ihre Götzen an mir Rache.«

»Sag so etwas nicht!«, mahnte Raimund bedrückt, der nicht wusste, worauf die nächsten Sätze seines Freundes hinauslaufen würden.

»Weißt du, was wir da taten, *wirklich* taten? Nein, sag nicht, was alle sagen: die Heiden bekehrt, den wahren Glauben verbreitet … Vielleicht sind ihre Götter mächtiger, als unser Gott es ist. Sonst hätten sie mich nicht so erwischt. Ja, ich weiß, das ist Blasphemie oder irgendwas anderes zutiefst Verwerfliches … Sag's nicht weiter, ehe ich tot bin. Aber eigentlich … meine ich etwas ganz anderes.«

Er stockte, holte unter Schmerzen Luft und starrte mit fiebrigem und hoffnungslosem Blick in eine unbestimmte Ferne.

»Du hast die Dörfer der Slawen gesehen, ihre Häuser. Wie schön die Muster auf ihrer Kleidung sind, der Schmuck der

Frauen, ihre Schiffe mit den geschnitzten Ornamenten, ihre irdenen Waren … Sie sind so anders, mit ihren Sitten und Bräuchen – und doch Menschen wie wir. Und sie siedelten hier schon lange, bevor wir kamen.«

Er stockte erneut und sah die Bilder in seiner Erinnerung: verkohlte Balken, auf denen noch Reste verschlungener Schnitzereien zu sehen waren, zerschlagene Krüge und Becher … Fand sich dazwischen noch ein heiles Stück, machten sich die Fußtruppen einen Spaß daraus, es zu zerschmettern. Da lag zerbrochenes Spielzeug, ein zerrissener und angesengter Kinderkittel mit aufgestickten Vögelchen … Er hätte seiner kleinen Tochter passen können, die voriges Jahr gestorben war. Vielleicht war es gerade dieses Kinderkleid gewesen, das ihn so im Herzen getroffen hatte.

»Warum zerstören wir all das Schöne? Wo doch wir Christen es auch lieben, und seien es nur die Krüge und Fibeln? Ihre Lieder, Tänze, Märchen, Ornamente … ausgelöscht. Das haben wir getan. *Rottet sie aus!*, verlangte Bernhard von Clairvaux. Jetzt ist etwas verloren, unwiderruflich, was hier jahrhundertelang heimisch war. Und dafür geb ich nun auch noch mein Bein und mein Leben …«

Radulf verstummte.

Auch Raimund schwieg.

Er hätte jetzt vieles sagen können. Dass die Lutizen vor hundertfünfzig Jahren mit einem Aufstand für lange Zeit die Christen noch einmal aus dem Lutizenland vertrieben hatten und nicht zu unterschätzen seien. Doch das würden sie nicht wiederholen können; viele waren längst bekehrt, die Übrigen vor dem Heer in die Wälder geflüchtet.

Doch Lutizen hin oder her – sein Freund sah dem Tod ins Auge. Das war ein Moment, der nach Stille schrie.

Der Wundarzt kam, nickte zufrieden, als sein Patient der Amputation zustimmte, sprach mit ihm zusammen ein Gebet, klemmte ihm ein Beißholz zwischen die Zähne und forderte ein paar starke Männer an, die sich auf den Oberkörper und das unversehrte Bein setzten.

Raimund schickte seinen und Radulfs Knappen weit fort und ließ ein paar Stallknechte kommen. Er selbst bot dem Freund Hand und Arm, damit er sich daran festkrallen konnte, als der Chirurgus mit einem scharfen Messer das Fleisch oberhalb des Knies durchtrennte und dann zur Knochensäge griff. Radulf schrie vor Schmerz und Entsetzen. Doch nicht lange. Das Bein war noch nicht einmal ganz abgetrennt, als seine Stimme schon erstarb und das letzte Blut aus seinem Körper rann. Leblos sank seine Hand zu Boden, die eben noch Raimunds Arm gequetscht und dort dunkle Flecken hinterlassen hatte.

Der Wundarzt tat den letzten Schnitt, bekreuzigte sich und gemahnte, das Bein zusammen mit dem Toten zu bestatten – für den Tag der Auferstehung.

Drei Tage später fand der Markgraf von Meißen und der Lausitz endlich den lang gesuchten Vorwand, mit seinen Truppen abzurücken: Der Bär verkündete, als Nächstes nach Stettin zu ziehen und auch das noch erobern zu wollen.

»Fürst Ratibor hat längst unseren Glauben angenommen«, widersprach Konrad offen im Kriegsrat.

»Wir müssen es erobern, ehe es sich die Polen holen. Oder der Löwe es sich schnappt«, konterte der Bär, sein alter Freund und Feind. Außerdem wollte Albrecht das Heer nach Nordosten lotsen, um es von Brandenburg fernzuhalten.

»Und ich fordere die Oberhoheit über das Bistum Pommern«, erklärte der Erzbischof von Magdeburg laut und reckte sich.

Das konnte Konrad von Wettin allerdings auch, und er funkelte Friedrich von Magdeburg dabei finster an.

Es wird Zeit, dass Mathildes Sohn Wichmann bald seinen Platz einnimmt!, dachte Konrad. Dann haben wir endlich einmal einen fähigen und vorausschauenden Mann an dieser Stelle.

»Stettin war nicht ausgemacht, als wir unseren Plan schmiedeten«, erinnerte er harsch. »Und der Markgraf der Nordmark wird mächtiger als jeder andere hier.«

Ja, Mutter wäre stolz auf mich!, dachte Albrecht selbstzufrieden.

Dabei waren Konrads Worte ziemlich übertrieben. Gewiss, Albrecht hatte sich Prignitz gesichert. Und genau wie der Löwe gut verdient an den gefangenen Slawen, die sie auf dem Sklavenmarkt in Prag verkauften.

»Gerade erst habe ich schon wieder für *seinen* Gebietszuwachs einen meiner besten Ritter verloren!«, fuhr der Meißner eisig fort. »Erinnert Ihr Euch gelegentlich noch an unsere offizielle Mission, die vom Papst genehmigte? Wir sollen die *heidnischen* Slawen bekämpfen! Und nicht die christianisierten. Doch Ihr bekommt den Hals einfach nicht voll! Ist nicht diese Farce hier schon Blamage genug, dass wir Zeit und Männer vergeuden bei der Belagerung in einem Gebiet, in dem Otto von Bamberg höchstselbst missionierte? In Stettin wird Euch Fürst Ratibor mit seinem Bischof entgegenziehen und zur Begrüßung das Vaterunser aufsagen. Mit Eurer Gier verderbt Ihr alles!«

Als niemand auf seine Vorwürfe reagierte, höhnte er: »Am Ende zieht Ihr auch noch gegen Meißen, weil das in uralter Zeit eine Slawensiedlung war? Ich versichere Euch: Das Bistum Meißen besteht seit fast zweihundert Jahren, und unser Bischof *kann* es betreten!«

Er verschränkte die Arme vor der Brust und verkündete: »Mein Heer zieht heute noch ab.«

Und damit war für Konrad von Meißen der Kreuzzug beendet.

Doryläum

Konrad von Staufen, Friedrich von Schwaben,
Bernhard von Plötzkau;
Anatolisches Hochland, 25./26. Oktober 1147

Jch kann nicht mehr!«, ächzte einer der jüngeren Knappen aus dem Kontingent des Grafen von Plötzkau, ließ sich fallen, breitete die Arme aus und blieb einfach liegen. Und er war nicht der Erste, der das tat.

Den zwölften Tag schon zogen sie durch die bergige Ödnis, inmitten einer riesigen Wolke aus Staub, der durch die vor ihnen Ziehenden aufgewirbelt wurde und sich quälend in Nase und Ohren festsetzte, die Augenwinkel verklebte und zwischen den Zähnen knirschte.

Am achten Tag war ihnen der Proviant ausgegangen.

Und ihr Ziel Iconium, wo ihnen Proviant und Märkte versprochen waren, lag noch wer weiß wie viele Tagesmärsche entfernt. Sie hatten nicht einmal ein Drittel der Strecke hinter sich.

Die Pferde krepierten reihenweise an Futtermangel, was den qualvoll unter Hunger und Durst leidenden Wallfahrern wenigstens ein paar Bissen Fleisch einbrachte. Doch dafür mussten sie nun zu Fuß gehen – in voller Rüstung, in Gambeson und Kettenhemd, sofern sie eines besaßen.

Denn zu all diesen Übeln drohte auch noch jederzeit ein Angriff berittener Seldschuken. Blitzschnell tauchten sie immer wieder aus dem Nichts auf, schossen ihre Pfeile aus dem Sattel ab und verschwanden, noch ehe die Kreuzfahrer reagieren konnten.

Die Wegstrecke der letzten Tage war gesäumt von Leichen – von Pfeilen tödlich getroffen, verdurstet oder durch die Anstrengungen des Marsches ausgezehrt. Und niemand hatte mehr die Kraft, sie zu begraben. Wer von den Weiterziehenden es noch fertigbrachte, sich umzudrehen, sah gewaltige Schwärme von Totenvögeln kreisen, die sich von den Kadavern nährten.

Die finstere Prophezeiung des Meißner Markgrafen, von der hier niemand etwas ahnte, begann sich zu erfüllen.

Roland rief seinen Knappen Martin zu sich und saß ab.

»Steh auf, du Schwächling!«, fuhr er den hingestreckten Jungen an, obwohl ihm das Sprechen schwerfiel. Seine Kehle war wie ausgedörrt, seine Zunge geschwollen. »Niemand von den Unseren bleibt hier liegen!«

Gemeinsam zerrten sie den dürren, sonnenverbrannten Knappen hoch, der widerstrebend murmelte: »Lasst mich hier sterb– …«

Er hatte den Satz noch nicht richtig zu Ende gesprochen, als ihm ein Pfeil mitten durch die Kehle fuhr. Röchelnd sackte er zusammen.

»Seldschuken!«, schrien laute Männerstimmen, während Roland seinen Knappen blitzschnell zu Boden drückte, sein Pferd dazu brachte, sich hinzulegen, und dahinter hervorspähte, um zu sehen, wie viele Angreifer es waren und ob sie ihnen folgen konnten.

Frauen kreischten, Getroffene wälzten sich blutend am Boden und schrien vor Schmerz und Todesangst. Roland verwünschte den Tag, an dem sie durch das Hochwasser die meisten ihrer Schilde verloren hatten. Doch das war ein müßiger Gedanke; niemand könnte jetzt noch den schweren Schild auf dem Marsch tragen. Die wenigen verbliebenen Lastpferde mussten als Reittiere dienen, und die meisten Trosskarren hatten sie ebenfalls eingebüßt.

So schnell die Angreifer gekommen waren, so schnell schienen sie sich auch wieder in Luft aufgelöst zu haben.

»Neu formieren!«, befahl der Graf von Plötzkau seinen Männern. »Verluste?«

»Der Knappe Berthold ist tot«, berichtete Roland und bekreuzigte sich. Ein paar Männer vor und hinter ihm meldeten den Verlust zweier Pferde und mehrere Pfeilwunden.

Judiths Mann sah, dass sein Knappe den Blick nicht von dem toten Jungen abwenden konnte.

»Er war ein viertgeborener Sohn und sollte hier Ruhm und Schätze erwerben, vielleicht sogar etwas Land«, sagte Martin, kreidebleich im staubbedeckten Gesicht und mit ausgedörrter Stimme; seine Lippen waren vor Trockenheit aufgerissen. Er sollte gar nicht hier sein. Und du auch nicht, dachte Roland. Und ich?

Was tun wir hier in dieser Einöde, wo es weder Baum noch Strauch gibt, tausend Meilen von zu Hause entfernt und vom Tod nur einen Pfeilschuss weit?

»Nimm seine Waffen und die roten Streifen von seinem Umhang, damit wir sie seinen Eltern überbringen können!«, befahl er, ohne sich etwas von seinen Zweifeln anmerken zu lassen, schlug ein Kreuz über dem Leichnam, sprach ein Gebet und saß wieder auf.

Mehr konnten sie für Berthold nicht tun. Dabei wusste jeder von ihnen genau, was mit dem toten Jungen geschehen würde. Als Erstes würden ihm die hinter ihnen laufenden Knechte und unbewaffneten Pilger Schuhe und Kleider vom Leib zerren. Und sobald das gesamte Heer vorbeigezogen war, würden die Seldschuken, die in geringem Abstand folgten, ihm wie auch den anderen Toten die Köpfe abschlagen und auf die Kolonne schleudern.

Das taten sie seit Tagen, um die Feinde zu verhöhnen und zu demoralisieren. Die Wirkung blieb nicht aus.

»Reiß dich zusammen!«, befahl Roland seinem vor Kummer und Durst weinenden Knappen schroff. Etwas milder fuhr er fort: »Wir kommen heute noch an einen Flusslauf. Wenn wir diesen Hang dort erreicht haben, müssen wir nur noch hinabsteigen und werden Wasser haben, so viel wir wollen.«

»Ja, Herr«, murmelte Martin und wischte sich die Tränen

vom Gesicht, womit er es völlig verschmierte. Aber schon bald würde eine neue Staubschicht die Spuren seiner Tränen verdecken.

»Ein idealer Ort für einen Hinterhalt«, meinte Friedrich von Schwaben argwöhnisch, als er den äußeren Rand der Bergkette erreicht hatte, von der sie hinab ins Tal steigen sollten.
Bevor Konrad das Kommando dazu erteilte, hatte er seine ranghöchsten Begleiter um sich versammelt, seinen Kriegsrat.
»Wir müssen hinunter, dort ist ein Fluss. Wie der Wegführer sagte«, erklärte der König. »Wir brauchen Wasser. Pferde wie Menschen.«
Die Ersten vom Fußvolk rannten und kletterten schon hinab, um ihren übermächtigen Durst zu stillen.
»Wo steckt der Wegführer überhaupt? Es sind in den letzten Tagen verdächtig viele dieser Kerle verschwunden«, beanstandete der sechste Welf mürrisch.
Der König überging den berechtigten Einwurf.
»Wir sollten längst viel weiter sein. In den letzten zehn Tagen sind wir durch den Tross und das Fußvolk kaum vorangekommen und noch nicht einmal in Doryläum. Bis Iconium schaffen wir es nie und nimmer«, gestand Konrad ein. Sie hätten auf der Heerstraße bleiben sollen, statt den Führern über die Gebirgspfade zu folgen.
»Aber es hieß doch, dies hier sei der kürzere Weg!«, beharrte sein Bruder Heinrich Jasomirgott, der Herzog von Bayern und Markgraf von Österreich. »Den nahm auch Gottfried von Bouillon auf dem Ersten Kreuzzug.«
»Richtig. Dann ist das hier womöglich genau jener Ort, wo diesen Gottfried ein gewaltiges Seldschukenheer in einem Hinterhalt erwartete?«, meinte Friedrich sarkastisch.
»Und wennschon, so wahr mir Gott helfe: Bei Doryläum errang Gottfried einen gewaltigen Sieg!«, triumphierte Heinrich Jasomirgott.

Unter enormen Verlusten, dachte Friedrich zynisch und erkannte an der Miene von Welf und auch an der seines Oheims Konrad, dass diesen das Gleiche durch den Kopf ging.

Doch immerhin war in der Ebene Platz genug, damit sich ihre schwere Panzerreiterei formieren und den Feind niederreiten konnte. Genauer gesagt: das, was von ihrer schweren Panzerreiterei noch übrig war.

»Wir rasten hier. Doppelte Wachen. Und morgen früh müssen wir uns der unbequemen Frage stellen, ob nicht die Umkehr nach Nicaea unsere einzige Chance ist, zu überleben«, entschied Konrad, so schwer es ihm auch fiel. »Wir können das Heer nicht ernähren, wenn wir weiterziehen. Und ebenso wenig die Pferde, die uns eines nach dem anderen krepieren. Seien wir dankbar, dass wenigstens ein Großteil der armen Pilger dem Bischof von Freising auf der Küstenstraße folgt!«

Es war nicht leicht gewesen, die Alten, Frauen und Kinder davon zu überzeugen, getrennt vom Heer zu laufen. Was sie trotzdem noch an waffenlosem Fußvolk begleitete, Frauen und Kinder eingeschlossen, war Bürde genug und einer der Gründe dafür, weshalb sie nur so langsam vorankamen.

Mühsam stieg das völlig erschöpfte Heer die Hänge hinab. Wer die Ebene erreicht hatte, lief, so schnell er noch konnte, zum Fluss, um zu trinken. Dort wälzten sich schon die Ersten unter Krämpfen am Boden, die in ihrem ausgedörrten Zustand das Wasser so hastig geschlürft hatten, dass sie es nun unter furchtbaren Qualen wieder herauswürgten.

Ratschläge erfahrener Reisender, unbedingt langsam und zunächst nur Schluck für Schluck zu trinken, verhallten dennoch ungehört. Kaum einer brachte hierfür die Beherrschung auf.

Das Zelt des Königs war noch nicht einmal fertig errichtet, als zwei blutbespritzte Boten auf schweißnass gehetzten

Pferden herangaloppierten, beide mit entsetzten Mienen. Der Jüngere von ihnen blutete, ein abgebrochener Pfeil steckte in seinem rechten Oberschenkel.

Unheil ahnend, lief ihnen der Graf von Lenzburg entgegen, der Friedrichs Kontingent angehörte; einer der wenigen Älteren in seinem Vertrautenkreis, aber ein zuverlässiger Gefährte im Krieg. Das hatte er schon an Konrads Seite auf dem Italienfeldzug bewiesen. Ein Schwabe, klug, vorausschauend und nicht so leicht aus der Fassung zu bringen.

»Die Seldschuken griffen den Tross an und machten im Handumdrehen so viele unserer Männer nieder, dass keine Gegenwehr möglich war«, berichtete der unverletzte Bote dem Grafen. Noch während er sprach, verlor sein verwundeter Begleiter das Bewusstsein und kippte aus dem Sattel. Ein herbeihastender Knappe fing ihn auf, ließ ihn vorsichtig zu Boden gleiten und sah sich hilflos nach einem Feldscher um. Der andere Bote wurde unterdessen zum immer noch versammelten Kriegsrat des Königs geführt.

Konrad unterdrückte nur mit Mühe einen Fluch, als er von dem Desaster erfuhr, und Friedrich erging es ähnlich.

»Alles verloren?«, fragte der König entsetzt. »Schilde, Pfeile, Zelte – und die Männer?«

Der Bote nickte verzweifelt.

»Schlimmer noch, Euer Majestät: Eine Gruppe schwer gepanzerter Ritter formierte sich, um einen Ausfall zu machen und Rache zu nehmen. Keiner kehrte zurück. Sie sind in eine Falle gelockt worden.«

»Ist das sicher?«, fragte Friedrich finster. »Vielleicht verfolgen sie die Angreifer noch.«

Der Bote schloss für einen Moment die Augen.

»Sie schickten uns ihre Köpfe …«

»Wer gab den Befehl zu diesem Angriff?«, fragte Friedrich von Schwaben wütend. Diese Narren hatten sich provozieren lassen und waren blindlings in den Tod geritten!

»Ich weiß es nicht, Durchlaucht«, gestand der Bote bedrückt. »Sie schrien nach Rache, einer gab seinem Pferd die Sporen, und die anderen folgten ihm einfach, fünf Dutzend Mann.« Fünf Dutzend Panzerreiter und ebenso viele Pferde. Die würden ihnen in der Schlacht bitter fehlen. Die Verluste an Kavallerie nahmen inzwischen besorgniserregende Ausmaße an. Wütend ballte Friedrich die Fäuste.

Nachdem die Plötzkauerin Bertha ihren Durst gestillt hatte, plagte der Hunger sie noch ärger. Sie hatte sich in der Hoffnung wieder zu Graf Bernhards Männern bringen lassen, als Witwe des Stallknechts wäre sie dort geschützt und könnte weiter Wäsche waschen, statt sich als Hure ihr Brot verdienen zu müssen.
Doch es gab nichts mehr zu waschen … und auch kaum noch etwas zu essen.
Vollkommen entkräftet kroch sie über den steinigen Boden in ihrem zerfetzten Kleid, schmutzig, mit wirrem, staubigem Haar und blutenden Füßen. Im Plötzkauer Lager brannte ein Feuer, über dem ein Kessel an einem Dreibein hing. Dampf stieg von dem darin brodelnden Wasser auf. Daneben saßen zwei Knechte und schoren die Wolle von einem Schaffell, um die Haut in den Kessel zu werfen, weich zu kochen und zu essen. Das würden sie vielleicht schon bald nach Sonnenuntergang bereuen, denn die Nächte hier unter sternenklarem Himmel und diesem merkwürdig auf dem Rücken liegenden Mond waren furchtbar kalt.
Sie hatten die Wahl zwischen Verhungern und Erfrieren, nachdem ihnen heute wenigstens das Verdursten erspart geblieben war.
»Barmherzigkeit, im Gedenken an meinen toten Mann, Gott hab ihn selig!«, flehte Bertha die Männer an. »Er war euer Freund! Gebt mir etwas zu essen, bitte … Ich tu dafür auch alles, was ihr wollt.«

»Dein Mann ist tot, und du bist es bald auch«, sagte einer von ihnen schroff, er wurde der Krumme Paul genannt. »Jeder Bissen an dich wäre verschwendet. Und wir können keinen einzigen Bissen entbehren. Hau ab, Weib!«

»Ich tu doch alles, was ihr wollt!«, wiederholte sie weinend und zog ihr zerrissenes Kleid so weit auseinander, dass die Männer ihre nackten Brüste sehen konnten.

»Welkes Fleisch!«, prustete der andere verächtlich, ebenfalls ein Stallknecht von Graf Bernhards Burg. Er hieß Karl und hatte oft mit ihrem Mann um ein Bier gewürfelt. Wütend griff er sich in den Schritt.

»Hier rührt sich nichts mehr, bevor ich nicht drei Tage hintereinander richtiges Essen in den Bauch kriege. Verstehst du? Also verschwinde und such dir deine Kundschaft woanders, Hure!«

Er trat mit dem Fuß nach ihr, und als sie nicht aufstand und ging, stemmte er sich hoch und trat weiter auf sie ein, bis sie schluchzend zur Seite kroch.

Dann rollte sie sich auf den Rücken, breitete die Arme aus und starrte auf den von Sternen übersäten Himmel. Er sah so schön aus, so verlockend … Merkwürdig, der Mond war heute nicht zu sehen. Was das wohl zu bedeuten hatte?

Doch es konnte ihr gleichgültig sein. Ihre Kinder und ihr Mann waren tot, und in dieser Nacht würde auch sie sterben. Hätte sie nur auf die Herrin Kunigunde gehört!

Zu spät, der Gedanke. Jetzt ersehnte sie nur noch das Ende ihrer Qual. Ich komme bald, rief sie in Gedanken ihren toten Kindern zu.

Konrads Heer lag in tiefem, erschöpftem Schlaf. Nur da und dort stöhnte ein Verwundeter. Wer schrie, wurde gewaltsam zum Verstummen gebracht. Ab und zu fluchte jemand, der sein Wasser abschlagen wollte und dabei über einen Schlafenden stolperte, oder riefen sich Wachen etwas zu.

Die Feuer glommen nur noch, langsam verblassten die Sterne. Die Morgendämmerung zog heran, und tiefe Stille senkte sich über das Lager.

Urplötzlich gellten Schreie von allen Seiten. Schlaftrunken fuhren die Männer hoch und griffen nach ihren Waffen – sofern sie welche hatten.

Während Roland um sich herum nur von Pfeilen Getroffene sah, die sich in Schmerzen wälzten, war der Blick Friedrichs von Schwaben von etwas ganz anderem gebannt, nachdem er hastig aus seinem Zelt getreten war.

Der Anblick fuhr ihm durch Mark und Bein.

Auf der gesamten Bergkette um ihr Lager herum standen berittene Seldschuken und sandten unter Triumphgeschrei unablässig ihre Pfeile auf sie herab. Nur die Straße, auf der sie gekommen waren, schien frei.

»Wir müssen zurück – sofort, sonst werden wir alle niedergemacht!«, schrie der König, und sein Neffe rief den Befehl unverzüglich weiter. Es gab keine andere Möglichkeit, wollten sie nicht alle sterben. Friedrichs Reflexe als Krieger, das Ergebnis jahrelanger harter Ausbildung, ließen ihn sofort handeln.

»Rückzug! Zurück nach Nicaea!«, brüllte er und holte in Windeseile zusammen, wen er an bewährten Kämpfern in der Nähe wusste. Hatte er nicht vor einem Hinterhalt gewarnt? Doch jetzt blieb keine Zeit zum Hadern. Das durfte es nicht gewesen sein! Große Taten wollte er vollbringen in seinem Leben, nicht ausgerechnet hier jämmerlich verrecken.

»Schützt den König!«, rief Friedrich.

Sofort versammelten sich die Leibwachen um Konrad und die Fürsten, halfen ihnen Knappen und Ritter, in aller Eile die Kettenhemden, -beinlinge und -hauben anzulegen, wurden die Pferde gesattelt.

»Graf Bernhard, Ihr habt das Kommando über die Nachhut«, bestimmte der König, als sich der Plötzkauer bei ihm einfand, um Befehle entgegenzunehmen.

Der Graf von der Saale verneigte sich und rannte mit großen Schritten davon.

Er gab sich keinen Illusionen hin, welches Schicksal ihn erwartete. Doch gemäß diesem Befehl musste er alles daransetzen, dem König, den Herzögen und allen, die noch fliehen konnten, den Rückzug zu sichern.

Hier also wird mein Leben enden, mein Haus erlöschen. Und der Bär und der Löwe werden sich um meinen Besitz streiten, dachte er, während waffenlose Pilger – Männer, Frauen und Kinder – panisch an ihm vorbeirannten in der Hoffnung, zu entkommen. Jeder schrie: um Hilfe, nach Gott, nach Freunden, aus Todesangst. Da und dort wurden Schwache oder Strauchelnde von der Menge überrannt und zu Tode getrampelt.

Seine Männer hatten sich bis auf ein paar Stallknechte bei ihm eingefunden, und auf seinen Befehl fingen sie jeden ab, der ihnen entgegenkam und in der Lage war, eine Waffe zu führen.

»Sammelt euch! Rückt zusammen und verriegelt den Weg, sobald alle durch sind, die noch entkommen können!«, schrie der Graf von Plötzkau.

Normalerweise hätte er jetzt befohlen, einen Schildwall zu bilden, und dahinter die Bogenschützen antreten lassen. Doch sie besaßen kaum noch Schilde, die meisten waren bei den Überfällen auf den Tross verlorengegangen. Und die Bogenschützen hatten sämtliche Pfeile verschossen.

Roland von Weißbach trat an Bernhards rechte Seite und sprach hastig ein Vaterunser.

Hier also würde es enden, inmitten von Staub und Blut. Er würde seinen Sohn oder seine Tochter nie zu sehen bekommen. Und Judith … Nein, jetzt durfte er sich nicht ablenken lassen!

Gott, schenk mir Mut in dieser schweren Stunde und behüte Deine gute Tochter Judith und ihr Kind!, betete er stumm.

Dann umfasste er den Griff seines Schwertes fester und schaute grimmig auf die Hügel, von denen aus die Seldschuken ihre Pfeile abschickten. Sein Kettenhemd und der dicke Gambeson konnten einiges abhalten ... Wie gut, dass er wie die meisten Ritter in voller Rüstung geschlafen hatte.

Er warf einen Blick hinter sich, wo er seinen Knappen Martin wusste. Der Junge trug einen guten Gambeson und hielt mit zusammengebissenen Zähnen ebenfalls ein Schwert in der Hand. Ein paar wilde rote Strähnen blitzten unter seiner gepolsterten Haube hervor.

Er sollte jetzt nicht hier sein, dachte Roland erneut. Er sollte zu Hause sein und ein Mädchen lieben, statt hier in dieser Ödnis zu sterben, wo ihn nicht einmal jemand begraben wird.

Immer noch drängten Menschen schreiend an ihnen vorbei und versuchten, dem Tod zu entkommen. Die Männer wurden von Graf Bernhard heranbefohlen. Einige blieben, die meisten rannten einfach weiter, den Bergpfad hinauf zur einzig verbliebenen Fluchtstrecke.

»Die Reihen schließen!«, brüllte der Graf.

Sie rückten noch mehr zusammen und machten den Fluchtweg dicht. Alles, was vor ihnen lag, kroch oder kniete, war von Pfeilen durchbohrt. Im Fluss, der gestern noch ihre Rettung gewesen war, trieben Leichen und färbten das Wasser rot.

Und als wäre dies alles nicht schon schrecklich genug, kam plötzlich kalter Wind auf, der Himmel verdunkelte sich mitten am Tage, und der Mond schob sich vor die Sonne.

»Die Welt geht unter!«

Graf Bernhards Männer hörten hinter sich entsetzte Schreie.

»Gott straft uns für unsere Sünden!«

Selbst die Ritter hatten Mühe, nicht auf die Knie zu sinken

und Gott um Vergebung anzuflehen. Dafür blieb ihnen keine Zeit.

Denn nun kamen die Seldschuken von den Bergen herabgesprengt.

Prüfend blickte Graf Bernhard hinter sich. Einen Vorsprung hatte er dem König verschafft, er und die Fürsten waren beritten … Sie würden entkommen, von Leibwachen geschützt. So konnte er sein Leben wenigstens mit einer Ruhmestat beenden. Doch für diejenigen, die zu Fuß fortrannten, blieb ihm jetzt nur noch eines zu tun.

»Angriff!«, schrie er, dann liefen sie mit gezogenen Schwertern auf die Reiter zu, bis einer nach dem anderen von Pfeilen getroffen niedersank.

Graf Bernhard als Erster, mehrfach durchbohrt sackte er in die Knie. Martin wollte ihm aufhelfen, doch ein Pfeil drang durch das linke Auge ins Hirn des Knappen. Als einer der Letzten stand noch Roland, mit einem Pfeil im linken Oberarm.

Nun waren die ersten Seldschuken schon ganz dicht herangekommen. Einer in reichverzierter Rüstung verlangsamte seinen Ritt und zielte aus dem Sattel auf Graf Bernhard.

Der konnte das Lächeln im Gesicht des Gegners sehen. Kunigunde … Ich hätte mich nicht von ihr fernhalten, sondern stattdessen lieber einen Sohn zeugen sollen, dachte Bernhard reuevoll. Was wird nun aus ihr werden?

Dann traf ihn der nächste Pfeil mit solcher Wucht in die Brust, dass er hintenüberstürzte. Weit aufgerissen starrten seine toten Augen in den Himmel.

Roland sackte in die Knie, als ihn ein zweiter Pfeil traf, diesmal in den Schenkel. Doch mit zusammengebissenen Zähnen quälte er sich wieder hoch und riss sein Schwert nach oben, während der Seldschuke, der eben den Grafen von Plötzkau tödlich getroffen hatte, mit nun gezogenem Säbel direkt auf ihn zugaloppierte. Noch ehe Roland auf Pferd und Gegner einschlagen konnte, brachte ihn ein Pfeil unters Schlüsselbein ins Taumeln.

Da war der Fremde schon heran und schlug ihm mit einem einzigen Hieb den Kopf ab. Und in Verhöhnung des Kreuzfahrerrufes rief er: »Gott will es!«

Bertha lag benommen unter den vielen Toten und Verletzten, als die Seldschuken von ihren Pferden stiegen und zwischen den Besiegten umhergingen. Mit erbarmungsloser Gründlichkeit versetzten sie jedem den Todesstoß, der noch röchelte oder gar nach einer Waffe griff. Unverletzte wurden gefangen genommen. Die Sieger entrissen den Toten Gürtel, Schuhe, Waffen, jedes Stück, das ihnen geeignet schien.

Vor Berthas Augen verschwamm alles, ihr Bein schmerzte höllisch. Als sie weglaufen wollte, war sie niedergetrampelt worden, und mit einem grausigen Knacken brach ihr Bein.

Plötzlich sah sie ein dunkles, bärtiges Gesicht über sich. Es gehörte einem Mann, der einen blutigen Dolch in der Hand hielt. Sie faltete die Hände und flehte um Gnade. Der Mann drehte sich zu jemandem neben sich um, lachte und sagte etwas in einer fremden Sprache. Die Worte bedeuteten: »Die ist zu alt und hässlich, um noch als Sklavin verkauft zu werden.«

Dann schnitt er ihr die Kehle durch, einfach so.

Ein König von zehn Jahren

Adela und Heinrich-Berengar;
Nürnberg, 26. Oktober 1147

Adela und der junge König Heinrich saßen in einer Fensternische des königlichen Quartiers und spielten Mühle. Das taten sie oft, denn Heinrich-Berengar mochte seine Cousine, die nunmehrige Herzogin von Schwaben, die viele alte Heldenlieder und Sagen kannte und sich in Nürnberg ebenso langweilte wie er.

Es gab für ihn nichts zu erledigen an Regierungsgeschäften. Seine Ratgeber glänzten zumeist durch Abwesenheit und zeigten sich wenig hilfreich, selbst wenn sie bei Hofe weilten. Abt Wibald von Stablo war gerade erst vom Wendenkreuzzug zurückgekehrt, Erzbischof Albero von Trier seit Monaten mit nichts anderem mehr beschäftigt als dem bevorstehenden Besuch des Papstes in Trier. Und der alte Erzbischof von Mainz, der immer vergesslicher wurde, befasste sich nicht gern mit Politik, sondern quälte ihn nur damit, endlose Listen von Königen, Päpsten und Heiligen samt ihren Taten auswendig zu lernen.

Wenn der junge Regent seine geistlichen Ratgeber mit Fragen und Aufforderungen zum Handeln bedrängte – schließlich wurde der von seinem Vater ausgerufene Landfrieden nicht eingehalten, und es tobten blutige Fehden in Lothringen –, beschwichtigten sie ihn mit fadenscheinigen Worten. Andere würden sich darum kümmern; er solle nur brav dem Papst in allem folgen, so wie er es gelobt habe.

Folglich war er nur pro forma ein König und betete jeden Tag, dass sein Vater bald zurückkäme und dieser entwürdigenden Lage ein Ende bereitete. Doch nach den spärlichen Nachrichten, die sie mit großer Verzögerung erreichten, konnten die Kreuzfahrer kaum Konstantinopel hinter sich gelassen haben.

Das lenkte Heinrichs Gedanken auf die berühmte Hagia Sophia, von der ihm sein Vater viel erzählt hatte, denn er war vor Jahren schon einmal ins Heilige Land gepilgert und hatte das Wunderwerk von Kirche auf dem Weg dorthin besucht.

Adela nutzte den Moment seiner Verträumtheit und rief: »Mühle!«

Enttäuscht blickte er auf das Spielbrett. Sie hatte ihn schon wieder überrumpelt und lachte nun, wobei sich Grübchen in ihren Wangen zeigten.

»Edle Damen, Ihr dürft Euch zurückziehen! Sonst wird es Seiner Majestät peinlich, falls ich ihn noch einmal besiege!«, forderte sie mit einem herzlichen Lächeln die Hofdamen auf, die ihr zugeteilt worden waren. Natürlich zu ihrer Gesellschaft, wie es hieß. Doch sie maßen sie mit allzu neugierigen Blicken.

Die Damen lächelten dem Kindkönig verständnisvoll zu, knicksten tief vor ihm und der Herzogin und huschten hinaus, um nach Herzenslust zu tratschen oder den jungen Rittern bei den Waffenübungen zuzusehen.

Sofort räumte Heinrich die Spielsteine in ein Kästchen, das Adela beiseiteschob, und holte ein Buch hervor.

Der alte Erzbischof Heinrich, der Reichsverweser, hatte ihn monatelang gequält, damit er das Lesen lernte. Jetzt bereitete es ihm größte Freude, diese Kunst heimlich an Adela weiterzugeben. Er wusste, wie gern sie die alten Heldensagen lesen würde. Doch in Vohburg und auch als Jungfrau am Königshof war es ihr verboten worden, Lesen und Schreiben zu lernen. Das zieme sich nicht für sie. Und jetzt wäre es ihr immer noch nicht gestattet, ohne zuvor die Erlaubnis ihres herzoglichen Gemahls eingeholt zu haben. Aber Friedrich von Schwaben war hunderte Meilen entfernt und ritt nun mit seinem Heerbann vermutlich durch irgendeine Wüste.

Also lasen sie heimlich, und es bereitete Heinrich diebische Freude, damit den Aufpassern ein Schnippchen zu schlagen. Die wenigen sorgfältig ausgewählten Diener hier und Ulrich von Lauterstein, der wie stets an der Tür wachte und das Kommando über Heinrichs Leibgarde führte, würden sie nicht verraten.

Eifrig beugten sie sich über das Buch, eine schön illuminierte Ausgabe über das Leben diverser Heiliger. Adela fuhr mit dem Finger vorsichtig über die Zeilen, in denen die Buchstaben in bewundernswerter Gleichmäßigkeit aneinandergereiht waren, und las Satz für Satz leise vor, manchmal noch etwas stockend. Stolz blickte Heinrich auf sie. Er hatte es ihr beigebracht! Und sobald er nächstes Mal seine Lektionen beim Erzbischof von Mainz tadellos aufgesagt hatte, würde er ihn nach einer Niederschrift des Hildebrandsliedes fragen.

Dann konnten sie beide endlich das wahre Ende der Geschichte erfahren, die jeder Spielmann anders erzählte.

Natürlich musste Adela dieses Geheimnis ihrem Beichtvater mitteilen, der davon ziemlich überrumpelt wirkte. Nach langem Überlegen entschied er: »Da dies Seiner Majestät Entschluss war und Ihr Heiligengeschichten studiert, mag es recht sein.«

Plötzlich verfiel er ins Plaudern und erzählte ihr von einer Nonne namens Hildegard, einer »Magistra«, die sogar gelehrte Werke verfasste und ein eigenes Kloster gründen wollte. Das päpstliche Konzil in Trier werde sich ebenfalls mit dieser Hildegard befassen.

Eine Frau, die Bücher schrieb! Adela war fasziniert.

Doch jetzt sah sie vom Buch auf und blickte sich verwundert um.

»Es wird auf einmal so dunkel. Zieht ein Gewitter heran?«

Sie und Heinrich blickten zum Fenster. Tatsächlich verdunkelte sich der Ausschnitt des Himmels, den sie sehen konnten, obwohl sich dort keine Wolken ballten.

Ein kalter Lufthauch zog durch die Kammer und brachte die Kerzen zum Flackern.

Adela lief ein Schauer über den Rücken, sie zog die Schultern hoch und starrte Heinrich an, der sich ebenfalls sichtlich unwohl fühlte, obwohl er sich mühte, es nicht zu zeigen.

Plötzlich waren von draußen, vom Hof der Kaiserburg, Stimmen zu hören, laute Rufe und entsetzte Schreie.

Sofort legte Ulrich von Lauterstein die Hand an sein Schwert, ging vor die Tür und erteilte rasche Befehle an die dort wartende Leibwache.

»Rührt Euch nicht vom Fleck, Majestät! Und Ihr auch nicht, Herzogin! Wir werden gleich erfahren, was auf dem Hof vor sich geht«, sagte er, als er kurz darauf in die Kammer zurückkam.

Ihm konnten sie vertrauen, bedingungslos.

Als einem von wenigen.

Je länger der König fort war, umso nachlässiger versahen die seinem Sohn zugeteilten Edelleute und Ministerialen ihre Dienste. Mit seinem Oheim Gebhard von Sulzbach, dem Bruder seiner Mutter, hatte sich Heinrich schon zerstritten, kaum dass sein Vater abgereist war, denn Gebhard missgönnte ihm das mütterliche Erbe.

Und als Adela den Burggrafen Gottfried von Vohburg, einen entfernten Verwandten, auf Missstände bei der Betreuung des jungen Königs aufmerksam machte, hielt der ihr schnippisch vor, als Herzogin von Schwaben solle sie sich gefälligst um schwäbische Angelegenheiten kümmern, nicht um seine.

So war Heinrichs Lage recht heikel geworden.

An Ulrichs Miene konnte Adela erkennen, dass er mit einem Angriff rechnete. Doch der Lautersteiner hatte eine handverlesene Leibgarde aus Männern zusammengestellt, denen er durch und durch vertraute.

Draußen wurde es immer dunkler, mitten am Tage. Das war unheimlich. Rasch ließ Adela die Diener noch einige Kerzen entzünden und hörte, wie sie dabei Gebete murmelten.

Kurz darauf erhielt Ulrich Meldung von einem der Ritter der Leibgarde.

»Eine Himmelserscheinung, Euer Majestät. Der Mond schiebt sich vor die Sonne, und die Menschen fürchten sich. Wenn Ihr es beobachten wollt, müssen wir auf die andere Seite der Königsburg. Ich rate Euch ab, es vom Hof aus zu tun.«

Heinrich nickte und forderte Adela auf, ihn zu begleiten.

Sie griff nach einer Kerze, Ulrich nach einer der Fackeln an den Wänden, und so schritten sie, begleitet von den Leibwachen, durch die immer dunkler werdenden Gänge bis zu einem Flügel der Burg, von dem aus sie sowohl das Himmelsphänomen als auch den Hof sehen konnten. Der war nun voll von Menschen, die ängstlich nach oben starrten, mit offenen Mündern und angstverzerrten Gesichtern. Manche brachen in Schreie aus, andere beteten. Je mehr der Mond die Sonne verdeckte, umso mehr Menschen fielen auf die Knie und beteten, während andere davonrannten, zurück unters Dach, als ob das sie schützen könnte.

»Gott straft uns!«

»Sünder, wir sind alle Sünder!«

»Das ist das Ende der Welt!«

Nun begriff Adela Ulrichs Voraussicht, den König nicht auf den Hof zu lassen, denn jeden Moment konnte dort die Stimmung umschlagen und jemand den handlungsunfähigen Mitregenten zum Schuldigen für alles Unheil erklären.

Adela fröstelte – wegen dieses Gedankens, der jähen Kälte und weil sie sich fragte, ob die unheimliche Erscheinung am Himmel womöglich etwas mit dem Schicksal der Kreuzfahrer zu tun hatte. Schließlich waren sie aufgebrochen, um das angedrohte Weltenende aufzuhalten! War ihnen, war ihrem Gemahl etwas zugestoßen?

Ulrich bemerkte ihr Frösteln und legte ihr wortlos seinen Umhang um die Schultern. Sie dankte ihm mit einem Blick, der tief in seine Seele fuhr.

Dann spürte sie, wie Heinrich verstohlen nach ihrer Hand

griff. Die seine war eiskalt, das Gesicht kreidebleich. Er fürchtete sich, begriff sie, und er fürchtete um seinen Vater. So wie sie um Friedrich fürchtete.

»Was hat das zu bedeuten?«, fragte er leise.

»Es gab voriges Jahr schon ein merkwürdiges Zeichen am Himmel, diesen geschweiften Stern, erinnert Ihr Euch?«, beschwichtigte Ulrich. »Doch die Welt ging nicht unter. Und auch jetzt – seht … Der Mond verdeckt fast die ganze Sonne bis auf eine schmale Sichel, aber er zieht sich wieder zurück, wie mir scheint. Gleich wird es heller werden. Ihr friert? Wünscht Ihr in Euer Quartier zurückzukehren, Majestät?«

»Nein, ich muss erst sehen, ob die Sonne wirklich wieder ganz zum Vorschein kommt!«, entschied Heinrich, der sich seine Angst nicht anmerken lassen wollte.

Ulrich wies einen seiner Ritter an, den fehgefütterten Umhang aus dem Quartier des Königs zu holen.

So standen sie eine ganze Weile und blickten immer wieder auf die zu neun Zehnteln verdeckte Sonne. Es war unheimlich, doch Ulrich hatte recht. Der Mond rückte weiter, und schon bald wurde es zu schmerzhaft für die Augen, in die Sonne zu blicken.

Heinrich war inzwischen zu einem Entschluss gelangt.

Er hatte nachgedacht, ob er den verängstigten Menschen dort unten zurufen sollte: »Fürchtet euch nicht, euer König ist bei euch!«

Sein Vater hätte das tun können. Aber ihn, einen Zehnjährigen, würden sie dafür womöglich auslachen. Um Himmelsphänomene sollten sich die Gelehrten und die Geistlichkeit kümmern, das war keine Sache von Königen.

Doch er wollte Aufklärung.

Also gingen sie zurück in sein Quartier, er ließ seinen Kammerherrn rufen und erklärte, der König wünsche in einer Stunde seine drei Berater zu sprechen.

Gerade einmal waren alle drei hier in Nürnberg, und nach

solch einem Ereignis konnten sie sich nicht mehr herausreden.

Adela saß unauffällig in der hintersten Ecke und tat so, als ob sie sticke, als die drei Geistlichen tatsächlich nach einer Weile eintraten. Sie gehörte zwar nicht in solch eine Besprechung, aber jedermann hatte sich daran gewöhnt, dass sie die Gesellschafterin des Königs war. Und still für sich zog sie noch einen Schluss daraus, dass die drei sie nicht hinausschickten: Sie würden mit dem König nichts von Bedeutung besprechen.

Darüber ärgerte sie sich, während sie in ihrer Nische am Saum eines Schleiers herumstichelte. Wie sollte Heinrich das Regieren je lernen, wenn sie es ihm nicht beibrachten, ihn über die Geschehnisse im Reich informierten und in ihre Überlegungen einbezogen? Aber sie entschieden und handelten einfach über seinen Kopf hinweg, als sei er gar nicht da.

»Ihr seid natürlich sehr besorgt über diese Himmelserscheinung«, begann der alte Heinrich von Mainz mit zittriger Fistelstimme, nachdem er sich mühsam am Beratungstisch niedergelassen hatte. »Doch fürchtet Euch nicht! Die Sonne scheint nun wieder wie eh und je, und die weisesten Gelehrten des Landes sind dabei, das Phänomen zu ergründen.«

»Und natürlich sind auch all unsere Gebete darauf gerichtet«, ergänzte der wie immer überaus prunkvoll gekleidete Erzbischof von Trier.

Adela in ihrer stillen Ecke fragte sich, was er wohl erst tragen würde, wenn der Papst in sein Erzbistum käme, um dort im Dezember ein Konzil zu veranstalten. Ganz Trier war in Aufruhr deshalb. Seine Heiligkeit, alle Erzbischöfe, Bischöfe, die Äbte der bedeutendsten Klöster – sie alle würden kommen, und der eitle Albero ließ schon seit Monaten alles dafür vorbereiten, damit den Gästen nur vom Feinsten geboten wurde. Was – wie sie wusste – die Gastgeber erst zum Murren, dann zur Verzweiflung und schließlich zum Aufruhr trieb, weil sie ihren Ruin befürchteten.

Doch Albero hatte nichts anderes mehr im Sinn als Roben, Prozessionen und Festmahle. Jetzt sortierte er wieder die Falten seines mit Edelsteinen übersäten Gewandes, wie es seine Angewohnheit war, und dachte an die Begutachtung seiner neuen Kleider, die er aufschieben musste, weil dieser königliche Knabe ihn zu sich beordert hatte wie einen Diener. Es wurde wohl Zeit, den Jungen wieder an seine Rolle zu erinnern.

»Das ist ein Zeichen, das Gott uns sendet«, sagte der Zehnjährige so energisch, wie er es zustande brachte. »Ich sorge mich um meinen Vater und sein Heer. Gibt es neue Nachrichten von den Kreuzfahrern, ehrwürdiger Abt Wibald?«, wandte er sich an den Leiter der Hofkanzlei.

»Nun, je mehr sich das Heer seinem Ziel nähert, umso länger dauert es, bis uns die Nachrichten erreichen«, erinnerte Wibald von Stablo und Corvey geduldig. »Und da um diese Jahreszeit wegen der Stürme bald keine Überfahrten mehr möglich sind, werden wir wohl erst in Wochen oder Monaten erfahren, wie es den Kreuzfahrern gerade ergeht. Doch seid zuversichtlich, Majestät, Gott ist mit ihnen! Wir wissen, dass sie – von kleinen Zwischenfällen abgesehen – Thrakien durchqueren und nach Konstantinopel ziehen, um dort Kaiser Manuel und Kaiserin Irene, Eure Verwandte, zu besuchen. Das sind die letzten Nachrichten, die uns erreichten. Wir müssen uns in Geduld üben, Majestät, und auf Gott vertrauen.«

»Und auf den Papst«, erinnerte Albero von Trier. »Sein Besuch in Trier ist von allerhöchster Bedeutung für das Reich, und deshalb dürfen keine Mühen gescheut werden, um Seiner Heiligkeit alles zur besten Zufriedenheit auszurichten. Ihr seht mich Tag und Nacht damit beschäftigt, Majestät!«

»Wir leisten *alle* unseren Beitrag dazu«, knurrte Wibald von Stablo gallig.

»Was wir überaus zu schätzen wissen«, gab Albero mit breitem Lächeln zurück.

Als der Aufruhr in Trier wegen der zu erwartenden Kosten zu groß wurde, hatte Wibald von Stablo eiligst erklärt, dafür aufzukommen.

Er braucht ja auch keine so teure Kleidung und Schmuck wie ich!, dachte Albero schnippisch. Das spart ungemein.

Als Benediktiner trug Wibald den schlichten Habit seines Ordens, keine Seide, Brokate und Edelsteine.

»Das heißt also, Ihr weisen Herren könnt mir weder erklären, was es mit der Verdunklung der Sonne auf sich hat, noch wo und in welcher Lage sich mein Vater befindet«, fasste Heinrich unzufrieden zusammen. »Sind inzwischen wenigstens die Streitigkeiten in Lothringen behoben?«

Er war ein König, sie mussten es ihm sagen! Sie konnten nicht so tun, als ob es ihn gar nicht gäbe.

»Die Verhandlungen laufen, wir nähern uns einer Einigung«, sagte Albero vage. Eine Einigung war nicht in Sicht, aber bis zur Ankunft des Papstes musste er auch dieses Problem gelöst haben. Er konnte es kaum erwarten, Nürnberg zu verlassen, doch nun saß er hier, weil dieser Knabe keine Ruhe gab.

Junge, *ich* habe deinen Vater auf den Thron gebracht!, hätte er ihm am liebsten zugerufen. Mit einem vielzügigen, raffinierten Manöver, wie es kein anderer geschafft hätte. *Ich mache hier die Politik im Reich. Also lass mich meine Arbeit tun und spiel brav wieder Mühle mit der trübseligen Herzogin!*

Heinrich-Berengar räusperte sich und entrollte ein Pergament, das er vor sich liegen hatte und das von den anderen schon misstrauisch beäugt worden war. Außer von Wibald, der es kannte und es ihm vorgelegt hatte.

»Uns erreichte ein Hilfeersuchen der Gräfin von Plötzkau. Ihr Gemahl folgte mit fast allen seinen Bewaffneten meinem Vater auf den Kreuzzug. Nun werden Land und Burg heimgesucht von hunderten Gesetzlosen, die in den Wäldern hausen, Dörfer überfallen, wildern und stehlen. Es gab bereits Tote. Sie bittet uns, einen der Herren in der Nachbarschaft zu beauftragen, Truppen nach Plötzkau zu entsenden und der Misere ein Ende zu bereiten«, berichtete er. »Ich wünsche, dass wir ihr helfen. Ihr Dorf ist schutzlos, weil fast alle kampffähigen Männer mit meinem Vater zogen. Es hat Anspruch auf den Schutz des Königs. Wen sollen wir mit dieser Sache beauftragen? Den Markgrafen der Nordmark, Albrecht den Bären? Er ist doch schon von seinem Wendenkreuzzug zurück, nicht wahr, ehrwürdiger Abt?«

»Gestattet, dass ich Euch von diesem Gedanken dringend abrate«, fiel sogleich Albero ins Wort, noch ehe Wibald etwas sagen konnte.

»Aber liegt Plötzkau nicht nur eine halbe Stunde zu Pferde von Ballenstedt entfernt?«, wunderte sich der König. Das wusste er von Adela, die mit der Gräfin von Plötzkau befreundet war.

»Genau das ist der wunde Punkt bei dieser Geschichte«, meinte Albero höflich lächelnd.

»Bitte erklärt Euch, Höchstwürden!«, forderte Heinrich ihn auf. Adela tat ganz beschäftigt und hielt die Augen auf ihre Stickerei gerichtet, während sie die Ohren spitzte.

»Der Graf von Plötzkau hinterlässt keinen Erben. Sollte er nicht aus dem Heiligen Land zurückkehren, werden sich Albrecht der Bär und Heinrich der Löwe um sein Land streiten, so viel ist gewiss. Wenn Markgraf Albrecht jetzt mit Truppen Plötzkau zu Hilfe eilt, könnte er daraus Ansprüche ableiten.«

Und deshalb hat die Gräfin auch nicht den Nachbarn, sondern den König um Hilfe gebeten, da war sich Albero ganz sicher. Sie war klug, diese junge Frau. Er hatte Kunigunde von Plötzkau seit ihrer sehr plötzlichen Vermählung mit Graf Bernhard aufmerksam beobachtet, und wie sie im Krieg dem Erzbischof von Magdeburg die Stirn geboten hatte, war im

Reich schon fast zur Legende geworden. Das jedoch behielt Albero für sich.

Adela hätte ihm seine Vermutung bestätigen können, wenn er je auf den Gedanken gekommen wäre, sie zu fragen.

»Ich würde Euerm Vater nach seiner Rückkehr die Entscheidung überlassen, wem er Plötzkau zuspricht, sollte der Graf nach Gottes Willen von uns gehen.«

»Wen können wir dann mit der militärischen Hilfeleistung beauftragen? Die Wettiner?«, schlug Heinrich vor, und Adelas Herz schlug schneller. Sie wusste, dass ihre Freundin den zweitältesten Sohn des Markgrafen von Meißen liebte.

Das wusste Albero zwar nicht, aber er ahnte es. Er hatte gesehen, mit welchen Blicken Dietrich von Meißen die hübsche Gräfin betrachtet hatte, als er während des Krieges um Sachsen für ihren Schutz zuständig war.

»Haus Seeburg, schlage ich vor«, meinte Wibald von Stablo. »Das ist nicht weit von Plötzkau und mit den Wettinern verwandt. Die Mutter des Grafen von Seeburg ist eine Schwester des Meißner Markgrafen: Gräfin Mathilde.«

»Ich danke Euch für diesen Vorschlag, ehrwürdiger Abt«, sagte Heinrich würdevoll und insgeheim mit großer Erleichterung. Jemand, der ihn als König um Hilfe gebeten hatte, würde sie auch bekommen! Noch dazu eine Freundin seiner Cousine Adela. Am liebsten würde er ihr zuzwinkern, aber das ging jetzt natürlich nicht mit Blick auf seine königliche Würde und die drei hohen Geistlichen im Raum.

»Dann schicke ich in Eurem Auftrag Nachricht nach Seeburg, wenn es Euch recht ist, Majestät«, erklärte Wibald.

»Gut. Gibt es noch etwas, das Ihr mit uns zu besprechen wünscht, Majestät?«, fragte Albero, schon im Begriff aufzustehen.

»Ja«, erklärte Heinrich zu aller Überraschung, und widerwillig setzte sich Albero erneut zurecht.

Heinrich hingegen wartete gespannt, wie sie auf die Idee

reagieren würden, die er sich ausgedacht hatte und von der noch nicht einmal Adela wusste.

»Es geht um das Weihnachtsfest«, begann er. »Alle hohen geistlichen Herren werden beim Konzil in Trier sein. Einen großen Weihnachtshoftag veranstalten wir erst nach der Rückkehr meines Vaters. Aber damit es ein würdiges Fest wird, der Geburt unseres Heilands angemessen, sollten wir vielleicht die Fürsten hierher einladen, die beim Wendenkreuzzug für unseren Glauben gekämpft haben. Zum Dank für ihre Taten. Was meint Ihr dazu?«

Einhellig fuhren alle drei Geistlichen erschrocken auf, und auch Ulrich von Lauterstein auf seinem Posten wirkte plötzlich äußerst beunruhigt.

Was ist falsch daran?, wunderte sich der junge Mitregent.

Während Heinrich von Mainz noch stammelte und sogar seine dürren Arme hob, hatte Albero in gewohnter Eloquenz schon das Wort an sich gerissen.

»Heinrich den Löwen, Albrecht den Bären und Konrad von Wettin gemeinsam hierher einzuladen – das ergäbe eine sehr brisante Konstellation, Majestät«, erklärte er mit nachsichtigem Lächeln. »Zum einen sind die drei erneut zutiefst verfeindet, und wir wollen doch das Weihnachtsfest nicht durch Streitigkeiten trüben.«

Wieder lächelte er, dann wurde er sehr ernst.

»Bitte bedenkt: Euer Vater forderte den Herzog von Sachsen und den Herzog von Zähringen auf, das Kreuz zu nehmen, weil er argwöhnte, sie könnten seine Abwesenheit ausnutzen und die Macht an sich reißen. Dann sind sie auf diesen Kniff mit dem Wendenkreuzzug verfallen, nun ja, und dadurch viel früher wieder in ihren heimatlichen Burgen, als uns lieb sein kann. Noch dazu wird der Zähringer den jungen Löwen mit seiner Tochter Clementia vermählen. Eine starke Allianz! Wir können uns glücklich preisen, dass wenigstens der sechste Welf weit fort ist.« Albero hüstelte.

»Unser geschätzter Reichsverweser hat Euch doch sicher gelehrt, welch harte Auseinandersetzungen nötig waren, bis sich die staufische Herrschaft gegen die welfischen Ansprüche durchgesetzt hat. Die natürlich nicht haltbar waren.«

Heinrich nickte, und Albero sonnte sich immer noch in seinem Erfolg, die Welfen um den Thron gebracht zu haben. Es war sein Geniestreich, doch von den Einzelheiten würde die Welt nie erfahren. Leider.

Und jetzt kam dieser Knabe auf die Idee, seine schärfsten Gegner ins Haus zu rufen, damit sie ihn gemeinsam aus dem Weg räumen konnten. Heilige Unschuld! Wollte dieser Bursche alles zunichtemachen, was er, Albero, in Jahren mühsam aufgebaut hatte, zum Wohle des Reiches?

Auch wenn Konrad von Staufen seine Erwartungen letztlich nicht erfüllte, war er immer noch das geringere Übel auf dem Thron, verglichen mit einem welfischen König.

Nun nahm Wibald das Wort, weise und bedacht wie immer.

»Es wäre sehr unklug, all diese Herren gemeinsam hierher zu Euch zu laden. Sie könnten …«

»… auf dumme Gedanken kommen!«, rief Albero ungeduldig, der auf schnellstem Weg nach Trier wollte, um den Papstbesuch vorzubereiten.

»Was hätten wir entgegenzusetzen, falls sie mit ihren Heeren anrücken?«, forderte er den Lautersteiner auf, zu sprechen.

»Bei weitem nicht genug«, antwortete der sofort. »Ihre Heere verfügen über volle Truppenstärke, während die Königstreuen zum größten Teil auf dem Weg ins Heilige Land sind. Mit meinen Leibwachen kann ich die Unversehrtheit Seiner Majestät innerhalb der Königsburg sicherstellen. Doch nicht mehr.«

»Ihr seht, Majestät, es wäre viel zu gefährlich, sie hierher einzuladen«, mahnte Wibald von Stablo. »Also bleibt in Nürnberg, begebt Euch nur nach Schwaben, Lothringen oder Sachsen, wenn Euch die dortigen Fürsten rufen, und haltet diese Reisen so kurz wie möglich. Vor allem aber folgt den Anweisungen des Papstes! Dann kann Euch nichts geschehen.«

Die beiden anderen nickten feierlich zu Wibalds Worten und wurden vom König entlassen.

»So ist das also«, sagte Heinrich-Berengar traurig und nachdenklich, als er mit Ulrich und Adela wieder allein war.

»Gegen die vereinigten Heere dieser Fürsten haben wir nichts aufzubieten«, konstatierte der Lautersteiner.

So ist das also, dachte Heinrich noch einmal. Ich sitze hier in diesen Mauern fest und darf reinweg gar nichts tun, sondern muss mit allem warten, bis Vater mit seinem Heerbann wiederkommt.

»Wir werden ein schönes Weihnachtsfest hier verbringen, ganz unter Freunden«, versuchte Adela, ihn zu trösten.

Dabei hatte sie schon eine fast leere Halle vor Augen, Bedienstete, die sie dazu treiben musste, Holz in den Kaminen nachzulegen, gefrierendes Wasser in den Waschschüsseln.

»Der junge Landgraf von Thüringen wird auch da sein …«

Ludwig von Thüringen würde ihr Schwager werden, denn er war mit Friedrichs Halbschwester Judith verlobt. Er war am Hof des Königs erzogen worden und verbrachte viel Zeit hier. Da er noch nicht ganz volljährig war, regierten vorerst seine Mutter und seine geistlichen Berater. Adela spürte, er war unsicher, musste erst noch lernen, wie er sich gegen so mächtige Thüringer Adlige wie die Grafen von Schwarzburg, von Tonna und von Henneberg durchsetzen konnte. Dazu brauchte er Rückhalt durch den König und seinen künftigen Schwager, ihren Gemahl, bevor er nach Thüringen ging.

Ob sie wohl auch Friedrichs Schwester Judith einladen durften? Sie würde sich gern mit ihr anfreunden.

»Wenn Ihr erlaubt, Majestät, spreche ich mit dem Küchenmeister ab, dass alle Eure Lieblingsspeisen auf den Tisch kommen. Wir werden die Wände mit duftendem Tannengrün schmücken, draußen ist alles mit frischem Schnee bedeckt ... Und wisst Ihr was? Der Nikolaustag ist nicht mehr fern. Wir sollten uns ein hübsches Geschenk als Überraschung für Euern kleinen Bruder ausdenken!«

»Er ist doch gerade erst drei«, wandte Heinrich ein, der die Manöver seiner Cousine durchschaute, ihn von der Vorstellung abzulenken, was für ein kaltes und einsames Weihnachtsfest ihnen bevorstand.

»Dann ist es höchste Zeit, dass er ein Steckenpferd bekommt«, sagte sie lachend. »Ich hatte viele kleine Geschwister und kenne mich damit aus.«

Der kleine Friedrich würde dann die Halle schon mit Lärm und Jauchzen füllen.

»Immerhin: Eurer Freundin in Plötzkau wird Hilfe zuteil«, meinte Heinrich resigniert.

»Dafür danke ich Euch aus vollstem Herzen! Und bestimmt geht es Euerm erlauchten Vater und meinem Gemahl gut. Gott der Allmächtige wird Seine schützende Hand über die Wallfahrer halten.«

Schreckensstarr

Konrad von Staufen, Friedrich von Staufen, Welf VI., Otto von Freising; Nicaea, November 1147

Der König war nicht zu sprechen. Für niemanden. Seit Tagen schon nicht.

Am Abend ihrer Ankunft in Nicaea hatte sich noch bei ihm versammelt, was von seinem Kriegsrat übrig war, und er dankte Gott, dass wenigstens sein Neffe und sein Bruder Jasomirgott zu den Überlebenden zählten. Doch die Berichte über das ganze, unsägliche Ausmaß der Katastrophe, die beschämende Erinnerung an ihre heillose Flucht und die hohlen Reden einiger seiner Fürsten über Rachepläne und kommende siegreiche Schlachten konnte er nicht ertragen.

Er warf sie alle hinaus. Nur sein Leibarzt durfte eine Pfeilwunde behandeln, die sich als geringfügig herausstellte und nach anfänglicher Entzündung sauber verheilte.

Konrad vergrub sich in seinem Quartier und haderte mit sich und der Welt.

Warum hatte Gott ihn dermaßen gestraft, ihn so tief gedemütigt vor aller Welt, ihm den Tod Tausender aufgebürdet, die ihm gefolgt waren? Weil er nicht aus reinem Herzen das Kreuz genommen, sondern darum geschachert hatte?

Konrad von Staufen glaubte sich am Tiefpunkt seines Lebens angekommen.

Seinen Leibarzt ließ er verbreiten, die schmerzende Wunde verbiete ihm, Besuch zu empfangen. Doch Heilung sei sicher, niemand müsse sich um den König sorgen. Das Kommando über das Heer – oder eher die erbärmlichen Überreste dessen, was einmal ein Heer gewesen war – übertrug er seinem Neffen. Friedrich war jung, ehrgeizig und voller Tatendurst, der würde schon etwas unternehmen. Irgendetwas, was es auch sei …

Es kümmerte ihn nicht. Das Einzige, was Konrad jenseits des Massenschlachtens von Doryläum noch bewegte, war die Hoffnung, dass sein Bruder Otto mit den armen Pilgern lebend die Stadt erreichte.

Friedrich von Staufen und sein Freund Welf taten derweil das, was Befehlshabern nach einer verlorenen Schlacht zu tun blieb. Sie gingen von Lager zu Lager, um sich einen Überblick zu verschaffen, wer und wie viele überlebt hatten, suchten Verwundete auf, um ihre Tapferkeit zu loben und zu beteuern, sie würden wieder genesen, selbst wenn sie ganz

offensichtlich im Sterben lagen, und strahlten nach Leibes-
kräften Zuversicht und Stärke aus.

Doch länger als ein paar Stunden konnten auch sie dies nicht
ertragen und zogen sich dann in Friedrichs oder Welfs Quartier zurück, wo sie sich unbelauscht die unerträgliche Wahrheit von der Seele reden durften.

»Wir sollten uns rettungslos betrinken. Doch das können wir
uns nicht erlauben«, sagte Welf am ersten Abend. »Wenigstens wir müssen in diesem Chaos einen klaren Kopf behalten.«

»Ich für meinen Teil habe genug Rettungslosigkeit erlebt«,
entgegnete Friedrich bitter. »Das kann kein Wein vergessen
machen. Manchmal ist er dein Freund und lässt das Gesche-
hene in freundlicherem Licht erscheinen. Doch das hier
kannst du mit keinem Getränk der Welt vergessen. Im Gegenteil, der Alptraum würde nur noch größer.«

Trotzdem griff er nach seinem Becher, denn ihn quälte der
Durst. Seine Kleider waren durchgeschwitzt und blutbefleckt. Doch heute wäre es nicht angemessen, sich neu ausstaffiert vor den Männern zu zeigen. Die mussten sehen, dass
sich ihre Anführer genau wie sie bis hierher durchgekämpft
hatten.

Der König, die Fürsten und ihr Gefolge hatten sich in dicht
geschlossener Kolonne zu Pferd auf dem einzigen Fluchtweg
durchgeschlagen, der ihnen offenstand – ohne zu wissen, ob
nicht ein Stück weiter ein gewaltiges Seldschukenheer auf sie
wartete. Und er war dabei mit seinen Rittern ganz an der
Spitze geritten, in wilder Entschlossenheit, ganz gleich, was
käme. Sie würden sich durchkämpfen.

So erreichten sie als Erste Nicaea.

Denn der Weg war für sie frei. Die Seldschuken verspürten
offenbar keinerlei Lust, sich ihnen im direkten Aufeinander-
treffen zu stellen, in einer Reiterschlacht und einem Kampf
Mann gegen Mann. Sie setzten auf die Durchschlagskraft und

Reichweite ihrer Pfeile und schafften es sogar, dem davonga-
loppierenden König eine Wunde beizubringen.

Wer von den Wallfahrern jedoch kein Pferd mehr besaß, der
war so gut wie verloren.

Friedrichs Blick wanderte unwillkürlich zu seinem linken
Bein, wo ihn während des verzweifelten Rückzugs ein junger
Mann gepackt hatte und sich eine Pferdelänge mitschleifen
ließ. Schreiend flehte er um Rettung, bis er jäh losließ –
irgendwer aus Friedrichs Gefolge hatte ihn überritten, um
den Herzog zu schützen.

Eine Szene, kaum länger als ein Wimpernschlag. Jäh blitzte
die Erinnerung an das entsetzte Gesicht vor seinen Augen
auf. Er schüttelte den Kopf, als könnte er so die Bilder ab-
schütteln.

Im Verlauf der nächsten Tage trafen immer noch Versprengte
ein und erzählten grausige Einzelheiten von dem Gemetzel
auf dem Fluchtweg. Nach der Blutarbeit in der Ebene folgten
die Seldschuken den zu Fuß Fliehenden und töteten oder
versklavten alle, die ihnen unter die Augen kamen. Tagelang
rannten die Pilger um ihr Leben, hinter sich einen unerbitt-
lichen Feind und Schwärme von Totenvögeln. Nachts suchten
sie Schutz hinter einem Wall aus Leichen.

Nur die Stärksten, die Entschlossensten kamen durch. Wovon
sie sich in dieser Zeit ernährt hatten, darüber sprach niemand.
Bloß einer war so unvorsichtig, im Rausch zu prahlen, es
habe doch genug Fleisch am Wegesrand gegeben. Friedrich
ließ ihn sofort aufhängen.

Die meisten Überlebenden betrachteten die Sonnenfinsternis
als Zeichen Gottes: Der Allmächtige grollte den Kreuzfahrern wegen ihrer Zügellosigkeiten auf dem Marsch und hatte
sie deshalb mit dem Verderben in Doryläum bestraft.

Am vierten Abend, nach ihrer Inspektion der Grüppchen
Überlebender, fasste Welf die bittere Erkenntnis in Worte:

»Neunzig Prozent Verlust beim Heer. Das heißt, es gibt praktisch kein Heer mehr.«

Friedrich war zu dem gleichen Ergebnis gekommen. Doch er wollte nicht akzeptieren, dass ihr Kreuzzug bei Doryläum sein schmähliches Ende gefunden haben könnte. Sollten sie mit Schande bedeckt in die Heimat zurückkehren, ohne das Heilige Land überhaupt betreten zu haben? Undenkbar!

»Dann bleiben uns immer noch zweitausend Mann«, sagte er trotzig.

»Von denen viele verwundet sind, und fast allen sitzt der Schreck noch in den Knochen. Oder sie schämen sich für ihr Versagen. Sie zweifeln, dass Gott mit uns ist nach diesem Unheil und der Sonnenfinsternis. Und ich kann nicht bestreiten: Die Zweifel sind durchaus berechtigt.«

Welf spie den Kern einer Olive aus, deren Bitterkeit sehr gut zu seiner Stimmung passte, und griff nach einem Stück geröstetem Zicklein.

»Iss!«, ermutigte er den Jüngeren. »Schlimm genug, wenn dein Oheim sich zu Tode hungert. Einer muss jetzt Vernunft und Tatkraft bewahren.«

Unter den Überlebenden hatte die Nachricht längst die Runde gemacht, dass der König fastete und betete und für niemanden zu sprechen war.

Ja, dachte Friedrich. Essen. Trinken. Atmen. Damit beginnt das Überleben. Und dann machen wir Pläne.

Als er von dem kleinen Rippenstück abbiss, vertrieb der intensive Geschmack der Gewürze seine Appetitlosigkeit.

Er ließ die Blicke schweifen und nahm zum ersten Mal seit ihrer Ankunft Einzelheiten seines Quartiers wahr: Risse in der Wand, Spinnweben in den Ecken, eine zerschrammte Truhe, klein genug, damit ein Mann sie allein tragen konnte, und trotzdem besaß er nichts, um sie zu füllen. Daneben lagen sein Sattel, seine Waffen – das war schon alles, was er noch mit sich führte. Das saubere Gewand, das er trug, hatte ihm einer seiner Ritter auf dem Markt besorgt.

Was unwillkürlich seine Gedanken darauf lenkte, dass von den fünfzig jungen Rittern, die ihn sonst umgaben, nur vier noch lebten.

Er schluckte mit dem Fleisch seine Bitterkeit hinunter, verdrängte die Bilder, wie sie einst miteinander geritten waren, gelacht, gefeiert und gefochten hatten.

»Bald werden die Bischöfe von Freising und Naumburg hier mit den armen Pilgern eintreffen, die an der Küste entlangziehen. Das sind auch fast zwanzigtausend Seelen. Wenn wir die kampffähigen Männer unter ihnen bewaffnen und ausbilden, kommen wir vielleicht auf sechstausend.«

»Vielleicht.«

Welf war nicht von dieser Idee überzeugt. So schnell war ein Mann nicht für den Kampf ausgebildet. Nicht gegen diesen Feind.

»Dann lass uns beten, dass Otto von Freising und Udo von Naumburg mit ihren Schutzbefohlenen bald und heil hier eintreffen«, meinte er nur. »Auch weil wir jeden Geistlichen brauchen können, der jetzt ein wenig Gottvertrauen sät. Die paar Priester und Mönche, die uns geblieben sind, haben alle Hände voll zu tun, in den Lazaretten die Sterbesakramente zu erteilen.«

Friedrich schwieg eine Weile und kaute.

»Da wäre noch Ludwig mit seinem Heer, die Templer eingeschlossen«, sagte Welf nachdenklich. »Ein vollständiges, frisches Heer, das noch in keinerlei Kämpfe verwickelt war.«

Friedrich lachte finster auf. »Angeführt von einem Frömmler, begleitet von einem Haufen putzsüchtiger Weiber … Aber ein Heer! Man wird es später in den Chroniken einmal den ›französischen Kreuzzug‹ nennen, weil wir praktisch keine Rolle mehr dabei spielen werden.«

Überrascht sah Welf ihn an. Friedrich war kein Mann, der aufgab.

»Abgesehen davon, dass ich diese Eleonore gern einmal kennenlernen würde … Ich glaube nicht, dass Ludwig ihr lediglich aus Nachgiebigkeit erlaubte mitzukommen«, sagte er mit schmalem Lächeln.

»Jedermann weiß, dass er sie abgöttisch liebt und ihr jeglichen Wunsch erfüllt«, unterbrach ihn sein Freund und Neffe angewidert.

»Das schon. Aber ich denke, Ludwig hat sie aus dem gleichen Grund bei sich, aus dem auch dein Oheim darauf bestand, dass ich das Kreuz nehme.«

Welf lächelte zynisch.

»Weil er fürchtet, sie könnte in seiner Abwesenheit die Herrschaft an sich reißen?«, meinte Friedrich mit einem Anflug von Verblüffung. »Sie wollte ja nach der Hochzeit nicht einmal Aquitanien an ihren Gemahl abtreten! Leider muss ich dich enttäuschen. Du wirst sie nicht zu sehen bekommen. König und Königin reisen getrennt wegen des Keuschheitsgelübdes.«

»Ludwig glaube ich sogar, dass er es einhält«, spottete Welf und griff nach einer weiteren Olive.

»Zum Glück! Wenn wir schon mit dem französischen Heer ziehen, will ich nicht noch einen Haufen herausgeputzter Weiber und *Troubadoure* um mich herum haben.«

Die Sache mit den Troubadouren empörte Friedrich fast mehr als alles andere. Wie absurd! »Uns hat ja schon der eigene Tross viel zu sehr aufgehalten und behindert …«

Womit er bei dem angekommen war, was unablässig in seinem Kopf herumwühlte: Fehler über Fehler, die sie begangen hatten. Nun sprudelten all die Vorwürfe und all die Verachtung für die unentschlossene Kriegsführung seines Oheims aus ihm heraus.

»Warum hörte der König nicht auf Manuel? Wir hätten

leichte Reiterei gebraucht, wir hätten die Heerstraße nehmen sollen, statt über die Gebirgspfade zu ziehen, uns besser bevorraten müssen …«

»Weil man hinterher immer schlauer ist. Weil man den Byzantinern nicht trauen kann. Weil die Seldschuken auf eine Art kämpfen, die uns völlig unverständlich ist. Und ehrlos«, antwortete Welf ruhig.

»Es lief von Anfang an alles falsch: die Pogrome, die vielen armen Pilger, die fehlende Einigkeit über das Oberkommando«, spie Friedrich Wort für Wort aus. »Der Ärger mit den Byzantinern, die betrügerischen Wegführer und der Mangel an Proviant und Wasser … So kann man keinen Krieg gewinnen! Weißt du noch, wie alles ursprünglich geplant war? Nur Männer in Waffen! Das forderte Bernhard von Clairvaux. Der durch Abwesenheit glänzt. Ich wollte zu gern wissen, wie er die Kunde über Doryläum aufnimmt.«

»Er wird noch mehr fasten und beten«, meinte Welf sarkastisch, strich sich durch das dunkle Haar und sah dem Sohn seiner Schwester in die Augen.

»Wir sollten darum beten, dass der Bischof von Freising mit seiner Pilgerschar bald eintrifft, und zwar *vor* Ludwig! Denn ich möchte nicht dabei sein, wenn Konrad von Staufen dem französischen König gestehen muss, dass er faktisch über kein Heer mehr verfügt.«

In den folgenden Tagen tat Friedrich, oft begleitet von seinem Oheim Welf und Graf Ulrich von Lenzburg, was er tun konnte, um die kläglichen Reste des deutschen Kreuzfahrerheeres wieder zu einer Truppe zu schmieden. Er hielt Kriegsrat, ging zu den Lagern, sprach mit den Männern, sorgte dafür, dass Ausrüstung und vor allem Pferde besorgt wurden. Das war weniger schwierig als gedacht, denn auf den Märkten wurden derlei Dinge in überraschend großen Mengen angeboten. Zwar kaum Waffen, aber dafür Schuhe, Helme, Gürtel,

Kleider – manchmal noch blutbefleckt und durchlöchert von Pfeilschüssen. Zumeist konnten sie nur raten, ob dies verhökerte Beute war, von Leichenfledderern eingesammelt, die den Fliehenden gefolgt waren, oder Besitz von Wallfahrern, die fast all ihre Habe verschleudert hatten, um eine Überfahrt nach Europa zu bezahlen. In diesen Tagen schrumpfte die Zahl der Kämpfer noch stärker durch desillusionierte Heimreisende als durch jene, die ihren Wunden erlagen.

Eine Episode machte die Runde: von einem thüringischen Ritter, der auf dem Markt an einem Stand den zerlöcherten Bliaut seines jüngeren Bruders erkannt hatte und dem Händler in maßlosem Zorn an die Kehle ging. Nur ein paar seiner Freunde verhinderten durch ihr Eingreifen ein Blutbad.

An diesem Vormittag wollte Friedrich zu den Pferden. Bei den Tieren fand er stets Trost. Doch da platzte unangemeldet Ulrich von Lenzburg herein, der in den letzten Tagen zu einem von seinen engsten Vertrauten geworden war.

»Bischof Otto und seine Pilger kommen!«, rief er aufgeregt, ohne sich um das Unangemessene seines Auftritts zu kümmern. Und auch Friedrich war das in jenem Moment egal. Hastig gürtete er sein Schwert und trat hinaus in das grelle Sonnenlicht. Durch die Gasse rannten Knechte und riefen ebenso aufgeregt: »Die Pilger kommen!«

Sofort bildete sich eine Menschenmenge, die in die gewiesene Richtung strömte.

Friedrich sammelte sein Gefolge um sich, um seinem Oheim entgegenzugehen, und betete stumm darum, ihn bei guter Gesundheit und gefolgt von einer riesigen Pilgerschar zu sehen.

Doch als er sich der Seestraße näherte, erblickte er nur ein kleines, klägliches Häufchen Menschen, das den beiden Bischöfen folgte.

Als er vor ihnen stand, trug Udo von Naumburg, der vierte Sohn des Ahnherrn der Landgrafen von Thüringen, eine steinerne Miene mit fest zusammengepressten Lippen.

Otto von Freising schüttelte nur stumm den Kopf.

»Führt uns zum König«, bat ein dürrer Mönch, der seinen Oheim stützte, nicht etwa den Bischof von Naumburg, der sechzig Jahre zählte und nun wie achtzig wirkte.

Niemand sagte ein Wort, den ganzen Weg lang nicht.

Und auch Friedrich wollte jetzt keine Einzelheiten hören.

Sollen sich meine beiden Onkel anschweigen, dachte er trotzig, während er darauf bestand, dass der Bischof von Freising vom König empfangen wurde.

»Fast alle dahingemetzelt«, wehklagte Otto von Freising, als er mit seinem Bruder allein war. Er ließ sich auf einen Schemel sinken, barg das Gesicht in beiden Händen und weinte.

In Bruchstücken, immer wieder von Weinkrämpfen geschüttelt, berichtete er Konrad das Nötigste: dass sie aus Hunger und Durst alle Pferde, Esel und Kamele geschlachtet und gegessen hätten und doch vor Schwäche kaum noch weiterlaufen konnten. Wie jeden Tag Unzählige an Krankheit, Durst oder Schwäche starben ... Und wie sie bei Laodikeia in einen Hinterhalt gerieten und blutig niedergemacht wurden, ohne jede Chance, sich zu wehren. Sie konnten sich nicht einmal um die Verletzten kümmern, geschweige denn die Toten begraben, sondern rannten um das nackte Leben. Selbst er, wofür er sich nun schämte.

Fehlte es ihm an Glauben, an Bereitschaft, zum Märtyrer zu werden? Es war Todesangst, die ihn rennen ließ, die Angst vor Schmerz, der Abscheu vor spritzendem Blut, abgetrennten Gliedmaßen, dem rot getränkten schlammigen Boden ... Dazu die gellenden Schreie, die Menge der Fliehenden, die ihn einfach mitrissen ... Und dann die verzweifelte Hoffnung, doch noch ein paar Seelen zu retten in seinem jungen Leben, etwas zu bewirken: als Zisterzienser, als Bischof, als Chronist ...

Wer verletzt oder zu schwach war, um zu rennen, der war verloren. Den Männern wurde der Kopf abgeschlagen und den Fliehenden hinterhergeschleudert. Frauen und Kinder wurden auf Sklavenmärkte gezerrt und verkauft.

Tausende tote Männer, Tausende Frauen und Kinder, an de ren elendem Schicksal er nun mitschuldig war. Hilflose, die sich ihm anvertraut hatten.

Blutige Bilder blitzten auf, die ihn nachts wie tags quälten, Schreie gellten immer noch in seinen Ohren.

Wieso hatte Gott ihn *das* überleben lassen? Damit er demütig wurde? Damit er diese Schuld noch lange auf seinen Schultern herumschleppte?

Um ihnen das ganze Ausmaß ihrer Sündhaftigkeit zu zeigen? Und was sollte er über dieses maßlose Elend in seiner Weltenchronik schreiben?

Es gab hier eine berühmte Kirche der heiligen Sophia, in der musste er unbedingt beten. Udo von Naumburg hatte seine Schritte sofort dorthin gelenkt.

Doch ihm fehlte die Kraft, aufzustehen und zu gehen.

Die Worte und auch die Tränen erstarben. Stumm und verzweifelt saß Otto von Freising da und starrte vor sich hin.

Und auch Konrad von Staufen sagte kein Wort.

Jetzt blieb ihnen nur noch die Hoffnung auf Ludwig von Frankreich und sein Heer.

Diplomatie

Friedrich von Schwaben, Ludwig VII. von Frankreich; Nicaea, November 1147

Friedrich hatte ganz und gar kein gutes Gefühl, als er zum König befohlen wurde – kaum eine Stunde nach Ankunft des französischen Heeres.

Und sein Oheim, der in den letzten Wochen erschreckend

abgemagert und gealtert war, hatte auch nur einen einzigen Satz für ihn: »Neffe, ich wünsche, dass du die Verhandlungen mit Ludwig darüber führst, unter welchen Bedingungen wir uns treffen.«

Mehr musste Konrad gar nicht sagen.

Das Heikle der Umstände lag auf der Hand und erfüllte Friedrich erneut mit Zorn.

Der viel unbedeutendere Ludwig kam mit Heer und Tross und *Troubadouren*, während der angehende römisch-deutsche Kaiser wie ein Bettler dastand. Fast sein komplettes Heer hatte er verloren, und noch dazu auf einer heillosen, beschämenden Flucht!

Ohne Ludwigs Hilfe, ohne sein Heer konnten sie nichts mehr bewerkstelligen. Und ihre Ehre wäre verwirkt vor aller Welt.

Am liebsten hätte er mit der Faust gegen die Wand gehämmert.

Doch er sagte: »Wie Ihr wünscht, Oheim. Majestät«, verneigte sich knapp, drehte sich um und ging.

Bevor er die Tür erreichte, rief ihm sein Onkel noch nach: »Vergiss nicht, Neffe: Es war der Hunger, der uns besiegte! Der Hunger, nicht der Feind.«

»Natürlich, Euer Majestät«, bestätigte Friedrich ohne den geringsten Hohn in der Stimme, obwohl er am liebsten aufgelacht hätte.

Welf und Ulrich von Lenzburg erwarteten ihn schon – gespannt, welche Neuigkeiten er hatte.

»Ich reite ins französische Lager und erbitte eine Audienz für Euch«, erbot sich Graf Ulrich.

»Ja, und möglichst nicht für Freitag, denn bekanntermaßen gibt es da bei dem überaus frommen Ludwig nur Brot und Wasser«, höhnte Friedrich.

Der Graf von Lenzburg konnte ein Lächeln nicht unterdrücken. »Inzwischen sollte Euch jemand angemessene Kleider für diese Begegnung besorgen: edel, aber nicht zu prunkvoll ...«

Welf gab ihm darin sofort recht.

»Es heißt, Ludwig trage Mönchskleidung und habe sich sogar eine Tonsur scheren lassen«, erzählte er. »An aufwendiger Kleidung bei einem Wallfahrer würde er Anstoß nehmen. Aber du kannst vor ihm auch nicht wie ein Bettler auftreten, das verbieten deine Ehre und die des Königs.«

»Zumal meine Rolle darin besteht, so zu tun, als ob wir *keine* Bettler wären«, erinnerte Friedrich zynisch.

»Ja«, bestätigte Welf ganz unverblümt.

Er legte dem Sohn seiner Schwester eine Hand auf die Schulter und sah ihm eindringlich in die Augen.

»Neffe, du bist brillant im Waffenhandwerk, und du hast die besondere Gabe, Männer dazu zu bringen, dir zu folgen, selbst wenn es sie das Leben kostet. Doch nun ist es an der Zeit, dass du dich als Diplomat bewährst. Und dies hier muss dein Meisterstück werden. Denn obwohl wir eindeutig in der Misere stecken, während die Franzosen bisher ohne Verluste geblieben sind und nun das größere Heer aufbieten ...«

»Das *einzige* Heer, weil man uns paar Versprengte kaum mitrechnen kann«, unterbrach ihn Friedrich.

»... musst du bewirken, dass Ludwig deinen Oheim nicht als Unterlegenen empfängt, sondern immer noch als Ranghöheren behandelt!«, sprach Welf weiter, ohne sich von dem Einwurf beirren zu lassen.

Wie soll das gehen?, dachte Friedrich und hatte sofort das Hin und Her um die Begrüßungsformalitäten in Konstantinopel wieder vor Augen. Am Ende fand keine Begegnung zwischen Konrad und dem Kaiser von Byzanz statt, obwohl sie sogar Verwandte waren, weil keiner von beiden in Fragen des Zeremoniells nachgab.

Welf erriet seine Gedanken.

»Ludwig ist nicht Manuel! Nicht so eitel und hochfahrend, sondern ganz von seiner geistlichen Erziehung geprägt. Außerdem haben die Franzosen deinem königlichen Oheim schon immer die Anrede *Imperator* zugestanden, und Ludwig könnte vom Alter her sein Sohn sein. Aber seine Berater werden ihn natürlich drängen, unsere Notlage auszunutzen. Zeig's ihnen! Du weißt, was Ludwigs wunder Punkt ist.«

Zu vorgegebener Stunde ritt Friedrich in schlichter, aber aus edlen Stoffen gefertigter Aufmachung ins französische Lager. Nur ein Bannerträger und zwei Ritter begleiteten ihn. Wie angewiesen warteten sie, nachdem sie den Fluss an einer Furt durchquert hatten. Kurz darauf erschien eine kleine Leibgarde und geleitete ihn zum Zelt des Königs.
Natürlich vorbei am Lager der Templer, die gerade mit harten Waffenübungen beschäftigt waren. Wirklich durchweg exzellente Kämpfer, wie Friedrich sofort erkannte. Es war sicher kein Zufall, dass er an ihnen vorbeigeführt wurde. Die Franzosen wollten prahlen mit ihrer Eliteeinheit, Kraft und Stärke demonstrieren.
Rasch rief sich der Herzog von Schwaben noch einmal in Erinnerung, was er über seinen Verhandlungspartner wusste. Ludwig VII. war ungefähr so alt wie er, als zweitgeborener Sohn von klein auf im Kloster erzogen worden und nach dem Tod seines Bruders elfjährig der Beschaulichkeit der Abtei entrissen, um auf die Königswürde vorbereitet zu werden. Völlig unerwartet musste er dann bereits als Siebzehnjähriger seinem Vater auf den Thron folgen und fürchtete sich offenbar davor. Er sehnte sich zurück nach dem Klosterleben. Er war überaus fromm, unstet, zögerlich in seinen Entscheidungen und hörte in allem auf Abt Suger von Saint-Denis. Oder auf dessen Vertrauten, seinen Ratgeber und Kaplan Odo von Deuil.
Oder auf seine Frau Eleonore von Aquitanien, die den beiden

Geistlichen natürlich zutiefst misstraute. Was auf Gegenseitigkeit beruhte.

Friedrich wurde ins Zelt des Königs geleitet und sank auf ein Knie, wie es die Sitte verlangte.

»Ihr dürft Euch erheben, Herzog von Schwaben!«, gebot der König von Frankreich. In diesen wenigen Augenblicken hatte sich Friedrich schon einen Eindruck von seinen Verhandlungspartnern verschafft.

Der scharfgesichtige Geistliche rechts neben Ludwig musste Odo von Deuil sein. Er stand nur zwei Schritte von seinem Schützling entfernt und musterte den Besucher durchdringend. Dass mit ihm nicht gut Kirschen essen sein würde, erkannte Friedrich sofort.

Doch der Anblick des Königs von Frankreich erfüllte ihn, gelinde gesagt, mit Fassungslosigkeit. Ludwig trug tatsächlich Mönchskutte und Tonsur!

Kein König sollte so herumlaufen, entrüstete sich Friedrich in Gedanken. Selbst wenn die Pfaffen einem Herrscher schon ständig Dinge ins Ohr flüsterten, wie sie es auch bei seinem Oheim Konrad taten: Ein König sollte sich wie ein König kleiden. Das gebot seine Ehre, das erwartete sein Volk, das kennzeichnete seinen Stand!

Wie hält es nur die übermütige Eleonore mit diesem Frömmler aus?, fragte sich Friedrich. Kein Wunder, dass die beiden nach zehnjähriger Ehe erst ein einziges Kind hatten, eine Tochter. Denn ganz sicher würde sich Ludwig an sämtlichen Tagen des Beilagers enthalten, an denen es die Kirche verbot, und das galt für mehr als die Hälfte des Jahres.

»Majestät, ich entbiete Euch die Grüße meines Oheims, des Imperators Konrad«, sagte er ungeachtet all dieser Überlegungen mit äußerster Höflichkeit und samtweicher Stimme. »Der eine Begegnung mit Euch herbeisehnt, um über unser weiteres gemeinsames Vorgehen auf dieser Wallfahrt zu beraten.«

Ihr meint wohl: Der Euch dringend sprechen muss, weil er

Eure Hilfe braucht, nachdem er sein Heer verloren hat?, korrigierte Odo von Deuil bissig in Gedanken, was sich auf seinem Gesicht durchaus ablesen ließ.

Während Ludwig beinahe genauso fassungslos über seinen Besucher war wie umgekehrt.

Wie kann jemand nach so einer Katastrophe – neunzig Prozent der Truppen in schlimmstem Gemetzel verloren! – noch so selbstsicher auftreten?, fragte er sich. Und er sieht so gut aus, groß, blauäugig, mit seinen rotgoldenen Locken. Zum Glück ist Alienor nicht hier! Sie würde ihm sofort schöne Augen machen, und dann würden wir wieder streiten …

Ludwig riss sich zusammen und erklärte mitfühlend: »Mit größer Betrübnis erfuhr ich von dem schrecklichen Unheil, das Euer Heer heimsuchte.«

Es betrübte ihn ehrlich. Sie hatten grauenvolle Einzelheiten darüber gehört.

»Es war der Hunger, der uns besiegte, nicht der Feind«, betonte Friedrich und sah Skepsis und Verachtung in Odos Miene.

Ja, der Hunger, ganz gewiss, dachte der zynisch. Ihr habt euch in die Falle locken lassen und seid davongerannt wie die Hasen. Einst wart ihr so stolz – und jetzt kommt ihr angekrochen und bettelt um unsere Hilfe.

»Seid Ihr sicher, dass es nicht mangelnde Demut war, Euer sündhafter Hochmut?«, rügte der Geistliche streng. »Statt in Konstantinopel auf unser Heer zu warten, zogt Ihr vorweg, begierig darauf, Heldentaten zu vollbringen und als die Sieger dieses Kreuzzuges in die Geschichte einzugehen.«

Und nun sehen wir alle, was ihr davon habt!, stand unausgesprochen im Raum.

»Wir taten dies auf Bitten des Kaisers von Byzanz, der sich außerstande sah, auch noch Euer Heer zu verpflegen, falls sich unseres länger in seiner Stadt aufhielte«, widersprach Friedrich mit Nachdruck.

Das wird ein zähes Ringen werden. Aber ich lass mich nicht unterkriegen. Nicht von einem Pfaffen und einem Frömmler. Er kannte Ludwigs wunden Punkt. Nun wurde es Zeit, diesen Vorteil auszuspielen.

»Wie auch Ihr sicher auf dem Marsch erlebt habt, Euer Majestät, ist es unmöglich, eine so große Zahl von Menschen aus dem Land heraus zu ernähren«, lenkte Friedrich den König von Frankreich behutsam zu dem Eingeständnis, das er hören wollte.

»Ihr habt recht. Und in den Orten, die wir nach Euch durchquerten, wurde es immer schwieriger. Es gab beschämende Zwischenfälle«, räumte Ludwig ein und fühlte sich sichtlich unwohl dabei.

Das hatte Friedrich bezweckt. Ihm wurde hier schließlich auch nichts geschenkt.

Er wusste, Ludwigs ganz persönlicher Alptraum hieß Vitry. Vor ein paar Jahren hatten seine königlichen Truppen nach einer Belagerung die Stadt eingenommen und furchtbar verheert, sogar mehr als tausend Schutzsuchende in einer Kirche verbrannt, ohne dass Ludwig es verhindern konnte. Und kurz nach seinem Aufbruch zum Kreuzzug geriet das französische Heer in Händel mit den Bewohnern von Worms, was Ludwig ebenso wenig verhinderte.

Mit seinen nun wieder aufgeflammten Schuldgefühlen bot er Friedrich die Gelegenheit, ein paar harte Worte zu äußern, die eigentlich an Odo gerichtet waren. Doch hielt er dabei Blickkontakt zu Ludwig.

»Hätte Seine Heiligkeit der Papst etwas unternommen, um die vielen armen Pilger aufzuhalten, die sich uns unerwünscht anschlossen, wäre die Lage kaum so katastrophal geworden. Es waren Zehntausende ohne Waffen, ohne einen Bissen Brot, ohne einen Pfennig! Das hat unser Heer massiv behindert und in eine Hungersnot gestürzt.«

Odo holte zu einer scharfen Erwiderung aus, doch Ludwig

hob matt die Hand, um ihn zum Schweigen zu bringen. Die Erinnerung an Vitry und Worms plagte sein Gewissen.

»Wir wollen nicht streiten. Unsere deutschen Brüder haben Schreckliches erlitten – und sie sind unsere Gefährten im Kampf gegen den Feind! Sagt mir, Herzog Frédéric, was genau ist geschehen?«

Was geschehen ist, weiß inzwischen jedermann, dachte Odo von Deuil. Wie willst du das hinbiegen, damit ihr das Gesicht wahrt, Königsneffe? Ich will euch demütig sehen, barfuß und kniend, dich und deinen König!

Obwohl Friedrich vollkommen klar war, dass es seine Gastgeber besser wussten, trug er mit aller Überzeugungskraft die Version der Ereignisse vor, die offiziell werden *musste*, sollten sie nicht mit Schmach und Schande bedeckt werden.

So berichtete er von betrügerischen Wegführern, vom Ende ihrer Vorräte nach acht Tagen in einer wasserlosen Einöde, von den zu Hunderten verreckten Pferden.

»Am zwölften Tag, als das Heer und die armen Pilger ermattet zu Boden sanken, sprach mein königlicher Oheim lange mit den angesehenen Männern in seinem Kriegsrat.« *Lange* war eine vage Zeitangabe.

»Es gab nur zwei Möglichkeiten: weiter vorrücken und verhungern und verdursten – oder umkehren. Nur in der Umkehr bestand Hoffnung, künftig noch Heldentaten vollbringen zu können.«

Friedrich legte eine Pause ein, prüfte aufmerksam, ob seine Darstellung akzeptiert wurde.

Der Pfaffe wollte seinen Oheim auf Knien sehen, das wusste er. Doch Ludwig *muss* daran gelegen sein, dass auch der deutsche König sein Gesicht wahren kann!, beschwor er sich. Das gebietet die Ehre der Krone, des königlichen Titels.

»Dann griffen die Seldschuken aus dem Hinterhalt an. Selbst der König wurde von zwei Pfeilen getroffen«, fuhr er fort. Zwei Pfeile klangen viel dramatischer als nur einer.

»Sie folgten der Nachhut mit ihren schnellen Pferden, und alles, was zu Fuß lief, wurde niedergemacht oder starb vor Entkräftung. Mehr tot als lebendig erreichte das Heer Nicaea.«

»Ein Zehntel des Heeres«, korrigierte Ludwig.

»Ja, Majestät«, bestätigte Friedrich. Er holte tief Luft, denn nun kam der bitterste Teil seiner Mission.

»Mein König bittet Euch, seine Kontingente vorerst weder an die Spitze zu schicken noch als Nachhut einzusetzen, sobald unsere Heere gemeinsam weiterziehen. Derzeit sind wir weder in der Lage anzugreifen noch Verfolger abzuwehren. Es fehlt an Kämpfern und Pferden, und zu viele sind verwundet.«

Beunruhigt sah Friedrich, wie der französische König, der vom Alter her sein Bruder und doch unterschiedlicher nicht hätte sein können, einen langen Blick mit Odo von Deuil tauschte. Der größten Einfluss auf den König hatte und nicht so wirkte, als ob er sich eine Chance entgehen ließe.

Ludwig, ein König muss ein König bleiben, also zwing meinen Oheim nicht dazu, sich zu erniedrigen!, dachte er, als könnte er den anderen mit seinen Gedanken anfeuern.

»Ihr habt beinahe alles verloren. Wie bedauerlich«, sagte Ludwig von Frankreich und setzte ein trauriges Gesicht auf. Dann sandte er einen frohen Blick zum Himmel seines Zeltes. »Doch glücklicherweise ist unser Heer noch vollzählig und kampfbereit, dem Herrn sei Dank!«

»Wie schlimm wird es?«, fragte Konrad dumpf, als sein Neffe zurückkehrte, um zu berichten.

»Ludwig empfängt Euch«, begann dieser.

»Ja, aber wie?«, herrschte sein Oheim ihn an. »Soll ich auch vor ihm auf die Füße fallen, nachdem ich alles verloren habe und man uns sogar der Feigheit zeihen kann?«

»Ludwig und ich sind uns einig darüber, dass es der Hunger

war, der uns zur Umkehr zwang«, erklärte Friedrich von Schwaben nachdrücklich. »Und wir sind uns ebenso einig, dass Umkehr besser war, als alle ruhmreich zu sterben. Denn nur so können wir künftig noch Heldentaten zu Ehren Gottes vollbringen.«

Aufatmend sank der König in seinen Stuhl zurück.

»Und? Die Begrüßung?«, drängte er auf Einzelheiten.

Normalerweise hätte Konrad als der Bedeutendere, Ältere und Anführer des größeren Heeres Ludwig bei sich empfangen. Doch nach dem derzeitigen Kräfteverhältnis musste er sich in Ludwigs Lager begeben.

»Wir haben ein besonderes und angemessenes Arrangement gefunden«, verkündete sein Neffe zur allgemeinen Erleichterung.

»Das wäre?«

»Ihr reitet bis zum Fluss *vor* Ludwigs Lager. Ludwig und sein Gefolge werden den Fluss mit Booten überqueren – und sich damit also zu Euch begeben. Nicht hoch zu Ross, aber auch nicht zu Fuß.«

Er konnte ein triumphierendes Grinsen nicht unterdrücken.

»Der junge König wird Euch als Trostbedürftigen umarmen, Euch alle Hilfe zusichern, und dann werden unsere Heere vereint kämpfen.«

»Wir sind gerettet! Unser Ruf ist gerettet! Eure Ehre ist gerettet!«, frohlockte Otto von Freising. »So wird es in den Chroniken stehen! Endlich können wir einen Bericht an den Hof zu Wibald von Stablo schicken.«

Die Last der Einsamkeit

Gunda; Plötzkau, November 1147

Aus dem Fenster ihrer Kammer sah Gunda am Morgen den ersten Schnee dieses Winters auf das Land an der Saale herabsinken. Gestern waren es noch mit Regen vermischte Graupelkörnchen gewesen, dann winzige Eiskristalle, die lange in der Luft tanzten, ehe sie den Boden erreichten. Jetzt bildeten große Flocken einen dichten Schleier, und eine weiße Schicht bedeckte Felder, Weiden und Dächer.

Es sah idyllisch aus, so friedlich. Doch auf die junge Burgherrin wirkte dieser Anblick wie ein Schwerthieb und ließ eine riesige Welle von Furcht über sie hinwegfluten.

Noch nie zuvor in ihrem Leben hatte Gunda eine so alles durchdringende Angst verspürt. Nicht einmal bei ihrer plötzlichen Vermählung mit dem viel älteren, ihr fremden Graf Bernhard. Nicht einmal, als das riesige Heer des Erzbischofs von Magdeburg vor dieser Burg stand, um sie niederzubrennen.

Der Winter war gekommen. Das machte ihre Lage hoffnungslos.

Es gab nichts mehr zu ernten, und die Gesetzlosen würden – von Kälte und fehlender Nahrung aus dem Wald getrieben – früher oder später versuchen, die Vorräte der Burg zu erbeuten. Mit ihnen konnte sie nicht verhandeln wie einst mit dem Erzbischof. Das waren verrohte Gestalten, Mörder und Raubgesindel. Die wollten jeden auf der Burg töten, um die Vorräte zu stehlen.

Mit ungewohnt steifen, hölzernen Bewegungen wandte sich die junge Gräfin um und erklärte, so energisch sie konnte: »Ich wünsche, nicht gestört zu werden – es sei denn, die königlichen Truppen treffen ein. Ich werde heute nicht zur Frühmesse gehen, sondern mich hier ins Gebet vertiefen.«

Gehorsam verließen alle die Kemenate, die eben noch um sie herumgeschwirrt waren: die Kammerfrauen, der Verwalter und der Küchenmeister mit ihren Fragen und Klagen.

Die Magd Anni würde vor der Tür wachen, damit niemand die Gräfin in ihrer stillen Andacht störte, denn Gottes Beistand konnten alle hier auf Plötzkau gut gebrauchen.

Doch als die Kammer leer und die Tür fest verschlossen war, kniete Gunda nicht etwa vor dem hölzernen Kreuz an der Wand nieder, sondern sank auf ihr Bett, riss sich den Schleier vom Kopf, schlug die Hände vors Gesicht und weinte sich schier die Augen aus.

Zum ersten Mal seit langem und auch nur hier im Verborgenen erlaubte sie sich diese Schwäche. Sie konnte nicht anders. Noch nie hatte sie sich so einsam gefühlt und so erdrückt von der Verantwortung, die auf ihr lastete.

Mehr als zweihundert Menschen lebten nun auf der Burg, doch nur wenige kampffähige Männer, sondern überwiegend Alte, Schwache, Frauen und Kinder. Es waren die Überreste der Burgbesatzung und Dorfbewohner, die hier nach den Angriffen der Gesetzlosen Schutz suchten. Auch Hungernde, die durch die Missernten ihre Bleibe verloren hatten und um einen Bissen bettelnd durch die Lande zogen. Gunda hatte etlichen von ihnen Arbeit, Brot und Obdach auf der Burg geboten.

Die Dörfler und die Heimatlosen übernahmen die Arbeit der Fortgezogenen: als Küchenhilfen, in den Ställen, beim Melken, Buttern, Spinnen und Weben. Dafür bekamen sie in der Halle einen sicheren und trockenen Schlafplatz und etwas zu essen.

Sie hatten eine Ernte einbringen können, mager nur und unter störrischer Mithilfe von Reisigen und Stallknechten.

Auf Anweisung des Burgkommandanten wurden die Palisaden verstärkt und große Vorräte an Pfeilen befiedert. Die halbwüchsigen Jungen übten sich im Bogenschießen.

Denn allem Anschein nach wuchs die Zahl der Gesetzlosen, die im Auwald hausten, bedrohlich an. Kaum ein Plötzkauer wagte sich noch ein Stück dort hinein, um Pilze, Beeren oder abgestorbene Äste als Feuerholz zu sammeln. Wer es trotzdem tat, dessen abgeschlagenen Kopf fanden sie am nächsten Morgen vor dem Burgwall.

Auch eine Wagenladung Steine für den Bergfried lag unlängst kurz vor dem Dorf mitten auf dem Weg. Was bedeutete, dass der Kärrner tot, die Ochsen als Proviant und der Karren als Feuerholz erbeutet worden waren.

Daraufhin stellten alle Steinbrecher ihre Arbeit ein und zogen fort. Es blieben nur der Steinmetz und sein Gehilfe und behauten weiter die Steinblöcke, die schon auf dem Hof lagen, weil sie sich nicht mehr aus der Burg hinauswagten und auf guten Lohn hofften, wenn Graf Bernhard mit Schätzen beladen aus dem Morgenland zurückkehrte.

Einem jungen Knappen – Till, der einst Jakob gedient hatte – war es mit viel Geschick gelungen, heil von einem Kundschaftergang aus dem Auwald zurückzukehren. Er berichtete, dass es dort inzwischen wenigstens drei Lager der Gesetzlosen gebe und ihre Zahl riesig sei, etliche hundert.

Das bekräftigte Helmhold von Steinau darin, keinen bewaffneten Ausfall in den Wald zu unternehmen, sosehr es ihm auch widerstrebte. Der Schutz der Burg hatte Vorrang.

Sie benötigten Hilfe von auswärts.

Gunda hatte sich lange mit dem Burgkommandanten beraten, an wen sie sich deshalb wenden sollten, und sie waren sich überraschend einig darin, diese Bitte dem König vorzulegen.

Um eine Wehmutter konnte die Gräfin von Plötzkau die Markgräfin Sophia bitten, ohne Einwände ihres Gemahls fürchten zu müssen. Aber den Markgrafen der Nordmark um militärische Unterstützung zu ersuchen – sofern er überhaupt schon vom Wendenkreuzzug zurück war –, erschien ihnen beiden zu verfänglich. Jedermann wusste, dass sich Albrecht der Bär zu gern Plötzkau ganz einverleiben würde. Sicherheitshalber hatten sie zwei Boten auf getrennten Wegen zum König gesandt. Doch das war nun schon vier Wochen her.

Den Kopf eines Boten fanden sie zu ihrem Entsetzen am Morgen nach seinem Aufbruch vor den Palisaden.

War es dem Zweiten gelungen, durchzukommen? Ein gutes, ausdauerndes Pferd sollte die Strecke nach Nürnberg in einer Woche bewältigen. Doch es war noch keine Antwort eingetroffen.

Und würde der junge König ihr helfen? Heinrich-Berengar war erst zehn und abhängig davon, was seine Ratgeber entschieden.

Sie musste zweihundert hungrige Mäuler durch den Winter bringen, und in den Vorratskammern fehlten Niederwild, Waldfrüchte und Pilze schmerzlich.

Doch nicht nur dies alles ließ Gunda so jämmerlich auf ihrem Bett schluchzen, sondern das übermächtige Gefühl, einsam und verlassen in der Not zu sein.

Sie vermisste nicht etwa ihren Gemahl, und es war ihr im Moment auch gleichgültig, was ihm in der Ferne geschah.

Vielleicht war sie deshalb eine schlechte Ehefrau, aber sie fühlte sich stets erleichtert und befreit, wenn er fort war.

Eine andere, viel schlimmere Einsamkeit quälte sie.

In der ersten Zeit auf Plötzkau, nachdem Gunda als dreizehnjährige neue Gräfin eingezogen war, hatte ihr die alte Freda schützend zur Seite gestanden, bis sie starb. Nach dem Krieg und der Zerstörung der Burg nahm der Graf einige junge Ritter neu in seine Dienste, und in deren Gemahlinnen hatte Gunda Verbündete gegen die alteingesessenen Damen wie Gepa und die Grünbacherin gefunden, die sie für vollkommen unzulänglich hielten.

Doch Isa war tot, elendig zugrunde gegangen bei der Geburt

ihres Kindes. Agnes musste den gewaltsamen Tod ihres Mannes beklagen und ihre nun vaterlosen Kinder trösten. Und Judith verging vor Angst um Roland. Sie hatte im Hochsommer mit Sunhilds Hilfe ein kleines Mädchen gesund zur Welt gebracht; allen Ängsten zum Trotz nach Isas grausigem Schicksal. Doch seit jenem Vormittag, als der Mond die Sonne zu verschlingen drohte, war Judith überzeugt, dass den Kreuzfahrern etwas Schreckliches geschehen und ihr innig geliebter Mann tot war. Sie verfiel in solche Düsternis, dass sie sich kaum um ihr Kind kümmern mochte und der Amme sämtliche Arbeit überließ.

Die Sonnenfinsternis hatte all das Unglück, das Plötzkau heimsuchte, noch verschlimmert.

Als sich der Mond plötzlich vor die Sonne schob und den halben Tag lang unnatürliche Finsternis herrschte, waren alle hier auf die Knie gesunken und hatten gebetet, mitten auf dem Hof. Doch die Unheilsrufe verstummten nicht, als es wieder hell wurde. Von überall hörte Gunda seitdem Gewisper, dass sie an allem schuld sei. Seit ihrer Ankunft in Plötzkau habe nur Unglück die Burg heimgesucht, so unkten Gepa und die Damen der alteingesessenen Ritter, die Grünbacherin allen voraus. Kunigunde sei verflucht. Deshalb habe sie dem Grafen auch keinen Erben beschert und ziehe jetzt Gottes Zorn auf sie alle herab.

Ihre Freundinnen konnten ihr nicht helfen, die versanken in ihrem eigenen Kummer.

Der Kaplan würde es nicht tun, weil er sie verachtete.

Und die Dörfler, die ihr noch vor Tagen immer wieder gedankt hatten für die Zuflucht, den Schutz und das Essen, waren durch das unheimliche Himmelsschauspiel und die Bedrohung durch die Gesetzlosen so verängstigt, dass viele sie nun auch mit furchtsamen oder scheelen Blicken bedachten.

Nur die junge Magd Anni und ihr Mann Paul, der beste Bogenschütze auf der Burg, hielten noch zu ihr. Doch mit einer Magd und einem Bogenschützen durfte eine Gräfin ihr Leid nicht teilen.

Die Tränen verebbten nach einer Weile. Gunda hatte sich leer geweint. Aber Kummer und Verzweiflung lasteten so schwer auf ihr, dass sie reglos auf ihrem Bett saß und nur Schwärze in sich spürte. Wenn es nach ihr ginge, würde sie einfach so sitzen bleiben, bis sie tot umfiel.

Allmählich nahm sie wieder die Geräusche um sich wahr, das Hämmern aus der Schmiede, gackernde Hühner, wiehernde Pferde, Helmholds bissige Kommentare zu den Waffenübungen auf dem Hof.

Doch jäh verstummte der Kommandant, und sie hörte das typische Stufenknarren und Poltern, wenn mehrere Männer die Wehrgänge hinaufrannten.

Kommt der Bote zurück? Oder gar ein Heer, das uns der König schickt?

Gab es etwa doch noch Hoffnung?

Sie wartete reglos, dass jemand sie holen käme, tastete nach dem Schleier und drückte ihn mit dem Schapel auf ihr schwarzes Haar.

Vor der Tür erklang eine tiefe Männerstimme. Dann klopfte Anni an, öffnete die Tür einen winzigen Spalt, sah zu ihr und huschte herein, wobei sie die Tür rasch wieder hinter sich schloss.

»Kommen uns die Truppen des Königs zu Hilfe?«, fragte Gunda mit brüchiger Stimme.

»Nein. Wir sind umzingelt. Von den Gesetzlosen. Mindestens vierhundert, sagt der Burgkommandant. Sie haben Bögen, Äxte und Fackeln.«

Gunda erstarrte.

Sie musste hinaus, der Kommandant erwartete sie. Doch sie konnte nicht, sie hatte nicht die Kraft.

»Niemand darf sehen, dass Ihr geweint habt«, sagte Anni entschieden, lief zum Fenster und kratzte Schnee von der Fensterbank zusammen. Den packte sie in einen von Gundas dünnen Schleiern und gab ihr das Bündel, damit sie sich die
geschwollenen Augen kühlen konnte.

Ohne ein weiteres Wort begann die Magd, ihrer Herrin das
Haar neu zu flechten, Schleier und Schapel zu richten.

Als alles getan war, schenkte sie ihr einen Becher Wein ein.
»Trinkt das, stärkt Euch!«

Gunda legte das Schneepäckchen beiseite, trank etwas und
fragte: »Kann ich so hinaus?«

Anni reichte ihr den Spiegel aus poliertem Kupfer. Aber das
Bild war nicht klar genug für das, was Gunda sehen wollte.

Sie wusch sich das Gesicht mit kühlem Wasser, ließ sich den
Umhang über die Schultern legen, dann versicherte Anni:
»Keiner wird es bemerken. Sie sind alle zu aufgeregt. Kommt
mit mir!«

Der Hof war voller Menschen, die wild schreiend durchein-
anderliefen.

»Die Alten und kleinen Kinder in die Halle!«, wies einer der
Ritter an. »Die Frauen sollen Wasser heiß machen, rasch,
lauft! Bogenschützen, verteilt euch auf die Wehrgänge! Und
ebenso jeder, der kräftig genug ist, einen Stein zu werfen.«

Vor dem Wehrgang über dem Burgtor wartete Helmhold auf
sie.

»Sie greifen noch nicht an. Es steht ein *Parlamentär* dort.«

Verächtlich spie er auf den Boden. »Der Anführer dieses
wilden Haufens. Wollt Ihr hören, was er zu sagen hat? Wenn
Ihr mich fragt, sollten wir ihn sofort erschießen. Für die da
gelten keine Regeln, und er ist der Gefährlichste von allen.
Wenn wir ihn und noch zwei, drei andere Wortführer
gleich erledigen, laufen die anderen auseinander, sobald sie
sich erst ein paar blutige Nasen geholt haben. Da bin ich mir
sicher.«

»Gehen wir hoch und hören uns an, was er zu sagen hat. Und dann erschießt ihn«, meinte Gunda kühl.

Verblüfft und geradezu bewundernd starrte Helmhold sie an. Er hatte wohl nicht damit gerechnet, dass seine Herrin widerspruchslos der raschen Tötung des Anführers zustimmte.

»Vielleicht können wir durch den Wortwechsel noch einige von ihnen zum Fortlaufen bringen. Wer will, soll sich retten«, erklärte Gunda. »Viele sind von der Not in die Wälder getrieben worden. Doch die Zeit mit den anderen hat sie verroht. Die meisten sind Gesetzlose, die unzählige Verbrechen begangen haben und keine Gnade kennen. Also dürfen sie auch keine Gnade erwarten. Ihr Anführer ist skrupellos und gerissen, sonst könnte er so eine große Gruppe nicht beisammenhalten. Ihn müssen wir zuerst töten.«

Gemeinsam stiegen sie den Wehrgang hinauf. Gunda erschauerte, als sie die Schar wilder Männer sah, die vor dem Burgwall im Schnee standen. Zerlumpt, zottelhaarig und mit Fellen behangen, viele mit Brandzeichen auf den Wangen oder abgeschnittenen Nasen, was sie als verurteilte Verbrecher kennzeichnete. Sie alle waren bewaffnet: mit Knüppeln, Bögen, Äxten, Messern oder Fackeln.

Am Rand der Meute standen Frauen und Kinder, ebenfalls in Lumpen und Felle gehüllt, und auch einige von ihnen trugen Knüppel oder Äxte.

Doch den schaurigsten Anblick bot der Kerl, der mit einem Fetzen an einem Stock – dem Hohn auf das Parlamentärszeichen – ein Stück vor den anderen stand.

Groß, breitschultrig, mit einem Wolfsschädel auf dem Kopf. Das Fell des Tieres hing ihm über den Rücken, und in dem zum Gürtel geknoteten Strick steckte eine riesige Axt. Am Hals trug er ein Henkersmal – was bedeutete, er war schon einmal gehenkt worden und nur entkommen, weil der Strick riss. Nach geltendem Recht durfte eine misslungene Hinrichtung nicht wiederholt werden, der Delinquent war dann frei.

»Es ist Winter, edle Frau!«, rief er mit unverschämtem Grinsen zu ihr hinauf. »Wir hungern und frieren. Lasst uns ein in Eure schöne Burg. Teilt mit uns, was ihr dort an feinen Dingen habt. Wir möchten auch Wein trinken, in einem Bett oder wenigstens im Stroh schlafen, von Tischen Gebratenes und Gesottenes essen ... Wenn Ihr uns nicht freiwillig einlasst und mit uns teilt, was Ihr habt, stürmen wir die Burg und brennen sie nieder. Und das will doch keiner hier, nicht wahr?«

Auf sein Zeichen schwenkten seine Männer johlend ihre Fackeln, Bögen und Knüppel, in die Nägel eingeschlagen waren.

»Sprecht meine Worte nach, Ihr habt die lautere Stimme«, bat Gunda den Steinauer leise und sagte dann: »Hättet ihr angeklopft und darum gebeten, so hätten wir euch Essen gegeben. Wärt ihr bereit, euch euer Brot zu verdienen – es gibt genug Arbeit. Aber nicht, wenn ihr dort steht und uns droht. Nicht, nachdem ihr das Dorf überfallen und in den Wäldern gewildert habt. Nicht, nachdem ihr unsere Leute ermordet habt!«

Sie holte tief Luft, bevor sie weitersprach.

»Liefert uns die Mörder aus! Dann lassen wir die anderen davonziehen, sofern ihr euch nie wieder in dieser Gegend zeigt. Und wer hier als Milchmagd oder Stallknecht sein Brot ehrlich verdienen will, der möge vortreten.«

Schallendes Gelächter war die Antwort.

»Ihr könnt keinen von denen einlassen, sie würden uns im Schlaf abschlachten und ihren Kumpanen die Burg öffnen!«, raunte Helmhold ihr warnend zu.

»Ich weiß«, sagte sie, erneut zu seinem Erstaunen. »Es wird nicht dazu kommen. Seht, was gleich passiert, und dann befehlt den Bogenschützen, zu schießen.«

Zwei der zerlumpten Frauen, beide mit Kindern bei sich, traten zögernd vor, während sie Gunda anstarrten.

Doch noch ehe sie etwas sagen konnten, war der Anführer der Wilden bei ihnen.

»Wollt ihr etwa bei denen um Arbeit betteln?«, fragte er und spie aus. »Seht alle her, was mit Verrätern geschieht!«, rief er, zog seine Axt und schlug beiden blitzschnell hintereinander die Schädel ein.

Blut spritzte in den Schnee, die Frauen stürzten tot zu Boden. Ihre Kinder rannten kreischend davon, zurück Richtung Wald.

»Denkt ihr, wir sind gekommen, um eure Ställe auszumisten?«, schrie der Mann mit dem Wolfspelz zum Tor hinauf.

»Wir wollen euer Essen, den Wein, die Betten. Und ich und meine Freunde wollen herausfinden, ob tatsächlich Gold zwischen den Beinen einer feinen Da– …«

Weiter kam er nicht. Der Steinauer hatte seinem besten Bogenschützen ein Zeichen gegeben. Pauls Pfeil bohrte sich durch den Hals des Anführers, der zurücktaumelte und dann röchelnd umfiel.

Mit Wutgeheul legten nun alle Wilden Pfeile ein, die Bögen mit sich führten. Aber Helmholds Bogenschützen waren vorbereitet und zielten genau auf diese Männer.

Fast alle trafen. Doch sie waren zu wenige, um sämtliche gegnerischen Schützen aufzuhalten.

Schreiend stürmten die Gesetzlosen vor und versuchten, den Wall zu erstürmen und den Graben zu durchqueren, ohne Rücksicht auf Verluste.

So schnell nacheinander die Plötzkauer auch ihre Pfeile abschickten, die Menge der Angreifer war zu groß.

»Zielt auf die Schützen – und auf die mit den Fackeln!«, schrie Helmhold, denn schon flogen die ersten Brandpfeile und brennenden Scheite Richtung Palisaden.

Dutzende Wilde begannen, den Wall zu erklimmen, zum Teil auf allen vieren, rutschten von oben hinab und kletterten auf der burgseitigen Erdwand wieder hinauf.

»Wo bleiben die Weiber mit dem heißen Wasser? Ihr Burschen mit den Steinen – werft!«, brüllte der Kommandant.

Das taten die halbwüchsigen Jungen auch mit Inbrunst, doch nicht vorsichtig genug. Einen traf ein Pfeil. Schreiend stürzte er die Treppe des Wehrgangs hinab und rührte sich nicht mehr.

»Angreifer von hinten, sie sind schon bei den Palisaden!«, warnte einer der Ritter, die zur Verteidigung der Rückseite der Burg eingeteilt waren.

»Fünf Bogenschützen dorthin und Kessel mit kochendem Wasser!«, befahl Helmhold. »Heizt ihnen ein, ihr Frauen! Und ihr anderen, verteilt euch auf dem gesamten Wehrgang!«

Dann wandte er sich Gunda zu.

»Ihr begebt Euch jetzt besser auch in den Palas. Dort seid Ihr geschützt. Fürs Erste.«

Gunda wollte nicht gehen. Denn »fürs Erste« bedeutete nur: Solange die Angreifer nicht in die Burg eindrangen oder sie anzündeten.

Zu ihrem Unglück war der steinerne Bergfried längst nicht fertig; er hatte noch nicht einmal ein zweites Geschoss, in das man flüchten und die Leitern einziehen konnte.

Frauen rannten über den Hof und schleppten Kessel mit kochendem Wasser, um es auf diejenigen zu schütten, die die hölzerne Umfassung der Burg erklimmen wollten.

Die wenigen Bogenschützen, Ritter und Reisigen hatten sich über die Wehrgänge verteilt, und an einigen Stellen mussten die Schwertträger schon auf die ersten Angreifer einhauen, die ihre Äxte in die Palisaden hieben, um sich daran emporzuhieven.

Kampfgebrüll, Wutgeheul, Schmerzensschreie dröhnten von allen Seiten. Dazwischen mischten sich Flüche und ängstliches Gewimmer von den Kindern.

Gunda stand mitten im Hof und blickte sich um. Dicht neben ihr fuhr ein Pfeil in den Boden, den sie nicht hatte kommen sehen. Dabei hatte es aufgehört zu schneien, wie ihr jetzt erst bewusst wurde.

Das Tor erbebte unter gewaltigen Axthieben.

Doch es war dreifach verstärkt. Helmhold schickte weiter die Frauen hinauf, damit sie kochendes Wasser auf die Köpfe der Angreifer schütteten. Panische Schreie kündeten davon, dass sie gut gezielt hatten. Aber gleich darauf krachte schon wieder Metall in splitterndes Holz.

Der Burgkommandant ließ Bänke und Tischplatten aus der Halle holen und das Tor damit verstärken. Zugleich beorderte er die Hälfte der Ritter und Reisigen hierher, um etwaige Eindringlinge aufzuhalten.

Die Bogenschützen blieben zusammen mit den Knappen auf den Wehrgängen und versandten Pfeil um Pfeil.

Wir sind verloren, dachte Gunda. Mit diesen Wilden können wir nicht verhandeln. Sie werden uns alle töten.

Kurzentschlossen lief sie in ihre Kammer und holte das Schwert aus der Truhe, das Graf Bernhard nach ihrer Hochzeit für seinen erhofften Sohn hatte schmieden lassen.

Sie hatte noch nie ein Schwert in der Hand gehabt, weil sich das für eine Frau nicht ziemte. Aber nun zog sie es aus der Scheide, warf diese beiseite, ging wieder hinunter auf den Hof und umklammerte den Griff beidhändig. Die Waffe wog weniger, als sie gedacht hatte.

Anni, die ihr gefolgt war, sah sie entsetzt an, dann griff sie nach einer Forke.

»Geh in den Palas und kümmere dich um die Kinder!«, rief Gunda ihr zu. Das würde die Magd tun, denn dort waren auch ihre eigenen Kinder. Anni nickte mit Tränen in den Augen und lief los, doch die Forke behielt sie in der Hand.

Ich lasse mich nicht wehrlos abschlachten, dachte Gunda verbissen.

Und wenn ich sterbe – wen kümmert's außer Gott? Ich bin dieses Leben ohnehin leid. All die Menschen hier kann ich nicht retten, wir werden heute alle sterben …

Agnes und Judith und Anni und ihre Kleinen, Paul und der

mutige Till, die alte Frau, die ich im Winter vorm Hungertod gerettet habe, jene dort, die sich gerade mit dem kochenden Wasser abschleppen, die Kinder im Palas, die Kämpfer in den Wehrgängen, der alte Steinauer, der sein Bestes gibt mit seinen Männern …

Allmächtiger Vater im Himmel, vergib mir, dass ich das nicht verhindern konnte. Und schenke mir einen schnellen Tod.

Familienangelegenheiten

Konrad von Wettin, Otto und Dietrich, Mathilde; Kloster St. Peter auf dem Lauterberg, November 1147

Nachdem Markgraf Konrad mit seinem Heerbann vom Wendenkreuzzug nach Meißen zurückgekehrt und feierlich empfangen worden war, ließ er sich ausführlich berichten, dass alles in seinen Landen zum Guten stand, und eine Dankesmesse im Dom feiern.

Hier wurde auch der Toten gedacht.

Raimund hatte gleich bei seiner Ankunft ein langes Gespräch mit Randolf geführt und danach seinen eigenen Sohn und Christian aufgefordert, Rücksicht auf den Jungen zu nehmen, der nun vaterlos war.

Nach der Messe beorderte der Markgraf seine Söhne Otto und Dietrich sowie seine Schwiegertochter Dobroniega zu sich und befahl ihnen, unverzüglich Reisevorbereitungen zu treffen. Er wollte mit ihnen sein Hauskloster auf dem Petersberg bei Wettin aufsuchen, um auch dort eine Messe lesen zu lassen, und eine Kerze am Grab seiner im Vorjahr verstorbenen Gemahlin Luitgard entzünden. Im Oktober war ihr Namenstag gewesen, und den hatte er durch die Belagerung Demmins versäumen müssen.

Dobroniega versuchte, sich der Reise mit Hinweis auf Beschwerden infolge ihrer frühen Schwangerschaft zu entziehen. Anfälle von Übelkeit und das Ergebnis einer Untersuchung durch Josefa, die weise Frau und Wehmutter aus dem unteren Viertel Meißens, ließen hoffen, dass Dietrichs Gemahlin gesegneten Leibes war – zu beider Erleichterung, denn dies ersparte ihnen vorerst weitere gemeinsame Nächte. Doch der unerbittliche Markgraf ließ die Ausrede nicht gelten.

»Solange nicht Gefahr besteht, dass du unterwegs niederkommst, und man sieht dir ja noch nicht einmal etwas an, wirst du uns begleiten!«, beharrte er. »Es wird höchste Zeit, dass du unser Familienkloster aufsuchst und am Grab deiner Schwiegermutter betest, deren Namen du nun trägst.«

Weil in Meißen kaum jemand Dobroniegas Namen aussprechen konnte und wollte, wurde sie hier kurzerhand nach der verstorbenen Markgräfin Luitgard oder Lucardis genannt. Was eine Ehre sei, wie Fürst Konrad ihr deutlich zu verstehen gab.

Mit mürrischer Miene ließ sich Dietrichs polnische Gemahlin in Pelze hüllen, denn das Novemberwetter versprach keine angenehme Reise. Es war kalt und zumeist regnerisch, der Himmel grau, die Ränder der Pfützen am Morgen gefroren.

Sie erreichten das auf einem weithin sichtbaren Hügel gelegene Augustiner-Chorherrenstift nach vier Tagen mit vielen Zwischenaufenthalten.

Dort erwarteten sie neben dem Abt und den Mönchen bereits Konrads Schwester Mathilde und ihr erstgeborener Sohn.

Der Graf von Seeburg war ein kräftiger Mann von knapp dreißig Jahren mit sorgsam gestutztem Bart und zu Ehren seines Oheims ebenfalls auf den Namen Konrad getauft worden.

»Wo ist Adele?«, erkundigte sich Dietrich enttäuscht. Seine

Lieblingsschwester wurde bei ihrer Tante in Seeburg erzogen. Er hatte fest mit ihr gerechnet, weil er hoffte, sie könnte ihn etwas aufheitern mit ihrer Lebensfreude. Daran mangelte es ihm seit seiner Hochzeit erheblich.

»Sie liegt mit einem Fieber nieder, das Wetter ist ganz danach«, erklärte Mathilde und zog ihren fehgefütterten Umhang enger um sich. »Bald bekommen wir Schnee«, meinte sie nach einem skeptischen Blick auf den wolkenverhangenen Himmel und die knirschenden Eisränder der Pfützen.

»Sorge dich nicht, Neffe! Du wirst sie morgen in Seeburg antreffen. Eine erfahrene Heilkundige kümmert sich um sie, und wie wir das Mädchen kennen, wird sie aufspringen und vollkommen genesen sein, sobald sie hört, dass du da bist.« Mathilde schmunzelte. Ganz im Gegensatz zu ihrem Bruder und dessen verstorbener Gemahlin war sie eine Frau mit großer Herzenswärme für diejenigen, die sie mochte, ansonsten aber von erstaunlicher Unverblümtheit.

Die Begrüßung der hohen Gäste nahm viel Zeit in Anspruch. Markgraf Konrad war der Vogt des Stiftes. Sein älterer Bruder, er und Luitgard hatten den Augustinern reichlich Land und Rechte geschenkt, sogar eine Reliquie, die sein Bruder im Heiligen Land erworben hatte. Anlässlich der Beisetzung seiner Gemahlin hatte Konrad noch drei Altäre gestiftet. Entsprechend bemühten sich die Augustiner, die Reisenden aufs Zuvorkommendste zu empfangen.

Gleich nach dem Willkommen gingen alle in die Kirche, die sich noch im Bau befand. In der Mitte war Luitgards Grab in den Fußboden eingelassen, vor dem Heiligkreuzaltar.

Gehorsam kniete Dobroniega neben ihrem gestrengen Schwiegervater nieder und faltete die Hände, hinter ihnen knieten Konrads älteste Söhne und seine Schwester.

Der Markgraf schien vollends in Gedanken versunken, so lange verharrte er reglos, und auch die polnische Herzogstochter rührte sich nicht – wohl aus Angst, sich noch mehr Unmut zuzuziehen.

Dietrich rätselte wieder einmal über die merkwürdige Ehe seiner Eltern, in der von Liebe nichts zu spüren gewesen war. Und dennoch hatten sie zwölf Kinder miteinander gezeugt. »Liebe ist ein Wahn, der niemandem nützt. Es geht um Höflichkeit in einer Ehe!«, hatte ihn sein Vater einst belehrt. Aber nicht einmal Höflichkeit brachte Dobroniega für ihn auf, nur Eiseskälte.

»Neffe, hilf mir hoch, ich kann nicht länger auf diesem harten Boden knien, das machen meine alten Knochen nicht mit«, raunte ihm seine Tante ins Ohr, und behutsam stützte er die rundliche Mathilde, die wirklich vor Kälte schon ganz steif geworden war.

So leise wie möglich entfernten sie sich aus der noch unfertigen Kirche und gingen in das für den Fürsten bestimmte Gästehaus, wo es sich Mathilde sofort am Feuer bequem machte. »Nun setz dich schon und erzähl, Neffe! Wieso lässt sich deine Eisprinzessin nicht auftauen?«, fragte sie ohne jede Einleitung. »Soll ich ein ernsthaftes Wort mit ihr reden? Sie verdirbt ihr und dein Leben durch ihre Starrköpfigkeit.«

»Nicht einmal du könntest sie umstimmen«, meinte Dietrich resigniert. »Wenigstens ist sie jetzt schwanger, und sobald sie mir einen Erben geboren hat, mag sie getrennt von mir leben. So haben wir es vereinbart. Ich bin ihre frostige Miene leid, seit langem schon.«

Mathilde seufzte tief. »Junge, das gefällt mir nicht. Du hättest mehr Glück verdient.«

Nachdenklich starrte sie in ihren Weinbecher, zupfte ihren Umhang zurecht und meinte: »Hierin hat dein Vater recht: Diese Ehe ist für unser Haus enorm wichtig, damit Friede an der Grenze zu Polen herrscht. Doch wir dürfen uns auch nicht bieten lassen, dass diese Frau so mit dir umspringt! Lass mich sehen, was ich tun kann, um …«

Bevor sie den Satz zu Ende bringen konnte, trafen die anderen Familienmitglieder ein und wurden vom Abt zum abendlichen Mahl gebeten.

Von ihm aufgefordert, über den Wendenkreuzzug zu berichten, gab sich Konrad äußerst knapp und mürrisch.

»Am glücklichsten ist Anselm von Havelberg, der nun endlich in sein Bistum kann und dort schon bald einen Dom erbauen lassen will«, begann er aufzuzählen. »Der junge Löwe ist zufrieden, denn die Wenden zahlen ihm noch mehr Tribut und haben sich ihm bis an die polnische Grenze unterstellt. Der Bär ist zufrieden, weil er sich austoben, ein paar heidnische Heiligtümer niederbrennen und Gebiete dazu erobern konnte. Und ich bin zufrieden, weil ich so an einem Kreuzzug teilnahm, ohne all meine Männer dem sicheren Tod in der Fremde auszuliefern. Sven und Knut von Dänemark sind betrübt, weil die Ranen ihre Flotte zerstörten. Adolf von Holstein ebenso, weil er Lübeck ein zweites Mal wiederaufbauen muss und sein einst gutes Verhältnis zu Niklot getrübt ist. Und die Truppen, weil sie keine Beute machten. Ach ja, um das nicht zu vergessen: Wir haben natürlich etliche Seelen zum wahren Glauben bekehrt«, fügte er mit Blick auf den Abt hinzu.

Missgelaunt hob er die Tafel bald auf und schickte alle zu Bett, denn am nächsten Morgen wollten sie weiterreisen.

Nur seine Schwester bat er noch zu einer Unterredung in seine Kammer. Sie fragte sich, was er wohl ausgebrütet haben mochte in seiner finsteren Stimmung. Es konnte nichts Gutes sein.

Konrad schwieg eine Weile, starrte in die flackernde Flamme der Kerze vor ihm auf dem Tisch, rieb sich das Kinn und gestand: »Als ich an Luitgards Grab kniete, kam der ganze Ärger wieder in mir hoch … Als sei es gestern erst gewesen, dass ich aus dem Heiligen Land zurückkam, von ihrem Tod erfuhr und dann auch noch hören musste, welche Dreistigkeit sich dieser Hoyer von Mansfeld erlaubt hatte.«

Mathilde wusste sofort, wovon ihr Bruder sprach.

Luitgard war im Kloster Gerbstedt gestorben, wo sie drei ihrer Töchter besucht hatte, die dort erzogen wurden, und medizinische Fürsorge erhoffte.

Der Graf von Mansfeld, der zufällig auch dort weilte, entschied, die Markgräfin an Ort und Stelle beizusetzen, obwohl das Petersstift die Grablege der Familie Wettin war.

Konrad hatte im größten Zorn gefordert, der Mansfelder müsse mit eigenen Händen den Leichnam Luitgards ausgraben und für die Überführung sorgen – was Graf Hoyer dann auch tat.

Zeit ihres Lebens war nicht einen Moment lang der winzigste Hauch von Zuneigung zwischen ihnen zu erkennen gewesen, grübelte Mathilde über die Ehe ihres Bruders nach. Und trotzdem scheint er Luitgard jetzt zu vermissen.

Vielleicht war das ein günstiger Moment, ihn auf Dietrich und Dobroniega anzusprechen?

Aber da rückte Konrad schon mit dem Ergebnis *seiner* Überlegungen heraus.

»Ich würde dich gern mit dem Grafen von Wippra vermählen, damit du den Mansfelder im Blick behalten kannst.« Beide Grafschaften lagen dicht beieinander. »Dieser Hoyer wird mir zu dreist für seinen Stand.«

Mathilde stutzte, holte tief Luft und stemmte wütend die Arme in die Seiten.

»Hast du den Verstand verloren?«, protestierte sie. »Ich werde dir ewig dankbar sein, Bruder, dass du mir eine zweite Heirat erspart hast, als ich noch jung war und um meinen Gero trauerte. Doch jetzt, wo ich nicht einmal mehr gebären kann und mein Haar ergraut, willst du mich altes Weib über die Wipper schicken, zu diesem Mann, der so unbedeutend ist, dass ich kaum seinen Namen kenne?«

»Ludwig«, knurrte Konrad.

»Das weiß ich selbst!«, fauchte sie. Eine ihrer Vorfahrinnen war schon einmal mit einem Grafen von Wippra vermählt gewesen. Doch dieser hier galt als von eher bescheidenen Talenten, und inzwischen hatte ihr Haus enorm an Bedeutung gewonnen – im Gegensatz zu Wippra.

»Ich fühle mich sehr wohl in Seeburg auf meinem Witwensitz, und bin dort auch sehr nützlich für dich. Nützlicher als an der Wipper, bei diesem Ludwig«, erinnerte sie.

Mathilde erfuhr viel Bemerkenswertes durch ihren Sohn Wichmann, der Dompropst in Halberstadt war, durch ihre Reisen und ihre scheinbar harmlose, gesellige Art.

»Unsere Macht ist nicht mehr ungebrochen«, murrte Konrad. »Überall hat der König Burggrafen eingesetzt, auch in Meißen, damit mir jemand auf die Finger sieht. Das gefällt mir nicht! Jetzt vergisst sogar schon jemand wie dieser Hoyer, wo sein Platz ist.«

»Du hast es ihm doch klar gezeigt«, erinnerte sie gelassen. »Und der königliche Burggraf trägt die Verantwortung für den Schutz des Burgbergs, was dich erheblich entlastet. Sollte er übermütig werden, weise ihn zurecht. Derzeit ist ohnehin kein König im Land, der sich dafür interessieren könnte, was du so weit im Osten treibst.«

Kopfschüttelnd stand sie auf und bat, in ihre Kammer gehen zu dürfen, um zu ruhen.

»Wir sollten morgen zeitig nach Seeburg abreisen. Ich habe so ein Gefühl in den Knochen, dass es bald schneit«, entschuldigte sie ihren raschen Abschied.

»Ludwig von Wippra!«, brummte Mathilde noch abfällig im Hinausgehen. Nicht zu fassen!

Königliche Order

Dietrich und Otto von Meißen,
Graf Konrad von Seeburg;
Burg Seeburg am Süßen See, November 1147

Nach der Frühmesse und einer Morgenmahlzeit brachen die Gäste aus dem Kloster auf, bei tristem Novemberhimmel und eisigem Wind, vor dem das flache Land keinerlei Schutz bot. Zu Pferd dauerte die Reise nach Seeburg nur einen halben Tagesritt, doch sie mussten unterwegs mit einer Fähre die Saale überqueren, was die Sache hinauszögerte.

So trafen sie erst am Nachmittag inmitten eines Hagelschauers in Seeburg ein, vor der aus starken Mauern erbauten Burg am Süßen See. Sie war kastellartig auf einer Landzunge angelegt und der mächtige, enorm hohe runde Bergfried weithin ins Land zu sehen.

Zu seinem Erstaunen wurde der Burgherr, Mathildes Sohn, dort von einem königlichen Boten erwartet. Der Mann war von seinem Verwalter mit allen Ehren empfangen und bewirtet worden. Doch nun bestand er darauf, seine Botschaft unverzüglich loszuwerden.

Die Reisenden stiegen aus den Sätteln, Dobroniega stahl sich zur Seite, weil ein Schwall von Übelkeit ihre letzte Mahlzeit wieder hochschwemmte. Fürsorgliche Edeldamen geleiteten sie in ihre Kammer.

Konrad von Seeburg, seine Mutter Mathilde, der Markgraf von Meißen und seine beiden ältesten Söhne gingen in ihren von Hagelkörnern bedeckten Umhängen zur Kammer des Grafen, um die Nachricht des Königs anzuhören.

Der Überbringer – ein Mann in mittleren Jahren, mit wettergegerbtem Gesicht und klugen Augen – verneigte sich und richtete dann seine Botschaft aus.

»Seine Majestät König Heinrich, Mitregent von Gottes Gnaden, ersucht den Grafen von Seeburg, der Gräfin von Plötzkau mit seinen Rittern zu Hilfe zu eilen.«

Dietrich fuhr zusammen.

Während der ganzen Reise hatte er daran denken müssen, dass er Kunigunde jetzt so nah wie lange nicht war und sie doch nicht sehen würde.

Was war ihr zugestoßen, dass sie den König um Truppen bitten musste? Schwebte sie in Gefahr? Am liebsten wäre er sofort wieder hinausgestürzt, hätte sich auf sein Pferd geschwungen und wäre zu ihr geritten.

Er erinnerte sich noch an jeden Tag mit ihr: wie er sie zum ersten Mal sah, damals, als sie barfuß und feengleich auf das Heerlager ihres Feindes zuschritt, um mutig die Kapitulationsbedingungen für die Burgbewohner zu erstreiten ... an ihren ersten und einzigen Kuss ... und daran, wie unglücklich, ja ängstlich sie wirkte, als Graf Bernhard bei der Verabschiedung der Kreuzfahrer in Nürnberg noch einmal aus dem Sattel stieg und auf sie zuging.

Der Bote berichtete, was die Gräfin dem König über die Notlage in Plötzkau geschrieben hatte.

»Es stimmt, es gibt Gerüchte, dass sich dort in der Gegend Gesetzlose zuhauf sammeln«, bestätigte der Graf von See burg mit tiefer Stimme. »Doch uns erreichte kein Hilferuf. Selbstverständlich werden wir dem nun umgehend Einhalt gebieten und die Gräfin aus ihrer misslichen Lage retten.«

Er warf einen skeptischen Blick aus dem Fenster.

»Es wird schon dunkel. Wir können heute nicht mehr losreiten, ohne zu wissen, was uns dort erwartet. Ich breche morgen früh mit fast allen meinen Männern auf. Diese Burg hier ist stark, ich muss nur wenige Bewaffnete zu ihrer Verteidigung zurücklassen. Mein erlauchter Oheim und meine beiden Vettern mit ihrem Geleit sind ja auch noch da. Wartet hier, wenn es Eure Befehle erlauben, dann könnt Ihr spätestens übermorgen den Ausgang der Geschichte erfahren und Seine Majestät davon in Kenntnis setzen«, schlug er dem Boten vor.

»Ich begleite dich, Cousin, und nehme meine Ritter mit«, erklärte Dietrich sofort.

Er *musste* dabei sein! Es fiel ihm unendlich schwer, bis morgen früh zu warten, aber sein Cousin hatte recht: Nachts konnten sie nicht kämpfen, und schon gar nicht im Wald gegen Gesetzlose, die unberechenbar in ihren Aktionen und in ihrer Zahl waren. Zumal er wusste, dass das Land um Plötzkau viele sumpfige Stellen aufwies.

»Ich auch, den Spaß lasse ich mir nicht entgehen!«, verkündete Otto. Zusammen mit seinem Bruder stapfte er los, um ihre Ritter ins Bild zu setzen. Die hatten es sich in der Halle bequem gemacht und genossen, was ihnen an Trank und Speisen aufgetischt wurde.

»Männer, kommt ihr mit uns, wenn wir morgen auf Bitten des Königs in den Wäldern um Plötzkau ein Nest von Gesetzlosen, Mördern und Wilddieben ausräuchern?«, rief Otto ihnen zu.

Lautes und einhelliges »Ja!« war die Antwort, und die Ritter klopften rhythmisch mit ihren Bechern auf die Tische.

»Es sollen ein paar hundert sein«, ergänzte Otto grinsend, aber damit konnte er niemanden abschrecken. »Und Plötzkau ist fast schutzlos, wie wir hörten. Fast alle kampffähigen Männer sind mit Graf Bernhard ins Heilige Land gezogen. Also eilen wir einer zarten Schönheit zu Hilfe, wie es sich für Ritter gebührt!«

Sie tranken auf den morgigen Sieg, jedoch nicht zu viel, und schickten die Knappen los, um noch einmal Waffen, Rüstung und Sättel zu putzen.

Dietrich tat in der Nacht kaum ein Auge zu. Sein Kopf schwirrte vor Bildern, schönen und Schreckgespinsten. Er würde Kunigunde wiedersehen. Aber was mochte ihr inzwischen zugestoßen sein? Nicht einmal das Wiedersehen mit Adele hatte ihn beruhigen können.

Bei Tagesanbruch herrschte große Geschäftigkeit auf dem Hof der Seeburg.

Nach der Morgenandacht und einem kräftigen Frühstück ließen sich die Seeburger und Meißner Ritter von den Knappen in die Rüstungen helfen, während die Pferdeknechte sattelten. Reisige und Bogenschützen würden sich ihnen anschließen, so dass schließlich mehr als hundert Bewaffnete aufbrachen.

Es hatten sich alle Ritter Dietrichs gemeldet, um mitzukämpfen; zuerst sein ehemaliger Knappe Hilbert, der wie immer zu seiner Rechten reiten würde. Doch bevor Dietrich in den Sattel steigen konnte, rief ihn sein Vater kurz zu sich.

»Hol dir den Siegerpreis von der hübschen Plötzkauerin!«, gab der Markgraf seinem verblüfften Sohn mit auf den Weg. »Sie ist ohnehin schon Witwe, auch wenn sie es nicht ahnt. Oder sie wird es in kurzer Zeit sein. Ich habe doch gesehen, wie du sie angestarrt hast, damals im Krieg. Und dein polnischer Eiszapfen kann dir weiß Gott keinen Vorwurf machen, wenn du dir eine andere ins Bett holst.«

Dietrich glaubte, sich verhört zu haben. Ohne eine Antwort, ohne irgendeine Regung auf seinem Gesicht gürtete er sein Schwert und ging zu den Pferden.

»Wir reiten zuerst zur Burg und lassen uns von der Gräfin beschreiben, wie viele es sind und wo diese Wilden stecken«, verkündete der Graf von Seeburg, als die von ihm geführte Streitmacht kurz vor Plötzkau rastete, damit die Pferde frisch getränkt in den Kampf reiten konnten.

»Es hat den halben Tag geschneit, das kommt uns zupass. So können wir alle Spuren verfolgen.«

Dietrich überlegte, wo in den Wäldern sich die Gesetzlosen

längere Zeit verbergen und halten konnten. Doch er hatte die Gegend nur einmal durchquert, an Kunigundes Seite, als er sie bewachte und beschützte, nachdem der Erzbischof von Magdeburg Plötzkau niedergebrannt und die damals noch blutjunge Gräfin als Geisel genommen hatte.

Und letztlich konnte er an nichts anderes denken als an ihr baldiges Wiedersehen. Im Rhythmus seines Herzschlags rief er in Gedanken wieder und wieder ihren Namen und hatte dabei ihr Gesicht vor Augen.

Doch als sie sich der Burg näherten, erschrak er. Sie hätten keine Stunde später kommen dürfen!

Die Gesetzlosen lauerten nicht im Wald, sie griffen die hölzerne Burg an, und etliche waren schon dabei, die Palisaden zu erklimmen.

Rasch sammelte der Graf von Seeburg die Männer um sich und verkündete den im Nu entworfenen Schlachtplan.

»Die Bogenschützen steigen ab und zielen auf alles, was auf die Palisaden will und vor dem Tor steht. Die Panzerreiter formieren sich: Wir reiten einen massiven Angriff auf die Haupthorde der Angreifer und walzen alles nieder, was nicht wegrennt. Dann teilt ihr euch in linke und rechte Flanke und nehmt euch den Rest vor, rund um die Burg.«

Er saß auf und ließ sich seine Lanze reichen, die Ritter taten es ihm gleich.

»Vorwärts!«

Jemand stieß ins Horn. Die Reiter gaben ihren Pferden die Sporen und ritten in enger Formation immer schneller werdend auf die Angreifer zu. Die Hufe der Pferde trommelten und wirbelten Schnee- und Erdklumpen auf.

Jäh wandten sich die Gesetzlosen um, völlig überrascht von der neuen Situation, und versuchten dann, nach links oder rechts zu fliehen. Doch die Reiter folgten ihnen und stachen alle nieder, die den Hufen entkommen konnten.

Binnen weniger Augenblicke war es vorbei.

Nachbeben

*Kunigunde von Plötzkau, Konrad von Seeburg,
Otto und Dietrich von Meißen;
Plötzkau, November 1147*

Gunda stand auf dem Hof, inmitten von Aufruhr und
Geschrei, das blanke Schwert in der Hand und auf den
Tod gefasst. Das Tor splitterte und bebte unter den Schlägen
der Äxte, Männer brüllten im Kampf oder weil jemand sie
verbrüht oder ihnen die Hand abgehackt hatte, mit der sie
sich an den Palisaden hochziehen wollten.

Helmhold von Steinau versammelte die entschlossensten seiner Kämpfer hinter dem Tor und zog nun selbst sein Schwert
aus der Scheide. Das Ende schien nah, bald würden die
Gesetzlosen das Tor durchbrechen.

Und dann klang plötzlich ein Hornsignal durch den Kampf-
lärm, so dass Gunda sich fragte, ob sie schon den Verstand
verlor.

Der Lärm draußen schwoll an, in gellende Schreie mischte
sich das Wiehern von Pferden und vom Schnee gedämpftes
Hufgetrappel.

»Kommt, kommt rasch und seht!«, schrie jemand vom oberen Teil des Torhauses dem Kommandanten zu.

Von Steinau sagte etwas zu den beiden Hauptleuten links und
rechts neben ihm und lief los, immer zwei Stufen auf einmal
nehmend.

Da erwachte auch Gunda aus ihrer Erstarrung und rannte die
Treppe des nächsten Wehrgangs hinauf.

Sie sah ein Wunder und konnte es kaum fassen: Wohl an
die hundert Berittene galoppierten auf die Burg zu, stachen und stampften die Angreifer nieder, teilten sich
dann in zwei Flanken auf und umritten die Burg, bis alle
Wilden vertrieben waren. Wer fortrannte, dem setzte

jemand nach und schlug ihn nieder, oder ein Pfeil streckte ihn zu Boden.

Till, der Knappe, tauchte mit schweißnassem Gesicht neben ihr auf, zeigte nach draußen und jubelte lauthals: »Wir sind gerettet!«

»Gott schütze den König! Er schickte uns Hilfe in größter Not«, meinte der Steinauer schwer atmend und bekreuzigte sich.

Dann brüllte er über den ganzen Hof: »Wir sind gerettet! Gott schütze den König! Lasst die Brücke herunter und öffnet das Tor!«

Ungläubig blieben die meisten stehen, die eben noch mit Eimern voll Wasser oder Steinen herumgerannt waren, und starrten auf das Tor.

Doch die Männer, die auf den Wehrgängen standen und das Wunder mit eigenen Augen gesehen hatten, brachen schon in Jubel und Hochrufe auf ihre Retter aus.

Gunda drückte dem verwunderten Till das Schwert in die Hand. »Bring es in meine Kammer.«

Dann raffte sie ihre Röcke, um hinabzusteigen und die Retter zu begrüßen. Sie wusste immer noch nicht, wer ihr zu Hilfe geeilt war.

Aber da erkannte sie ihn. An der Spitze der Männer ritt der Graf von Seeburg durch das weit geöffnete Tor in den Hof, während die Plötzkauer ihnen zujubelten und dann ergeben auf die Knie sanken.

Gunda knickste tief und begrüßte ihn mit innigen Dankesworten.

»Dankt nicht nur mir, schöne Gräfin, dankt dem König«, meinte der Seeburger mit stolzgeschwellter Brust. »Und meinen Cousins Otto und Dietrich von Meißen, die zufällig in Seeburg weilten und sich unserem kleinen Ausflug angeschlossen haben.«

Er deutete mit dem Arm hinter sich, und nun war Gunda

zumute, als müsste sie im Boden versinken. Da war Dietrich, blickte ihr direkt in die Augen, und auf seinem Gesicht sah sie nur eines: Leidenschaft.

Der Graf von Seeburg schickte sofort ein paar Männer aus, um Fliehende zu verfolgen. Die Spuren waren im Schnee leicht zu sehen. Ein Dutzend Plötzkauer Reisige wurden als Wegführer für diejenigen eingeteilt, die erkunden wollten, ob sich in den Wäldern noch Gesetzlose aufhielten.
Binnen kürzester Zeit wurden Gunda zwei Männer und zwei Frauen vor die Füße geworfen, die von den Reitern eingeholt worden waren.
»Wie sollen wir mit ihnen verfahren?«, erkundigte sich Graf Konrad.
»Diesen hier tötet«, entschied sie und wies auf einen, der ein Messer trug, das sie an den Verzierungen der Scheide genau erkannte. Es hatte Jakob gehört, Agnes' Mann.
Der Seeburger zögerte nicht und winkte einen seiner Gefolgsleute herbei, der dem Gesetzlosen die Kehle durchschnitt.
Den anderen, die vor ihr knieten, befahl Gunda mit strenger Miene: »Lauft, so schnell ihr könnt, und erzählt es überall: Plötzkau ist kein Ort für Wilderer und Mörder! Sehe ich euch noch einmal, werdet ihr hängen.«
Die drei sprangen auf und stürzten los wie von Hunden gehetzt.
»Wenn Eure Männer Kinder finden, sollen sie sie hierherbringen. Die Waisen werden wir aufnehmen«, ergänzte Gunda noch, an den Grafen gewandt.
»Ihr zeigt da eine bemerkenswerte Mischung von Härte und Milde, jedenfalls für eine Frau«, bekundete Konrad von Seeburg und musterte sie neugierig.
»Dieser da hat einen unserer Ritter getötet oder sich an seinem Tod bereichert«, erklärte sie und nahm das Messer an sich, um es Agnes zu geben. »Der Name des Ritters war

Jakob. Er hinterlässt eine trauernde junge Frau und drei Kinder.«

Sie holte tief Luft, um bei der Erinnerung an Jakobs Tod und Agnes' Kummer nicht in Tränen auszubrechen.

»Die drei anderen hatten noch kein Brandmal, sonst hätte ich sie auch hinrichten lassen. Wahrscheinlich trieb die Hungersnot sie in die Wälder. Wir haben viele Notleidende hier aufgenommen, wenn sie bereit waren, sich ihr Brot zu verdienen.«

Sie sah den redseligen Seeburger an, dann den stämmigen Otto, der sich bei ihnen eingefunden hatte, aber nun sprach sie direkt zu Dietrich, weil sie das Gefühl hatte, sich rechtfertigen zu müssen.

»Mildtätigkeit und Barmherzigkeit gehören zu unseren christlichen Pflichten. Doch die Gesetzlosen haben uns angegriffen, unser Dorf überfallen, unsere Leute ermordet. Und heute hätten sie uns geschändet und alle getötet, wärt Ihr nicht zu Hilfe gekommen. Glaubt nicht, dass es besonders milde von mir ist, jene drei hinaus in den Schnee zu schicken. Falls sie aber überleben, wird es uns nutzen, wenn sich herumspricht, was hier heute geschehen ist.«

»Oh, keine Sorge, dafür werden meine Leute schon sorgen«, meinte der Graf mit seiner volltönenden Stimme und grinste. »Ihr habt Euch wacker geschlagen, und auch Euer Burgkommandant scheint ein tüchtiger Mann zu sein – mit so geringer Besatzung gegen solch eine Übermacht durchzuhalten.«

Nun sah sich Gunda erneut um und nahm das Durcheinander auf dem Burghof wahr, wo es von Menschen und Pferden nur so wimmelte. Überall lagen Trümmer, zerbrochene Pfeile, da und dort Tote, Verwundete, abgeschlagene Körperteile. Ein paar tüchtige Frauen begannen schon aufzuräumen und sich der Verwundeten anzunehmen. Jemand schleifte den Leichnam des Hingerichteten fort, Stallburschen führten die Pferde der Seeburger und Meißner zur Tränke.

Das alles erinnerte sie an ihre Pflichten, sehr zu ihrer Beschämung. Sie griff sich mit beiden Händen an den Kopf und sagte tiefbewegt: »Bitte verzeiht mir ... Ich bin noch ganz überwältigt und aus der Fassung ...«

Wieder warf sie einen kurzen Blick auf das Treiben um sie herum.

»Ich vernachlässige meine Pflichten, edle Herren ... Seid willkommen auf Plötzkau, vor allem empfangt meinen Dank für die Rettung!«

Da stand Anni schon neben ihr mit Krug und Bechern.

Wo blieben denn Gepa und der Verwalter? Und wo hatten die beiden überhaupt die ganze Zeit gesteckt? Wahrscheinlich in der Kapelle mit dem Kaplan und den älteren Edeldamen.

Gunda füllte dem Seeburger und den beiden Markgrafensöhnen je einen Becher voll Wein und reichte sie den Männern, die eilig ihre Kettenfäustlinge abstreiften. Sie erschauerte, als sie beiläufig Dietrichs Finger berührte.

Graf Konrad, Otto und Dietrich tranken durstig und bedankten sich höflich.

»Und jetzt kommt bitte in die Halle, wir müssen Euch und Eure Männer bewirten, den Sieg feiern ... Ihr werdet hier übernachten wollen, wir müssen Quartiere vorbereiten ...«

Wieder sah sie um sich und winkte ein paar der Frauen heran, die sich auf ihr Zeichen ehrfurchtsvoll näherten.

»Sucht zusammen, was die Vorratskammern hergeben, stellt die Tafeln in der Halle auf, schenkt den Gästen Bier und Wein ein! Und bringt bald ein gutes Essen für alle, die gekämpft haben, auf den Tisch!«

Dabei überschlug sie gewohnheitsmäßig in Gedanken, wie weit ihre Vorräte dann noch reichen würden. Doch plötzlich war ihr das gleichgültig. Sie hatten den Angriff überlebt, da mochten sie den Rest des Winters gern Eichelmehl kochen. Zwar konnten sie jetzt wieder in die Wälder, doch alles Wild war sicher längst vertrieben.

Gunda fühlte sich, als müsste sie lachen und weinen zur selben Zeit.

»So holt doch endlich den Verwalter und seine Frau, damit die sich darum kümmern!«, rief sie ungeduldig. »Und werden auch alle Verwundeten versorgt?«

Nun verlor sie mehr und mehr die Fassung nach diesem ereignisreichen Tag. Ihre Hände begannen zu zittern, und sie wankte.

»Schöne Gräfin, mir scheint, Ihr müsst Euch jetzt selbst erst einmal setzen«, meinte der Graf von Seeburg und nahm ihre rechte Hand galant zwischen seine Pranken, bis das Zittern aufhörte. »Habt Ihr heute überhaupt schon etwas gegessen?«

Nein, das wurde Gunda jetzt erst bewusst.

Dann bot der Seeburger ihr den Arm und führte sie in ihre eigene Halle. Otto und Dietrich folgten ihnen.

»Hier ist heute noch viel aufzuräumen, und Eure Vorräte sind knapp, wie ich vermute. Da erwarten wir kein Festmahl für alle unsere Männer von Euch«, erklärte er. »Außerdem wünscht mein Oheim, Euch zu sehen, Seine Durchlaucht, der Markgraf von Meißen und der Lausitz. Wir sollen heute noch nach Seeburg zurückreiten und Euch mitbringen. Dort werden wir den Sieg feiern. Eure Leute mögen hier inzwischen aufräumen. Vergesst nicht, es liegen noch ein paar hundert tote Gesetzlose vor den Toren! Ich würde sie verbrennen lassen, damit ihre Geister nicht umgehen«, schlug er beiläufig vor. »Aber das solltet Ihr nicht ansehen müssen. Überlasst das alles hier Euerm tüchtigen Kommandanten und dem Verwalter und erholt Euch von dem Schrecken. Ihr habt Euch tapfer gehalten, zumal angesichts Eurer Jugend.«

Was würde er erst sagen, hätte er mich vorhin in meiner Verzweiflung mit einem Schwert in der Hand gesehen?, ging Gunda durch den Kopf.

»Morgen geleiten wir Euch zurück und schicken ein Fuhr-

werk voll Proviant mit. Dann habt Ihr etwas für Eure Plötzkauer Siegesfeier!«, verkündete der Graf von Seeburg.

Gunda sank vor Erleichterung in sich zusammen und wäre
beinahe erneut in einen Weinkrampf ausgebrochen wie am
Morgen. Mit Mühe bewahrte sie halbwegs Haltung.

»Ich danke Euch von Herzen, auch dafür! Ihr nehmt mir eine
große Last von der Seele.«

Wie gut es tat, sich einmal zurücklehnen zu können und nicht
für alles verantwortlich zu sein!

Konrad von Seeburg schien ihre Gedanken lesen zu können
und übernahm zusammen mit dem Steinauer, der sich inzwischen bei ihnen eingefunden hatte, das Kommando.

Sie erteilten, so schien es Gunda, hunderte Befehle: bezüglich
der Pferde, der Verwundeten, damit die Männer jeder ein
Bier bekamen, die toten Wilderer jenseits der Burg gestapelt
wurden, der tote Knappe aufgebahrt wurde, um den Burghof
aufzuräumen, das halb eingeschlagene Tor schnell auszubes-
sern und unzählige andere Dinge, die mehr und mehr an ihr
vorüberrauschten.

Irgendwann fand sie sich neben Anni und der mürrischen
Frau des Ritters von Grünbach als Begleiterinnen auf dem
Hof wieder und wurde auf ihr Pferd gehoben.

Der Seeburger übernahm sogar den Abschied.

»Steinau, Ihr habt das Kommando. Behütet die Burg gut, bis
ich Eure Herrin morgen zurückbringe.«

Und dann ritt Gunda mit den Männern hinaus Richtung
Süden.

Die Dramatik der vergangenen Stunden, die durchlebte Gefahr und die nachfolgende Erschöpfung hatten sie bisher den
Gedanken verdrängen lassen, dass sich Dietrich von Meißen
direkt in ihrer Nähe befand. Der Mann, der sie faszinierte, seit
sie ihn zum ersten Mal gesehen hatte, bei jenem Turnier am
Hof des Königs in Bamberg. In den sie sich verliebt hatte, als
er sie schützte, während Plötzkau in Flammen stand.

Kunigunde von Plötzkau wäre nie im Leben auf den Gedanken gekommen, dass der Markgraf von Meißen sie nach Seeburg holen ließ, um seinem Sohn die Chance auf eine Nacht mit ihr zu verschaffen.

Wider jegliche Vernunft

*Kunigunde von Plötzkau und
Dietrich von Meißen;
Seeburg, November 1147*

Irgendwo auf halber Strecke Richtung Süden fielen der völlig erschöpften Gunda auf ihrem braven Zelter die Lider zu. Sie wäre aus dem Sattel gerutscht, hätte nicht Hilbert sie in Dietrichs Auftrag im Auge behalten und aufgefangen, nachdem sein Pferd mit einem Satz an ihrer Seite war.

Dietrich befahl seinen Reitern Halt und nahm Gunda vor sich in seinen Sattel.

Damit die Form gewahrt wurde, mussten auch ihre beiden Begleiterinnen jede zu einem seiner Männer aufs Pferd steigen.

»Wir erreichen Seeburg nicht mehr vor Sonnenuntergang, wenn wir noch länger Rücksicht auf das mäßige Tempo der Damen nehmen«, begründete er seinen Befehl und beruhigte Gunda und ihre Begleiterinnen sogleich: »Kurz vor dem Ziel werdet Ihr wieder auf Euer eigenes Pferd steigen, damit niemand Anstoß nehmen kann.«

Gunda verging fast vor Scham und tausend anderen Gefühlen, die sie nicht benennen konnte und *wollte,* als ihr Hilbert in Dietrichs Sattel half. Der Sohn des Markgrafen umfasste sie mit beiden Armen, damit sie sicher saß, und gab seinem Pferd die Sporen, ohne ein Wort zu sagen.

Anfangs wagte sie kaum, sich an ihn zu lehnen, doch es ließ sich nicht vermeiden, wollte sie sicheren Halt finden. Durch den Stoff ihres Umhangs spürte sie das Metall seines Kettenhemdes, fühlte die Wärme seines Körpers. Nun war sie hellwach und verwirrt von widersprüchlichen Empfindungen.

Sie hatte keine Ahnung, wie sie diese Reise und den Abend in Seeburg überstehen sollte, ohne sich und ihre Gefühle preiszugeben.

Ohne ihren Gemahl zu verraten, der unzählige Meilen entfernt in der Fremde gegen Fremde kämpfte.

Die dramatischen Ereignisse des Tages hatten ihre Selbstbeherrschung aufgezehrt. Wie konnte sie es schaffen, in Dietrichs Gegenwart angemessen vor seinem Vater aufzutreten, dem wegen seiner Strenge gefürchteten Herrscher zweier Marken?

Kunigunde wäre noch viel fassungsloser gewesen, hätte sie gewusst, weshalb der Fürst von Meißen sie eigens nach Seeburg holen ließ.

Doch Dietrich ahnte es, und der Gedanke entrüstete ihn maßlos. Sein Vater hatte dies ganz sicher nicht ihm zuliebe eingefädelt, sondern um Bernhard von Plötzkau einen alten Streit heimzuzahlen. Dafür nahm er sogar in Kauf, den untadeligen Ruf einer jungen Frau zu ruinieren, ob sie nun Witwe war oder nicht.

Ich weigere mich, an dieser Boshaftigkeit meines Vaters mitzuwirken!, dachte er zornig.

Doch schon im nächsten Moment erfüllte ihn der Gedanke vollkommen: Bei Gott, ich liebe diese Frau aus ganzem Herzen. Wie soll ich die Nähe zu ihr nur aushalten, ohne mich zu verraten? Wie kann ich sie je wieder gehen lassen?

Die Reiterkolonne erreichte die Seeburg am Süßen See – in der Nähe gab es auch einen Salzigen See – bei Einbruch der Dämmerung. Kurz vor dem Ziel waren Gunda, Anni und

Ortrud von Grünbach wieder auf ihre eigenen Pferde gesetzt worden.

Im Burghof gab es ein lautstarkes Willkommen für die Männer, die den Auftrag des Königs erfolgreich ausgeführt und die Horden der Gesetzlosen zerschlagen hatten.

Der Markgraf war sogar höchstselbst in den Hof gekommen, um seine Söhne, seinen Neffen und die Gräfin von Plötzkau zu empfangen.

Mathilde hatte dies mit Erstaunen vernommen und sich sofort angeschlossen. Sie kannte ihren eiskalt berechnenden Bruder gut genug, um zu argwöhnen, dass er etwas damit bezweckte. Normalerweise ließ ein Markgraf eine einfache Gräfin vor sich erscheinen – und zwar zu der Stunde, die ihm genehm war.

»Ihr habt Euch keinen Deut verändert, seit ich Euch zum ersten Mal sah«, begrüßte der Fürst Gunda, nachdem er ihr erlaubt hatte, sich aus ihrem tiefen Knicks zu erheben.

Mathilde kniff die Lider ein wenig zusammen und betrachtete ihren Bruder mit zunehmendem Misstrauen. Er war kein Mann, der Komplimente machte, die über die höfischen Floskeln hinausgingen. Es sei denn, er führte etwas im Schilde.

»Ihr schmeichelt mir, Durchlaucht«, erwiderte Gunda höflich. »Wir alle verändern uns mit der Zeit, und jene Begegnung liegt fast zehn Jahre zurück. Doch ich danke Euch für Eure freundlichen Worte – und ebenso Euren Söhnen und Eurem Neffen, die uns heute aus großer Bedrängnis halfen.«

»Was wir auch damals schon sehr gern taten«, versicherte Konrad bedeutungsschwer und brachte sogar ein Lächeln zustande, sehr zur Verwunderung aller Anwesenden.

Gunda schoss das Blut in die Wangen, als er an ihre Demütigung erinnerte.

Bei ihrem ersten Zusammentreffen mit dem Fürsten von Meißen und der Lausitz war sie eine dreizehnjährige Kriegsgeisel gewesen und hatte zusehen müssen, wie die Burg ihres Gemahls in Flammen aufging. Dafür schlug ihr Graf Bernhard vor Dietrichs Augen ins Gesicht.

Der Sohn des Markgrafen hatte sich sofort schützend vor sie gestellt, und der Graf von Plötzkau war so unklug gewesen, den jungen Fürsten zu einem Zweikampf herauszufordern. In dem Augenblick war damals Konrad von Wettin erschienen und hatte den Grafen in die Schranken gewiesen.

Jetzt tat der Markgraf so, als ob er Gundas Beschämung nicht bemerke.

»Und wenn ich sage: Ihr habt Euch keinen Deut verändert, so meine ich damit nicht nur Eure bemerkenswerte Jugend und Schönheit, sondern auch die Melancholie, die aus Euren faszinierenden grünen Augen spricht. Wir werden unser Bestes tun, um Euch ein wenig aufzuheitern, liebste Kunigunde«, sagte Konrad, nun mit kühlem Lächeln.

Dietrich hätte seinem Vater dafür am liebsten die Faust ans Kinn gerammt. Denn er wusste, welche Art von »Aufheiterung« dieser meinte.

Mathilde erkannte, dass es höchste Zeit war einzugreifen.

»Liebster Bruder, diese junge Frau ist vollkommen erschöpft. Denk nur, was sie heute alles durchmachen musste! Wären unsere Söhne mit ihren Mannen auch nur eine Stunde später in Plötzkau eingetroffen, müssten wir jetzt vielleicht den Tod der bedauernswerten Kunigunde und der gesamten Burgbesatzung beklagen.«

Natürlich hatte ihr Erstgeborener damit geprahlt, dass die Wilden schon drauf und dran gewesen waren, die Burg zu stürmen, kaum dass er das Tor der Seeburg passierte.

»Also gönn ihr jetzt erst einmal einen Moment der Ruhe!«, rügte Mathilde und umfasste Gunda fürsorglich an den Schultern.

»Gehen wir zum Palas, meine Liebe! In Eurer Kammer ist

ein Bad für Euch vorbereitet, und wenn Ihr Euch erholt und erfrischt habt, erwarten wir Euch zum Mahl in der Halle.«

Schon führte sie Gunda fort aus der Männerrunde, über den Hof in eine behaglich eingerichtete Kammer, in der zwei Mägde gerade heißes Wasser in den Badezuber gossen.

Anni und die Herrin von Grünbach, die Gunda auch jetzt keinen Moment aus den Augen ließ, folgten ihnen mit zwei festlichen Kleidern zur Auswahl und allem Zubehör an Schuhen, Schleiern, Gürteln und was sonst noch benötigt wurde, um die Gräfin für die Siegesfeier herauszuputzen.

Gunda hätte später nicht sagen können, wie sie das Festmahl überstand.

Sie war an der Hohen Tafel als Ehrengast zwischen dem Markgrafen und dem Burgherrn plaziert. Die argwöhnische Grünbacherin stand hinter ihr, um ihr den Schleier zu richten und anderweitig behilflich zu sein, sollte sich die Notwendigkeit ergeben. Bis der Markgraf das Zeichen gab, die Dame dürfe sich nun zu seinen Rittern gesellen, um dort für etwas Glanz an der Tafel zu sorgen; die Kammerfrau seiner Schwester werde sich ab sofort um die Gräfin kümmern.

Dietrich saß zwei Plätze entfernt von ihr, und sie war darüber erleichtert und unglücklich zugleich. Und was sie noch mehr verunsicherte: Neben ihm saß seine Gemahlin, eine hochgewachsene junge Frau von atemberaubender Schönheit. Doch die Polin verzog keine Miene, sprach mit niemandem, dirigierte lediglich die Dienerschaft mit knappen Gesten, wenn man ihr verschiedene Gerichte anbot, und würdigte ihren Gemahl keines Blickes, geschweige denn eines Wortes.

Gunda war so erschöpft, verwirrt und verlegen durch Dietrichs Gegenwart, dass ihr einiges entging, was Mathilde jedoch sehr wohl bemerkte.

Zum Beispiel, dass der Markgraf einem der Schenken zuflüsterte, er solle dafür sorgen, dass der Becher der Plötzkauer

Hofdame nie leer wurde. Und dass im Laufe des Abends die Argusaugen der Grünbacherin immer glänzender wurden, bis sie langsam zufielen – und sich genau in dem Moment jemand fand, der die wankende Ortrud in die Kammer führte, in der sie zusammen mit der Magd Anni über die Tugend ih rer Herrin wachen sollte.

Wenig später flüsterte ihm jemand etwas ins Ohr, und gut gelaunt hob der Markgraf die Tafel auf – mit Rücksicht auf die Erschöpfung der Gräfin nach einem aufregenden Tag, wie er laut verkündete.

Erleichtert stemmte sich Gunda hoch, knickste tief vor dem Fürsten und dem Burgherrn und bedankte sich mit warmen Worten. Den Blick zu Dietrich vermied sie bewusst.

Gleich nach Gunda wollte sich auch Dobroniega zurückziehen. Doch der Markgraf forderte seine Schwiegertochter und seine Schwester auf, ihn in seine Kammer zu begleiten.

Mathilde durfte sich setzen, Dietrichs Gemahlin musste stehen bleiben.

»Ich war lange fort und hatte erwartet, dass du dich in dieser Zeit an dein neues Leben gewöhnst«, eröffnete er mit gerunzelter Stirn und blickte Dobroniega streng in die Augen – was jeden anderen vor Angst hätte erstarren lassen. »Doch du hast mich enttäuscht, und Enttäuschungen nehme ich nicht einfach so hin. Ich werde nicht länger dulden, dass du dich an meinem Hof und gegenüber meinem Sohn in aller Öffentlichkeit dermaßen aufführst. Zeige gefälligst mehr Demut und Ehrfurcht vor mir und dem künftigen Markgrafen der Lausitz, sonst verbanne ich dich in das entlegenste Dorf, noch bevor du das Kind geboren hast.«

»Das dürften meine Brüder, die Herzöge von Polen, kaum zulassen«, entgegnete sie mit ebensolcher Eiseskälte.

»Dein Bruder Mieszko, mit dem ich viel Zeit auf dem Kreuzzug verbrachte, hat mir ausdrücklich geraten, dich zu züchtigen, solltest du dich nicht so benehmen, wie es von dir erwartet wird«, hielt ihr Konrad entgegen.

»Das sieht ihm ähnlich!«, zischte sie. »Ich war einem Prinzen versprochen. Stattdessen verschachert er mich an den *zweit*geborenen Sohn eines Markgrafen, der nichts als Sumpfland erben wird!«

Das hatte sie zwar Dietrich schon in der Hochzeitsnacht vorgeworfen, doch ihrem Schwiegervater bisher nicht zu sagen gewagt.

Wutentbrannt beugte sich der sonst so beherrschte Konrad in seinem Stuhl vor.

»Ich sollte dir wirklich den Hochmut aus dem Leib prügeln! Aber ich vergreife mich nicht an einer Schwangeren. Geh in deine Kammer und verlasse sie erst, wenn ich es gestatte!«, befahl er schroff.

Damit war sie aus dem Weg – was er genau so bezweckt hatte. Doch ihre dreisten Worte machten ihn tatsächlich maßlos zornig.

»Das Gleiche gilt, wenn wir wieder in Meißen sind – bis du gelernt hast, mir und meinem Sohn den nötigen Respekt zu erweisen.«

»Dann schickt mich doch gleich fort in irgendeine Einöde!«, trotzte sie mit vorgerecktem Kinn. »Aber vergesst nicht, irgendwann das Balg abzuholen, das in mir heranwächst.«

Jetzt war es endgültig genug. An Konrads Schläfe begann eine Zornesader zu pochen. Er schritt zur Tür und riss sie auf.

»Hinaus!«

Dobroniega trat erhobenen Hauptes darauf zu, aber Mathilde rief sie noch kurz zurück.

»Ich bedaure, dass du nicht klug genug bist, aus deinem neuen Leben das Beste zu machen, sondern nur darauf wartest, den Hof zu verlassen, sobald du einen Sohn geboren hast«, gab sie ihr mit auf den Weg, sehr streng und im Herzen wund.

»Kommt dir gar nicht in den Sinn, dass dieses Kind in Meißen erzogen werden wird und nicht bei dir? Wir werden verhindern, dass du ihm Hass gegen seinen Vater einpflanzt. Den Dietrich in keiner Weise verdient. Du hast einen jungen, gutaussehenden Edelmann bekommen, einen bewährten Ritter und Turniersieger. Wenn du lieber einen fetten, alten König hättest, ist dir nicht zu helfen. Und nun geh! Jetzt kann auch ich deinen Anblick nicht mehr ertragen.«

In der Kammer fand Gunda ihre laut schnarchende Hofdame vor, quer übers Bett gestreckt und vollständig bekleidet. Anni zuckte nur mit den Schultern. Die Schuhe hatte sie Ortrud ausgezogen, mehr ließ sich nicht bewerkstelligen. Die Grünbacherin lag da wie ein Stein und schnarchte wie sieben bärtige Kerle.

»Soll ich nach zwei Mägden suchen?«, fragte Anni.

»Nein, ich will hier keinen Aufruhr«, entschied Gunda. Es war alles ohnehin schon heikel genug, und sie fühlte sich so furchtbar müde, dass sie die Betrunkene einfach ein Stück zur Seite schieben würde.

Entkräftet ließ sie sich auf das Bett sinken, und wie sie da so saß, die Hände im Schoß verkrampft, musste sie an den Beginn dieses Tages denken – der erste Schnee auf den Feldern, ihr Weinkrampf, die Nachricht von den anrückenden Feinden …

Gunda griff nach Annis Händen und drückte sie.

»Wir haben überlebt. Dein Mann und deine Kinder leben. Morgen bist du wieder bei ihnen.« Sie lächelte matt.

»Der Heiligen Jungfrau sei Dank!« Anni strahlte übers ganze Gesicht und begann, ihre Herrin für die Nacht auszukleiden. Doch sie hatte kaum das Schapel vom Schleier genommen, als es klopfte.

Anni huschte zur Tür, öffnete einen Spalt und knickste.

Gunda erkannte die Stimme von Hilbert, Dietrichs Ritter und einstigem Knappen.

»Dietrich von Meißen bittet um die Gunst eines Gesprächs mit der Gräfin von Plötzkau.«

Gunda fuhr zusammen, setzte rasch das Schapel wieder auf und zupfte sich den Schleier zurecht.

Anni sah fragend zu ihr und ließ ihre Herrin hinaus. Ohne eine Vorstellung davon, was nun passieren würde, folgte Gunda Hilbert zu einer Kammer dicht neben der ihren und wurde eingelassen. Der junge Ritter schloss die Tür hinter ihr, und sie war mit Dietrich allein.

»Das ziemt sich nicht!«, rief sie erschrocken und wollte sofort wieder gehen.

Doch Dietrich sagte eindringlich: »Bitte bleibt! Niemand wird es erfahren. Vertraut mir! Ich lege die Entscheidung darüber, was nun geschieht, ganz in Eure Hände. Doch Ihr wisst es ohnehin: Ich liebe Euch, immer noch und stärker denn je. Und Ihr liebt mich auch, bestreitet es nicht!«

Er trat zu ihr, legte seine Hand an ihre Wange und sah ihr in die Augen. Das konnte sie nicht ertragen, rasch senkte sie die Lider. Und dann küsste er sie zärtlich, so wie er sie vor Jahren schon einmal geküsst hatte.

Nur dass Gunda diesmal noch stärkere Gefühle empfand.

Widerstrebend löste sie sich von ihm, wobei ihr der Umhang von den Schultern glitt.

»Wir sind beide vermählt.«

»Nicht aus freiem Willen, sondern aus auferlegter Pflicht. Mit Menschen, die uns nicht lieben«, rief er voll verzweifelter Leidenschaft. »Meine Gemahlin hasst mich und wird an einem anderen Ort leben, sobald sie mir einen Sohn geboren hat. Wir teilen nicht einmal mehr das Bett. Und Euer Gemahl hat Euch schlecht behandelt, grob und herzlos. Ich sehe doch, wie unglücklich Ihr seid, ich habe es all die Jahre gesehen ...« Nun nahm er ihr Gesicht in seine Hände und raunte: »Kunigunde, Gunda, mein Herz ... Ich liebe dich wie noch niemanden in meinem Leben, so sehr, dass mir alles gleichgültig ist –

meine Eide, meine Pflichten ... Nur du nicht. Und ich schwöre, ich werde dich schützen, ich werde alle Konsequenzen auf mich nehmen und für unser beider Sünde büßen, damit du es nicht musst.«

Er griff nach ihrer Rechten und legte sie auf seine Brust.

»Spüre mein Herz! Fühle es schlagen ... Ich will dich glücklich sehen. Du verdienst es so sehr, endlich glücklich zu sein. Jeder Mensch verdient es.«

Gunda spürte seine Wärme, das Pulsieren seines Blutes, und die Innigkeit seiner Worte und der Berührung ließ ihre Entschlossenheit dahinschwinden, seine Kammer schnurstracks zu verlassen. In ihrer Ehe hatte sie nicht einen einzigen solch zärtlichen Moment erlebt.

Sie wollte bei dem Mann bleiben, von dem sie schon so lange träumte. Doch sie hatte Angst.

Angst vor der Schande, Angst vor der Sünde. Und vor allem Angst vor dem, was Bernhard tat, wenn er in ihr Bett kam, und was sie nur schwer ertragen konnte.

Wenn sie Dietrich *das* erlaubte, dann war sie nicht nur eine Ehebrecherin und auf ewig verdammt. Dann würde der Zauber dieser sanften Berührung verfliegen und zu etwas Grobem, Schmerzhaftem werden.

»Hab keine Angst!«, flüsterte er, zog sie an sich und liebkoste ihren Hals.

»Du bist eine mutige Frau. Ich habe dich gesehen, wie du barfuß mit einem Heerführer um Kapitulationsbedingungen verhandelt hast, wie du dich heute der Bedrohung gestellt hast ... Jetzt sei noch einmal mutig und vertrau mir!«

Er zog ihr Schleier und Schapel vom Kopf, fuhr mit den Händen sehnsüchtig durch ihr schwarzglänzendes Haar.

Dann schloss er sie fest in seine Arme und küsste sie auf Hals und Schultern.

»Fürchte dich nicht ... Du weißt nichts von Männern ...«

Sie war dreizehnjährig mit diesem alten Grobian verheiratet

worden und konnte nichts anderes kennen als seine rauhen Besitznahmen. Und dass sie rauh gewesen waren, fand er in ihrem Gesicht, in ihrer Haltung bestätigt. Ehemänner waren nicht angehalten, im Bett für die Lust der Frau zu sorgen, denn die galt als Sünde.

Für den Sohn eines Markgrafen standen hübsche und erfahrene Gespielinnen bereit, wenn er es wünschte, und er hatte viel von ihnen gelernt. Auch, um wie viel beglückender der Akt war, wenn beide daran Freude fanden.

»Es muss nicht weh tun, es kann schön sein … Ein Wunder, wenn es aus Liebe geschieht. Gott hat es so eingerichtet – und deshalb glaube ich, er will, dass Mann und Frau in Liebe zueinanderfinden. Auch wenn die Priester etwas anderes sagen. Lass es mich dir beweisen!«

Gunda spürte sein Begehren und wollte erneut zurückweichen. Doch Dietrichs Zärtlichkeiten ließen ein unbekanntes Gefühl in ihrem Leib aufsteigen, süß und fordernd.

Sie sah ihm in die dunklen Augen, und von dem Moment an war sie rettungslos verloren. Sie würde ihn immer lieben.

Nun küssten sie sich leidenschaftlich. Gundas Scham verflog, und mit einem Mal wollte sie dieses rätselhafte Gefühl kennenlernen, nicht mehr loslassen, sich ganz sinken lassen.

Geschickt öffnete er die Schnüre an den Seiten ihres Kleides und zog es ihr über den Kopf, bettete die geliebte Frau im Unterkleid auf sein Lager und liebkoste durch den dünnen Stoff mit Händen und Lippen ihren Leib, ihre Brüste, ihre Beine. Wieder und wieder, und zwischendurch flüsterte er ihr zärtliche Worte ins Ohr.

Er war fest entschlossen, sich Zeit zu lassen und so sanft wie nur möglich zu sein, um ihr die Angst und die Scheu zu nehmen.

Nichts von dem, was er mit großem Geschick tat, hatte Gunda je zuvor erlebt. Wogen unbekannter, höchst erstaunlicher Gefühle erschütterten ihren Körper, bis sie den seinen umschlang, ihn küsste und an sich presste. Mit den Händen fuhr sie durch sein dunkelbraunes Haar, und plötzlich kniete er über ihr.

Als sie eins wurden, spürte sie es kaum, als wäre es die natürlichste Sache der Welt, leicht und schmerzlos, und als er sich in ihr zu bewegen begann, stieß sie kleine, entzückte Laute aus. Erst vor Überraschung, dann vor Lust.

Das also ist das süße Gefühl, von dem die Spielleute singen!, sinnierte Gunda immer noch staunend, als sie überglücklich und innig aneinandergeschmiegt unter der warmen Decke lagen.

Nie hätte sie geglaubt, dass es so etwas geben könnte, dass die Vereinigung von Mann und Frau etwas anderes bedeuten könnte als Sünde, Schmerz und Abscheu.

Sie starrte an den Betthimmel, versuchte, sich zu sammeln, und auf einmal begann sie zu weinen.

Betroffen stützte sich Dietrich auf einen Arm, beugte sich über sie und küsste ihr die Tränen fort.

»Was ist mit dir, Geliebte? Sag es, damit ich dich trösten kann.« Sanft strich er ihr übers Gesicht.

»Ich weine … vor Glück und Fassungslosigkeit und Liebe«, schluchzte sie. »Heute Morgen noch habe ich vor Kummer geweint, dann war ich bereit zu sterben, und jetzt weine ich vor Glück. Ein Glück, wie ich es nie kannte!«

Von neuem begann er, sie zu liebkosen, und sie liebten sich ein zweites Mal, nachdem er ihr auch das Unterkleid ausgezogen hatte. Diesmal spürte Gunda weder Angst noch Scham und genoss jeden Augenblick, gab sich ihm ganz hin, erwiderte zaghaft seine Liebkosungen. Das ermutigte ihren Geliebten, leidenschaftlicher zu werden. Und plötzlich kam der Moment, wo sie dachte, so viel Freude nicht ertragen zu können, vor Glück zu zerspringen.

Als Dietrich erschöpft und erfüllt neben ihr auf die Kissen

sank, bettete sie ihren Kopf in seine Armbeuge und dachte: Diese Nacht soll niemals enden.

Immer noch vollkommen aufgewühlt vor Glück lagen die Liebenden im Dämmerschlaf, als jemand leise an die Tür klopfte.

»Du musst jetzt gehen, damit dir niemand etwas nachsagen kann«, erklärte Dietrich mit traurigem Blick. Er half ihr in Unterkleid und Umhang. Kleid und Beinlinge stopfte sie darunter und bedeckte rasch ihr Haar.

»Wir sehen uns wieder«, versprach er und gab ihr einen innigen Kuss. »Ich will mit dir leben. Ich werde immer hoffen, das sagte ich dir schon einmal. Und ich gebe die Hoffnung nicht auf. Vertrau mir!«

Er ermahnte sie eindringlich, sich nicht durch eine Beichte dieser Liebesnacht an ihren Kaplan auszuliefern, versicherte erneut, er werde die Sünde ganz auf sich nehmen.

Hilbert führte sie in ihre Kammer, nachdem er sich vergewissert hatte, dass der eiskalte Gang leer war.

Die Grünbacherin schnarchte immer noch, Anni fuhr aus leichtem Schlaf hoch, schenkte ihr etwas zu trinken ein und half ihr ins Bett. Sie würde nichts sagen.

In der kurzen Zeit bis zum Morgengrauen schwelgte Gunda in Erinnerungen und Träumen.

Das tat auch Dietrich – doch zugleich schmiedete er Pläne, die ihm schon lange durch den Kopf gingen. Sein Vater täuschte sich, wenn er meinte, dem Sohn nur für eine Nacht Abwechslung beschert zu haben.

Dietrich glaubte seinem Vater, wenn der sagte, dass Bernhard von Plötzkau wie die meisten Kreuzfahrer nicht aus dem Heiligen Land zurückkehren würde. Dann war Kunigunde Witwe, und er würde sie nach Meißen holen. Es kümmerte ihn nicht im Geringsten, wie sein Vater darauf reagieren mochte. Oder Dobroniega.

Am nächsten Morgen ließ der Graf von Seeburg die Gräfin von Plötzkau zurück zu ihrer Burg geleiten, wie versprochen zusammen mit einem Karren voller Korn, Rüben, Käse und Hafer für die noch ausstehende Siegesfeier.

Die Verabschiedung erfolgte in vollendeter Höflichkeit.

Niemand, der es nicht wusste, würde vermuten, dass Gunda und Dietrich ein gefährliches Geheimnis miteinander teilten.

Doch Mathilde und Konrad errieten es aus dem ungewohnten Strahlen in Gundas Augen, das ihr selbst nicht bewusst war.

Die Nacht ist dem Jungen zu gönnen, dachte der Markgraf zufrieden.

Seine Schwester jedoch, die in ihrem Leben eine eigene große Liebe erfahren hatte, sah mehr. Sosehr sie sich für die beiden freute, so sicher ahnte sie schon: Dies war keine einmalige Sache, keine kurze Affäre, sondern der Beginn von etwas, das noch große Schwierigkeiten versprach.

Versöhnung in Konstantinopel

König Konrad von Staufen, Kaiser Manuel Komnenos, Kaiserin Irene, Herzog Friedrich von Schwaben; Konstantinopel, Januar 1148

Ihr kommt zu Euch! Der Herr sei gepriesen!«

Wie aus weiter Ferne vernahm Konrad von Staufen eine vertraut wirkende Frauenstimme, hörte ein tröpfelndes Geräusch und fühlte, wie ihm ein kaltes, feuchtes Tuch auf die Stirn gelegt wurde.

Er war krank, erinnerte er sich vage, sehr krank, und es kostete ihn unendliche Mühe, die Lider zu öffnen, um das Geheimnis dieser Frauenstimme zu ergründen.

Grelles Tageslicht blendete ihn, so dass er die Augen sofort wieder schloss, um dann noch einmal ganz vorsichtig einen neuen Versuch zu unternehmen.

Ein verschwommenes Gesicht beugte sich über ihn, ebenfalls vertraut, umrahmt von blonden Zöpfen.

»Gertrud?«, ächzte er verwirrt und spürte dabei, dass seine Kehle ausgedörrt war. Seine Gemahlin war doch tot – befand er sich also im Himmelreich? Aber wieso trug sie byzantinische Kleidung, nicht ihr Krönungsgewand?

»Ich bin's, Irene … Bertha«, hörte er sie sagen, und langsam schwand nun auch das Flackern vor seinen Augen.

Ja, jetzt erkannte er sie. Gertruds Schwester Bertha, deshalb sah sie ihr so ähnlich. Seine Adoptivtochter und die Kaiserin von Byzanz.

Er hörte sie in die Hände klatschen und in einer fremden Sprache flüssig und bestimmt eine Reihe von Befehlen erteilen. Etliche dienstbare Geister, die er jetzt erst bemerkte, huschten nach tiefer Verbeugung davon.

Dann stützte sie seinen Kopf, um ihm sachte etwas zu trinken einzuflößen.

Konrad genoss die Kühle des Tranks und hätte am liebsten einen Eimer voll geleert. Doch Irene bestand darauf, dass er Schluck für Schluck zu sich nahm.

»Ihr wart sehr krank, wir mussten um Euch bangen«, sagte sie warmherzig.

»Wo bin ich?«, fragte er, verwirrt über die verschwenderische Pracht und die Bauweise, die ausschloss, dass er sich in einer deutschen Königspfalz befand. Und ebenso wenig in Ephesos, wo ihn das Fieber niedergestreckt hatte. Das wusste er noch.

»Im Palast des Kaisers von Byzanz«, sagte Irene lächelnd. »Auch alle Eure ranghohen Begleiter sind hier. Und gleich wird Euch mein Gemahl aufsuchen.«

»Ich werde … zu einem Fußfall … nicht in der Lage sein«, erklärte Konrad mühsam und bitter.

Weder fähig noch bereit dazu. Sollte Manuel darauf bestehen, würde er sich lieber aus dem Palast tragen lassen, als ihm diesen Gefallen zu tun.

»Pscht!«

Irene legte einen Finger auf ihren Mund und lächelte wieder. »Ihr seid krank und werdet hier als geliebter Verwandter gepflegt.«

Eine Schar von Dienern trug Krüge sowie Schalen mit Früchten, weißem Fladenbrot, Oliven und Käse herein.

Dann erschien Manuel Komnenos persönlich, während sich seine warägischen Leibwächter an der Tür postierten, riesige Kerle mit grimmigen Mienen und Bärten. Drei Schritte hinter dem Kaiser lief ein hagerer Mann mit einem geöffneten Kästchen voller Phiolen, offenbar ein Medicus.

»Es freut mich sehr, dass mein deutscher Bruder und Schwiegervater auf dem Weg der Genesung ist«, begrüßte Manuel den Gast unerwartet herzlich.

Wenn man seine Armee verliert und auch noch auf den Tod erkrankt, wird das Protokoll um den Aspekt des Mitleids erweitert, dachte Konrad zynisch. Doch hielt er dies aus seiner Miene fern und rang sich ein paar ebenso herzliche Worte ab, auch wenn das Sprechen noch schwerfiel.

Der Gelehrte träufelte etwas in einen Becher, wobei er sorgfältig die Tropfen abzählte, und reichte ihn dann mit einer tiefen Verbeugung dem Kaiser.

Der stützte nun Konrads Kopf, wie es zuvor Irene getan hatte, und flößte seinem Verwandten den Trank ein.

»Die Nachwelt wird erfahren, dass ich höchstselbst meinen kranken Verwandten gepflegt habe«, verkündete Manuel stolz. »Die byzantinische Gastfreundschaft ist unübertroffen.«

Er forderte den Gelehrten auf, seinem Patienten Ratschläge zu erteilen, die Irene ohne Mühe übersetzte. Ganz offensichtlich hatte sie sich gut hier eingelebt.

»Ihr nennt diese Krankheit Sumpffieber. Und die traurige Nachricht ist, Ihr werdet jetzt zwar genesen, doch für den Rest Eures Lebens immer wieder Anfälle davon erleiden, etwa alle paar Monate. Mattheit und Schüttelfrost sind die ersten Anzeichen, dann kommt ein gefährlich hohes Fieber dazu, auch Krampfanfälle können Euch ereilen«, referierte der Heilkundige monoton. »Meidet zu viele Anstrengungen und lasst gleich bei den ersten Anzeichen einen Medicus rufen, damit er sich des Fiebers annimmt. Viel mehr kann man nicht tun. Wir geben Euch einen Vorrat an Medizin mit, doch Ihr habt in Eurem Land nicht die Pflanzen, um sie herzustellen, und sie wirken auch nur lindernd. Diese Krankheit ist nicht heilbar.«

Wie hart willst du mich noch strafen für meine Sünden, Gott?, haderte Konrad. Hast du nicht schon genug Plagen über mich gebracht?

Er kannte die Krankheit von Berichten und aus eigener Anschauung. Etliche Reisende hatten sie aus Italien oder dem Heiligen Land mitgebracht. Dadurch wusste er, dass er künftig manchmal monatelang unfähig sein würde, zu regieren. Und sein Sohn Heinrich-Berengar, der junge Mitregent, war gerade erst elf Jahre alt geworden.

Wie sollte er unter diesen Umständen für Frieden in seinem Reich sorgen?

Sobald er kräftig genug dazu war, empfing Konrad seinen Neffen Friedrich, der ihm ausführlich berichtete, was in der Zwischenzeit geschehen war.

»Ja, sie sind alle hier, Oheim, Majestät«, begann er und zählte auf: »Eure Brüder Otto und Heinrich Jasomirgott, die Herzöge von Böhmen und Schlesien, die Markgrafen von Baden und Montferrat, die Bischöfe von Naumburg und Basel, Kanzler Arnold von Wied. Und Welf.«

Dass sein Neffe den entmachteten Welfen immer noch zu den

Großen des Reiches zählte, störte Konrad. Doch Friedrich sprach schon weiter.

»Erinnert Ihr Euch an den Streit mit Ludwig von Frankreich? Die Freundschaft hat nicht lange gehalten«, meinte er lässig grinsend. »Ludwig begann plötzlich, laut und öffentlich elsässische Burgen von Euch zu fordern. Was ihm zweifellos dieser Odo von Deuil ins Ohr geblasen hat, denn sie sollten an die Abtei Saint-Denis gehen. Solch anmaßendes Gebaren konntet Ihr natürlich als König nicht hinnehmen, und so trennten sich die Heere in Ephesos. Dann streckte Euch dort das Fieber nieder. Ihr wart von der Pfeilwunde noch geschwächt, und wir alle befanden uns in großer Sorge um Euch.«

An der Miene seines Neffen erkannte er, dass sie sich wirklich gesorgt haben mussten.

»Ich erinnere mich an nichts«, sagte er matt und verwundert. »Wie bin ich hierhergekommen?«

»Manuel erfuhr sehr bald von Eurer Erkrankung und schickte Euch und Euren Fürsten nicht nur eine Einladung in seinen Palast, sondern auch gleich eine prächtig geschmückte Flotte, die uns hierherbrachte.«

»Die Begrüßung?«, fragte Konrad. Er konnte sich immer noch an nichts erinnern. Bertha-Irene hatte zwar gesagt, Manuel habe auf den Fußfall verzichtet, und wahrscheinlich wäre er auch gar nicht dazu in der Lage gewesen. Aber hatte da etwas stattgefunden, worum er sich Sorgen machen musste? Das womöglich sein Ansehen herabsetzte?

Friedrich lächelte so herzlich wie lange nicht mehr, was Konrad aufatmen ließ. Er kam nicht auf den Gedanken, dass sein abgemagertes Gesicht und das weiß gewordene Haar seinen Neffen an dessen sterbenden Vater erinnerten und er sich wirklich um den König sorgte.

»Dieser Palast ist am Meer erbaut«, erzählte Friedrich mit Staunen in der Stimme. »Unser Schiff legte direkt vor dem Palast an, und Manuel schritt Euch entgegen.«

Erleichtert schloss Konrad für einen Moment die Augen. Das Problem mit dem Zeremoniell war aufs Beste gelöst.

Friedrich erriet genau, was sein Oheim dachte. »Also konnte Eure Kanzlei einen Bericht an Wibald von Stablo schicken, in dem steht, noch keiner Eurer Vorgänger sei in Byzanz mit solcher Pracht empfangen worden wie Ihr.«

Er konnte sich ein Grinsen über die Gerissenheit dieser Darstellung nicht verkneifen. Denn vor Konrad war überhaupt noch kein römisch-deutscher König von einem byzantinischen Kaiser empfangen worden.

Es war alles eine Frage der Formulierung.

Manuel Komnenos besuchte seinen königlichen Kranken regelmäßig; umso öfter, je mehr dessen Genesung voranschritt. Sie spielten Schach miteinander, unternahmen erst kurze Spaziergänge durch die herrlichen Palastgärten, dann kleine Ausritte und Beizjagden, veranstalteten bald Pferderennen und Feste, zu denen auch die anderen deutschen Fürsten eingeladen waren.

Sie unterhielten sich lange und ausführlich, und wenn sie ganz offen über heikle Fragen reden wollten, übersetzte vorzugsweise Irene, der Manuel mehr vertraute als seinen Dolmetschern.

Über Doryläum sprachen sie nie. Manuel wusste längst in allen Einzelheiten davon, und es wäre taktlos gewesen, darauf herumzureiten, dass er den König gewarnt hatte: vor dieser Wegstrecke und davor, auf leichte Reitereinheiten zu verzichten.

Und Manuel hatte zwar einen Waffenstillstand mit den Seldschuken geschlossen, aber er konnte nicht sicher sein, ob der auch für die Kreuzfahrer galt oder ob der Sultan von Iconium durch sie die Waffenruhe gebrochen sah. Deshalb konnte er ihnen keine Wegführer mitgeben – und die einheimischen hatten sie offenbar verraten. Eine böse Geschichte.

Anfang Februar erreichte sie die bestürzende Nachricht, dass auch Ludwigs Heer in einem entsetzlichen Blutbad nahe Laodikeia zu großen Teilen vernichtet worden war. Der König selbst konnte nur mit Hilfe der Templer gerade so dem Tod entrinnen.

Der Schreck saß tief bei den Deutschen, alle Eifersüchteleien wurden beiseitegeschoben. Konrad verfiel erneut in tiefes Brüten. Mit keinem seiner Männer war er bereit, darüber zu sprechen, was ihnen nun noch zu tun bliebe.

Nur Manuel scherte sich nicht darum, sondern konfrontierte seinen königlichen Verwandten mit unverblümten Ansichten, sobald sie unter sich waren.

»Euer Papst ist ein Narr!«, sagte er eines Tages, als sie über dem Schachbrett saßen und Konrad gerade einen seiner Springer in Sicherheit brachte.

»Und schwach dazu! Was nur wieder zeigt, dass die byzantinische Kirche die wahre ist. Dieser Eugen schafft es ja nicht einmal, in Rom einzuziehen, seit Jahren nicht, weil ihm die Stadtbewohner den Zutritt verwehren. Welche unglaubliche Peinlichkeit! Und dieser Mann will über dich bestimmen, Bruder? Weigerte sich, dich in einer anderen Stadt zu krönen? Das würde keiner unserer Patriarchen wagen! Die wissen, wo ihr Platz ist«, versicherte er selbstbewusst. »Und wieso um alles in der Welt ruft euer Papst zum Kreuzzug, während er selbst nicht nach Rom kann und ihm die Normannen immer näher rücken? *Die* sind unser Feind! König Roger wird ständig dreister, und niemand fällt ihm in den Arm.«

Der Verlust seiner besten Seidenweber samt ihrer besonderen Webstühle hatte Manuel schwer getroffen. Dem Byzantinischen Reich ging es ohnehin nicht gut, seine Glanzzeit hatte es längst hinter sich gelassen. Und jetzt schwelgte Roger in Gold und Silber aufgrund des schwunghaften Handels mit den begehrten Brokaten.

»Aber Edessa musste zurückerobert werden!«, erinnerte Konrad und nahm einen von Manuels Bauern.

»Edessa gibt es nicht mehr«, meinte der Kaiser verächtlich. »Zenghi, der es eingenommen hatte, starb, bevor ihr Kreuzfahrer losgezogen seid. Als Graf Joscelin versuchte, die Stadt zurückzuerobern, vertrieb ihn Zenghis Sohn Nur-ad-Din und ließ Edessa dem Erdboden gleichmachen. Was wollt ihr jetzt noch erobern, nachdem auch Ludwig die meisten seiner Männer verloren hat?«

Manuel schlug einen von Konrads Läufern und zeigte damit warnend auf seinen Gast.

»Aleppo, wo Nur-ad-Din residiert? Das wäre euer Untergang. Nur-ad-Din ist zu stark für euch, er hat wie einst sein Vater fast alle Stämme hinter sich. Damaskus, wie so manche Vöglein zwitschern? Der Emir von Damaskus ist ein Verbündeter Jerusalems. Nein, mein Freund und Bruder, Roger von Sizilien ist unser gefährlichster Feind, der Feind vor der Haustür.«

Bis März blieben Konrad und sein Gefolge Gäste des Kaisers von Byzanz. Der König erholte sich sichtlich von der Krankheit und – wie es schien – auch von dem Entsetzen über das Schicksal beider Heere. Manuel Komnenos gab alles, um seine Gäste mit Prunk und Großzügigkeit zu beeindrucken: kostbare Geschenke, ausgiebige Jagden, endlose Feste, Besuche in der berühmten Hagia Sophia, Plaudereien in den idyllisch angelegten Gärten. Ohne es laut auszusprechen, ließ er nichts unversucht, um seinen Besuchern die Überlegenheit der byzantinischen Kultur zu demonstrieren, auch wenn der größte Teil des Landes jenseits von Konstantinopel in Armut verkam.

Das überlegene Gehabe des Kaisers trieb Friedrich zu bissigen Gedanken: In meinen Landen liegt um diese Jahreszeit tiefster Schnee. Da könntest du, Manuel, auch nicht mit luftigen Palästen, blühenden Gärten und hauchdünnen Gewändern prahlen.

Eines Tages – Friedrich hatte gerade ein Wettreiten gewonnen, nun saßen sie zu einem Festmahl versammelt und feierten seinen Sieg – wandte sich die Kaiserin an ihn, nachdem sie ihn aufmerksam beobachtet hatte.

»Du hast alle im Wettstreit geschlagen, du sitzt hier in schönster Umgebung, jedermann feiert deinen Sieg, Neffe. Und doch wirkst du ungeduldig, gar nicht glücklich. Vermisst du deine junge Frau? Ich hörte, ihr wurdet unmittelbar vor deinem Aufbruch vermählt und hattet nur wenige Tage füreinander.«

Verblüfft starrte Friedrich Irene an, die so anders war als ihre Schwester Gertrud, obwohl sie ihr sehr ähnlich sah, und stellte seinen Becher ab. Er hatte seit Ewigkeiten nicht mehr an Adela gedacht, sie beinahe vergessen. Und er vermisste sie ganz bestimmt nicht. Hier gab es viel schönere, erfahrene Gespielinnen für ihn, die er sich selbst auswählen konnte.

Die Tafelrunde war verstummt, jedermann sah den Neffen des Königs an und wartete auf seine Antwort.

Friedrich ließ seinen Blick über die üppige Auswahl an Speisen schweifen, die kostbaren Schalen und Becher aus getriebenem Metall, die kunstvollen Verzierungen im Boden und an den Wänden, die edlen Stoffe der Gewänder. Dann sagte er höflich: »Wir sitzen hier und feiern, genießen Eure unübertreffliche Gastlichkeit, die Schönheit Eurer Stadt. Seit fast einem Vierteljahr. Und dafür werden wir Euch ewig dankbar sein.«

Nach kurzem Innehalten sah er jedoch seinem Oheim und König direkt in die Augen.

»Doch sollten wir nicht auf einem *Kreuzzug* sein? Sind wir nicht aufgebrochen, Gott zu dienen und das Heilige Land zu schützen? Auch wenn Edessa nicht mehr existiert, beide Heere enorme Verluste erlitten, auch wenn es noch so schön hier bei Euch ist, Eure Kaiserlichen Majestäten – ich denke, es ist Zeit, endlich aufzubrechen und uns Ruhm und Ehre zu erkämpfen.«

Ende März segelten König Konrad von Staufen und die ihn begleitenden Fürsten nach Akkon, um sich dort mit Ludwig von Frankreich und dem König von Jerusalem zu treffen und ihr gemeinsames militärisches Vorgehen zu planen.

Ungewissheit

Albero von Trier, Heinrich-Berengar, Adela;
Trier, Nürnberg, Regensburg, Februar und März 1148

Als in deutschen Landen erste Gerüchte die Runde machten, das Kreuzfahrerheer König Konrads habe im Kampf gegen die Seldschuken eine vernichtende Niederlage erlitten, noch ehe es überhaupt das Heilige Land erreichte, tat der Erzbischof von Trier sofort zweierlei: Er schickte Dutzende Kundschafter aus, um einen oder mehrere der ersten Rückkehrer aufzuspüren, die es unweigerlich geben würde, und er bereitete seine rasche Abreise nach Nürnberg vor, diesmal mit hundert gepanzerten Reitern.

Er hatte nicht jahrelang die raffiniertesten Intrigen geplant und unter hohen Risiken durchgesetzt, am Ende sogar seinen einzigen, illegitimen Sohn geopfert, um einen Staufer auf den Thron zu lancieren, nur damit die Lage jetzt völlig außer Kontrolle geriet. Wenn er und seine Gleichgesinnten Konrads minderjährigen Erben fortan nicht wie ihren Augapfel hüteten, würden die Welfen und ihre Verbündeten die Gunst der Stunde nutzen und die Macht an sich reißen.

Alles andere war auf einmal nebensächlich geworden für den ehrgeizigen Albero: seine Streitigkeiten mit den Mönchen von St. Maximin, das päpstliche Konzil in Trier, das bestens gelaufen war, was seine Rolle als Gastgeber betraf, zumal Wibald von Stablo die Kosten übernommen hatte. Und zum päpstlichen Konzil in Frankreich würde er noch rechtzeitig kommen, wenn er sich beeilte. Dort hatte er Großes vor, wollte das Primat des Erzbistums Trier über Belgien, Gallien und Germanien einfordern. Außerdem wäre es sehr interessant, die Reaktionen des Papstes und Bernhards von Clairvaux zu erleben, sollten sich die Gerüchte bestätigen, dass ihre Idee eines neuerlichen Kreuzzuges eine katastrophale Niederlage erlitten hatte.

Ein Augenzeuge der Ereignisse war schneller gefunden als befürchtet. Albero hatte ein dichtes Netz ausgeworfen. Niemand im ganzen Reich verfügte über so viele und so gewiefte Spione wie der Erzbischof von Trier.

Einer seiner Beauftragten führte ihm den vierten Sohn eines unbedeutenden Grafen vor, der in solcher Eile über die verschneiten Alpen gekommen war, als seien die Seldschuken immer noch hinter ihm her.

Der junge Mann, der auch noch ausgerechnet Siegbert hieß, schien gar nicht zu wissen, wovor er sich mehr fürchten sollte, als er vor dem Erzbischof kniete: dass der ihn verdammte, weil er seinen Kreuzfahrereid gebrochen hatte, oder ihn zurück in die Hölle schickte, aus er gerade entkommen war.

»Es ist gut, dass Ihr hier seid, um mir von den traurigen Geschehnissen zu berichten«, versicherte Albero ihm, um ihn zu beruhigen.

Deutlich erleichtert richtete sich der Grafensohn etwas auf. Er war abgemagert bis auf die Knochen, sein Blick flackerte unruhig, und manchmal verfiel er in eine Starre, aus der ihn der Erzbischof erst zurückrufen musste, weil seine Gedanken weit fort irrten und in dem durchlebten Gemetzel verharrten.

Albero, ein guter Menschenkenner und Beobachter, sah, dass

der Junge höchstens siebzehn Jahre alt war, und erahnte dessen Geschichte: vorzeitig in den Ritterstand erhoben, damit er mit stolzgeschwellter Brust das Kreuz nehmen konnte, denn sein Vater hatte keine Möglichkeit, seinen Viertgeborenen angemessen mit Land auszustatten oder ihm eine geistliche Laufbahn zu bezahlen.

Da hatte der Junge unsterblichen Ruhm erlangen wollen, vielleicht sogar eine Baronie in einem der Kreuzfahrerstaaten, und kehrte nun mit Schmach befleckt und von grausigen Erinnerungen gebrochen heim.

»Gebt ihm einen Becher Wein zur Stärkung!«, forderte der Erzbischof seine Bediensteten auf und nahm in Kauf, dass sein wichtiger Augenzeuge sehr schnell sehr betrunken werden würde – ausgehungert und emotional ausgelaugt, wie er war. Doch anders würde er ihm wohl kaum Einzelheiten des Geschehens entlocken können. Es war zu schrecklich, was er gesehen hatte, so dass er sich gar nicht erinnern *wollte*. Und schon gar nicht wollte er darüber sprechen.

Zunächst stockend, begann Siegbert dann zu erzählen.

»Es war kurz vor Doryläum ...«

Nach einer halben Stunde wusste Albero alles, was er wissen wollte und was dieser junge Ritter ihm sagen konnte.

»Wir sind gerannt, zehn Tage lang gerannt ...«, schluchzte der mit schwerer Zunge. »Und sie kamen und schossen ihre Pfeile auf uns ab, ohne dass wir sie sehen konnten ... Sie waren ständig da, immer hinter uns her ... Alle, die ich kannte, sind tot, einer nach dem anderen gestorben ... Die Seldschuken haben dann ihre abgetrennten Köpfe nach uns geschleudert. Der Weg lag voller Leichen. Es waren die, die vor uns gelaufen waren. Berge von Leichen ... Und nachts bauten wir uns eine Mauer aus Toten, um dahinter Schutz zu suchen, eine Mauer aus unseren toten Gefährten!«

Nun griff er sich tränenüberströmt mit beiden Händen an den Kopf und brach zusammen.

Albero wies an, dass ihm eine Kammer zum Schlafen zugeteilt wurde und ihn jemand mit Essen und Trinken versorgte, sobald er aus dem Rausch erwachte.

In einem Anflug von Mitleid mit diesem zerstörten jungen Leben ließ er sogar ein Schreiben an Siegberts Vater ausstellen, in dem er bescheinigte, der Sohn habe wertvolle Dienste für die Krone als Überbringer von Nachrichten geleistet. Denn zu den offensichtlichen Ängsten des Überlebenden gehörte auch, vom Vater wegen seiner Flucht als Eidbrüchiger und Feigling aus dem Haus gejagt zu werden.

Danach ordnete der Erzbischof für den nächsten Morgen die Abreise mit vollem Geleit an. Er musste nach Nürnberg, dringend und so schnell es ging. Hatte er bisher seine Pflichten als Berater des jungen Königs nicht besonders ernst genommen, weil ihm seine Trierer Angelegenheiten und der Besuch des Papstes wichtiger gewesen waren – jetzt musste er handeln. Er konnte Konrads Sohn und Erben in dieser heiklen Lage nicht dem alten Erzbischof von Mainz überlassen. Das Schicksal des Reiches hing davon ab.

Natürlich hatten auch Heinrich und Adela in Nürnberg von den Gerüchten gehört und schwebten in großer Sorge. Jedermann wollte es zwar vor ihnen verheimlichen, und Höchstwürden Heinrich von Mainz bestritt mit ungewohnter Leidenschaft, dass überhaupt ein Grund zur Sorge bestehe. Doch die beiden glaubten ihm nicht.

Nur blieb es unmöglich, etwas Gesichertes zu erfahren. War vielleicht schon ein Schreiben des Bischofs von Freising oder ein Bote eingetroffen, und niemand verriet es ihnen?

»Sie würden Euch nicht belügen, sie wissen einfach noch nichts«, versuchte Adela, den jungen König zu trösten. Heinrich-Berengar hatte Angst um seinen Vater – und Angst davor, was geschehen würde, wenn dieser nicht zurückkam. Weil sie sah, wie sehr der Kummer an dem Jungen nagte, entschloss sie sich zu einer kleinen Verschwörung mit Ulrich von Lauterstein, dem Hauptmann der königlichen Wache. Es war nicht die erste.

In den letzten Monaten versahen die Bediensteten des jungen Königs ihre Arbeit immer nachlässiger, und Adela musste energisch die Herzogin herauskehren, damit seine Kammer im Winter ordentlich geheizt wurde und sein Essen nicht erst auf den Tisch kam, wenn es schon kalt war. Das funktionierte besser, wenn Ulrich an ihrer Seite war, denn ihn fürchtete jeder, auch wenn er kaum je das Gesicht verzog. Vielleicht gerade deshalb?

»Wir müssen den König von seinen trüben Gedanken ablenken! Er braucht eine Abwechslung«, schlug sie Ulrich vor. »Den ganzen dunklen Winter haben wir hier in diesen Gemäuern verbracht. Wie wäre es, wenn wir mit ausreichend Geleit nach Regensburg reisten, um uns dort die berühmte Steinerne Brücke anzusehen? Es sind höchstens drei Tagesreisen bis dorthin.«

Ulrich, der Adela nur höchst ungern etwas abschlug, hatte Bedenken hinsichtlich der Sicherheit des jungen Regenten. Falls sein Vater tatsächlich tot war, wie einige Gerüchte besagten – die er allerdings umgehend unterband und auch Adela verschwieg –, befand sich Heinrich-Berengar in akuter Gefahr. Doch noch wusste offenbar wirklich niemand etwas Genaues.

Und Ulrich sah auch, dass der Junge so außer sich war vor Sorge, dass es schwer werden würde, ihn vor unbedachten Reaktionen zu bewahren oder auch nur davor, irgendwelchen Einflüsterungen Glauben zu schenken.

Also stimmte er dem Ausflug zu. Der Schnee war größtenteils schon geschmolzen, so dass die Wege wohl frei wären, und es würde Heinrich tatsächlich guttun, nach den dunklen Wintermonaten einmal aus der Burg herauszukommen.

Der jungen Herzogin von Schwaben ebenso, die ihm am

Herzen lag, denn auch sie wusste nicht, wie es ihrem Gemahl ging. Ulrich hatte sie seit Ewigkeiten nicht mehr lächeln sehen.

Also stellte er eine zuverlässige und ausreichend große Geleitmannschaft zusammen und überwachte gründlichst alle weiteren Vorbereitungen.

Dann ritten sie nach Regensburg, um die als Wunder gefeierte Steinerne Brücke zu besichtigen, die vor zwei Jahren fertiggestellt worden war.

Als sie am Südufer der Donau standen, an einer Stelle, von der aus sie das gewaltige Bauwerk in seiner ganzen Größe und Schönheit sahen, entdeckte Ulrich auf einmal so viel Leben und Abenteuerlust auf Adelas Gesicht wie schon ewig nicht, und er war doppelt froh, der Unternehmung zugestimmt zu haben.

»Seht nur, wirklich ein Wunderwerk, ganz aus Stein und so riesig! Und sie hält!«, jubelte Adela und deutete auf die schwerbeladenen Fuhrwerke, die über die von steinernen Bögen getragene Brücke rumpelten, auf Berittene und Fußgänger, Händler und Reisende, die nun dank der Brücke trockenen Fußes von der Altstadt nach Stadtamhof gelangten.

Es war zwar kalt, doch der Himmel war klar und blau, die Sonne schien, und ein leichter Wind ließ Adelas Schleier flattern, so dass sie ihn lieber festhielt. Als verheiratete Frau musste sie ihr Haar bedeckt tragen.

»Wie viele Bögen sind es?«, fragte sie und begann zu zählen.

»Sechzehn, Euer Majestät und Ihre Durchlaucht«, berichtete der Brückenmeister beflissen, der herbeigeeilt war, um dem König das Bauwerk zu erklären. Seine reichverzierte Kleidung aus bestem Tuch kündete nicht nur vom Ansehen seines Amtes, sondern auch vom Reichtum der blühenden Handelsstadt Regensburg, einer der größten und bedeutendsten des Landes.

»Wie Ihr sehen könnt, sind die Abstände zwischen den Pfeilern nicht gleichmäßig, und auch die Brücke ist nicht schnurgerade, sondern wir folgten beim Bau dem Verlauf der Strömung und berücksichtigten den Untergrund, um größtmögliche Stabilität zu erzielen«, fuhr der Mann eifrig fort. »Nicht umsonst haben wir diesen Platz ausgewählt. Hier fließen zwei Arme der Donau zusammen, der fünfte Pfeiler steht auf dem Damm. Es ist die einzige Brücke über die Donau zwischen Ulm und Wien!«, sagte er mit hervorgereckter Brust. »Sie ist so breit, dass bequem zwei Karren aneinander vorbeifahren können. Die Kaufleute der Stadt und Herzog Heinrich der Stolze, Gott hab ihn selig, machten dieses Wunder möglich.«

Dann fiel ihm ein, dass der Welfenherzog nicht das beste Verhältnis zum Haus des jungen Königs gehabt hatte. Genauer gesagt, führten sie Krieg gegeneinander. Deshalb verstummte er betreten.

Doch Heinrich-Berengar hörte ohnehin nur halb zu. Er versuchte, die Brückenpfeiler nachzuzählen, was sich von ihrem Standort am Südufer aus als nicht so einfach erwies.

Ulrich dankte dem Brückenmeister und verabschiedete ihn, nachdem er ihm ein Geschenk des Königs übergeben ließ.

»Ich habe sie als Baustelle gesehen, vor fast zehn Jahren auf der Reise nach Bamberg. Das war, als mich mein Vater an den königlichen Hof brachte«, erinnerte sich Adela und lächelte Heinrich zu. »Ihr konntet damals noch kaum laufen, Majestät! So lange ist das her. Und ich wollte nicht glauben, dass dieses unglaubliche Vorhaben je gelingen würde … Doch da steht sie … Und das ganze Kreuzfahrerheer ist darübergezogen … Könnt Ihr Euch das vorstellen? So viele Menschen, Pferde, Karren dicht gedrängt – und die Brücke bricht nicht ein?«, fragte sie aufgeregt.

Das war nun ein Dreivierteljahr her und musste ein großartiges Bild abgegeben haben. Doch sie waren nicht dabei gewesen, sie hatten sich in Nürnberg von den Kreuzfahrern verabschieden müssen.

Nun standen Adela und Heinrich hier nebeneinander und hatten beide nur ein Bild vor Augen: wie der König und sein Neffe mit ihren Begleitern über die Steinerne Brücke zurückkehrten. Sie starrten so intensiv ins Leere, als könnten sie damit die Ersehnten heraufbeschwören. Gleich würden sie am gegenüberliegenden Ende die Banner und Helmspitzen der Vorreiter sehen, die Pferde wiehern hören, das Klappern ihrer Hufe auf dem Stein ... Und dann würden ihnen Konrad und sein Neffe Friedrich sonnenverbrannt und lächelnd entgegenreiten.

Vater, komm endlich heim!, dachte Heinrich flehentlich, und ihm stiegen fast die Tränen in die Augen. Du hast mich hier allein gelassen mit so vielen Pflichten, die ich nicht erfüllen kann, weil ich erst elf Jahre alt bin und niemand mich ernst nimmt, niemand mir die Wahrheit sagt außer Ulrich und meiner lieben Cousine. Mutter ist schon von uns gegangen, verlass du mich nicht auch noch! Und was soll erst aus meinem kleinen Bruder werden?

Während Adela dachte: Es *ist* ein Wunderwerk. Doch Heilige Jungfrau Maria, ich flehe dich um ein noch größeres Wunder an: Lass Friedrich gesund heimkehren und sich mit mir aussöhnen! Ich wünsche mir so sehr, dass er mich liebt. Ich liebe ihn doch auch!

Wieder rief sie sich die Worte der Agnes von Saarbrücken ins Gedächtnis: »Eure Ehe beginnt erst, wenn er zurückkehrt.«

Doch würde er zurückkehren? Und wie? Würde ihn die lange Zeit in der Fremde noch mehr von ihr entfernen oder ihn versöhnlich stimmen für einen Neubeginn?

Ich habe nichts getan, um ihn zu verprellen, dachte sie verzweifelt und ahnte doch im tiefsten, geheimsten Winkel ihres Herzens, dass sie umsonst auf seine Zuneigung hoffte.

Ulrich von Lauterstein konnte in ihrem Gesicht genau lesen,

was sie dachte. Dazu kannte er sie schon lange genug und hatte sie oft genug beobachtet.

»Wir beten alle für ihre glückliche Heimkehr, jeden Tag, Durchlaucht«, sagte er leise. »Seid nicht traurig, vertraut auf Gott! Ich hatte gehofft, diese Reise würde Euch ein wenig Freude bereiten.«

»Das tut sie, lieber Hauptmann«, versicherte sie tapfer. »Ich wollte diese Brücke schon so lange einmal sehen. Und es ist schön, einmal aus Nürnberg herauszukommen. Immer nur die gleichen Gemäuer um uns herum ... und so düstere Mienen. Zum Glück scheint der Winter zeitig gegangen.«

Aus einem Impuls heraus fragte sie den König: »Wollen wir über die Brücke laufen?«

Sie stellte sich vor, wie sie beide Hand in Hand übermütig hinüberrannten, bis sie völlig außer Atem am anderen Ende anlangten. Aber das ziemte sich natürlich nicht.

Heinrich runzelte die Stirn. »Ich bin ein König, ich müsste hinüber*reiten*.«

Und vorher müssten sie die Brücke von allen Karren, Pferden und Passanten räumen, dachte er weiter. Doch damit würde er auch die Phantasiebilder verjagen.

Wenn er hier ganz still stand, würden sie vielleicht gleich zurückkehren, sein Vater und alle, die mit ihm fortgezogen waren. Wenn er die Augen ganz fest schloss und nach einer Weile wieder öffnete, sah er sie vielleicht kommen.

»Majestät, Ihr friert, wir sollten ins Quartier zurückkehren«, entschied Ulrich und sah immer wieder aufmerksam um sich, ob dem König auch keine Gefahr drohte.

Auch Adela war mittlerweile froh, die Kälte hinter sich zu lassen, denn inzwischen wehte ein eisiger Wind.

»Doch ist sie nicht ein ganz erstaunlicher Anblick?«, fragte sie den Lautersteiner.

»Als die Brücke noch im Bau war, erzählte ich meiner Gemahlin davon, und sie wollte mir kaum glauben«, gestand Ulrich, der sonst nie über seine Familie sprach. »Das war einen Tag, bevor das Fieber sie und meine zwei kleinen Töchter holte.« Sein Gesicht verdüsterte sich. Er hatte seine Frau und die Mädchen sehr geliebt.

Adela erinnerte sich, es lag viele Jahre zurück, aber natürlich hatte sich die traurige Geschichte herumgesprochen.

»Gott ist ihren Seelen gnädig«, sagte sie sanft. »Ihr trauert nun schon so lange … Meint Ihr nicht, dass vielleicht eine andere Frau Euer Herz trösten und Euch Kinder schenken könnte?«

Er sah sie an, und schlagartig erkannte Adela die Wahrheit. Erschrocken senkte sie die Lider und schwieg. Sie mussten jetzt beide schweigen, sonst würde etwas Furchtbares geschehen.

»Wir sollten gehen«, wiederholte er, wandte sich um und erteilte der Geleitmannschaft überflüssige Befehle, damit Adela sein Gesicht nicht sehen konnte.

Er schalt sich dafür, dass er sich unabsichtlich verraten hatte. Von nun an würde alles viel schwieriger werden zwischen ihnen. Er musste einen Weg finden, die alte Vertrautheit wiederherzustellen. Doch sie war jetzt verschreckt, gewarnt, beunruhigt.

Zu Recht. Wenn jemand der Herzogin von Schwaben eine Affäre unterstellte, würde das verhängnisvolle Folgen haben. Er sollte wohl doch heiraten, irgendeine, nur damit Adela nicht in Verdacht geriet. Aber dafür brauchte er die Erlaubnis des Königs, und der war weit fort.

Bei ihrer Rückkehr nach Nürnberg waren sie noch nicht einmal aus den Sätteln gestiegen, als sie schon erfuhren, der Erzbischof von Trier sei mit großer Wachmannschaft eingetroffen.

Adela stockte der Atem. Albero weiß etwas, und es sind keine guten Neuigkeiten, dachte sie voller Angst.

Auch Heinrich hatte das sofort begriffen. Er war klüger, als die meisten in seiner Umgebung glaubten.

»Es ist etwas Schlimmes geschehen!«, sagte er zu ihr und wurde kreidebleich.

Dann besann er sich auf seinen Titel und verkündete sofort den Wunsch, vom Trierer Erzbischof und dem Reichsverweser empfangen zu werden.

Er sah noch zu, wie sein Pferd weggeführt wurde, ließ sich rasch erfrischen und umkleiden und ging dann mit Ulrichs Geleit in die Ratskammer.

Der alte Erzbischof von Mainz wartete bereits dort. Er wirkte müde und besorgt. Gebeugt saß er am Tisch, sein dünner weißer Bart reichte bis auf die Holzplatte und zitterte.

Kaum hatten sie einander begrüßt, kam auch Albero von Trier herein. Schwungvoll und selbstsicher lächelnd wie immer nahm er Platz und sortierte wie üblich seine aufwendigen, prunkvollen Kleider.

»Höchstwürden, könnt Ihr mir sagen, was mit dem Heer meines Vaters geschehen ist?«, wandte sich der junge Regent ohne jegliche Vorrede an seine beiden Ratgeber.

»Es ist noch kein Bote mit Nachricht von Seiner Majestät, Eurem Vater, eingetroffen, also wissen wir nichts mit Bestimmtheit. Ihr solltet dem Geschwätz einiger Leute keine Bedeutung beimessen«, erklärte der alte Heinrich von Mainz ganz entschieden, klopfte sogar mit den Fingerknöchelchen auf den Tisch. Doch seine Worte klangen alles andere als überzeugend.

»Nun, ein wenig mehr weiß ich schon«, widersprach Albero von Trier mit überlegenem Lächeln. »Zwar ist die offizielle Darstellung der Hofkanzlei noch nicht eingetroffen, wie Höchstwürden richtig feststellte, doch ich erhielt detaillierte Auskünfte von einem Augenzeugen des Geschehens, über das so viele Gerüchte umherschwirren.«

»Augenzeuge?«, brummte der Mainzer misstrauisch. »Was für ein Augenzeuge soll das sein?«

»Jemand, der zugegen war, als das königliche Heer kurz vor Doryläum von Seldschuken angegriffen wurde«, belehrte ihn Albero genüsslich.

Dann wurde er ernst und blickte Heinrich-Berengar beruhigend in die Augen.

»Das Wichtigste zuerst: Der König lebt, ebenso der Herzog von Schwaben und all die hohen Herren, die ihn begleiteten«, fuhr er fort, und Heinrich hätte am liebsten vor Erleichterung geweint.

»Was die Einzelheiten des Angriffs und seiner Folgen angeht, so sollten wir tatsächlich abwarten, bis uns ein Pergament mit offiziellen Nachrichten erreicht.«

Er glaubte zwar dem jungen Siegbert jedes Wort, doch solange keine offizielle Bestätigung kam, würde er hier keine Hiobsbotschaften verbreiten. »Also sorgt Euch nicht länger um Euren Vater, Majestät! Er lebt, und es geht ihm gut.«

Schwungvoll, wie er gekommen war, erhob sich Albero, obwohl es nicht seine Sache gewesen wäre, die Besprechung zu beenden, lächelte dem jungen König aufmunternd zu und ging hinaus.

Die offizielle Version

Heinrich-Berengar, Adela, Albero von Trier,
Heinrich von Mainz, Wibald von Stablo;
Nürnberg, März 1148

Der Bericht von dem Massaker, den Otto von Freising persönlich verfasst hatte, erreichte Nürnberg drei Tage später – zufällig in genau dem Moment, als die Erzbischöfe von Trier und Mainz zusammen über den Burghof gingen und dabei einige Fragen des Konzils von Trier erörterten.

Albero wollte nach dem Pergament greifen, doch der Mainzer riss es ihm förmlich aus der Hand mit seinen dürren, von der Gicht gezeichneten Fingern.

»*Ich* bin der Reichsverweser!«, kreischte er und drückte das Schreiben an die Brust.

Albero verdrehte die Augen. »Ich wollte Euch nur behilflich sein, Höchstwürden, da jedermann weiß, dass Eure Klarsichtigkeit stark nachgelassen hat«, stichelte er höchst zweideutig.

»Gehen wir zum König!«, bestimmte der Reichsverweser wütend.

»Sollten wir das Pergament nicht besser zuerst öffnen und lesen, um zu überlegen, wie wir Seiner Majestät die Neuigkeiten möglichst schonend beibringen?«, schlug Albero vor.

Der Mainzer beäugte ihn mit größtem Misstrauen.

»Was wisst Ihr schon wieder über den Inhalt? Habt Ihr es etwa heimlich öffnen und erneut versiegeln lassen?«, schnappte er mit immer schrillerer Stimme.

»So etwas würde ich nie tun!«, beteuerte Albero.

Jedenfalls nicht unter den Augen des Hofes.

»Wir werden die Botschaft im Beisein des jungen Regenten öffnen und verlesen«, bestimmte Heinrich von Mainz starrsinnig.

»Das Pergament geht zuerst an mich«, erklang hinter ihnen die ruhige Stimme des Abtes von Stablo und Corvey, der offensichtlich gerade erst eingetroffen war – auf Zutun Alberos, der ihm vor seiner eigenen Abreise noch einen Boten mit der Bitte geschickt hatte, wegen der potenziell heiklen Lage in Nürnberg zu erscheinen.

Sichtlich widerwillig rückte der alte Mainzer Erzbischof das Pergament heraus. Doch als Leiter der Königlichen Kanzlei konnte Abt Wibald völlig zu Recht Anspruch auf sämtliche eingehenden Schriftstücke erheben.

Er lud die beiden Streithähne in sein Quartier neben der Schreibstube ein, brach das Siegel und las Wort für Wort vor. Heinrich von Mainz sank mit zittrigen Beinen auf Wibalds schlichte Bettstatt, weil ihm übel wurde.

Albero und der Abt sprachen sich kurz ab, was sie dem jungen König mitteilen würden.

Dann ließen sie sich in dessen Kammer anmelden.

Ulrich von Lauterstein stand wie üblich an der Tür und wachte. Der junge König prahlte gerade vor Adela mit seinen Waffenübungen unter Ulrichs Aufsicht, während sie die sich auflösenden Stickereien an einem seiner Bliauts ausbesserte, weil das die Bediensteten zu liederlich getan hatten.

Als Heinrich seine drei Ratgeber mit todernsten Mienen vor sich sah, konnte er die Augen nicht von der Pergamentrolle mit dem großen Siegel lassen. Vor Schreck warf er seinen Becher um.

Sie brachten keine guten Neuigkeiten, das war gewiss.

Diener eilten herbei, um die Scherben aufzusammeln und den verschütteten Trank vom Boden zu wischen. Ein paar Spritzer waren auf Adelas Kleid geraten, die jedoch auch nur auf die Geistlichen und das Pergament starrte.

Würde sie jetzt erfahren, dass ihr Gemahl tot oder verwundet war? Hastig schlug sie ein Kreuz und flüsterte ein Vaterunser.

»Alle außer Seiner Majestät verlassen die Kammer«, bestimmte Albero.

»Nein, die Herzogin bleibt!«, widersprach Heinrich heftig. »So ungeduldig, wie ich Nachricht von meinem Vater erwarte, ersehnt sie welche von ihrem Gemahl.«

Albero tauschte einen Blick mit seinen Begleitern, und sie waren sich ausnahmsweise einmal einig.

Als Frau hatte Adela in einer Besprechung von solcher Tragweite zwar nichts zu suchen. Aber der junge König vertraute ihr, sie hatte fast so etwas wie eine Mutterrolle bei ihm eingenommen. Wenn ihn jemand trösten und beruhigen könnte, dann sie.

»Majestät, wir haben nun endlich neue Kunde vom Kreuzfahrerheer«, begann Wibald, nachdem alle anderen gegangen waren und Ulrich sich vor der Tür postiert hatte. »Um Euch gleich vorab zu beruhigen: Euer Vater ist wohlauf, ebenso der Herzog von Schwaben, Eure Onkel Otto von Freising und Heinrich Jasomirgott.«

Das Aufatmen der zwei jungen Menschen kam im selben Moment, und ebenso stießen sie gemeinsam ein »Der Jungfrau sei Dank!« hervor.

»Dennoch gibt es einige unerfreuliche Neuigkeiten, die wir Euch nicht vorenthalten dürfen«, fuhr Wibald mit ernster Miene fort.

Heinrich stand auf und lud die drei mächtigen Geistlichen mit einer Geste ein, sich an den großen Tisch zu setzen. Er selbst nahm an der Stirnseite Platz.

Adela übernahm es, ihnen allen die Weinbecher zu füllen. Dann zog sie sich auf ihren Platz in der Fensternische zurück. Es überraschte sie ohnehin, dass sie bleiben durfte – und sie zog daraus ihre eigenen Schlussfolgerungen.

Beunruhigende Schlussfolgerungen.

Vorsichtig, aber aufmerksam beobachtete sie die drei Ratgeber, die unterschiedlicher nicht hätten sein können: Albero in seinen prächtigen Gewändern und seiner Unbekümmertheit, die darüber hinwegtäuschen sollte, dass er ein mit allen Wassern gewaschener Ränkeschmied war; der weise Abt Wibald im schlichten Habit der Benediktiner; und der Erzbischof von Mainz mit seinem weißen Bart, der zittrigen Stimme und dem Gewand, das dringend der Reinigung bedurfte, weil Bratenfett und Wein daraufgetropft waren.

Mit ruhiger, sonorer Stimme begann Wibald zu berichten, dass das deutsche Heer bei einem Angriff in Anatolien zu großen Teilen vernichtet worden war und den geordneten Rückzug nach Nicaea antreten musste.

»Euer Vater wurde leicht verwundet, doch er ist wieder vollkommen genesen. Der Herzog von Schwaben ist unversehrt und leistet Großes, um die Truppen erneut zu sammeln und zu einen«, sagte er mit Blick auf die stille Adela.

Bis hierher hatte er den Inhalt in eigenen Worten zusammengefasst, um ihn durch einige Auslassungen weniger drastisch klingen zu lassen. Jetzt las Wibald wörtlich vor, was der Bischof von Freising niedergeschrieben hatte.

»Der bedrückende Mangel an Proviant zwang uns zu diesem Rückzug, der Verrat der ortskundigen Führer und die Unzuverlässigkeit von Byzanz.«

Ja, natürlich, dachte Albero zynisch. Immer Byzanz! Ihr werdet euch noch nach Manuel Komnenos sehnen, wenn erst Roger von Sizilien weiter in den Norden Italiens vormarschiert.

»Bei Doryläum wurde die Blüte der Ritterschaft dahingemetzelt«, fuhr Abt Wibald fort.

Ruhmsüchtige oder nachgeborene Söhne wie der bedauernswerte Kerl, der vor mir hockte und heulte, dachte Albero. Söhne, deren Väter sie fortschickten, weil sie ihnen kein Erbe hinterlassen können. Und zwanzigtausend arme Pilger – Menschen, die in ihrer Heimat verhungert wären. Das macht ihren Tod nicht weniger beklagenswert. Doch viele waren

Abenteurer, Huren und Diebsgesindel, die das königliche Heer ständig in Schwierigkeiten und in Verruf brachten.

»Wir müssen uns fragen, ob unsere Sünden so groß waren, unsere Demut und Ergebenheit zu Gott zu gering«, zitierte Wibald weiter aus dem Schreiben des Bischofs von Freising. »Haben wir diese Niederlage verdient durch unsere Hoffart und Zügellosigkeit? Weil wir die Gebote nicht beachteten, die der vom Geist Gottes berührte Prophet uns auftrug, als er zum Kreuzzug rief? Freilich ist der Geist des Propheten nicht immer beim Propheten.«

Sieh an!, dachte Albero wütend. Otto von Freising schießt scharf gegen den Abt von Clairvaux.

Bei weitem nicht der gesamte Klerus teilte Bernhards Kreuzzugsbegeisterung. Mancher bezeichnete ihn auch ganz offen als »Werkzeug des Teufels«. Nun, nachdem das Unternehmen gescheitert war, noch ehe die Kreuzfahrer das Heilige Land überhaupt erreicht hatten, würden diese Stimmen noch lauter werden und viele Schlangen ihr Haupt erheben.

Albero fragte sich, wie der heiligmäßige Bernhard wohl die schrecklichen Nachrichten aufnehmen würde. Die Vorwürfe, mit denen man ihn überschütten würde ... und die Vorwürfe, die er sich selbst machte. Seine Gesundheit war ohnehin durch das viele Fasten angegriffen. Albero sorgte sich sehr um den Freund.

Wibald von Stablo legte das Pergament auf den Tisch und sah den König beschwichtigend an.

»Wir wissen also, Euer erlauchter Vater und auch der Herzog leben, und sie werden alles tun, um das Heer wieder in kampffähigen Zustand zu versetzen. Sie werden sich mit den Truppen des Königs von Frankreich vereinen und gemeinsam weiterziehen. Zumindest herrscht Gewissheit, dass alle Fürsten überlebt haben. Über Zahl und Namen der Toten werden wir wohl nie Genaues erfahren. Zuverlässig wissen wir nur, dass Graf Bernhard von Plötzkau die Nachhut anführte und mit größter Tapferkeit kämpfte, um dem Houptheer den Rückzug zu ermöglichen. Er und alle seine Mannen sind dabei gefallen.«

Adela war auf ihrem stillen Beobachterplatz zusammengezuckt. Was geschah nun mit Gunda? Sie war jetzt Witwe.

Genau diese Frage stellte auch Heinrich-Berengar, dem sie im Stillen dafür von Herzen dankte.

»Da Graf Bernhard keinen Erben hinterlässt, folgt das übliche Verfahren«, nuschelte der Erzbischof von Mainz, der froh war, endlich auch wieder etwas sagen zu können. »Plötzkau wird von der Krone eingezogen und neu vergeben. An wen, das soll Euer Vater entscheiden. Es wird wohl mehrere Bewerber geben.«

»Albrecht der Bär?«, mutmaßte der junge Regent.

»Mit Sicherheit«, stimmte Albero sofort zu. »Sein Schwager Hermann von Winzenburg könnte ebenfalls Ansprüche geltend machen. Am lautesten wird jedoch der junge Löwe dieses Land einfordern, auf alte Vorrechte pochen und darauf, dass der Bär beim Wendenkreuzzug unverschämt viel Land eingeheimst hat. Doch das gilt für den Löwen nicht minder.«

Wibalds Miene verfinsterte sich angesichts seiner Erinnerungen an diese Unternehmung.

»Da war vom Gelde viel die Rede, vom Glauben selten«, ließ er durchblicken. Diese Klage war seither unter den Geistlichen oft zu hören.

»Also werden wir einen Beauftragten nach Plötzkau schicken, der die Verwaltung der Ländereien übernimmt. Die Witwe zieht sich auf ihr Wittum zurück, wie es üblich ist.«

Damit schien für den Reichsverweser diese unbedeutende Angelegenheit erledigt.

Nicht jedoch für Heinrich-Berengar.

»Sie ist noch jung und war ein Mündel der Krone. Wir sollten sie zurück an den Hof holen und neu vermählen. Sie ist sehr schön«, meinte er und hoffte, Adela würde sich über seinen Vorschlag freuen.

Sehr schön und sogar klug, erinnerte sich Albero, aber womöglich unfruchtbar und noch dazu eine Waise ohne jeglichen Besitz und Titel. Sie wäre uns hier nur eine Last. Doch das musste er anders formulieren, wollte er nicht den Unmut des jungen Königs wecken. Er wusste sehr wohl, dass die Herzogin von Schwaben und die nunmehrige Witwe von Graf Bernhard eng befreundet waren.

»Es gibt derzeit keine Königin, so dass wir kaum Bedarf an Hofdamen haben«, erinnerte er höflich. »Und da die Gräfin in all den Jahren ihrer Ehe kein Kind gebären konnte, wird es nicht leicht für die Krone, sie jemandem als Gemahlin anzubieten.«

Adela, die sich eben noch gefreut hatte, die Freundin bald zu sehen, bekam einen riesigen Schreck. Dann geben sie Gunda irgendeinem uralten Mann, der schon so viele Erben hat, dass er keine weiteren will!, dachte sie. Die Ärmste kommt aus dem Regen in die Traufe.

Im Witwenstand

Kunigunde von Plötzkau;
Burg Plötzkau, März 1148

Gunda hatte gleich nach dem Frühmahl den Verwalter, die Dorfältesten der umliegenden Dörfer und den Burgkommandanten zu sich gerufen, um mit ihnen über die Aussaat zu beraten. Sie besaßen Saatgetreide, wenngleich nicht viel. Aber bis auf die Burgbesatzung lebten kaum noch Männer in den Dörfern. Die Zugochsen waren geschlachtet oder von Gesetzlosen gestohlen worden. Das einzige Och-

senpaar weit und breit war jenes, das ihnen der Graf von Seeburg großzügig überlassen hatte – mitsamt dem Karren, der
Korn und Bier für die Siegesfeier geladen hatte.

So würden sich die Frauen vor den Pflug spannen müssen.
Die Reisigen und Stallknechte sollten ihnen zu Hilfe kommen, fand die Burgherrin und war entschlossen, das auch
durchzusetzen. Zwei dürre, opferreiche Jahre lagen schon
hinter ihnen, und aus Geldmangel konnte sie nichts hinzu-
kaufen. Selbst die Bauarbeiten am steinernen Bergfried mussten eingestellt werden, weil sie weder Steinmetzen noch
Maurer bezahlen konnte. Und im Moment war ihr wirklich
gleichgültig, was ihr Gemahl nach seiner Rückkehr dazu
sagen würde. *Er* hatte das ganze Silber für seinen Heerbann
verbraucht.

Zu ihrer Verwunderung stieß sie kaum auf Widerspruch mit
ihren Plänen, nicht einmal bei dem alten Steinauer.

Durchs Fenster sah sie, dass jemand auf einem guten Pferd
durch das Tor geritten kam und sofort vom Stallmeister in
Empfang genommen wurde. Wahrscheinlich ein Bote, doch
wer hatte ihn geschickt? Nun, das würde sie wohl gleich erfahren.

Wenig später wurde ihr tatsächlich ein Bote des Königs
gemeldet, was großes Erstaunen auslöste.

Einen Moment lang befürchtete sie, der junge Regent sei mit
der Antwort nicht zufrieden, mit der sie sich bei ihm für die
Rettung aus der Not bedankt hatte.

Doch als sie das Gesicht des Boten sah, wusste sie, was sie
gleich zu hören bekommen würde.

Die Gerüchte über eine katastrophale Niederlage des Kreuzfahrerheeres waren auch bis nach Plötzkau durchgedrungen,
sehr zur Sorge vieler Frauen, deren Männer oder Söhne mit
dem Grafen gezogen waren. Judith war nun völlig ohne
Hoffnung, ihren Roland wiederzusehen, weinte viel und verbrachte die meiste Zeit betend in der Kapelle.

»Gräfin, ich möchte Euch und den Burgkommandanten un
ter sechs Augen sprechen, wenn Ihr mir dies gestatten wollt«,
eröffnete der Bote, ein Mann von etwa vierzig Jahren, dessen
edle Kleidung und Ausrüstung verrieten, dass er nicht für
jede beliebige Aufgabe eingesetzt wurde.

»Natürlich«, erwiderte Gunda, so ruhig sie konnte. Sie wies
an, dem Gast Wein einzuschenken und für ihn umgehend
Schinken und kalten Braten zu holen. Dann schickte sie alle
bis auf den Steinauer hinaus und lud den Boten ein, sich an
den Tisch zu setzen.

»Welche Nachrichten bringt Ihr uns?«

Der Bote namens Gisbert räusperte sich. Dann begann er zu
berichten.

»Euer Gemahl und seine Getreuen haben sich großen Ruhm
erworben«, endete er. »Doch es besteht traurige Gewissheit,
dass sie alle tot sind, gefallen für Gott, auch wenn wir Euch
keine Gebeine überbringen können.«

Dass die Männer nicht einmal ein Grab bekommen hatten,
sondern von Feinden zerstückelt und dann den Krähen zum
Fraß geworden waren, verschwieg er lieber.

Gunda verharrte schweigend, ohne irgendeine Regung zu
zeigen, und versuchte, Stück für Stück das Gehörte zu verar-
beiten.

Bernhard ist tot.

Ich bin nun Witwe.

Alle anderen sind auch tot.

Judith ist Witwe. Ihr Roland wird nie wiederkehren und sein
Töchterchen nie sehen.

Ganz Plötzkau ist nun voll von Witwen.

Und die aus den anderen Dörfern, die als arme Pilger auszo-
gen, werden ebenfalls nicht wiederkommen.

Ich muss es ihnen sagen. Ich muss auf den Burghof gehen und
es ihnen allen sagen.

Und dann? Wer übernimmt Plötzkau? Soll ich es weiter leiten, bis ein neuer Herr eintrifft? Oder mich gleich auf meinen Witwensitz zurückziehen?

Ihr Wittum konnte ihr keiner nehmen, es war gedacht als Alterswohnsitz nach dem Tod ihres Gemahls. Ein kleines Anwesen; ein paar Bedienstete waren ihr auch zugestanden. Aber sie war doch noch nicht alt, kaum über zwanzig. Sollte sie den Rest ihres Lebens in Einsamkeit zubringen?

Wobei: War sie nicht auch hier einsam gewesen? Einem Gemahl ausgeliefert, der sie entweder nicht beachtete oder mit Grobheiten quälte, den bösen Blicken der alten Weiber ausgesetzt? Doch hier hatte sie Freundinnen, und hier konnte sie etwas tun, um die Not der Menschen in den umliegenden Dörfern wenigstens etwas zu lindern.

All das ging ihr durch den Kopf, und der Bote ließ ihr Zeit, sich zu fassen und zu sammeln. So etwas war ihm lieber, als wenn die Weiber in Tränen und Gejammer ausbrachen.

Schließlich fand er, er habe genug Geduld gezeigt, und fuhr fort: »Seine Majestät, der junge Mitregent Heinrich, setzt in Plötzkau einen Kastellan ein, bis sein Vater, König Konrad, aus dem Heiligen Land zurückkehrt und entscheidet, an wen er diese Ländereien neu vergibt, da Graf Bernhard keinen Erben hinterlässt. Euch selbst ruft der junge König an den Hof. Ihr werdet dort unter den Damen der Herzogin von Schwaben aufgenommen, bis ein geeigneter neuer Gemahl für Euch gefunden ist.«

Gundas Freude, Adela wiederzusehen, verwandelte sich umgehend in Schrecken, als Gisbert von einer nächsten Vermählung sprach. Dann würde ihr Elend von neuem beginnen!

Sie war sich ihres geringen Heiratswertes noch viel deutlicher bewusst als die Freundin: Sie entstammte einem erloschenen Haus und war eine mittellose Witwe bis auf ihr kleines Wittum. Und sie hatte in fast zehn Jahren Ehe kein einziges Anzeichen einer Schwangerschaft vorweisen können, geschweige denn eine lärmende Kinderschar oder wenigstens einen einzigen gesunden Sohn.

Also würde man sie jemandem geben, der völlig unbedeutend war und so viele Kinder hatte, dass er keine weiteren wollte. Jemandem, der vermutlich noch älter und noch schlimmer war als Bernhard.

Was sich jetzt auf ihrem Gesicht abzeichnete, hielt der Bote für ein verspätetes Anzeichen von Kummer über den nunmehrigen Witwenstand der jungen und zugegeben hübschen Frau.

»Lasst sogleich alles packen und wählt Euch zwei Damen als Begleitung aus. Wir brechen heute noch nach Nürnberg auf«, verkündete er.

Von einem Tag zum anderen sollte sie alles aufgeben, was fast zehn Jahre lang ihr Leben ausgemacht hatte.

Noch ehe Gunda weiter darüber nachdenken konnte, drang Lärm durch das Fenster. Eine große Kolonne von Reitern sammelte sich vor dem Tor.

Der Steinauer, der bisher kein Wort gesagt hatte, sprang auf und sah hinaus, die Hand schon am Griff des Schwertes.

»Das sind der vom König eingesetzte Kastellan mit seinem Gefolge und Eure Geleitmannschaft nach Nürnberg, Gräfin«, erklärte der Bote. »Ihr, Kommandant, behaltet die militärische Befehlsgewalt über die Burg.«

»Ich bedanke mich für die Ehre«, meinte der ziemlich unbeeindruckt. »Doch Ihr werdet gestatten, dass ich mich erst einmal um die Lage am Tor kümmere.«

Schon lief er los, um sich zu überzeugen, dass er die Neuankömmlinge wirklich hereinlassen konnte.

»Wir gehen jetzt hinunter, ich verkünde auf dem Burghof die Neuigkeiten vor allen, und Ihr übergebt die Burg dem Kastellan«, erklärte der Bote sehr bestimmt und hielt ihr ein Pergament hin. »Darin findet Ihr die Befehle des Königs.«

»Ich muss den Pater aufsuchen, damit er mir vorliest, was da geschrieben steht. Und ich will zuvor mit den Gemahlinnen der Ritter sprechen, die ihre Männer verloren haben.«

Darauf beharrte Gunda. Also lief sie los, um Judith zu suchen, während sich der Bote über die Platte mit dem Fleisch hermachte.

Die hübsche blonde Judith war nicht weit weg, ebenso Agnes, und beide starrten sie mit ängstlichen Augen an. »Ist es wahr?«, fragten sie unisono.

Gunda nickte nur. »Ja. Keiner kommt zurück.«

Judiths Klageschrei hatte kaum noch etwas Menschliches. Dann schluchzte sie: »Ich habe es gewusst, ich habe es doch immer gewusst! Warum ist er nur fortgegangen? Wir waren so glücklich hier! Ich trug sein Kind unterm Herzen!«

Agnes legte den Arm um die Freundin, zog sie an sich und strich ihr übers Haar. Sie selbst hatte vor nicht allzu langer Zeit ihren geliebten Mann verloren; sie wusste, wie Judith sich nun fühlte.

Dass Gunda Trauer um Bernhard zeigte, erwartete keine von beiden.

Dennoch dachte Agnes schon weiter. »Was wird nun aus Plötzkau? Was wird aus uns allen?«

»Der vom König eingesetzte Kastellan ist soeben eingetroffen. Graf Bernhards Ländereien werden neu vergeben. Und ich bin an den Hof des Königs gerufen worden, vorerst als Kammerfrau der Herzogin von Schwaben. Bis zu meiner Neuvermählung. Zwei Begleiterinnen sind mir zugestanden. Überlegt, ob ihr mit mir kommen wollt.«

»Nun geht Rolands Gut auch an einen anderen über – er hat keinen Erben, nur ein Töchterchen«, begriff Judith in ihrem Kummer.

»Und ich lasse hier nichts außer schrecklichen Erinnerungen«, entschied Agnes, deren Mann über keinerlei Landbesitz verfügte und seinen Dienst als Ritter in der Burgmannschaft verrichtet hatte.

Weil beide jungen Witwen durch den Kreuzzug auch ihre Väter und Brüder verloren hatten, war nicht einmal klar, wer nun die Vormundschaft für sie übernahm.

Auf dem Hof warteten die Burgbewohner bereits gespannt und missmutig, da es begonnen hatte zu regnen und der Wind heftig an den Kleidern zerrte.
Der Bote stieg auf einen Stein und verkündete den königlichen Erlass. Links und rechts von ihm standen Gunda und der neue Kastellan, daneben der Kaplan.
Vielstimmiges Wehgeschrei erscholl, als die Plötzkauer vom Tod all jener erfuhren, die auf den Kreuzzug gegangen waren, vom Tod ihres Herrn, ihrer Männer und Söhne.
Der Kaplan ließ sie auf dem nassen Hof niederknien, sprach ein Gebet und erinnerte daran, dass die Verstorbenen nun von allen Sünden befreit im Himmel waren, weil sie für Gott gekämpft hatten.
Der neue Kastellan, ein Ministerialer um die fünfzig mit sandfarbenem Haar, ließ derweil seine Blicke über den Hof, den unfertigen steinernen Bergfried und die einzelnen Gebäude streichen – mit verächtlicher Miene, als wollte er sagen: Was kann schon dabei herauskommen, wenn eine Frau das Regime führt! Hier würde er erst einmal ordentlich durchgreifen müssen.
Gunda nahm das alles kaum noch wahr, sie war nach wie vor wie betäubt.
Das Leben vieler hier würde sich ändern.
Gepa und ihr Mann mussten zusehen, dass sie die Gunst des neuen Herrn erschlichen. Die Ritter mit Landbesitz sollten diesen zwar vorerst behalten und weiter führen, aber ungewiss war, ob der neue Herr sie in seine Dienste nehmen wollte oder eigene Leute mitbrachte. Nur die Mägde, Knechte, Küchenjungen, Stallburschen, Reisigen und Bogenschützen würden einfach weiter ihre Arbeit verrichten und sehen müssen, wie sie mit dem neuen Herrn zurechtkamen.

Wie gefordert, übergab Gunda dem königlichen Verwalter die Schlüssel zur Burg und ging in ihre Kammer, die sie auf Drängen des neuen Kastellans sofort räumen musste.

Heute Abend schon würde dieser hochnäsige Ministeriale in ihrem Bett schlafen.

Anni sagte kein Wort, sondern packte nur mit trauriger Miene alles in eine Truhe, was ihre Herrin als persönliche Besitztümer mitnehmen durfte: Kleider, Umhänge, Nähzeug, Schuhe ...

Fragend hielt sie das Kästchen mit den Erinnerungsstücken für ihren Gemahl hoch, das Gunda gerettet hatte, bevor die Burg in Flammen aufging. Es enthielt seine ersten Sporen, eine Fibel seiner Mutter und den Handschuh, den der König Bernhard bei ihrer Verlobung zum Zeichen dafür übergeben hatte, dass er sie schützen sollte. Doch er hatte sie nicht geschützt, er hatte sie geschlagen.

Und niemanden würde all das noch interessieren. Sein Geschlecht war ausgestorben.

Gunda klappte den Deckel zu und gab Anni die kleine Truhe zurück. »Soll sich sein Nachfolger damit befassen. Es gehört hierher, nicht zu mir.«

Und wenn der Nachfolger alles wegwarf, war es ihr auch gleichgültig.

Sie suchte aus den Truhen einige Lagen Leinen heraus und schenkte sie Anni zum Abschied für ihre treuen Dienste, ebenso zwei Paar Schuhe, die zu abgenutzt waren, um damit noch bei Hof zu erscheinen.

Dann legte sie alles auf den Tisch, was sie von ihren Besitztümern nicht mitnehmen würde: zu kurz gewordene Unterkleider, Stoffreste, aus denen sich noch Kindersachen fertigen ließen, zu klein gewordene Trippen.

»Verteil es an diejenigen, die es am nötigsten haben«, sagte sie zu Anni, und die brach nun endgültig in Tränen über den bevorstehenden Abschied aus.

Zum letzten Mal warf Gunda einen Blick aus dem Fenster auf die Saale, auf die Landschaft, die sie lieben gelernt hatte. Dann ging sie in die Kapelle, um dort eine Kerze anzuzünden. Der Raum war voller Menschen, die ihrer verlorenen Nächsten gedachten.

Kaum hatte sie ihre Gebete zu Ende gesprochen, wurde sie auch schon zum Aufbruch gedrängt. Die Fuhrwerke mit ihrer Truhe und denen ihrer beiden Begleiterinnen waren bereits beladen, Agnes' und Judiths Kinder samt der Amme sicher in einem der Karren oder vor einem der Reiter im Sattel untergebracht.

In einen warmen Umhang gehüllt, stieg Gunda auf ihren Zelter. Ein ausführlicher Abschied war ihr nicht zugestanden worden. Der neue Verwalter wollte sie schnellstens aus dem Weg haben.

Der Einzige, der sich keinen Deut darum scherte, war zu ihrer großen Überraschung der Steinauer.

»Gräfin, es war mir eine Ehre, Euch zu dienen. Möge Gott Euch schützen auf allen Euren Wegen!«, sagte er mit so viel ehrlichem Respekt, dass er mit dem störrischen alten Burgkommandanten, mit dem sie jahrelang gestritten hatte, nichts mehr gemein zu haben schien.

Erstaunt und gerührt dankte ihm Gunda – doppelt dankbar, weil sie beide wussten, der Kastellan würde ihm diesen kleinen Auftritt verübeln.

Dann wandte sie sich noch einmal um, zu den Menschen, die sich auf dem Hof versammelt hatten, und nickte ihnen freundlich zu.

»Gott schütze und segne Euch!«, rief Anni, die neben ihrem Mann stand und den Kopf an seine Schulter gelegt hatte. Nach und nach fielen immer mehr Menschen in ihren Ruf ein: die Mägde, Stallburschen, Bogenschützen …

»Los jetzt!«, gab der Kastellan den Befehl zum Aufbruch der Kolonne, obwohl ihm das nicht zustand.

Er würde sich wohl zu Tode ärgern, hätte er gewusst, dass sich die Segensrufe den ganzen Weg hinunter durchs Dorf fortsetzten, wo sich die Neuigkeiten längst herumgesprochen hatten. Nach dem Sieg über die Gesetzlosen waren viele Dörfler wieder in ihre Katen gezogen. Alte kamen an den Wegesrand gehumpelt, Kinder rannten ihnen hinterher, um zu rufen: »Gott schütze und segne Euch!«

Dann habe ich doch etwas bewirkt, dachte Gunda und fand Trost in diesem Gedanken.

Zum zweiten Mal schon hatte sich ihr Leben binnen eines halben Tages völlig verändert – zuerst, als ihr die Königin mitteilte, dass sie umgehend mit dem Grafen von Plötzkau verlobt und vermählt werden sollte. Und jetzt, als sie erfuhr, dass sie Witwe war und ihren Wohnsitz auf der Stelle verlassen musste, um an den Hof des jungen Königs zu ziehen.

Auf keine dieser Entscheidungen hatte sie irgendwelchen Einfluss gehabt, sie war nicht einmal gefragt worden.

Wohl an die drei Meilen lang verweilten ihre Gedanken noch in Plötzkau, dann richtete sie sie in die Zukunft, nach Nürnberg. Was würde sie dort wohl erwarten außer dem Wiedersehen mit Adela?

Immer wieder flackerte die Frage in ihr auf, ob und wann wohl Dietrich den Hof aufsuchen würde. Doch das verbot sie sich sofort.

Nur lassen sich Gedanken leider nicht verbieten.

Sie hatte gegen ein Gebot Gottes verstoßen und war eine Sünderin. Aber wenn sie zurückdachte an jene Nacht, an das unendliche Glücksgefühl, das sie erfüllt hatte und noch bei der Erinnerung daran durchströmte, dann schienen ihr Dietrichs Worte vollkommen glaubhaft: Gott will es, dass Mann und Frau bei der Vereinigung Freude empfinden. Genau so hat er Mann und Frau erschaffen. Ganz gleich, was die Priester sagen.

Nur durfte sie darüber mit niemandem sprechen.

Dass sie schwanger geworden sein könnte, darüber machte sie sich zu ihrer eigenen Verwunderung kaum Sorgen und musste es nun auch nicht. Sie hatte in den letzten Jahren so oft vorgeworfen bekommen, unfruchtbar zu sein, dass sie es inzwischen selbst glaubte.

Durfte sie sich weigern, wenn der König sie mit einem widerlichen Greis vermählen wollte? Doch dann würde man von ihr erwarten, dass sie den Schleier wählte und ins Kloster ging.

Junges Glück

Dietrich und Gunda;
Nürnberg und Eilenburg, März 1148

Jhr wollt *was?*«

Der Erzbischof von Mainz verschluckte sich und verteilte weitere Weinflecken auf seinem Gewand, der junge König runzelte die Stirn und mahnte an die Gebote Gottes: »Fürst Dietrich, meines Wissens seid Ihr mit einer Herzogstochter aus dem mächtigen Hause Piast vermählt!«

»Ich bitte Eure Majestät, die junge Witwe Kunigunde von Plötzkau mit mir nehmen zu dürfen, um sie zu meiner Gemahlin zur Linken zu machen, zu meiner offiziellen Geliebten«, wiederholte Dietrich von Meißen mit so viel Leidenschaft, dass sich Heinrich-Berengar auf ein kurzes Getuschel mit Albero von Trier einließ, der heute heftig an seinen regelmäßig wiederkehrenden Rückenschmerzen litt, was seine sonst demonstrativ gute Laune beträchtlich minderte.

»Für Fürsten gelten andere Regeln, Majestät«, begann der Erzbischof. »Und bedenkt, diese Kunigunde – so schön sie auch sei – ist so unbedeutend und noch dazu vermutlich unfruchtbar, dass wir kaum hoffen dürfen, einen Bewerber für sie zu finden. Wir müssten ewig für ihren Unterhalt aufkommen, was uns der junge Meißner nun abnimmt. Wir sparen sogar die Mitgift. Und Meißen ist uns einen Gefallen schuldig.«

Heinrich-Berengar schien das sehr kühl gerechnet. Doch er ließ die junge Witwe rufen.

Als Gunda Dietrich sah, konnte sie ihr Strahlen nicht verbergen, obwohl sein Erscheinen sie vollkommen überraschte. Sie weilte noch keine drei Wochen in Nürnberg.

Aber auch der Markgraf von Meißen hatte seine Spione am Hof des Königs. Das war umso wichtiger, da er sich dort nur aufhielt, wenn es unumgänglich war. So wusste Dietrich vom Tod des Grafen von Plötzkau und dem Ruf der jungen Witwe an den Hof. Kaum dass er davon durch seinen Vater hörte, verblüffte er diesen damit, Gunda als seine Geliebte nach Eilenburg holen zu wollen.

»Die schöne Gräfin? Eine Nacht hat dir wohl nicht genügt?«, hatte der mitleidlose Fürst gefragt.

»Normalerweise dulde ich keine so offenen Sittenverstöße an meinem Hof«, fuhr Konrad dann fort. »Aber du bist mein Sohn, der künftige Markgraf der Lausitz. Für uns gelten nicht Regeln wie für Hinz und Kunz. Und Dobroniega verdient nichts anderes. Einem Markgrafensohn steht eine Frau zur Linken zu, wenn sich sein eigenes Weib dermaßen aufführt. Das entspricht unserem Stand mehr, als wenn du dir ein paar hübsche Mägde ins Bett holst. Du wirst ein Ablassgeld an diese gierigen Erzbischöfe zahlen müssen, des Königs Ratgeber. Doch das ist mir die Sache wert. Und stifte der Pfarrei in Eilenburg irgendetwas, dann wird euch eure Sünde schon verziehen.«

Mit solchen Worten hätte Dietrich im Leben nicht gerechnet. Zum ersten Mal begann er sich zu fragen, ob sein Vater ebenfalls Verhältnisse mit anderen Frauen gehabt hatte. Ganz sicher auf Feldzügen und Reisen. Doch hier in Meißen, wo seine Gemahlin fast ständig schwanger oder im Wochenbett gewesen war? Dann musste er sehr diskret vorgegangen sein, um Dietrichs Mutter nicht zu demütigen.

Sein älterer Bruder Otto hingegen hatte Dietrich verhöhnt.

»Du zahlst für deine Gespielin, und noch dazu mehr als für die beste Hure? Dann muss sie ja wirklich außergewöhnliche Talente besitzen! Ich hoffe nur, das Bußgeld geht von *deinem* Erbe ab.«

Wieder so eine Gelegenheit, wo Dietrich den Älteren gern zum Zweikampf herausgefordert hätte. Doch *das* würde sein Vater auf keinen Fall durchgehen lassen, und dessen Gewogenheit brauchte er jetzt dringender denn je.

»*Ich* hätte deinen polnischen Drachen längst gezähmt, wozu du offenbar nicht Manns genug bist«, fuhr Otto mit seinem Hohn fort. »Züchtige sie, dann wird sie schon handzahm werden. Das würde uns eine teure Geliebte ersparen.«

Am liebsten hätte Dietrich geschrien: »Dann nimm du sie doch!« Denn er konnte sich beim besten Willen nicht vorstellen, nur noch ein einziges Mal zu Dobroniega ins Bett zu steigen. Sie brachte das Schlechteste in ihm hervor.

Er holte tief Luft und konterte: »Offenbar sind *dir* Huren genug, Bruder, bis du die kleine Hedwig heiraten kannst. Du hast keine Ahnung, was du versäumst.«

Dann ließ er den Älteren stehen, der verblüfft über diese Antwort nachsann.

»Ich liebe und begehre diese Frau aus ganzem Herzen, seit langem schon, und sie liebt mich«, erklärte Dietrich feierlich vor dem König, als Gunda herbeigerufen worden war.

Das konnte niemand bestreiten, der die beiden sah.

»Meine Ehe ist ein politisches Bündnis. Meine Gemahlin hegt keinerlei Gefühle für mich und wird, wenn sie mir in wenigen Tagen einen Sohn geboren und damit ihre Pflicht erfüllt hat, getrennt von mir leben. Wir teilen das Bett schon lange nicht mehr.« Und gebe Gott, dass es ein Sohn wird!, dachte er bei diesen Worten.

»Ich werde die Gräfin Kunigunde ehrenvoll behandeln, ihre Kinder als meine anerkennen, sollte sie mir welche schenken, sie auf Lebenszeit mit einem Anwesen und angemessener Dienerschaft ausstatten und dafür Sorge tragen, dass ihr niemand eine Verfehlung vorwirft. Das schwöre ich bei Gott und meinem Leben«, sagte er.

Verunsichert sah der junge König zur Freundin seiner Cousine Adela.

Und Dietrich begann zu bangen: Was, wenn er nein sagt? Oder die Erzbischöfe? Sein Anliegen verstieß eindeutig gegen Gottes Gebot. Doch er konnte Gunda nicht einfach entführen. Und er wollte sie auch nicht nur ab und an heimlich treffen, er wollte sie auf Dauer zu sich nehmen und sich zu ihr bekennen.

»Würdet Ihr tatsächlich ein Leben als ehrbare Ehefrau ausschlagen, um diesem Mann eine *Geliebte* zu sein, Gräfin? Wollt Ihr ihm folgen?«, fragte Heinrich-Berengar zweifelnd.

»Von ganzem Herzen, Majestät!«

Der König bat um eine Nacht Bedenkzeit. Und er forderte auch, dass die junge Witwe gründlich darüber nachdachte, ob sie sich auf solch ein sündiges Verhältnis einlassen wollte.

Eine Nacht, in der die beiden Verliebten, die getrennt voneinander untergebracht waren, kein Auge zutaten.

Schließlich gab der König seine Erlaubnis – auch auf Adelas Zureden. Doch hauptsächlich steckte Albero von Trier hinter dieser Entscheidung, der den König noch einmal an Gundas »Wertlosigkeit« erinnerte und eine Ablasssumme von drei Mark Silber festlegte. Das war viel Geld, so ließ sich sogar aus dieser Affäre noch etwas herausschlagen.

Ich musste sie kaufen wie eine Ware, dachte Dietrich zynisch und beschloss, dass seine Geliebte dies nie erfahren sollte.

Doch kaum hatte er sich bedankt, jubelte sein Herz vor Freude.

So schnell hatte Gunda nicht einmal gepackt, als sie Plötzkau verlassen musste. Dietrich erklärte sich auch bereit, Agnes und Judith mit ihren Kindern als Kammerfrauen mitzunehmen. Drei junge Witwen, dachte er wehmütig und nahm sich vor, gute Männer für Agnes und Judith unter seinen Rittern auszuwählen.

So reisten sie nun gemeinsam Richtung Eilenburg, dem Herrschaftszentrum der Wettiner für die Lausitz, die Dietrich einmal erben würde.

Er konnte sein Glück kaum fassen, als er Seite an Seite mit Gunda ritt. Und sie strahlte ebenso. Manchmal streckte sie ihre Hand aus, um die seine voller Zärtlichkeit und Liebe kurz zu berühren.

Fast eine Woche waren sie unterwegs, nahmen sich Zeit, die Sonne, den blauen Himmel, das keimende Grün zu genießen. In jeder Nacht teilten er und Gunda das Bett, und die Freude an ihrer Zweisamkeit schien kein Ende zu nehmen. Im Gegenteil, je vertrauter sie miteinander wurden, umso inniger wurde ihr Zusammensein, und bald schon begann Gunda zu Dietrichs unendlicher Freude, seine Zärtlichkeiten immer lebhafter zu erwidern.

Danach lagen sie eng verschlungen nebeneinander und ließen das Erlebte in sich nachschwingen. Oder sie erzählten einander aus ihrem Leben, und jeder hörte dem anderen zu. Gunda sprach vom frühen Tod ihrer Eltern und Geschwister, wie es war, allein an den Hof zu kommen und mit dreizehn zu erfahren, dass sie quasi über Nacht verheiratet würde. Von den Boshaftigkeiten der alten Weiber in Plötzkau und dem Tag des Überfalls, als sie schon ihren Tod vor Augen sah.

Dietrich sprach von seinen Träumen, das Land auszubauen, von seinen Brüdern, die so unterschiedlich waren, den

Schwestern, der von allen gefürchteten Gräfin Mathilde, die als Einzige in der Familie wahre Liebe erlebt hatte, ihren Neffen deshalb gut verstand und seinen außergewöhnlichen Schritt unterstützte.

Über Bernhard und Dobroniega sprachen sie nie.

Gunda erkannte auch einige von Dietrichs Rittern wieder. Hilbert als der Jüngste war bei ihrer ersten Begegnung vor der belagerten Burg noch sein Knappe gewesen. Zwei – etwa in Dietrichs Alter, Mitte zwanzig – waren damals wie er frisch in den Ritterstand erhoben worden und hatten oft mit ihm die Klinge bei Übungskämpfen gekreuzt. Doch auch die anderen, die sie nach und nach kennenlernte, schienen sich über das Glück ihres Fürsten zu freuen.

Das nahm ihr etwas das schlechte Gewissen, der polnischen Herzogstochter den Gemahl zu stehlen. Wenn sie da und dort eine Bemerkung über sie aufschnappte, war nur von der »Eisprinzessin« die Rede.

Zu ihrer Beruhigung trug überdies bei, dass Dietrich geschworen hatte, die Strafe für beider Sünde ganz auf sich zu nehmen.

Nur sorgte sich Gunda, wie sich wohl der alte Markgraf zu dieser Angelegenheit äußern würde.

»Gleich siehst du die Eilenburg!«, rief Dietrich Gunda aus dem Sattel zu. Wenig später erblickte sie den Turm. »Sie ist riesig und schon sehr alt. Ich will sie ausbauen, die Wälle verstärken«, berichtete er.

Doch dann bog die Kolonne auf sein Kommando ein Stück nördlich ab.

Kurz darauf erreichten sie ein großes Gehöft mit vielen Nebengebäuden, direkt an der Mulde.

»Ich weiß, du mochtest den Blick auf die Saale. Deshalb habe ich dir eine Bleibe am Fluss gesucht – auch wenn es die Mulde ist«, sagte er und lächelte ihr aufmunternd zu.

Staunend ließ sie sich aus dem Sattel helfen und sah sich um. Bedienstete liefen ihr entgegen, knieten nieder und hießen die neue Herrin willkommen: eine alte Haushälterin, die Köchin, die Großmagd, Stallknechte, Milchmägde …

Gunda sah keine misstrauischen oder vorwurfsvollen Blicke, nur freundliche. Wenn diese Frau ihren Herrn glücklich machte, dann war das für alle gut – darin waren sich die Dienstboten einig. Und sie war unbestritten eine Schönheit.

»Dies ist dein auf Lebenszeit. Gefällt es dir?«, fragte Dietrich und blickte sie voller Hoffnung an.

»Ich würde auch in eine Hütte ziehen, wenn ich nur mit dir zusammen sein darf«, sagte sie mit verliebtem Lächeln.

»Es ist kaum vier Meilen von der Burg entfernt, ich kann in kürzester Zeit bei dir sein. Und ich komme in jedem freien Augenblick!«, versprach er.

Zum Gehöft gehörten eine Küche, die wegen der Brandgefahr etwas abseits stand, ein Stall mit zwei Kühen, davon eine trächtig, einer für die Pferde, es gab einen Kräutergarten und zur Flussseite ein Gatter voller Gänse.

Dietrich führte seine Geliebte ins Haus, das großzügig ausgestattet war. In den Truhen lagen Stoffbahnen und drei wunderschön bestickte Kleider, die ihr wie angegossen passen würden.

Zwei der Kammern teilte Gunda gleich Agnes und Judith mit ihren Kindern zu.

»Warst du dir so sicher, dass ich mitkomme? Dass sie mich gehen lassen?«, fragte sie erstaunt. Zu der vertraulichen Anrede, die bei Hochgeborenen selbst unter Eheleuten nicht selbstverständlich war, hatten sie schnell gefunden.

»Ich wusste, dass du ja sagst«, meinte Dietrich lächelnd. »Von dem Tag an, als ich hörte, dass du Witwe und damit frei bist, habe ich dir dieses Zuhause einrichten lassen.«

Er war auch zuversichtlich gewesen, dass der Hof dem Sohn eines Markgrafen diese Bitte nicht abschlagen würde, trotz aller moralischer Bedenken. Sie hatten keine Verwendung für Gunda, eine mittellose Witwe aus erloschenem Haus.

Ein Bad und ein Begrüßungsmahl waren vorbereitet; Dietrich hatte einen seiner Ritter vorausgeschickt und ihre Ankunft ankündigen lassen.

Und dann kam der Moment, als Dietrich Gunda in das Bett führte, das von nun an ihr gemeinsames war.

»Ich bleibe die ganze Nacht«, versprach er zu ihrer großen Freude. Sie liebten sich mit Inbrunst, wieder und wieder, und konnten ihr Glück immer noch kaum fassen.

Die Ankunft eines Reiters riss sie am Morgen aus einer zärtlichen Umarmung.

Dietrich kleidete sich an und ging dem Mann entgegen, der vor ihm auf ein Knie sank.

»Durchlaucht, Eure Gemahlin ist niedergekommen.«

Der junge Markgraf hielt den Atem an.

Gnädige Jungfrau, lass es einen Sohn sein! Dann muss ich nie wieder in das Bett der Frau, die mich so inbrünstig hasst.

»Mutter und Kind sind wohlauf, mit Gottes Hilfe. Sie hat Euch eine Tochter geboren.«

Getrennte Wege

Welf VI. und Friedrich von Schwaben;
Akkon, Juli 1148

Einsam und reglos stand der sechste Graf Welf an den mächtigen Mauern Akkons, der bedeutendsten Hafenstadt im Heiligen Land, und starrte hinaus aufs Meer.

Seine Diener und auch seine Leibwachen hatten ihm eindringlich abgeraten, das Quartier zu verlassen, denn seit vier

Tagen plagte ihn eine üble Krankheit. Er konnte keinen Bissen und keinen Schluck mehr im Leib behalten und erbrach alles sofort wieder unter Qualen.

Doch Welf ließ sich sein Vorhaben nicht ausreden, auch wenn er sich vor Schwäche kaum auf den Beinen hielt. Den Gestank von Fäkalien und Erbrochenem in seinem Quartier konnte er nicht mehr ertragen. Die schlimmsten Krämpfe im Gedärm waren vorüber. Jetzt wollte er die Schicksalsentscheidung hier erfahren, die heute in Akkon getroffen wurde.

So stand er da und starrte hinaus aufs Meer, auf Schiffe, die anlegten, und solche, die fortsegelten, hörte den Lärm vom Hafen, das Klatschen der Wellen gegen die Mauern, das Kreischen der Seevögel und sog die salzige Meerluft ein.

In der Stadt, der er den Rücken zukehrte, berieten gerade drei Könige darüber, wie der Kreuzzug nach all den Misserfolgen weitergeführt werden sollte: Konrad von Staufen, Ludwig von Frankreich und Balduin, der erst achtzehnjährige König von Jerusalem, der gemeinsam mit seiner Mutter Melisende regierte. Sobald sie zu einem Ergebnis gekommen waren, würde Konrad seinen Kriegsrat zusammenrufen und das Ergebnis mitteilen. Doch Welf würde nicht dabei sein, seine Erkrankung war allgemein bekannt.

Friedrich, sein Kampfgefährte und Neffe, sollte ihm die Neuigkeit überbringen, noch bevor die anderen sie erfuhren. Und er wollte sie hier hören, nicht in seinem Quartier. Deshalb hatte er seine Bediensteten beauftragt, den Neffen des Königs zu ihm zu führen, sobald er sich blicken ließ, während ihn einige seiner Ritter hierher begleitet hatten, nun aber in respektvollem Abstand und mit besorgten Mienen warteten.

Wind zerrte an seinem dunklen Haar und an seinen Kleidern. Von fern hörte Welf Glocken läuten, während Gischt an den Mauern emporschäumte. Er zählte mittlerweile ein Dutzend Schiffe unterschiedlicher Größe, die Richtung Norden segelten, und versank immer mehr in Gedanken.

Bis er sich nähernde Schritte vernahm, das Klirren von Sporen. Er musste sich nicht umdrehen, er erkannte seinen Gefolgsmann am Schritt und am verlegenen Hüsteln.

»Durchlaucht, der Herzog von Schwaben ist eingetroffen.« Nun wandte er sich um und hoffte, das Ergebnis der Beratung der drei Könige von Friedrichs Miene ablesen zu können.

Sein Ritter verneigte sich und trat zurück, während sich Friedrich aus dem Sattel schwang, die Zügel seines Hengstes einem der Männer in die Hand drückte und neben seinen Oheim trat, der nur sieben Jahre älter war als er selbst.

Eine Weile starrte auch der Herzog von Schwaben aufs Meer, auf die davonsegelnden Schiffe, während sie die salzige Luft auf den Gesichtern spürten.

»Wie geht es dir?«, fragte er dann.

»Immerhin, ich scheiße kein Blut«, teilte ihm Welf lakonisch mit, und Friedrich atmete erleichtert auf.

Also nicht die rote Ruhr! Vielleicht hatte Welf bloß etwas Unrechtes gegessen. Aber in wenigen Tagen hatte der Freund beängstigend an Gewicht verloren. Sein Gesicht war schmal und bleich geworden, in den Gürtel hatte er ein neues Loch gebohrt, um ihn enger schließen zu können.

»Wie haben sie entschieden?«, fragte der Ältere. »Welche Ruhmestaten sollen wir vollbringen, damit man endlich et was Gutes von diesem Kreuzzug berichten kann?«

Von Konstantinopel aus waren sie über Akkon nach Jerusalem gereist, dort feierlich von König Balduin empfangen und in die Stadt geleitet worden und hatten die Reste des versprengten Heeres gesammelt. Inzwischen waren endlich auch die Kontingente der Friesen, Rheinischen und Niederdeutschen eingetroffen, die noch mitgeholfen hatten, die Mauren aus Portugal zu vertreiben, so dass der König wieder über eine stattliche Zahl Kämpfer verfügte. Doch auf der Überfahrt nach Akkon waren mehrere Schiffe gesunken, auch das mit Bischof Udo von Naumburg. Und die Kreuzfahrer lagen mit den christlichen Herren im Heiligen Land in Streit über ihr weiteres Vorgehen.

»Wir ziehen gegen Damaskus«, sagte Friedrich trocken.

Jäh löste Welf seinen Blick vom Meer und drehte sich zur Seite, um seinem Freund und Neffen direkt ins Gesicht blicken zu können.

»Habt ihr allesamt den Verstand verloren?«, brüllte er.

Er hatte es geahnt. Er hatte es *gewusst*. Und deshalb wollte er dieses Gespräch *hier* führen, wo seine Leute und jeder Lauscher weit genug entfernt waren, wo das Tosen der Wellen seine Worte schon in drei Schritt Entfernung übertönte.

Friedrich war nicht überrascht von dieser Reaktion, er zuckte nicht einmal mit der Wimper. Auch er wirkte nicht glücklich.

»Unser König hat dagegen protestiert, denn der Emir von Damaskus ist ein Verbündeter und zahlt sogar Tribut an Jerusalem. Doch die anderen und vor allem die Geistlichkeit setzten sich durch. Wir müssen wenigstens *irgendetwas* vorweisen können auf diesem Kriegszug!«

»Du meinst: außer blutigen Niederlagen und niederschmetternden Verlusten?«, korrigierte Welf höhnisch.

»Ich berichte dir nur, was dort debattiert wurde«, gab Friedrich gereizt zurück. »Edessa existiert nicht mehr. Gegen Aleppo können wir nicht ziehen, dazu reichen unsere Kräfte nicht, nachdem sich die bedeutendsten Fürsten von Outremer von uns fernhalten. Mit Raimund von Antiochia hat sich Ludwig zerstritten, weil der ihm angeblich mit Eleonore Hörner aufsetzte. Was keiner genau weiß, sich aber jedermann gut vorstellen kann. Und Raimund von Tripolis ist beleidigt wegen eines unterstellten Giftmordes. Doch wir brauchen *irgendein* Ergebnis nach zwei Jahren! Und die Truppen wollen endlich Beute machen. Außerdem ist kein Verlass darauf, dass sich der Emir von Damaskus an das Bündnis mit Jerusalem hält. Wenn wir die Stadt einnehmen, verhindern wir, dass er sich mit Nur-ad-Din verbündet, und haben eine starke Bastion gegen die Sarazenen.«

»Ohne mich!«, verkündete Welf so entschlossen, dass es Friedrich die Sprache verschlug, was sonst nie vorkam.

»Ich werde dir sagen, was passiert, Neffe: Ihr könnt die Stadt ein paar Tage belagern, vielleicht drei oder vier, vielleicht so gar fünf. Dann rückt Nur-ad-Dins Heer an, und ihr habt die Wahl, erneut davonzurennen oder euch endgültig bis auf den letzten Mann abschlachten zu lassen. Und ganz gleich, wie es ausgeht, ihr treibt damit Damaskus auf die Seite des Gegners. Da mache ich nicht mit. Ich habe es satt. Ich kehre heim.«

»Und dein Eid? Der König?«, fragte Friedrich fassungslos.

»Ich scheiß darauf! Ich scheiße und kotze mir doch sowieso schon die Seele aus dem Leib! Hast *du* mir nicht die ganze Zeit in den Ohren gelegen, dass hier von Anfang an alles falsch lief? Und jetzt haben wir nicht nur einen, sondern drei Könige auf einen Haufen, die sich an Unfähigkeit überbieten: einen, der sich nicht durchsetzen *kann*, einen, der sich nicht durchsetzen *will*, und einen, der nicht herrschen *darf*, weil seine machtgierige Mutter entscheidet, diese Melisende. So kann man keinen Krieg gewinnen! Sind das nicht deine Worte? «

»Dein Eid …«, wiederholte Friedrich leise und bestürzt.

Doch Welf war in seinem flammenden Zorn nicht zu zügeln.

»Vergiss nicht: Ich habe nicht frohen Herzens das Kreuz genommen wie du, als strahlender Held! Der König hat mich dazu gezwungen. Ich musste es tun, um wenigstens den Rest von dem zu behalten, was mir zusteht, nachdem genau dieser König das Haus Welf um zwei Herzogtümer und die Toskana brachte! Wofür mein älterer Bruder geächtet wurde und eines bis heute ungeklärten Todes starb«, erinnerte er voller Bitterkeit. »Dass mein Neffe Heinrich Sachsen zurückbekam, verdankte er nur der Stärke Richenzas und auch meinen Truppen. Doch ich selbst ging leer aus. Statt Bayern zu bekommen, das uns zusteht und wo die Welfen seit Generationen herrschten, musste ich das Kreuz nehmen und meinen siebenjährigen Sohn ins Kloster schicken, weil meine Gemahlin um sein Leben fürchtet – und nicht zu Unrecht, wie ich denke.«

Der kampferprobte Graf, der ein Herzog sein sollte, holte tief Luft. »Ich schulde diesem König gar nichts. Was er mir genommen hat, wird von ein paar großzügigen Geschenken auf dieser Reise nicht aufgewogen. Und dass ich wegen schwerer Erkrankung die Heimreise antrete, kann mir niemand vorwerfen.«

Nun starrte er wieder aufs Meer hinaus und sagte leiser: »Über zwei Jahre bin ich schon von zu Hause fort – für nichts … Ich sehne mich nach meiner Frau, auch wenn ich sie oft betrogen habe. Ich muss meine Tochter gut verheiraten und meinem Neffen, dem Löwen, auf die Finger klopfen, der dazu neigt, über die Stränge zu schlagen. Und ich will meinen Sohn aus dem Kloster holen, lieber heute als morgen. Ich fürchte, er ist dort todunglücklich. Zwei Jahre sind eine endlose Zeit für einen Jungen in seinem Alter.«

»Vielleicht hat er sich gut eingelebt?«, sagte Friedrich vorsichtig, obwohl er dies bezweifelte. Er kannte den Jungen.

»Noch schlimmer, wenn sie einen Pfaffen aus ihm machen«, meinte Welf bitter. »Er soll eine uralte Dynastie fortsetzen. Und die Kirche hat am Scheitern dieses Kreuzzuges schon genug gewonnen. Denk nur an all die Stiftungen, die wir vor unserem Aufbruch machten! Und wie viele Männer ohne Erben haben ihren Besitz der Kirche überschrieben für den Fall, dass sie nicht zurückkehren? Das sind fette Pfründe. Meinen einzigen Sohn sollen sie nicht auch noch bekommen.«

Gemeinsam sahen sie nun wieder über die Mauer hinaus aufs Meer. Direkt vor ihnen zankten sich zwei Möwen um einen Bissen, dann flüchtete die eine kreischend, während die andere zufrieden die Beute hinunterschluckte.

»Komm mit mir!«, sagte Welf schließlich.

»Ich kann nicht. Ich bin nicht krank, und ich darf mich dem König nicht widersetzen.«

»Du hast es oft genug getan, um gegen die Entmachtung meines Hauses zu protestieren«, erinnerte Welf mit flüchtigem Lächeln. »Das werde ich dir nicht vergessen.«

Nun wandte er sich dem Kampfgefährten zu, legte ihm erneut eine Hand auf die Schulter und sah ihm eindringlich in die Augen – wie vor der diplomatischen Mission in Nicaea.

»Du bist der Sohn meiner Schwester. Ich will nicht die Nachricht von deinem Tod vor Damaskus hören. Du wirst dort keinen Ruhm ernten, Friedrich, nur Tod oder erneute Schmach. Und auf niemanden setze ich so viel Hoffnung für die Zukunft unseres Reiches wie auf dich. Komm mit mir!«

»Ich kann meinen Kreuzfahrereid nicht brechen.«

»So behüte dich Gott«, meinte Welf bitter.

Eine Weile schwiegen sie beide und dachten nach, den Blick auf die davonsegelnden Schiffe gerichtet.

Dann fragte Friedrich: »Was wirst du tun, wenn du nach Hause kommst? Und welche Route wählst du?«

Welf zögerte mit der Antwort.

»Ich habe mich noch nicht endgültig entschieden. Frag mich nichts, dann muss keiner von uns lügen – ich nicht vor dir, du nicht vor dem König.«

Friedrich verstand. Welf würde also über Sizilien segeln und dort womöglich König Roger treffen, der ihr und Manuels Feind war, aber dem Welfen helfen konnte, seinen Besitz in Oberitalien zurückzuerlangen. Vielleicht würde er auch Krieg um den Besitz führen, den ihm Konrad missgönnt hatte. Krieg gegen den jungen Heinrich-Berengar.

Jetzt könnte er Welfs Worte wiederholen: *Du wirst dort keinen Ruhm ernten, nur Tod oder erneute Schmach.*

Doch da der Freund die Dinge nicht ausgesprochen hatte, durfte er auch nicht laut mahnen.

»Wann läuft dein Schiff aus?«

»Morgen früh. Meine Mannschaft packt schon. Und ich werde mich nachher für eine Audienz beim König melden lassen, um meinen Entschluss bekanntzugeben.«

Friedrich konnte nicht anders, er umarmte den Mann, der ihm wie ein älterer Bruder war, und presste ihn eng an seine Brust.

»Gott schütze dich, Welf!«

»Und dich, Neffe! Und nun lass mich los! Ich glaube, ich muss eilig ins Quartier, denn mein Gedärm beginnt gerade wieder zu revoltieren. Sollte mir dieser Abschied so an die Nieren gehen?«

»Nicht gerade an die Nieren!«, berichtigte Friedrich mit einen Grinsen, das er nur mühsam zustande brachte.

Welf ging zu seinen Männern, die in gebührendem Abstand auf ihn gewartet hatten. Und Friedrich stieg wieder auf seinen Hengst, den Kopf voll düsterer Gedanken.

Bittere Bilanz

Friedrich, Konrad, Manuel, Irene;
Konstantinopel, September 1148

Sie stritten im Palast des Kaisers von Byzanz, und gerade jammerte Otto von Freising wohl zum hundertsten Mal: »Was soll ich nur in meiner Weltenchronik über diesen Kreuzzug schreiben? Wir haben nichts erreicht, doch Zehntausende sind elendig gestorben!«

Konrad, der eigene Sorgen hatte und mürrisch aus dem Fenster ins Blaue starrte, drehte sich abrupt um und brüllte seinen jüngeren Halbbruder an: »Schreib doch einfach: Da jedermann weiß, wie traurig das Unternehmen endete, übergehe ich das und wende mich erfreulicheren Dingen zu!«

Bischof Otto schien diese Idee überraschend gut zu gefallen. »Notier das!«, rief er begeistert seinem Schreiber Rahewin zu. Doch Friedrich, der junge Herzog von Schwaben, betrachtete die Streitenden angewidert.

Die Belagerung von Damaskus war genau zu dem Desaster geworden, das der sechste Welf vorausgesagt hatte.

Als das gewaltige Heer Nur ad-Dins aus Homs anrückte – auf Bitten des Emirs von Damaskus! –, zogen die Belagerer nach nur vier Tagen eiligst von der stark befestigten Stadt ab. Friedrich sah auf diese Zeit zurück, als befände er sich in einem nie endenden Alptraum. Und am meisten verbitterte ihn, dass auch diese Niederlage durch Streitigkeiten, Eifersüchteleien und Unfähigkeit der Heerführer verursacht worden war.

Zunächst hatten die Truppen ihr Lager in den an Früchten reichen Gärten und Wäldern vor der Stadt bezogen. Doch dort waren alle Brunnen zugeschüttet worden, und die Landschaft bot beste Gelegenheit für kleine Angriffe aus dem Hinterhalt. Also eroberten sie gewaltsam den Zugang zu einem Fluss, und von Angst getrieben, säte der Emir mit falschem Gold Unfrieden unter den Anführern der Kreuzfahrer, die sich bald heftigst darüber stritten, wer nach der Einnahme der für ihren Reichtum berühmten Stadt Fürst von Damaskus werden sollte.

Nach dem schmählichen Rückzug vor Nur ad-Dins Heer wollte sein königlicher Onkel Askalon erobern, damit sie wenigstens *einen* Erfolg auf diesem vermaledeiten Kriegszug vorzuweisen hatten.

Doch zwischen Ludwig von Frankreich, den Baronen der Kreuzfahrerstaaten und Konrad herrschte inzwischen so viel Misstrauen, dass sich ihm keiner anschließen wollte, weshalb dem Staufer nichts übrigblieb, als ergebnislos nach Konstantinopel zurückzukehren.

Manuel Komnenos nahm ihn und seine ranghöchsten Begleiter erneut mit großer Freundlichkeit auf. Doch das konnte den ehrgeizigen jungen Herzog von Schwaben nicht über das völlige Scheitern des Kriegszuges hinwegtrösten. Zumal der König und seine Brüder auch hier ständig weiterstritten.

Jetzt hatte Friedrich endgültig genug von dem Gezänk. Er hielt es einfach nicht mehr aus, sich mit diesen Männern in einem Raum aufzuhalten.

Mit Erlaubnis des Königs ging er hinaus und ließ das Pferd satteln, das ihm der Kaiser von Byzanz geschenkt hatte, einen prächtigen schwarzen Hengst.

Ein Stück auszureiten war für ihn immer noch das beste Mittel, den Kopf von all den düsteren Dingen freizubekommen, die ihm die Ruhe raubten.

Er liebte Pferde und war ein begnadeter Reiter, die Pferde liebten auch ihn, und so war er in kürzester Zeit mit dem temperamentvollen Rappen vertraut geworden.

Die Ritter seiner Leibgarde und eine Eskorte des Kaisers begleiteten ihn auf seinem Ausflug, der eher eine Flucht war. Sie ritten vorbei an malerischen Gärten, dann ein Stück querfeldein, und wurden von den Männern der kaiserlichen Warägergarde zu einem der Jagdpavillons Manuels geführt.

Wohl eine Stunde später, nach einem Bad im Fluss, das herrliche Abkühlung bot, und einem leichten Mahl aus Früchten, Nüssen und köstlichen Süßspeisen, wurde dem Neffen des Königs und seinen Rittern eine Schar hübscher junger Mädchen zur Auswahl angeboten.

Es war leider keine mit rotgoldenen Locken dabei. Überhaupt war seine Tante Bertha-Irene, die Kaiserin, mit ihrem blonden Haar hier eine ebenso auffällige wie seltene Erscheinung. Nur die Waräger konnten ihre Wikinger-Herkunft nicht verleugnen: allesamt hochgewachsen und breitschultrig, hatten viele von ihnen auch blonde oder hellbraune Mähnen und Bärte.

So entschied sich Friedrich für eine zierliche Schwarzhaarige, die ihn verführerisch anlächelte und sich im Bett als äußerst vielseitig und ausdauernd erwies.

Nach ausgiebigem Liebesspiel hätte er eigentlich erschöpft einschlafen sollen. Doch er lag hellwach auf dem Bett. Völlig ungeniert in seiner Nacktheit verschränkte er die Arme unter dem Kopf und sah zu, wie das Mädchen, dessen Namen er nicht richtig verstanden und schon wieder vergessen hatte, ihm kühle Getränke einschenkte, für die sie Eis aus einer reichverzierten kleinen Truhe schaufelte, und danach ein köstlich duftendes Gericht zubereitete.

Die Gewissheit, dass sie keines seiner Worte verstand und auch nichts erwidern würde, machte es ihm leicht, endlich einmal all das auszusprechen, was seit Monaten in ihm brodelte und worüber er auch mit seinen engsten Freunden nicht reden konnte.

»Ruhm und Ehre wollte ich gewinnen, als ich das Kreuz nahm, mir einen Namen als Heerführer machen, als Held in die Geschichte eingehen«, begann er seinen Monolog. »Und faktisch trug ich seit der Erkrankung des Königs das Oberkommando über unser Heer – die Reste unseres Heeres. Doch was haben wir erreicht? Nichts, das den bedrängten Christen im Heiligen Land hilft. Nichts, das uns Ruhm einbringt. Nicht einen Sieg. Nur Rückzüge und Niederlagen, eine schlimmer als die andere, und neun von zehn Kämpfern starben. Ihr Fleisch haben die Krähen von den Knochen gefressen, die nun unbestattet in der Sonne bleichen. Das verbündete Damaskus trieben wir den Sarazenen in die Arme. Nicht mit Ruhm, nein mit Schande bedeckt kehren wir heim. Das lässt sich nicht beschönigen. Und schuld daran sind nicht zuerst verräterische Wegführer.«

Er strich sich eine feuchte Haarsträhne aus der Stirn und nahm dann wieder seine alte Position ein, die Arme unter dem Kopf verschränkt und an die Decke starrend.

»Von Anfang an lief alles verkehrt. Die Judenpogrome, die Proviantnot, die Plünderer, die Unzahl armer Pilger … Niemand hat eingegriffen, um all das zu unterbinden – weder der Papst noch Bernhard von Clairvaux, der große Kreuzzugsprediger. Mein Oheim hätte einfach die Befehlsgewalt ergreifen sollen, statt Rücksicht auf Ludwig zu nehmen, den Zauderer, der nicht einmal sein Eheweib im Zaum halten kann, geschweige denn eine Armee.

Gescheitert sind wir am Gezänk der Christen untereinander: drei Könige, von denen einer unfähiger ist als der andere, und die Barone von Outremer, die mit den fränkischen Kreuzfahrern uneins sind.

Für all das hat der König sein Reich verlassen, mit einem kränkelnden Halbwüchsigen an seiner Stelle auf dem Thron, intriganten Ratgebern und einer Meute gieriger Fürsten, die mit Klauen und Zähnen gegeneinander kämpfen. Was erwartet uns, wenn wir zurückkehren, außer der Schmach? Mein Oheim, dem es in zehn Jahren Regentschaft weder gelang, sich zum Kaiser krönen zu lassen, noch, Frieden im Reich zu bewirken, wird nun auch noch regelmäßig monatelang unfähig sein zu herrschen, weil ihn das Wechselfieber niederwirft.«

Friedrich warf einen Blick auf das Mädchen, das – in ein leichtes, fast durchsichtiges Gewand gehüllt – immer noch an der Speise rührte, ihm nun zulächelte, aber kein Wort sagte, sondern ihn einfach reden ließ.

Manchmal mussten Männer reden nach dem Akt, das wusste sie. Und auch, dass ihnen so etwas leichter fiel, wenn sie sicher waren, dass niemand ein Wort von dem verstand, was sie sich von der Seele zu reden hatten. Diesem gutaussehenden jungen Fürsten brannte vieles auf der Seele, das hatte sie schon an seinen Augen erkannt, noch ehe er sie auswählte.

»Wenn sich die Christen nicht einig werden, dann werden die Sarazenen über uns kommen wie eine Urgewalt. Denn *sie* sind sich einig, uns zu töten. Dann wird Jerusalem fallen, früher oder später.«

Er würde einen Kreuzzug ganz anders führen, mit strengen Regeln: keine Weiber, keine armen Pilger, nur bestens ausgerüstete Ritter, die ihr Gefolge auch verproviantieren können. Und vorher müssten Verträge mit allen Herrschern der Länder geschlossen werden, durch die das Heer zieht: über friedliche Absichten, fähige Wegführer und Märkte mit festen Preisen für Brot, Wein und Fleisch.

So weit war in seinen Gedanken alles klar, tausend Mal abgewogen.

Doch bevor Friedrich die nächsten Worte aussprach, hielt er inne. Es grenzte an Hochverrat, so etwas zu sagen.

»Und zu Hause ... Ich sollte es gar nicht aussprechen, nicht einmal vor dir, unbekannte Schöne ... Aber es muss sich etwas ändern. Und das wird mein Oheim nicht bewerkstelligen können, mit dieser Krankheit schon gar nicht, und auch nicht sein unmündiger Sohn. Wir brauchen einen König, der das Land eint, sonst geht es unter in Kriegen. Und wir hatten schon zu viele Kriege in den letzten Jahren.«

Das Mädchen füllte eine Schale aus fein getriebenem und verzierten Silber mit dem nun fertigen Gericht, stellte sie auf ein mit Intarsien geschmücktes Tischchen und trug es zu Friedrich ans Bett.

Der überwältigende Duft köstlicher Gewürze brachte ihn dazu, sich aufzusetzen und davon zu kosten. Hinreißend, so hinreißend wie das Mädchen. Er aß die Hälfte des Mahles, das seine Lebensgeister aufblühen ließ, stellte die Schüssel ab und zog die schwarzhaarige Gespielin wieder zu sich ins Bett.

Lächelnd hob sie ihr zartes Gewand an und setzte sich auf ihn.

Wir brauchen einen neuen König, stark und durchsetzungsfähig, dachte Friedrich noch einen Augenblick lang. Dann dachte er gar nichts mehr, sondern ließ sich einfach von ihr in völlige Erschöpfung treiben.

Konrad von Staufen zog derweil ebenfalls die bittere Bilanz seines Kreuzzuges.
Und die Nachrichten, die Manuel Komnenos gerade für ihn hatte, trugen nicht dazu bei, seine Stimmung aufzuhellen.
Für dieses Gespräch waren sie in die kaiserliche Falknerei gegangen.
Otto von Freising, der Bischof von Basel und Kanzler Arnold von Wied blieben im Palast, vertieft in eine Debatte um die Auslegung eines päpstlichen Schreibens zum Verlauf ihres Kreuzzuges. Heinrich Jasomirgott und die Markgrafen Hermann von Baden und Heinrich von Montferrat hielten diskret ein paar Schritte Abstand, als sich die in rotgoldene Seide gehüllte Kaiserin zu ihrem Gemahl und ihrem Schwager und Adoptivvater gesellte, um zu übersetzen. Wenn Irene persönlich übersetzte, war das stets ein Zeichen höchst vertraulicher Unterredungen, selbst wenn es von außen wirkte wie eine harmlose Familienplauderei.
»Meine Spione berichten mir, dein Kampfgefährte und Rivale, der sechste Welf, ist nicht nur auffallend schnell wieder von seiner schweren Erkrankung genesen. Er hat auch auf seiner Heimreise einen Besuch bei König Roger von Sizilien eingelegt«, begann Manuel bedeutungsschwer, als sie die Falknerei erreichten.
Er ließ den bestürzten Konrad stehen und ging zielstrebig auf den kostbarsten Vogel zu, einen Gerfalken – noch jung, aber trotzdem größer und schneller als alle anderen, fast weiß und mit schwarzen Spitzen an den Schwingen. Vom Falkner ließ er sich das bei Fürsten überaus begehrte Tier auf die behandschuhte Rechte setzen und fütterte es mit Fleischbrocken.
Das verschaffte Konrad ein wenig Zeit, die üble Nachricht zu verdauen.

Er hatte den Welfen gezwungen, mit ihm zu ziehen, damit der sich in seiner Abwesenheit nicht gegen ihn stellte; er hatte ihn mit größter Freundlichkeit behandelt und gehofft, das gemeinsam Durchlebte würde ihre Differenzen beheben. Doch nun war Welf bei Roger, der schon einen großen Teil Italiens an sich gerissen hatte, und würde sich mit ihm verbünden. Der Feind meines Feindes ist mein Freund.

»Graf Welf beabsichtigt nicht nur, dort einige Zeit zu verbringen, sondern wurde als hochgeehrter Gast empfangen«, fuhr Manuel fort, Salz in die Wunde zu streuen. »Und wie ich seit heute weiß, ließ Roger Botschaften an Heinrich den Löwen und den Herzog von Zähringen senden.«

Konrad entfuhr ein Stöhnen, das den Falken dazu brachte, ruckartig den Kopf zu drehen.

Der Löwe und der Zähringer hatten auf dem Wendenkreuzzug ein enges Bündnis geschmiedet, besiegelt mit einer Hochzeit, und vielleicht gebar Clementia ihrem Gemahl Heinrich gerade in diesem Moment einen Erben.

Seine Feinde schlossen sich zusammen. Während er hier festsaß, unendlich weit fort und immer noch so schwach von den wiederkehrenden Fieberattacken, dass er Manuels Angebot angenommen hatte, den Winter über in Konstantinopel zu bleiben, um zu genesen. Er konnte jetzt unmöglich eine so anstrengende Reise antreten, weder zu Land noch mit dem Schiff.

»Was mich auf mein altes Thema bringt: Wir müssen uns gegen Roger verbünden. Das ist unser gefährlichster Feind«, sagte der Kaiser von Byzanz und strich dem kostbaren Falken zärtlich übers Gefieder.

»Ja, das müssen wir wohl«, bestätigte Konrad düster und dachte: Jetzt zahle ich die Rechnung für die Aufnahme, die Pflege, die wertvollen Geschenke. Manuel hat seine Hand an meiner Kehle. Mir bleibt nichts, als auf seine Bedingungen einzugehen.

Ein ernster Blick Irenes bestätigte wortlos seine Vermutung. Da tröstete ihn auch nicht, dass ihm der Kaiser den kostbaren Gerfalken als Geschenk überreichte, ein wahrhaft königliches Präsent.

Konrad ersparte sich den Einwand, dass der Papst den Kreuzfahrern verboten hatte, Jagdfalken mit sich zu führen – der Kreuzzug war vorbei.

Das lenkte seine Gedanken auf seinen Neffen Friedrich, der sich oft genug über dieses Verbot beschwert hatte. Plötzlich durchzuckte Konrad eine erschreckende, fast vergessene Erinnerung – an eine Nacht vor zehn Jahren, als ihm eine halbblinde alte Hexe eine unheimliche Prophezeiung gemacht hatte, die er nun nicht mehr einfach so abtun konnte.

»Ihr werdet eine Krone tragen, doch nicht Lothars«, hatte sie gekrächzt. Und die Krone, die er trug, hatte Albero neu anfertigen lassen, weil zur Zeit seiner Wahl die Reichsinsignien noch im Besitz seines Rivalen waren, Heinrichs des Stolzen.

»Ihr werdet ein Heer zum Mittelpunkt der Welt führen und doch Euer Ziel nicht erreichen«, so ihre zweite Vorhersage – auch die war nun eingetroffen.

Und ihre letzte Prophezeiung lautete: »Viele Jahre werdet Ihr herrschen, länger als Lothar. Aber der junge Falke, den man Rotbart nennen wird, wird dereinst all Euern Ruhm überstrahlen. Um seinetwillen wird man Euch vergessen.«

Sollte Friedrich dieser junge Falke sein?

Heinrich-Berengar war sein Nachfolger, sein Sohn und gewählter Mitregent! Er würde seine Sache gut machen, sobald er erst alt genug war.

Das Letzte, was Konrad jetzt brauchen konnte nach all den Niederlagen und Hiobsbotschaften, war noch mehr Misstrauen in der eigenen Familie.

Doch der Gedanke, einmal geboren, ließ sich nicht mehr vertreiben.

Sie verhandelten hart um den gemeinsamen Kriegszug gegen Roger, der unvermeidlich schien. Manuel wollte Rache für die Überfälle auf sein Reich, den dreisten Diebstahl seiner kostbaren Seidenproduktion. Und Konrad musste verhindern, das Roger noch weiter in den italienischen Norden vordrang und sich mit seinen, Konrads, Feinden verbündete. Schließlich musste er sich nun endlich in Rom zum Kaiser krönen lassen!

Um ihr eigenes Bündnis zu festigen, wurde die im Vorjahr verabredete Hochzeit von Konrads Bruder Heinrich Jasomirgott mit Manuels Nichte Theodora mit großer Pracht gefeiert. Heinrichs zweite Gemahlin, die Witwe Heinrichs des Stolzen, war vor fünf Jahren gestorben, und die byzantinische Hochzeit erfüllte den Babenberger mit großem Stolz.

Er war ein mächtiger Mann, Pfalzgraf vom Rhein, Markgraf von Österreich und Herzog von Bayern. Doch diese Titel verdankte er zu einem beträchtlichen Teil seinem Bruder, dem König. Und er hatte dafür Gertrud heiraten müssen – zwar die Tochter eines Kaisers, aber nicht mehr die Jüngste und mit einem Sohn, der ihm lieber heute als morgen Bayern streitig machen würde.

Dagegen entzückte ihn der Anblick seiner vierzehnjährigen Braut außerordentlich.

Dass die Byzantiner entsetzt beklagten, ihre liebliche Prinzessin Theodora würde einem »Ungeheuer aus dem Westen« geopfert, nämlich ihm, ignorierte Jasomirgott. Es war auch schwer zu sagen, ob sie das arme Mädchen nun bedauerten, weil sie einem viel älteren und schon kahlen Mann gegeben wurde – das hätte ihr in Byzanz ebenso passieren können – oder weil sie mit ihm in ein kaltes Land mit klobigen, düsteren Burgen ziehen musste.

Irene hütete sich, ihm zu enthüllen, dass das Wehgeschrei vor allem von Theodoras längst verlorener Jungfräulichkeit ablenken sollte. Sie war froh, die Geliebte ihres Gemahls bald sehr weit fort zu wissen.

Doch in seinen Gesprächen mit Konrad kam Manuel immer wieder auf den Kriegszug gegen Roger von Sizilien zu sprechen.

»Wir sollten deinen vor Tatendrang berstenden Neffen Friedrich voraussenden, sobald der Frühling naht, damit er in deinem Reich ein Heer für einen Kriegszug gegen Roger von Sizilien zusammenrufen kann!«, schlug der Kaiser von Byzanz vor – eine Idee, die sowohl dem jungen Schwabenherzog als auch dem König gefiel. Konrad würde sich etwas später nach Italien einschiffen und dort Truppen aufstellen. Das ersparte ihm die schmachvolle Rückkehr nach Nürnberg.

»Und sämtliche Eroberungen einstiger byzantinischer Gebiete in Italien fallen an mich«, nannte Manuel gerade beiläufig seine letzte Forderung, als fast schon alles ausgehandelt war.

Seinem königlichen Besucher erstarrte der Arm, als er soeben seinen Becher zum Mund führen wollte.

»Ich brauche Bedenkzeit«, ächzte Konrad. Das war einfach zu viel!

»Du bist erschöpft, mein geehrter Gast und Bruder«, gab sich der Kaiser generös und strich sich über seinen schmalen schwarzen Bart. »Ich sehe die Blässe auf deinem Gesicht, ruh dich aus! Wir sprechen morgen darüber.«

Dann zog sich Manuel in seine eigene Schlafkammer zurück, während Konrad in sein Quartier wankte, von Sorgen erdrückt.

Ein wenig später ließ sich seine Schwägerin und Ziehtochter Irene bei ihm melden, diesmal in einem wunderschönen Gewand aus blau-goldenem Seidenbrokat, der ihre Augenfarbe und ihr blondes Haar wunderbar zur Wirkung brachte, und erkundigte sich nach seinem Befinden.

»Begleitet mich doch auf einen Spaziergang durch die Gärten«, schlug sie ihm lächelnd vor. »Das wird Euch guttun, lieber Vater.«

Konrad bot ihr seine Hand und ließ sich von ihr durch die prachtvollen Anlagen führen. Ihrer beider Leibwachen hielten respektvoll Abstand. Sie schlenderten ein wenig über die schnurgeraden Wege, vorbei an ornamentartig angelegten Hecken und Blumenbeeten, Wasserschalen für die Vögel und Skulpturen.

Unter einem Baum mit erstaunlich großen Blättern, in denen eine Unmenge Vögel einen Riesenlärm veranstalteten – Konrad hatte noch nie dergleichen gehört, aber es war faszinierend, gar nicht störend –, hielt Irene inne und deutete auf eine steinerne Bank.

Ihr Schwager und Adoptivvater vergewisserte sich, dass niemand hinter ihnen war, denn ganz sicher hatte Irene diesen Platz nicht zufällig gewählt.

Sie schwenkte den Arm und schien ihn auf dieses und jenes im Garten aufmerksam zu machen, lächelnd und mit unverfänglicher Miene. So musste es auf den Betrachter wirken.

Dann jedoch sagte sie: »Stimmt dieser Bedingung zu! Überlasst ihm im Vertrag diese italienischen Eroberungen.«

Er wollte schon widersprechen, doch Irene lächelte verschmitzt und hob nur ganz sacht eine Hand, um ihm Einhalt zu gebieten.

»Und dann holt Ihr sie Euch zurück – als Mitgift für eine Nichte Manuels, die Ihr mit Eurem Sohn und Erben Heinrich-Berengar vermählt!«

Für einen Moment schien es dem völlig verblüfften Konrad, als wäre sogar das lärmende Vogelkonzert kurzzeitig verstummt. Was für eine wundervolle Lösung! Warum war er nur nicht selbst darauf gekommen?

Irene erkannte die Erleichterung auf seinem Gesicht und lächelte nun breiter. »Diesmal wird kein Byzantiner das Mädchen bedauern, denn es bekommt einen jungen und freundlichen Prinzen zum Gemahl.«

So wurde ein verbindlicher Vertrag über einen gemeinsamen Feldzug gegen Sizilien abgeschlossen, für den nur schwere Krankheit oder die Bedrohung des Reiches als Aufschub galten. Dem Grafen von Gravina wurden die Verhandlungen zur Vermählung des jungen Königs Heinrich mit einer Nichte des Kaisers übertragen. Und Konrad konnte der Rückkehr in sein Reich mit einiger Gelassenheit ins Auge blicken.

DRITTER TEIL

LEBEN UND STERBEN
IN UNRUHIGEN ZEITEN

Weiße Nacht

Gunda und Dietrich, Josefa,
Hanka und Christian;
Meißen, die Nacht vom 31. Dezember 1148
auf den 1. Januar 1149

»Es kommt mir wie ein Wunder vor.«
Dietrichs Augen strahlten vor Glück in der von Kaminfeuer und Kerzenschein erleuchteten Kammer. Sacht legte er seine Hand auf Gundas geschwollenen Leib.
Sie schloss die Augen, um die Wärme seiner Berührung zu genießen, und lächelte. »Es *ist* ein Wunder.«
So oft war ihr in Plötzkau Unfruchtbarkeit vorgeworfen worden, dass sie am Ende selbst daran glaubte. Es wäre unaussprechlich gewesen, die Gründe für die Kinderlosigkeit ihrer Ehe bei Graf Bernhard zu vermuten.
Im Sommer dachte sie noch, das Glück mit Dietrich und das beschauliche Leben nahe Eilenburg seien der Grund dafür, dass sich ihr Körper etwas rundete und fraulicher wurde.
Doch Agnes hatte sie nachdenklich gemustert, gelächelt, kurz mit Judith gewispert und dann mit größter Überzeugung verkündet: »Eure Brüste werden voller. Ihr tragt ein Kind unterm Herzen. Wir freuen uns so für Euch!«
Gunda wagte es kaum zu glauben, geschweige denn Dietrich etwas davon zu sagen. Vielleicht irrten sich Agnes und Judith? Wäre er überhaupt glücklich über ein Kind von ihr, auch wenn er geschworen hatte, es anzuerkennen?
Doch sie und ihr Geliebter waren einander viel zu vertraut, als dass sie die Veränderungen ihres Körpers vor ihm hätte

verbergen können, und auf ihre vorsichtige Offenbarung reagierte er mit überschäumender Freude.

»Ich wusste es!«, jubelte er, hob sie hoch, wirbelte sie herum und küsste sie innig.

Dann legte er sanft seine Hand auf ihren Leib, so wie jetzt im flackernden Licht der Kerzen, und sagte: »Mein Sohn oder meine Tochter wächst dort heran, in Liebe gezeugt. Du machst mich zum glücklichsten Mann der Welt.«

Ohne Zögern wiederholte er sein Versprechen: »Ich werde dieses Kind anerkennen, für seine Ausbildung und für sein gutes Auskommen sorgen.«

Er küsste sie erneut und versprach: »Ich werde es lieben, so wie ich dich liebe.«

Seitdem erlebten sie gemeinsam das Wunder, wie ein neues Leben in Gunda heranwuchs … vom ersten, kaum wahrnehmbaren Zeichen einer Bewegung bis zu den kräftigen Tritten, die kurzzeitig kleine Beulen aus ihrem Leib wachsen ließen. Dietrich konnte gar nicht genug darüber staunen.

Seine Gemahlin hatte ihn an ihrer Schwangerschaft nicht teilhaben lassen und die Tochter nach der Geburt einfach der Amme und den Kinderfrauen übergeben.

Doch in den letzten Tagen bewegte sich das Ungeborene in Gundas Leib kaum noch, und die immer länger werdenden Phasen seiner Reglosigkeit ängstigten sie. Lebt es überhaupt?, fragte sie sich in solchen Stunden.

Die herbeigerufene Wehmutter beruhigte sie nach gründlicher Untersuchung. Das sei ein Zeichen der nahenden Geburt, versicherte sie, dem Kind gehe es gut.

Und heute Nacht, in der letzten Nacht des Jahres, würde es wohl so weit sein. Diese Gewissheit wuchs in Gunda von Stunde zu Stunde. Seit dem Nachmittag verspürte sie in kürzer werdenden Abständen ein stechendes Ziehen im Rücken. Doch noch sagte sie nichts. Was, wenn sie sich irrte? Sie wollte sich nicht blamieren, indem sie alle unnötig aufscheuchte. *Noch* war der Schmerz zu ertragen.

Mühsam versuchte sie, sich das Kissen im Kreuz zurechtzurücken, und scheiterte am Umfang ihres Leibes.

Plötzlich fühlte sie sich so beengt in dieser Kammer, in der es vermutlich schon bald sehr aufgeregt zugehen würde, dass sie das heftige Bedürfnis verspürte, noch einmal hinaus auf den verschneiten Meißner Burghof zu treten und die kalte Luft in ihre Lungen strömen zu lassen, noch einmal ein Gebet in feierlicher Umgebung zu sprechen. Solange sie es noch konnte. Denn wie sehr sich Gunda auch danach sehnte, endlich ihr Kind in den Armen zu halten, es Dietrich zeigen zu können – sie fürchtete sich vor den nächsten Stunden. Isas elendes Schicksal stand ihr überdeutlich vor Augen. Vielleicht war diese letzte Nacht des Jahres auch die letzte ihres Lebens?

»Ich weiß, es ist schon dunkel draußen. Aber würdest du mich in den Dom begleiten und dort mit mir eine Kerze anzünden, um von der Heiligen Jungfrau Maria Schutz und Beistand zu erflehen?«, bat sie Dietrich.

»Natürlich, Liebste. Fühlst du dich wirklich dazu in der Lage, all die Stufen hinabzusteigen und nachher auch wieder hinauf?«, wandte er ein.

»Mit deiner Hilfe!«, sagte sie mühsam lächelnd, denn sie merkte, dass eine neue Welle des Schmerzes nahte. Doch sie glaubte, es bliebe ihr noch etwas Zeit, bis sie die Wehmutter brauchte.

Vorsichtig half Dietrich ihr aus dem Stuhl hoch. Endlich stehend, drückte sie das Kreuz durch und stemmte die Hände in den Rücken.

»Ich fühle mich wie ein Fass!« Das war halb Scherz, halb Klage.

»Nicht mehr lange«, beschwichtigte er sie und musterte ihr Gesicht und ihre Haltung aufmerksam und zunehmend besorgt.

»Gunda, Liebste … Soll ich nicht lieber die Wehmutter herbeirufen?«

»Lass uns zuvor in den Dom gehen, ja?«, drängte sie und bestätigte damit seine Vermutung. Jetzt war er erst recht beunruhigt.

Fürsorglich legte er ihr einen warmen Umhang um die Schultern und stützte sie mit seinem Arm.

Ein Diener lief voraus, um die kalten, dunklen Gänge im Palas des Meißner Markgrafen mit einer Fackel zu erhellen. Von Gunda unbemerkt gab Dietrich einem weiteren Diener leise den Befehl, umgehend die weise Frau aus dem unteren Viertel zu holen.

Draußen auf dem Burghof blieb Gunda stehen und blickte sich um, als ob sie alles zum ersten oder zum letzten Mal sehen würde. Große Flocken schwebten herab und legten eine weiße Decke über Hof und Gebäude. Doch hier machte ihr der Winter keine Angst, hier fühlte sie sich geschützt.

Und so erschien ihr dieser Anblick fast mystisch: die Schneeflocken in der Schwärze der Nacht, die fast jedes Geräusch auf dem menschenleeren Hof schluckten. Wie aus weiter Ferne hörten sie ab und an das Kläffen der Hunde, das Wiehern eines Pferdes, das Johlen einiger später Zecher in der Halle.

Der Himmel war hell von dichten weißen Wolken, und so zeichneten sich die Konturen der Gebäude deutlich dagegen ab.

Kräftig atmete Gunda die klare Luft ein, griff mit der behandschuhten Hand nach einzelnen Flocken, um sie einzufangen und die Schönheit der Schneekristalle zu bewundern, bis sie in ihrer Hand schmolzen.

Dann gab sie sich einen Ruck und ging an Dietrichs Arm langsam und vorsichtig über den von unzähligen Füßen festgetretenen Schnee zum Dom.

Dass sie hier in Meißen war, auf dem Burgberg, und nicht auf ihrem kleinen Gut an der Mulde, war ein weiteres Wunder.

Nie hätte sie erwartet, dass ausgerechnet der strenge Markgraf Konrad angewiesen hatte, die offizielle Geliebte seines Sohnes zur Niederkunft auf den Burgberg zu holen, weil hier bessere Voraussetzungen für einen glücklichen Ausgang der Geburt bestanden.

Damit überraschte der Fürst erneut alle, am meisten jedoch seinen Sohn. Um Streit und Skandale zu vermeiden, hatte der Markgraf sogar die unleidliche Schwiegertochter für mehrere Wochen ins Kloster auf dem Petersberg geschickt, während sich fast die ganze Familie zu den hohen Feiertagen auf dem Burgberg versammelte. Der Abt war gründlichst angewiesen, Dobroniega ins Gewissen zu reden, ihren Hochmut endlich abzulegen und ihrem Gemahl die verdiente Höflichkeit zukommen zu lassen, statt sich weiter ihr Leben zu ruinieren.

Vor drei Wochen war Gunda aus Eilenburg geholt worden und bekam im Palas des Markgrafen die größte Gästekammer zugewiesen.

Ein klares Signal für alle, die insgeheim die Nase über das sündige Verhältnis seines Sohnes rümpften, auch wenn niemand in Meißen Dobroniega leiden mochte: Dietrichs offizielle Geliebte, seine Frau zur Linken, war ein angesehener Gast, und ihr Kind würde von der markgräflichen Familie anerkannt werden.

Agnes und Judith waren nicht mitgekommen, nur eine alte Dienerin und die Amme. Kammerfrauen und einen jungen Pagen bekam Gunda hier zugewiesen. Das hatte Dietrich so bestimmt, um die zwei jungen Witwen zu schützen. Denn *deren* Ruf wäre fraglos lädiert, wenn sie hier als Begleiterinnen seiner Geliebten auftraten.

Außerdem wusste er noch etwas, das er bisher vor Gunda verschwiegen hatte und ihr nun enthüllen wollte, während sie

425

langsam und vorsichtig über den schneebedeckten Burghof liefen.

»Ich habe eine Überraschung für dich«, begann er seine Eröffnung.

»Du hast mir doch schon ein Kleid geschenkt, mit solch wunderbaren Stickereien! Und das schön verzierte Taufgewand für unser Kindchen«, wehrte sie ab. »Es fehlt mir wirklich an nichts, dank dir. Nur der Beistand der gütigen Mutter Gottes in meiner schweren Stunde.«

»Um den werden wir jetzt beten, wie ich es jeden Tag tue«, versicherte er und lächelte. »Kein Geschenk dieser Art«, deutete er an, während er sie stützte und sie sich in kleinen Schritten mit ihrem gerundeten Leib durch den Schnee kämpfte.

»Reinhold wird heute mit meiner Erlaubnis um Agnes' Hand anhalten. Und Rutgar um Judiths.«

Das waren zwei junge Ritter aus seinem Eilenburger Gefolge.

»Wenn sie zustimmen, wird das Aufgebot bestellt, sobald wir wiederkommen.«

Gunda blieb verblüfft stehen – auch weil sie nach der halben Strecke, die ihr auf einmal unendlich lang vorkam, eine kurze Atempause benötigte.

»Hast du ihnen das befohlen?«, fragte sie erstaunt.

Wieder lächelte er. »In Herzensangelegenheiten würde ich nie etwas befehlen«, versicherte er. Schließlich wusste er nur zu genau, wie viel Unglück daraus entstehen konnte. Doch er wollte an diesem Abend keine Bitterkeit in sein Herz lassen.

»Aber du hast es eingefädelt?«, erriet sie.

»Ein wenig.« Er schmunzelte. »Ich habe genau ausgesucht, wen ich zu eurem Schutz abstelle, und dann ist eingetreten, was ich erhoffte. Was meine Männer betrifft, so weiß ich, dass jeder von ihnen für seine Auserwählte in Liebe entbrannt ist. Das haben sie erklärt, als sie um meine Erlaubnis baten. Zugegeben, ein wenig ermutigt habe ich sie schon zu diesem

Schritt«, gestand er dann. »Was denkst du: Werden die jungen Witwen ja sagen?«

»Noch ein Wunder.« Gunda freute sich und musste nicht lange überlegen. »Das werden sie, da bin ich mir sicher.« Vielleicht erbat Judith noch etwas Zeit, um in Gedanken Abschied von ihrem toten Ehemann zu nehmen. Aber sie waren diesen jungen Rittern zugetan, und sie brauchten dringend den Schutz eines Ehemannes, einen Vater für ihre Kinder.

»Heute ist der letzte Tag des Jahres«, sinnierte sie und lehnte ihren Kopf kurz an Dietrichs Schulter. »Dieses Jahr war das glücklichste in meinem ganzen Leben.«

»Das nächste wird noch besser, dann haben wir einen Sohn oder eine Tochter«, versprach er voller Überzeugung.

Gunda erwiderte nichts. Mit einer erneuten Wehe war plötzlich auch ihre Angst wieder übermächtig.

Sie hatten nun den Dom erreicht, und während Dietrich die schwere Tür öffnete, konnte sie sich ihrem Schmerz stellen, ohne dass er es ihr anmerkte.

Etliche Menschen hatten sich in dem Gotteshaus eingefunden, um hier Zwiesprache zu halten und innere Einkehr zu finden. Doch sie alle beteten still. Es musste wohl an der späten Stunde und an dieser besonderen Nacht liegen.

Nicht weit von ihnen kniete der Gunda zugeteilte Page, der um diese Zeit längst im Stroh liegen und schlafen sollte. Er betete vor dem gestickten Porträt des alten Bischofs Benno, der in der Mark Meißen wie ein Heiliger verehrt wurde.

Christian, so hieß der Junge, zuckte wie ertappt zusammen, als er den jungen Markgrafen und seine derzeitige Herrin kommen sah. Doch dann senkte er einfach den Kopf und betete weiter mit krampfhaft verschlungenen Händen. Wenn sie ihn bestrafen würden, dann sicher erst morgen. Zumindest nicht hier im Dom. Und sie wirkten auch sehr beschäftigt. Es hieß, das Kind der schönen Gräfin könnte nun jeden Tag kommen.

Dietrich half Gunda, vor dem Altar der Heiligen Jungfrau niederzuknien, entzündete eine Kerze und ließ sich neben ihr auf die Knie sinken.

Dann vertiefte sich jeder in seine eigenen Gedanken, auch wenn sie die Worte gemeinsam hätten aufsagen können, so sehr ähnelten sie sich: Heilige Mutter Gottes, erbarme dich dieser jungen Frau in ihrer schweren Stunde und lass sie und das Kind überleben.

»Hilf mir bitte hoch, ich muss jetzt zurück!«, stöhnte Gunda auf einmal leise.

Tränen rannen ihr über das Gesicht, obwohl sie nicht weinen wollte. Doch den Schmerz, der jetzt über sie kam, konnte sie nicht mehr verbergen.

Dietrich stützte sie beim Gehen. Kaum waren sie aus dem Dom hinaus, sagte sie mit gepresster Stimme: »Jetzt sollte wohl jemand die Wehmutter holen.«

»Sie erwartet dich schon in der Kammer«, versicherte er, ohne seine Bestürzung zu zeigen. Dann hob er Gunda einfach auf seine muskulösen Arme und trug sie bis zum Eingang des Palas. Nur die unebenen Stufen musste sie allein hinaufgehen, aber dabei legte er sich ihren Arm über die Schultern, um ihr Halt zu geben.

Tatsächlich stand Josefa, die weise Frau aus dem unteren Viertel Meißens, bereits vor der Tür von Gundas Kammer, beladen mit einem großen Korb und neben sich den Gebärstuhl.

Sie warf nur einen Blick auf Gundas Gesicht, legte die Hand auf ihren Bauch, der von der Wehe ganz hart war, und schob sie vorsichtig und energisch zugleich zum Bett.

»Es tut mir leid, Durchlaucht, von nun an müsst Ihr uns allein lassen«, erklärte die erfahrene Heilerin dem Sohn des Markgrafen. Männer hatten bei einer Geburt keinen Zutritt.

»Ich schicke Euch sofort Nachricht, sobald es etwas Berichtenswertes gibt. Nun verabschiedet Euch bitte. Helfen könnt Ihr mit Gebeten.«

Ich will mich nicht verabschieden!, hätte Dietrich am liebsten gerufen. Vielleicht sah er Gunda gerade zum letzten Mal lebend? Geburten waren eine gefährliche Angelegenheit für Mutter *und* Kind. Doch jetzt weigerte er sich, diese Tatsache anzuerkennen.

Er blickte Gunda in die Augen und legte seine Hand an ihre Wange. »Ich bin in Gedanken bei dir und unserem Kind, Liebste. Und ich werde für euch beten.«

»Danke!«, sagte sie nur. In dieses eine Wort legte sie all ihre Liebe zu ihm ... und den Schmerz darüber, dass sie sich jetzt trennen mussten, vielleicht für immer.

Josefa half Gunda aufs Bett, beauftragte die Dienerschaft, Wasser, Leinen und einige edel geborene Frauen als Zeuginnen der Geburt zu holen, dann schob sie die Tür vor Dietrichs Nase zu.

Christian hatte dem Markgrafensohn und der hochschwangeren Gräfin beim Verlassen des Doms hinterhergesehen, bis sich die schwere Bronzetür hinter ihnen schloss. Nun konnte er sich wieder seinen eigenen Angelegenheiten zuwenden, und die waren so bedrückend, dass er jede Strafe dafür in Kauf nahm, in den Dom gelaufen zu sein statt in sein Quartier.

Heute hatte er zum ersten Mal seit langem seine Mutter wiedergesehen. Von weitem nur, durch einen Zufall, sie lieferte wohl gerade ein Stickerei ab. Und er durfte nicht zu ihr und sie umarmen. Der Truchsess hatte ihm strengstens untersagt, sich auch nur anmerken zu lassen, dass er sie kannte, geschweige denn mit ihr zu reden. Dann würde er nicht nur in Schimpf und Schande davongejagt, sondern auch dem Andenken seines Vaters großen Schaden zufügen.

Das wollte Christian nicht. Er vermisste seinen toten Vater und verehrte ihn. Doch er vermisste auch seine Mutter – und die lebte! Ihr Anblick heute hatte ihn zutiefst erschreckt. Bis auf die Knochen abgemagert war sie, das Gesicht ganz schmal geworden, die Augen tief umschattet.

Er glaubte nicht, dass sie aus Mangel an Brot Hunger litt. Josefa würde für sie sorgen, die weise Frau, die im unteren Viertel gleich neben seinem alten Zuhause wohnte. Trotz seines jungen Alters von acht Jahren begriff er, dass es ein Übermaß an Trauer war, das seine Mutter an einen Abgrund zerrte, von dem er sie wegreißen musste.

Doch wie? Christian wusste einfach keinen Rat.

Über viele Dinge konnte er mit seinen Freunden reden, mit Raimund, Richard und Gero. Er hatte sich gut eingelebt, begeisterte sich für die Reit- und Waffenübungen, auch wenn sie die meiste Zeit Getränke nachschenken oder Botengänge erledigen mussten. Selbst seine Fehde mit Randolf war zwar nicht beigelegt, aber eingedämmt, nachdem Raimunds Vater mit ihnen allen ein langes Gespräch geführt hatte. Der Tod des Vaters auf dem Wendenkreuzzug hatte den streitsüchtigen Randolf stiller werden lassen. Und noch gehässiger. Doch Christian lernte, seine Provokationen zu ignorieren.

Als er zu Diensten der Gräfin Kunigunde eingeteilt worden war, hatte Randolf gleich gehöhnt: »Der Hurensohn bedient die Hure. Wie passend!«

Das allerdings bekam dem Weißblonden schlecht, denn hier auf dem Meißner Burgberg durfte niemand ungestraft abfällig von der Geliebten des jungen Markgrafen sprechen.

Aber all das war Christian heute gleichgültig. Er sehnte sich nach seiner Mutter und sorgte sich zutiefst um sie. Wenn er sie nur sehen und trösten könnte, würde es ihr sicher bessergehen!

Deshalb war er ausgerissen, um hier vor dem Bildnis des Bischofs Benno zu beten, der schon lange tot war, von dem die Leute in Meißen jedoch immer noch sprachen: von seiner Güte, seiner Sanftheit, seinem Gerechtigkeitssinn und seiner Weisheit.

Seine Mutter hatte dieses Bildnis im Auftrag des Bischofs und nach Beschreibungen alter Meißner gestickt, die Benno noch gekannt hatten. In jedem feinen Nadelstich steckte ihre Arbeit und auch ein Stück Herzblut, ein Stück ihrer Seele, sonst wäre dieses Porträt nicht so lebendig und einfühlsam geworden.

Lieber Benno ... Nein, er musste ihn wohl mit Hochwürden anreden.

Doch dann hatte er aufgehört, in Gedanken Sätze zu formulieren, starrte einfach nur auf das Bild, das seine Mutter geschaffen hatte, dachte an sie und grübelte.

Es musste schon tiefe Nacht sein, die letzten Betenden hatten den Dom längst verlassen, und er kniete immer noch hier, ohne eine Antwort auf seine Nöte gefunden zu haben.

Noch einmal öffnete sich die schwere Tür, und Markgraf Dietrich kehrte zurück, diesmal allein. Betroffen senkte Christian den Kopf. Er wollte aufstehen und merkte, dass er es nicht konnte; alle Glieder waren vor Kälte steif.

Dietrich schien das zu erkennen, griff nach dem Arm des Jungen und half ihm hoch.

»Geh zu Bett, Junge, und bete dort weiter, wenn deine Not so groß ist«, sagte er milde. »Wenn du noch länger bleibst, wirst du nur krank.«

Christian wollte gehorsam nicken, aber Kälteschauer jagten durch seinen Körper, und seine Zähne fingen an zu klappern. Er verneigte sich, so gut er konnte, und stakste hinaus.

Der junge Markgraf sah ihm nur kurz nach, bevor er sich wieder in seine eigenen Gebete vertiefte.

Christian aber durchfuhr auf einmal blitzartig ein Gedanke: Josefa würde kommen und das Kind der Gräfin Kunigunde auf die Welt holen! Und das konnte jeden Moment so weit sein.

Zur Gebärkammer würde er zwar keinen Zutritt haben, aber sicher jede Menge Besorgungen aufgetragen bekommen. Und in all der Aufregung konnte er mit etwas Geschick Josefa heimlich fragen, was mit seiner Mutter war und wie er ihr helfen sollte.

Hanka befand sich in Josefas Haus, als ein Bote von der Burg an die Tür trommelte und eiligst nach der Wehmutter verlangte. Beide Frauen hatte sich schon zur Ruhe gelegt. Während sich die weise Frau rasch wieder ankleidete, beharrte sie darauf, dass Christians Mutter im Bett blieb.

»Es ist eiskalt heute Nacht. Sei froh, dass du unter der Decke steckst und schlafen kannst!«

Sie selbst würde wohl vorerst kein Auge zutun, wenn bei der hübschen jungen Gräfin die Wehen eingesetzt hatten. Aber wenn die Geburt gut verlief, durfte sie auch ordentlichen Lohn erwarten.

Seit dem Zwischenfall vorm Haus, als die aufgebrachten Frauen die Stickerin angegriffen hatten, stand Hanka unter Josefas entschlossenem Schutz und ihrer Fürsorge. Die weise Frau war angesehen genug im Viertel, um diejenigen kräftig zurechtzuweisen, die sich so schäbig ihrem Schützling gegenüber verhalten hatten.

»Verbreitet noch einmal solche widerlichen Lügen, und ich mische euch ein Kraut ins Essen, dass ihr eine Woche nicht mehr vom Abtritt wegkommt!«, hatte sie gedroht und die Nachbarn daran erinnert, wie viel Gutes Hanka ihnen mit dem Silber getan hatte, das sie mit ihren Arbeiten verdiente, und wie sehr sie immer noch um ihren Mann trauerte.

Die schlimmen Anschuldigungen verstummten. Doch Hanka wusste, sobald Josefa den Weibern den Rücken kehrte, ging das Getuschel weiter. Böse Blicke verfolgten sie, bis sie sich kaum noch aus dem Haus traute.

Wieder zu heiraten, könnte sie vielleicht aus der Misere erlösen. Oder ganz auf der Burg zu bleiben. Doch sie wollte keinen anderen Mann, und Lukian hatte oft gesagt, die Burg sei zu gefährlich für sie. Der Messerschmied, der ihr die Ehe angetragen hatte, mochte auch nicht ewig warten und holte sich nach drei Monaten lieber die Tochter eines Tuchmachers als Frau ins Haus, damit sie für ihn und seine Kinder sorgte.

So versank Hanka immer tiefer in ihrer Trauer.

Sie hatte Lukian verloren, ihre große Liebe, und das unter grausigsten Umständen, die ihr immer noch Alpträume bereiteten. Ihren Sohn durfte sie nicht sehen, geschweige denn mit ihm sprechen. Und nun war sie auch in der Nachbarschaft nicht mehr gelitten, sondern nur noch von Hass und Verachtung umgeben.

Es gab keine Hoffnung und keine Freude mehr in ihrem Leben. Nichts. Gar nichts.

Josefa erkannte, was in ihrer jungen Nachbarin vor sich ging, die jeglichen Antrieb verloren hatte, sogar zum Essen, und holte sie zu sich ins Haus.

Vorgeblich, weil sie Hilfe beim Anfertigen ihrer Tinkturen brauchte, und weil Hanka aufgrund des bösartigen Geredes im Viertel kaum noch Aufträge bekam – außer vom Burgberg. Dort kümmerte sich niemand um das Gehechel der alten Weiber. So behielt Josefa die junge Frau im Auge und konnte auf sie achtgeben.

Wenn Hanka Aufträge von der Burg bekam, zog sie tagsüber wieder in ihr Haus, weil sie fürs Sticken Platz und Licht brauchte und den edlen Kleidern nicht der durchdringende Geruch von Josefas Mixturen anhängen durfte.

Doch die weise Frau sah voller Kummer, wie Hanka dahinschwand. Und sie wusste sich einfach keinen Rat mehr, wie sie ihr noch helfen sollte.

Wenn die Geburt in dieser Nacht gut verlief, konnte sie den Truchsess vielleicht erweichen, dass er Christian erlaubte, wenigstens einmal heimlich seine Mutter zu besuchen. Das würde sie aufrichten.

Mit diesem tröstlichen Gedanken stapfte Josefa durch den

Schnee in Richtung Burg, dem Boten mit der Laterne aus Rohhaut hinterher. Doch dann musste sie sich auf den Weg und die bevorstehende Entbindung konzentrieren. Die Kreißende war jung, aber nicht zu jung, und gesund, das Kind hatte bisher richtig gelegen, die Senkwehen waren zur rechten Zeit gekommen – vielleicht lief ja alles glatt … So glatt es bei einer Erstgebärenden eben verlaufen konnte.

Als Josefa aus dem Haus war, wartete Hanka noch eine kleine Weile, um sicherzugehen, dass die Heilerin nicht zurückkam, weil sie etwas vergessen hatte.

Dann legte sie sich den Umhang um die Schultern, lief durch das dichte Flockengewirbel hinüber in ihr Haus und verriegelte die Tür von innen. Der Wind hatte ihr auf dem kurzen Weg die Bundhaube vom Kopf gerissen, doch das war ihr nun gleichgültig.

Niemand würde sie hier finden, nicht vor übermorgen, wenn Josefa zurückkehrte und nach ihr zu suchen begann.

Es war kalt und dunkel in der Kate, die Fenster zum Schutz gegen die Kälte mit Stroh zugestopft. Aber sie fand sich hier auch im Dunkeln zurecht.

Noch einmal dachte sie an ihren Sohn, den sie heute kurz gesehen hatte, als sie Gewand und Taufkleid für die Geliebte des jungen Markgrafen und ihr Kind abgeliefert hatte.

Es geht Christian gut, er wird sogar im Kämpfen ausgebildet, beweist Geschick und findet sichtlich Freude daran. Für ihn ist gesorgt, womöglich wird er einmal ein Ritter, das hat mir der Truchsess oft genug versichert. Einzig ich bin ihm dabei im Weg, dachte Hanka. Solange die Gefahr besteht, dass herauskommt, wer seine Mutter ist, wer seine Eltern waren, ist seine Aussicht auf ein besseres Leben gefährdet.

Und Josefa falle ich auch nur zur Last.

Allen falle ich zur Last. Niemand braucht mich.

Was soll ich dann noch hier in diesem freudlosen Leben?

Lukian, ich vermisse dich so, dachte sie, während der Schmerz sie zerriss und ihr die Tränen über die Wangen liefen. Ich will nicht mehr essen, atmen, leben ohne dich. Ich kann es nicht mehr. Ich ertrage es nicht mehr.

Bald kreisten ihre Gedanken nur noch um diese wenigen Sätze, die immer stärker und mächtiger durch ihr Hirn strudelten, bis sie sie ganz ausfüllten.

Es ist kein Selbstmord, wenn mich die Kälte tötet.

Und wenn Gott sich nicht hinters Licht führen lässt und ich in der Hölle lande – ist dort nicht die Wahrscheinlichkeit sogar viel größer, dich zu treffen, Liebster, nach allem, was mit deinem Leichnam geschah?

Ich werde einfach da liegen und einschlafen ... und nicht mehr aufwachen.

Sie riss die Tür zum Gärtchen hinter dem Haus auf, und der Wind wirbelte sofort den Schnee herein, der sich dort in hohen, lockeren Wehen gesammelt hatte. Das Leuchten des Schnees und der Wolken vertrieb die Dunkelheit aus der Kate und erhellte schemenhaft die Konturen im Inneren.

Hanka schlüpfte ins Bett, sprach ein letztes Gebet und dachte dann nur noch: Liebster, ich komme ...

So verharrte sie und rührte sich nicht, während der Wind den Schnee in der Hütte umhertrieb, der sich über ihr Bett, ihr Haar, ihre Wimpern legte.

Erst zitterte sie wie Espenlaub, ihre Zähne klapperten, doch bald ließ auch das nach, und die Kälte ergriff von ihrem Körper Besitz, machte sie träge und schläfrig.

Und dann war alles weiß.

Ich komme, Liebster!

»Vernunft ist ein hässliches altes Weib«

Markgraf Konrad und seine Schwester Mathilde;
Meißen, die Nacht vom 31. Dezember 1148 auf
den 1. Januar 1149

Mit fröhlicher Gründlichkeit hatten die Bewohner der Meißner Burg das lärmende Austreiben böser Geister an diesem letzten Tag des Jahres vollzogen. Doch für die Nacht duldete der Fürst weder Krawall noch ausschweifende Trinkgelage, sondern erwartete auch von seinen Untertanen Gebete, innere Einkehr und stille Nachdenklichkeit.

Seit dem Tod seiner Gemahlin hatte er sich angewöhnt, den letzten Abend des Jahres zusammen mit seiner Schwester zu verbringen. Mathilde war zwar in ihren Worten oft erschreckend direkt, zumal für eine Frau, aber auch klug. Oft konnte sie sogar ihn, den kühl Berechnenden, mit ihren Gedanken und Einfällen verblüffen. Er schätzte ihre Meinung, auch wenn er sie nicht immer teilte.

So hatten sich Konrad und die rundliche Gräfin von Seeburg nach dem Mahl in der Halle in die markgräfliche Kammer zurückgezogen, um dort das Besondere dieser Nacht auf sich wirken zu lassen, Vergangenes wie Kommendes zu durchdenken.

»Öffnet die Fensterläden für einen Moment, es ist zu stickig zum Atmen!«, befahl Mathilde gerade den Dienern. Die Kohlebecken strahlten viel Hitze ab, und nach den Segenswünschen des eben hinausgeschlurften Kaplans empfand sie die Luft in der Kammer zu sehr mit Weihrauch geschwängert, bis zur Atemnot fast.

Als die Bretter herausgehievt waren, die im Winter die Kälte aussperren sollten, stellte sich Mathilde ans Fenster und sah hinaus in den dichten Flockenwirbel.

Die Konturen der Gebäude und des Hofes ließen sich nur

noch erahnen. Sie sah zwei Gestalten über den Hof Richtung Dom gehen, einen Mann, der eine Frau von beträchtlichem Umfang stützte, dem Gang nach eine Hochschwangere. Wären der Schleier aus Schneeflocken und die nachlassende Sehkraft ihrer Augen nicht gewesen – Mathilde hätte geschworen, dass dies ihr Neffe und seine Geliebte waren. Die Heilige Jungfrau steh ihnen bei, dachte sie.

Konrad trat zu ihr, um ebenfalls tief Luft zu holen, und fragte sich, was Mathilde da draußen wohl entdecken mochte und wie sie es auf ihre ungewöhnliche Art formulieren würde.

»Wir sehen ... und sehen doch nicht, was kommt, weil alles noch hinter einem Schleier verborgen ist«, beantwortete sie seine unausgesprochene Frage.

Manchmal war sie ihm unheimlich.

Eine Zeitlang schwiegen beide, bis jemand klopfte und um Einlass bat.

Die Diener wurden angewiesen, die Fensterläden wieder anzubringen, und auf Konrads Aufforderung trat der Truchsess ein und verkündete: »Die Wehmutter wurde herbeigerufen. Gräfin Kunigunde kommt nieder.«

»Lasst der Gräfin ausrichten, wir werden für sie und das Kind beten«, beschied ihm Mathilde.

Edwin verneigte sich und ging wieder hinaus.

»Also bekomme ich heute vielleicht noch meinen ersten Enkelsohn«, meinte Konrad und wirkte erfreut.

Die Wehmutter und der Medicus sagten ihm einen Enkel*sohn* voraus. Das taten sie zwar immer, weil Söhne mehr galten als Töchter. Doch vielleicht behielten sie diesmal sogar recht.

»Du hast mich vollkommen überrascht, Bruder, als du die junge Frau zum Entbinden hierherriefst«, gestand Mathilde und fügte sogleich hinzu: »Obwohl ich darüber natürlich sehr froh bin.«

Konrad zog die Augenbrauen hoch.

»Dachtest du, ich überlasse die Geburt *meines Enkels* irgendeinem fremden Kräuterweib? Diese Wehmutter hier, Josefa, hat meiner Luitgard bei allen Niederkünften beigestanden, und alle zwölf Kinder überlebten, auch wenn mein Erstgeborener später an einem Fieber starb. Und Luitgard hat das Wochenbett jedes Mal gut überstanden, der Herr sei ihrer Seele gnädig.«

Er ließ sich wieder auf seinem reichverzierten Stuhl nieder und trank einen Schluck Wein.

»Sie ist eine außergewöhnliche Frau, diese Kunigunde«, erklärte er zu Mathildes Erstaunen. »Ihr traue ich zu, meinem Dietrich kräftige Söhne zu gebären. Schade nur, dass keiner von ihnen Land und Titel erben kann. Dafür muss Dietrich diese Dobroniega zwingen, endlich ihre Pflicht zu erfüllen.«

Auch Mathilde setzte sich wieder.

»Erinnere mich bitte daran, Dobroniegas Brüder bei nächster Gelegenheit zu fragen, ob sie sicher sind, dass ihr großer Krakauer Held Krak den Drachen auf dem Wawel wirklich erschlagen hat«, lästerte sie mit einem ungewohnten Zug Bitterkeit.

Dann lehnte sie sich in ihrem Stuhl zurück und sinnierte:

»Otto wäre sicher besser mit ihr zurechtgekommen – und Dietrich mit der kleinen Hedwig.«

»Otto hätte ihren Gehorsam sofort mit harter Hand erzwungen«, stimmte ihr Bruder sofort zu. »Dietrich hingegen in seiner übertriebenen Ritterlichkeit hält es für unangemessen, seine Ehefrau zu schlagen. Doch selbst wenn du recht hast mit deiner Überlegung: Der künftige Markgraf von Meißen muss sich mit den Askaniern verbinden, der künftige Markgraf der Lausitz mit Polen. Daran ist nicht zu rütteln.«

»Es war mutig von dieser Kunigunde, auf ein Leben als ehrbare Ehefrau zu verzichten und sich mit der Stellung als offizielle Geliebte zufriedenzugeben«, wagte sich Mathilde vor.

»Zu verzichten auf eine Ehe mit irgendeinem unbedeutenden Greis oder noch so einem wie dem Plötzkauer?«

Der Markgraf schnaubte verächtlich. »Sie hat *meinen Sohn* bekommen, und niemand wird es wagen, den beiden etwas vorzuwerfen. Für uns gelten andere Regeln als für die einfachen Leute. Mein Sohn hat seine Pflicht gegenüber dem Land erfüllt und ist ein dynastisches Bündnis mit der Piastin eingegangen. Da ihm nun seine Gemahlin weder Freude noch Söhne bietet, kann er sich ins Bett holen, wen er will, ohne dass jemandem ein Urteil darüber zusteht!«

Das sah die Gräfin von Seeburg ein wenig anders.

Frauen, die ohne ehelichen Segen das Bett mit jemandem teilten, galten als schlimme Sünderinnen – selbst wenn Dietrichs Einfluss Gunda vor vielem schützte. Sie hatte eine mutige Entscheidung getroffen und kein leichtes Leben gewählt. Hinter Dietrichs Rücken würde sie von unzähligen Lästerzungen als Ehebrecherin verurteilt werden.

Doch Mathilde schwieg wohlweislich, um ihren Bruder nicht aufzubringen. Nicht in dieser Angelegenheit. Sie empfand große Sympathie für Dietrich und Kunigunde und wünschte ihnen ungetrübtes Glück.

»Die Geburt wird sich noch Stunden hinziehen. Vor morgen früh wirst du wohl deinen Enkelsohn nicht zu Gesicht bekommen, Bruder. Dann schreiben wir schon ein neues Jahr, das Jahr des Herrn 1149. Wenn du drei Wünsche frei hättest wie in den alten Legenden, was würdest du dir wünschen?«

»Einen Enkelsohn, auch einen ehelichen, eine gute Partie für Adele, und dass der König endlich zurückkommt und den Frieden im Reich wiederherstellt.«

»Das sind fünf Wünsche!«, hielt sie ihm keck vor und ließ ihren Blick wählerisch über die Platte mit süßem Gebäck streifen, um von diesem und jenem zu kosten.

Dann meinte sie ein wenig zu beiläufig: »Weißt du, dass Dietrich dir vorschlagen möchte, Adelchen mit diesem Sven Estridson zu verloben? Er meint, sie würden gut zueinander passen.«

»Als ob es darauf ankäme!«, platzte Konrad heraus, um erst nachträglich zu stutzen: »Meine Tochter und der Däne? Soweit ich weiß, streiten sich *drei* Anwärter um den dänischen Thron. Oder ist einer inzwischen schon gemeuchelt? Und sind die Dänen nicht gerade in Wagrien eingefallen und haben Segeberg niedergebrannt? Adolf von Holstein wird sehr glücklich gewesen sein, nach dem Wendenkreuzzug sein Bündnis mit diesem Niklot erneuert zu haben, denn der half ihm aus der Patsche. Nein, Schwester, warten wir erst einmal ab, bis sich die dänischen Verhältnisse zurechtgerüttelt ha ben ... Eine Allianz mit den Böhmen wäre interessant«, fügte er an.

»Mit Herzog Vladislav? Der auf Lothars Italienfeldzug die Kriegskasse gestohlen hat? Oh, mein Lieber, dann warte auch ab, bis sich *diese* Verhältnisse zurechtgerüttelt haben!«, antwortete sie spitz und lächelte.

Sie griff nach der nächsten Leckerei. »Glaubst du, dass der König nach seiner Rückkehr den Frieden wiederherstellen kann? Hatten wir überhaupt jemals Frieden unter seiner Regentschaft?«

»Selten genug, das ist wahr«, räumte Konrad ein. »Doch sein größter Fehler war es, auf diesen Kreuzzug zu gehen und das Reich zwei Jahre lang sich selbst zu überlassen.«

»Dieser ganze Kreuzzug war eine gigantische ...«

Die Gräfin von Seeburg zügelte sich, weil ihr nur harsche und sehr undamenhafte Worte einfielen, und ersetzte diese etwas gemäßigter durch: »... die dümmste militärische Aktion, von der ich je gehört habe. Was haben sich der Papst und der Abt von Clairvaux dabei nur gedacht? Und jetzt, nach dieser furchtbaren Niederlage, wollen sie das Ganze so gar wiederholen? Sind sie von Sinnen? Mit welchem Heer denn, wo fast alle dort gestorben sind? Die Kreuzfahrer haben den bedrängten Christen im Heiligen Land nicht geholfen, sondern ihre Lage nur noch schwieriger und bedrohlicher gemacht. Nun sind die Sarazenen unter einem starken Führer vereint und haben einen heiligen Krieg gegen uns ausgerufen, um alle Christen und Juden zu töten. Früher oder später wird Jerusalem fallen.«

Nun geriet Mathilde richtig in Fahrt.

»Krieg ist die Geißel der Welt und nichts Heiliges! Das Blutbad Zenghis unter Christen und Juden nach der Einnahme von Edessa genauso wenig wie die Judenpogrome, die Bernhard entfesselt hat, das Massenschlachten, sein *Taufe oder Tod*. Und, um das auch noch einmal gesagt zu haben, lieber Bruder, auch die Massentaufen auf euerm *sogenannten* Wendenkreuzzug. Es gab und gibt genug Stimmen im Klerus, bedeutende Gelehrte, die das zutiefst verurteilen, weil Bekehrung nicht mit Gewalt verbunden sein sollte. Doch wo steckten die Weisen alle, als Widerspruch gefragt war? Warum hat sich die Vernunft nicht durchgesetzt?«

Der Markgraf blickte sie an und erwiderte trocken: »Vernunft ist ein hässliches altes Weib. Niemand will sie sehen und hören, wenn Gier und Macht mit Gold und nackten Brüsten locken.«

Mathilde war erst sprachlos angesichts dieses Vergleichs. Doch bei näherer Betrachtung fand sie ihn durchaus zutreffend.

»Wir müssen unbedingt dafür sorgen, dass dein Sohn Wichmann Erzbischof von Magdeburg wird«, kam Konrad nun auf eines seiner Lieblingsthemen zu sprechen. »Er ist klug und vorausschauend, trotz seiner Jugend. Doch auch dafür muss der König zurückkommen, und das kann noch Monate dauern. Wie es heißt, ist er sehr krank. Und sein Sohn kaum zwölf und von seinen Beratern verlassen, wenn ich den Erzkanzler nicht mitrechne, dessen Verstand sich langsam in Luft auflöst und der auch noch vom Papst suspendiert wurde. Es ist zum Verzweifeln!«

Dass ihr strenger, sonst in allem so entschlossener Bruder

Verzweiflung eingestand, zumindest vor ihr, hatte Mathilde noch nie erlebt. Lag das an den besonderen Kräften, die in dieser Nacht zwischen altem und neuem Jahr walteten?

»Du hast Wichmann ja gerade erst zum Bischof von Naumburg gemacht, nachdem Udo auf dem Kreuzzug ertrank, Gott hab ihn selig«, erinnerte sie. Ihr Bruder hielt das Vogtamt über das Bistum Naumburg und besetzte nach Kräften geistliche Ämter mit Verwandten, um seinen Einfluss zu vergrößern. »Und ehe er Erzbischof von Magdeburg werden kann, muss zunächst der derzeitige Erzbischof von Magdeburg sterben.«

»Wie alt kann der noch werden? Ist er nicht schon sechzig? Oder siebzig?« Nun begann auch der sonst so beherrschte Markgraf von Meißen, sich in Rage zu reden.

»Der König ist fort, und seine Feinde werden immer mächtiger und rotten sich zusammen, angestachelt durch Roger von Sizilien und sein Gold. Obwohl sie eigentlich keinen Ansporn aus Sizilien benötigen, um dies zu tun. Der junge Löwe hat einfach so Dithmarschen hinzuerobert, seine Clementia bescherte ihm nicht nur eine gewaltige Mitgift, sondern auch schon einen Stammhalter. Und der sechste Welf ist auf dem Weg hierher. Das zurückliegende Jahr war schon sehr unruhig, aber ich befürchte, im kommenden bricht die Hölle los.«

»Du denkst, die Staufer werden sich nicht gegen diese Übermacht halten?«, vergewisserte sich Mathilde.

»Ja, das fürchte ich. Konrad ist schwerkrank, seine Söhne noch minderjährig, seinem Neffen Friedrich traue ich nicht über den Weg. Albero von Trier, der das Reich noch zusammenhalten könnte, ist mittlerweile so gebrechlich, dass er ohne Hilfe nicht mehr gehen kann. Du weißt schon, sein Rückenleiden. Der Papst persönlich sah sich sogar veranlasst, die deutschen Fürsten zu ermahnen, dem jungen Heinrich-Berengar die Treue zu halten. Wie schlimm muss es da schon stehen?«

Konrad stand auf, ging zum Fenster, ohne hinaussehen zu können, und verschränkte die Hände hinter dem Rücken.

Mathilde wäre am liebsten an seine Seite getreten, aber das hätte er nicht geduldet. Mitleid ertrug ihr Bruder nicht.

»Vor einem Jahr dachten wir: Wie gut, den Krieg endlich hinter uns zu lassen. Das nächste Jahr wird besser«, erinnerte sie von ihrem Platz aus. »Doch gab es wieder Krieg, auch wenn er uns zum Glück nicht heimsuchte. Es stand sogar ein Aufstand gegen den jungen König zu befürchten! Und nun …«

»Sprich es nur aus: Wir stecken in der Zwickmühle. Wenn nicht ein Wunder geschieht, kommt es zur großen Schlacht zwischen Staufern und Welfen. Die ist seit zehn Jahren überfällig. Und wir müssen zusehen, dass wir nicht zwischen die Mühlräder geraten.«

»Also beten wir um ein Wunder! Du wirst schon einen Weg finden, wie stets«, äußerte Mathilde mit so viel Überzeugungskraft, wie sie aufzubringen vermochte.

Die Kerzen waren fast heruntergebrannt, Diener ersetzten sie wortlos durch neue.

Nachdenklich meinte Mathilde: »Für mich ist die letzte Nacht des Jahres immer … besonders. Wir sollen zurückdenken an unsere Fehler, unsere Sünden, aber auch an die schönen Momente, die Gott uns schenkte. Und vorausblicken in Liebe, Glaube, Hoffnung.«

Sie fühlte sich eingeengt und wollte noch einmal aus dem Fenster sehen. Also ließ sie die Läden erneut entfernen.

Der dichte Schneefall hatte nachgelassen, alles war weiß, ruhig, friedlich.

Nur aus dem Fenster der Gästekammer, die nun als Gebärkammer diente, schimmerte noch Licht. Was ging dort wohl gerade vor sich?

»Was siehst du?«, fragte Konrad.

Weiß. Und du siehst schwarz, wäre ihr beinahe herausgerutscht. Doch diese Worte behielt sie für sich und sagte stattdessen: »Ich bin keine alte Hexe, die Knochen wirft. Kein Stallbursche, der Orakel in den Schnee pisst. Und ich habe auch keine Visionen wie diese berühmte Hildegard, über die man jetzt so viel spricht.«

»Aber du hast einen klaren Verstand und ein kühnes Mundwerk.«

Mathilde lachte. »Was davon missfällt dir mehr?«

»Oh, es gibt durchaus Zeiten, da weiß ich beides zu schätzen«, sagte er knurrig.

Bald würde die Dämmerung anbrechen, der neue Tag und das neue Jahr beginnen.

Mathilde sah ein paar schwerbeladene Mägde aus dem Gästeflügel durch den Schnee laufen, andere holten Wasser aus dem Brunnen. Jemand lief hastig hinüber in die Kapelle, wo sie ihren Lieblingsneffen vermutete.

»Wenn ich schon eine Vorhersage machen soll, dann die: Gleich wird jemand an deine Tür klopfen und dir eine wichtige Nachricht bringen«, sagte sie mit geheimnisvollem Lächeln.

Tatsächlich waren bald Schritte zu hören, und der Truchsess bat erneut um Einlass. Mit schläfrigen Augen und dem Abdruck eines Kissens auf der Wange verkündete er strahlend: »Durchlaucht, Eurem Sohn wurde ein Kind geboren! Ein Junge. Gesund und kräftig. Und auch die Mutter ist wohlauf.«

»Du wolltest ein Wunder? Nun hast du schon einmal dieses!«, sagte Mathilde erfreut.

Sofort gingen sie in die Gästekammer.

Der Markgraf und seine Schwester trafen Dietrich an Kunigundes Bett. Die junge Mutter war frisch gekleidet und gekämmt worden und hielt überglücklich den Säugling im Arm. Dietrich war so vertieft in diesen Anblick, dass er die Ankunft seines Vaters erst mitbekam, als Mathilde hinter ihm leicht hüstelte.

Er sprang von der Bettkante auf und kniete vor dem Markgrafen nieder.

»Erlauchter Vater, darf ich Euch den Sohn vorstellen, den mir meine geliebte Gunda geboren hat?«

Konrad und Mathilde traten näher, um das Kind zu betrachten und den Eltern zu gratulieren.

»Ist er auch gesund und kräftig?«, vergewisserte sich Konrad bei Josefa, die in einen tiefen Knicks sank.

»Man kann es sich nicht besser wünschen, Durchlaucht!«, versicherte sie.

»Wie soll er heißen?«

»Dietrich.«

Der Markgraf runzelte die Stirn, und Gunda, die ihn aufmerksam beobachtete, zuckte zusammen.

»Du gibst ihm deinen Namen? Der sollte deinem erstgeborenen *Erben* vorbehalten sein«, grollte Konrad.

So war es üblich, und deshalb hatte auch Gunda Einwände dagegen erhoben. Doch Dietrich wollte nichts davon wissen.

»Er ist mein erstgeborener Sohn, zur Welt gebracht von der Frau, die ich liebe. Und er soll meinen Namen tragen«, hielt er seinem Vater entgegen.

Der rang mit sich.

»Nun denn, sei gesegnet, kleiner Dietrich! Wir machen schon noch einen Bischof aus dir. Ihr alle, seid gesegnet«, sagte der Markgraf ungewohnt großzügig und ging hinaus.

Glücklich, dass ihr Bruder über sich hinausgewachsen war, folgte Mathilde ihm. Am liebsten wäre sie geblieben und hätte das Neugeborene noch ein wenig bewundert. Aber diese kostbare Zeit sollte den frischgebackenen Eltern vorbehalten bleiben.

Mathilde hatte sich zu früh gefreut.

Konrad rief Dietrich kurz zu sich heraus.

»Bei aller Freude, Sohn – dir ist doch bewusst, dass du trotzdem einen *ehelichen* Erben brauchst, der die Mark Lausitz nach dir übernimmt?«, mahnte er. »So sehr du diese Frau auch liebst – du wirst Dobroniega beiwohnen, bis auch sie dir endlich einen Sohn schenkt. Wenigstens einen!«

»Ja, Vater!«, entgegnete Dietrich finster und ging zurück in die Kammer.

Der Markgraf war es gewohnt, mit lauter Stimme zu sprechen, und Dietrich sah an Gundas Miene, dass sie das Gespräch auch hinter der verschlossenen Tür gehört hatte und sich zurück nach Eilenburg wünschte. Sie drückte das Neugeborene an sich und senkte den Kopf, um ihre Miene zu verbergen.

»Musste das ausgerechnet jetzt sein?«, rügte Mathilde ihren Bruder, als sie zurück in seine Kammer liefen.

»Ich lasse ihm schon sehr viel durchgehen. Aber nicht alles!«, rechtfertigte der sich in altbekannter Strenge. »Trinken wir noch einen Becher, und dann will ich zu Bett gehen, wenigstens für eine Stunde. Der Tag wird gleich anbrechen, und wir sind langsam zu alt, um noch die Nächte durchzuzechen. Selbst Nächte wie diese.«

Zurück blieben Dietrich, Gunda und ihr neugeborener Sohn. Und Josefa, die noch nicht ahnte, welcher Schrecken sie daheim in ihrer Gasse erwartete …

Das Versprechen

Friedrich von Schwaben, Welf VI., Welf VII.,
Uta von Calw und Schauenburg;
Ravensburg, Frühjahr 1149

Als der Neffe des Königs auf seiner vorgezogenen Heimreise davon erfuhr, dass sogar der Papst die deutschen Fürsten ermahnt hatte, ihrem jungen König Heinrich die Treue zu halten, und dass sein Freund Welf sofort nach seiner Rückkehr Besitzungen Heinrich-Berengars angegriffen hatte, änderte er sofort seine Pläne.

Zur Hölle mit Manuels Träumen von einem Feldzug gegen Roger von Sizilien! Für ihn gab es jetzt Dringenderes: den Frieden im Reich und die Herrschaft seines Hauses.

Er verpflichtete seine Begleiter zum Stillschweigen und ritt nicht direkt nach Nürnberg, sondern legte einen Umweg nach Ravensburg ein, seit Generationen ein Stammsitz der Welfen. Hier hoffte er seinen Oheim anzutreffen, den sechsten Welf. Und er betete, dass der Freund nicht schon wieder irgendeine staufische Burg belagerte.

Als Friedrich mit seinen Begleitern durch das Tor der mächtigen Ravensburg preschte, die auf einem Höhenrücken zwischen zwei Tälern lag, übte auf dem Hof gerade Welfs gleichnamiger, inzwischen neunjähriger Sohn den Schwertkampf mit einem jungen Ritter. Alle unterbrachen ihre Beschäftigung, als sie der Reitergruppe mit dem staufischen Wappen gewahr wurden.

Der Schwertkampflehrer, ein schlanker Mann mit dunklem, schulterlangem Haar, sank als Erster vor dem Herzog von Schwaben auf ein Knie, die anderen folgten ihm.

Der jüngste Welf ließ sein Holzschwert sinken und rannte jubelnd seinem Verwandten entgegen, sobald der sich aus dem Sattel geschwungen hatte.

»Cousin Friedrich!«

Am liebsten wäre der Junge ihm an den Hals gesprungen, das war nicht zu verkennen. Doch im letzten Augenblick besann er sich auf höfisches Benehmen, verharrte und verneigte sich höflich.

»Durchlaucht!«

Friedrich lächelte und schlug dem Jungen auf die Schulter.

»Wie war's im Kloster?«

Das Gesicht des siebten Welf erstarrte.

»Die Mönche … sind sehr fromm …«, antwortete er lahm.

Friedrich lachte auf. »Das sollte man von Mönchen erwarten dürfen! Aber an deiner Miene sehe ich, dass es dir dort nicht sehr gefallen hat.«

Als der Junge etwas sagen wollte, ermahnte er ihn: »Denk daran: Sie haben dich bestimmt gelehrt, nicht zu lügen!«

Der Junge senkte den Kopf und scharrte mit dem rechten Fuß im Sand.

»Ich hab die Waffenübungen so vermisst. Und ich fürchtete schon, dass Vater mich nie mehr dort wegholt. Immer nur beten, lesen und schreiben … Das ist furchtbar langweilig und nützt einem gar nichts, wenn man ein Ritter werden will!«

»Nun, das Beten schon«, berichtigte ihn sein herzoglicher Verwandter. »Doch die Bücher überlassen wir den Geistlichen – sofern du nicht einen deiner Gegner mit einem Packen Pergamente erschlagen willst. Das wäre zwar nicht sehr erfolgversprechend, aber immerhin so außergewöhnlich, dass man Lieder darüber schreiben würde. Oder Spottverse.«

Nun lachte der junge Welf, und Friedrich fragte: »Ist dein Vater hier?«

»Ja. Ich glaube, er berät sich gerade mit seinem Marschall.«

Friedrich befahl dem Ritter, der seinen kleinen Cousin unterrichtet hatte, seine Ankunft dem Grafen zu melden, sofern dies nicht schon geschehen sei, und ließ sich von ihm sein hölzernes Übungsschwert reichen.

Höflich verneigte sich der Junge vor seinem Lehrer.

»Danke, Dietho, für die Unterrichtsstunde.«

Nach einer Verbeugung vor dem Herzog ging der Ritter zum Palas.

»Nun zeige mir, was du schon gelernt hast!«, forderte Friedrich den Jungen auf, und die Männer um ihn herum grinsten. Der siebte Welf schluckte. Er wusste, dass sein herzoglicher Cousin unbestritten zu den besten Schwertkämpfern des Reiches zählte. Und er selbst war gerade erst neun geworden und hatte noch dazu zwei Jahre seiner Ausbildung durch die Zeit im Kloster Hirsau verloren.

Tapfer ging der Junge in die Ausgangsposition, verneigte sich vor dem Gegner, und da ein Oberhau bei seiner Größe zwecklos war, versuchte er einen Hieb von unten gegen Friedrichs Beine.

Ziel eines echten Schwertkampfes war es nicht zwingend, den Gegner zu töten, sondern ihn kampfunfähig zu machen, das wusste er längst.

Doch so sehr sich der kleine Welf mühte, er schaffte es nicht ein einziges Mal, mit seinem Holzstock Friedrich auch nur zu berühren. Dann versuchte er ein Überraschungsmanöver – und plötzlich hielt Friedrich beide Stockschwerter in der Hand, ohne dass sein Gegner begriff, wie er das gemacht hatte.

Doch statt ihn auszulachen, lobte Friedrich den Jungen.

»Du hast Ausdauer und Kampfgeist, darauf kommt es an. Alles andere wirst du in den nächsten Jahren noch lernen.«

Der junge Welf war überaus erleichtert, so gut aus dieser heiklen Lage herauszukommen, und verneigte sich.

Friedrich reichte beide Stockschwerter einem Knappen und gab seinen Männern ein Zeichen, ihn zum Palas zu begleiten. Die Pferde hatten ihnen inzwischen die Stallknechte abgenommen.

Allmählich begann sich Friedrich zu wundern, wieso ihm

sein Freund nicht entgegenkam, um ihn zu empfangen. Hatte er ein schlechtes Gewissen?

Der Truchsess näherte sich unter Verbeugungen und lud die Gäste zu einem Begrüßungstrunk und einem Mahl in die Halle ein. Doch Friedrich bestand darauf, seinen Oheim sofort zu sehen.

Mit verlegener Miene führte ihn der Truchsess zu dessen Kammer. Dort enthüllte sich dann auch das Geheimnis, wieso Welf nicht auf den Hof kam, um seinen Freund und Verwandten zu begrüßen.

Der junge Dietho, der die Nachricht von Friedrichs Ankunft überbringen sollte, stand mit bedrückter Miene vor der geschlossenen Tür und wagte sich nicht hinein, denn aus der Kammer drang ein lebhaftes Streitgespräch – eindeutig zwischen Welf und seiner Gemahlin Uta, der Tochter des Pfalzgrafen bei Rhein; eine schöne Frau mit rötlichem Haar und eine der reichsten Erbinnen des Landes.

»Ich will ja gar nicht wissen, zu wie vielen Huren du auf diesem Kreuzzug ins Bett gestiegen bist. Aber wenn du mich hier betrügst, dann gefälligst nicht vor aller Augen! Das entehrt mich und dich!«, schrie sie gerade.

»Wenn ich in deinem Bett bleiben soll, schenk mir mehr Söhne!«, konterte der Welf.

»Wenn ich dir Söhne schenken soll, dann zeuge gefälligst welche, und zwar im Ehebett!«, schrie sie zurück, und die draußen Wartenden hörten ein klirrendes Geräusch – ein wütend geworfener Becher, der an einer Wand zerschellte.

»Geht alle! Ich finde allein hinein«, befahl Friedrich, der meinte, mehr müsse keiner der Anwesenden hören. Das ging niemanden etwas an.

Verlegen zogen sich die Männer zurück, vom Truchsess nun in die Halle geleitet.

Als sie fort waren, riss Friedrich einfach die Tür auf und trat ein. Augenblicklich fuhren die Eheleute herum und starrten ihn an. Uta, die ohnehin schon vor Zorn erhitzt war, schoss nun noch verlegene Röte in die Wangen.

»Friedrich!«, jubelte Welf, stürzte freudestrahlend auf den unerwarteten Besucher zu und umarmte ihn. Dabei raunte er ihm ins Ohr: »Du rettest mich gerade im letzten Moment.« Laut sagte er: »Willkommen auf Ravensburg! Ich bin froh, dich lebend wiederzusehen«, noch während sie sich gegenseitig auf die Schulter klopften.

»Es gab auch keine Gelegenheit, im Kampf um Damaskus zu sterben«, entgegnete Friedrich. »Du hast mit jedem Wort recht behalten.«

Was natürlich nicht ganz stimmte – es waren hunderte Männer an Seuchen oder Entkräftung verreckt oder bei der Überfahrt ertrunken.

Sie lösten sich voneinander, und nun hatte auch Uta ihre Miene wieder unter Kontrolle, lächelte ein wenig gezwungen und knickste.

»Neffe, welche Freude, Euch zu sehen!«

»Das kann ich nur zurückgeben«, erwiderte ihr Besucher galant und hauchte ihr einen Kuss auf die Wange.

»Ihr seht wie immer wunderschön aus, geliebte Tante.«

Sie warf einen bösen Seitenblick auf ihren Gemahl und reichte Friedrich einen Becher Wein zur Erfrischung.

»Wünscht Ihr ein Bad nach der langen Reise? Seid Ihr hungrig?«, erkundigte sie sich und zupfte ihren Schleier über dem roten Haar zurecht, der in der Hitze des Streits verrutscht war.

»Ein Bad wäre sehr willkommen, liebste Tante. Mit dem Essen kann ich warten bis zum Mahl. Doch ich habe Dringendes mit Eurem Gemahl zu besprechen, wenn Ihr gestattet.«

Uta von Calw und Schauenburg verstand. Sie verspürte ohnehin gerade keine Lust, noch mehr Zeit neben ihrem notorisch untreuen Mann zu verbringen und dabei auch noch ein freundliches Gesicht aufzusetzen.

Nach einem letzten wütenden Blick auf Welf raffte sie ihre Röcke und rauschte hinaus. »Ich werde gleich alles Nötige veranlassen, geliebter Neffe.«

Als sich die Tür hinter ihr geschlossen hatte, sah der sechste Welf seinem Freund direkt in die blauen Augen.

»Ich weiß schon, weshalb du gekommen bist. Aber du wirst mich nicht überreden! Doch sei mein geehrter Gast mit allen deinen Männern.«

»Ich will dich nicht überreden, ich will dir auch nicht drohen ...«

»Als wenn du das könntest!«, unterbrach ihn der Welfe spöttisch.

Friedrich ignorierte den Einwurf.

»Ich will dich warnen – als dein Freund, Verwandter und Kampfgefährte«, sagte er eindringlich. »Roger von Sizilien wird dir deine Titel und Ländereien nicht zurückgeben.«

»Jedenfalls eher als der König, der sie mir und meinem Haus genommen hat«, konterte Welf wütend und spie das Wort *König* geradezu aus.

»Und dein Neffe Heinrich, der junge Löwe – dem traust du?«, provozierte Friedrich. »*Er* erhob Anspruch auf Bayern, das dir zustünde. Direkt vor dem Kreuzzug, hast du das vergessen? Und er wird wieder darauf bestehen, sobald der König zurück ist. Damit reißt er die Vormachtstellung im Hause Welf an sich. Nachdem *du* jahrelang für sein Recht gekämpft hast, als sein Vater starb, dein Bruder. Damals zählte dein rotznäsiger Neffe noch keine zehn Sommer.«

Friedrich ließ diese Worte einen Moment wirken und fuhr dann ruhiger fort: »Ich weiß, dir und deinem Haus wurde schweres Unrecht zugefügt. Deshalb kämpfte ich auf deiner Seite. Konrad hat auch meinen Vater und mich benachteiligt, indem er alle Titel und Ländereien an seine Babenberger Brüder vergab … Wir gingen leer aus. Jasomirgott bekam sogar noch eine byzantinische Braut – und ich …«

Er unterbrach sich mitten im Satz, weil er jetzt nicht an Adela von Vohburg denken wollte. Er würde sie noch früh genug treffen.

»Doch du setzt dich ins Unrecht, wenn du den Königsfrieden nicht einhältst, du riskierst Acht und Bann. Denk an deinen Bruder! Und dann werden dich all jene im Stich lassen, die dir jetzt das Blaue vom Himmel versprechen. So verlierst du auch noch das Letzte, was dir geblieben ist.«

»Was mir dein Oheim Konrad und seine intriganten Berater gelassen haben«, korrigierte Welf bissig.

Friedrich ließ sich davon nicht beirren, sondern sprach weiter mit aller Überzeugungskraft auf den Freund ein.

»Bayern ist für dich verloren, auch wenn du ein Anrecht darauf hast. Der König kann nicht einmal deinen Neffen zufriedenstellen, den jungen Löwen, außer wenn er Bayern seinem Bruder Jasomirgott wegnimmt. Was er ganz sicher nicht vorhat. Doch hör mich an!«

Er sah dem Vertrauten direkt in die Augen. »Wenn du *jetzt* Frieden hältst, tue ich, was ich kann, damit du die Toskana und den Titel eines Herzogs zurückbekommst. Ich schwöre es beim Seelenheil meiner Mutter, die deine Schwester war!«

»Es gibt kein freies Herzogtum, also auch keinen Titel«, hielt ihm sein welfischer Oheim gereizt entgegen.

Friedrich lächelte.

»Die Krone kann das einrichten. Große Gebiete teilen, neue Titel vergeben. Vertrau mir! Der König hat so viele Feinde, dass er sie nicht mit Waffen besiegen kann. Also muss er einige davon mit großzügigen Gunstbeweisen für sich gewinnen. Nur verspielst du diese Chance, wenn du weiter staufischen Besitz angreifst.«

»Ich muss mich in Erinnerung bringen, damit sie mich nicht ganz vergessen, dein König und seine Berater. Wenn nötig, mit Waffengewalt«, beharrte Welf in der typischen Sturheit seiner Familie.

Friedrich seufzte.

»Ich wurde vorausgeschickt, um den jungen König zu schützen. Gib mir wenigstens dein Wort, dass du so lange alle Angriffe auf seine Ländereien einstellst, bis mein Oheim Konrad mit seinen Mannen zurückkehrt. Im Frühsommer. Dann habe ich gute Argumente, für dich zu sprechen.«

Nach langem Überlegen stimmte Welf zu.

»Ich gebe dem König eine Gnadenfrist. Doch nicht unbegrenzt.«

Was ihn überzeugte, war nicht die Logik in Friedrichs Worten. Sondern dass dieser bislang noch nie etwas beim Seelenheil seiner Mutter geschworen hatte, Welfs Schwester Judith. Sie hatten sie beide sehr geliebt.

Überraschender Besuch

Friedrich von Schwaben, Adela und Heinrich-
Berengar; Nürnberg, Frühjahr 1149

In Nürnberg wurde Friedrich und seinen Begleitern am Tor der Königsburg zunächst der Eintritt verwehrt. Wichtigtuerisch und harsch fragten die Wachen: »Wer begehrt Einlass?«

»Seid ihr Tölpel dumm oder blind, dass Ihr den Herzog von Schwaben nicht erkennt, des Königs Neffen, wenn er samt seinem Löwenbanner vor euch steht?«, entrüstete sich der Graf von Lenzburg, der in Friedrichs Eskorte dieses Banner trug. »Lasst uns endlich ein und ruft den Burggrafen!«

»Der ist nicht hier«, antwortete ein dürrer Wachmann träge, aber mit einem Anflug von Sorge. Drohte ihm etwa Ärger?

»Dann den Haushofmeister, aber rasch, ihr Narren, oder sollen wir hier Wurzeln schlagen?«, wütete der Graf, während Friedrich sie so grimmig anstarrte, dass sie lieber beiseite traten und die Reiter durchließen.

Beim Passieren des Tores hob der Schimmel des Herzogs den Schweif und hinterließ einen beachtlichen Haufen Pferdeäpfel, was die Ritter hinter ihm mit Schadenfreude erfüllte. Den Kot mussten sicher die säumigen Wachen wegräumen.

Als der Herzog und seine Begleiter auf dem Hof von ihren Pferden stiegen, kam ihnen ein kleiner, dicker und auffällig herausgeputzter Mann entgegengewatschelt, der sich als der Haushofmeister vorstellte. Mit einem übertrieben gekünstelten Lächeln säuselte er: »Durchlaucht, wir hatten ja gar keine Ahnung ...«

Dann schlug er die pummeligen Hände zusammen und tat bestürzt.

Das war auch so gedacht, grollte Friedrich. Damit ich sehen kann, ob die Gerüchte stimmen, wie man hier meine kleinen Cousins behandelt.

»Mein königlicher Oheim schickte mich und diese auserwählten Ritter voraus, um dem jungen Mitregenten zur Seite zu stehen. Und nun sputet Euch und führt uns zu Seiner Majestät!«, verlangte er voller Ungeduld.

»Der König speist«, antwortete der Dicke hochnäsig und abweisend.

»Wie wunderbar!«, meinte Friedrich in gespielter Begeisterung, als würde er die Zurückweisung nicht verstehen. »Denn wir sind hungrig und durstig nach der langen Reise. Und der junge König, mein geliebter Cousin, wird vor Freude über meine Rückkehr sofort einen zusätzlichen Stuhl an die Hohe Tafel stellen lassen.«

Der herausgeputzte Mann sah ihn misstrauisch an, und Friedrich verlor die ohnehin nur vorgetäuschte Geduld.

In deutlich schärferem Tonfall sagte er: »Mich schickt Seine

Majestät König Konrad von Staufen, und ich bin sein Neffe, falls Ihr das inzwischen schon wieder vergessen haben solltet. Also legt gefälligst etwas mehr Eile an den Tag, sonst sorge ich dafür, dass Ihr in Ungnade entlassen werdet.«

»Durchlaucht, Euer bedrohliches Auftreten weckt in mir Zweifel, ob ich Euch überhaupt zu dem jungen Mitregenten führen sollte«, erklärte der Dicke geziert und verschränkte seine Stummelfinger vor dem Bauch.

Friedrichs Geduld war erschöpft. Er zog sein Schwert und setzte es dem Eitlen an die Kehle.

»Führt mich zu meinem Cousin König Heinrich, auf der Stelle! Oder eine Entlassung wird wegen Eures plötzlich eingetretenen Todes nicht mehr nötig sein.«

Die anderen Wachen näherten sich zögernd, doch niemand wagte, seine Waffe zu ziehen. Die Männer erkannten das Banner, die edle Kleidung der Herren und natürlich den Herzog selbst an seiner majestätischen Haltung und den rotgoldenen Haaren.

Kreidebleich machte der Haushofmeister kehrt und bedeutete ihnen wortlos, ihm zu folgen.

Er führte sie jedoch nicht in die Halle, was Friedrich verwunderte. Der Abend zog heran, und dort müsste jetzt das Mahl stattfinden.

»Aus Gründen der Sicherheit speist Seine Königliche Majestät im kleineren Saal, nur mit seinen engsten Vertrauten«, ließ sich der Haushofmeister zu einer Erklärung herab, nachdem er seine Fassung wiedergefunden hatte und das Misstrauen auf dem Gesicht der Herzogs richtig deutete.

Der Haushofmeister sagte die Wahrheit.

Doch der Anblick im kleinen Saal übertraf – oder besser: unterbot – alles, was Friedrich erwartet hatte.

An der Hohen Tafel saßen außer Heinrich-Berengar nur seine eigene Gemahlin Adela, die ihn wie einen Geist anstarrte, und der alte Erzbischof von Mainz. Und was auf dem

Tisch stand, war eher das Mahl eines verarmten Ritters als die Tafel eines Königs.

Seitlich hinter der Tafel wachte Ulrich von Lauterstein und legte sofort die Hand an den Griff seines Schwertes, als er die kleine Gruppe bewaffneter Männer den Raum betreten sah.

»Lasst Euer Schwert stecken, Ulrich, ich bin nicht Euer Feind«, erklärte Friedrich. »Doch bin ich über alle Maßen froh, dass Ihr für die Sicherheit des Königs sorgt, nachdem am Eingang dieser Halle nicht einmal jemand stand, dem wir unsere Schwerter hätten anvertrauen können.«

»Auf meinen Ruf kämen sofort zwanzig bewaffnete Kämpfer durch diese Tür und stellten sich vor ihn« antwortete Ulrich und deutete hinter sich.

In zehn Schritten Abstand vor dem Kindkönig sank Friedrich auf ein Knie, und seine Männer taten es ihm gleich.

»Majestät, Euer erlauchter Vater schickte mich vorweg, um Euch zur Seite zu stehen und Euch ausrichten zu lassen, dass es ihm gutgeht, ebenso Euren Onkeln.«

Glücklich sprang Heinrich-Berengar auf.

»Cousin Friedrich!«, rief er erleichtert. »Seid willkommen und nehmt an unserer Tafel Platz!«

Mit innerem Triumph zwang Friedrich den Haushofmeister durch eine lässige Geste, ihm höchstpersönlich einen Stuhl an die Tafel zu räumen, was der Eitle tief gekränkt und höchst umständlich und geräuschvoll in Angriff nahm.

Da der König stand, zwang dies auch die anderen Sitzenden, sich zu erheben.

Der alte Erzbischof wollte sich hochstemmen, doch Heinrich-Berengar – darin schon ganz König – gab ihm mit einer Handbewegung die Erlaubnis, auf diese Formalität zu verzichten.

Adela erhob sich dennoch, nachdem sie ihre Verblüffung überwunden hatte, trat mit klopfendem Herzen einen Schritt neben die Tafel und sank in einen tiefen Knicks.

»Mein erlauchter Gemahl, es erfüllt mich mit größter Freude, Euch hier bei bester Gesundheit wiederzusehen.«

»Das Gleiche gilt für mich«, sagte er zu ihrer unendlichen Erleichterung.

So wagte sie noch hinzuzufügen: »Wir haben jeden Tag für Euch und Eure Mitstreiter gebetet.«

Auf des Königs Zeichen nahm sie wieder Platz, während der Haushofmeister immer noch lärmend an einem Stuhl herumzerrte, bis der endlich am vorgesehenen Platz an der Hohen Tafel stand.

Doch Friedrich unternahm keine Anstalten, sich zu setzen.

»Eure Gemahlin war mir und meinem Bruder eine außerordentliche Stütze«, lobte Heinrich-Berengar überschwenglich.

»Das freut mich sehr«, erwiderte Friedrich und bedachte Adela mit einem kurzen Lächeln, das all ihre Hoffnungen wieder aufflackern ließ.

»Doch wo ist Euer Oheim Gebhard von Sulzbach?«, fragte er seinen Cousin.

»Abgereist. Wir sind zerstritten, denn er wollte mir die Besitztümer meiner Mutter streitig machen«, berichtete der junge König.

»Und zwar auf äußerst hinterhältige Art, die sich mit Recht und Gesetz nicht vereinbaren lässt«, ergänzte der alte Reichsverweser mit zittriger Stimme.

»Aha. Und der Abt von Stablo und Corvey?«

»Ist in Corvey.«

»Hm. Der Erzbischof von Trier?«

»Ist in Trier.«

»Und der Burgvogt?«

»Ist in der Stadt«, gab nach einem Hüsteln der Haushofmeister Auskunft.

»Also in einem Hurenhaus«, schlussfolgerte Friedrich und befahl: »Haushofmeister, Ihr sorgt dafür, dass er dort herausgezerrt wird und in zwei Stunden vor uns erscheint. Nicht früher. Ich will mir nicht den Appetit verderben. Und jetzt tretet näher!«

Vorsichtig befolgte der Herausgeputzte die Order und war auf der Hut. Er hatte keine Ahnung, was dieser wütende Herzog vorhatte, aber es konnte nichts Gutes für ihn bedeuten.

»Haushofmeister, ist heute ein Fastentag, von dem ich nichts weiß?«, fragte Friedrich und erntete ein verwundertes Nein.

»Dann sagt mir, was Ihr seht!«, forderte er ihn auf und deutete auf die Tafel.

»Weißes Brot, gekochter Fisch, Zugemüse, Wein …«, begann der Eitle aufzuzählen und war damit auch schon fast am Ende.

»Ist das die Tafel eines *Königs?*«, donnerte Friedrich. »Kein Fleisch, keine Auswahl an Gerichten, keine Süßspeisen … Und der Wein« – er nippte am Becher seiner Frau und warf ihn zu Boden, dass er zerschellte – »ist ungenießbar. Ich wette, Eure eigene Tafel ist weit üppiger gedeckt, das sehe ich an den Fettspuren auf Eurem dreifachen Kinn. Sonst wärt Ihr nie so feist geworden! Und vielleicht finden wir dort auch all die weißen Tücher, silbernen Leuchter und Becher, die auf die Tafel eines Königs gehören statt Eisendorne und irdenes Geschirr wie im Haus eines Krämers.«

Mit einer schwungvollen Armbewegung fegte er Becher und Speisereste von der hölzernen Tischplatte, dass die Scherben nur so klirrten.

Der alte Reichsverweser zuckte zusammen, der Haushofmeister hielt sich ängstlich die Ohren zu, doch Ulrich, Adela und Heinrich betrachteten die Vorstellung mit Genugtuung.

Endlich kommt uns jemand zu Hilfe!, dachte Adela. Und noch schöner wird es, wenn er sich den Burggrafen vornimmt, der mich so heruntergeputzt hat!

»Graf Lenzburg«, wandte sich Friedrich an seinen Vertrauten. »Begleitet diesen widerlichen Kerl in seine Kammer und requiert alles an Braten und sonstigen Köstlichkeiten, die Ihr dort findet, einschließlich der edlen Leuchter und Becher. Haushofmeister, Ihr schickt Nachricht an die Küche, damit in aller Eile ein angemessenes Mahl für den König und seine Gäste zubereitet wird: mit verschiedenen Gängen an gebratenem Fleisch und Fisch, Süßspeisen, duftendem frischen Brot und kandiertem Obst. Den Kellermeister lasst Weißen und Roten zur Auswahl holen. In einer Stunde will ich diese Tafel hier so gedeckt sehen, wie es einem König gebührt. Und davor Tische für meine Begleiter. Habe ich mich klar ausgedrückt? Ach ja, und vergesst nicht: In zwei Stunden möge sich der Burggraf hier einfinden.«

Der Haushofmeister hatte sein hochmütiges Gehabe gänzlich verloren und nickte nur noch ängstlich.

Doch bevor er mit dem Grafen von Lenzburg ging, fragte Friedrich ihn noch: »Wie kommt es eigentlich, dass Ihr prächtiger gekleidet seid als der König?«

»D-Das kann man n-nicht so sagen«, stammelte der Dicke. »Es sind Geschenke. Für treue Dienste. Und Seine Majestät wächst so schnell, dass wir kaum nachkommen, neue, passende Kleider zu nähen!«

»Das sehe ich wohl. Es sind einfach Stoffstreifen an den Säumen seiner alten Gewänder angesetzt. Sollte ein König so gekleidet sein?«, fragte er mit drohend zusammengezogenen Augenbrauen.

Er erließ dem mittlerweile vor Angst schlotternden Haushofmeister die Antwort und schlug vor: »Majestät, wenn es Euch beliebt, unterhalten wir uns derweil in Eurer Kammer, bis das Mahl angerichtet ist.«

Heinrich nickte zufrieden, denn der Auftritt seines Cousins erfüllte ihn mit großer Freude und Hoffnung.

Adela hingegen wusste sich vor Glück kaum zu fassen.

Friedrich war zurück, lebend und gesund, und jetzt würde er dieses Schlangennest ausräuchern.

Der Blick in die Kammer erfüllte Friedrich jedoch mit ähnlichem Zorn wie der Blick auf die Tafel.

Sie war schlecht geheizt, das Federbett zu dünn für einen Jungen von kränklichem Naturell, in den Ecken hingen Spinnweben, und auf den Sitzen in den Fensternischen sah er Nähzeug liegen, zugeschnittene Stoffteile, die zweifellos ein Kittelchen für Heinrichs kleinen Bruder ergeben sollten.

»Adela und Ulrich waren mir eine große Hilfe!«, berichtete Heinrich gerade. »Mein kleiner Bruder liebt sie innig, wie eine Mutter. Und sie ist auch fast wie eine Mutter für uns. Sie bessert sogar unsere Sachen aus. Seht, dieses Gewand hier hat sie mir genäht – und jenes dort drüben ist für meinen Bruder, der jetzt schon schläft.«

Adela errötete vor so viel Lob und senkte den Blick.

»Kleider zu nähen ist keine Aufgabe für meine Gemahlin, die Herzogin von Schwaben«, rügte Friedrich zu ihrem Erschrecken. »Sie wird sie höchstens besticken.«

»Erlauchter Gemahl, ich habe oft genug beim Burgvogt vorgesprochen, als Herzogin von Schwaben und Cousine des Königs, dass er Seiner Majestät mehr Aufmerksamkeit widmen muss und die Bediensteten ihre Arbeit nicht zufriedenstellend verrichten«, verteidigte sie sich. »Im Winter war es ein Kampf um jedes Scheit Holz. Doch nicht einmal mit Beistand des Hauptmanns von Lauterstein wurden meine Beschwerden zur Kenntnis genommen. Der Burggraf erklärte wörtlich, ich solle mich gefälligst um schwäbische Belange kümmern und nicht um seine.«

Friedrich sah, wie aufgewühlt sie war, und bedauerte sie ein wenig wegen ihres zweijährigen aussichtslosen Ringens. Es war das erste freundliche Gefühl, das er für sie aufbrachte. Der Zustand der Kammer und alles, was er seit seiner Ankunft erlebt hatte, bot ihm ein klares Bild dessen, was hier vor sich gegangen war. Aber ohne ihr Wirken wäre es noch trostloser.

»Grämt Euch nicht, liebwerte Gemahlin«, sagte er zu seinem

eigenen Erstaunen. »Ihr habt wahrlich wie eine Löwin ge-
kämpft, um den jungen König und den Prinzen zu schützen.
So wie der Lautersteiner, nur mit anderen Waffen. Das kann
Euch gar nicht hoch genug angerechnet werden. Auch König
Konrad wird Euch sehr dankbar dafür sein.«

Erleichtert atmete Adela auf.

Nun zog sogar ein Lächeln über Friedrichs Gesicht, eher ein
Grinsen. »Der Auftritt des Burgvogts nachher wird Euch für
alle erlittenen Beleidigungen entschädigen. Das verspreche
ich Euch.«

Die Tafel, an der sie sich nach einer Stunde einfanden, unter-
schied sich enorm von dem Bild, das sie vorher geboten hatte.
Diener brachten ein Dutzend Sorten kross gebratenes Fleisch
und Fisch, es gab duftendes helles Brot als Unterlage, Käse,
Eier und zweierlei Sorten Wein, den der Kellermeister vor-
kostete. Ein Tuch aus weißem Damast bedeckte die hölzerne
Tischplatte, Kerzenlicht schimmerte von silbernen Leuch-
tern, und sie tranken aus silbernen und zinnernen Bechern –
die sich übrigens allesamt im Quartier des Haushofmeisters
befunden hatten.

Friedrich ließ ihn kurzerhand unter Arrest stellen, nachdem
er ihm noch zwei Aufträge erteilt hatte: sofort ein paar Mägde
in die Kammer des Königs zu schicken, damit sie dort sauber
machten, und seiner Gemahlin die Truhe mit den königlichen
Vorräten an edlen Tuchen und Brokaten zu bringen, damit sie
und ihre Hofdamen dem jungen Mitregenten und dem Prinzen angemessene Kleider zuschneiden konnten.

Dann sperrten zwei seiner Ritter den Eitlen in seiner Kammer ein. Sollte sich der Burggraf mit dem Dieb befassen.

Burggraf Gottfried von Vohburg, ein entfernter Verwandter
Adelas, erschien zur befohlenen Stunde, doch vor Wut
schnaubend.

»Majestät, Höchstwürden, Durchlaucht«, begrüßte er denkbar knapp den König, den Erzbischof und den Herzog von Schwaben, die sich soeben nach dem üppigen Mahl von Knappen die Hände spülen ließen.

»Ihr solltet knien vor Euerm König. Und Ihr habt vergessen, meine Gemahlin zu begrüßen, die Herzogin, und den Grafen von Lenzburg, die beide im Rang über Euch stehen!«, beanstandete Friedrich kalt.

Auch wenn ihm Adela im Grunde gleichgültig war – eine Kränkung ihrer Ehre stellte zugleich eine Kränkung der Ehre seines Hauses dar, und so etwas nahm er nicht hin.

Gleich quillt Gottfried Dampf aus den Ohren, dachte Adela und hätte beinahe vor Freude gekichert, als der Burggraf vor dem König niederkniete, dann sie und den Grafen willkommen hieß.

»Ihr dürft nun wieder stehen«, erlaubte Friedrich genüsslich.

»Und mir stellvertretend für den König Rechenschaft ab legen, wieso ich den jungen Mitregenten auf der unter Eurer Verantwortung stehenden Burg in derart verwahrlosten und unwürdigen Verhältnissen vorfinde«, sagte er dann streng.

»Ist das Eure Vorstellung von der Ehre des Reiches? Denn die Ehre des Reiches wird an der Ehre gemessen, die man seinem König erweist. Und stimmt es, dass meine erlauchte Gemahlin deshalb bei Euch immer wieder vorgesprochen hat und ihre Klagen von Euch jedes Mal abgewiesen wur den? Sprecht! Ich bin gespannt, Eure Sicht der Dinge zu hören.«

Der Burggraf – hochgewachsen, kahl und mit einem enormen Bauch über dem silberbesetzten Gürtel – malmte mit dem Kiefer und überlegte, wie weit er wohl gehen durfte.

Dieser überhebliche junge Kerl regte ihn maßlos auf. Drang hier einfach ein und führte sich auf, als sei er der Hausherr. Andererseits war er ein Herzog sowie der Neffe des Königs. Und der König würde bald zurückkehren nach allem, was man hörte. Dann würde er sich sehr für die Auskünfte seines Neffen und auch die der lästigen Adela interessieren.

»Meine Aufgabe ist es, für den Schutz der Burg zu sorgen«, erklärte er von oben herab. »Und das tue ich seit vielen Jahren zur vollen Zufriedenheit König Konrads, der mir dieses Amt übertrug.«

»Gewiss«, räumte Friedrich ein. »Doch glaubt Ihr allen Ernstes, dass Seine Majestät immer noch zufrieden ist, wenn er erfährt, wie schlecht Ihr seine Söhne behandelt habt?«

»Mit Verlaub, Herzog, deren Wohlbefinden fällt nicht in meine Zuständigkeit, sondern nur die Sicherheit der Burg«, schnarrte der Burgvogt.

»Und diese Burg beherbergt auf Befehl des Königs den jungen Mitregenten und seinen Bruder, der noch ein Kind ist. Wenn Ihr meint, Ihr habt nicht auch und ganz besonders über deren Wohlbefinden und Sicherheit zu wachen, versteht Ihr Eure Pflichten nicht.«

Tiefes Schweigen herrschte im Raum.

»Darf ich mich nun entfernen?«, erkundigte sich der Burggraf. »Wichtige Aufgaben harren meiner.«

»Sind sie blond oder braunhaarig, diese wichtigen Aufgaben?«, höhnte Friedrich. »Nein, Burggraf, Ihr dürft Euch *nicht* entfernen, denn zweierlei Angelegenheiten sind noch zu besprechen. Zum einen sitzt in seiner Kammer Euer Haushofmeister, der von meinen Leuten unter Arrest gestellt wurde, weil er diverse kostbare Gegenstände wie all diese Leuchter und Pokale« – er deutete auf den Tisch – »gestohlen hat. Wir fanden sie dort. Nehmt ihn selbst in Verwahrung, bis der König zurück ist und über ihn richtet.

Und was mir überdies sehr am Herzen liegt: Wie ich hörte, habt Ihr meine Gemahlin beleidigt und abgewiesen, als sie bei Euch für das Wohl des jungen Königs vorsprach. Ihr vergaßt offenbar, wen Ihr vor Euch hattet: die Herzogin von Schwaben, eine Nichte Seiner Majestät König Konrad und Cousine

Seiner Majestät König Heinrich. Ihr habt die Ehre meines Hauses verletzt. Entschuldigt Euch. Sofort!«

Der Burggraf begriff, dass der neue Herzog von Schwaben kein Pardon kannte, und wollte keinesfalls auch im Arrest landen.

Widerwillig sank er erneut auf ein Knie.

»Erlauchte Herzogin, ich bedaure zutiefst meine Worte … Es war ein Missverständnis«, brachte er zähneknirschend heraus.

»Ist Eurer Ehre damit Genüge getan, verehrte Gemahlin?«, erkundigte sich Friedrich.

Adela konnte immer noch nicht fassen, was in den letzten zwei Stunden alles passiert war.

»Ja, mein liebwerter Gemahl«, sagte sie dankbar.

»Ihr dürft Euch erheben«, gestattete Friedrich nun dem Burggrafen. »Der König wird von mir über das Ausmaß Eurer Nachlässigkeit und Unfähigkeit unterrichtet werden und entsetzt sein. Das ist gewiss. Weniger gewiss hingegen scheint, ob Ihr dieses Amt und diesen Titel weiter führen dürft. Und jetzt geht mir aus den Augen!«

Es gab niemanden in dieser Runde, der das Schauspiel nicht genossen hätte.

Adela fragte sich, wie es nun weitergehen würde. Die Nacht brach an. Abgesehen von Friedrichs drastischem Durchgreifen hatten sie noch kein privates Wort miteinander gewechselt. Aber er war überaus höflich, nannte sie Herzogin, stritt für ihre Ehre. Würde er heute Nacht ihr Bett aufsuchen?

Sie wünschte es sich sehr. Es wäre ein Neubeginn.

Doch ihr Gemahl saß in der kleinen Halle und beriet sich mit seinen Männern. So schlief sie irgendwann trotz aller Aufregung ein. Am Morgen war der Platz an ihrer Seite im Bett immer noch leer.

Friedrich beabsichtigte nicht, das Bett mit Adela zu teilen. Das passte nicht in seine Pläne. Er hatte die Ehe vollzogen und damit den Letzten Willen seines Vaters erfüllt, doch jetzt hatte er anderes vor.

Zudem war er zwar einerseits froh, dass wenigstens sie sich um seine Cousins gekümmert und die Stellung gehalten hatte. Ohne ihre Umsicht und die des Lauterbachers hätte Gott weiß was geschehen können. Kinder starben schnell, und Königskinder waren manchem einfach nur ein Stein im Weg auf den Thron.

Doch dass es mittlerweile so eine innige Bindung zwischen ihr und seinen Cousins gab, störte seine Pläne andererseits auch. Er musste Adela dringend aus Nürnberg fortschicken und selbst die Kontrolle über die beiden Jungen übernehmen.

Zum Frühmahl nach der Morgenmesse war die königliche Tafel angemessen gedeckt und gefüllt. Diesmal aß auch Heinrichs kleiner Bruder mit ihnen, der fünfjährige Prinz Friedrich, hellblond wie alle in der Familie seines Vaters.

Die Stimmung war ausgelassen, Friedrichs großer Auftritt am Vorabend sorgte für Erleichterung und Gelächter.

Nach dem Mahl bat Friedrich seine Gemahlin zu sich.

Adela, die ihr schönstes Kleid angezogen und passende Bänder in ihr Haar geflochten hatte, war furchtbar aufgeregt. Wie würde ihr Leben mit dem Mann ihrer Träume von nun an verlaufen?

»Geliebte Gemahlin, Ihr habt Euch wahrlich wacker geschlagen in diesen zwei Jahren hier, ich bin des Lobes voll«, begann er, und bei aller Freude befiel sie ein Hauch von Misstrauen. Er sprach sehr förmlich. Aber vielleicht war das auch normal. Sie hatten sich zwei Jahre nicht gesehen und davor nur drei Tage miteinander gehabt.

»Gern erfülle ich Eure Wünsche, erlauchter Gemahl«, erwiderte sie ebenso förmlich.

»Ich werde hier noch bleiben müssen, bis der König eintrifft, mein Oheim. Doch Euch möchte ich bitten, nach Hagenau zu reisen und dort in meinem Auftrag die Burg als unseren Wohnsitz herzurichten. Es ist eine Wasserburg, der bevorzugte Jagdsitz meines Vaters, Gott hab ihn selig. Ein Kloster ist auch in der Nähe. Ich will sie nicht nur umfassend ausbauen, stark und prächtig wie eine Königspfalz, sondern auch einen großen Hof führen. Das heißt, ich gebe Euch zahlreiche Ritter und ihre Damen mit, ebenso einen tüchtigen Verwalter, der Zimmerer, Steinmetzen und andere Bauleute einstellt. Ich möchte, dass viele edle Familien ihre Kinder zur Ausbildung an meinen Hof schicken.«

Das war ein bewährtes Mittel, Gefolgsleute an sich zu binden. Und eine Ehre, wenn ihre Söhne und Töchter an einem herzoglichen Hof angenommen wurden.

»Ihr habt hier bewiesen, wie hervorragend Ihr mit Kindern umgehen könnt«, lobte er weiter. »So werdet Ihr den jungen Mädchen, die an meinen Hof kommen, eine große Stütze und ein Vorbild sein.«

Und was ist mit eigenen Kindern? Wann werdet Ihr mein Bett aufsuchen, damit ich Euch einen Sohn schenken kann?, hätte sie am liebsten gefragt. Doch lieber biss sie sich auf die Zunge.

»Ich danke Euch für Euer Vertrauen, mein liebwerter Gemahl«, sagte sie stattdessen.

Noch am gleichen Tag wurden ihre Truhen gepackt, nahm sie Abschied von Heinrich, dem kleinen Prinzen Friedrich, der gar nicht aufhören wollte zu weinen und sich an ihre Beine klammerte, und vom Lautersteiner, der ihr schweren Herzens eine gute Reise wünschte.

Dann ritt Adela mit beträchtlichem Geleit nach Hagenau im Elsass und wusste nicht: War sie nun in die Verbannung geschickt worden? Oder sollte sie ein wohnliches Heim für ein harmonisches Eheleben schaffen?

Königliche Rückkehr

Konrad, Heinrich-Berengar, Friedrich;
Regensburg, 29. Mai 1149

Aufgeregt wartete Heinrich-Berengar auf seinem Wallach vor der Steinernen Brücke in Regensburg. Umgeben war er nicht nur von seiner Leibgarde unter Ulrichs Kommando. Neben ihm wartete sein Cousin Friedrich, hinter ihnen etliche Fürsten, Bischöfe und Grafen, die sich eingefunden hatten, um den zurückkehrenden König und seine Begleiter feierlich zu begrüßen.

Heinrich hatte befohlen, sie bereits hier an der Brücke zu empfangen und nicht erst in der Pfalz.

Es sollte so sein wie in dem Tagtraum, als er hier mit Adela stand, vor mehr als einem Jahr. Und diesmal würde sein Vater tatsächlich über die Brücke reiten!

Es war auch nicht mehr Winter, sondern schon fast sommerlich warm; die Sonne strahlte am leuchtend blauen Himmel. Heinrich trug seine prächtigsten Kleider und hielt ein neues, mit silbernen Löwen und Adlern verziertes Zaumzeug in den Händen, das sein Cousin Friedrich für ihn hatte anfertigen lassen, ebenso den Sattel, in dem er saß. In den letzten Wochen hatte Friedrich dem jungen König geholfen, sein Geschick im Reiten zu verbessern.

Heinrich wünschte sich auch jetzt Adela an seine Seite. Doch sie war nun in Hagenau, um die Burg für ihren Gemahl und seinen Hof herzurichten. Derweil hatte Friedrich in Nürnberg zu Heinrichs großer Genugtuung mit eiserner Hand gegen all jene Ministeriale durchgegriffen, die ihre Dienste für den jungen König nicht ordentlich versahen oder gar verweigerten.

Nun warf Friedrich ihm einen aufmunternden Blick zu. Auch seine Kleidung war erlesen, der leuchtend blaue Umhang und die Kappe in gleicher Farbe passten gut zu seinen rotgoldenen Locken.

Der Wind wehte Hornsignale und Jubelrufe des versammelten Volkes von der gegenüberliegenden Seite der Brücke zu ihnen herüber. Sofort schwoll auch diesseits der Lärm erwartungsvoll an. Die Wachen begannen wenig zartfühlend, die wartenden Stadtbewohner zurückzudrängen, die schubsten und sich auf Zehenspitzen reckten, um ja etwas zu sehen.

Da! Sie kamen!

Heinrichs Herz schien einen riesigen Satz zu machen. Erst sah er Wimpelspitzen und Banner, dann Helme, und nach und nach wurde die Kolonne sichtbar, die über die Brücke nach Regensburg ritt.

Es war wie in seinem Tagtraum ... nein, noch schöner!

In der Menschenmenge hinter ihm wurde das Drängen und Schreien immer lauter, doch Heinrich hielt nur Ausschau nach seinem Vater, bis er ihn endlich entdeckte.

Sein Wallach spürte die Unruhe des jungen Reiters und tänzelte nervös. Friedrich griff nach dem Zaumzeug und sprach auf das Tier ein, das sich sofort beruhigte. Manchmal dachte Heinrich, sein Cousin könnte Pferde bezaubern.

Je näher sein Vater kam, umso breiter wurde das fröhliche Grinsen auf dem Gesicht seines Sohnes, das so gar nicht recht zur Würde eines Königs passen wollte. Heinrich-Berengar konnte nicht anders, er merkte es nicht einmal.

Doch als Konrad auf ein paar Pferdelängen herangekommen war, erschrak der Junge und hatte Mühe, sich dies nicht anmerken zu lassen. So mager und gealtert sah der Vater im Gesicht aus! Und sein Haar war nicht mehr hellblond, sondern vollkommen weiß geworden.

Des Königs Männer hielten und bildeten eine Gasse, damit ihr Herrscher seinem Sohn und Mitregenten entgegenreiten konnte.

»Euer Majestät, wir heißen Euch und Eure Kampfgefährten

aufs herzlichste willkommen«, rief Heinrich feierlich und bemühte sich, seine Stimme recht tief und laut klingen zu lassen. Er war nun zwölf, also faktisch schon ein Mann.

So groß ist er geworden!, dachte Konrad beim Anblick seines Sohnes. Dünn und blass. Aber er lebt, es geht ihm gut, gepriesen sei der Allmächtige.

Mit lauten Worten und kräftiger Stimme bedankte er sich für das Willkommen, und nun brachten die Begleiter Heinrich-Berengars schallende »Vivat!«-Rufe aus, die von den Anwesenden im Chor wiederholt wurden.

Aus beiden Kolonnen formierte sich eine einzige, und die zwei Könige ritten nebeneinander zur Pfalz.

»Ich bin so stolz auf dich!«, rief Konrad zu seinem Sohn hinüber, und der freute sich über alle Maßen.

Als sie auf dem Hof angelangt waren und die Hochrufe der Burgbesatzung entgegengenommen hatten, ebenso den Trunk aus dem Willkommenspokal, konnte sich Konrad nicht länger beherrschen. Er stieg aus dem Sattel und drückte seinen Sohn an die Brust, als wollte er ihn gar nicht mehr loslassen.

Zwei Jahre war er fort gewesen, dem Tod mehrfach nur knapp entronnen. In der Zeit hätte dem Jungen so vieles zustoßen können!

Aus Sorge um ihn hatte er seine Heimreise beschleunigt, nachdem er von Welfs Angriffen erfahren hatte. Der Krieg gegen Roger von Sizilien konnte warten, auch wenn Manuel bereit war und Pisa und Venedig schon ihre Flotten rüsteten.

Erst einmal musste er Ordnung im eigenen Reich schaffen.

»Ich bin so froh, dass Ihr wieder da seid, Vater«, brachte Heinrich hervor, bemüht, jetzt nicht vor allen in Tränen auszubrechen, während ihn sein Vater immer noch an die Brust gedrückt hielt.

Aus seiner Stimme hörte Konrad heraus, dass da mehr Schwierigkeiten gewesen sein mussten, als er wusste und ahnte. Nun, das würde er heute noch in Erfahrung bringen.

Sobald sie sich voneinander gelöst hatten, schob ihm die Kinderfrau seinen zweiten Sohn entgegen, den jungen Friedrich, der mit seinen fünf Jahren herausgeputzt war wie ein kleiner König.

»Das ist Euer erlauchter Vater, nun sagt die Worte!«, flüsterte die Hofdame ihm zu.

Der kleine Friedrich wirkte verwirrt.

Er erkennt mich nicht, begriff Konrad bestürzt.

Aber was hatte er denn erwartet?

Freundlich sah er seinen Jüngsten an, der nun begriff, zu wem er sprechen sollte, unbeholfen den Kopf neigte und dann tapfer herausbrachte: »Königliche Majestät, seid willkommen!«

Konrad bedankte sich und lobte den kleinen Kerl ausgiebig. Am liebsten hätte er ihn hochgehoben und auf den Arm genommen. Aber dafür war er seinem Jüngsten zu fremd geworden. Also strich er ihm nur übers Haar.

Die folgenden Stunden vergingen mit Zeremonien, einem Dankgottesdienst und einem Festmahl, bei dem Konrad feierlich alle verabschiedete und aus seinen Diensten entließ, die ihn auf der Reise ins Heilige Land begleitet hatten.

Doch dann – er konnte es kaum erwarten – ließ er sich berichten, was sich in seiner Abwesenheit in Nürnberg zugetragen hatte: von Heinrich, von Ulrich und seinem Neffen Friedrich. Und zwar von jedem einzeln.

Danach war der König äußerst missgelaunt.

Als Erster bekam das sein Schwager Gebhard von Sulzbach zu spüren, der Bruder seiner verstorbenen Gemahlin Gertrud und der Kaiserin Irene. Weil er Heinrich-Berengar Ländereien streitig gemacht hatte, wurde er vom Hof verbannt.

Auch in allen anderen Punkten schien Konrad unnachgiebig und fest entschlossen, mit harter Hand durchzugreifen, um die Ordnung im Reich wiederherzustellen.

Er setzte für Juli einen Hoftag in Würzburg und für August

einen Reichstag in Frankfurt an, wo viele strittige Fragen geklärt werden sollten, begann, seine Kaiserkrönung in Rom zu planen, war von ruheloser Geschäftigkeit, ohne Rücksicht auf die in ihm schlummernde Krankheit zu nehmen.

Sein Neffe Friedrich hielt sich einen ganzen Tag zurück.

Doch dann, fand er, war es an der Zeit für ein weiteres vertrauliches Gespräch mit seinem königlichen Oheim.

»Lass mich raten. Du willst ein gutes Wort für deinen Freund Welf einlegen«, eröffnete Konrad zynisch, noch bevor sich sein Neffe zur Gänze erhoben hatte.

»Für *unseren Kampfgefährten* Welf, der genauso mein Oheim ist, wie Ihr es seid«, gemahnte Friedrich ruhig.

»Er hat sofort nach seiner Rückkehr Besitzungen meines Sohnes angegriffen, deines Cousins, wenn wir schon bei Familienbeziehungen sind!«, erinnerte der König gereizt.

»Und er stellte diese Angriffe ein, als ich ihn bat, Eure Rückkehr und Euer gerechtes Urteil abzuwarten«, konterte der Herzog von Schwaben.

»Was ist deiner Meinung nach ein gerechtes Urteil für jemanden, der seinen König angreift?«, fragte Konrad fordernd.

»Ihr wisst so gut wie ich, diese Angriffe waren nur Nadelstiche. Hätte er es ernst gemeint, ein Mann mit seiner Erfahrung als Heerführer, wäre die Sache ganz anders verlaufen. Es war eine Mahnung, ihm endlich Gerechtigkeit widerfahren zu lassen.«

»Wie soll die aussehen? Soll ich ihm noch dafür danken, dass er nicht *alles* Land verwüstet hat?«, höhnte der König.

»Gebt ihm seine Besitzungen in Oberitalien zurück, wenn Ihr Euch schon nicht von Bayern trennen könnt, und den Titel eines Herzogs. Der steht ihm zu«, forderte sein Neffe.

Konrad verschlug es die Sprache.

»Zum Dank dafür, dass er sich mit Roger von Sizilien gegen uns verbündet?«, rief er, deutlich lauter werdend.

Friedrich hingegen antwortete ganz ruhig, fast leise.

»Wisst Ihr, Majestät, dass Roger von Sizilien auch *mir* ein Pergament schickte und mich einlud, mich seiner Allianz gegen Euch anzuschließen?«

Der König erstarrte. Er schluckte und musste seine Bestürzung verbergen.

Während seiner gesamten Regentschaft hatte er sich nicht auf Friedrichs treue Gefolgschaft verlassen können. Schon als junger Ritter schlug sich der Neffe mehrfach auf die Seite der Welfen, selbst in bewaffneten Kämpfen. Wenn er dies auch jetzt tat – mit der schwäbischen Hausmacht und seinem hohen Ansehen ... Dann stand Konrad einer Allianz gegenüber, die ihn stürzen konnte.

»Was hast du ihm geantwortet?«

»Ich bin hier!«, rief Friedrich und breitete die Arme aus.

»In den letzten Wochen stand ich Eurem Sohn bei. Und allein die elende Lage, in der ich ihn vorfand nach zwei Jahren Eurer Abwesenheit, trotz aller liebevollen Fürsorge meiner Gemahlin, zeigt, dass Eure Herrschaft auf tönernen Füßen steht. Ja, auf tönernen Füßen!«

Als der König ihn nur finster anstarrte, redete er mit großer Leidenschaft weiter, obwohl er damit rechnete, jeden Moment hinausgeworfen zu werden. Doch diese Worte *mussten* gesagt werden. Und wenn er auch in Ungnade fiel ...

Nun, dann war es eben so.

»Ihr hattet Anspruch auf den Thron, so wie mein erlauchter Vater vor Euch, der darum betrogen wurde. Doch Eure Herrschaft gründet sich auf Unrecht, auf dem Unrecht, das Ihr den Welfen angetan habt«, fuhr er fort. »Ihr wisst es, ich weiß es, jeder Fürst weiß es, der diese Zeit miterlebt hat. Mag sein, Ihr seid ein besserer König, als es Heinrich der Stolze geworden wäre. Das zu beurteilen, maße ich mir nicht an. Doch jetzt kommt Ihr wieder, von Krankheit gezeichnet nach einer furchtbaren Niederlage, während Eure Feinde hier erstarkten, sich Land und Rechte anmaßten. Durchbrecht ihre Allianz, gebt dem Welf seine Ehre zurück und das, was ihm zusteht – die Toskana und die Mathildeschen Güter in Oberitalien.«

»Zum Dank dafür, dass er Besitzungen meines Sohnes überfallen hat?«, wiederholte der König scharf.

»Zum Dank dafür, dass er damit *aufgehört* hat. Weil ich ihm mein Wort gab, Ihr würdet das Unrecht wiedergutmachen, das ihm widerfuhr.«

Friedrich atmete tief durch, bevor er seine besorgniserregende Aufzählung begann: »Eure Ratgeber haben Euch im Stich gelassen, soeben habt Ihr Euch eine Reihe neuer Feinde gemacht, wie Euern Sulzbacher Schwager. Wenn Ihr die Rückkehr Eures Piasten-Schwagers Wladislaw nach Krakau fordert, wie Ihr es plant, werden sich die Wettiner gegen Euch stellen, denn sie sind mit Wladislaws feindseligen Brüdern verschwägert. Viele Häuser werden Euch weniger oder kaum noch Gefolgschaft im Falle eines Krieges stellen, weil ihre Söhne und Ritter auf dem Kreuzzug fielen. Unter Euerm Kommando! Doch die größte Gefahr ist die welfisch-zähringische Allianz. Der junge Löwe, übrigens auch mein Cousin, hat in Eurer Abwesenheit nicht nur enorme Ländereien erobert, sondern maßt sich Königsrecht an, indem er Bischöfe einsetzt. Er erwartet von Euch die Rückgabe Bayerns. Doch Ihr werdet es wohl kaum Eurem Bruder Jasomirgott entziehen. Wie wollt Ihr das Problem lösen?«

Nun wurde Friedrich zynisch in seiner leidenschaftlichen Ansprache.

»Oh, ganz einfach – macht es doch wie bei seinem Vater! Ladet ihn drei Mal vor, um mit ihm darüber zu verhandeln. Er wird nicht kommen, weil er der Meinung ist, es gibt nichts zu verhandeln. Heinrich ist überzeugt, Bayern steht ihm zu, und Ihr habt es ihm zugesagt. Kommt er drei Mal nicht, könnt Ihr ihn bannen. Doch dann wird eine Heerfahrt gegen die Welfen unausweichlich. Erinnert Euch an die letzte, bei

Creutzburg: Die Schlacht fiel mangels königlicher Truppen aus. Heinrich wird sich nicht wie sein Vater auf eine Vertagung einlassen, denn das kostete seinen Vater das Leben. Auf bis heute sehr fragwürdige Art …«

Der König schwieg immer noch, seine Kiefer malmten.

Noch nie hatte jemand so mit ihm zu reden gewagt.

Nun bekam Friedrichs Stimme sogar etwas Flehendes.

»Zieht den sechsten Welf auf Eure Seite! Dann habt Ihr einen starken Verbündeten.«

Musste er erst vor seinem Oheim auf die Knie gehen?

Endlich sprach Konrad.

»Du hättest deine Gemahlin nicht fortschicken sollen. Ihre Chancen wären größer, bei mir ein gutes Wort für jemanden einzulegen, nach allem, was sie für meine Söhne getan hat«, sagte er schroff. »Nur ihr und deinem Handeln zugunsten meiner Söhne in den letzten Wochen verdankst du es, dass ich dich nicht hinauswerfe und für eine Weile vom Hof verbanne. Doch nun geh und wage nie wieder, solche Worte vor deinem König zu äußern!«

Friedrich verneigte sich förmlich und dachte: Dann steh dir Gott bei in deiner Regentschaft! Dir und deinen Söhnen.

Wenn er das Welf berichtete, würde der erneut zuschlagen, und damit wäre eine Einigung ausgeschlossen. Sein Freund und Oheim würde als Störer des Königsfriedens geächtet.

Am liebsten hätte Friedrich seine Wut in einem wuchtigen Schwertkampf ausgetobt. Aber hier fand er keinen Gegner für eine so harte Partie – jedenfalls niemanden, der es wagen würde, schonungslos zurückzuschlagen. Oder doch?

Ihm fiel einer der Ritter des Markgrafen von Baden ein, den er auf dem Kreuzzug wie einen Berserker hatte kämpfen sehen. Schon begab er sich auf die Suche nach jemandem, der ihm sagen konnte, wo dieser Haudrauf zu finden war, da entdeckte er ein bekanntes Gesicht.

»Dietrich von Meißen!«, rief er dem jungen Mann erfreut entgegen, der gerade zu den Stallungen lief.

Der Markgrafensohn stutzte und änderte dann die Richtung, um vor dem Herzog andeutungsweise auf ein Knie zu sinken.

»Durchlaucht!«

Friedrich zog ihn hoch und in seine Arme.

»Lasst die Formalitäten! Ihr kommt mir gerade recht, Meißner«, meinte er grinsend. »Ich suche einen ernstzunehmenden Gegner für einen Übungskampf. Seid Ihr noch so gut in Form wie damals in Bamberg, als wir zusammen mit Sven von Dänemark unser erstes Turnier gewannen?«

»Allmächtiger, das ist elf Jahre her, wir waren sechzehn damals. Ich hoffe doch, dass ich seitdem ein wenig besser geworden bin«, meinte Dietrich lächelnd.

»Großartig! Ihr habt gerade nichts Besseres vor? Dann lasst uns ein Stück hinausreiten und einen geeigneten Platz suchen.«

Sie verabredeten, ihre Knappen Rüstung, stumpfe Schwerter und ein wenig Proviant zusammenpacken zu lassen, sattelten ihre Pferde und ritten bald darauf eine Meile an der Donau entlang, bis sie ein einsames Stück Wiese fanden und abstiegen.

»Ich habe Euern Vater hier noch gar nicht entdeckt«, meinte Friedrich, während ihnen die Knappen in Gambesons, Kettenhandschuhe und Kettenbeinlinge halfen. Auf Schilde und Kettenhemden verzichteten sie, weil sie mit stumpfen Schwertern kämpfen würden.

»Er ist auch nicht hier. Ich kam in Begleitung meines Cousins Wichmann, des neuen Bischofs von Naumburg.«

Sofort stand Friedrich das Gesicht von dessen Vorgänger vor Augen: Bischof Udo, der auf dem Kreuzzug die Gemetzel an Land überlebt hatte und dann auf der Überfahrt nach Akkon im Mittelmeer ertrunken war.

»Wichmann von Seeburg«, präzisierte Dietrich. »Ihr solltet

ihn einmal kennenlernen. Ich bin sicher, er würde Euch gefallen. Noch jung für sein Amt, Anfang dreißig, klug, vorausschauend, und jenseits seiner biblischen Gelehrsamkeit führt er ein recht weltliches Leben. Gut möglich, dass er einmal Albero von Trier den Rang abläuft, was prunkvolle Kleidung betrifft. Doch er ist voller kühner Pläne für die Zukunft.«

Dies zu hören, war Anreiz genug für Friedrich, sich den Namen Wichmann von Seeburg zu merken.

Sie waren nun fertig gerüstet, die Knappen traten zurück, und nach der zeremoniellen Begrüßung begannen sie ihren Übungskampf mit schnellen Hieben. Rasch strömte beiden der Schweiß unter Polster- und Kettenhauben hervor. Doch so raffinierte Manöver einer von beiden auch ausführte, der andere wusste sie stets abzuwehren, so dass sie immer wieder neu ansetzen mussten.

Bis Friedrich den gleichen Kniff anwandte, den er seinem kleinen Cousin, dem siebten Welf, vorgeführt hatte, und auf einmal beide Schwerter in der Hand hielt.

»Ihr habt mich gewinnen lassen!«, protestierte er.

»Ich war kurz blind durch einen Schweißtropfen im Auge, also ist der Sieg Euer!«, widersprach Dietrich.

»Nein, Ihr haltet Euch zurück! Dachte ich mir doch, dass es keiner wagt. Ihr enttäuscht mich«, warf der Schwabe ihm vor.

»Also gut – mit aller Kraft?«, fragte Dietrich.

Auf Friedrichs Verlangen setzten sie den Zweikampf fort, und mit einem Mal hatte Dietrich sein Schwert an Friedrichs Kehle.

Atemlos trennten sich die beiden voneinander.

»Das hat noch keiner geschafft!«, rief der Herzog mit höchstem Respekt.

»Wie Ihr schon sagtet, sie wagen es vielleicht nicht.«

Schweißüberströmt ließen sie sich von den Knappen aus der Rüstung helfen und gingen zum Fluss, um sich mit ein paar Schwimmzügen zu erfrischen.

Friedrich fühlte sich gleich besser dadurch, im harten Kampf seinen Zorn über das Gespräch mit dem König abreagiert zu haben.

»Gebe Gott, dass wir uns nie als Feinde gegenüberstehen«, meinte er, als sie sich in ihre Bliauts kleiden ließen.

»Warum sollten wir?«, fragte Dietrich verwundert.

»Ihr seid jetzt mit einer Piastin verheiratet?«, wechselte Friedrich abrupt das Thema. »Oh, jedes Mal, wenn ich Euch nach einer Frau frage, verzieht Ihr das Gesicht!«

Er lachte. Bei ihrer ersten Begegnung hatte der junge Meißner gerade ein Mädchen verloren, das er liebte.

»Wenn ich ehrlich sein soll, schickte mein Vater mich hierher, um zu erfahren, ob der König wirklich seinen Schwager Wladislaw den Vertriebenen wieder in Krakau einsetzen will«, räumte Dietrich ein. »Das würde meine polnischen Schwager sehr aufbringen. Schließlich wollte Wladislaw sie vollkommen entmachten. Und ich erdulde meine Ehe nur, um Frieden an der polnischen Grenze zu haben.«

»Da seid Ihr also vom Pech verfolgt in Liebesdingen«, bedauerte ihn Friedrich. »Leider verlangt unser Stand von uns, dass wir Ehebündnisse nach strategischen Erwägungen eingehen, nicht nach unseren Wünschen. Eine Pflicht, die den meisten von uns wenig Freude beschert. Ist Eure Gemahlin denn so hässlich?«

»Sie ist wunderschön. Doch eiskalt im Herzen.«

Und die Meine hat ein gutes Herz, aber sie ist nicht schön und bedeutend genug, um an meiner Seite zu stehen, dachte Adelas Gemahl.

»Doch ich habe mein Glück gefunden!«, gestand der Meißner, mit einem Mal strahlend. »Die verwitwete Gräfin von Plötzkau. Sie schenkte mir am Neujahrstag einen Sohn. Wir sind außer uns vor Freude.«

Friedrich erinnerte sich an die schwarzhaarige Schönheit, die einmal Mündel der Krone gewesen war. Bei ihrer Verlobung mit Bernhard von Plötzkau, der in Doryläum den Rückzug des Königs decken sollte und dabei fiel, hatte er gelangweilt in der Halle gestanden.

Sofort fragte er äußerst skeptisch: »Ihr lasst Eure offizielle Geliebte und den Säugling allein in der Nähe Eurer verschmähten Gemahlin zurück? Die eiskalt im Herzen ist?«

Dietrich stockte der Atem, das Lächeln verschwand von seinem Gesicht. Dobroniega würde doch nicht …? Oder doch …?

Er hatte Ritter zu Gundas Schutz zurückgelassen. Sollte er nicht besser auch einen Vorkoster besorgen?

Plötzlich wollte er nur noch eins: auf schnellstem Weg zurück nach Eilenburg, um sich zu überzeugen, dass es Gunda und dem kleinen Dietrich gutging.

Siege, Kriege und ein tragischer Verlust

Heinrich der Löwe und Clementia von Zähringen;
Lüneburg, Juni 1149

Der junge Herzog von Sachsen und seine Gemahlin hatten sich nach dem abendlichen Mahl in ihre Kemenate zurückgezogen und spielten eine Partie Schach. Clementia von Zähringen gewann zwar selten gegen den kühn vorausdenkenden Löwen, doch sie war eine recht gute Spielerin und hatte ihn soeben zum zweiten Mal mit einem »Schach!« in Bedrängnis gebracht.

»Der Sieg ist Euer«, erklärte er großzügig und legte seinen König um.

Die Ehe mit ihr hatte sich als Gewinn erwiesen, auch wenn Clementia einige Jahre älter war als er.

Er und die Zähringer waren natürliche Verbündete gegen

seine Feinde, die Staufer – und darum ging es schließlich bei einer Ehe: um Bündnisse. Die Mitgift von Burg und Herrschaft Badenweiler samt hundert Ministerialen war überaus stattlich. Darüber hinaus besaß Clementia eine einnehmende Art. Und sie war so klug, dass er mit ihr auch Regierungsgeschäfte besprechen konnte. Er würde ihr sogar Lüneburg anvertrauen, wenn er in den Krieg zog, mit dem Holsteiner als Berater an ihrer Seite.

Vor allem aber: Kaum mehr als ein Dreivierteljahr nach der Vermählung hatte ihm Clementia einen Sohn geschenkt, einen Erben! Und sie würde ihm weitere gebären.

Der Zwanzigjährige war unendlich stolz auf den Jungen, der ihn schon fröhlich anlachte. Natürlich hatte er ihm seinen Namen gegeben, der in der Familie seit Generationen weitergetragen wurde: Heinrich.

»Seht, er hat das dichte schwarze Haar wie alle seine Vorfahren, ein richtiger Welfe!«

Das waren seine ersten Worte gewesen, als ihm das Neugeborene präsentiert wurde.

Und heute hatte ihm Clementia erzählt: »Stellt Euch vor, unser Sohn bekommt bald die ersten Zähne! Man kann sie schon fühlen, wenn man vorsichtig über das Zahnfleisch fährt. Der Magister hat es mir gezeigt.«

»Wie ich sagte, ein richtiger Löwe«, prahlte der junge Vater. »Noch eine Partie?«

Clementia schüttelte lächelnd den Kopf. »Sofern Ihr es nicht befehlt, mein Gemahl. Ich würde mich gern noch ein wenig an dem Sieg erfreuen, den Ihr mir großzügig geschenkt habt. Ihr hättet Euch retten können. Durch einen Springer.«

Auf seine joviale Geste hin räumte sie die Figuren in ein mit Edelsteinen verziertes Kästchen.

Noch während sie es tat, sprach sie wie beiläufig etwas an, das ihr den ganzen Abend schon am Herzen lag. Jetzt war hoffentlich der richtige Moment dafür.

»Seid Ihr mit dem Boten vorhin nicht ein wenig harsch umgesprungen?«

Der sechste Welf hatte darum ersucht, dass sich Heinrich seinen neuerlichen Angriffen gegen den König anschließen solle. Denn der König habe abgelehnt, ihm Gerechtigkeit in irgendeiner Form zuteilwerden zu lassen.

»Welf ist Euer Oheim, und nur dank ihm und Eurer Großmutter, der Kaiserin Richenza, blieb Euch Sachsen erhalten«, mahnte Clementia. »Er stand Euch viele Jahre als Ratgeber und im Kampf zur Seite.«

»Und jetzt brauche ich seinen Rat nicht mehr«, meinte der junge Herzog kühl. »Der Stauferkönig hat zugesichert, mir nach seiner Heimkehr vom Kreuzzug Bayern zu geben. Und das werde ich mir nicht verderben, indem ich mich an Welfs militärischen Abenteuern beteilige.«

Clementia zog ihr Nähkästchen zu sich und nahm ein Mützchen für ihren Sohn heraus, um es zu besticken.

»Glaubt Ihr wirklich, der König entzieht Bayern seinem Bruder Jasomirgott?«, zweifelte sie, während sie den ersten feinen Stich setzte. »Der nun auch noch mit einer byzantinischen Prinzessin verheiratet ist? Das brächte Verwicklungen bis nach Konstantinopel.«

»Tut er es nicht, gibt es Krieg!«, erwiderte Heinrich entschlossen. »Er hat schon einmal versucht, meinem Vater eine Schlacht zu liefern, und ist damals mit eingezogenem Schwanz davongelaufen. Jetzt ist er zehn Jahre älter und schwerkrank, wie es heißt. Seine Anhänger sind noch weniger geworden nach dem Kreuzzugsdesaster. Er wird es nicht wagen. Er *muss* mir Bayern geben. Das ist der Preis dafür, dass ich für die Wahl seines Sohnes zum Mitregenten gestimmt habe.«

Clementia war nicht überzeugt davon, dass der Stauferkönig dies tun würde. Sie wollte gern noch ein Wort zu Welfs Gunsten einlegen, doch da wurde ein weiterer Bote gemeldet.

Wenn er trotz der späten Stunde noch vorgelassen werden sollte, musste er in einer dringenden Angelegenheit kommen. Der Mann durfte eintreten, und Clementia erkannte: Es war kein Bote, sondern einer der Spione ihres Gemahls am staufischen Hof. Ein zuverlässiger Mann, noch jung und mit dem Talent, unauffällig zu wirken in einer Umgebung, wo jeder mit seinem Stand und seiner Kleidung protzte, der es sich erlauben durfte.

Der junge Mann sank vor seinem noch jüngeren Fürsten auf ein Knie und begann zu berichten: »Durchlaucht, der König ist in Regensburg eingetroffen und wurde dort von den Fürsten festlich empfangen, die in der Nähe weilten oder keine lange Anreise hatten.«

»Wie gut, dass Lüneburg so weit von Regensburg entfernt liegt«, erklärte Heinrich der Löwe grinsend. »Wer war alles dort? Außer meinem Cousin, dem Herzog von Schwaben, der sich seit seiner Rückkehr so aufopfernd um das Wohlergehen der beiden Prinzen bemüht, statt endlich seine Gemahlin zu besteigen, die er zwei Jahre lang nicht gesehen hat.«

Als Clementia die Stirn runzelte wegen der derben Wortwahl, beschloss Heinrich sofort, die Wogen zu glätten.

Ihm war jetzt nicht danach, mit ihr zu streiten.

»Wäre sie so schön wie Ihr, er würde nicht von ihrer Seite weichen«, schmeichelte er. »Und sie schon gar nicht auf eine heruntergekommene, feuchte Jagdburg schicken.«

Aufgefordert, Einzelheiten aus Regensburg zu berichten, zählte der Bote auf: »Der König sieht sehr krank aus. Er scheint aber entschlossen, hart durchzugreifen. Seinen Sulzbacher Schwager hat er verbannt und hadert mit den Geistlichen, die seinen Sohn beraten sollten. Er plant einen Hoftag in Würzburg …«

»Zu dem wir verhindert sein werden«, erklärte Heinrich sofort.

»… und einen Reichstag in Frankfurt im August, zu dem er alle bedeutenden Fürsten laden will«, fuhr der Bote fort.

»Nun, wir werden uns die Ladung genau anschauen, ob sie auch diesen Punkt enthält: Übergabe des Herzogtums Bayern an Heinrich den Löwen«, meinte der kühl und streckte sich auf seinem Stuhl.

Plötzlich – in die soeben eingetretene Stille hinein – gellte ein panischer Schrei durch die Gänge der Burg.

Clementia zuckte zusammen und stach sich in den Finger.

Heinrich schickte sofort einen der Leibwächter hinaus, um zu erkunden, was dort vor sich ging.

Als der Mann die Tür öffnete, sahen sie schon jemanden, der durch den Gang auf ihre Kammer zugerannt kam.

Weinend sank der Mann auf die Knie, noch bevor er durch die Tür war.

»Durchlaucht … Euer Sohn …«

Clementia sprang auf und lief mit wehenden Röcken in das Zimmer, in dem ihr kleiner Sohn schlief, gestillt und Tag und Nacht bewacht wurde. Heinrich folgte ihr mit eiligen, harten Schritten.

Als sie die Kinderkammer erreichten, schrie auch Clementia.

Ihr Kind, kaum ein halbes Jahr alt, lag reglos auf dem Boden, mit einer blutigen Wunde an seinem Köpfchen.

Jeder im Raum war wie erstarrt, die Amme kniete in der Ecke und schluchzte jämmerlich.

Clementia verschwamm alles vor Augen. Sie stürzte zu ihrem Söhnchen und versuchte, ihn ganz behutsam auf den Arm zu heben.

»Ruft doch endlich einen Medicus!«, schrie sie.

Und dann sah sie wieder auf den leblosen Säugling, dessen blutig geschlagener Kopf schlaff herabhing.

»Mein Liebes, wach doch auf!«, flüsterte sie unter Tränen.

Ihr Gemahl stand neben ihr, sah auf das Schreckensbild herab und wusste längst, dass kein Medicus mehr gebraucht wurde. Er hatte schon viele Tote gesehen in seinem jungen Leben. Sein Sohn, sein Erstgeborener und Erbe, war dahingegangen. Heinrich ballte die Fäuste vor Verzweiflung und schlug mit einem Wutschrei gegen die Wand.

Der Medicus und auch ein Priester kamen fast gleichzeitig.

Behutsam griff der Arzt nach dem toten Säugling im Arm der verzweifelten Mutter, doch sie wollte ihn nicht hergeben und presste das blutige kleine Bündel an sich.

»Bitte geht, Durchlaucht«, wandte er sich an den Herzog. »Und nehmt Eure Gemahlin mit, um sie zu trösten. Ich werde gleich einen Trank bringen, der sie einschlafen lässt. Das ist zu meiner unendlichen Betrübnis alles, was ich für Euch tun kann. Der Priester und ich, wir werden uns um Euern Sohn kümmern.«

Das kann nicht sein. Das darf nicht sein. Ich habe ihn doch vorhin noch gesehen, da hat er gelacht und nach meinen Fingern gegriffen, dachte Heinrich.

Während sich Clementia schluchzend das tote Kind aus dem Arm nehmen ließ, versuchte er zu fassen, was geschehen war. Hinter ihm räusperte sich der Hauptmann seiner Wache.

»Durchlaucht, was soll mit der Amme geschehen?«

Heinrich sah auf die wimmernde Frau.

»Er ist mir beim Wickeln heruntergefallen. Er hat sich einfach umgedreht, das hat er vorher noch nie getan«, wehklagte sie. »Ich hab ihn doch auch lieb, so ein süßer Junge ... Es tut mir furchtbar leid, Allerdurchlauchtigster Fürst ...«

Heinrich entschied ohne Zögern.

»Stecht ihr die Augen aus, mit denen sie nach meinem Sohn sehen sollte; schlagt ihr die Hände ab, mit denen sie meinen Sohn festhalten sollte. Dann hängt sie auf«, sagte er hart.

Das waren die üblichen Strafen, und weder die Verurteilte, die um ihre Schuld wusste, noch Clementia, die sonst oft um Milde bat, widersprachen. Jedermann würde dieses Urteil für gerecht halten. Der Sohn eines Herzogs war durch grobe Nachlässigkeit gestorben.

Mit bleiernen Schritten ging Heinrich zu seiner Gemahlin, die immer noch auf dem Boden kauerte, half ihr auf und führte sie hinaus, den Arm fest um ihre Schultern gelegt.

Doch wusste er kaum, wie er vor lauter Kummer noch einen Fuß vor den anderen setzen sollte.

Hinter sich hörte er harte Schritte und das Jammern der Amme, die fortgezerrt wurde.

Er hob Clementia aufs Bett und hielt ihre Hand. So saß er noch, als der Medicus den Mohnsafttrank brachte und darauf bestand, dass sie ihn zu sich nahm.

»Ihr solltet auch etwas davon trinken, Durchlaucht«, sagte der Heilkundige mitfühlend.

Heinrich wies ihn an, das Gebräu auf den Tisch zu stellen, und wartete, bis seiner Gemahlin die Lider zufielen.

Erst als sie ruhig und regelmäßig atmete, wagte er es, ihre Hand loszulassen.

Und dann versuchte er wieder, zu begreifen, was geschehen war. Sein Sohn war tot, sein Erstgeborener, dieses süße, vielversprechende Kind, das einmal Herzog und sein Erbe werden sollte.

Der für seinen Stolz und seine Härte gefürchtete Löwe schlug beide Hände vors Gesicht und weinte bittere Tränen. Und als sie versiegten, hatte er das Gefühl, sein Herz würde zu Stein und sein Blut zu brodelndem Zorn.

Ein Monolog über die Macht

Albero von Trier, Friedrich von Schwaben;
Frankfurt, August 1149

Nicht die Ankunft des Königs war das bestimmende Gesprächsthema bei den Bewohnern der Stadt während des Reichstags in Frankfurt. Zugegeben, er kam gerade von einem Kreuzzug zurück, was eine große Sache sein sollte. Aber die paar Überlebenden hatten ja kaum einen Sarazenen von nahem gesehen, nach allem, was man hörte, geschweige denn irgendwelche Siege errungen.

Andererseits war der Weltuntergang, den das Kreuzfahrerheer des Königs verhindern sollte, nicht eingetreten. Also ging das Leben wohl einfach weiter wie zuvor, ob der König nun in der Stadt weilte oder nicht – sofern man nicht Fleisch, Wein oder Federbetten an den Hof zu liefern hatte.

Nein, die Sensation bei den Frankfurtern war die Ankunft des Erzbischofs von Trier mit *vierzig* Schiffen!

Als sich diese gewaltige Flotte auf dem Main näherte, ging ein Aufschrei durch die Stadt. Mancher fürchtete einen Angriff von Seeräubern oder gar blutrünstigen Sarazenen, ohne sich zu fragen, wie die wohl auf dem Main so weit kommen sollten.

Doch als sie das rote Kreuz – Wappen des Erzbistums Trier – auf dem größten Segel sahen, atmeten sie auf. Und sofort füllte sich das Ufer mit Schaulustigen, die das Spektakel erleben wollten, wie all diese Schiffe anlegten und entladen wurden.

Der Erzbischof ließ sich sogar auf einem Stuhl vom Schiff und zum *Palatium insigne et splendidum* gleich neben dem Fährtor in der Saalgasse tragen. Der Trierer war bekannt für seine Extravaganz, nicht mehr der Jüngste und – wie einige wussten – seit Jahren von Rückenschmerzen geplagt.

Aber vierzig Schiffe! War das nicht unglaublich? Der Großteil der Fracht bestand ganz sicher aus kostbaren Gewändern
und Edelsteinen.

Dass die Ritter und Geistlichen seines Gefolges reichlich
Münzen unters Volk warfen, erhöhte noch den Glanz der
Ankunft Alberos von Trier.

Zu diesem ersten großen Reichstag des Königs nach seiner
Rückkehr aus dem Heiligen Land hatte sich die Mehrzahl
der Fürsten eingefunden. Und Konrad schonte sich nicht,
durfte sich nicht schonen, weil zu viele Fehden tobten, zu
viele Streitigkeiten geschlichtet und zu viele Dinge vorbereitet werden mussten.

In Lothringen herrschte immer noch Krieg. Ein päpstlicher
Legat mühte sich vergeblich, dass die Polen den Herzog Wladislaw den Vertriebenen wieder aufnahmen, der mit Konrads
Babenberger Schwester Agnes von Österreich vermählt war
und in Altenburg im Exil lebte. Die Römer baten um Beistand. Der Papst versuchte, ihn von seinem Bündnis mit
Byzanz abzubringen. Da war auch noch die Verstimmung
zwischen ihm und Wibald und dem Kanzler Arnold von
Wied. Eine Gesandtschaft musste nach Rom geschickt werden, um seine Kaiserkrönung vorzubereiten. Und über alldem schwebte dräuend die Forderung Heinrichs des Löwen
nach Bayern. Der demonstrativ nicht erschienen war.

Nach zehn Tagen rastloser Tätigkeit wusste Konrad, dass er
sich übernommen hatte. Er spürte die Anzeichen seiner
Krankheit zurückkehren. Und das mitten in einer Beratung,
vor all den Fürsten. Er fühlte die Kälte in sich aufsteigen,
seine Zähne begannen zu klappern, so dass er kaum noch ver-
ständlich sprechen konnte. Da wusste er schon, gleich würden die Übelkeit und die brennende Hitze seines Blutes folgen. Der Anfall war nicht mehr aufzuhalten. Nun musste er
nur noch rasch aus dem Saal gelangen, ohne ohnmächtig zu

werden oder die letzte Mahlzeit herauszuwürgen. So durfte niemand einen König sehen!

Abrupt unterbrach er die Tagung und schlug den überraschten Fürsten vor, sich angesichts der sommerlichen Hitze beim Wein zusammenzufinden. Ohne jegliche Verzögerung ließ er sich von Ulrich in seine Kammer geleiten und brach schon auf dem Weg dorthin zusammen. Und dann kam das alles verzehrende Fieber, gegen das auch sein Leibarzt kaum etwas ausrichten konnte.

Die Fürsten warteten drei Tage darauf, dass ihr König genesen würde. Doch bei ihm wechselten sich Fieberschübe und Erbrechen mit fieberfreien Phasen bei größter Mattigkeit ab. Die Fortsetzung des Reichstages wurde auf Weihnachten in Aachen vertagt. Kenner der heimtückischen Krankheit bezweifelten allerdings, dass der König dann schon wieder regierungsfähig sein würde.

Während seine Dienerschaft packte, erhielt Friedrich von Schwaben per Boten eine Einladung zu einer Unterredung mit dem Erzbischof von Trier. Das verwunderte ihn, doch es erregte auch seine Neugier. Was würde der alte, nun sehr gebrechliche Fuchs wohl von ihm wollen? Albero, der Konrad mit einer unglaublich ausgeklügelten Intrige auf den Thron gehievt hatte.

Der Überbringer der Nachricht geleitete Friedrich zu der prachtvollen Kammer im *Palatium*, die der Truchsess Albero aufgrund seines Gesundheitszustandes hier zur Verfügung gestellt hatte, statt ihn in der Stadt einzuquartieren.

Der Raum war groß, mit Truhen und reichverzierten Möbeln gefüllt. Durch die Fenster drang das Sonnenlicht in schrägen Balken, in denen funkelnde Stäubchen schwebten.

Genau gegenüber der Tür saß, nein thronte Albero auf dem mit dicken Kissen gepolsterten Stuhl, den er aus eigener Kraft nicht mehr verlassen konnte. Zweifellos litt er Schmerzen, er war bleich und schmal geworden im Gesicht, dessen scharf geschnittene Konturen nun überdeutlich hervortraten.

Doch wie stets trug er Gewänder von großer Erlesenheit. In leuchtendem Grün und Rot, selbst die Schuhe waren noch mit Perlen verziert, und über seinen Knien lag eine mit Goldfäden bestickte Decke.

Friedrich trat ein und verneigte sich, durfte herantreten und den Ring des Erzbischofs küssen, ein außergewöhnliches Stück mit pyramidenförmigem Sockel und einem großen Saphir.

Danach schickte der Schwerkranke zur großen Verwunderung seines Besuchers alle anderen aus der Kammer.

»Was seht Ihr?«, fragte Albero.

»Einen Erzbischof, der nicht mehr gehen kann«, antwortete Friedrich verblüfft und sehr direkt. Der Trierer hatte ihn bestimmt nicht eingeladen, damit sie hier Unverbindlichkeiten austauschten.

»So ist es«, bestätigte Albero und nickte. »Doch was sah das Volk? Einen Erzbischof, der mit vierzig Schiffen kam. Die ganze Stadt spricht davon. Vom König hingegen spricht man nur ab und zu: Wie krank er aussah, obwohl er *ritt*, statt sich tragen zu lassen wie ich.«

»Was wollt Ihr mir damit sagen?«, fragte Friedrich misstrauisch. Bei diesem Mann musste man vorsichtig sein. Er war ein Meister der Intrige und mit seinen geheimen Plänen allen anderen stets zehn Züge voraus.

»Macht ist ein Gaukelbild. Die Menschen glauben ihren Augen, nicht ihrem Verstand«, erklärte Albero lächelnd. »Wer vor ihnen steht in kostbaren Gewändern, auf einem prächtigen Ross oder eben mit vierzig Schiffen kommt, den halten sie für mächtig.«

»Der ist es auch, sonst könnte er sich all das nicht leisten«, warf Friedrich ein.

»Gewiss. Aber der Glanz der Insignien überstrahlt so vieles:

ob Dummheit oder dass einer gelähmt ist wie ich. Das Volk hält auch den Dummen für mächtig, wenn er nur genug Gold und Edelsteine zur Schau trägt.«

»Ihr *seid* mächtig. Der König nannte Euch das Mark und die Seele des Reiches«, erwiderte Friedrich, der immer noch nicht wusste, wohin dieses Gespräch führen sollte.

»Es ist sehr freundlich, dass Ihr das erwähnt, Herzog. Wie viel heimlichen Spott musste ich erdulden wegen meiner Gewänder.«

Albero zuckte gleichgültig mit den Schultern. »Doch sie dienen nicht nur als Zeugnis von Macht, sondern auch der Täuschung. Glaubt Ihr, jemand würde mich erkennen, wenn ich in schlichter Mönchskutte mit hochgezogener Kukulle und gebeugtem Rücken durch den Palast laufen würde? Niemand würde es, das kann ich Euch versichern.«

Er hatte es oft genug erprobt, wenn er unbeobachtet einen seiner Spione treffen wollte. Das rief eine Erinnerung in ihm wach, die sein Lächeln erlöschen ließ.

»Warum erzählt Ihr mir das, Höchstwürden?«

»Nun, auch Ihr zeigt Eure Macht. Ihr seid ein überaus stattlicher junger Mann, umgebt Euch mit tollkühnen jungen Rittern, reitet feurige Schimmel, Euer Schwert ist am Knauf mit Edelsteinen besetzt ...«

Friedrich wurde ungeduldig, das war nicht zu übersehen. Er erkannte nicht die Absicht hinter all dem Gerede.

»Ich habe Euch genau beobachtet«, gestand Albero, was niemanden erstaunen konnte. Er beobachtete jeden.

»Wem Eure Loyalität gilt, überrascht nicht selten. Doch Ihr handelt nach Ehre und Gewissen, was wahrlich nicht jeder Mächtige von sich sagen kann. Ihr habt Euch gegen den König gestellt, als Euren welfischen Verwandten Unrecht widerfuhr. Das erfordert Mut.«

Albero deutete die Miene seines Gegenübers richtig.

»Ja, ich bin derjenige, der einen Staufer auf den Thron brachte.

Ich gebe auch zu: Lieber hätte ich Euren Vater als König gesehen, der durch ein böses Ränkespiel um den Thron betrogen wurde. Dann wärt Ihr jetzt König. Der Gedanke wird Euch doch gelegentlich schon gekommen sein?«

Er legte eine Pause ein und beobachtete den jungen Herzog genau.

»Wollt Ihr mir irgendetwas unterstellen?«, fragte Friedrich scharf, und Albero hob abwehrend die Hände.

»Man kann einen Thron durch eine List besteigen, wie Lothar von Süpplingenburg bewies und auch mein Oheim Konrad mit Eurer Hilfe. Doch nicht über das Blut von Kindern!«, hielt Friedrich dem Erzbischof vor, wütend über die Andeutung.

Ihr würdet Euch wundern, dachte der geschichtsbewanderte Albero sarkastisch. Doch er war froh über diese Reaktion seines Gegenübers und besaß genug Menschenkenntnis, um sie für aufrichtig zu halten.

Deshalb beschwichtigte er: »Ihr seid ein Mann von Ehre, niemand bezweifelt das.«

»Vor fünfundzwanzig Jahren wurde meinem Vater der Thron von Lothar geraubt, noch ehe er ihn besteigen konnte. Das ist fast ein Menschenleben her; ich war damals noch ein Kind. Aber ich erinnere mich noch genau an den Tag, als Kaiser Lothar starb, in jenem verschneiten Dorf in Tirol. Knappe war ich damals, zusammen mit Sven von Dänemark, und wir fragten uns, wie der Kampf um den Thron wohl ausgehen würde: Staufer oder Welfe? Wir waren sicher, dass in einigen der Zelte gerade jede Menge Ränke geschmiedet wurden. In einem habt vermutlich Ihr meinen staufischen Oheim von Euren Plänen überzeugt.«

Stimmt genau, dachte Albero von Trier. Und ich musste lange auf ihn einreden.

Es kostete Friedrich Überwindung, die nächsten Worte auszusprechen.

»Ihr brachtet endlich einen Staufer auf den Thron, meinen Oheim. Dafür sollte ich Euch dankbar sein … Würde das Ganze nicht auf einer großen Ungerechtigkeit gegen das Haus Welf beruhen, mit dem ich durch meine Mutter ebenfalls verwandt bin, Gott hab sie selig.«

»Die Welt ist nicht gerecht«, meinte Albero lapidar. »Kein Mensch mit Verstand könnte behaupten, es ginge gerecht zu im diesseitigen Leben. Hoffen können wir nur auf Gerechtigkeit im Himmel …«

Er reckte eine Hand leicht Richtung Decke.

»Doch weshalb ich Euch zu mir bat, Herzog: Ihr wolltet neulich beim König zugunsten des sechsten Welf vermitteln. Leider ohne Erfolg.«

Friedrich fragte sich, woher Albero das wissen konnte. Er und sein Oheim waren bei diesem Gespräch allein gewesen. Macht beruhte auch auf geheimen Informationen. Albero war gefürchtet für sein Netz von Spionen und all die streng gehüteten Vertraulichkeiten, von denen er auf mysteriösen Wegen erfuhr.

»Schaut auf den Thron, was seht Ihr?«, fragte der Trierer.

»Sagt Ihr es mir! Ich bin nicht so gut in Ratespielen wie Ihr, Höchstwürden«, meinte Friedrich zusehends ungeduldig.

Albero nahm daran keinen Anstoß, sondern antwortete selbst.

»Einen sehr kranken König, dessen Feinde überhandnehmen. Er hat zwar schon immer viele gehabt, das weiß niemand besser als ich, der sie umstimmen oder aus dem Weg räumen musste. Doch jetzt ist da einer, dem er nicht gewachsen ist: der junge Löwe. Wie er einst dessen Vater nicht gewachsen war. Wiederholt sich die Geschichte?«

Der alte Erzbischof beugte sich ein wenig vor, seine Augen funkelten.

»Macht heißt: Wir könnten tun, was wir wollen. Wer sollte uns hindern? Die Verlockung ist groß. Aber das bedeutet

Chaos. Und Chaos ist unser aller Untergang, was nur sehr wenige begreifen. Macht heißt Verantwortung. Ihr wisst das, Herzog. Was Euch heraushebt aus der Schar gieriger Narren. Doch jetzt seid Ihr am Scheideweg, auch wenn Ihr Euch das selbst vielleicht noch nicht eingestehen wollt.«

Der Erzbischof strich sich über die Stirn und sah Friedrich direkt in die Augen.

»Der sechste Welf ist auf verlorenem Posten, denn der Löwe wird sich nicht auf seine Seite stellen. Heinrich ist jung und überaus ehrgeizig. Er will die welfische Hausmacht an sich reißen. Gesellt Ihr Euch zu ihm, da Ihr schon eingeladen seid? Oder zu Welf, der Euch nahesteht als Freund, nicht nur als Verwandter? Oder zum König? Ich wette, wenn ich drei Leute danach frage, bekomme ich dreißig Antworten.«

Nun verfinsterte sich seine Miene.

»Der Thron ist schwach. Ein kranker König, der über Monate nicht regieren können wird, und ein sehr junger König, der noch zu unerfahren ist. Der Leibarzt ist unfähig, gegen das Wechselfieber wird er allein mit Aderlässen nicht viel ausrichten. Ich lasse deshalb gerade einen hervorragenden Gelehrten aus Capua kommen. Dennoch, der König wird vorerst handlungsunfähig sein. Euer Cousin Heinrich-Berengar kann das zerrüttete Reich nicht regieren. Ihr saht es selbst bei Eurer Rückkehr. Und ich muss mich schuldig bekennen, weil ich mich zu oft von ihm entfernt habe.«

Er zog die bestickte Decke zurecht, die über seinen Beinen lag.

»Doch seht mich an! Ich werde künftig kaum mehr am Hof weilen können. Reisen sind mir nur noch mit dem Schiff möglich, und auch das nur unter großen Mühen und Schmerzen. Ich weiß nicht, wie viel Zeit mir der Herr im Himmel noch vergönnt, um die Dinge im Reich nach Kräften zu ordnen.«

Er legte eine Pause ein, bevor er endlich zum Kern kam.

»Ich werde etwas arrangieren müssen, das unseren jungen

König als strahlenden Helden dastehen lässt«, sagte er und wiegte den Kopf. »Das Volk braucht überzeugende Aussichten für den Fall, dass der König stirbt. Heinrich-Berengar muss zu einer leuchtenden Hoffnung werden. Sonst ist sein Leben verwirkt und auch das seines kleinen Bruders. Man kann nie wissen, wer alles schon auf diesen Augenblick wartet.«

Er verstummte und musterte sein Gegenüber mit scharfem Blick.

»Wenn Ihr auf unserer Seite bleibt, Herzog, bringt mein geplantes Arrangement auch die Stunde, wo sich der König Eurer Fürsprache für Euern Freund und Oheim Welf nicht entziehen kann. Das schwöre ich bei Gott und allen Heiligen. Ich sichere Euch einen überaus komfortablen Friedensschluss für Graf Welf zu, sogar ohne demütigende Unterwerfungsgeste. Schlagt Ihr ein, Herzog Friedrich?«

Verfolgungsjagd im Schnee

Heinrich-Berengar, Ulrich von Lauterstein, Welf VI.;
Flochberg nahe Bopfingen, 8. Februar 1150

Sorgt Euch nicht, Euer Majestät! Ihr seid hier vollkommen sicher und geschützt. Kein Feind wird in Eure Nähe gelangen. Es sei denn, als Gefangener.«

Heinrich-Berengar blickte so gelassen er konnte zu Ulrich von Lauterstein.

»Ich sorge mich nicht«, versicherte er. Doch sein Herz schlug so laut, dass er meinte, jeder in seiner Nähe müsse es hören. Er sorgte sich nicht nur, er fürchtete sogar, dass er an diesem Tag versagen würde. Oder etwas noch Schlimmeres geschah. Und außerdem drückte ihn in der Kälte die Blase.

Sie saßen beide auf ihren Pferden in der schneebedeckten Landschaft und konnten in der Ferne die gewaltige Burg Flochberg erkennen, die von einem Hügel aus Kalkstein weit ins Land ragte.

Hinter sich wusste Heinrich mehr als fünfzig kampferprobte gepanzerte Reiter, vom Lautersteiner persönlich ausgewählt, die sofort einen schützenden Ring um ihn bilden würden, sollte sich ein Feind nähern.

Der junge Mitregent klopfte seinem braven Zelter auf den Hals und sandte Ulrich ein zaghaftes Lächeln.

Heute sollte er sich zum ersten Mal als Heerführer bewähren.

Natürlich nur pro forma; niemand würde erwarten, dass ein Dreizehnjähriger an der Spitze des Heeres in die Schlacht ritt, der ja noch nicht einmal das Alter eines Knappen erreicht hatte. Schon gar nicht ein dreizehnjähriger König. Und erst recht nicht gegen einen so erfahrenen Gegner wie den sechsten Welf.

Doch nominell war er der Heerführer und hatte vorhin sogar, so gut er es vermochte mit seiner hellen Stimme, eine anfeuernde Rede gehalten, bevor die ihm unterstellten Truppen in den Kampf ritten.

Eigens für diesen Tag war er in eine neue Rüstung und einen roten Umhang gekleidet worden, den mit Goldfäden aufgestickte Kronen zierten.

Ulrich von Lauterstein hatte die ganze Aktion sorgfältig vorbereitet. Und nicht nur er. Tagelang saßen einige bewährte Kämpfer des Königs unter Leitung des Marschalls von Pappenheim zusammen, um diesen Plan zu entwickeln: den Welfen hier in die Enge zu treiben, wo er gerade auf recht halbherzige Art und mit nur geringer Streitmacht eine staufische Burg belagerte.

Deshalb wurde Heinrich, während sein Vater immer noch krank und regierungsunfähig darniederlag, mit einer deutlich größeren Streitmacht zur Harburg geschickt, die fünf Wegstunden von Flochberg entfernt lag, um dort »zufällig« von der feindlichen Aktion zu erfahren und zum Gegenangriff auszurücken.

Da der Welfe Flochberg nicht einnehmen konnte und eine Feldschlacht im Schnee gegen einen zahlenmäßig deutlich überlegenen Kontrahenten keine verlockende Aussicht war, würde Graf Welf eiligst zum Rückzug blasen.

Sie hätten dann nur ein fliehendes Heer zu verfolgen und Gefangene im Schnee einzusammeln, vielleicht sogar den Grafen selbst, versicherte der Lautersteiner. Dies würde das Ende seiner Feindseligkeiten bedeuten.

Bei Ulrich hört sich das alles so einfach an, dachte Heinrich, während er zu frieren begann und sein Bedürfnis immer dringender wurde, aus dem Sattel zu steigen und hinter einem Baum in den Schnee zu pissen. Durfte sich ein König so etwas vor seinen Kämpfern erlauben? Sie würden ihn vielleicht auslachen oder für ängstlich halten.

Denn trotz aller Gelassenheit, die Ulrich ausstrahlte: Keine Schlacht verläuft nach Plan. So viel wusste sogar der Mitregent trotz seiner erst dreizehn Jahre.

Und bald würde die Dämmerung einsetzen.

Grübelnd starrte er den Reitern nach, die nach seiner Rede donnernd gebrüllt hatten: »Für König Heinrich!«

Und dann stürmten sie los. Im weißen Schnee konnte er sie als dunkle Punkte erkennen, die sich in dichten Reihen der belagerten Burg näherten.

»Rückzug! Sofort!«, schrie der sechste Welf, kaum dass er von seinem erhöhten Standpunkt aus die herangaloppierende Reiterschar weit in der Ferne erblickte. Das waren mehr als doppelt so viele Männer, wie er bei sich hatte, und seine Späher hatten ihm gesagt, sie führten das königliche Banner. Bevor er die Gegner sah, hatte er den Spähern nicht geglaubt – wer sollte gegen ihn reiten? Der König war krank, das wusste jeder.

Doch jetzt, da er die Angreifer in der Ferne erkennen konnte, noch dazu in doppelter bis dreifacher Übermacht, spielte es keine Rolle mehr, wer diese Streitmacht anführte. Jetzt musste er umgehend handeln und den schnellen Rückzug einleiten.

Es war eine Sache, da und dort staufischen Besitz anzugreifen, einer Burgbesatzung etwas Ärger zu bereiten, um auf sich und seine Forderungen aufmerksam zu machen. Doch eine ganz andere, eine Schlacht gegen ein Heer unter dem Banner des Königs zu schlagen. Noch dazu, wenn er diese Schlacht angesichts des Kräfteverhältnisses nicht gewinnen konnte.

Hastig klaubten seine Männer ihre Sachen zusammen, sattelten die Pferde, begannen, die Zelte abzubauen.

»Haltet euch damit nicht auf!«, brüllte Welf sie an. »Ich sagte: sofortiger Rückzug! Schaut dorthin! Sie kommen rasch näher! Und im Schnee können sie unsere Spuren leicht verfolgen. Also auf die Pferde und fort!«

Er selbst sammelte seine Leibwache und seine engsten Vertrauten um sich und sah zornig mit an, dass viele seiner Männer immer noch dabei waren, Pferde und Sättel zu suchen.

Doch er gab das Zeichen zum Abrücken und ritt vorweg – nicht aus Feigheit, sondern um die anderen zu mehr Eile zu treiben. Die Gegner waren nun schon auf vierhundert Schritt herangekommen, und wer von seinen Männern nicht bald auf dem Pferd saß, lief Gefahr, erwischt zu werden.

Zum Glück schießen sie nicht aus dem Sattel wie die Seldschuken, dachte Welf noch, während er seinen ungestümen Fuchs durch die verschneite Landschaft jagte.

Auf der Koppel am Kalkhügel herrschte ein gewaltiges Durcheinander von aufgescheuchten Pferden und fluchenden Männern, die ihre Reittiere suchten.

»Wo zur Hölle ist mein verdammtes Pferd? Mein bestes Pferd ist weg!«, brüllte der Ritter Arno von Eisfeld seinen Knappen Richard an.

»Das hat sich jemand geholt, ein Ritter mit grauem Bart, und als ich mich vor Euren Schecken stellte, schlug mich der Mann mit einem Fausthieb zu Boden«, entrüstete sich der strohblonde Junge und spuckte Blut aus. Er wusste nicht, was er mehr fürchten sollte: den Zorn seines Herrn über das gestohlene Pferd oder die anrückende Reiterschar.

Die blutige Lippe und die geschwollene Wange bezeugten Richards Geschichte. Krampfhaft hielt der Knappe die Zügel seines eigenen Pferdes fest, das nicht besonders schnell war, und fragte sich, ob Arno es ihm wohl wegnehmen würde und er dann zu Fuß durch den Schnee flüchten müsste.

»Nun steig schon auf deine elende Mähre!«, murrte der Eisfelder.

Immerhin hatte der Junge versucht, sich dem Dieb zu widersetzen. Und wenn dies hier vorbei war, konnte er mit seiner Hilfe diesen unverschämten Kerl stellen, sich seinen Besitz zurückholen und Genugtuung fordern.

Wie ein Blick über die hin und her rennenden und brüllenden Männer zeigte, war er nicht der Einzige, der sein kostbares Schlachtpferd an einen Schnelleren eingebüßt hatte.

Und sein Marschpferd konnte er auch nicht entdecken, ebenso wenig wie sein Packpferd. Auf denen saßen jetzt Kerle, die mit Sicherheit schon eine halbe Meile von der Burg entfernt waren.

Arno von Eisfeld war um die dreißig und kein wohlhabender Ritter. Die drei Dörfer, die er hielt, brachten kaum genug Ertrag für eigene Pferde, Schwert und Rüstung. Da hatte das Silber nicht mehr gereicht, seinem Knappen auch noch ein schnelles Ross zu kaufen. Dass sein Zelt am weitesten von der Koppel entfernt stand, war ihm nun zum Verhängnis geworden.

Fluchend griff sich Arno eines der reiterlosen Pferde, überprüfte, ob die Sattelgurte auch richtig festgezurrt waren, dann ritten er und Richard los. Sie waren schon ein ganzes Stück abgeschlagen von dem Hauptteil des Trupps, aber bei weitem nicht die Letzten.

»Nun mach schon!«, brüllte der Ritter seinen Knappen an, der auf seinem müden Gaul kaum nachkam. Er konnte den Jungen jetzt unmöglich zurücklassen. Wie sollte er dessen Vater dann noch in die Augen sehen? Und Richard – obwohl ebenfalls aus keiner reichen Familie stammend, sonst wäre er nicht bei ihm gelandet – hatte das Zeug zu einem guten Ritter. Er war beflissen, nahm seine Ausbildung ernst und sorgte vorbildlich für Waffen, Pferde und leibliches Wohl.

Arno griff nach dem Zaumzeug von Richards Pferd und zwang es so, das Letzte aus sich herauszuholen.

Ab und zu warf er einen Blick zurück. Die paar Welfischen hinter ihnen waren jetzt weit auseinandergezogen. Das war keine geordnete Nachhut mehr; jeder versuchte nur noch, irgendwie zu entkommen.

Doch da eine Feldschlacht außer Frage stand, war es wohl besser, sich zu zerstreuen. Die einsetzende Dunkelheit würde ihnen helfen.

Nun sah er, dass sich von den gegnerischen Truppen leichte Reiterei absetzte und sich ihnen rasch näherte. Jedem einzelnen Fliehenden folgten sie zu zweit oder zu dritt durch den verharschten Schnee.

Der Eisfelder verfluchte noch einmal lauthals den Dieb, der seine besten Pferde gestohlen hatte, und die elende Mähre seines Knappen.

Dann waren er und Richard von vier gegnerischen Reitern eingekreist, die ihre Schwerter schon gezogen hatten, drei Reisige und ein Ritter.

Wäre Richard nicht dabei, hätte Arno vielleicht einen Kampf gewagt. Er war nicht reich, aber ein gefürchteter Haudrauf. Zwei würde er bestimmt aus dem Sattel schlagen können und dann den Kreis der Gegner durchbrechen. Doch damit würde er ihnen Richard ausliefern.

Also rief er stattdessen: »Lasst den Jungen unbehelligt, er ist ein Knappe! Ich begebe mich auf Ehrenwort in Euern Gewahrsam.«

Nun standen sie zu sechst, kaum eine Meile von der Burg entfernt. Arno nannte seinen Namen und den seines Knappen, und der Anführer der vier staufischen Reiter stellte sich ebenso vor.

»Folgt mir zur Burg! Dort könnt Ihr mir Euer Schwert übergeben«, sagte er förmlich.

Pferde und Schwert verloren – mit dem heutigen Tag bin ich ein armer Mann!, dachte Arno verbittert. Zum Glück bin ich zu unbedeutend, als dass sie von meiner Familie Lösegeld fordern könnten. Das muss der Graf zahlen, schließlich stehe ich in seinen Diensten. Damit steige ich allerdings nicht gerade in seiner Gunst. Doch woher soll ich Geld für Pferde und ein neues Schwert nehmen?

Er und Richard wendeten und ritten, eskortiert von den vier Männern, zurück zu der Burg, die sie zwei Wochen belagert und mit Wurfmaschinen beschossen hatten.

Diesmal durften sie durchs Tor – als Gefangene. Sie stiegen ab, Arno übergab sein Pferd, das eigentlich nicht seines war, dann wurden sie auf den hinteren Hof geführt.

Wohl ein halbes Hundert Gefangene waren schon dort versammelt, einige verwundet.

»Was geschieht mit uns?«, raunte Richard beklommen.

»Erst einmal gar nichts. Es wird verhandelt, zu welchen Bedingungen wir ausgetauscht werden. Und für welche Summe«, brummte der Eisfelder. »So lange können wir uns hier die Eier abfrieren. Aber du hast Glück, Bursche, dass wir im Schnee sitzen – kühl deine Wange, sonst schwillt sie noch mehr an. Du siehst jetzt schon aus wie ein Kinderschreck. Und schau dich mal um, ob hier irgendwo der Hurensohn ist, der sich mein Pferd geschnappt hat. Wenn ich den finde, wird er viel Schnee zum Kühlen brauchen.«

Die Dämmerung setzte ein, und im Verlauf der Nacht wurden immer mehr Gefangene gebracht. Wohl an die dreihundert, schätzte Arno. Das wird den Grafen verdammt viel Silber kosten, dachte er.

Dann sahen sie eine Gruppe Reiter mit dem Königsbanner auf den Hof kommen, und der Eisfelder glaubte seinen Augen nicht zu trauen.

»Der kleine König!«, stöhnte er verblüfft.

»Wir wurden von einem Kind besiegt?«, staunte Richard mit vor Kälte klappernden Zähnen.

»So werden sie in den Chroniken schreiben«, knurrte Arno. »Doch schau dir sein Pferd an – kein bisschen verschwitzt, das ist kaum zehn Schritte im Galopp geritten. Sie haben uns hinters Licht geführt.«

Der junge König sah auf die Gefangenen und besprach sich kurz mit dem Lautersteiner und dem Burgkommandanten. Dann wies er an, jeden Gefangenen nach Namen und Titel zu befragen, darüber Listen zu führen, wer sie aufgegriffen hatte, und sie gut bewacht in eine der großen Hallen zu führen. Die Knappen sollten in die Stallungen, die Herren von höherem Rang ihrem Stand gemäß untergebracht und die Verwundeten versorgt werden.

»Ich gratuliere Euch zu Eurem ersten großen Sieg in der Schlacht, Majestät!«, sagte Ulrich lächelnd.

Doch Heinrich lächelte nicht zurück.

Es war alles verlaufen wie geplant, sie hatten die Belagerer vertrieben und dreihundert Gefangene gemacht, auch wenn Graf Welf nicht unter ihnen war.

Doch in Wirklichkeit – und das wusste jeder Beteiligte – hatte er nichts dazu beigetragen, außer eine lächerliche Rede zu halten.

Der Lautersteiner kannte ihn gut genug, um seine Gedanken zu erraten.

»Ihr wart dabei, Euer Majestät, Ihr habt Euch hinausgewagt

gegen einen gefürchteten Gegner, und die Männer sind für Euch in den Kampf geritten«, sagte er. »Das ist mehr, als man von einem Dreizehnjährigen erwarten kann.«

Der Bote mit der Nachricht vom Sieg war schon auf dem Weg zum König nach Speyer.

Friedensschluss und Kampfansage

Konrad, Friedrich, Welf und Heinrich;
Speyer und andere Orte, Februar 1150

In Speyer, einer aus Tradition staufertreuen Stadt, wartete der König in größter Unruhe auf Nachricht aus Flochberg.

Ein schneller Reiter auf gutem Pferd würde einen Tag für die Strecke benötigen; allerdings deutlich mehr, wenn Schnee lag und es so zeitig dunkel wurde.

Er vertraute Ulrich vollkommen. Der würde den jungen König schützen, selbst wenn er sein Leben dafür geben müsste. Dennoch wurde Konrad mit jeder Stunde, die verstrich, nervöser. Hatte er seinem Sohn zu viel aufgebürdet? Ihn in tödliche Gefahr gebracht?

Doch Albero hatte recht: Sie mussten etwas unternehmen, um Heinrich-Berengar trotz seiner Jugend als fähigen Nachfolger zu präsentieren. Denn er selbst war seit August praktisch regierungsunfähig. Immer wieder warfen ihn schwere Anfälle des Wechselfiebers aufs Krankenlager und hatten seinen Körper weiter geschwächt. Er zählte nun weit über fünfzig Jahre, deren größten Teil er auf Feldzügen verbracht hatte. Seit ihn dieser italienische Gelehrte behandelte, den Albero ihm geschickt hatte, ging es ihm deutlich besser. Peter von Capua war ein bemerkenswerter Mann: einst Erzbischof von

Capua, doch vom falschen Papst geweiht – von Anaklet, dem Rivalen Eugens III. Deshalb verlor er sein Amt, zog nach Rom und lebte dort als Arzt, zusammen mit einer Frau. In einigen Tagen würde er zurückkehren.

Während Konrad auf Nachricht von seinem Sohn wartete, diktierte er einem Schreiber ein warmherziges Empfehlungsschreiben für den Gelehrten an den Papst.

Er war gerade bei den üppigen Abschlussformeln und Grüßen, als ihm ein Bote aus Flochberg gemeldet wurde.

Endlich!

»Majestät, Euer Sohn hat einen großen Sieg errungen! Die Welfen verjagt, die Belagerung aufgehoben und ohne Blutvergießen dreihundert Gefangene gemacht. Unser junger König hat sich wahrlich Lorbeer und goldene Sporen verdient«, berichtete der schnelle Reiter freudestrahlend, nachdem er auf ein Knie gesunken war. »Der junge Mitregent ist wohlauf und sendet Euch seine ergebensten Grüße.«

Konrad stieß unendlich erleichtert den angehaltenen Atem aus, während alle Anwesenden ein jubelndes »Vivat!« hören ließen, der Kanzleischreiber eingeschlossen.

»Ich danke dir für diese gute Nachricht. Lass dich verkösti-gen und dir vom Kämmerer einen guten Lohn zahlen. Ich sehe, du hast dich nicht geschont, um mir die frohe Botschaft auf schnellstem Weg zu überbringen.«

Haare und Kleider des Mannes waren trotz des Winterwetters durchgeschwitzt.

Der Bote verneigte und bedankte sich und trat hinaus, nachdem er zehn Schritte rückwärtsgegangen war, wie es das Protokoll verlangte, bevor er dem König den Rücken zuwenden durfte.

Die Stimmung im Saal war freudig erregt. Konrad ordnete ein Festmahl an und schickte den Schreiber hinaus, damit er das Pergament mit den noch fehlenden Floskeln ausfertigte.

Die begeisterten Rufe der anderen rauschten am König vorbei. Er war maßlos erleichtert. Doch er wusste, gleich würde er eine harte Verhandlung führen müssen. Und dafür wollte er sich nicht von seinen momentanen Glücksgefühlen leiten lassen.

Dieses Gespräch war leider unausweichlich.

Konrad wusste die Augen seines Neffen auf sich gerichtet, bis er sich dem Unvermeidlichen fügte und alle anderen hinausschickte. Den Schenken wies er noch an, ihm und dem Herzog von Schwaben den edelsten burgundischen Wein zu holen. Doch als eine Kanne davon auf dem Tisch stand und die Becher gefüllt waren, als Mundschenk Konrad Pris nach einer tiefen Verneigung die schwere Tür hinter sich schloss, konnte der König die Unterredung nicht länger hinauszögern, so gern er es auch getan hätte.

Er erlaubte seinem Neffen, sich ihm gegenüberzusetzen. Zwischen ihnen stand nur das Tischchen mit dem Wein und den Trinkgefäßen – und das Streitgespräch, das sie nun zu führen hatten.

»Meinen Glückwunsch zum Sieg Eures Sohnes!«, begann Friedrich, und das freudige Strahlen auf seinem Gesicht kam von Herzen. »Nur die wenigen, die dabei waren, wissen, welche Lappalie das im Grunde war. Aber der Welt könnt Ihr berichten, dass König Heinrich bereits mit dreizehn Jahren seine erste Schlacht geschlagen und gewonnen hat. Schickt auch ein Pergament an Kaiser Manuel und Eure Tochter Irene. Sie werden sich sehr freuen über seine Kühnheit.«

Daran hatte Konrad noch gar nicht gedacht.

»Das ist ein wunderbarer Vorschlag!«, lobte er den Neffen. »Keiner kann es einem stolzen Vater verdenken, wenn er mit den Taten seines Sohnes prahlt.«

Friedrich nickte und trank einen Schluck von dem Wein, der wirklich ausgezeichnet war.

Dann wurden seine Züge ernst.

»Wir inszenierten diesen Zwischenfall jedoch nicht nur, um Heinrich-Berengar mehr königlichen Glanz zu verleihen. Vergesst nicht, wir wollten auch eine Chance für einen Friedensschluss mit dem sechsten Welf.«

Höchst aufmerksam, als gäbe es nichts Wichtigeres, studierte Konrad das verschlungene Muster, das in seinen silbernen Becher graviert war.

»Er ist besiegt, wir haben dreihundert Gefangene. Er muss sie auslösen, niederknien und das Ende jeglicher Feindseligkeiten schwören. Dann nehme ich ihn vor allen Fürsten feierlich wieder in den Königsfrieden auf«, antwortete er schroff.

»Nein!«

Friedrich stellte seinen gleichfalls verzierten Becher hart ab, so heftig, dass die Kerzen auf dem Tisch flackerten.

»Ihr müsst ihn auf Eure Seite ziehen, und das wird Euch nicht gelingen, wenn Ihr ihn zu einer Demutsgeste vor dem gesamten Hof zwingt. Ihr selbst habt Euch Lothar zu Füßen werfen müssen, barfuß und im Büßerhemd. Ich denke, Ihr habt es nicht vergessen.«

»Nein«, knurrte Konrad. »Das habe ich nicht.«

Albero von Trier hatte ihm einmal gesagt, dergleichen werde von den Betroffenen überbewertet. Doch da irrte der schlaue Albero. So etwas brannte sich tief in die Seele ein. Und er würde nie die Gesichter der Fürsten vergessen: wie sie ihn ansahen, bevor er sich dem Süpplingenburger zu Füßen warf, und wie danach.

»Dann habt Ihr sicher auch nicht vergessen, dass es Welf war, der damals bei der Belagerung von Speyer, genau hier und auch im Winter, für meine Mutter und mich und alle Staufertreuen großzügige Abzugsbedingungen durchsetzte. Gegen seinen älteren Bruder, den Herzog«, erinnerte Friedrich.

»Wir wären sonst verhungert! Heute ist der Tag, an dem Ihr Euch auf die gleiche Art revanchieren könnt.«

»Und wie, deiner Ansicht nach?«, fragte sein Oheim schneidend scharf.

»Lasst die Gefangenen ohne Lösegeld frei und schließt mit Welf Frieden ohne Demutsgeste.«

»Ach? Vielleicht soll ich ihm auch noch ein Stück Land schenken zum Dank?«, höhnte Konrad.

»Ja. Ich dachte da an Mertingen«, meinte Friedrich ruhig.

»Ich verliere jeden Respekt im Reich, wenn ich ein solches Verhalten auch noch belohne!«, brüllte der König, so laut er es in seinem noch schwachen Zustand vermochte.

»Nein. Ihr gewinnt einen Verbündeten. Den Ihr dringend benötigt, denn Ihr wisst, dass der junge Löwe und der Zähringer Verbündete gegen Euch sammeln, und zwar sehr erfolgreich. Heinrich lässt sich jetzt schon als Herzog von Sachsen und Bayern ansprechen, bald wird er so urkunden. Ich glaube nicht, dass das Euerm Bruder Jasomirgott gefallen wird. Der ist doch noch Herzog von Bayern, oder? Ihr habt dem Löwen Bayern für seine Stimme bei der Wahl meines Cousins zum Mitregenten mehr oder weniger zugesagt, und früher oder später wird er es sich mit Gewalt holen, wenn Ihr auch noch Welf auf seine Seite treibt. Den Vater des Löwen konntet Ihr nicht besiegen. Mit seinem Sohn wächst Euch ein nicht minder gefährlicher Feind heran.«

Friedrich umfasste seinen Becher mit beiden Händen und beugte sich ein wenig vor. Das Kerzenlicht schuf einen goldenen Schimmer auf seinen rötlichen Locken.

»Folgt meinem Vorschlag, und Ihr sühnt damit altes Unrecht«, sagte er leise. »Wenigstens ein Stück weit. Ihr kamt auch auf seine Kosten auf den Thron. Und wir alle – auch Welf – haben Eurem Sohn diesen Sieg geschenkt, damit er Euch nachfolgen kann.«

Dann lehnte er sich zurück und sah seinem Oheim und König in die Augen.

Der schwieg lange. Albero von Trier hatte ihm durch einen

Vertrauensmann ebenfalls zu außergewöhnlicher Milde geraten, um Welf vom jungen Löwen zu trennen. Und wenn sich jemand auskannte im Pläneschmieden, dann dieser Erzbischof.

Endlich sagte Konrad: »In Gottes Namen. Und nun verschwinde und richte es ihm aus! Auf dass endlich Frieden zwischen mir und Welf herrsche.«

Friedrich erhob sich, sank auf ein Knie und neigte ergeben den Kopf mit einer Höflichkeit, die mehr als nur förmlich war.

»Das macht Euch zu einem großen König, Euer Majestät«, sagte er leise und sehr ernst. Dann ging er hinaus, und ein gewaltiger Stein fiel ihm vom Herzen.

Es war noch nicht einmal Mittag, und Friedrich lief sofort mit einer ausgesuchten, nicht zu großen Begleitmannschaft zu den Stallungen.

Er hatte sich mit Welf in einem Gasthaus zwei Meilen vor Speyer verabredet. Der Wirt war aufgefordert und mit einer stattlichen Zahl Münzen dafür begeistert worden, heute sämtliche Gäste abzuweisen und weiterzuschicken, ausgenommen zwei Reitertrupps, die sich durch ein Kennwort ausweisen würden.

Glücklich gab Friedrich seinem Hengst die Sporen, als sie die Domstadt hinter sich gelassen hatten. Er genoss es, durch die verschneite Landschaft zu galoppieren – ein paar zuverlässige Männer hinter sich und mit guten Nachrichten für den Freund, Kampfgefährten und Oheim im Gepäck.

Welf war mit seinen Männern bereits dort, als sie die Herberge erreichten. Das ließ sich schon von weitem erkennen, denn davor waren ein Dutzend Pferde angepflockt.

Friedrich und die Seinen gingen hinein, während sich die Knappen und Stallknechte um die Pferde kümmern. Sein auffälliges Haar ließ er bedeckt.

Er warf dem Wirt eine volle Pfennigschale zu und wies ihn an, allen Männern Bier und ein kräftiges Mahl vorzusetzen. Die Begleiter Welfs kannte er allesamt; sie waren mit ihm im Heiligen Land gewesen. Er machte eine abwehrende Geste, als sie vor ihm auf ein Knie gehen wollten, und fragte nur: »Euer Herr?«

»Erwartet Euch in der oberen Kammer«, erklärte der Hauptmann und wies mit dem Kinn auf die wackelige hölzerne Stiege, die hinauf zu den Quartieren für die Gäste führte, die nicht im Stall nächtigen wollten.

Friedrich überließ die Männer sich selbst und eilte ungestüm die Treppe hinauf, die dabei bedrohlich knarrende Laute von sich gab.

Oben riss Welf schon die Tür auf, und sie musterten sich gegenseitig einen Moment lang.

Dann gingen sie in die Kammer, in der ein paar Strohsäcke an der Wand lagen, und setzten sich an das grob gezimmerte Tischchen, auf dem ein rußendes Talglicht blakte. Den Krug Bier verschmähten sie; Welf hatte eigenen Wein mitgebracht.

»Nun spann mich nicht auf die Folter! Wie habt ihr euch geeinigt?«, drängte der Ältere.

»Die Gefangenen werden ohne Lösegeldforderung freigelassen. Du schließt mit dem König Frieden …«

»Wie tief muss ich vor ihn sinken? Kniefall? Fußfall? Barfuß und barhäuptig?«

»Nichts von alldem. Du musst nicht vor den König treten. Schwöre mir, dass du den Frieden wahren wirst, und die Gefangenen werden umgehend zu dir zurückgeschickt.«

Welf riss verblüfft die Augen auf.

»Wie hast du das geschafft?«

Friedrich lächelte. »Sagte ich nicht, dass ich Stück für Stück dafür sorgen würde, dass dir Gerechtigkeit widerfährt – auch wenn ich dir Bayern nicht geben kann? Du warst zu ungeduldig. Lass mir nur Zeit! Du wirst sehen.«

»Es ist demütigend genug, von einem Dreizehnjährigen geschlagen zu werden«, murmelte der Graf. »Selbst wenn es keine Schlacht war, sondern nur ein kleines Wettreiten im Schnee.« Friedrich zog die Augenbrauen hoch und schmunzelte.

»Das ist noch nicht alles«, sagte er.

»Ah. Jetzt kommt der Haken an der Sache. Wird eine meiner Burgen als Reichsgut eingezogen? Mir der Grafentitel aberkannt? Was können sie mir denn noch alles wegnehmen, nachdem sie mir schon so vieles nahmen?«

Bisher hatten sie leise gesprochen, doch diesen letzten Satz schrie er fast heraus.

»Beruhige dich!«, mahnte Friedrich. »Nichts dergleichen wird geschehen. Du bekommst zudem die Einkünfte von Mertingen mit seinen riesigen Wäldern zugesprochen, das liegt nördlich von Augsburg.«

»Ich weiß, wo Mertingen liegt«, knurrte Welf. »Es sollte längst mir gehören! Wie hast du das nur fertiggebracht?«

Waldbesitz war die Quelle vieler Einnahmen: durch Holz, Wildimkerei, Schweinemast. Vom Wegerecht und der Jagd als Vergnügen des Adels ganz zu schweigen. Mertingen versprach gute Einkünfte.

»Das wird auch den häuslichen Frieden wiederherstellen«, meinte Welf grinsend und atmete tief durch. Dann stand er auf, schob das wackelige Tischchen beiseite und umarmte seinen Neffen.

»Junge, das werde ich dir nie vergessen!«

»Dann lass uns hinuntergehen zu den anderen. Mir ist jetzt nach einem Stück Braten vom Spieß zumute«, meinte Friedrich zufrieden. »Danach reite ich zurück und teile dem König mit, dass du annimmst.«

Und so wurden am nächsten Tag die dreihundert Gefangenen nach Hause geschickt. Der Ritter von Eisfeld erhielt sogar sein Schwert von dem Mann zurück, der ihn gefangen genommen hatte – eine noble Geste, der andere hätte auch noch seine Rüstung verlangen können. Dann hätte Arno seine drei Dörfer zurückgeben und sich irgendwo als Ritter ohne Landbesitz verdingen müssen.

Doch das Allerbeste war, dass sein Knappe den Pferdedieb ausfindig machen konnte, irgendeinen Edlen, den er nur flüchtig kannte. Arno forderte ihn zum Zweikampf, siegte und bekam nicht nur sein gutes Schlachtross zurück, sondern erleichterte den Ehrlosen auch noch um seine Waffen, seine Rüstung und seine Würde, denn er zwang ihn zur Belustigung der Zuschauer, sich bis auf die Bruche auszuziehen.

Die Geschichte von der siegreichen Schlacht des dreizehnjährigen Königs machte die Runde im Reich.

Gelobt wurde auch die Milde, mit der Welf wieder in den Königsfrieden aufgenommen wurde. Die Fürsten wunderten sich zwar sehr, dass es dazu keinerlei Zeremoniell gab. Doch die Bauern freuten sich über den Friedensschluss, denn für sie bedeuteten Kriege verbrannte Felder, abgestochenes Vieh, geschändete Frauen, Hunger, Furcht und Tod.

Es dauerte nicht lange, bis Welf zu seinem Neffen eingeladen wurde, zu Heinrich dem Löwen.

Genauer gesagt: vorgeladen wurde.

Hochmütig sah der elegante junge Herzog auf seinen Verwandten herab, der ihm die Herrschaft gerettet hatte, bis er volljährig war. Er als Einziger saß, ein Dutzend seiner Vertrauten standen hinter und neben ihm, und nur auf dem Gesicht seines alten Freundes und Gefährten Heinrich von Weida erkannte Welf eine Spur von Mitgefühl. Da wusste er, was kommen würde.

»Oheim, stimmt es, dass Ihr Euch von einem Dreizehnjährigen habt besiegen lassen?«, meinte der Herzog von oben herab und ließ seinen langjährigen Ratgeber vor sich stehen, ohne ihm einen Platz anzubieten.

»Ihr werdet alt. Nach Eurer Blamage in Flochberg geht natürlich die Vormachtstellung im Hause Welf an mich über. Eigentlich liegt sie ohnehin längst bei mir, denn Ihr seid lediglich Graf, und ich bin Herzog von Sachsen und Bayern von Gottes Gnaden. Ich wollte es Euch nur persönlich mitteilen, von Angesicht zu Angesicht. Ihr dürft Euch entfernen.«

Und das tat Welf auf der Stelle, denn sonst hätte er etwas gesagt oder getan, das ihn viel mehr als ein Herzogtum kosten würde.

Verzögerter Todesfall

Heinrich von Brandenburg und Petrissa;
Brandenburg an der Havel, April 1150

Der alte Fürst von Brandenburg hockte auf der Bettkante, schleuderte mit triumphierendem Blick seine Schuhe von sich und verschränkte die Hände vor dem dürren Leib.

»Wenn ich im Mai vor den König trete, den *mächtigen König Konrad* ... dann bin ich auch einer der Großen! Nicht nur ein niederrangiger Slawenfürst, sondern einer der Großen von Konrads Reich.«

Er kicherte, dass sein schütterer weißer Bart zitterte.

»Dann werden die Jungsporne, die glauben, alles besser zu wissen, endlich einsehen, dass wir nur auf diese Art bedeutend werden können – im Stauferreich und nicht im Niemandsland zwischen Sachsen und Polen!«

Petrissa, seine Frau, seufzte.

»Heinrich, mein Lieber, der Fürstentag in Merseburg wird nicht stattfinden«, sagte sie tröstend wie zu einem Kind.

Verwundert wandte ihr der mehr als siebzigjährige Fürst den Kopf zu.

»Nicht?«

»Nein. Der König ist schwerkrank, das Wechselfieber. Er wird unmöglich zu diesem Fürstentag reiten können«, erklärte sie ihm schon zum dutzendsten Mal.

Und morgen würde er es wieder vergessen haben. Er vergaß so vieles in letzter Zeit. Sie hatte alle Hände voll zu tun, das wahre Ausmaß seiner Altersschwäche vor seinen Untertanen zu verbergen.

»Nicht?«, wiederholte Heinrich gleichermaßen erstaunt und enttäuscht. Er war so stolz auf die königliche Einladung zu diesem Treffen. Zum ersten Mal würde er gemeinsam mit den sächsischen Fürsten vor dem König stehen.

»Es sind doch wichtige Angelegenheiten zu besprechen«, beharrte er stur.

»Sie werden den Fürstentag nur verschieben, bis der König wieder genesen ist«, beschwichtigte ihn Petrissa. »Dann wirst du dabei sein, zusammen mit den Großen und als einer von ihnen.«

Liebevoll lächelte sie ihm zu. »Und nun leg dich schlafen, mein Guter, ruh dich aus!«

Sie hob seine dürren Beine hoch und half ihm, sich bequem zu betten. Er behielt das Untergewand und ein weiteres zum Schlafen an, denn nachts herrschte noch Frost, und das Gemäuer der Wasserburg war nicht nur kalt, sondern vor allem feucht, was seinen alten Knochen sehr zu schaffen machte.

Dann deckte sie ihn sorgfältig zu, blies die Kerzen aus und stieg selbst ins Bett, um sich an seine Seite zu legen. Heinrich brabbelte noch ein Nachtgebet, sie stimmte ein, und schon war der Fürst von Brandenburg eingeschlafen, während seine Gemahlin noch einige Zeit mit Grübeln zubrachte, bis auch ihr die Augen zufielen.

Als Petrissa am Morgen erwachte, hatte sie das unbestimmte Gefühl, dass irgendetwas anders war. Etwas fehlte …

Dann wusste sie es: Es waren die Schnarch- und Pfeiftöne, die ihr Mann sonst im Schlaf von sich gab. Doch aufgestanden war er noch nicht, das hätte sie bemerkt. Im Dämmerlicht der Kammer griff sie nach seiner Schulter – und erschrak. Um sich zu vergewissern, fühlte sie seine Wange. Kalt und leblos.

Entsetzt sprang sie aus dem Bett, riss die Vorhänge beiseite, damit Licht hereinfiel, und fand ihre schlimmste Vorahnung bestätigt: Der Fürst von Brandenburg, der Mann, an dessen Seite sie fast ihr ganzes Leben zugebracht hatte, war tot.

Einfach gestorben, während sie schlief.

Sie ließ sich auf die Bettkante sinken, dem Toten den Rücken zugewandt, und brach in Tränen aus.

Heinrich ... Pribislaw! Jetzt rief sie ihn in Gedanken sogar bei seinem alten Namen. Wie konntest du mir das antun? Wie kannst du mich allein lassen?

Dann sprang sie wieder auf, rüttelte an dem leblosen Körper, flehte ihren Gemahl an, endlich die Augen zu öffnen, aufzuwachen ...

Doch nichts geschah. Ihr wurde plötzlich kalt, so dass sie sich in einen pelzgefütterten Umhang hüllte, und schon kamen auch die Überlegungen in Gang, was alles getan werden musste.

Das wären unter normalen Umständen: ein Gebet, die Aufbahrung, die Totenwäsche, der Priester musste kommen, das Volk informiert werden, ein prächtiges Begräbnis vorbereitet ...

Doch nichts davon außer beten durfte sie jetzt tun.

Zuerst musste Albrecht der Bär erscheinen, den ihr Gemahl zu seinem Erben erklärt hatte, und die Brandenburg und Spandau als seine Besitztümer übernehmen.

Falls sich vorher schon herumsprach, dass der Fürst gestorben war, würde das sofort diejenigen auf den Plan rufen, die wollten, dass alles hier Slawenland blieb und an ihren Neffen

Jacza ging, nicht an den Markgrafen der Nordmark. Die jungen Burschen würden rebellieren und Jacza holen. Die Brandenburg war voll von seinen Anhängern, die versteckt oder ganz offen nur auf den Moment warteten, dass der alte Fürst starb und sie diese Burg Jacza in die Hände spielen konnten. Binnen anderthalb Tagen würde er hier sein, wenn er sein Pferd nicht schonte. Dann war alles umsonst, was ihr Gemahl angestrebt hatte, dann würde Brandenburg nicht seinen sicheren Platz als Teil des christlichen Königreiches von Konrad dem Staufer einnehmen.

Konnte sie Heinrichs Tod mindestens drei Tage lang geheim halten, inmitten all dieser Menschen? Das klang unmöglich.

Doch Petrissa war scharfsinnig und listig, und schon entwickelte sie einen Plan und überlegte, wem sie vollkommen vertrauen konnte.

Nach einigen Momenten der Sammlung steckte sie den Kopf aus der Kammer des Fürstenpaares, ohne die Tür weit zu öffnen, und erklärte den davor wartenden Bediensteten: »Euer Fürst wünscht den Hauptmann der Wache zu sehen.«

Wenig später wurde er ihr gemeldet. Vorsichtig ließ sie ihn ein, schloss die Tür wieder und zeigte auf den Toten im Bett.

»Niemand darf es erfahren, bevor nicht Fürst Albrecht hier ist, damit ich ihm die Burg übergebe«, wisperte sie. »Sonst gibt es einen Aufstand der jungen Freunde meines Neffen und aller Alten, die immer noch dem falschen Glauben anhängen.«

Thietmar, der Hauptmann der Wache, ein erfahrener und treuergebener Kämpfer Mitte dreißig, begriff sofort. Er bekreuzigte sich und sagte: »Dann muss ich meinen schnellsten Reiter nach Aschersleben schicken, damit er Seine Durchlaucht holt.«

»Mitsamt seiner Gemahlin, seinen ältesten Söhnen und fünfzig Rittern!«, schärfte Petrissa ihm leise ein.

»Gut«, bestätigte der bärtige Hauptmann. »Ich würde ja selbst reiten. Aber Gunfried ist der Schnellste zu Pferde, und ich bleibe wohl besser hier und behalte Jaczas heimliche Anhänger im Auge«, entschied er.

Petrissa nickte zustimmend. »Tu das! Die Wache ist loyal und frommen Glaubens. Bereitet euch darauf vor, dass es zu Kämpfen kommen könnte. Und Gunfried soll den Pferdewachen sagen, dass ich ihn nach Spandau schicke, damit er von dort diesen Bader holt, der so gut im Richten von Knochen ist.«

»Ein guter Plan«, lobte Thietmar. »Sie werden es glauben. Bis er mit dem Bären und einer Armee zurückkehrt.«

Nun grinste er.

Aber nur kurz; nur so lange, bis Petrissa ihm befahl: »Jetzt hilf mir, den Verblichenen auf den Tisch zu legen.«

Thietmar starrte sie verblüfft an.

»Soll ich etwa drei Tage mit einem Toten im Bett schlafen?«, zischte sie. »Oder ihn auf den Erdboden legen? Dein Fürst muss würdig hergerichtet werden.«

Energisch räumte die für ihr Alter noch bemerkenswert rüstige Petrissa alles beiseite, was auf dem Tisch stand, und gemeinsam hievten sie den Toten darauf, der nicht mehr viel wog.

Dann traten sie vor die Kammer, wobei Petrissa die Tür rasch wieder hinter sich schloss.

»Hört mich an!«, rief sie den Dienern, Mägden und Wachen zu, die davor warteten. »Euer guter Fürst ist in der Nacht unglücklich gestürzt und hat sich die Hüfte verletzt. Er kann das Bett heute deshalb nicht verlassen.«

Erschrocken sahen die Männer und Frauen sie an, einige bekreuzigten sich, ihre Leibmagd Hilde schlug sich die Hand vor den Mund und stieß einen mitleidigen Laut aus.

»Doch der Hauptmann wird einen schnellen Reiter nach Spandau schicken, um den Knochenrenker zu holen. Der bringt unseren geliebten Fürsten im Nu wieder auf die Beine«, fuhr Petrissa fort, so ruhig sie konnte. »Derweil bitte ich den Priester hierher, damit er mit uns Gebete für eine rasche Genesung spricht. Und ihr haltet Abstand und geduldet euch! Euer Herrscher möchte im Bett keine Bittsteller und Boten empfangen. Das ist seiner nicht würdig. Wichtige Dinge teilt *mir* mit! Hilde, bring Waschwasser und das Frühmahl für deinen Fürsten und mich! Etwas Leichtes. Milchsuppe, ein wenig Käse, Butter, Honig und helles Brot.« Die alte Magd nickte, lief sofort los und schickte eine zweite in die Küche, um die Wünsche zu übermitteln.

»Ihr« – Petrissa zeigte auf die zwei kräftigsten Leibwachen – »sorgt dafür, dass niemand unseren kranken Fürsten behelligt.«

Die beiden erhoben sich und bezogen links und rechts der Tür Posten.

Petrissa ging zurück in die Kammer, lauschte eine Weile auf das Gemurmel draußen und wartete, bis jemand klopfte und den Priester meldete.

»Ich hörte, der Fürst ist …«, begann Pater Claudius volltönend, als er eintrat. Dann sah er den Leichnam auf dem Tisch liegen und verstummte mit offenem Mund.

Rigoros schloss Petrissa die Tür hinter ihm und zischelte: »Tot, ja. Und wenn Ihr wollt, Pater, dass Brandenburg christlich bleibt, dann spielt Ihr diese Posse mit, bis in drei Tagen Markgraf Albrecht eintrifft, um es als sein rechtmäßiges Erbe zu übernehmen! Sonst erobern es die Anhänger meines Köpenicker Neffen, und dann werdet Ihr von der Insel verjagt, während die heidnischen Götzen erneut hier Einzug halten.«

Der behäbige Pater nagte hin- und hergerissen an seiner Unterlippe.

Petrissa durchschaute seine Gedankengänge.

»Gott wird Euch diese Lüge verzeihen, weil Ihr dadurch dieses Land dem wahren Glauben erhaltet. Das weiß ich ganz sicher. Und nun beginnt mit den Gebeten!«

»Natürlich. Doch sollte bald die Totenwäsche stattfinden«, beanstandete er. Ein im Sterben erschlaffender Körper entleerte sich, und entsprechend roch es im Raum.

Dann sprach der Pater ein paar feierliche Worte auf Latein – oder eher in dem, was die Leute dafür hielten. Wie viele seines Amtes jenseits der großen Städte und Bischofssitze beherrschte er selbst nur ein paar Brocken dieser Sprache.

Wenig später kam Hilde mit zwei Eimern Wasser für die morgendliche Wäsche des Fürstenpaares. Als sie die Lage mit einem Blick erfasste, ließ sie die Eimer auf den Boden knallen, sank auf die Knie und begann, bitterlich zu schluchzen.

Petrissa legte ihr die Hand auf den Kopf.

»Ich würde am liebsten auch weinen, glaube mir. Doch jetzt müssen wir den Toten waschen und in festliche Gewänder hüllen, damit der Pater seine Arbeit tun kann. Und dann wechsle die Laken!«

So erhielten sie die Täuschung den ganzen Tag aufrecht.

Die Mahlzeiten teilte sie sich mit Hilde und dem Priester, die Wachen riefen von draußen, wenn jemand kam und ein dringendes Anliegen hatte. In solchen Fällen ging Petrissa kurz hinaus und rief dann durch den Türspalt in die Kammer: »Willst du das entscheiden, mein Gemahl?«, worauf Hilde ein tiefes »Nicht jetzt!« brummte.

»Also warte gefälligst, bis der Heiler da war und dein Fürst keine Schmerzen mehr hat!«, forderte Petrissa die Ungeduldigen auf.

Die treuen Wachen behielten Jaczas Anhänger im Auge, die meisten Bewohner der Brandenburg beteten mit dem Pater nichtsahnend für die Genesung ihres Fürsten. Der Pater betete, dass Gott ihm seine Lüge verzieh. Und Petrissa betete, dass sie dieses Versteckspiel durchhalten konnte, bis endlich Albrecht der Bär eintraf.

Ein eiliger Ritt

Jacza, Agatha, Petrissa, Albrecht der Bär;
Köpenick und Brandenburg, April 1150

Rund fünfzig Meilen entfernt, auf der Wasserburg Copnic zwischen Dahme und Spree, hatte Jacza eine kleine Runde Männer und Frauen in seinem Langhaus versammelt, um Agatha etwas von ihrer Trauer abzulenken – und sich ebenfalls. Vor drei Wochen hatte seine junge Frau ihr erstes Kind verloren, noch ganz zu Beginn der Schwangerschaft. Eine weise Frau half Agatha, die Zeit danach ohne gefährliches Fieber durchzustehen. Sie sagte ihnen – und sie sagten es sich auch selbst als Trost –, dass sie noch jung waren und noch viele Kinder haben würden. Doch die Trauer blieb, auch wenn Agatha sich mühte, sie vor anderen zu verbergen.

Jaczas bester Freund Jaro war nun bei ihnen, die fröhliche Sweta, die er mit Niklots Erlaubnis von Dobin hierhergeführt und geheiratet hatte, dazu einige ihrer engsten Vertrauten. Am Nachmittag war Swetas Bruder Miro als überraschender Besucher von der Mecklenburg gekommen – der Anlass für diese gesellige Runde.

So saßen sie nun um die Feuerstelle in der Mitte des Hauses, hatten geräucherten Fisch und einen köstlichen Eintopf aus Wild gegessen, tranken Met, und Miro berichtete in Niklots Auftrag, wie das Leben der Abodriten seit der Unterwerfung von Dobin verlief. Niklot und auch Jacza wollten, dass die Verbindung zwischen ihnen nicht abriss.

»Unser Fürst hatte recht«, meinte Miro gerade. »Wir sind mit den Christenpriestern in den Fluss gegangen und haben ihr Gemurmel über uns ergehen lassen, dafür zogen die Heere ab, und wir konnten wieder nach unseren eigenen Bräuchen leben. Wo sie unsere heiligen Stätten niedergebrannt haben ...«

Er verstummte, weil ihm einfiel, dass Jaczas Gemahlin eine wahre Christin war und vielleicht nicht gern hören würde, dass einige Heiligtümer an verborgenen Orten neu errichtet worden waren.

»Wir gingen zurück in unsere Dörfer, und ein gewaltiges Blutvergießen wurde vermieden.«

Miro kratzte sich am Kinn.

»Aber ich sage euch, der Tribut, den uns dieser Löwe auferlegt hat, der zwingt uns noch in die Knie«, fuhr er nach einem kräftigen Schluck Met fort. »Tausend Mark Silber an den Herzog, den jungen Löwen! Und die Grafen, die in seinem Auftrag nun über unsere Gebiete herrschen, wollen jeder noch hundert dazu. Sie nehmen uns das letzte Korn. Wir können nirgendwohin, denn sie sind überall. Wenn ich sage, sie empfangen uns mit offenen Händen, so meine ich: mit leeren Händen, die wir füllen sollen.«

Dann grinste er. »Tja, so trifft es eben die Dänen und die Kaufleute mit ihren Handelsschiffen. Sonst könnten wir den Löwen nicht bezahlen.«

Einer der jungen Männer stocherte im Feuer, und Sweta zog mit einem leisen Aufschrei ihre Handarbeit an sich, als Funken aufstoben. Sie nähte ein Hemd für ihren Bruder und wollte es mit den auf Copnic beliebten Stickereimotiven verzieren.

»Es herrscht viel Krieg da oben bei euch«, wandte sich Agatha an Miro. »Das spricht sich herum, sogar bis hierher.«

»Ja, der junge Löwe ist sehr hungrig. Ich bin es übrigens auch«, meinte er grinsend und reichte seine Schüssel an eine der Frauen weiter, die sie ihm wortlos nachfüllte.

»Er hat Dithmarschen erobert, auch mit Hilfe eures Verwandten, des Bären. Dann fielen die Dänen über Wagrien her, zerstörten Oldenburg und Segeberg. Wir kamen unserem Verbündeten Adolf von Holstein zu Hilfe, und dafür hilft er uns, die aufständischen Kessiner und Zirzipanen wieder zur

Räson zu bringen, sollte das nötig werden. Ohne deren Tribute könnten wir unsere nie und nimmer zahlen.«

Nach diesen Worten wandte sich der junge Abodrit wieder seiner Schüssel zu und löffelte hungrig.

»Es ist zu spät, noch zur Jagd auszureiten. Wollen wir uns die Zeit bis zur Dunkelheit mit einem Wettkampf im Bogenschießen vertreiben?«, schlug Jacza vor. »Natürlich erst, nachdem auch der Letzte satt ist«, ergänzte er und grinste Miro an. »Dann können die Frauen draußen im Tageslicht nähen und sticken.«

Auch Agatha hatte inzwischen nach einer Stickerei gegriffen; es war eine Jagdtasche für Fürst Niklot, die sie mit allerlei Getier verzieren wollte.

Er hatte es kaum ausgesprochen, als jemand in das Langhaus kam und einen Reiter aus Brandenburg meldete.

Jacza erstarrte.

Sein hochbetagter Oheim wurde immer gebrechlicher. Würde jetzt jemand die Nachricht von seinem Tod bringen?

Karl trat ein, einer seiner Freunde und Verbündeten auf der Brandenburg, ein Mann im gleichen Alter wie Jacza, also Mitte zwanzig, mit einer mehrfach gebrochenen Nase und einer frisch verschorften Wunde auf der Wange.

Er begrüßte alle in der Runde und ließ sich von Agatha einen Becher Met reichen.

Doch noch ehe er den ersten Schluck trank, sagte er aufgeregt: »Jacza, es stimmt etwas nicht auf der Brandenburg. Heute Morgen verkündete Petrissa, dein Oheim sei aus dem Bett gestürzt, und niemand dürfe ihn sprechen. Aber es stehen Wachen vor seiner Kammer, und die Leute des Hauptmanns lassen keinen von deinen Anhängern aus den Augen. Frag nicht, wie ich mich davongeschlichen habe!«

»Meinst du …?«, begann Jacza und hob die Augenbrauen.

»Ich denke, er liegt im Sterben, und wenn du immer noch vorhast, das Erbe einzufordern, das dir zusteht, dann solltest du sofort losreiten – ehe sie einen Boten zum Bären schicken und ihm die Brandenburg übergeben«, drängte Karl.

Jacza überlegte nicht lange. Er trat vors Haus und sah nach dem Stand der Sonne.

»Wir reiten sofort los. Rasten kurz in der Nacht und kommen morgen Mittag an. Sie haben sicher entdeckt, dass du fort bist, Karl, und können sich denken, wo du steckst. Also bist du hier, um uns von der Erkrankung meines Oheims zu berichten, und wir nehmen unsere beste Heilerin mit, auf dass sie ihm helfe. Fünfzehn Mann begleiten mich – nicht zu viele, nicht zu wenige. Unsere Freunde auf der Brandenburg sind bereit.«

Er atmete tief durch und fragte: »Agatha, Liebes, fühlst du dich kräftig genug, um mit uns zu kommen, damit unser Auftritt etwas harmloser wirkt? Als Familienbesuch?«

Ihm war sehr daran gelegen. Aber er sorgte sich, ob sie jetzt schon einem so harten Ritt gewachsen wäre.

Sie nickte. »Natürlich begleite ich euch. Es ist zu wichtig. Und wir haben doch eine Heilerin dabei.«

Auch für diese Entschlossenheit liebte Jacza sie.

»Ich gehe zur alten Wanda und frage sie, ihr anderen kümmert euch um Proviant und sattelt die Pferde.«

Aufs äußerste angespannt wegen der ungewissen Lage lief Jacza zur Hütte der alten Heilerin, einer angesehenen Frau, die er ehrfürchtig bitten musste, ihn zu begleiten. Aber sie würde es tun. Sie schätzte ihn, und jedermann hier empfand seinen Anspruch auf die Brandenburg als rechtmäßig.

Petrissa war seine Tante, die Schwester seines Vaters. Ihre Ehe mit Pribislaw war einst geschlossen worden, um Spandau, Brandenburg und Köpenick einmal zusammenzuführen. Die beiden hatten keine Kinder, er war ihr nächster Verwandter. Also standen *ihm* Brandenburg und Spandau zu, nicht dem Bären.

Doch am meisten störte es die Köpenicker, dass das Slawenland den Christen ausgeliefert werden sollte. Das wollten sie verhindern.

Nach dem kurzen Besuch bei der weisen Frau ging Jacza zum Heiligtum und erbat die Zustimmung des Priesters. Da keine Zeit blieb, ein Opfertier zu jagen, legte er einen silbernen Armreif in die davorstehende Schale, um den Beistand der Götter zu erflehen.

Drei Meilen vor der Brandenburg kamen Jacza und seinen Begleitern zwei Reiter entgegen. In dem flachen Land waren sie schon von weitem zu sehen.

»Fürst Jacza, Fürstin Agatha«, grüßten sie höflich, einer verwundert, der andere mit einem hämischen Grinsen, das in Jacza sofort ein ungutes Gefühl aufkommen ließ.

»Wir sind direkt auf dem Weg zu Euch«, erklärte der Erstaunte. »Euer Oheim Heinrich ist von uns gegangen, Gott sei seiner Seele gnädig. Wir sollen Euch die Einladung zur feierlichen Übergabe der Brandenburg und der Beisetzungszeremonie übermitteln.«

Sind wir zu spät?, dachte Jacza in höchster Besorgnis. Oder kann ich das Verhängnis noch aufhalten?

Die beiden Brandenburger wendeten ihre Pferde, und in gemäßigtem Tempo legten sie nun gemeinsam die noch verbleibende Wegstrecke zurück. Jacza warf einen Blick auf seine junge Frau, die kreidebleich und gekrümmt im Sattel saß.

Die Antwort auf seine drängendste Frage fand er schon kurz vor der Burg.

Dort war eine zusätzliche Koppel für mehr als hundert Pferde errichtet, und die Wachen hatten ein Banner mit einem roten Bären in den Sand gesteckt.

Bei dem Anblick zerstoben alle seine Hoffnungen. Alle Pläne, die er seit Jahren geschmiedet hatte. Alle Träume.

Hinter sich hörte er jemanden stöhnen. Er selbst durfte sich nichts anmerken lassen, doch sein innerer Gefühlsausbruch brachte sein Pferd zum Scheuen.

Sie kamen zu spät.

Albrecht der Bär war bereits hier und führte eine große Zahl bewaffneter Männer mit sich. Wie das möglich sein konnte, würde Jacza sicher schon bald herausfinden. Doch eines stand fest: Die Übergabe der Brandenburg an den Markgrafen konnte er nicht mehr verhindern. Höchstens ein Blutbad entfesseln.

»Neffe, du musst ja geflogen sein wie ein Vögelchen. So zeitig habe ich dich gar nicht erwartet«, begrüßte ihn Petrissa mit einem boshaften Grinsen.

Sie stand vor ihrem Haus, feierlich herausgeputzt, mit goldenem Schmuck und Edelsteinen, neben sich den behäbigen Pfarrer und den Abt des Klosters Leitzkau, das Heinrich gefördert hatte.

»Mein Beileid zum Tod Eures Gemahls, verehrte Tante«, antwortete Jacza in größter Höflichkeit, auch wenn es ihn alle Beherrschung kostete. »Wir hörten, mein Oheim sei krank. Deshalb bin ich mit unserer besten Heilerin gekommen.«

Die alte Wanda trat auf sein Zeichen einen Schritt vor und verneigte sich.

»Ich hoffte, sie könnte ein Wunder bewirken. Aber wie ich sehe, kommen wir zu spät.«

»Nur Gott und Heilige wirken Wunder!«, wurde der Fürst von Köpenick von seiner Tante scharf zurechtgewiesen. »Kommt gleich mit, wenn ihr schon hier seid! Umso besser, dann dürft ihr erleben, wie ich die Burg dem Markgrafen Albrecht übergebe, unserem Freund, Beschützer und Wahlverwandten. Er wird sich ja so freuen, dich zu sehen, Neffe!«

Der Hohn war nicht zu überhören.

Jacza, Agatha und ihre Begleiter folgten Petrissa und den Wachen zur Kirche auf der Mitte der Insel.

Wieder sah Jacza besorgt zu seiner Frau, der es unverkennbar nicht gutging nach dem langen, harten Ritt.

Doch so sehr Agathas Körper auch schmerzte, noch stärkeren Schmerz fühlte sie im Herzen. Erst hatte Jacza sein Kind verloren und nun seinen Traum von Brandenburg. Sie spürte seine Verzweiflung und seinen mühsam unterdrückten Zorn und wusste: Sie würde ihm helfen müssen, diesen Tag zu überstehen. Er brauchte sie jetzt.

Weil die Kirche zu klein war, um die Zeremonie vor allen als Zeugen durchzuführen, hatten sich Albrecht der Bär, seine Gemahlin Sophia und sein ältester Sohn Otto davor aufgereiht. Pribislaw war Ottos Taufpate gewesen und hatte ihm zu diesem Anlass ein beträchtliches Gebiet geschenkt, die Zauche.

Die Askanier trugen Festgewänder, wobei der hünenhafte Albrecht alle überragte. Hinter ihnen standen ihre Leibgarden, wohl an die fünfzig Mann.

Und auch Petrissa hatte die ihr treuen Wachen klug postiert.

Auf dem Weg zur Kirche raunte Karl in Jaczas Ohr: »Sollen wir losschlagen?«

Doch der schüttelte den Kopf. »Verhaltet euch ruhig, sonst sterben wir alle!«, warnte er leise.

Sie waren zu wenige gegen die Übermacht von Albrechts Männern und Petrissas Getreuen. Die Tante hatte sie alle erfolgreich hinters Licht geführt.

Er und Agatha wurden vorgestellt und mussten vor Markgraf Albrecht, seiner Gemahlin und ihrem erstgeborenen Sohn niederknien.

»Mein Neffe Jacza von Köpenick und seine Frau Agatha, Tochter des Grafen Peter Wlast, Herr von Breslau«, verkündete Petrissa. »Sie möchten Euch zur Übergabe der Brandenburg beglückwünschen.«

Jacza und Agatha blieb nichts, als gute Miene zum bösen Spiel zu machen.

»Zunächst möchten wir meiner Tante unser Beileid zum Verlust ihres erlauchten Gemahls aussprechen«, erklärte der Fürst von Köpenick.

»Nun erhebt Euch schon, junger Mann, wo wir doch jetzt alle eine Familie sind«, sagte Albrecht mit seiner dröhnenden Stimme. »Und Ihr, liebliche Agatha, Perle von Breslau.« Er wirkte belustigt und außerordentlich gut gelaunt.

Kein Wunder! Gerade machte er die größte Eroberung seines Lebens, und die hatte ihn nicht einen Mann gekostet.

Sein Sohn Otto schien eher gelangweilt und sah mit leichter Verachtung auf das junge Paar herab. Was war schon Köpenick gegen das Land, das er einmal erben würde? Eine unbedeutende Insel.

Doch an Sophias Miene erkannte Jacza, dass sie die Lage vollkommen durchschaute, und er sah darin Mitleid, vor allem aber eine Warnung. Dies hier war kein Spiel. Sollten Jacza oder einer seiner Männer jetzt Widerstand versuchen, würden sie einen blutigen Kampf entfachen, der sie alle das Leben kosten konnte.

Agatha erkannte es auch.

Mehr noch: Sie spürte, dass ihr geliebter Mann nicht mehr lange ruhig bleiben konnte. Deshalb sprang sie ein – mit vollendetem höfischen Benehmen, wie sie es in Breslau gelernt hatte.

»Ihr seid zu freundlich, Durchlaucht!«, sagte sie und blickte den Bären mit einem strahlenden Lächeln an. »Es ist mir eine große Ehre, Euch und Eure liebwerte Gemahlin kennenzulernen, und natürlich auch Euren erstgeborenen Sohn. Man erzählt so viel von Euren großen Taten und der Schönheit Eurer edlen Sophia. Bitte verzeiht unsere schlichte und dieser Begegnung völlig unangemessene Kleidung. Wir ahnten ja nicht, was uns hier erwartet. Wir kamen auf einen Krankenbesuch zu meinem Oheim. Gott sei seiner Seele gnädig.«

Sie bekreuzigte sich, senkte für einen Augenblick die Lider und tauschte einen vielsagenden Blick mit der Markgräfin.

Dann setzte sie das höfische Geplauder mit scheinbar größter Leichtigkeit fort: bewunderte Sophias Kleid, ihren Schmuck, Albrechts silberne Fibel in Form eines Bären.

Sogar den hochmütigen Otto bezirzte sie. »Ich hörte, Ihr werdet auch eine Polin heiraten, eine Herzogstochter aus dem ruhmreichen Hause Piast. Meinen Glückwunsch! In Polen weiß jeder, dass die Jungfrauen aus dieser Familie allesamt wunderschön sind.«

Sie plauderte lächelnd und wusste, sie redete hier um ihrer aller Leben.

Ihr beherztes Eingreifen verschaffte Jacza die Zeit, sich zu sammeln. Und so verzichtete er darauf, laut seinen Anspruch auf Brandenburg und Spandau zu verkünden. Denn das würde Feindschaft mit den Askaniern bedeuten, und dann konnte Köpenick nicht als slawische Insel im Christenland überstehen.

Tatenlos musste Jacza von Köpenick zusehen, wie seine Tante Petrissa vor allen Brandenburgern das Land feierlich an Albrecht den Bären übergab, den Markgrafen der Nordmark. Wie es ihr verstorbener Gemahl verfügt hatte.

Die Bewohner der Inselburg knieten vor ihrem neuen Herrn nieder, und er sicherte ihnen seinen Schutz zu.

Jacza, Agatha und ihren Begleitern blieb nichts anderes übrig, als bis zur Beisetzungszeremonie für den verstorbenen Fürsten zu bleiben, die der neue Herr der Brandenburg aufs Feierlichste in der Kirche ausrichten ließ.

Freud und Leid

Adela und Friedrich, Ludwig von Thüringen
und Judith, Heinrich-Berengar und Konrad;
Würzburg, Sommer 1150

Die festlich geschmückte Halle dröhnte vom Lärm der Hochzeitsgäste und Spielleute, die Luft war geschwängert von Bratenduft, Gewürzaromen, Schweiß und dem Ruß der Fackeln an den Wänden.

Doch wer den frisch vermählten jungen Landgrafen von Thüringen mit seiner Judith, der Nichte des Königs, sah, konnte nichts anderes denken als: Was für ein schönes Brautpaar! Und unverkennbar glücklich.

Adela versetzte dies nicht nur einen Stich ins Herz, sondern einen tiefen, unsichtbaren Dolchstoß, auch wenn sie den beiden ihr Glück gönnte.

Ludwig von Thüringen, der am Königshof erzogen worden war, und die Tochter des verstorbenen Herzogs von Schwaben mit Agnes von Saarbrücken waren bereits vor vielen Jahren einander versprochen worden und wuchsen in dem Wissen auf, einmal zu heiraten. Das hatte Vertrautheit zwischen ihnen reifen lassen.

Judith – ihr Gemahl nannte sie liebevoll Jutta – würde heute sicher nicht rasch und lieblos entjungfert werden, den Rest der Nacht allein verbringen und dann ein Leben führen, in dem ihr Gemahl ihr nur in der Öffentlichkeit ein paar höfliche Worte gönnte, sie ansonsten aber unbeachtet ließ.

Diese bitteren Gedanken gingen Adela nicht aus dem Kopf, als sie an der Hohen Tafel neben Friedrich auf der einen Seite und dem Brautpaar auf der anderen saß, während die Hochzeitsgäste nach Kräften aßen, tranken, plauderten, der Truchsess immer neue Gänge des Festmahls ankündigte und die

Spielleute vergeblich versuchten, den Lärm in der Halle zu übertönen.

Gerade steckte Ludwig seiner Braut zärtlich einen Bissen in den Mund. Sie strahlte ihn an, schluckte die Kostprobe hinunter, dann tranken sie gemeinsam aus dem Becher, den sie sich teilten.

Adela musste wegsehen, sonst würde sie in Tränen ausbrechen, und dafür würde ihr Gemahl sie noch mehr verachten. Dies war überhaupt das erste Mal seit seiner Rückkehr aus dem Heiligen Land, dass er sie zu einem Hoftag mitnahm. Sonst musste sie immer auf Hagenau bleiben und sich um die jungen Mädchen, die Pagen und die Vorratshaltung kümmern, wenn er zum König oder anderen hohen Herren ritt.

Doch da Friedrichs Schwester – genauer gesagt, Halbschwester – heiratete, konnte er seine Gemahlin wohl kaum von dem Fest ausschließen. So durfte Adela zu dem großen Hoftag in Würzburg mitreisen, denn im Anschluss an diesen wurde die Hochzeit Ludwigs mit Judith gefeiert. Der König richtete sie aus eigener Schatulle aus, um die Thüringer noch enger an sich zu binden. Er brauchte Verbündete, und ihr Land spielte schon wegen seiner Lage eine strategische Rolle, sollte es zum Krieg mit dem Löwen kommen.

Adela blinzelte die Tränen fort und blickte geradeaus, auf die an schier endlosen Tafeln sitzenden Edlen und ihre Gemahlinnen, die sie lange nicht mehr gesehen hatte. Die meisten kannte sie seit vielen Jahren; schließlich hatte sie am Hof gelebt, seit sie zwölf war.

Während sie an einem gebratenen Rebhuhn knabberte, überlegte sie, wie wohl das Eheleben der anderen Fürsten aussah. Der poltrige Markgraf der Nordmark, Albrecht der Bär, wurde stets ganz zahm, wenn ihn seine Sophia nur ansah und sanft lächelte. Heinrich Jasomirgott, der Herzog von Bayern, war von seiner jungen Theodora aus Byzanz so verzaubert, dass er neuerdings zum allgemeinen Erstaunen sogar Spielleute und Verseschmiede an seinen Hof holte, um ihr Freude zu bereiten. Auch ihre Schwiegermutter Agnes war ihrem Gemahl zugetan gewesen.

Der Markgraf von Meißen hatte seiner inzwischen verstorbenen Gemahlin in aller Öffentlichkeit genau die gleiche kühle Höflichkeit erwiesen, wie Friedrich sie ihr gegenüber an den Tag legte – und doch ein Dutzend Söhne und Töchter mit ihr gezeugt.

Wie schade, dass er nicht da war. Sie hätte so gern jemanden nach ihrer Freundin Gunda gefragt.

Adela wusste gut genug, dass bei arrangierten dynastischen Hochzeiten Liebe höchst selten im Spiel war. Sie hatte es nicht nur bei Gunda erlebt, die einen um Jahrzehnte älteren Mann hatte heiraten müssen, sondern auch bei vielen anderen jungen Mädchen, die gemeinsam mit ihr aufgewachsen waren.

Viele wurden mit grobschlächtigen Fremden vermählt, manche verprügelt, mehrere starben infolge zu vieler oder zu früher Schwangerschaften.

Doch sie und Friedrich waren fast gleichaltrig, er der Mann ihrer Träume. Er galt als Vorbild an Ritterlichkeit, als Edelmann, der das Leben genoss, gern scherzte, Freunde um sich scharte, Menschen verzaubern konnte mit seinem Lachen, seinen Blicken, der Eleganz seiner Bewegungen.

Nur ihr gegenüber verhielt er sich herzenskalt.

Nicht ein einziges Mal hatte er seit der Hochzeitsnacht ihr Bett aufgesucht. Die Weiber auf Hagenau, von der Frau des Truchsessen bis zur letzten Magd, zerrissen sich die Mäuler darüber, das wusste sie. Und sie wusste ebenso, dass sie vor keiner ihrer Hofdamen auch nur ein Wort darüber verlieren, sich niemandem anvertrauen durfte.

Sie fühlte sich einsam wie noch nie zuvor in ihrem Leben. Ungeliebt, hässlich und wertlos trotz des kostbaren Kleides, das sie trug. Denn das Egerland gehörte ihr nun auch nicht mehr. Der König hatte es als Reichsterritorium eingezogen.

Einer der Knappen, die bei Tisch bedienten, stand so plötzlich vor ihr, dass sie aus ihren Gedanken gerissen wurde und fast zusammenzuckte.

Er hielt ihr eine kross gebratene und mit Safran gewürzte Forelle hin. »Für Euch, Herzogin. Samt freundlichen Grüßen von Seiner Majestät, König Heinrich.«

Sie dankte ihm, als er mit dem Essmesser den knusprigen Fisch vom Brett auf die Brotscheibe schob, die ihr als Unterlage für die Speisen diente. Dann suchte sie den Blick des jungen Königs.

Heinrich-Berengar beugte sich auf seinem Platz ein paar Stühle weiter vor, um ihr zuzulächeln, und zwinkerte sogar.

Ja, sie erinnerte sich, und Heinrich wollte sicher darauf anspielen: Beim Festmahl nach seiner Wahl in Frankfurt hatte er ihr als Zeichen seiner Gunst ebenfalls eine Forelle von der königlichen Tafel bringen lassen. Damals saß sie noch an den hinteren Tischen.

Er war überglücklich gewesen, sie endlich wiederzusehen; nur das höfische Protokoll verhinderte, dass er sie vor Freude in seine Arme schloss. Sie konnte erkennen, wie schwer es ihm fiel, es nicht zu tun. Doch sie hatte gelächelt, tief geknickst und ihm zu seinem Sieg bei Flochberg gratuliert, was dem jungen Mitregenten das Blut in die Wangen trieb.

Sein kleiner Bruder Friedrich hingegen rannte ihr jubelnd entgegen, als er sie sah, und umklammerte ihre Beine, als wollte er sie nie wieder gehen lassen.

»Ich hab schon ein Pferdchen, einen Bogen und ein hölzernes Schwert«, erzählte er ungestüm drauflos. »Kennst du neue Geschichten, die du mir erzählen kannst? Wenn du keine neuen weißt, erzähl die alten noch einmal, ja? Bitte!«

Die Kinderfrauen runzelten zwar die Stirn über so viel Formlosigkeit; immerhin war der Kleine ein Prinz. Aber sie ließen ihn gewähren. Mit seinen sechs Jahren durfte er sich gerade noch wie ein Kind aufführen. Doch ab seinem nächsten

Namenstag würde von ihm erwartet werden, dass er sich wie ein Erwachsener benahm.

Während die meisten Teilnehmer des Hoftags morgen abreisen würden, wollte ihr Gemahl noch ein paar Tage in Würzburg bleiben, um Gespräche mit dem König und anderen bedeutenden Edlen zu führen. Das räumte ihr die Chance ein, ein wenig Zeit mit dem Prinzen zu verbringen. Der kleine Friedrich liebte sie, und dieser Gedanke zauberte ein wehmütiges Lächeln auf ihr Gesicht. Wie gern hätte sie ein eigenes Kind!

Die Diener begannen nun hinten im Saal, bei den niederen Plätzen, die Tischplatten von den Böcken zu nehmen, um Platz für ein paar Gaukler zu schaffen. Die Musiker mussten derweil hinausgehen, was den Lärm in der Halle ein wenig reduzierte.

Friedrich nutzte die Gelegenheit, an seiner hübschen Halbschwester Judith vorbei den jungen Landgrafen zu fragen: »Was hast du nun vor mit Thüringen, Schwager?«

Der Zwanzigjährige, ohnehin schon aufgekratzt und überglücklich, bekam leuchtende Augen.

»Großes! Ich bin kein Junge mehr, für den die Mutter und ein Vormund regieren, und nun sind der König und du meine Verwandten. Gerade habe ich eine Münze in Gotha eingerichtet. Gotha und Erfurt sind reine Schatzkammern, von dort wird das Silber nur so in meine Truhen strömen. Beide an großen Handelsstraßen gelegen, und der Färberwaid, der dort angebaut wird, ergibt ein so kräftiges Blau, dass man es für Indigo halten kann. Die Leute reißen sich darum, sogar jenseits des Reiches.«

»Ich weiß«, versicherte Friedrich dem jungen Freund.

»Das Land muss ich von Wegelagerern und Dieben befreien, mich gegen die großen thüringischen Adelshäuser durchsetzen. Du weißt schon, den Schwarzburger, den Henneberger, die Grafen von Tonna … Außerdem schlagen der Erzbischof

531

von Mainz und der Askanier als Graf von Weimar-Orlamünde ihre Klauen in mein Land.«

»Das sind alles Königstreue«, erinnerte Friedrich. »Ihr steht auf einer Seite.« Er grinste. »Allerdings musst du schon aufpassen, dass sie nicht zu mächtig und zu gierig werden. Aber das meine ich nicht. Du wirst doch eine Vision haben, einen großen Traum für die Zukunft ...«

»Die Wartburg«, sagte Ludwig sofort. »Ich will die Wartburg, und ich werde sie zur Krone Thüringens machen. Einen steinernen Palas will ich dort bauen, prächtig wie eine Königspfalz.«

»Hm, die gehört diesem Graf Wigger; wie ist der eigentlich dazu gekommen? Sie wurde doch vor fast hundert Jahren von deinen Vorfahren erbaut.«

»Eben«, wollte Ludwig gerade ausholen, doch er wurde vom Truchsess Arnold von Rothenburg unterbrochen, der eine Ansage zu machen hatte.

»Nachdem uns die Gaukler mit ihren Kunststückchen erfreut haben, sind nun alle hohen Gäste zu einem Tanz eingeladen, bevor die Brautlegungszeremonie beginnt.«

Diese Ankündigung wurde mit tosendem Jubel aufgenommen, während die Spielleute wieder ihre Plätze gegenüber der Hohen Tafel einnahmen und zu musizieren begannen.

Friedrich erhob sich, und Adelas Herz begann, wie wild zu klopfen. Doch er bat nicht sie, sondern seine Schwester Judith zum Tanz, die Braut. Ludwig führte seine Schwiegermutter Agnes dorthin. Judiths jüngerer Bruder Konrad war inzwischen so betrunken, dass er auf seinem Platz eingenickt war, den Kopf weit zurückgelehnt und mit offenem Mund schnarchend.

Mit einem Mal saß Adela allein da – zutiefst gedemütigt vor dem ganzen Hof, da niemand mit ihr tanzen wollte. Am liebsten wäre sie vor Scham im Boden versunken. Bis Heinrich-Berengar ihre Lage erfasste und sie vor aller Augen in den Kreis der Tanzpaare geleitete. Er war erst dreizehn, aber er war ein König.

Das machte es wett in diesem Moment.

Nach dem Tanz wurde das Brautpaar lautstark aufgefordert, sich zu küssen, und schließlich von der Hochzeitsgesellschaft in seine Kammer geführt.

Doch sobald die Tafel aufgehoben war, bat Adela ihren Gemahl um die Erlaubnis, sich in ihr Quartier geleiten zu lassen. Ohne eine Miene zu verziehen, winkte er den Lautersteiner heran.

Dass Friedrich auch hier eine andere Kammer bewohnte als sie, hatte ihre Bloßstellung vollendet. Er würde ohnehin nicht zu ihr kommen. Und falls er es überraschend doch beabsichtigen sollte, wusste er schließlich, wo sie zu finden war.

Länger konnte sie den Lärm, das Gedränge, die anzüglichen Hochzeitsspäße und vor allem den Anblick des glücklichen Brautpaares nicht mehr ertragen.

Ulrich führte sie sicher zu ihrer Kammer, verabschiedete sich in gewohnt zurückhaltender Höflichkeit, und dann weinte sich Adela in den Schlaf.

In den nächsten Tagen herrschte geschäftiges Treiben am Hof des Königs. Während mehr und mehr Gäste abreisten, ritten die Freunde des Bräutigams zur Jagd. Die Damen plauderten, stickten und gratulierten der Braut zu ihrem Glück.

Adela erntete viel Bewunderung für den zart bestickten Schleier, den sie Judith geschenkt hatte. In jungen Jahren war sie für ihre unregelmäßigen Stiche oft gerügt worden, doch mittlerweile hatte sie es im Sticken zur Meisterschaft gebracht. Sie wusste, dass die Frauen auch hier heimlich über sie herzogen: über die Kinderlosigkeit ihrer Ehe mit dem edelsten Ritter des Reiches und die getrennten Schlafkammern.

Deshalb waren für sie die Stunden mit dem jungen Prinzen

Friedrich am schönsten. Gerade spielte sie mit ihm Mühle, als ein Bote ausrichtete, sie werde zu ihrer Schwiegermutter gebeten, der Herzoginwitwe Agnes.

Agnes von Saarbrücken war seit dem Tod ihres Gemahls schmaler und trauriger geworden. Doch sie war und blieb eine kluge, mitfühlende Frau. Und da sie am eigenen Leib erfahren hatte, wie abweisend ihr sonst von allen bewunderter Stiefsohn sein konnte, nutzte sie die günstige Gelegenheit, hier ein unbelauschtes Gespräch mit ihrer sichtlich unglücklichen Schwiegertochter zu führen.

»Setz dich doch, liebes Kind!«, sagte sie zur Begrüßung und schenkte Adela persönlich einen Becher Wein ein. Agnes trug ein Kleid aus edlem Stoff, nur schlicht verziert; ein silberner Reif hielt den Witwenschleier auf dem Haar, das zu einem langen Zopf geflochten war. Ihre dunklen Augen wirkten übergroß und warmherzig in dem zarten, blassen Gesicht.

Adela bedankte sich und zupfte die Falten ihres Bliauts zurecht, der mit breiten Borten in leuchtenden Farben verziert war.

»Noch kein Kind in Sicht, noch nicht einmal das kleinste Anzeichen?«, fragte Agnes leise, ohne jegliche Einleitung.

»Er hat seit der Hochzeitsnacht mein Bett nicht ein einziges Mal aufgesucht!«, platzte Adela heraus, und sofort stiegen ihr die Tränen in die Augen.

Zum ersten Mal sprach sie darüber. Vor Agnes durfte sie es.

»Als wäre ich aussätzig! Wenn andere dabei sind, spricht er mich höflich an, ansonsten existiere ich gar nicht für ihn. Bin ich denn so hässlich, so minderwertig?«

Agnes hätte am liebsten mit ihr geweint.

»Oh Liebes, ich hatte es geahnt … Aber dass es so schlimm steht …« Sie stand auf und zog die schluchzende Schwiegertochter in ihre Arme.

»Weine, Kind, hier darfst du es. Weine dich richtig aus. Ich sehe ja, wie tapfer du vor allen anderen dieses traurige Spiel mitspielst ...«

Sie strich ihr übers Haar, und niemanden störte, dass Adelas Schleier dabei herabrutschte.

Agnes ließ der unglücklichen jungen Frau Zeit, sich zu fassen. »Du bist nicht hässlich. Und auch nicht wertlos ...«, sagte sie sanft.

»Ich war ... nur das Egerland ... und das gehört mir nun nicht mehr ...«, schluchzte Adela. »Ich habe ihn doch geliebt! Wie gern würde ich wirklich seine Gemahlin sein, alles mit ihm teilen, ihm Söhne und Töchter schenken ...«

»Mein Gemahl und ich waren einander anfangs auch ganz fremd, und da hatte er noch *zwei* Augen«, erzählte Agnes leise. »Die gemeinsam durchgestandenen harten Jahre – seine Rebellion gegen Lothar, die Kriege, die Ächtung – haben uns zusammengeschmiedet.«

Doch noch während sie sprach, wusste sie, dass die Dinge hier anders lagen, und sie überlegte hin und her, ob sie aussprechen sollte, was ihr gerade klar wurde.

Es gab viele Männer, die das Ehebett mieden, sich lieber andernorts vergnügten und ihre Ehefrauen auch noch verprügelten. Doch Söhne wollten sie alle, um ihren Besitz und ihren Namen weitervererben zu können.

Friedrich hatte die Ehe vollzogen, dem Letzten Willen seines Vaters folgend. Damit war eine Annullierung nicht mehr möglich. Aber Kinderlosigkeit war ein anerkannter Scheidungsgrund. Mied ihr Stiefsohn das Bett seiner Frau, weil er mit ihr keine Kinder zeugen wollte? Um sie loszuwerden? Würde er dafür in Kauf nehmen, dass sie aussagte, er habe ihr in der gesamten Ehe nur einmal beigewohnt? Doch ob man Adela in solch einer Lage überhaupt anhörte?

Agnes wusste, der ehrgeizige Friedrich war immer noch

schwer gekränkt, keine byzantinische Prinzessin bekommen zu haben. Und was er am Hof des Kaisers in Konstantinopel gesehen und erlebt hatte, schien diese Kränkung noch zu verstärken. Allein die Blicke, mit denen er seinen Oheim Jasomirgott und dessen zarte Schönheit Theodora maß, sprachen Bände.

Wie es aussah, plante ihr Stiefsohn früher oder später eine Scheidung – sobald sich eine bessere Partie für ihn fand. Dazu passte, dass er seine Liebschaften geheim hielt, damit nichts seinen guten Ruf befleckte. Ganz sicher hatte er Liebschaften.

Sollte sie Adela mit diesen unschönen Wahrheiten konfrontieren?

Bevor Agnes zu einer Entscheidung kam, waren plötzlich draußen alarmierende Schreie und eilige Schritte zu hören. »Der König, der König!«, schrie jemand.

Rasch löste sie sich von Adela, drückte ihr einen Zinnbecher in die Hand, damit sie sich mit dem Metall die verweinten Augen kühlen konnte, und lief zur Tür.

Auf dem Gang trat Agnes dem Nächsten in den Weg, der an ihr vorbeirennen wollte. »Was ist geschehen?«

»Der junge Mitregent …«, stammelte der mit einer Wasserschüssel beladene Diener und lief weiter.

Agnes zog Adela mit hinaus, und gemeinsam hasteten sie zum Quartier Heinrich-Berengars. Davor hatte sich schon eine große, aufgeregte Menschentraube versammelt. Rigoros drängte sich die Herzoginwitwe zwischen ihnen hindurch und hielt Adela fest an der Hand, damit sie ihr folgen konnte. Dann sahen sie es … und blankes Entsetzen überkam die beiden Frauen.

Heinrich saß gekrümmt auf seinem Stuhl, das Gesicht schmerzverzerrt und hochrot, beide Hände an den Hals gelegt, während er röchelnd um Atem rang.

Adela riss sich los und wollte zu ihm, doch der Lautersteiner trat ihr in den Weg.

»Das dürft Ihr nicht!«, warnte er.

»Wieso? Ist es ansteckend? Wo bleibt der Medicus?«, fragte sie verzweifelt.

Wenigstens die Hand hätte sie dem Dreizehnjährigen in seiner Qual gern gehalten, beruhigend auf ihn eingesprochen, bis der Heilkundige kam. Denn Todesangst stand Heinrich ins Gesicht geschrieben.

Da drängte sich schon der Leibarzt durch die Menschenmenge und durfte unbehelligt an Ulrich vorbei.

»Wir wissen noch nicht, was es ist«, sagte der Lautersteiner leise zu Adela. »Doch für den Fall, dass es keine Krankheit ist – wenn Ihr ihn jetzt berührt, könnte man später Euch mit dem Anschlag in Verbindung bringen.«

Adela erstarrte und wusste nicht, worüber sie mehr entsetzt sein sollte: dass vielleicht jemand Heinrich Gift verabreicht hatte oder dass man glauben könnte, *sie* sei fähig dazu. Alles in ihr strebte danach, ihm beizustehen, ihm wenigstens Trost zu spenden.

Doch nun nahm sich der Leibarzt seiner an. Und Ulrich, das begriff sie erst verspätet, wollte sie nur schützen.

Sie schloss die Augen und schlug ein Kreuz, flüsterte hastig Gebete für den jungen Mitregenten.

Der König kam mit riesigen Schritten herbeigeeilt, das Gesicht versteinert, und schickte sofort alle außer dem Medicus, Ulrich und zwei Leibdienern hinaus.

»Betet für das Wohl meines Sohnes!«, befahl er den anderen.

Die Menge verlief sich, etliche strebten in die Kapelle.

Agnes und Adela warteten vor der Tür, um sofort zu erfahren, ob der Junge wieder genesen würde, und beteten leise.

Bald kam ein Priester mit Salböl und dem Weihrauchgefäß, Diener trugen Schüsseln mit Erbrochenem heraus und welche mit klarem Wasser hinein.

Es konnte noch nicht viel Zeit vergangen sein, da trat Konrad von Staufen aus der Kammer, das Gesicht schneeweiß und um Jahre gealtert.

»Lasst alle Glocken läuten!«, befahl er. »Der König ist tot.«

Als Adela wieder in die Kammer durfte und sich dem Leichnam näherte, schnürte ihr der Kummer fast das Herz ab. Mit Tränen in den Augen küsste sie den Toten auf die Stirn, die vom Salböl glänzte, zupfte leicht seine hellblonden Locken zurecht, strich zärtlich mit ihren Fingern über seine kalte Hand. Heinrichs Gesicht war nicht mehr schmerzverzerrt, doch anders als zu Lebzeiten. Wie, das konnte sie nicht erklären.

Vor ihrem geistigen Auge wechselten in rascher Folge Bilder, Erinnerungen: Heinrich zehnjährig und verunsichert am Tag seiner Wahl zum König, als er abends noch das Hildebrandslied von ihr hören wollte, ihr Ausflug nach Regensburg, wie sie gebetet hatten für die Rückkehr seines Vaters – hundert kleine Episoden, fröhliche und kummervolle …

Sie hätte dem König ihr Beileid aussprechen sollen.

Aber sie brachte kein Wort heraus, sondern sackte in die Knie, lehnte sich an die Wand, schlug die Hände vors Gesicht und weinte.

Irgendwann kamen die Männer von der Jagd zurück, alarmiert durch das Glockenläuten: ihr Gemahl, Landgraf Ludwig und viele andere, die ausgeritten waren.

Friedrich stürmte in die Kammer und verharrte mitten im Lauf, als er seinen toten Cousin sah. »Das ist nicht wahr!«, flüsterte er entsetzt.

»Der Medicus hat keine Erklärung.«

Es waren die ersten Worte, die der König sagte, seit er das Glockenläuten für seinen toten Sohn befohlen hatte.

»Adela, Nichte, er wollte dich noch sehen, bevor … Aber es ging alles sehr schnell«, brachte er mit brüchiger Stimme heraus. »Er ist nun bei seiner Mutter. Würdest du dich jetzt gleich um den kleinen Friedrich kümmern? Den letzten Sohn, der mir noch geblieben ist?«

Adela riss sich zusammen, stand auf, wischte sich die Tränen ab und ging, nachdem sie einen kurzen, fragenden Blick auf ihren Gemahl geworfen hatte.

Sie bekam gerade noch mit, wie der König doppelte Wachen und einen Vorkoster für den Prinzen anordnete.

Kriegs- und andere Pläne

Albrecht der Bär, Sophia, Konrad von Wettin, Otto, Dietrich, Dobroniega und ihre Schwester Judith; Altenburg, 11. und 13. November 1151

Mein alter Freund!«, dröhnte Albrecht der Bär und schloss den Markgrafen von Meißen in seine Arme, kaum dass er den Raum betreten hatte.

Konrad von Wettin fand diese Art der Begrüßung zwar recht überschwenglich, doch er ließ sie über sich ergehen.

Die askanische Gesandtschaft war gerade erst in der Reichsgrafschaft Altenburg eingetroffen, und Konrad hatte seinen alten Freund und Feind und dessen wichtigste Begleiter zu einem Begrüßungsmahl auf der Kaiserpfalz eingeladen.

Die Kammer füllte sich im Nu, obwohl der rührige Burggraf den Wettinern ein überraschend geräumiges Quartier zugewiesen hatte.

Konrad hatte seine Schwester Mathilde mitgebracht, seine Söhne Otto, Dietrich und Heinrich, dazu Dobroniega und seinen Marschall Werner von Brehna.

Dedo hatte in Meißen bleiben müssen. Seit seiner Schwertleite hatte er erneut dermaßen an Umfang zugelegt, dass sein

Vater sich weigerte, einen so fetten jungen Ritter mit an den Hof zu nehmen, um sich nicht zum Gespött zu machen. Das war keine Frage des Aussehens, sondern der Kampffähigkeit, schalt er. Der Kerl bekam ja kaum noch sein Gambeson zugeschnürt, und in sein gutes Kettenhemd müssten zusätzlich Ringe eingearbeitet werden, weil er sonst nicht mehr hineinpasste. Das kam nicht in Frage!

Albrecht und Sophia erschienen mit ihren ältesten Söhnen Otto und Hermann, Ottos junger polnischen Gemahlin Judith aus dem Hause Piast, eine Schwester Dobroniegas, sowie Albrechts engstem Vertrauten, dem im Kampf gefürchteten Grafen von Hillersleben. Seine Frau begleitete Sophia als Hofdame.

Da alle in warme Gewänder und dicke Umhänge gehüllt waren, wurde es selbst in der geräumigen Kammer rasch eng. Doch für Konrad und Albrecht gab es viel zu besprechen, ehe übermorgen der König das Treffen der sächsischen und östlichen Fürsten eröffnete. Und die Höflichkeit gebot, dass sie die Frauen zumindest mit einem Mahl und ein paar höflichen Worten begrüßten, ehe sie in der Männerrunde Kriegsrat hielten.

Diener trugen Platten mit warmen und kalten Speisen auf, die Gäste nahmen Platz, nachdem die Sitzordnung mit ein paar knappen Gesten geklärt war, und zückten ihre Essmesser.

Die allgemeine Geschäftigkeit gab Konrad Gelegenheit, seine Gedanken noch einmal kurz auf die Dinge zu richten, die in den nächsten Tagen wichtig sein würden.

Im September war er zum ersten Mal überhaupt seit der Rückkehr des Königs aus dem Heiligen Land, die nun schon mehr als zwei Jahre zurücklag, wieder zu einem Hoftag gereist, nach Würzburg. Denn dort wurden Beschlüsse gefasst, die auch ihn betrafen. Er und der Bär würden sich dem Italienfeldzug gegen Roger im kommenden Herbst anschließen, der endlich zur Kaiserkrönung des Stauferkönigs führen sollte.

Doch noch mehr interessierten den Meißner zwei andere Themen.

Heinrich der Löwe war in Würzburg zum dritten Mal trotz Ladung nicht vor dem König erschienen, um die bayerische Frage zu verhandeln. Stattdessen hatte er das ganze Jahr über immer wieder bayerische und schwäbische Besitztümer angegriffen. Dies sollte eigentlich zur Reichsacht führen – oder zu einer Reichsheerfahrt. Darauf drängte Konrad von Wettin zusammen mit etlichen anderen Fürsten, denn die Arroganz und Machtfülle des jungen Löwen beunruhigten sie sehr.

Doch Albrecht und er verfolgten noch ein weiteres, spezielles Interesse. Sie hatten nun beide einen ihrer Söhne mit Schwestern der Herzöge Boleslaw und Mieszko Piast vermählt. König Konrad aber plante die Wiedereinsetzung seines Schwagers Wladislaw als Herzog in Krakau. Der hatte seine Halbbrüder Boleslaw und Mieszko entmachten wollen, war von ihnen jedoch besiegt und ins Exil getrieben worden. Pikanterweise nach Altenburg, genau hierher, auf diese Burg. Man nannte ihn jetzt schon Wladislaw den Vertriebenen.

Um Wladislaws Rückkehr zu verhindern, waren beide Markgrafen nicht nur mit ihren ältesten Söhnen nach Würzburg gereist, sondern demonstrativ auch mit ihren polnischen Schwiegertöchtern. Der König sollte bei ihrem Anblick bedenken, ob er sich wirklich – noch dazu vor einem anstehenden Kriegszug – die Treue zweier Fürsten verscherzen wollte, indem er den Erzfeind ihrer polnischen Verwandten begünstigte.

Auch nach Altenburg hatten sie ihre Schwiegertöchter mitgebracht.

Dietrich war das sehr recht. Obwohl er Dobroniegas Gegenwart immer noch kaum ertrug, konnte er die Warnung Friedrichs von Schwaben nicht vergessen. Er war damals heilfroh gewesen, bei seiner Rückkehr Gunda und seinen Sohn wohlbehalten vorzufinden, und hatte danach sogleich die Wachen verstärkt. Doch da sie jetzt wochenlang unterwegs waren, behielt er seine unberechenbare Angetraute lieber im Auge.

In Würzburg allerdings hatte die Eisprinzessin alle verblüfft, als ihre kleine Schwester Judith juchzend auf sie zulief. Dobroniega umarmte sie, küsste sie, verbrachte so viel Zeit wie möglich mit ihr und war kaum wiederzuerkennen. Der meißnische Hof staunte.

Und Mathilde dachte: Kraks Drache hat sich in eine Menschenfrau verwandelt. Wer hätte das für möglich gehalten?

Auch jetzt gerade benahm sich Dobroniega ungewohnt freundlich, begrüßte die Askanier und bot sogar an, Wein einzuschenken, nachdem jeder an der Tafel Platz genommen hatte.

»Das werdet Ihr nicht tun, das ist Aufgabe des Schenken, nicht einer künftigen Markgräfin!«, erklärte Dietrich kategorisch, damit er von seiner Gemahlin nicht später vorgehalten bekam, durch die Ehe mit ihm sei sie so tief gesunken, dass sie die Arbeit einer Schankmagd übernehmen müsse.

Gehorsam stellte Dobroniega den Krug ab und setzte sich neben ihn, während das Festmahl seinen Lauf nahm.

Angesichts der vielen Menschen wurde es eng bei Tisch; die Askanier, die gerade noch durch den Schnee geritten waren und mit Eiskristallen auf den Umhängen angekommen waren, tauten im wahrsten Sinne des Wortes rasch auf. Die Feuerschalen, die Kerzen, das Essen und der Wein röteten die Gesichter und ließen bei manch einem die Schweißtropfen von den Schläfen perlen.

Albrecht hatte seinen dicken Umhang mit dem Wolfspelz längst abgeworfen, und doch nahm er mit seiner hünenhaften Gestalt so viel Platz ein, dass Sophia zwischen den beiden Markgrafen kaum Luft zum Atmen hatte.

In wortloser Absprache mit Konrad achtete sie gemeinsam mit ihm sorgfältig darauf, dass Albrechts Wein stets reichlich mit Wasser vermischt wurde.

Sobald der letzte Gang verzehrt war, verkündete der Markgraf von Meißen: »Da nun alle gesättigt sind, sollten wir den edlen Damen die Gelegenheit verschaffen, sich zurückzuziehen und ein wenig zu plaudern oder zu ruhen.«

Die Damen verneigten und bedankten sich und verließen die Kammer: Sophia mit der Gräfin von Hillersleben, die ihr den Schleier richtete, Mathilde und die beiden jungen Piastinnen.

Als die Frauen fort waren, scheuchte Konrad auch alle überflüssige Dienerschaft hinaus und befahl zwei Wachen, vor der Tür dafür zu sorgen, dass niemand sie belauschen konnte.

Dann winkte er einen der jungen Pagen heran.

»Du heißt Christian, nicht wahr?«

»Ja, Euer Durchlaucht«, erwiderte der Zwölfjährige, der unter besonderen Umständen an den Hof gekommen war – auf Geheiß des Markgrafen. Der fühlte sich gerade ein wenig schuldig, sich so lange nicht um den Jungen gekümmert zu haben, obwohl er es seinem Vater einst geschworen hatte. Erst als er mitbekam, dass der Bursche hart bestraft worden war, weil er sich für einen halben Tag heimlich von der Burg geschlichen hatte, um unerkannt am Begräbnis seiner Mutter teilzunehmen, hatte sich Konrad wieder seiner erinnert. Eine traurige Geschichte: Der Vater dieses Knaben war einst sein bester Spion gewesen und während einer Mission grausam zu Tode gekommen. Konrad holte den Jungen zu sich, um einmal einen Ritter aus ihm zu machen. Wenig später starb auch die Mutter – vor Kummer, wie es hieß. So war der Bursche nun eine Waise, seine Herkunft ein streng gehütetes Geheimnis. Auch deshalb hatte der Truchsess Christians kurzzeitiges Verschwinden streng geahndet: mit einer Tracht Prügel und monatelangen Strafarbeiten.

Doch weil der Junge anstellig und für sein Alter ein hervorragender Reiter war, hatte Konrad beschlossen, ihn zum Trost nun erstmals auf einen Hoftag mitzunehmen, damit er etwas von der Welt sah.

Und tatsächlich kam Christian, der bisher nichts außer Meißen und den Burgberg kannte, auf der Reise aus dem Staunen nicht mehr heraus. Er war fasziniert von so vielen Dingen: von Städten und Burgen, der Via Imperii, der Größe der Welt, die er sah, und den riesigen Waldgebieten, die sie durchquerten. Nun verstand er den Wunsch des Markgrafen, durch Rodung Land zu erschließen und Dörfer zu errichten.

Ob er einmal erleben würde, wie Menschenhände aus dichtem Urwald Felder und blühende Dörfer schufen? Allein solch einen einzigen riesigen Baum zu fällen und sein Wurzelwerk zu roden, musste eine gewaltige Schinderei sein.

Wenn er nur seiner Mutter von all diesen Erlebnissen berichten könnte!

Er vermisste sie sehr und hoffte, dass sie nun im Himmelreich wieder mit seinem Vater vereint war.

Die Leute sagten, sie sei erfroren, weil Wind und Schnee in der Nacht die hintere Tür eingedrückt hatten. Christian jedoch ahnte die Wahrheit, und sie bekümmerte ihn zutiefst. Er fühlte sich mitschuldig an ihrem Tod, weil er ihr nicht hatte beistehen können. Wenigstens wurde sie durch diese Erklärung in geweihtem Boden begraben und nicht bei den Selbstmördern.

»Bist du müde, Christian?«, erkundigte sich der Markgraf ungewohnt rücksichtsvoll angesichts der späten Stunde.

»Nein, Euer Durchlaucht!«, erwiderte der Junge hellwach angesichts der vielen Erlebnisse der letzten Tage. Außerdem hatte ein Page jederzeit wach zu sein, wenn ein Herr oder eine Dame Dienste von ihm forderten.

»Dann treib dich hier unauffällig in den Gängen herum, während Fürst Albrecht und ich beraten, und spähe aus, ob sich jemand nähert, der uns belauschen will«, instruierte der Markgraf. Ein Page würde weniger auffallen als eine Wache, und er hoffte, dass der Junge von seinem Vater etwas von dessen Talent als begnadeter Spion geerbt hatte.

»Wie Ihr wünscht, Euer Durchlaucht!«, bestätigte Christian und schnappte sich zur Tarnung einen leeren Krug. Falls ihn jemand anhielt, konnte er behaupten, er sollte diesem oder jenem noch einen Trunk zur Nacht besorgen. Frohgemut begab er sich auf seine Patrouille. Ob er einen Lauscher ertappen würde? Was für ein Abenteuer!

Konrad ließ Wein nachschenken und eröffnete den Kriegsrat, kaum dass sie unter sich waren.

»Wir ziehen also nächstes Jahr nach Rom *und* schlagen uns mit Roger von Sizilien!«, rief der Bär bestens gelaunt. »Doch das Schönste: Bald bekriegen wir den Löwen. Das wird ein Fest.«

Er trank einen großen Schluck und hieb dem Grafen von Hillersleben auf die Schulter, der einen guten Kampf oder zumindest eine Rauferei nicht minder schätzte.

»Da bin ich mir nicht sicher«, widersprach Konrad, wie immer der kühle Denker. »Ich sah den König in Würzburg und bin zutiefst bestürzt. Ich wusste, dass er krank war. Aber er sieht aus wie ein Greis, wie ein wandelnder Toter. Und der tragische Tod seines Sohnes hat ihn nicht nur stark getroffen, sondern auch seiner größten Hoffnung beraubt. Im Frühjahr will er den achtjährigen Friedrich krönen lassen, um die Thronfolge zu sichern.«

Nun breitete der Meißner zweifelnd die Arme aus. »Glaubt ihr ernsthaft, dass er vorher noch eine so große Anstrengung wie eine Belagerung im Winter auf sich nimmt? Geschweige denn, dass er lange genug überlebt, um im kommenden Herbst über die Alpen zu ziehen?«

»Er muss!«, dröhnte der Bär und ließ seine Faust auf die

Tischplatte krachen. »Der Hillerslebener und ich haben vor fünfzehn Jahren unsere Köpfe riskiert, um den Staufer auf den Thron zu bringen. Der junge Löwe wird immer dreister, seine Landgewinne im Norden sind bedrohlich. Dithmarschen hat er sich auch noch geholt, schickte zweitausend Mann Unterstützung für diesen Abodritenführer Niklot, als sich zwei Slawenstämme gegen den erhoben. Was, wenn er noch die slawischen Horden gegen uns hetzt?«

»Das wird er nicht wagen«, versicherte Konrad. »Ein Aufschrei ginge durchs Reich. Dennoch, ich gebe dir recht, alter Freund: Wenn wir nichts unternehmen, stecken wir in der gleichen Notlage wie einst gegen seinen übermächtigen Vater, Heinrich den Stolzen.«

»Zur Schlacht gegen ihn standen sich die Heere vier Wochen lang gegenüber. Doch sie fand nicht statt, weil des Königs Truppen zu schwach waren«, erinnerte Marschall Werner von Brehna.

Der Meißner Markgraf stellte seinen Becher ab und sagte leise, aber bedeutungsschwer: »Eine ausweglose Lage für den Staufer damals. Die *Lösung*, wenn ihr mir diesen makabren Ausdruck verzeihen wollt, war der rätselhafte und bis heute ungeklärte Tod Heinrichs des Stolzen, der so kurz davorstand, den Thron zu erobern.«

Zwischen Daumen und Zeigefinger deutete er an, wie kurz, nämlich kaum eine Nagelbreite.

»Jetzt haben wir einen schwerkranken König und den rätselhaften und bis heute ungeklärten Tod seines jungen Thronerben, der sich gerade den ersten Ruhm im Kampf erworben hatte. Und den die Menschen zu lieben begannen.«

Totenstille legte sich über den Raum angesichts dieser vieldeutigen Bemerkung, nur ein Knistern aus den Feuerschalen war zu hören. Jeder machte sich seine eigenen Gedanken dazu – sofern er es nicht längst getan hatte.

Das lang anhaltende Schweigen wurde erst unterbrochen, als

eine der Wachen an die Tür klopfte und meldete, die Gräfin von Seeburg habe eine äußerst wichtige Nachricht für ihren erlauchten Bruder.

Mathilde wurde hereingebeten, und kaum war die Tür hinter ihr geschlossen, platzte sie heraus: »Dobroniega will ihren Bruder besuchen, diesen Wladislaw!«

»Wozu?«, blaffte Konrad, in dessen Kopf sich sofort ein halbes Dutzend Szenarien abspielten: vom Überlaufen und Geheimnisverrat bis zur Geiselnahme seiner Schwiegertochter.

Mathilde zuckte mit den Schultern. »Schwesterliche Liebe, behauptet sie – aber mit einer Miene, dass ich eher um diesen Wladislaw als um sie fürchte.«

Wenn wir sie los wären, würde ihr niemand nachtrauern, aber wir bekämen Ärger mit ihren Brüdern, überlegte Konrad. Falls Wladislaw sie als Geisel nimmt, darf der König nicht weiter an ihm festhalten. Und Geheimnisse kann sie keine ausplaudern – außer dem, was jeder kennt: nämlich dass ihre Ehe nicht glücklich ist. Wen schert das?

»Begleite sie, dazu eine kleine Eskorte, die zu eurer Sicherheit vor der Tür wartet. Und nimm jemanden mit, dem du vertraust und der fließend Polnisch spricht«, wies Konrad an.

»Am besten diesen Pagen Christian, der hat genug davon aufgeschnappt, während er die Damen bediente. Er kann sehr harmlos wirken, wenn er will. Sucht ihn, er muss sich in meinem Auftrag hier in der Nähe herumtreiben.«

Schon lief jemand hinaus, um den Jungen aufzuspüren.

»Soll ich nicht lieber mitgehen?«, bot Dietrich nachdrücklich an. Denn es gab sehr wohl ein Geheimnis, von dem nicht einmal sein Vater etwas ahnte und das niemand kennen durfte außer ihm, seinem Bruder und seiner Gemahlin.

»Auf keinen Fall!«, entschied Konrad. »Ich bin gespannt, was bei dieser Sache herauskommt.«

Das war Dietrich gar nicht recht.

»Willkommen, Schwesterchen!«, begrüßte Wladislaw, genannt der Vertriebene, seine Besucherin. »Was führt dich zu mir? Willst du bei mir Schutz suchen vor diesem abscheulichen Ehemann, dem dich meine nichtsnutzigen Halbbrüder ausgeliefert haben? Die ganze Welt spricht von dieser beschämenden Verbindung: du und ein zweitgeborener Markgrafensohn ... tss!«

Missbilligend schüttelte er den Kopf und verdrehte die Augen.

»Was mich zu dir führt, großer Bruder?«, fragte Dobroniega mit honigsüßer Stimme und einem Lächeln.

Sie trat drei Schritte vor, wobei sie geziert die Hände unter den weiten, pelzverbrämten Ärmeln ihres Bliauts aus blauem Tuch verschränkte. »Oder genauer: *Halb*bruder.«

Dann stemmte sie die Hände in die Seiten, beugte sich vor und spie ihm vor die Füße. Wladislaws Leibwachen wollten zu ihr, doch er hob nur eine Hand und hielt die Männer so zurück.

»Du hättest mich und Judith einem Stallknecht gegeben, um die Mitgift zu sparen, nur damit deiner Brut mehr bleibt!«, schrie Dobroniega ihn an. »Alles wolltest du haben, hast alles verloren und bist dann beim König untergekrochen. Fein herausgeputzt bist du auf seine Kosten – mit Seide, Gold und Edelsteinen. Lumpen solltest du tragen und ein härenes Hemd zur Sühne! Es stand dir nicht zu, ganz Polen an dich zu reißen, deinen Brüdern das Erbe zu stehlen. Der Papst hat dich gebannt dafür. Du hast Posen mit einem heidnischen Heer belagert, einen heilig geschworenen Waffenstillstand gebrochen, den Grafen von Breslau blenden lassen ... Deinetwegen wurde Krakau zerstört! Durch deine Schuld starben Menschen, die ich liebte, verlor ich vieles, an dem mein Herz seit Kindertagen hing. Ich würde dich verfluchen, wenn du nicht längst schon verflucht wärst.«

Drohend hob sie eine Hand, zur Faust geballt.

»Wage es ja nicht, nach Polen zurückzukehren! Du würdest keine Meile weit kommen, bis dir jemand einen Dolch ins Herz stößt.«

Schwungvoll drehte sie sich um und stürmte hinaus, gefolgt von dem hellwachen Christian, der Mathilde im Gang schnell die Übersetzung zuflüsterte, und der äußerst beeindruckten Gräfin. Plötzlich sah sie ihre angeheiratete Nichte in ganz anderem Licht. Und wie würde erst ihr Bruder staunen!

»Das war sehr kühn von Euch, Kind«, lobte sie, während sie durch die langen Gänge bis zu dem Flügel liefen, in dem die wettinischen Gäste untergebracht waren. »Soll ich Euch noch ein wenig Gesellschaft leisten?«

»Und das ist sehr freundlich von Euch, Gräfin, liebwerte Tante«, antwortete Dobroniega höflich. »Doch da es schon spät ist und wir eine lange Reise hinter uns haben, möchte ich mich gern zur Ruhe begeben und vorher noch ein paar Gebete sprechen.«

»Wie du wünschst, Nichte. Gesegnete Nachtruhe! Morgen könnten wir gemeinsam mit deiner Schwester hinunter zu den Altenburger Kaufleuten gehen, die sollen wunderbare Tuche und Fibeln feilbieten«, sagte Mathilde zum Abschied – ein Friedensangebot.

Eine Unterhaltung wäre jetzt zwar sicher interessant geworden. Aber so konnte sie ihrem Bruder gleich von dem erstaunlichen Zwischenfall berichten.

Mit einem gewissen Triumph dachte sie: All das hätte ich nicht tun können, wenn ich jetzt bei Graf Ludwig in Wippra wäre.

Ihr Bruder drängte immer noch auf diese Verbindung, verlangte sie als Gegenleistung dafür, dass er ihren Sohn Wichmann zum Bischof von Naumburg gemacht hatte. Als wenn das nicht in seinem eigenen Interesse läge! Mathilde weigerte sich beharrlich, erneut zu heiraten. Zumindest noch ein wenig hinauszögern wollte sie die Vermählung.

Nachdem sie ihrem Bruder von diesem erstaunlichen Treffen berichtet hatte, wollte auch sie nichts weiter als ins Bett. Sie hatte die Novemberkälte und den Tag im Sattel in den Knochen, und sie war weiß Gott nicht mehr die Jüngste.

Dobroniega lag bereits im Bett, als es an der Tür ihrer Kammer klopfte. Eine verschlafene Hofdame öffnete einen Spaltbreit und sah den ältesten Sohn des Markgrafen von Meißen und der Lausitz, noch vollständig angekleidet. Offensichtlich hatte die Besprechung der Männer bis tief in die Nacht gedauert.

»Mein Vater wünscht einige Auskünfte von meiner verehrten Schwägerin«, teilte er mit.

»Jetzt, mitten in der Nacht?«, vergewisserte sich die schlaftrunkene Hofdame.

»Ja, und zwar unter vier Augen. Es wird nicht lange dauern.« Dobroniegas Dienerinnen schlüpften rasch in Schuhe und Umhänge, kleideten ihre Herrin in einen grünen Bliaut und bedeckten ihr Haar mit Schleier und Schapel. Dann huschten sie hinaus und warteten auf dem kalten Gang, während Otto eintrat.

»Ich hoffe, der Streit mit deinem Bruder hat dein Blut in Wallung gebracht«, meinte Otto grinsend, als er die Tür hinter sich geschlossen hatte.

»Finde es heraus!«, meinte sie und legte sich einladend aufs Bett.

Rasch schob er ihr die Röcke hoch, befreite sich aus seiner Bruche und stieß in sie hinein. Sie war bereit für ihn, und nur mit Mühe blieben beide stumm, damit kein Lauscher draußen etwas erahnen konnte.

Vater hütet viele Geheimnisse, aber *das* ist das größte Geheimnis der Familie – und er hat keine Ahnung davon, dachte Otto triumphierend, nachdem er sich in Dobroniega ergossen hatte.

Begonnen hatte es mit einem Streit.

Wieder einmal hatte er seinen Bruder verspottet, dass der unfähig sei, seine widerspenstige Frau zur Räson zu bringen; er selbst würde sie in kürzester Zeit zähmen.

»Dann tu's doch!«, hatte Dietrich wütend gerufen – und aus diesem Satz, im Weinrausch ausgesprochen, war auf einmal ein Plan geworden, und so suchten sie gemeinsam Dobroniega auf.

»Da unser beiderseitiger Widerwille es mir unmöglich macht, noch einmal das Lager mit Euch zu teilen, ich Euch aber die Pflicht nicht erlassen kann, mir einen Erben zu schenken, wünsche ich, dass mein Bruder diesen Sohn zeugt«, hatte Dietrich seiner staunenden Frau erklärt.

»Als *Erst*geborener dürfte Otto Euch mehr willkommen sein, das gebt Ihr deutlich durch Euer Verhalten zu verstehen. Die Sünde nehme ich auf mich am Tag des Jüngsten Gerichts. Wir werden jetzt alle drei bei unserem Seelenheil schwören, dass niemand außer uns je davon erfährt. Dass der so gezeugte Sohn auf ewig als meiner gilt und niemand das jemals bestreiten wird. Sobald dieser Sohn geboren und kräftig genug ist zu überleben, Gemahlin, seid Ihr frei, Euch auf einen Wohnsitz Eurer Wahl zurückzuziehen, damit Ihr meine Gegenwart nicht länger ertragen müsst.«

»Und nicht die Eurer Buhlschaft«, ergänzte Dobroniega bissig. »Ihr glaubt doch nicht, dass ich Euch empfange, wenn Euer Leib noch warm von ihrem Bett ist? Da bevorzuge ich Euren Bruder. Wenn Ihr es befehlt, Gemahl«, höhnte sie.

Auch Dobroniega war mit diesem Arrangement sehr zufrieden. Ottos unverblümte, derbe Art erregte sie deutlich mehr als Dietrichs rücksichtsvolles Vorgehen in der Hochzeitsnacht. Schwanger war sie allerdings noch nicht wieder geworden. Was sie kaum bedauerte. Ihre Tochter auszutragen, war ihr außerordentlich lästig gewesen mit all den Unannehmlichkeiten und Schmerzen.

Am nächsten Tag erreichte der König Altenburg, am übernächsten eröffnete er die Beratungen in der Kaiserpfalz, und die dauerten nicht lange.

»Majestät, wir wissen zuverlässig, dass sich der Löwe über Weihnachten in Schwaben aufhält, um dort staufische Besitzungen zu überfallen«, drängte Albrecht der Bär im Namen der versammelten Fürsten. »Das schreit nach Vergeltung. Lasst uns Braunschweig belagern und einnehmen! Die Gelegenheit ist günstig, der junge Löwe befindet sich mit einem Großteil seiner Truppen weit weg.«

Normalerweise war niemand begierig auf eine Belagerung im Dezember. Konrad schon gar nicht. Doch leider musste er dem Markgrafen der Nordmark zustimmen.

Im Grunde war die Entscheidung schon in Würzburg gefallen.

Die Zusammenkunft hier war nur zur Absprache der Einzelheiten gedacht. Zu viele Fürsten hatten sich für eine Strafaktion gegen den Welfenherzog ausgesprochen, mit dem Wettiner als ihrem Wortführer. Heinrich wurde ihnen zu mächtig. Er kam ganz nach seinem Vater, und der hatte ihnen mehr als genug Schwierigkeiten bereitet. Inzwischen urkundete der junge Löwe sogar schon als »Herzog von Sachsen und Bayern«.

Ein derart hochfahrendes Benehmen und eine so grobe Respektlosigkeit vor dem König konnte Konrad von Staufen nicht länger hinnehmen, ohne vollends das Gesicht zu verlieren. Dem Löwen Braunschweig zu nehmen, würde ihn empfindlich treffen.

Noch einmal ließ der König die Blicke über die Versammelten streifen. Neben den Markgrafen der Nordmark und von Meißen war auch Landgraf Ludwig von Thüringen dabei, die mächtigen Grafen Sizzo von Schwarzburg sowie Ernst und Lambert von Tonna, Hermann von Winzenburg, Pfalzgraf Otto von Wittelsbach, die Bischöfe von Halberstadt, Havelberg, Naumburg, Minden und Paderborn. Sie allesamt fühlten sich bedroht durch den enormen Machtzuwachs des Löwen.

»Die Heere sammeln sich Anfang Dezember in Goslar und rücken von dort aus nach Braunschweig vor«, befahl der König. »Ganz Schwaben soll gründlich überwacht werden, damit der Löwe nicht entkommt.«

Und damit war es entschieden.

Der lange Ritt nach Braunschweig

Heinrich der Löwe, König Konrad, Albrecht der Bär,
Konrad von Wettin; bei Tübingen,
Goslar und Braunschweig, Dezember 1151

Sichtlich aufgelöst und noch völlig außer Atem vom schnellen Ritt kniete der Bote vor Heinrich dem Löwen nieder.

»Durchlaucht, der König versammelt ein Heer in Goslar, um Braunschweig anzugreifen!«, meldete er und stieß dabei weiße Atemwolken aus. »Sie werden schon bald vor Braunschweig stehen und wollen es im Handstreich nehmen!«

Die Männer im Zelt des Herzogs stöhnten, fluchten oder wurden blass, weil sie ihre Familien in Braunschweig hatten. Heinrich selbst saß einen Augenblick wie erstarrt in seinem Stuhl, nur seine Kiefer malmten.

Dann stand er auf und befahl: »Baut die Zelte ab, sattelt die Pferde! Wir brechen sofort auf und werden Braunschweig retten.«

Betretenes Schweigen legte sich über die Runde. Bis jemand den Einwand wagte: »Durchlaucht, es sind fast vierhundert Meilen bis dorthin, und die Wege sind verschneit.«

»Was Ihr nicht sagt! Meint Ihr, das sei mir entgangen?«, höhnte Heinrich.

Er warf sein dunkles Haar zurück und sagte im Befehlston: »Jedermann, der sich dazu in der Lage fühlt, folge mir auf diesem schnellen Ritt. Ich überlasse den Hauptsitz meiner ruhmreichen Dynastie nicht diesem falschen König! Wir sind Ritter, von klein auf im Kampf und im Umgang mit Pferden geschult. Nun zeigt, was Ihr wert seid! Der Tross und die Kranken folgen uns nach.«

Besorgt strich sich Heinrich von Weida über seinen ergrauten Bart.

»Durchlaucht, es ist gefährlich, auf verschneiten Wegen so schnell zu reiten. Man sieht den Grund nicht, das Pferd könnte jederzeit fehltreten und stürzen, Euch schwer verletzen. Wollt Ihr dieses Risiko eingehen?«, mahnte der Mann, der dem jungen Löwen in all den Jahren seit dem Tod seines Vaters ein zuverlässiger Ratgeber gewesen war.

»Danke für Eure Warnung, aber Gott ist mit den Tüchtigen«, widersprach der Herzog. »Sind wir ausgebildete und gesalbte Ritter oder nicht? Und nun genug geredet, wir haben keine Zeit zu verlieren.«

Er war jung und stark, kaum älter als zwanzig, er konnte diese Strecke in fünf oder sechs Tagen zurücklegen, wenn es sein musste und er auf nichts Rücksicht nahm.

Zum Glück war Clementia in Lüneburg; sie erwartete wieder ein Kind, und er hoffte, es würde ein Junge sein. In den zurückliegenden zwei Jahren hatte sie mehrfach bewiesen, dass sie auch in seiner Abwesenheit mit Kriegszuständen zurechtkam. Sie und Adolf von Holstein als ihr Berater waren ein zuverlässiges Gespann geworden. Also musste er sich wenigstens um seine Gemahlin und das Töchterchen keine Sorgen machen, das sie ihm im Vorjahr geboren hatte.

Prüfend sah sich Heinrich in seinem Prunkzelt um.

»All die Truhen, Tische, edlen Gefäße, Leuchter brauchen

wir jetzt nicht. Wir benötigen nur unsere Waffen und Rüstung, etwas Proviant, Hafersäcke für die Pferde und Eimer aus Leinen, um sie zu tränken, die wiegen nicht viel.«

Schon verteilte er Aufgaben an die Knappen: »Ihr zwei baut das Zelt ab; der Tross soll es mitbringen. Wir finden Herbergen für die Nacht. Du und du da – ihr packt zusammen, was wir unterwegs brauchen. Und ihr beide dort sattelt meine Pferde. Sofort! Worauf wartet ihr? Lauft!«

Hastig setzten sich die jungen Burschen in Bewegung.

Heinrich gürtete sein Schwert und forderte den Marschall auf, die Truppen antreten zu lassen.

Verwundert kamen die Männer nach dem Hornsignal aus ihren Zelten, sofern sie nicht gerade mit Waffenübungen oder Würfelspielen beschäftigt waren, und stellten sich auf, wie es der Marschall befahl.

Heinrich ritt auf seinem Schimmel vor – ein eindrucksvolles Bild. Ein entschlossener junger Mann mit ebenmäßigen Zügen, schwarzen Haaren, in edler Rüstung.

»Männer!«, rief er. »Der alte Stauferkönig hat all seinen Mut zusammengekratzt und will uns angreifen. Aber nicht hier. Dafür reicht sein Mut nun auch wieder nicht.«

In den Reihen der Kämpfer kam Gelächter auf.

»Nein, weil er uns weit weg wähnt, will er Braunschweig einnehmen. Doch wir werden ihm die Suppe versalzen!«

Er sah Verwunderung auf einigen Gesichtern und fuhr fort: »Ja, ich weiß, Braunschweig ist hunderte Meilen von hier entfernt. Aber wir werden Burg und Stadt nicht den Feinden ausliefern. Sind wir nun ausgebildete Kämpfer oder nicht? Seid ihr wahre Männer?«

Natürlich schallte ihm ein lautstarkes »Sind wir!« entgegen.

»Dann sattelt eure Pferde, beladet euch nur mit dem Notwendigsten! Der Tross bringt den Rest hinterher, zusammen mit den Jüngsten, den Kranken und den lahmen Pferden. Wir werden der Welt zeigen, wozu wir fähig sind, mit einem

Gewaltritt durch den Schnee, von dem noch eure Enkel sprechen werden! Und während der König und seine Freunde, vorweg der alte Bär, dessen Fell schon von Motten zerfressen ist, noch von ihrem Sieg träumen, werden wir wie aus dem Nichts auftauchen. Ich, Heinrich, Herzog von Sachsen und Bayern von Gottes Gnaden, gebe euch mein Wort: Schon die Nachricht von unserem Erscheinen wird sie vor Schreck in die Flucht treiben.«

Er legte eine kurze Pause ein, ließ sein kostbares Pferd ein wenig tänzeln, dann zog er sein Schwert, streckte es in die Höhe und rief: »Reitet ihr mit mir? Für Braunschweig!«

»Für Braunschweig!«, brüllte die Menge begeistert zurück.

»Dann holt eure Pferde, wir brechen sofort auf!«, befahl der junge Herzog zufrieden.

Alle, die körperlich dazu in der Lage waren und ausdauernde Pferde hatten, sammelten sich in weniger als einer halben Stunde, und so begann ihr langer Ritt nach Braunschweig.

»Ich hatte ganz vergessen, wie öde Belagerungen im Winter sind«, stöhnte Albrecht der Bär im Zeltlager vor Braunschweig. »Mittlerweile dröhnt sogar *mir* der Kopf vom heißen Würzwein, und das will etwas heißen.«

»Belagerungen sind immer öde. Und die hier war deine Idee«, stichelte der ebenso missgelaunte Markgraf von Meißen und der Lausitz. »Die Gelegenheit sei günstig, der Welfe weit fort.«

»Ich hasse es, Wasserburgen zu belagern!«, beschwerte sich nun auch der Graf von Hillersleben, der an Demmin, die Mücken und die Sumpfteufel dachte. »Diese alte Dankwartsburg liegt auf einer Insel, und da uns der König verboten hat, sie oder eines der Stadtviertel in Brand zu schießen, können wir nur warten, bis die Oker zufriert, um dann hinüberzuschlittern.«

»Es stünde einem König auch schlecht an, eine Stadt in seinem eigenen Reich niederzubrennen«, meinte Werner von Brehna und trat zu einer der Feuerschalen, um seine klammen Sachen an den glimmenden Kohlen zu wärmen.

Es war nicht übermäßig kalt, aber die Zeltbahnen bogen sich unter der Last des Schnees, von den Rändern liefen kleine Rinnsale, und die feuchte Kälte drang einem durch alle Knochen. Draußen schneite es, vermischt mit Regen, der Boden war ein einziger Morast, und nichts mehr wurde auch nur annähernd trocken. Die Knappen schnieften und niesten um die Wette.

»Wer konnte denn ahnen, dass sich die Braunschweiger dreist weigern, sich zu ergeben?«, lamentierte Albrecht weiter.

»Durchlaucht, bald werden sie anfangen, Hunde und Ratten zu kochen …«, gab sich der Hillerslebener zuversichtlich und warf gelangweilt zum wohl zwanzigsten Mal sein Messer auf einen Weidenkorb voller Holzscheite, wo es mit federnder Klinge stecken blieb.

»Nicht so bald«, widersprach Konrad. »Sie sind bevorratet für den Winter. Es ist noch vor Weihnachten. Und wenn nicht bald Nachschub für uns durch die verschneiten Lande kommt, dann haben *wir* nichts zu essen.«

»Wie schön, dass du uns alle ein wenig aufmunterst mit deiner typisch heiteren Art, mein alter Freund!«, höhnte Albrecht. »Jetzt weiß ich wieder, was ich so an dir mag: deine überschäumende Fröhlichkeit.«

»Deshalb gebe ich noch diesen Hinweis: Da wir hier keine Ratten haben, können wir die Pferde schlachten, wenn der Proviant ausgeht«, erklärte Konrad geradezu vergnügt. Doch niemand wagte zu lachen. Der Markgraf von Meißen pflegte nicht zu scherzen.

Bisher war Konrad unruhig im Zelt auf und ab gegangen. Nun ließ er sich auf einem mit Schaffellen bedeckten Schemel nieder, bedeutete dem Grafen von Hillersleben mit einem harten Blick, das Messerwerfen einzustellen, und begann zu sinnieren.

»Werden wir zu alt für so etwas? Mein letztes Zeltlager im Winter war auf dem Italienfeldzug. Damals, als Kaiser Lothar starb, im Dezember 1137, das ist fast auf den Tag genau vierzehn Jahre her. Ich weiß es noch wie heute. Wir lagerten in einem Talkessel in Tirol, waren halb eingeschneit, die Zeltbahnen bogen sich unter dem Schnee, ein eisiger Wind wehte. Dann die Schreckensnachricht: Der Kaiser ist tot. Und um es noch schlimmer zu machen: Lothar hatte seinen Schwiegersohn Heinrich den Stolzen zu seinem Nachfolger ernannt. Der trat vor das Sterbehaus des Kaisers, eine armselige Hütte, kaum dass der Süpplingenburger seinen letzten Atemzug getan hatte, und forderte sofortige Huldigung von uns. Anselm von Havelberg wagte es als Erster, ihm offen zu widersprechen. Und derweil ging ein paar Zelte weiter sicher schon das Geschacher und Geschiebe los, um einen Staufer auf den Thron zu bringen, weil niemand den hochfahrenden und übermächtigen Welfen zum König haben wollte.«

Er ließ sich einen Becher mit heißem Würzwein füllen.

»Jetzt stehen wir wieder im Schnee, weil der junge Welfe genauso hochfahrend und übermächtig geworden ist wie sein Vater, und ich frage mich ...«

... ist dies das Ende staufischer Herrschaft?, dachte er, ohne es jedoch auszusprechen.

Stattdessen sagte er zu Albrecht: »Bei Anselm von Havelberg fällt mir ein: Der sitzt seit unserem Wendenkreuzzug glücklich in seinem Bistum und will seinen Dom bauen. Doch was ist mit deinen Neuerwerbungen? Erwägst du nicht, auf die Brandenburg zu ziehen und damit auch sichtbar für alle deine Gebiete nach Osten zu erweitern?«

»Och, die ist kalt und feucht. Und außerdem hält die gute Petrissa die Wenden dort gut in Schach«, meinte der Askanier beiläufig. »Solange der Löwe meine Gebiete hier be droht, rühre ich mich lieber nicht so weit von der Stelle. Aber vielleicht machen wir dem ja bald ein Ende.«

»Sobald das Heer des Königs kommt, werden uns die Braunschweiger die Schlüssel übergeben«, meinte Werner von Brehna zuversichtlich. »Dem König können sie sich nicht widersetzen.«

Konrad von Wettin glaubte indes nicht daran. Der Burghauptmann hatte ihre Forderung auf unverschämte Art zurückgewiesen, und nach der dritten Aufforderung schickte er jemanden im Boot über die Oker, der ihnen ein seidenes Kissen überbrachte – doch nicht mit dem Schlüssel darauf, sondern einem Hundehaufen.

Eine Frechheit!

Und wann kam das Heer des Königs überhaupt?

Er trank aus und erhob sich.

»Ich geh zu meinem Neffen Wichmann. Vielleicht kann er als Bischof ein gutes Wort für uns bei seinem obersten Dienstherrn einlegen.«

»Wir haben hier fast mehr Bischöfe als Ritter«, meinte Albrecht resigniert. »Aber genutzt hat's bisher nichts.«

Der König war mit seinen Truppen auf dem Weg nach Braunschweig, als ein Eilbote gemeldet und sofort vorgelassen wurde.

Konrad zügelte sein Pferd und saß ab. Die Nachricht konnte er auch im Stehen entgegennehmen; er brauchte etwas Bewegung. Sofort bot ihm jemand einen Schluck Wein an, aber er lehnte ab.

»Euer Majestät, der Löwe ist auf dem Weg nach Braunschweig und wird in weniger als drei Tagen mit einer Reiterarmee dort eintreffen«, brachte der Bote bedrückt hervor.

Konrad erstarrte mitten in der Bewegung.

»Wie ist das möglich? Er muss vor Wochen von unserem Plan erfahren haben!«

Dann war in Altenburg ein Verräter unter ihnen gewesen. Mindestens einer. Doch im Moment war es müßig, darüber zu grübeln.

»Nein, Majestät, er hat es erst vor wenigen Tagen erfahren und ist sofort mit den schnellsten seiner Reiter zu einem Gewaltritt aufgebrochen, um Braunschweig zu Hilfe zu eilen.« Konrad schloss für einen Moment die Lider.

Das war das Ende seines Plans.

Und deutlicher denn je sah er das Bild: sein Gegner mit enormer Hausmacht, jung, kräftig genug, um einen solchen Ritt erfolgreich zu bewältigen ... Und auf der anderen Seite er: krank, alt, mit Verbündeten, die dauernd im Streit miteinander lagen.

Er war unfähig, sich dem Löwen in einer Schlacht zu stellen.

Es war noch viel schlimmer als vor Jahren, als er der Schlacht mit dessen Vater ausweichen musste.

Er hätte keine Chance im Kampf gegen ihn.

Doch er brauchte die nächsten Monate, um das Reich zu retten ... Um Fehden zu beenden, eine byzantinische Braut für sich zu gewinnen, das Bündnis mit Konstantinopel zu stärken. Vor allem musste er dafür sorgen, dass sein achtjähriger Sohn im März zum König gewählt und gekrönt wurde. So lange *musste* er überleben, seiner Krankheit zum Trotz.

»Wir kehren um!«, befahl er. »Keine Schlacht mit dem Löwen. Das bayerische Problem soll durch Verhandlungen gelöst werden. Schickt Boten nach Braunschweig und sagt allen Fürsten meinen Dank für ihren Einsatz. Doch eine drastische Änderung der Lage gebietet sofortigen Abmarsch. Ich will kein Blutvergießen um Braunschweig.«

»Wie Ihr befehlt, Euer Majestät.«

»Wenn der König nicht kämpft, kämpfen wir auch nicht!«, platzte Albrecht der Bär wütend heraus. Zu sehr hatte er sich darauf gefreut, seinem Rivalen eine Niederlage zu bereiten.

Das traf auch auf Konrad von Wettin zu, nicht nur wegen seiner Abneigung gegen das Gebaren des Löwen und dessen Machtfülle.

Er war inzwischen durchaus geneigt, seine Tochter Adele mit dem dänischen König Sven zu verloben. Doch der Löwe unterstützte massiv dessen Rivalen Knut Magnusson, der das Land an sich gerissen hatte, und der König griff auch hier nicht ein. Ehe Svens Position nicht gesichert war, würde er seine Tochter nicht aus dem Haus geben.

Im Gegensatz zu Albrecht nahm Konrad von Wettin die neuen Befehle kommentarlos entgegen und wies den sofortigen Abbau des Lagers an. Jederzeit konnte die welfische Reiterarmee nach ihrem kühnen Ritt von Westen her auftauchen. Den Anblick wollte er sich ersparen. Doch vor seinem geistigen Auge türmten sich die Probleme, die das Reich und auch ihn selbst erschütterten.

Wie lange würde sich der kranke König noch gegen diesen Rivalen behaupten können?

Als der Meißner Heerbann abmarschbereit war, drehte sich der Markgraf noch einmal im Sattel um und sagte leise: »Frohe Weihnacht, Braunschweig!«

Keine zwei Stunden später kam Heinrich der Löwe nach seinem Gewaltritt aus Tübingen angepprescht, und die Braunschweiger bereiteten ihm einen euphorischen Empfang.

Pläne, Träume und Versprechen

Friedrich, Albero von Trier, Welf,
Heinrich der Löwe, Adolf von Holstein;
Koblenz, Anfang Januar 1152,
und Memmingen, Anfang Februar 1152

Friedrich von Schwaben war ein ausgezeichneter und leidenschaftlicher Reiter. Doch nur selten in seinem Leben hatte er in wenigen Wochen so viele Meilen im Sattel zurückgelegt wie jetzt, noch dazu im tiefsten Schnee.

Er stand seinem Oheim Konrad zur Seite bei den Hoftagen in Basel, Konstanz und in Freiburg, wo der Herzog von Zähringen einen Tag nach dem Friedensschluss mit dem König verstarb. Sobald die Begräbniszeremonie für den alten Herzog im nahen Kloster St. Peter vorbei war, begab sich Friedrich zusammen mit dem sechsten Welf zu dessen Burg Memmingen, statt gleich nach Bamberg zu reiten, wo der nächste Hoftag stattfinden würde. Sie wollten sich zu Verhandlungen mit Heinrich dem Löwen treffen, der nach wie vor dem König fernblieb.

Zwischen all diesen Verpflichtungen war es schwierig gewesen, auch noch Zeit für die vertrauliche Zusammenkunft mit Albero von Trier im frühen Januar zu erübrigen.

Doch Alberos Nachricht war so eindringlich formuliert, dass Friedrich nicht gezögert hatte, den Eilritt nach Ko blenz auf sich zu nehmen. Dorthin war der Erzbischof trotz seines schlechten Gesundheitszustandes gereist, weil er den Streit zweier Grafen um die Grafschaft Bonn schlichten wollte.

Die Bilder dieser Begegnung standen Friedrich nun wieder vor Augen, während sein Hengst in monotonem Trab Meile um Meile Richtung Memmingen zurücklegte.

Beim Eintreten in Alberos Audienzsaal hatte Friedrich der Schrecken wie ein Blitzschlag getroffen – so deutlich zeichnete der nahe Tod den mehr als Siebzigjährigen.

Aus dem vitalen und mächtigen Geistlichen, der den Prunk ebenso liebte wie geistvolle Konversation oder ein gutes Mahl, der in Rüstung an der Spitze seiner Ritter in den Krieg zog, den der König »das Mark und die Seele des Reiches« nannte, war ein kraftloser Greis geworden, gelähmt und schwach, im Gesicht bis auf die Knochen abgemagert. Davon konnten nun auch seine prunkvollen Kleider nicht mehr ablenken.

»Ja, Ihr seht recht, meine Tage sind gezählt«, begrüßte ihn der Erzbischof mit ungewohnt matter Stimme, noch bevor Friedrich etwas sagen konnte. »Deshalb bin ich sehr dankbar für Euer Erscheinen. Ihr habt einen weiten Ritt auf Euch genommen, noch dazu auf verschneiten Wegen. Doch die Dinge, die ich Euch zu sagen habe, dulden keinen Aufschub. Es geht um die Zukunft des Reiches.«

Um mein Vermächtnis, dachte Albero bitter.

Man kann mir vieles vorwerfen; Lug und Betrug, sogar den Auftrag zum Mord. Doch alles, was ich tat, das tat ich für den Frieden des Reiches. Selbst meinen einzigen, geliebten Sohn opferte ich dafür, was zu den Taten zählt, die ich in meinem Leben am meisten bereue. Ich weiß nicht, wie ich seiner Mutter, meiner großen Liebe, vor die Augen treten soll, wenn der Herr mich zu sich beruft.

Wenigstens geht es meinem Enkel gut, das versichern mir meine Spione am Meißner Hof. Der Junge wird auf Befehl des Markgrafen zum Pagen und bald zum Knappen ausgebildet. Er kann ein Ritter werden.

Doch all mein Wirken hat dem Reich keinen dauerhaften Frieden gebracht, sondern nur das kleinere von zwei Übeln.

Jäh zwang sich Albero, seine Gedanken auf den Besucher zu konzentrieren.

»In zwei Monaten wird Euer Cousin gekrönt, Herzog, und ich bin sicher, Ihr werdet ihn nach Kräften unterstützen, um die staufische Herrschaft auf dem Thron zu bewahren«, sagte er und musterte Friedrich scharf.

Alberos Blick war nach wie vor durchdringend und klar. Mit zittriger Hand griff er nach einem Becher, und Friedrich trat rasch zu ihm, um ihm vorsichtig ein paar Schlucke zur Erfrischung einzuflößen.

»Ihr habt bewirkt, dass der König und Euer Oheim Welf Frieden schlossen«, fuhr Albero fort, nun mit etwas kräftigerer Stimme. »Das war sehr löblich. Dringend notwendig und diplomatisch überaus geschickt. Und wenn *ich* das sage, dürft Ihr es ruhig glauben.« Er lächelte, seine immer noch wachen Augen funkelten belustigt.

»Doch jetzt müsst Ihr auch den jungen Löwen dazu bringen! Bevor er über den jungen König herfällt, während Euer Oheim Konrad gerade wieder in Fieberschüben gefangen ist. Ich selbst kann es nicht mehr tun. *Das* ist mein Vermächtnis an Euch, Herzog. Nur so wird Frieden im Reich einkehren.«

Friedrichs zweifelndes Gesicht kam einer Antwort gleich.

Der Löwe bestand auf Bayern, und der König würde es ihm nicht geben.

»Unser weiser Freund Wibald von Stablo, der sich unglücklicherweise in diesen entscheidenden Tagen auf einer Gesandtschaft in Italien befindet, sagte vor vielen Jahren einmal einen bemerkenswerten Satz, Euch betreffend«, fuhr Albero fort, langsam und weit ausholend, wie alte Männer es oft tun.

»Ihr wart noch sehr jung, gerade erst in den Ritterstand erhoben, und hattet Euch schon bald nach der Krönung mit dem König und auch mit Euerm Vater angelegt, weil Ihr auf Welfs Seite kämpftet. Euer Vater war nicht begeistert davon, doch er verteidigte Euch gegen seinen Bruder. Er sagte: Euer Glanz könne und müsse einige dunkle Flecken in Konrads Herrschaft überstrahlen.«

»Das hat mir keiner von beiden je erzählt«, meinte Friedrich erstaunt.

Ohne auf den Zwischenruf einzugehen, fuhr Albero fort: »Wenig später sagte der weise Wibald zum König: Euer Neffe – halb Staufer, halb Welfe – ist es, der die zerstrittenen Häuser einen kann. Und nun sage ich, Albero von Trier: Tut es, und Ihr einigt das zerstrittene Reich!«

Müde schloss der alte Erzbischof die Augen. Erneut trat Friedrich zu ihm, um die herabgeglittene goldbestickte Decke wieder über seine Beine zu legen.

»Danke, mein Sohn«, murmelte der Erzbischof. »Mir bleiben nicht mehr viele Tage. Doch die nutze ich, um zu beten, dass mir Euer königlicher Oheim nicht so bald nachfolgt.«

Nun sah er zu seinem Besucher auf und legte alle verbliebene Kraft in seine Stimme.

»Tief in Euerm Innern wisst Ihr es. Ist der junge König erst gekrönt, braucht er Hilfe, sonst ist sein Leben verwirkt, ehe der Sommer kommt. Und das Reich braucht zuverlässige Männer, die es führen. Doch sollte mir der König noch *vor* der Krönung des kleinen Friedrich ins Grab folgen ...«

Albero legte eine Pause ein, richtete seinen stechend klaren Blick auf den Herzog von Schwaben und sog das Bild in sich auf: ein Mann von knapp dreißig, also im allerbesten Alter, von königlichem Blut, klug, kampferfahren, ehrgeizig, geachtet. Und seit seiner Rückkehr aus dem Heiligen Land hatte er sich zielstrebig einen immer größeren Kreis von Freunden, treuen Gefolgsleuten und Verbündeten unter den Edlen des Reiches geschaffen.

»Sollte dies geschehen, dann überlegt weise, was das Beste ist: für Euren achtjährigen Cousin und für das Reich«, sagte Albero eindringlich. »Womöglich müsst Ihr schnell handeln, aber tut es mit Bedacht und Weitsicht! Ihr seid der Einzige, dem ich es zutraue. Ihr seid der Hoffnungsträger unter Nar-

ren, Schwachen, Gierigen und Unbarmherzigen. Doch nun geht, Herzog. Ein Todkranker braucht etwas Ruhe.«
Nach diesen vieldeutigen und reichlich kryptischen Worten ließ er seinen Besucher vor sich niederknien und segnete ihn. Den Kopf gleichermaßen angefüllt mit schweren Gedanken wie kühnen Zukunftsplänen, verabschiedete sich der Herzog von Schwaben.

Nur wenige Tage später, am 18. Januar 1152, starb Albero von Trier in Koblenz.

Seinen Wünschen entsprechend wurden seine Eingeweide in Himerode, sein Leib im Dom zu Trier beigesetzt. Ob dem Grab auch der merkwürdige, pyramidenförmige Ring mit dem großen Saphir beigegeben wurde, sollte Friedrich nie erfahren.

»Endlich seid Ihr da! Wir fürchteten schon, Ihr hättet unterwegs zu viele Pferde auf den verschneiten Wegen eingebüßt«, rief Uta von Calw erfreut, als sie ihren Gemahl, ihren Neffen und deren Gefolgsleute im Hof der Burg Memmingen begrüßte. Im schneebedeckten Umhang und vor Kälte zitternd reichte sie ihnen den Willkommenspokal, wie es die Tradition erforderte. Für den Burgherrn und den jungen Herzog sei schon ein Bad gerichtet.

Boten hatten die Ankunft der Reitergruppe rechtzeitig angekündigt, so dass auch ein gutes Mahl für alle vorbereitet war.

»Danke, meine Liebe«, begrüßte Welf seine rothaarige Gemahlin und hauchte ihr einen Kuss auf die Wange. Offenbar war er fest entschlossen, sie diesmal bei bester Laune zu halten. »Die Pferde sind wohlauf. Nur gerieten wir unterwegs in einen Schneesturm, so dass wir in einer Herberge übernachten mussten. Da ist mir der Badezuber doppelt willkommen, das Wirtshaus war von Ungeziefer verseucht … Ich bin von Flöhen ganz zerbissen.«

Hastig trat Uta einen großen Schritt zurück.

»Dann geht lieber gleich baden! Und gebt Eure Kleider den Mägden, damit die sie ausräuchern«, sagte sie und hielt ihren Sohn zurück, der auf seinen Vater zugehen wollte, stattdessen nun niederkniete und ihn und den Herzog aufs höflichste begrüßte.

Friedrich zwinkerte dem siebten Welf zu. Er würde den Jungen als Pagen und später als Knappen zu sich nehmen, das hatte er auf dem Ritt mit dessen Vater so abgesprochen. Aber diese Neuigkeit sollte die Familie erst später erfahren, wenn sie unter sich waren.

»Habt Ihr Nachricht, wann der Löwe kommt?«, fragte Welf, als er sich aus dem Sattel schwang.

»Ein Bote kündigte ihn für den frühen Nachmittag an«, gab Uta Auskunft.

Welf nickte zustimmend und legte Friedrich den Arm um die Schulter, nachdem auch der vom Pferd gestiegen war.

»Dann sind wir wenigstens vom Ungeziefer befreit, wenn wir den Helden von Braunschweig treffen«, spottete er, während sie über den Hof schritten. »Übrigens: Dein Vater hat vor mehr als zwanzig Jahren diese Burg niedergebrannt. Damals, in den Kriegen nach Lothars Machtantritt.«

Friedrich gab sich gar nicht erst die Mühe, ein bedrücktes Gesicht zu ziehen.

»Ich wette, sie war uralt, hässlich und aus halb vermodertem Holz. Mein Vater tat dir einen Gefallen, sie abzubrennen, gib's ruhig zu. Denn sieh nur jetzt diese Pracht: steinerne Mauern, verzierte Kapitelle am Palas, eine starke und prächtige Burg. Gut zu verteidigen und gut zum Leben.«

Wie es einem wahren Herzog gebührt, dachte er.

Nicht nur Welf entstammte einer alten, mächtigen und reichen Dynastie – Uta hatte ebenfalls ein bedeutendes Erbe mitgebracht. Und ich sorge dafür, dass er endlich auch offiziell den Titel eines Herzogs bekommt, schwor sich Friedrich ein weiteres Mal.

Er saß noch im Badezuber, als er Befehlsgebrüll vom Hof und das Wiehern von Pferden hörte und daraus schloss, dass Heinrich der Löwe mit seinen Begleitern eingetroffen war. Also ließ er sich ankleiden, hielt es aber nicht für nötig, den jungen Cousin auf dem Hof zu begrüßen.

Er war Herzog, Heinrich war Herzog; doch er war der Ältere und Urheber dieses Treffens, daher würde er ihn im Verhandlungsraum empfangen.

So entging ihm eine bemerkenswerte Szene auf dem Burghof.

»Uta, liebwerte Tante, Ihr seid schön wie eh und je«, begrüßte der junge Löwe die Burgherrin, als sie ihm und auch dem Grafen von Holstein den traditionellen Willkommenstrank reichte.

Nach einem mäßigen Schluck fügte Heinrich mit provokanter Zweideutigkeit an: »Wie bedauerlich, dass Euer Gemahl Eure Schönheit nicht zu schätzen weiß.«

Uta hätte dem jungen Herzog, diesem Rüpel von kaum mehr als zwanzig Jahren, am liebsten eine Ohrfeige verpasst. Doch das wäre vermutlich den Verhandlungen nicht förderlich gewesen.

Also antwortete sie mit strahlendem Lächeln: »Da irrt Ihr, das weiß er durchaus, teurer Neffe. Nicht wahr, mein lieber Gemahl?« Strahlend griff sie nach Welfs Arm.

Der funkelte seinen einstigen Schützling wütend an wegen dieser Anspielung. Etwas verspätet tätschelte er den Arm seiner Frau und erkundigte sich in harmlosestem Tonfall: »Wie geht es Eurer Gemahlin, Herzog? Ich hörte, sie ist erneut niedergekommen.«

»Sie hat mir eine zweite Tochter geboren und ist wohlauf«, berichtete Heinrich mit undurchdringlicher Miene.

Während das Grafenpaar seine Glückwünsche aussprach, schämte sich Uta ein wenig für diese kleinliche Rache ihres Gemahls. Natürlich hatte Heinrich auf einen Sohn gehofft, nachdem sein Erstgeborener auf so traurige Weise im Säuglingsalter umgekommen war. Jetzt darauf anzuspielen, tat ihr als Frau in der Seele weh. Sie verspürte tiefes Mitgefühl mit der armen Clementia wegen dieses Unglücks. Es gab nichts Schlimmeres, als sein Kind zu verlieren – noch dazu den erstgeborenen Sohn auf so tragische Weise. Dass die nachgeborenen Kinder bisher nur Töchter waren, stürzte den Herzog in große Unsicherheit. Er brauchte einen Erben. Zwingend.

»Gehen wir in den Palas!«, drängte sie. »Ihr seid doch ganz von Schnee bedeckt. Ich hoffe, es ist alles zur Zufriedenheit für Euch und Eure Begleiter gerichtet: Kammern, Badezuber, Speisen … Dürfen wir Euch und Eure Berater in einer Stunde zum Gespräch erwarten?«

»Ihr dürft«, gab sich Heinrich gnädig und winkte dem Grafen von Holstein, ihm zu folgen.

»Cousin, wir haben uns viel zu lange nicht gesehen!«, begrüßte der Herzog von Bayern den Herzog von Schwaben, als er eine Stunde später frisch gekleidet den üppig mit Kerzen erleuchteten Verhandlungsraum betrat. Seine Miene und sein Tonfall allerdings besagten: Von mir aus hätte es noch länger sein können.

Friedrich ließ sich nicht provozieren, sondern hieß als Einladender zu der Zusammenkunft alle willkommen.

»Fast ein Familientreffen, wenn ich meinen treuen Ratgeber, den Grafen von Holstein und Schauenburg, einmal großzügig dazurechne«, konstatierte der Löwe. »Tante, Ihr seid doch auch eine Schauenburgerin – lässt sich der Verwandtschaftsgrad feststellen?«

»Ich wähnte, Graf Adolf entstammt einer anderen Linie. Oder könnt Ihr uns Aufschluss geben, Graf?«, fragte sie.

»Bedaure. Doch vielleicht sollten wir zur Sache kommen. Wir haben gespeist, sind aufgewärmt – genug des Vorgeplänkels!«, meinte der Holsteiner, der Geradlinigkeit liebte und die überheblichen Spiele seines Herzogs im Zaum halten wollte. Lästern und Streiten würden zu nichts führen. Jedenfalls zu nichts Gutem.

Die Männer nahmen ihre Plätze ein. Die beiden Herzöge weit voneinander entfernt an den entgegengesetzten Enden des Tisches, Welf und der Holsteiner Auge in Auge in der Mitte der Längsseiten.

Uta schenkte allen ein und warf noch einmal einen prüfenden Blick durch die Kammer, ob alles in feinster Ordnung war: weiße Tafeltücher aus Damast, silberne und zinnerne Gefäße, duftende Bienenwachskerzen, die schönsten Bildteppiche der Burg an den Wänden. Dann verließ sie den Raum, und die Männer blieben unter sich.

»Ich weiß, was du vorhast, Cousin«, sagte Heinrich mit zynischem Grinsen zu Friedrich und verschränkte die Arme vor der Brust. »Du willst mich beschwatzen, dass ich mich mit dem König versöhne. Doch zu seinem Pech hat er gerade wieder vor Braunschweig bewiesen, dass er unfähig ist, mich zu besiegen. So wie einst meinen Vater. Und schwerkrank ist er noch dazu. Ich sehe keinen Anlass, von meiner Forderung abzurücken. Ich will Bayern. Er hat es mir versprochen. Sonst hole ich es mir. Hinter mir steht eine mächtige Allianz.«

»Nicht mehr«, widersprach Friedrich.

»Zugegeben, du hast mir meinen Oheim Welf abspenstig gemacht, Cousin«, meinte Heinrich gleichgültig. »Der nur einwilligte, damit ihm nach der Blamage von Flochberg eine Demütigung erspart blieb. Ich half ihm im Winter nicht, er stand mir im Sommer nicht bei, als ich gegen Jasomirgott zog – wir sind also quitt.«

Perfide lächelnd lehnte sich Heinrich in seinem Stuhl zurück.

»Und was nützt mir schon ein Mitstreiter, der nicht einmal gegen einen Dreizehnjährigen gewinnen kann?«

»Jeden kann das Glück im Kampf gelegentlich verlassen«, meinte Friedrich ebenso beiläufig. »Doch nicht nur Welf ist von dir abgerückt, Cousin. Du stehst bald ziemlich allein da, wenn du so weitermachst. Von deiner Allianz ist nicht mehr viel übrig.«

Nun begann Friedrich aufzuzählen.

»Kurz vor seinem Tod schwor dein Schwiegervater, der Zähringer, dem König die Treue. Und gleich nach der Beisetzung hat Seine Majestät deinen Schwager Berthold großzügig mit Titeln und Ländereien belehnt. Der neue Herzog von Zähringen wird sich also nicht gegen die Krone stellen. Auch Konrad von Dachau hat sich nun doch bei Hofe eingefunden. Und wie du dir den Erzbischof von Bremen derart zum Feind machen konntest ...«

Missbilligend schüttelte er den Kopf. »Das war ein grober Fehler. Es werden sich viele Geistliche auf Hartwigs Seite stellen.«

»Du musst mich nicht belehren! Und du wirst mich auch nicht überzeugen. Du warst nie ein Welfe, immer ein Staufer«, schnappte Heinrich verächtlich. »Das sieht man ja schon an der Haarfarbe!«

»Da irrst du, Cousin!«

Friedrich stand auf, gestattete den anderen mit einer Geste, sitzen zu bleiben, und stützte beide Hände auf dem Tisch ab, um dem ihm gegenübersitzenden Löwen direkt ins Gesicht zu blicken.

»Du warst noch ein Kind, Heinrich, da habe ich schon für deinen Vater gekämpft, an der Seite deines Oheims Welf. *Gegen* die Staufer. Meine Mutter war deine Tante. Du hast sie nie kennengelernt, sie starb vor deiner Geburt. Doch wäre sie jetzt hier, würde sie dir sagen: Schließ Frieden! Der Krieg zwischen Staufern und Welfen hat nur Unheil gebracht. Und er währt schon viel zu lange.«

Nun richtete er sich ganz auf.

»Sieh mich an, Cousin: Ich bin halb Staufer, halb Welfe. Das zeigt sogar meine Haarfarbe: nicht hellblond, nicht schwarz, sondern rot. Wer soll vermitteln, wenn nicht ich? Ich habe für deinen Oheim nach Flochberg so günstige Bedingungen ausgehandelt, wie es niemand sonst gekonnt hätte. Er musste nicht vor dem gesamten Hof auf die Knie fallen und bekam sogar noch Einkünfte dazu. Und das ist erst der Anfang. Gewährt mir Zeit, alle beide, und ich werde Lösungen zu euren Gunsten finden, die altes Unrecht wiedergutmachen. Aber leg die Waffen nieder, Cousin! Bekämpfe nicht einen Achtjährigen, brich nicht einen Krieg vom Zaun, der das ganze Reich in blutiges Unheil stürzt. Lass mich verhandeln!«

»Kannst du mir Bayern geben?«, fragte Heinrich schroff. »Sonst brauchen wir gar nicht erst weiterzureden.«

Er erhob sich, als wollte er den Verhandlungstisch verlassen.

»Setz dich!«, befahl Friedrich dem Jüngeren mit unerschütterlicher Autorität und nahm auch selbst wieder Platz.

So saßen sie sich gegenüber und maßen sich mit Blicken: zwei Herzöge in Prachtgewändern, beide von großem Stolz auf ihre Zugehörigkeit zu den bedeutendsten Häusern des Reiches, beide kampferfahren und machtbewusst. Doch zehn Jahre Altersunterschied und sehr unterschiedliche Lebensläufe standen zwischen ihnen.

»*Noch* kann ich dir Bayern nicht geben«, erklärte der Neffe des Königs. »Denk daran, es würde auch auf den Widerstand der Fürsten stoßen, wenn du über zwei Herzogtümer herrschst. Wie damals bei deinem Vater. Doch ich habe … Pläne.«

Nun erlaubte er sich ein schmales Lächeln.

»Wie wäre es, wenn ich dir für den Anfang etwas anderes verschaffte, das du sehr begehrst?«

»Und was soll das sein?«, höhnte der junge Löwe.

»Winzenburg. Hermann von Winzenburg wurde samt Gemahlin kürzlich von den eigenen Dienstmannen abgestochen und hinterlässt keinen Erben.«

Die Nachricht hatte ihn erst vor wenigen Tagen erreicht, und sie sorgte für Aufruhr unter denen, die davon wussten. Für ihr hartes Vorgehen gegen die eigenen Leute war das Grafenpaar ermordet worden, der Bruder der Markgräfin Sophia von Ballenstedt und seine schwangere Frau.

»Jetzt streiten also nur du und der Bär darum«, fuhr Friedrich fort. »Lass mich als Zeichen guten Willens dafür sorgen, dass der König die reiche Grafschaft dir zuspricht, zur Arrondierung deiner Gebiete und vor der Nase des Bären. Dessen Groll darüber dürfte dir das Angebot zusätzlich versüßen.«

In den Augen des jungen Löwen flackerte Belustigung auf. Er tauschte einen Blick mit dem Holsteiner.

»Für den Anfang«, sagte er dann. »Aber ich verspreche nichts. Ich warte einfach ab.«

»Damit bin ich fürs Erste zufrieden«, sagte Friedrich und meinte es auch so. »Denk stets daran: Nur solange du dich nicht gegen den König stellst, kann ich für dich sprechen. Und jetzt sollte endlich das Festmahl serviert werden. Ich bin hungrig wie ein Bär.«

Diesen dummen Witz konnte er sich einfach nicht verkneifen, so erleichtert war er über den erzielten ersten Kompromiss.

Gespräch am Sterbebett

Friedrich von Schwaben, Konrad von Staufen;
Bamberg, Anfang Februar 1152

er kalte Wind trieb winzige Hagelkörner in die Gesichter der Reiter, die sich durch Schnee und Eis den Weg von Memmingen nach Bamberg bahnten, wo der nächste Hoftag inzwischen schon begonnen haben sollte.

Friedrich und seine Eskorte aus jungen, aber kampferfahrenen Rittern und höherrangigen Edelleuten mussten immer wieder Rast einlegen, um die Pferde zu schonen.

Doch der Königsneffe war erleichtert und zufrieden mit dem Verlauf der Gespräche. Er baute auch darauf, dass der besonnene Adolf von Holstein auf Heinrich einwirken würde, das Arrangement anzunehmen. Winzenburg war für den Anfang ein zu verlockendes Angebot, auch wegen der Wut des Bären darüber.

Dass sie in Einvernehmen auseinandergingen, hatte Friedrich ermutigt, seinem jungen welfischen Verwandten beim Abschied eher beiläufig zu sagen: »Du könntest mir noch einen persönlichen Gefallen tun, Cousin.«

Heinrich, schon kurz davor, in den Sattel zu steigen, zog die schwarzen Augenbrauen hoch.

»Tatsächlich? Und welchen?«

»Gib die Unterstützung für den dänischen Thronräuber Knut Magnusson auf, er hat euch ohnehin nur Unheil gebracht«, meinte Friedrich. Vor allem in den Ländereien des Grafen von Holstein. »Sven ist der rechtmäßige König, und er ist mir ein Freund aus unserer gemeinsamen Knappenzeit.«

»Gut, sollen die Dänen unter sich ausmachen, wer sie regiert«, entschied Heinrich großzügig. »Im Wendenkreuzzug waren sie auch keine große Hilfe.«

Dann stiegen die beiden Herzöge mit ihrem Gefolge auf die Pferde, wurden von Uta, Welf und ihrem Sohn höflichst verabschiedet, und jeder zog seiner Wege.

Auf dem Ritt wanderten Friedrichs Gedanken immer wieder zu Sven. Schließlich hatten sie beide und Dietrich von Meißen in Bamberg, wohin er jetzt mit seinen Begleitern ritt, gemeinsam ihr erstes Turnier gewonnen. Damals schon hatte der Dänenprinz vorausgesagt, dass ihm Knut den Thron einmal streitig machen würde.

Der Markgraf von Meißen, das wusste Friedrich von Dietrich, wollte Sven demnächst mit einer seiner Töchter vermählen – allerdings erst, sobald klare Verhältnisse in Dänemark herrschten. Falls er dies bewirkte, konnte er auch Konrad von Wettin enger an den Hof binden, der sich nur selten blicken ließ und dessen Absichten oft im Ungewissen blieben.

Wenn es stimmte, was Dietrich erzählte, dürfte seine lebhafte schwarzgelockte Schwester genau Svens Geschmack treffen. Und sie wiederum würde vermutlich sofort ihr Herz an den hochgewachsenen jungen Blondschopf verlieren, einen richtigen Wikinger und noch dazu König. Eine bessere Partie konnte sie sich nicht wünschen.

Vielleicht wird wenigstens das einmal eine arrangierte Ehe, die ein junges Paar glücklich macht, dachte Friedrich und seufzte still. Außer Ludwig und meiner Schwester Judith, die die Thüringer nun Jutta Claricia nennen und die ihrem Gemahl schon ein knappes Jahr nach der Hochzeit einen Sohn schenkte, fällt mir einfach kein Beispiel ein. Manuel Komnenos und Irene? Sie sind einander zugetan, keine Frage. Doch ich argwöhne, es steckt mehr Diplomatie als glühende Liebe hinter Irenes zärtlichem Verhalten ihrem Gemahl gegenüber.

Eine halbe Wegstunde vor Bamberg hörten Wind und Graupelschauer endlich auf, die Sonne kam durch und brachte den frisch gefallenen Schnee zum Funkeln.

So ritt der dreißig Mann starke Trupp mit dem Banner des Herzogs von Schwaben in die Stadt ein und erregte großes Aufsehen. Die Menschen wichen vorsichtig zurück und sanken auf die Knie, doch als Friedrich seine Leibwachen einige Münzen unters Volk werfen ließ, wurde er mit Hochrufen gepriesen.

»Ist das unser Herr König?«, hörte er eine junge Frau mit einem Korb voller runder Brote andächtig fragen.

»Du Dummchen, der König ist längst hier und so krank, dass er nicht reiten kann. Er wurde auf einem Wagen in die Stadt gefahren«, belehrte sie eine üppige Frau, die ein gerupftes Huhn in der Hand hielt. Mit einem derben Fußtritt vertrieb sie einen Hund, der es sich schnappen wollte.

Friedrich erschrak. Der König so krank, dass er nicht einmal mehr reiten konnte? Er verständigte sich durch einen Blick mit dem Anführer seiner Leibwache, und dann ritten sie, so schnell es in den überfüllten Straßen ging, zum königlichen Quartier, der Alten Hofhaltung am Domplatz.

Pferde, Gepäck und Sonstiges überließ er Begleitern und Knappen und stürmte sofort hinein, um den Oheim zu sehen. Vor der Kammer des Königs standen Leibwachen und verwehrten ihm zu seiner Entrüstung den Einlass.

»Der Medicus ist bei ihm. Seid so gnädig und geduldet Euch ein wenig, Euer Durchlaucht. Seine Majestät ist zu krank, um jetzt jemanden zu empfangen«, erklärte Ulrich von Lauterstein.

Noch ehe Friedrich etwas entgegnen konnte, wurde die Tür von innen geöffnet, und der Leibarzt des Königs kam aus dem Raum, ein Mann in mittleren Jahren mit hellen Augen und feingliedrigen Fingern. Er warf einen Blick auf den Herzog und erkannte sofort dessen Ungeduld.

»Euer Oheim ist gerade eingeschlafen. Es wachen genug Diener bei ihm, und er braucht den Schlaf dringend«, erklärte er. »Doch wenn Ihr so gut sein wollt, mich zu begleiten, Herzog, werde ich Euch ausführlich über den Gesundheitszustand des Königs berichten.«

Da er nicht in das Krankenquartier durfte, folgte Friedrich der Einladung des Medicus in dessen Kammer.

Sie war nur ein paar Türen entfernt und vollgestellt mit aufgeklappten Truhen, in denen Phiolen verschiedenster Art und Größe, Leinensäckchen und Tonkrüge enthalten waren, auch Messer, Sägen und anderes Chirurgenwerkzeug. Auf der Fensterbank stand eine blutige Schüssel, vermutlich von einem Aderlass. Ein junger Mönch zerstieß und zerrieb etwas mit einem Mörser, während ein Gehilfe in brandfleckigem Kittel über der Feuerstelle ein übelriechendes Gebräu kochte.

Der Medicus schickte beide hinaus und bot seinem Gast Würzwein an.

Dankbar nahm Friedrich den Becher, er war durstig nach dem Ritt.

»Das Wechselfieber?«, fragte er. »Wie schlimm steht es? Es waren doch gerade erst italienische Ärzte da, die frische Arzneien brachten.«

»Es ist das Wechselfieber, doch die Krankheitszeichen sind diesmal besonders stark und geben mir einige Rätsel auf«, erklärte der Medicus mit Sorgenfalten auf der Stirn. »Offensichtlich sind einige der italienischen Arzneien nicht so heilsam, wie wir hofften. Es kursieren bereits Gerüchte von Gift …«

Abwehrend hob er die Hand, als Friedrich auffahren wollte. »Doch das ist unbewiesen und auch nicht glaubwürdig, vertraut mir. Die Leute reden immer von Gift in solchen Fällen. Wir wissen beide, dass das Wechselfieber und der Verlust seines Sohnes Seine Majestät aller Kräfte beraubt haben. Leider hörte der König auch nicht auf meinen dringenden Rat, sich zu schonen. Zu vieles war zu klären nach seiner Rückkehr vom Kreuzzug.«

Tatsächlich hatte Konrad von Staufen nie so rastlos und energisch durchgegriffen wie seitdem – sofern ihn die Krankheit nicht vollends aufs Lager warf.

Der Medicus strich sich müde übers Gesicht. Dann wurde er sehr ernst und blickte Friedrich an.

»Ich kann und will nicht drum herumreden, Durchlaucht. Ich bin am Ende meiner ärztlichen Kunst. Die Tage Eures Oheims sind gezählt.«

Friedrich atmete tief durch, bevor er die alles entscheidende Frage stellte. »Er wollte unbedingt noch die Wahl und Krönung seines Sohnes miterleben. Wird ihm das vergönnt sein?«

»Leider nein. Er ist unfähig zu reisen, und ihm bleiben nur noch wenige Tage.«

»Wie viele?«, fragte Friedrich bedrückt.

»Zwei. Drei, so Gott will.« Der Gelehrte hob bedauernd die Schultern.

»Magister, schickt sofort nach mir, sobald mein Oheim aufwacht und zu einer Unterredung fähig ist!«, forderte Friedrich.

Nach der Zusage des Medicus begab er sich umgehend auf die Suche nach seinem achtjährigen Cousin. Er musste sich überzeugen, dass der Junge in guter Obhut war.

Zum Glück hatte dem Knaben noch niemand gesagt, dass sein Vater nicht nur krank war wie auch sonst oft, sondern im Sterben lag. Er würde es noch früh genug erfahren. Friedrich plauderte kurz mit seinem Namensvetter und überließ ihn seinen Erziehern.

Er bezog das Zimmer gleich neben dem des Königs, das er immer in Bamberg bewohnte, stellte mit Befriedigung fest, dass seine Sachen bereits hergebracht, ausgepackt und ordentlich sortiert waren, und schickte alle hinaus, ob Dienerschaft oder Freunde.

Dann setzte er sich allein an den Tisch.

Die Ellbogen auf dem Tisch und das Kinn in den Händen abgestützt, saß er reglos da und dachte nach. Gründlich.

Heute war – er musste kurz nachdenken – der 13. Februar im Jahr des Herrn 1152.

Die Wahl des kleinen Friedrich zum König war für den 4. März in Frankfurt angesetzt, die Krönung für den 9. März in Aachen. An alle bedeutenden Fürsten waren bereits die Einladungen verschickt.

Doch nicht nur deshalb gab es an den festgelegten Terminen nichts zu rütteln. Der 9. März besaß für die Staufer eine ganz besondere Bedeutung.

Am 4. Sonntag der Fastenzeit hatte sich Friedrichs Vater im Jahr 1135 genau hier in Bamberg dem Kaiser Lothar im Büßergewand unterwerfen müssen. Und exakt drei Jahre später, am 9. März 1138, war Konrad von Staufen in Aachen zum König gekrönt worden. Nun sollte der achtjährige Friedrich diese Tradition fortsetzen. Doch sein Vater würde es nicht mehr miterleben.

Lange saß Friedrich da und überlegte, rief sich jedes Wort in Erinnerung, das Albero von Trier ihm gesagt hatte, prüfte es erneut auf offene und versteckte Botschaften.

»Dann wärt Ihr jetzt König. Der Gedanke wird Euch doch gelegentlich schon gekommen sein …«

Und: »Wer herrschen will, der muss es auch wirklich wollen, wollen um jeden Preis.«

Diesen Satz hatte Albero ihm gegenüber eher beiläufig fallenlassen. Friedrich ahnte nicht, dass der Erzbischof ihn einst seinem Oheim vorgehalten hatte, als der zögerte, nach der Krone zu greifen.

Wer herrschen will, der muss es auch wirklich wollen, wollen um jeden Preis.

Sehr schnell kam Friedrich zu einem Ergebnis: Er *wollte* es. Auch wenn er es sich lange nicht eingestanden hatte, er *wollte* die Herrschaft übernehmen und dieses Reich regieren.

Weil er es besser konnte als ein Achtjähriger, weil er es besser konnte als sein kranker und ungenügend durchsetzungsfähiger Oheim.

Weil er aus seiner Blutlinie einen Anspruch auf den Thron herleiten konnte.

Und weil er der richtige Mann dafür war.

Er konnte und würde das Reich einen und zu neuem Glanz führen. Wenn man ihn nur ließe. Doch dafür würde er sorgen. Nicht umsonst hatte er in den vergangenen Jahren viele Anhänger um sich geschart. Er würde weitere finden und mit Zusagen an sich binden. Das war es, was sein Oheim versäumt hatte. Diesen Fehler würde er nicht begehen.

Fürs Erste musste er so bald wie möglich ein dringendes Gespräch mit dem Bischof von Bamberg führen.

Die große Kerze war fast niedergebrannt, als jemand an die Tür pochte und durch die Balken rief: »Euer Durchlaucht! Seine Majestät ist erwacht und wünscht Euch zu sehen.«

Rasch stand Friedrich auf und ging hinaus, und diesmal wurde ihm Zutritt zur Kammer gewährt.

Mit einem Blick nahm er die Szenerie auf. Der Oheim im Bett erinnerte ihn fatal an seinen sterbenden Vater. Nie waren sich die Brüder so ähnlich gewesen wie jetzt.

Der Bischof von Bamberg und der Erzbischof von Mainz sowie mehrere rangniedere Geistliche standen mit betretenen Mienen in der Kammer, während Otto von Freising auf der Bettkante hockte und zusah, wie ein Leibdiener dem todkranken König einen Trank einflößte. Markwart von Grumbach als langjähriger Vertrauter des Königs lehnte an einer Wand und wirkte zu Tode erschöpft.

Dutzende Wachskerzen erhellten das Zimmer, dessen Fensterläden verschlossen waren. Auf dem Tisch standen eine nicht einmal halb leergegessene Schale mit einem wässrigen Brei, eine kupferne Schüssel mit Wasser, Arzneikrüglein, dazwischen lagen Leinentücher, Löffel, Messer mit feinen Klingen.

»Oheim, Majestät, darf ich unter vier Augen mit Euch sprechen?«, fragte Friedrich. Der König starrte ihn an, nickte und schickte alle anderen mit einer matten Geste hinaus.

»Der Löwe stellt seine Angriffe ein«, sagte Friedrich leise, weil er nicht wusste, wie er dieses Gespräch eröffnen sollte. Zumindest konnte er dem Sterbenden *eine* gute Nachricht übermitteln.

»Gut gemacht!«, brachte Konrad heraus. Er lehnte mit dem Rücken an ein paar dicken Kissen, atmete mühsam, aber regelmäßig, und sprach leise, aber deutlich.

»Habt Ihr Fieber? Braucht Ihr kühle Tücher oder noch etwas zu trinken?«

»Lass nur, Neffe, es rennen schon den ganzen Tag zu viele Leute um mich herum, und alle mit ihren sauertöpfischen Leidensmienen. Dabei bin ich es doch, der stirbt!«

Der König machte eine wegwerfende Handbewegung und rang sich ein kleines, zynisches Lächeln ab.

»Es ist gut, dass du da bist. Dinge sind zu regeln. Wirst du weiter für meinen Sohn sorgen, als sein Vormund und Regent, bis er volljährig ist?«

Friedrich holte tief Luft.

»Ich werde für ihn sorgen, das schwöre ich beim Seelenheil meines Vaters, Eures Bruders. Doch Ihr wisst so gut wie ich: Ein Achtjähriger kann dieses zerrüttete Reich nicht einen. Der Erzbischof von Mainz als Reichsverweser würde alle Macht an sich reißen. Ihr kennt den Mann doch: alt, stur und ständig im Streit mit dem Papst. Er hat für Eure Söhne schlecht gesorgt, während Ihr auf dem Kreuzzug wart. Und er kann auch nicht für das Reich sorgen. Er will nur die Macht für seinen Stolz.«

»Und du nicht?«, fragte Konrad scharf. »Stehst du nicht vor mir, um mir nahezulegen, dich anstelle meines Sohnes zu meinem Erben zu ernennen?« Sein schütteres weißes Haar bebte, so erregt sprach er.

»Das tue ich – nach reiflicher Überlegung«, gab Friedrich offen zu. »Denkt an das Reich, denkt an Euren Sohn! Es wurden in der Geschichte des Reiches schon mehrfach Kinder zu Königen gewählt, doch stets zu Lebzeiten ihrer Väter. Was meint Ihr, wie lange wird es wohl dauern, bis auch Euren zweiten Sohn der Gifttod ereilt?«

Nun kniete Friedrich neben dem Krankenlager seines Oheims nieder.

»Ich werde für Euren Sohn sorgen, ihn an meinen Hof nehmen, ihn ausbilden, ihn mit Gütern ausstatten. Er soll Rothenburg bekommen. Und ich habe bewiesen, dass ich Schlachten führen und gleichermaßen als Diplomat vermitteln kann. Ich versöhnte Feinde miteinander. Muss nicht genau das ein König tun? Ich kann den ewigen Streit zwischen Staufern und Welfen beenden«, beschwor er ihn.

»Du hast dir das gut überlegt«, konstatierte der sterbende König und starrte seinen Neffen an. »Denkst du etwa, ich nicht? Denkst du, mir wären diese Gedanken nicht auch schon tausend Mal durch den Kopf gegangen?«

Langes Schweigen herrschte nun zwischen beiden.

»Letztlich entscheiden die Fürsten bei der Wahl in Frankfurt. Die Wünsche meiner beiden Vorgänger hinsichtlich ihrer Nachfolge wurden auch ignoriert«, erinnerte der todkranke König seinen immer noch knienden Neffen. »Du nimmst meinem Sohn die Krone – und er bekommt Rothenburg? Sie werden sagen, du hättest ihn rücksichtslos zur Seite gedrängt. Gib ihm Schwaben dazu!«

Friedrich überlegte nur kurz.

»Einverstanden. Er wird der Herzog von Schwaben und bekommt Rothenburg. Ich übernehme die Verwaltung des Landes, bis er volljährig ist, und bilde ihn an meinem Hof aus. Das schwöre ich.«

»Ich denke darüber nach. Nun geh! Ich bin müde.«

Der König schloss die Augen und drehte sich zur Seite.

Mit leisen Schritten, um ihn nicht aufzuwecken, lief Friedrich zur Tür und schickte die Geistlichen und Bediensteten wieder hinein.

Dabei dirigierte er unauffällig mit Blicken den Erzbischof von Bamberg an seine Seite.

»Hochwürden, auf ein Wort?«

Eberhard von Bamberg nickte und folgte ihm höchst interessiert in seine Kammer.

Wenn ein König stirbt

Friedrich von Schwaben, Heinrich der Löwe;
Bamberg und Arnsburg,
Februar und Anfang März 1152

2Im 15. Tag des Februar im Jahr des Herrn 1152 wurde Konrad, König von Gottes Gnaden, nach vierzehn Jahren segensreicher Herrschaft zu Gott gerufen. Möge der Allmächtige seiner Seele gnädig sein«, verkündete der Erzbischof von Mainz feierlich vor allen Anwesenden am Sterbebett des Herrschers, nachdem dieser den letzten Atemzug getan hatte.

Konrad hatte seine letzten Stunden im Kreise seiner Vertrauten und etlicher Geistlicher verbracht, seine Sünden bereuen können, die Sterbesakramente empfangen, noch ein kurzes vertrauliches Gespräch mit seinem Sohn und eines mit seinem Neffen geführt.

Nun lag sein Leichnam aufgebahrt in der Kammer, aufs festlichste gewandet, mit einem kronenartigen Reif um die Stirn, auf der noch das Salböl glänzte. An seinem Haupt brannten unzählige Kerzen, und der Raum war erfüllt von Weihrauch. Als jedermann ein Gebet gesprochen hatte, legte Friedrich seine Hand demonstrativ auf die Schulter seines schluchzenden kleinen Cousins und ergriff das Wort, ehe ihm der Mainzer zuvorkommen konnte.

Er war jetzt das Oberhaupt der Familie, das musste er jedem vor Augen rufen.

»Boten sollen ausgesandt werden, um die Nachricht im ganzen Land zu verkünden. Alle Glocken sollen läuten und Gebete für das Seelenheil des Verstorbenen und für seinen Sohn gesprochen werden«, ordnete er mit klarer Stimme an.

»Die festliche Beisetzung des Königs findet in drei Tagen im Dom zu Bamberg statt. Danach reiten wir zur Königswahl nach Frankfurt und zur Krönung des neuen Königs nach Aachen.«

»Bamberg? Wieso Bamberg? Seine Majestät wollte in seinem Hauskloster bestattet werden, in der Benediktinerabtei Lorch, an der Seite seines Vaters«, protestierte der treue Markwart von Grumbach.

»Oder nicht doch lieber im Zisterzienserkloster Ebrach an der Seite seiner Gemahlin? Wissen wir das?«, fragte Friedrich. »Es sind fast zweihundert Meilen nach Lorch. Wir würden dann nicht mehr rechtzeitig zur angesetzten Wahl in Frankfurt und zur Krönungsfeier in Aachen eintreffen. Und eines weiß ich genau: Es ist der ausdrückliche Wunsch des Königs, dass die Krönung an genau diesem Tag stattfindet. Ihr wisst doch auch, weshalb, Markwart. In Bamberg, das für ihn große Bedeutung hatte, wird mein Oheim eine würdige Ruhestätte finden.«

Er nickte dem Bischof von Bamberg zu, der sofort das Wort ergriff.

»Majestät, Höchstwürden, Durchlaucht, edle Herren, es sind bereits die wichtigsten Vorbereitungen getroffen. Unser guter König Konrad wird an der Seite unseres Kaisers Heinrich dem Zweiten beigesetzt. Ein würdiger Platz, wie der Herzog von Schwaben schon sagte.«

Für Eberhard von Bamberg, noch relativ jung für sein Amt, ehrgeizig und sehr belesen, gab es triftige Gründe, treu zu den Staufern zu stehen: Konrad hatte seine Diözese mit Sonderrechten ausgestattet, was den Erzbischof von Mainz sehr verärgerte. Deshalb kam der Bamberger auch liebend gern Friedrichs Wunsch nach, eine festliche Beisetzung im Dom seiner Stadt zu organisieren. Als Lohn dafür würde der Herzog ihm die Reichsabtei Niederaltaich zusprechen, die Eberhard sehr begehrte. Ein großartiger Handel!

Die anderen Anwesenden hatten Mühe, sich mit der überraschenden Beisetzung in Bamberg abzufinden, wie vielerlei Gewisper und Gemurmel bewies. Doch die Gründe waren nicht von der Hand zu weisen. Und letztlich hatte es der Verstorbene so gewünscht. Sagte sein Neffe …

»Außerdem äußerte mein Oheim auf dem Sterbebett seinen Willen, dass angesichts des zarten Alters seines Sohnes *ich* seine Nachfolge antrete, um den Frieden im Reich wiederherzustellen. Hiermit erkläre ich meinen Anspruch auf Krone und Thron«, verkündete Friedrich und wartete gespannt auf die Wirkung seiner Worte.

»Ihr wollt Euerm Cousin den Thron rauben?«, entrüstete sich Heinrich von Mainz sofort mit einer Kraft, die nichts mehr von seiner körperlichen Schwäche erkennen ließ. »Das ist … das ist … ungeheuerlich!«

»Nein, Höchstwürden, das ist sein Wunsch«, konterte Friedrich gelassen. »Der König, Gott hab ihn selig, übergab mir die Reichsinsignien. Und Ihr könnt darauf vertrauen, dass ich aufs beste für meinen Cousin sorgen werde.«

Nun breitete er die Arme aus, eine einnehmende Geste.

»Die Fürsten werden in Frankfurt entscheiden, wen sie zum König wünschen. Statt bar jeder Würde im Angesicht des Toten zu streiten, sollten wir uns jeder für sich dem Gebet widmen. Für alle vorbereitenden Gespräche bezüglich der Wahl setze ich ein Treffen auf der Arnsburg nahe Frankfurt an, zu dem auch Ihr eingeladen seid, Höchstwürden. Doch jetzt richten wir unsere Gedanken auf das Seelenheil und die festliche Beisetzung des hohen Verstorbenen.«

Damit hatte er jede Diskussion im Keim erstickt.

Dass heiß diskutiert werden würde, war Friedrich klar. In seinem Beisein und noch viel mehr in seiner Abwesenheit. Sollten sie. Nur nicht hier. Er war vorbereitet.

Drei Tage später wurde Konrad von Staufen feierlich im Dom zu Bamberg beigesetzt. Es waren nicht sehr viele hochrangige Gäste erschienen, da der Bamberger Hoftag nicht besonders prominent besucht war.

Friedrich hatte in den zurückliegenden Tagen unzählige Boten mit Einladungen, Angeboten, Vorschlägen ausgeschickt. Aber neben all den Vorbereitungen für die nächsten großen Ereignisse verbrachte er auch viel Zeit mit seinem Cousin. Den treuen Lautersteiner beauftragte er, für die Sicherheit des Jungen zu sorgen, sollte er selbst nicht bei ihm sein können.

Als der Achtjährige vor dem Sarkophag seines Vaters stand und mit den Tränen kämpfte, legte ihm Friedrich erneut demonstrativ schützend die Hand auf die Schulter.

Für jedermann unter den Edlen sichtbar, die in den vorderen Reihen standen.

Zu dem Treffen auf der Arnsburg, einen Tagesritt nördlich von Frankfurt, hatte Friedrich die beiden Erzbischöfe eingeladen, die für den Ablauf der Wahl und die Krönungszeremonie maßgeblich waren: den Mainzer, dem das Privileg zustand, bei der Wahl eines Königs als Erster seine Stimme abzugeben, und den Kölner, der die Krönung vornehmen würde.

Heinrich von Mainz war sein Gegner, unversöhnlich.

Doch mit dem Erzbischof von Köln verband ihn die Zeit im Heiligen Land und in Konstantinopel bei Kaiser Manuel. Arnold von Wied war Konrads Kanzler gewesen und ein Freund Wibalds von Stablo. Er hatte den Kreuzzug überlebt und im Vorjahr nach langem Hin und Her das hochverschuldete Erzstift Köln übernommen. Der Papst *und* der König mussten ihn in seiner Würde bestätigen, der König höchstselbst ihm die Regalien verleihen.

Darüber hinaus hatte Friedrich einige Adlige eingeladen, auf deren Unterstützung er baute oder sie zu erlangen hoffte. Die Bischöfe von Würzburg und Speyer, einige thüringische Edle, die zu seinem Schwager Ludwig hielten, den Pfalzgrafen bei Rhein ... Mit ihnen allen würde er sich problemlos einigen.

Und den alten Erzbischof von Mainz ließ er einfach wettern, ohne sich daran zu stören.

Wichtigster Gast war ihm Heinrich der Löwe. Also nutzte Friedrich die erste Gelegenheit, die sich bot, den Cousin zu einem Ausritt einzuladen.

Geradezu frohgelaunt folgte ihm Heinrich auf den Hof, um sich sein Pferd bringen zu lassen.

»Ich dachte schon, die Kammer stürzt ein bei Höchstwürdens Gebrüll«, spottete der Löwe.

»Man sollte nicht glauben, dass ein so alter Mann einen so lauten Streit auslösen kann«, stimmte Friedrich zu. »Der

Mainzer ist nicht wiederzuerkennen. Wo sind seine Gebrechlichkeit, das Zittern der Stimme, der gekrümmte Rücken, die bekleckerten Gewänder geblieben? Ist der Erzbischof in einen Jungbrunnen gefallen? Oder was ist das Geheimnis hinter dieser wundersamen Wandlung?«

Die Gier, das Reich zu beherrschen, über den Kopf eines Achtjährigen hinweg – beziehungsweise die Furcht davor, das schon Erträumte zu verlieren, hätte die Antwort lauten müssen.

Doch das rührte schon daran, worüber sie beide jetzt unausweichlich zu reden hatten. Nur nicht hier auf dem Hof, vor aller Augen. Deshalb sagte keiner von ihnen ein Wort, sondern sie stiegen in die Sättel und ritten ein Stück hinaus. Ihr Geleit folgte wunschgemäß in reichlichem Abstand.

Der Frühling deutete sich schon an, nur da und dort lagen noch Schneereste. Die Sonne schien, wenn auch noch fahl und ohne Kraft.

Die beiden jungen Herzöge ließen ihren Hengsten freien Lauf und genossen den Ritt. Die Pferde setzten über einen Bach, trabten einen Pfad entlang, der durch einen dichten Wald führte, und an einer Lichtung hielten sie auf das Zeichen ihrer Reiter.

Friedrich von Schwaben und Heinrich der Löwe sahen sich in die Augen, nickten einander zu und stiegen ab. Die Pferde suchten sofort nach jungem Waldgras, und für Friedrich gab es nun keinen Grund mehr, das Gespräch noch weiter hinauszuzögern.

Er sog den kräftigen Geruch des Waldes ein und begann: »Du hättest genauso viel Anspruch auf den Thron wie ich. Du bist von ebenso edlem Geblüt, und auch dein Vater hätte König werden sollen und wurde um die Krone betrogen.«

»So ist es«, meinte Heinrich nur.

Friedrich zupfte eine verdorrte Beere vom Ast, drehte sie zwischen den Fingern und warf sie beiseite. Im Unterholz knackte und knisterte es, links von ihnen hämmerte ein Specht.

»Wirst du es tun?«

»Ich könnte dir gewaltig einheizen«, meinte der junge Löwe grinsend. »Weißt du, dass mir Höchstwürden von Mainz ein unwiderstehliches Angebot unterbreitete, damit ich mich gegen dich stelle?«

»Was hat er dir versprochen?«, erkundigte sich Friedrich – nicht überrascht, nur neugierig.

»Das Erbe der Winzenburger.«

Der Jüngere zuckte mit den Schultern. »Da siehst du, was es ihm wert ist, nicht *dich* auf dem Thron zu sehen. Kannst du etwas drauflegen?«

Provokant verschränkte er die Arme vor der Brust und lehnte sich an einen Baum.

Heinrich hatte nicht vor, sich um die Krone zu bewerben, auch wenn es ihn danach drängte. Sie stand ihm zu.

Doch der Holsteiner hatte recht: Er würde die Wahl verlieren, und diese Blamage ersparte er sich lieber. Man würde ihm seine Jugend vorhalten; er wäre der Jüngste in der Runde der Mächtigen und hatte noch nie bei einer solch bedeutenden Zusammenkunft vor ihnen gesprochen, abgesehen von der Sache mit dem Wendenkreuzzug.

Wer nicht auf Friedrichs Seite stand, der würde sich lieber auf den König berufen und dessen kleinen Sohn wählen, als für ihn, Heinrich, zu stimmen. Ein machtloser Kindkönig unter den Fittichen eines alten Erzbischofs war für so manchen eine angenehmere Aussicht als ein machtbewusster junger Welfe.

Also versuchte er lieber, auf andere Art Gewinn aus der neuen Konstellation zu schlagen.

»Es ist viel Unheil daraus entstanden, dass unsere Häuser miteinander stritten«, sagte Friedrich. »Wie viele Kriege, Schlachten, Fehden? Wie viele Tote? Ich will das beenden,

den Kampf zwischen Welfen und Staufern. Ich will Frieden im Reich. Hilf mir, König zu werden, und ich gebe dir Bayern! Noch nicht sofort, ich muss erst einige Voraussetzungen schaffen und Jasomirgott entschädigen. Aber du bekommst es. Heinrich der Löwe, Herzog von Sachsen und Bayern. Der mächtigste Fürst im Reich. Bei meiner Ehre.«

Lange Zeit sagte Heinrich kein Wort, und an seiner Miene ließ sich auch nichts ablesen. Einer der Hengste hinter ihnen schnaubte und schüttelte sich, so dass sein Zaumzeug klirrte. Der Specht stellte sein Hämmern ein, nur um es kurz darauf wieder aufzunehmen.

»Abgemacht«, sagte Heinrich und streckte seinem Cousin die Rechte zum Handschlag entgegen.

Friedrich lächelte aus frohstem Herzen und schlug ein.

»Abgemacht. Wir Jungen werden die Welt verändern! Wir werden es besser machen als unsere Vorgänger.«

Sie stiegen auf und ritten zurück, jeder den Kopf voller hochfliegender Pläne.

Die Krönung

Friedrich und Adela; Frankfurt am 4. März 1152,
Hagenau und Aachen am 9. März 1152

Meine Stimme gilt dem Sohn des verstorbenen Königs«, verkündete der Erzbischof von Mainz schrillend laut vor den versammelten Fürsten des Reiches. »Wie es sein Vater wünschte, Gott sei seiner Seele gnädig, und so, wie es geplant war, bis sich dieser … dieser …«

Verzweifelt suchte er nach einem Wort, das seiner Entrüstung Ausdruck verlieh. »… dieser rotbärtige Schwabenherzog vordrängelte.«

Er schlug ein Kreuz wie ein abergläubisches altes Weib, das alle Rothaarigen für Gesandte der Hölle hielt.

Als Proteste aufkamen, rief er in den Saal: »Er behauptet, der König habe auf dem Totenbett entschieden, dass lieber er, der Herzog, ihm nachfolgen solle! Doch niemand war dabei, niemand hat es gehört. Niemandem sonst hat der verstorbene Herrscher je von diesem seinem Wunsch erzählt. Sofern er ihn überhaupt hatte.«

Triumphierend sah sich der alte Erzbischof und Reichsverweser um. Doch dass er den Thronprätendenten eben der Lüge bezichtigt hatte, nahmen ihm viele Anwesende übel, das war nicht zu übersehen.

Also legte er nach: »Wir haben hier viel Löbliches über diesen Kandidaten gehört. Über seine edle Herkunft, sein edles Aussehen, sein edles Gemüt, seine glänzende Beredsamkeit, seine glänzenden Waffentaten und seine mutige Teilnahme am Kreuzzug. Nur fehlt ihm die wichtigste Tugend eines Königs: Demut!«

Anklagend zeigte er mit seinem dürren Finger auf Friedrich von Schwaben.

»Seht seinen Hochmut, seine Arroganz! Hörte man ihn nicht sogar prahlen, er würde die Krone auch gegen den Willen von Euch edlen Herren erringen?«

Habe ich das gesagt?, fragte sich Friedrich verblüfft. Dann hätte ich wohl lieber schweigen sollen. Doch er ließ sich nichts anmerken, sondern bat höflichst um das Wort.

»Demut und Bescheidenheit sind Tugenden, auf die in Mainz bekanntlich besonderer Wert gelegt wird«, begann er gespielt harmlos.

»So wie Ihr, Höchstwürden, trat mit dieser Forderung auch einer Eurer Vorgänger vor die Edlen, die nach dem Tod des fünften Königs Heinrich dessen Nachfolger wählen sollten. Heinrich der Salier hatte meinen Vater zu seinem Nachfolger erkoren. Doch wie aus dem Nichts zauberte der damalige

591

Erzbischof von Mainz zwei weitere Bewerber hervor und verlangte einen Wettbewerb, wer von diesen drei Kandidaten wohl der Demütigste sei. Während mein erlauchter Vater angesichts der würdelosen Tumulte den Saal verließ, nahmen die Gegenkandidaten sogar zu zweit auf einem Stuhl Platz, um ihre Demut zu beweisen.«

Er hielt einen winzigen Augenblick inne und fragte dann mit seinem einnehmendsten Lächeln: »Wollt Ihr Euch mit mir einen Stuhl teilen, Höchstwürden, um unser beider Demut zu bezeugen?«

Das Gelächter im Saal sagte ihm: Er hatte gewonnen.

Die Abstimmung war nur noch eine Formsache.

Die meisten Fürsten in der Runde hielten ihn für einen geeigneteren Mann als den Reichsverweser, und mehrere seiner Fürsprecher hatten darauf verwiesen, dass er endlich Frieden zwischen Staufern und Welfen schaffen werde, da er zu gleichen Teilen aus beiden Häusern stamme.

Der Einzige, der ihm hätte gefährlich werden können, wenn er nicht so jung wäre, war Heinrich der Löwe. Doch mit ihm hatte er ein Arrangement getroffen.

Und auch mit anderen. Mit vielen der Anwesenden war er befreundet oder verwandt; seine Sympathisanten befanden sich vor allem unter den Jüngeren. Es saßen hauptsächlich Schwaben, Franken und Rheinische im Saal. Aus Sachsen und den östlichen Landen waren nur Heinrich der Löwe und Albrecht der Bär gekommen. Der alte Bär hatte Gründe genug, sich auf seine Seite zu stellen, denn er lag mit dem Mainzer im Streit um diverse Gebiete. Der Wettiner ebenso, den würde er über Dietrich gewinnen. Und er musste unbedingt diesen Wichmann kennenlernen, von dem Dietrich erzählt hatte. So würde er sich einen immer größer werdenden Kreis von Verbündeten schaffen, um seine Herrschaft zu festigen, hauptsächlich junge Männer.

Und Heinrich von Mainz würde bald die längste Zeit Erzbischof gewesen sein.

Da zur Königswahl ein einmütiges Ergebnis erwartet wurde, verließen diejenigen den Saal, die ihm ihre Stimme verweigerten, oder waren gar nicht erst gekommen.

Als Friedrichs einhellige Wahl zum König verkündet wurde, fühlte er sich von Glück durchströmt, zugleich am Ende und am Anfang einer langen Reise.

Er nahm die Segenswünsche und Gratulationen der Fürsten entgegen, dankte ihnen, dann ritt er in seinem prächtigsten Gewand auf seinem Lieblingspferd hinaus vor den Palast, wo ihm die dicht gedrängt wartende Menschenmenge begeistert zujubelte.

»Das ist euer neuer König von Gottes Gnaden: Friedrich!«, hatte der Ausrufer geschrien, und die Frankfurter sahen einen jungen Mann mit rotgoldenen Locken und ebenmäßigen Zügen in vollendeter Haltung auf seinem Schimmel reiten – wenn dies nicht die Verheißung besserer Zeiten war?

Am nächsten Tag nahm Friedrich die Treueschwüre der Fürsten entgegen und stellte sie dafür unter königlichen Schutz. Tags darauf wollte er sich mit einigen auserwählten Fürsten in Frankfurt einschiffen, um über Main und Rhein bis Sinzig zu fahren. Von dort aus stand ihnen ein zweitägiger Ritt bevor. Fast hundert Meilen in zwei Tagen – ein hartes Pensum, aber ein König musste dazu in der Lage sein. Und die Begleiter, die er auserkoren hatte, waren es ebenso. So konnten zwar viele Herrscher aus den weiter östlich gelegenen Regionen wegen der großen Entfernung nicht an der Krönung teilnehmen, aber es hatten sich dafür etliche lothringische und burgundische Edle angekündigt.

Gleich nach den Treueschwüren der Fürsten trat Wibald von Stablo und Corvey an den frisch gewählten König heran. Der

Abt hatte in Speyer auf dem Rückweg von seiner italienischen Mission vom Tod Konrads erfahren und die Heimreise beschleunigt, um Friedrich seine Hilfe bei der Vorbereitung der Wahl anzubieten.

Der Benediktiner war schon ein Vertrauter Kaiser Lothars gewesen und wurde von Konrad zum Leiter der Hofkanzlei ernannt. Doch in letzter Zeit hatte sich das Verhältnis zwischen Konrad und ihm abgekühlt, was den nun schon über Fünfzigjährigen immer noch sehr kränkte.

Würde der neue König auf seine Dienste zurückgreifen? Es war nicht zu übersehen, dass er sich bevorzugt mit jungen Leuten umgab.

»Wünscht Ihr, dass ich die offizielle Mitteilung über die Wahl Eurer Majestät für den Papst verfasse?«, fragte er und hielt fast den Atem an. Das war eigentlich seine Aufgabe. Doch würde ihm der neue König dieses Amt lassen?

»Geschätzter Abt, ich wäre Euch sehr verbunden dafür«, versicherte Friedrich, und der Benediktiner atmete auf.

»Mit Freuden!«, rief er. »Soll ich vielleicht auch eine Nachricht an Eure Gemahlin schicken?«

»Das ist nicht nötig. Sie würde es ohnehin nicht rechtzeitig bis nach Aachen schaffen. Und sie wird nicht gekrönt«, erwiderte Friedrich kühl.

Als Wibald sich schon verneigen und verabschieden wollte, hielt Friedrich ihn zurück.

»Ihr habt mir wertvolle Dienste bei der Vorbereitung der Wahl erwiesen. Zum Dank werde ich die Abtei Corvey mit zusätzlichen Privilegien ausstatten.«

Der Geistliche bedankte sich hocherfreut. Doch sein Lächeln gefror bei den nächsten Worten des neuen Herrschers.

»Wenn Ihr mir als Geschenk zu meiner Wahl eine Freude bereiten wollt, guter Abt, dann findet einen Scheidungsgrund! Verwandtschaft siebten Grades lässt sich doch immer einrichten, oder nicht? Als König brauche ich eine angemessene Gemahlin, eine Prinzessin, um bedeutende Bündnisse zu schließen. Das werdet Ihr doch einsehen, nicht wahr?«

»Gewiss, Euer Majestät«, antwortete Wibald und verneigte sich, um seine Blässe zu verbergen.

Von seiner Freude darüber, in kunstvollen Worten und makellosen Buchstaben das festliche Schreiben an den Papst zu verfassen, war nichts mehr geblieben. Doch das durfte er sich nicht anmerken lassen.

Adela war auf Hagenau damit beschäftigt, die jungen Mädchen in ihrer Obhut im Zuschneiden eines festlichen Bliauts zu unterrichten, so wie sie selbst es einst bei Königin Gertrud gelernt hatte.

»Du hast vergessen, den Saum einzurechnen, Elsbeth«, sagte sie gerade einer Zwölfjährigen, die sie sehr an ihre Freundin Gunda in ganz jungen Jahren erinnerte.

Sie hatte lange nichts von ihr gehört, wusste aber, dass Gunda mit Dietrich von Meißen glücklich war und ihm einen Sohn geboren hatte.

Wann wird das Schicksal noch einmal unsere Wege zusammenführen?, dachte sie, während sie der kleinen Elsbeth erklärte: »Wenn du das zuschneidest wie von dir geplant, wäre das Kleid so kurz, dass die Knöchel hervorschauen. Und so unschicklich magst du bestimmt nicht herumlaufen.«

Die anderen Mädchen – alles Töchter von Gefolgsleuten ihres Gemahls – kicherten, und Adela half ihrem Schützling, die Stoffteile neu auszumessen.

Mitten in diese Unterrichtsstunde hinein wurde ihr der Besuch ihrer Schwiegermutter gemeldet.

Verwundert überließ Adela die Mädchen ihren Kammerfrauen und ging hinaus, um Agnes von Saarbrücken zu begrüßen.

Vom Tod des Königs hatten sie beide schon erfahren, schließlich wurden im ganzen Land die Glocken geläutet, und Ausrufer waren unterwegs.

Heute müsste nach Adelas Berechnung der kleine Friedrich gekrönt werden. Gern wäre sie dabei gewesen, hätte dem Achtjährigen vor der festlichen Zeremonie die Hand gehalten und ein paar aufmunternde Worte gesprochen. Doch ihr Gemahl hatte sie wie gewohnt weder nach Frankfurt zur Wahl des Königs noch nach Aachen zur Krönung mitgenommen. Nur die übliche Schar seiner Ritter und Freunde begleitete ihn.

»Du weißt es nicht!«, rief Agnes aus, als sie Adelas fragendes Gesicht sah. »Er hat dir nichts gesagt, oder?«

»Was weiß ich nicht?«, fragte Adela verwundert. »Ist etwas geschehen? So kommt doch erst einmal in die Kemenate!«

Das wollte Agnes auch. Damit sich ihre Schwiegertochter setzen konnte, wenn sie die Neuigkeiten hörte, und nicht vor aller Augen auf dem Hof die Fassung verlor.

Als sie in der Kemenate ankamen, schickte Agnes alle hinaus, schloss die Tür, lehnte sich mit dem Rücken dagegen und sagte: »Friedrich ist zum König gewählt. Nicht Konrads kleiner Sohn. Dein Gemahl. Mein Stiefsohn. Und heute lässt er sich krönen.«

Adela von Vohburg starrte sie an, schlug sich die Hand vor den Mund und begriff. Auf einmal ergab alles Sinn, alles passte zusammen. Und als Nächstes würde er sie loswerden wollen, um eine Königstochter zu heiraten. Das war ihr sonnenklar. Als einzige Frage blieb, ob er sie danach in ein Kloster stecken oder mit irgendeinem anderen vermählen würde.

Sie war unfähig zu weinen. Sie hätte es kommen sehen müssen. *Deshalb* suchte er ihr Bett nicht auf, denn gemeinsame Kinder würden eine Scheidung schwieriger machen. Wie dumm sie doch gewesen war!

Agnes ging zu ihr und umarmte sie stumm. Was hätte sie

auch sagen können? Es gab nichts, was ihrer Schwiegertochter irgendwie Trost spenden konnte.

»Seid mir nicht böse, liebe Mutter, aber ich würde jetzt gern eine Weile allein sein«, brachte Adela mit Mühe heraus.

»Natürlich«, erwiderte Agnes und ließ sie los. »Weine ruhig, Kleines, ich kümmere mich inzwischen um die Mädchen mit ihren Näharbeiten.«

Natürlich kannte sich die Saarbrückerin auf Hagenau bestens aus. Ihr Gemahl war oft und gern auf dieser Burg gewesen.

Doch Adela weinte nicht. Sie saß still auf ihrem Bett und malte sich aus, wie Friedrich von Staufen, der Mann, den sie geliebt hatte, zum König gekrönt wurde. Sie wusste, wie die Zeremonie ablief, denn Heinrich-Berengar hatte ihr ausführlich und oft davon erzählt.

Tausende Menschen würden vor der Aachener Marienkirche warten und dem neuen König zujubeln. Das war nicht schwer vorzustellen. Ein bedeutender Fürst trug ihm das Reichsschwert vorweg.

Der Erzbischof von Köln und weitere hohe Geistliche würden Friedrich unter Gebeten und liturgischen Gesängen in die Mitte der Kirche führen, ihn salben und ihm das Krönungsgewand anlegen, das über und über mit Edelsteinen besetzt war. Den Umhang – sicher purpurfarben und mit goldenen Tieren und Ornamenten bestickt. Die Reichsinsignien aushändigen.

Sie malte sich aus, wie Erzbischof Arnold Friedrich die Krone aufsetzte, die achteckig war wie der Dom, dessen Form sie wiedergab. Mit goldenen Platten, die wie Kirchentore geformt waren, mit Edelsteinen übersät und einem großen Kreuz darauf.

Dann wurde der frisch gesalbte König unter weiteren Gesängen und Gebeten in das Obergeschoss des Achtecks geleitet.

Ranghohe Adlige trugen ihm das Reichskreuz mit einem Splitter vom Kreuz Jesu und die Heilige Lanze mit einem Nagel vom Kreuz Jesu voran.

Und schließlich würde der Mann, der noch ihr Gemahl war, die sechs Stufen emporsteigen, um auf dem Marmorthron Platz zu nehmen, und den Krönungseid sprechen. In der Rechten das Zepter, in der Linken den goldenen Reichsapfel.

Als König von Gottes Gnaden, mit göttlicher Bestimmung, würde er so zu einem neuen Menschen.

An der Seite dieses Menschen war kein Platz für eine so unbedeutende Frau wie sie.

Friedrich, von nun an König Friedrich der Erste und bald Kaiser, dafür würde er sorgen, spürte das enorme Gewicht der Krone, und er kostete dieses Gefühl mit allen Sinnen aus.

Sein Kämmerer hatte dafür gesorgt, dass der schwere Krönungsmantel exakt um seine Schultern fiel und ihn nicht behindern würde, wenn er die Stufen der Wendeltreppe in das Obergeschoss hinaufstieg.

Liturgische Gebete und Gesänge begleiteten ihn während der Zeremonie in dem prachtvollen Bau aus weißem, schwarzem und rotem Marmor, mit farbenprächtigen Mosaiken und antiken Säulen. Der Blick auf die wunderbaren Gemälde in den Gewölbedecken blieb ihm verwehrt – das Haupt, das die Krone trug, musste gerade gehalten werden.

Er schritt vorbei an den kunstvollen Metallgittern des Umlaufs im ersten Obergeschoss des Oktogons.

Bis er schließlich vor dem Thron stand, der zwischen Himmel und Erde zu schweben schien und von dem aus er auf alle Anwesenden herabsehen würde, die edelsten Herren des Reiches.

Nun musste er nur noch sechs Stufen erklimmen, um auf den

Marmorstuhl zu gelangen, auf dem schon Karl der Große gesessen hatte, auf dem seit mehr als dreihundert Jahren alle deutschen Könige von Otto dem Großen an gekrönt wurden. Dieser Stuhl sah deutlich schlichter aus, als man es von einem Thron erwarten konnte. Kein Gold, keine Edelsteine. Nur alte Marmorplatten, von schmucklosen Kupferbändern zusammengehalten. In eine der seitlichen Platten waren Linien geritzt – kein Bildnis, keine Ornamente, sondern ein Mühlespiel.

Und doch war es der wertvollste Stuhl jenseits von Rom.

Eine Reliquie, gefertigt aus Marmor von der Grabeskirche in Jerusalem, geheiligt durch die Berührung Christi.

Noch sechs Stufen.

Dann würde er darauf sitzen. Und die Welt verändern.

Nachwort und Dank

Zunächst natürlich der Hinweis: Fortsetzung folgt.
Doch Hand aufs Herz: Kamen Sie beim Lesen dieses Buches nicht mindestens einmal an eine Stelle, wo Sie dachten: Na, hier trägt die Ebert aber zu dick auf! Das kann doch unmöglich so gewesen sein.

Um gleich mit dem Unglaublichsten zu beginnen: Auch wenn das Desaster von Doryläum wahrlich dramatisch genug war – es gab die Sonnenfinsternis an jenem Vormittag tatsächlich.

Jedermann weiß, Romanautoren neigen von Berufs wegen zu Übertreibungen. Wenn ihre Akteure nicht viel mutiger, ängstlicher, lustiger oder unglücklicher wären als wir »normalen Menschen«, ihr Leben nicht viel aufregender wäre als unseres, droht Langeweile.

Doch in den Jahren meines literarischen Schreibens habe ich mir den Ruf erarbeitet, mich mit meinen Romanen so genau wie möglich an die historischen Fakten zu halten. Das ist mir wichtig. Und in diesem Buch handeln größtenteils Personen, die tatsächlich gelebt haben.

Was das Schreiben nicht leichter macht, das können Sie mir glauben. Dafür lese ich tausende Seiten Fachliteratur, spreche mit Historikern, zerbreche mir den Kopf über Logiklöcher, die durch fehlende oder irreführende Quellen entstehen, über die psychologischen Profile von Menschen, die vor fast neunhundert Jahren lebten, noch dazu in einer Welt, die von der unseren gänzlich verschieden war.

Das alles tue ich, weil ich mich der Geschichte verpflichtet fühle. Weil ich nicht nur eine Liebesgeschichte oder ein

Abenteuer vor historischer Kulisse erzählen möchte, sondern ein Stück deutscher Geschichte. Unserer Geschichte.

Deshalb kann ich keine der historisch belegten Personen einfach so zum Superschurken oder zum Superhelden machen, weil ich vielleicht gerade einen brauche, sondern bemühe mich, ihnen gerecht zu werden.

Ich darf meine historisch belegten Figuren auch nicht so glücklich machen, wie wir es ihnen wünschen, wenn ihnen im wahren Leben kein Glück zuteilwurde. Und zu meinem großen Bedauern darf ich so schillernde Charaktere wie Eilika von Ballenstedt nicht weiterleben lassen, weil ihr Todesjahr feststeht. Hat sie Ihnen nicht auch gefehlt in diesem Buch?

Doch zu den vertrauten Personen aus dem ersten Band dieses Romanzyklus sind ein paar interessante neue hinzugekommen, die Sie hoffentlich ebenso faszinieren.

Selbst den fiktiven Lukian und die fiktive Hanka musste ich sterben lassen, weil ihr Tod bereits im ersten Band der »Hebammen«-Reihe definiert ist. Ich konnte ja damals nicht ahnen, dass ich noch einmal auf sie zurückkommen würde. Apropos zurückkommen: Sprechen wir also über die Sonnenfinsternis.

Nie würde ich es wagen, ein solches Ereignis in einem historischen Kontext zu *erfinden*, um die dramatische Wirkung zu erhöhen. Erfunden würde es außerdem übertrieben wirken. Zu viel des Guten beziehungsweise Schlechten.

Es gab sie tatsächlich an jenem 26. Oktober 1147.

Das stellte auch einer meiner Freunde fest, dem ich das Manuskript vorab zum Lesen gegeben hatte, weil ich seine Meinung schätze und er über großes Detailwissen zum Mittelalter verfügt. »Großartig!«, sagte er nach der Lektüre. »Aber bei der Sonnenfinsternis dachte ich: Jetzt übertreibst du.«

Doch weil er meine Detailbesessenheit kennt und von Beruf Physiker ist, überprüfte er die Sache anhand von Tabellen und fand die Bestätigung für das beschriebene Himmelsphänomen. Er war so erfreut darüber, dass er mir auch gleich noch die Uhrzeiten und Grade der Verfinsterung von Nürnberg und Plötzkau berechnete und mich darauf hinwies, dass in der Nacht vor einer Sonnenfinsternis kein Mond am Himmel zu sehen ist.

Warum ich mich so lange daran aufhalte?

Weil dieses Buch voller wahrer Begebenheiten ist, die so erstaunlich sind, dass Sie mir nicht glauben würden, wären sie erfunden.

Dass Petrissa den Tod ihres Mannes auf der Brandenburg tagelang geheim gehalten hat, um die reibungslose Übergabe der Burg an Albrecht den Bären zu ermöglichen, ist eine weitere solche Unglaublichkeit.

Oder das bizarre Hin und Her um Protokollfragen im Mittelalter, das ich hier in zwei Begebenheiten genüsslich ausgebreitet habe. So etwas war damals üblich und von größter Wichtigkeit.

Da muss ich gar nicht übertreiben.

Allein das, was wirklich geschah, ist spannend genug, wenn es spannend erzählt wird.

Und dieses Ringen um die Macht zwischen den Mächtigen, der Auf- und Abstieg der bedeutenden Adelsgeschlechter im 12. Jahrhundert *ist* eine spannende Geschichte. Jetzt, wo Sie bereits den zweiten Band von »Schwert und Krone« gelesen haben, bekommen Sie vielleicht eine Vorstellung von dem großen Panorama, das ich für Sie gestalten möchte.

Natürlich gibt es gerade für jene Zeit vieles, was wir nicht oder nicht genau wissen. Das betrifft zum Beispiel die Geburtsjahre wichtiger Personen, die sind zumeist geschätzt.

Oder woran Friedrich der Einäugige und der junge Heinrich-Berengar starben.

Wir wissen auch nicht mit Sicherheit, wann und wo die Verlöbnisse und Hochzeiten zwischen Friedrich und Adela, Dietrich und Dobroniega und Ludwig von Thüringen mit

Judith stattgefunden haben. Das musste ich als Autorin frei entscheiden. Sicher ist nur, dass die ersten beiden Hochzeiten noch vor dem Aufbruch der Kreuzfahrer gefeiert wurden.

Über Adela von Vohburg ist fast nichts bekannt außer ihrer Herkunft. Die staufische Geschichtsschreibung hat sich erfolgreich bemüht, fast jede Spur von ihr zu tilgen. Warum ihre Ehe mit Friedrich scheiterte, darüber können wir nur spekulieren – sieht man einmal davon ab, dass die damals üblichen, aus dynastischen Gründen arrangierten Ehen ohnehin den Vermählten nur in seltenen Fällen Glück bescherten. Es war schon ein Gewinn, wenn sie einander nicht verabscheuten. Traurige Zeiten aus heutiger Sicht. Was für ein Fortschritt, dass wir unsere Partner frei wählen können.

Doch zurück zu Adela. Wenn ich also spekulieren muss und auch darf als Romanautorin …

Achtung, Spoiler! Aber ich verrate hier nichts, was Sie nicht mit ein paar Klicks finden könnten. Sie und Friedrich hatten in ihrer fünfjährigen Ehe keine Kinder, in späteren Verbindungen aber jeder etliche Nachkommen.

Selbst wenn man Friedrichs fast zweijährige Abwesenheit berücksichtigt, sieht das für mich so aus, als hätte es außer in der Hochzeitsnacht keine oder wenig Zweisamkeit im Bett gegeben. Weiß man dazu noch, dass Friedrich Adela nicht zu großen Ereignissen wie Hoftagen mitgenommen hat und sie auch nicht krönen ließ, deutet für mich alles darauf hin: Er mochte sie nicht, und er fasste schon zeitig den Plan, sie loszuwerden. Bei seinem Stolz und Standesbewusstsein war sie ihm wohl einfach zu unbedeutend. Erst recht, sobald er König wurde.

Und Kinderlosigkeit machte damals eine Ehescheidung wegen Verwandtschaft siebten Grades noch leichter.

Im dritten Band können Sie auch nachlesen, wie es mit beiden weiterging. Da warten noch einige Überraschungen auf Sie …

Wenig wissen wir auch über Kunigunde von Plötzkau: dass sie aus Bayern kam, sehr jung mit dem deutlich älteren Bernhard von Plötzkau vermählt wurde, der in Doryläum als Führer der Nachhut fiel, dass ihre Ehe kinderlos blieb und sie später die offizielle Geliebte des Markgrafen Dietrich von Landsberg wurde. Sie gebar ihm einen Sohn, der sogar seinen Namen tragen durfte und für dessen Zukunft Dietrich über seinen Tod hinaus sorgte. In meinen Augen muss sie eine bemerkenswerte Frau gewesen sein.

Wenn ich mich hier so lange damit aufhalte, was wir alles *nicht* wissen, dann nur, um Ihnen aufzuzeigen, wo ich aus Mangel an Fakten erfunden oder spekuliert habe; und wir wissen eben gerade über die Frauen sehr wenig.

Ich bemühe mich nach Kräften, die verbürgten männlichen Hauptfiguren so darzustellen, wie ich es aus der Fachliteratur schließe, und ein Blick in die Zeittafel bestätigt Ihnen, dass die geschilderten Geschehnisse tatsächlich fast alle stattgefunden haben.

Nur die Ereignisse um Plötzkau in diesem Band habe ich erfunden, um die Not der Frauen zu zeigen, die zurückblieben, während die Männer in den Krieg zogen. Auch das traurige Schicksal Isas, um zu veranschaulichen, was es heißt, Mädchen schon als Zwölfjährige mit viel älteren Männern zu verheiraten – und mit zwölf galt ein Mädchen damals als heiratsfähig. Wie viele solcher Mädchen qualvoll starben, weil sie viel zu jung gebären mussten, werden wir nie erfahren.

Aber all diese Dinge – die Belagerung, die Wilderer, der Tod beim Gebären – hätten durchaus in Plötzkau geschehen können. Und wenn nicht, geschahen sie anderswo. Missernten und Hungersnöte hatten ganze Landstriche nahezu entvölkert und viele Menschen um die Existenz gebracht. Etliche schlossen sich deshalb den Kreuzfahrern an und fanden dabei den Tod, andere lebten als Gesetzlose in den Wäldern. Und eine schwach bemannte, nach der Feuersbrunst noch nicht vollständig wieder aufgebaute Burg war ein Ziel mit lockender Beute.

Diesen Aspekt – was wurde aus den Zurückgebliebenen? – wollte ich hier einbringen. Es sollte kein reiner Kreuzzugsroman werden, davon gibt es bereits etliche, und in den Bänden vier und fünf der »Hebammen«-Saga habe ich schon ausführlich den Dritten Kreuzzug aus Sicht der deutschen Teilnehmer und den Deutschen Kreuzzug geschildert.

Deshalb behandle ich hier beide Kreuzzüge lediglich im Mittelteil, dafür aber in aussagekräftigen Szenen, die im Wesentlichen so belegt sind.

Ein kaum beackertes Feld mit nur wenigen Quellen betrete ich mit dem Wendenkreuzzug. Aber auch hier halte ich mich an Überlieferungen, die Helmold von Bosau später in seiner *Slawenchronik* niederschrieb. Darin findet sich auch das bittere Resümee, es sei vom Geld oft die Rede gewesen, vom Glauben selten.

Apropos Zitate.

Vieles habe ich hier – leicht verändert – in Dialoge eingebaut, das Geschichtsbewanderten bekannt vorkommen dürfte. Wenn König Konrad seinen Bruder Otto von Freising, einen der bedeutendsten Chronisten des Mittelalters, anschreit: »Schreib doch einfach: Da jedermann weiß, wie traurig das Unternehmen endete, übergehe ich das und wende ich mich erfreulicheren Dingen zu!«, so handelt es sich fast wörtlich um das, was Otto dann wirklich als einzigen Kommentar über die Ereignisse hinterlässt. Zur Verzweiflung der Historiker.

Da hat man nun schon einen Chronisten mit Zugang zu höchsten Kreisen als Augenzeugen bei einem Ereignis von solcher Tragweite – und der schweigt sich aus. Weil jedermann es doch weiß, wie er sagt ... Damals vielleicht, heute wüssten wir gern viel mehr darüber.

Doch der Zwischenfall in Adrianopel ist belegt, wenngleich der Name des getöteten Ritters nicht bekannt ist. Die Strafaktion scheint für uns heute grausam, entspricht aber dem damaligen Rechtsverständnis.

Es gilt für Herrschende jener Zeit – und nicht nur jener Zeit: Wer seine Macht nicht behauptet und sich gegen jeglichen Angriff entschieden zur Wehr setzt, der hält sich nicht lange.

Ebenso Tatsache ist das an Protokollfragen gescheiterte Treffen der beiden Verwandten König Konrad und Kaiser Manuel. Umso höher ist die diplomatische Meisterleistung Friedrichs bei der Vorbereitung des Treffens der Könige Konrad III. und Ludwig VII. zu bewerten. Welch raffinierte Lösung, damit keinem ein Zacken aus der Krone fällt!

An solchen Rangeleien habe ich beim Schreiben große Freude. Für das Gespräch zwischen Barbarossa und Ludwig haben wir einen Augenzeugen und Chronisten, nämlich Odo von Deuil. Sein überlieferter Bericht enthält natürlich die offizielle Version, die bereinigte, auf die man sich gemeinsam geeinigt hatte. Das Treffen wird wohl eher so verlaufen sein, wie ich es schildere.

Auch andere im Buch erwähnte Schriftstücke existieren tatsächlich, wie die Schreiben an Wibalds Kanzlei oder der Brief, in dem Konrad nach Byzanz vom Sieg seines Sohnes in Flochberg berichtet.

Was der charismatische Abodritenfürst Niklot im Roman bei seiner formellen Unterwerfung vor Heinrich dem Löwen über Gott und den Glauben äußert, das sagte er in Wirklichkeit erst einige Jahre später zu ihm. Doch ich fand es so passend und wichtig, dass ich ihn die bemerkenswerten Worte schon in diesem Zusammenhang aussprechen lasse.

Und in noch einem Fall bin ich Ihnen Rechenschaft schuldig, mir eine Freiheit herausgenommen zu haben.

Nach der Katastrophe von Doryläum lasse ich auch die armen Pilger wieder nach Nicaea zurückkehren. Das taten sie aber nicht – sie wurden im November bei Laodikeia überfallen und trafen erst später auf die Überreste von Konrads Heer. Doch an der Stelle musste ich aus dramaturgischen Gründen etwas straffen. Die Kreuzzüge sollten nicht das gesamte Buch dominieren, ich musste ja noch bis zu Barbarossas kühnem Aufstieg kommen.

Eine weitere Etappe in der epischen Geschichte, die ich Ihnen erzählen möchte. Ich hoffe, Sie sind nach der Lektüre des zweiten Romans gespannt darauf, wie es weitergeht.

Erleben Sie zusammen mit mir ein Stück deutscher Geschichte, über das nur wenig bekannt ist. Es ist auch für mich eine spannende Entdeckungsreise.

Für Geschichtsinteressierte ist diese Romanreihe großzügig mit Bonusmaterial versehen, zusätzlich zu Glossar und Zeittafel auch noch mit genealogischen Tafeln und – als Besonderheit – mit Karten, die eigens für *Schwert und Krone* von Kartographen und Historikern entwickelt wurden.

Ich weiß, die meisten Leser historischer Romane wünschen sich Karten. In meinen ersten Romanen konnten wir jedoch keine einfügen, weil es schlichtweg keine passenden zum 12. Jahrhundert gab.

Für *Schwert und Krone* meldete sich dankenswerterweise Andreas Kowanda, Kartographieprofessor an der Hochschule für Technik und Wirtschaft Dresden, als begeisterter Leser meiner Romane *1813 – Kriegsfeuer* und *1815 – Blutfrieden*. Er bot an, Karten für meine nächsten Romane zu gestalten. Das erste Ergebnis sahen Sie bereits im Vorsatz von Band eins, *Meister der Täuschung*; es ist nun, leicht umgestaltet, auch hier in diesem Roman zu finden.

Doch im Nachsatz dieses Buches bekommen Sie etwas ganz Neues zu sehen: eine Karte zum Wendenkreuzzug. Dies ist etwas ganz Besonderes, denn so etwas gab es bislang nicht einmal in der Fachliteratur. Dazu haben Andreas Kowanda und der Historiker Stefan Auert-Watzik, von dem auch die genealogischen Tafeln stammen, in regem Austausch jedes

Detail einfließen lassen, das sich fand. Auch Thomas Zimmermann vom Leibniz-Institut für Länderkunde Leipzig und Dr. Michael Lindner von der Akademie der Wissenschaften Berlin / Brandenburg, der unter anderem ein sehr unterhaltsames Sachbuch über Jacza von Köpenick verfasste, haben daran mitgewirkt. Die Grafikabteilung des Verlags illustrierte das Ergebnis dann so, dass es besser zu einem Roman passt als zu einem historischen Fachwerk.

Überhaupt hätte ich ohne Unterstützung der Fachleute auch dieses Buch nicht so hautnah an der Historie schreiben können.

Natürlich möchte ich eine spannende Story erzählen, aber auch ein Stück unserer Geschichte lebendig werden lassen. Denn Geschichte ist wichtig. Da geht es um unsere Wurzeln, unsere Herkunft. Und zu wissen, wie unsere Vorfahren lebten, lässt uns auch die Gegenwart oft mit ganz anderen Augen sehen.

Damit wären wir bei der Danksagung angelangt.
Die ist immer das Schwierigste, wenn das Buch erst zu Ende geschrieben ist. Nicht, weil ich meinen Dank nicht ausdrücken will, im Gegenteil.
Sondern weil so viele Menschen Anteil am Zustandekommen und Erfolg eines Buches haben, dass es unmöglich ist, sie alle zu nennen. Ich hoffe, im Folgenden keinen zu vergessen, der unbedingt erwähnt sein sollte. Die Reihenfolge stellt keinerlei Wertung dar.

Mein Dank geht an:

• meinen Agenten Roman Hocke von der AVA international, der sich im Verlag Droemer Knaur für diese Buchreihe eingesetzt hat, mich mit Rat und Tat unterstützte, mich auch in schweren Zeiten immer wieder ermutigte und ein neugieriger, kritischer und begeisterter »Erstleser« jedes neuen Kapitels war;

- die gesamte Mannschaft der Verlagsgruppe Droemer Knaur, die auf vielfältige Art und Weise dieses Projekt auf den Weg gebracht hat. Dank an die Geschäftsleitung, die sich von meinen Plänen sofort begeistern ließ, weil sie darin ein großes Potenzial erkannte, insbesondere an Dr. Hans-Peter Übleis und seine Nachfolgerin Dr. Doris Janhsen für ihr Engagement für Autoren und ihre Bücher;
- Christine Steffen-Reimann, die mit Sachkenntnis, Geduld und der Neugier einer kritischen und enthusiastischen Leserin das Werden dieses Romans begleitete;
- das Marketing für seine Ideen und die Gestaltung von Karten und Stammtafel;
- Patricia Keßler für die Pressearbeit;
- Hanna Pfaffenwimmer für die Vorbereitung der Lesetour;
- die Herstellung für einige wichtige Tage Aufschub
- sowie jeden im Haus Droemer Knaur, der Anteil an diesem Buch hat;
- die Agentur ZERO für das großartige Cover;
- Silvia Kuttny-Walser für ihr sorgfältiges und inspirierendes Lektorat.

Es ist mir Ehre und Anerkennung meiner Arbeit, dass mich Historiker bei meinen Recherchen unterstützen und bereit sind, mit mir Fragen zu diskutieren, mir Hinweise zu Interpretationen und Fachliteratur geben.

Ganz besonderer Dank geht deshalb an Dr. Michael Lindner, Akademie der Wissenschaften Berlin/Brandenburg, für die Antworten auf zahlreiche Fragen und die kritische Durchsicht des Manuskripts, ebenso an Stefan Auert-Watzik, der auch die genealogischen Tafeln erstellte, sich in den Wendenkreuzzug vertiefte und bei der Lektüre meines Manuskripts ebensolche Begeisterung zeigte wie Dr. Lindner.

Noch einmal nennen muss und will ich hier Professor Andreas Kowanda von der Hochschule für Technik und Wirtschaft Dresden, der gemeinsam mit Thomas Zimmermann vom Leibniz-Institut für Länderkunde Leipzig und den beiden oben genannten Historikern Kartenwerke schuf, die es bislang noch nicht gab.

Die meisten meiner Leser wissen, dass ich einen großen Teil meiner Inspiration – neben der Fachliteratur und den Gesprächen mit Historikern – dem Reenactment verdanke.
In der Interessengemeinschaft »Mark Meißen 1200«, der ich seit zehn Jahren angehöre, habe ich gute Freunde gefunden. Dabei kam unsere erste Begegnung durch Fanpost zustande, nachdem mein erster Roman erschienen war; zuvor hatte ich diese faszinierende Szene gar nicht im Blick.
Das gemeinsame Interesse für Geschichte einte uns sofort. Ich habe sehr viel von der Gruppe gelernt, was Details zu mittelalterlichen Waffen, Kampftechniken, Gewändern, Tafelzeremoniell und anderes betrifft. Bei unseren Treffen solche Dinge erörtern, praktizieren und miterleben zu dürfen, ist für mich jedes Mal ein Gewinn und eine Freude.
Mit ihren Auftritten zu meinen Buchpremieren und ausgewählten Lesungen bringen die Mitglieder der »Mark Meißen 1200« das Publikum regelmäßig zum Staunen. In nach historischen Vorlagen von Hand genähten Kleidern und durch die Vorführung historischer Schwertkampftechniken vermitteln sie ein Stück authentisches Mittelalter.
Mein Dank geht an die gesamte Gruppe. Im Einzelnen bedanke ich mich noch bei Dr. Tino Gottschall, Ralf Jung, Ralf Gommlich, André Lage und Matthias Hölzel für diverse hilfreiche Ratschläge zu den Themen Belagerung, Pfeilschussreichweiten, Schwertkampftaktiken, wie man eine Flotte versenkt, Wurfmaschinen unauffällig unbrauchbar macht sowie anderen Dingen, die im Mittelalter hilfreich sein könnten.

Dr. Gottschall danke ich überdies für die kritische Lektüre des Manuskripts und Hinweise wie zum Beispiel den fehlenden Mond vor einer Sonnenfinsternis.

Des Weiteren geht mein Dank an die Biologin Anke Schlachter für Sachkundiges zu Gerfalken.

Und ganz besonders an Dr. Christiane Meine für Rat in medizinischen Fragen, zum Beispiel an welcher Krankheit und wie Friedrich II. von Schwaben gestorben sein könnte und wie damals Malaria tertiana behandelt wurde.

Ich danke den Buchhändlern, die in den vergangenen Jahren meine Romane an ihre Kunden weiterempfohlen haben, und hoffe, dass sie es auch bei diesem Buch gern tun werden. Ganz besonders jenen, die liebevoll gestaltete Lesungen organisiert und / oder meine Bücher schön präsentiert haben.

Und zum Schluss, aber nicht als Letztes, möchte ich all den Lesern danken, die mich mit ihrem Interesse und ihrer Begeisterung ermutigt und inspiriert haben und die nach der Fortsetzung riefen, sobald sie den ersten Band von *Schwert und Krone* ausgelesen hatten.
Mit jedem neuen Buch geht man als Autor gegenüber den Lesern die Verpflichtung ein, die vorangegangenen damit noch zu übertreffen. Ich habe mein Bestes gegeben, um diesen ungeschriebenen Vertrag zu erfüllen. Auch im Gegenzug für all Ihre moralische Unterstützung und Treue. Nun lege ich dieses Buch vertrauensvoll in Ihre Hände.

Sabine Ebert
Leipzig, August 2017

Die Welfen und die Staufer
Stammtafel (1120–1252)

[Auert-Watzik 2017 nach Ehlers 1995, Schneidmüller 2000, Engels ⁹2010 u. Görich ³2011]

2.1

Heinrich der Stolze
(um 1105–1138/39)
∞ 1127
Gertrud v. Süpplingenburg
(1115–1143)

Hz. v. Bayern 1126–1138
Hz. v. Sachsen 1137/38

2.2

Konrad
(um 1105–1126)

Zisterziensermönch ab 1147

2.3

Judith
(nach 1100–1130/31)
∞ 1119/1121 (?)
Friedrich II. v. Schwaben
(1090–1147)

Hz. v. Schwaben
1105–1147

3.1

Heinrich der Löwe
(um 1129/30)–1195)
∞ 1147/1168
1. **Clementia v. Zähringen**
(gest. ca. 1167)
2. **Mathilde v. England**
(um 1156–1189)

Hz. v. Sachsen 1142–1180
Hz. v. Bayern 1156–1180

3.2–3.7

sechs weitere
Kinder

3.1

Friedrich I. Barbarossa
(1122–1190)
∞
(1.) **Adela von Vohburg**
(2.) **Beatrix v. Burgund**
(um 1140–1184)

Hz. v. Schwaben 1147–1152
Röm.-Deutscher König
1152–1190
Kaiser 1155–1190

4.1–4.3

drei
Kinder
aus
1. Ehe

4.4

Heinrich
(gest. als Kind)

4.5

Richenza
(1172–1208/09)

4.6

Lothar
(erwähnt 1174/75)

4.7

Heinrich
(um 1173/74–1227)
∞ 1194/1211
1. **Agnes v. Staufen**
(um 1176–1204)
2. **Agnes v. Landsberg**
(1192/93–1266)

Pfgf. bei Rhein
1195–1212/13

4.8

Wilhelm
(1184–1213)
∞ 1202
Helena v. Dänemark
(gest. 1233)

5.1

Otto »das Kind«
(1204–1252)
∞ 1228
Mechthild v. Brandenburg
(gest. 1261)

Hz. v. Braunschweig-Lüneburg
1235–1252

1.0

Heinrich IX., »der Schwarze«
(um 1075 – 1126)
∞ 1095/1100
Wulfhild Billung v. Sachsen (gest. 1126)

Hz. v. Bayern 1120 – 1126

2.4

Sophie
(gest. vor 1147)
∞
1. Berthold III.
v. Zähringen
(um 1090 – 1122)
2. Leopold I. v. Steyr
(gest. 1129)

2.5

Mathilde
(gest. 1183)
∞ (?)/1129
1. Diepold IV.
v. Vohburg
(gest. 1128)
2. Gebhard III.
v. Sulzbach
(um 1114 – 1188)

2.6

Welf VI.
(1115/16 – 1191)
∞
Uta v. Calw
(um 1115/20 – 1197)

2.7

Wulfhild
(gest. nach 1160)
∞
Rudolf v. Bregenz
(gest. 1160)

3.2

Bertha (Judith)
(um 1123 – 1194/95)
∞ vor 1139
Matthäus I.
v. Lothringen
(um 1110 – 1176)

*Hz. v. Lothringen
1139 – 1176*

4.9

Otto IV.
(1175/76 – 1218)
∞ 1212
Beatrix v. Schwaben
(1198 – 1212)

*Röm.-
Deutscher König
1198/1209 – 1218
Kaiser 1209 – 1218*

4.1

Heinrich VI.
(1165 – 1197)
∞ 1186
Konstanze v. Sizilien
(1154 – 1198)

*Röm.-
Deutscher König
1169 – 1197
Kaiser 1191 – 1197
König v. Sizilien
1194 – 1197*

5.1

Friedrich II.
(1194 – 1250)

*König v. Sizilien
1198 – 1250
Röm.-Deutscher
König 1212 – 1250
Kaiser 1220 – 1250*

4.2

Philipp v. Schwaben
(1177 – 1208)
∞ 1197
Irene v. Byzanz
(1181 – 1208)

*Röm.-
Deutscher König
1198 – 1208*

4.3 – 4.11

weitere neun Kinder

Die Komnenen – Der Kaiser von Byzanz
Stammtafel (1005–1222)

[Auert-Watzik 2017 nach Gabler 1958, Ostrogorsky 1963, Ducellier 1990 und Lilie 2003/⁶2014]

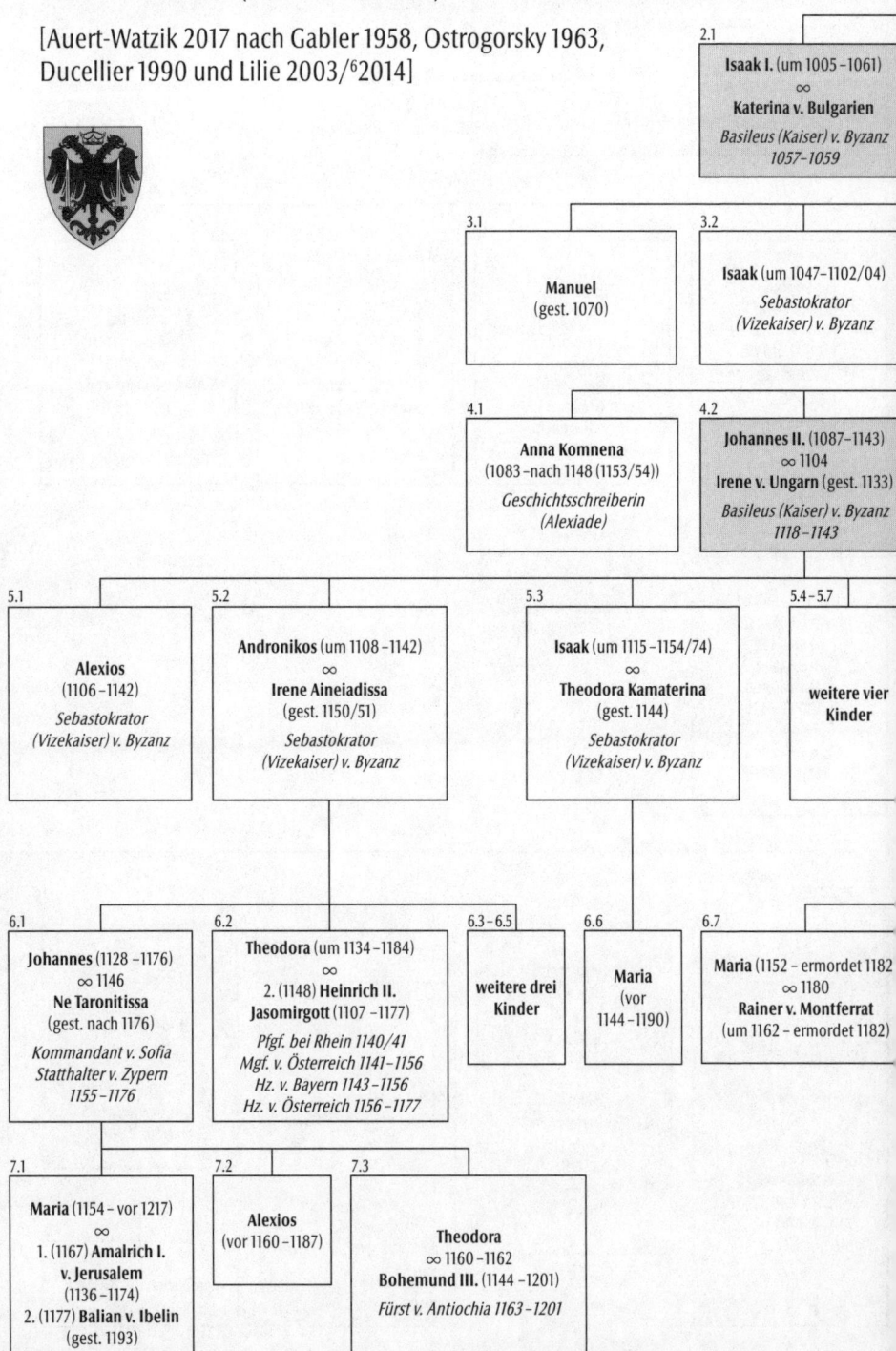

2.1
Isaak I. (um 1005–1061)
∞
Katerina v. Bulgarien
Basileus (Kaiser) v. Byzanz
1057–1059

3.1
Manuel
(gest. 1070)

3.2
Isaak (um 1047–1102/04)
Sebastokrator
(Vizekaiser) v. Byzanz

4.1
Anna Komnena
(1083–nach 1148 (1153/54))
Geschichtsschreiberin
(Alexiade)

4.2
Johannes II. (1087–1143)
∞ 1104
Irene v. Ungarn (gest. 1133)
Basileus (Kaiser) v. Byzanz
1118–1143

5.1
Alexios
(1106–1142)
Sebastokrator
(Vizekaiser) v. Byzanz

5.2
Andronikos (um 1108–1142)
∞
Irene Aineiadissa
(gest. 1150/51)
Sebastokrator
(Vizekaiser) v. Byzanz

5.3
Isaak (um 1115–1154/74)
∞
Theodora Kamaterina
(gest. 1144)
Sebastokrator
(Vizekaiser) v. Byzanz

5.4–5.7
weitere vier Kinder

6.1
Johannes (1128–1176)
∞ 1146
Ne Taronitissa
(gest. nach 1176)
Kommandant v. Sofia
Statthalter v. Zypern
1155–1176

6.2
Theodora (um 1134–1184)
∞
2. (1148) **Heinrich II. Jasomirgott** (1107–1177)
Pfgf. bei Rhein 1140/41
Mgf. v. Österreich 1141–1156
Hz. v. Bayern 1143–1156
Hz. v. Österreich 1156–1177

6.3–6.5
weitere drei Kinder

6.6
Maria
(vor 1144–1190)

6.7
Maria (1152 – ermordet 1182)
∞ 1180
Rainer v. Montferrat
(um 1162 – ermordet 1182)

7.1
Maria (1154 – vor 1217)
∞
1. (1167) **Amalrich I. v. Jerusalem**
(1136–1174)
2. (1177) **Balian v. Ibelin**
(gest. 1193)

7.2
Alexios
(vor 1160–1187)

7.3
Theodora
∞ 1160–1162
Bohemund III. (1144–1201)
Fürst v. Antiochia 1163–1201

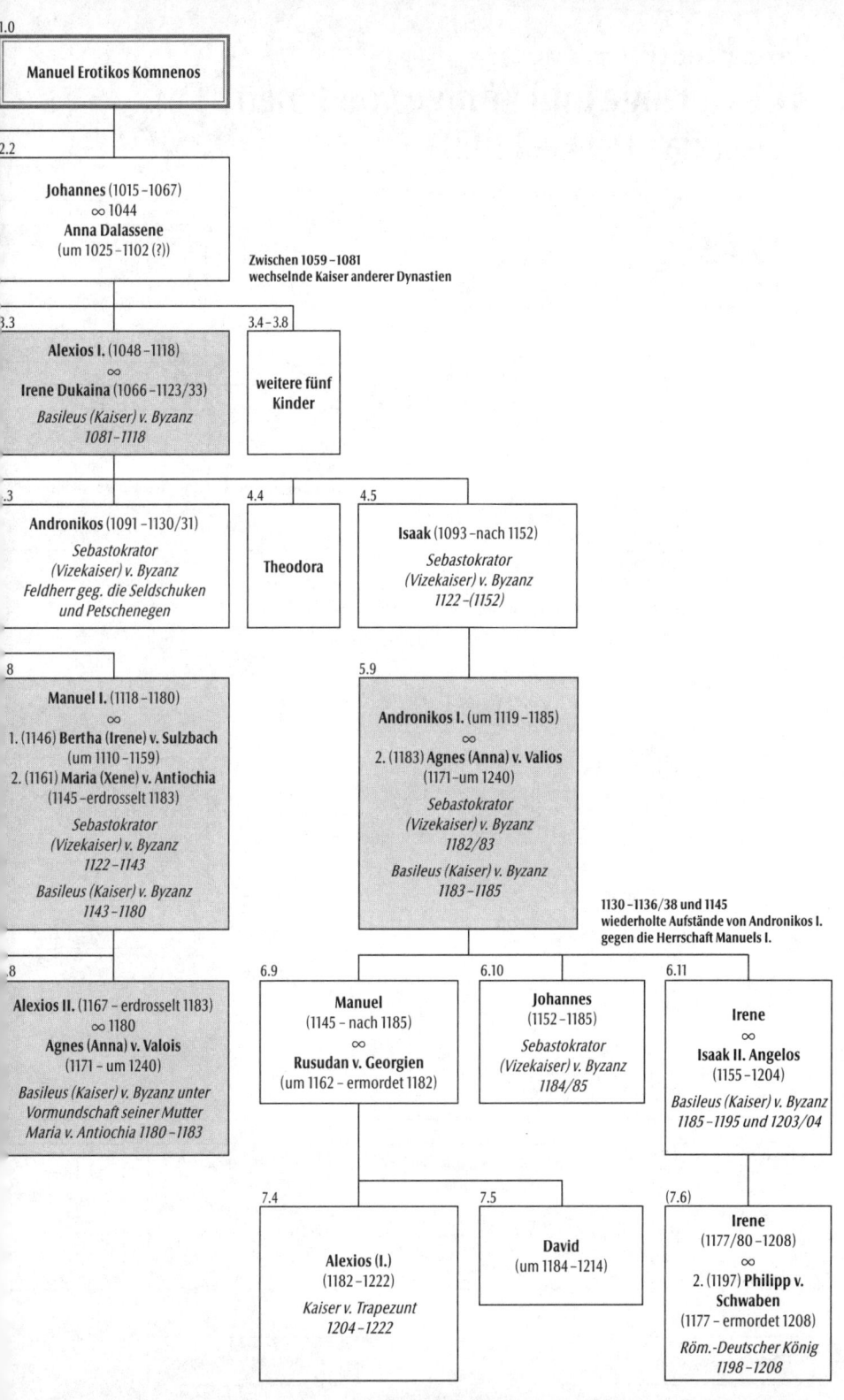

1.0

Manuel Erotikos Komnenos

2.2

Johannes (1015–1067)
∞ 1044
Anna Dalassene
(um 1025–1102 (?))

Zwischen 1059–1081
wechselnde Kaiser anderer Dynastien

3.3

Alexios I. (1048–1118)
∞
Irene Dukaina (1066–1123/33)
Basileus (Kaiser) v. Byzanz
1081–1118

3.4–3.8

weitere fünf Kinder

.3

Andronikos (1091–1130/31)
Sebastokrator
(Vizekaiser) v. Byzanz
Feldherr geg. die Seldschuken
und Petschenegen

4.4

Theodora

4.5

Isaak (1093–nach 1152)
Sebastokrator
(Vizekaiser) v. Byzanz
1122–(1152)

8

Manuel I. (1118–1180)
∞
1. (1146) **Bertha (Irene) v. Sulzbach**
(um 1110–1159)
2. (1161) **Maria (Xene) v. Antiochia**
(1145–erdrosselt 1183)
Sebastokrator
(Vizekaiser) v. Byzanz
1122–1143
Basileus (Kaiser) v. Byzanz
1143–1180

5.9

Andronikos I. (um 1119–1185)
∞
2. (1183) **Agnes (Anna) v. Valios**
(1171–um 1240)
Sebastokrator
(Vizekaiser) v. Byzanz
1182/83
Basileus (Kaiser) v. Byzanz
1183–1185

1130–1136/38 und 1145
wiederholte Aufstände von Andronikos I.
gegen die Herrschaft Manuels I.

.8

Alexios II. (1167–erdrosselt 1183)
∞ 1180
Agnes (Anna) v. Valois
(1171–um 1240)
Basileus (Kaiser) v. Byzanz unter
Vormundschaft seiner Mutter
Maria v. Antiochia 1180–1183

6.9

Manuel
(1145–nach 1185)
∞
Rusudan v. Georgien
(um 1162–ermordet 1182)

6.10

Johannes
(1152–1185)
Sebastokrator
(Vizekaiser) v. Byzanz
1184/85

6.11

Irene
∞
Isaak II. Angelos
(1155–1204)
Basileus (Kaiser) v. Byzanz
1185–1195 und 1203/04

7.4

Alexios (I.)
(1182–1222)
Kaiser v. Trapezunt
1204–1222

7.5

David
(um 1184–1214)

(7.6)

Irene
(1177/80–1208)
∞
2. (1197) **Philipp v.
Schwaben**
(1177–ermordet 1208)
Röm.-Deutscher König
1198–1208

Die Piasten –
Die Herzöge und Könige von Polen
Stammtafel (945–1202)

[Auert-Watzik 2017 nach Lübke 2004 und Mühle 2011]

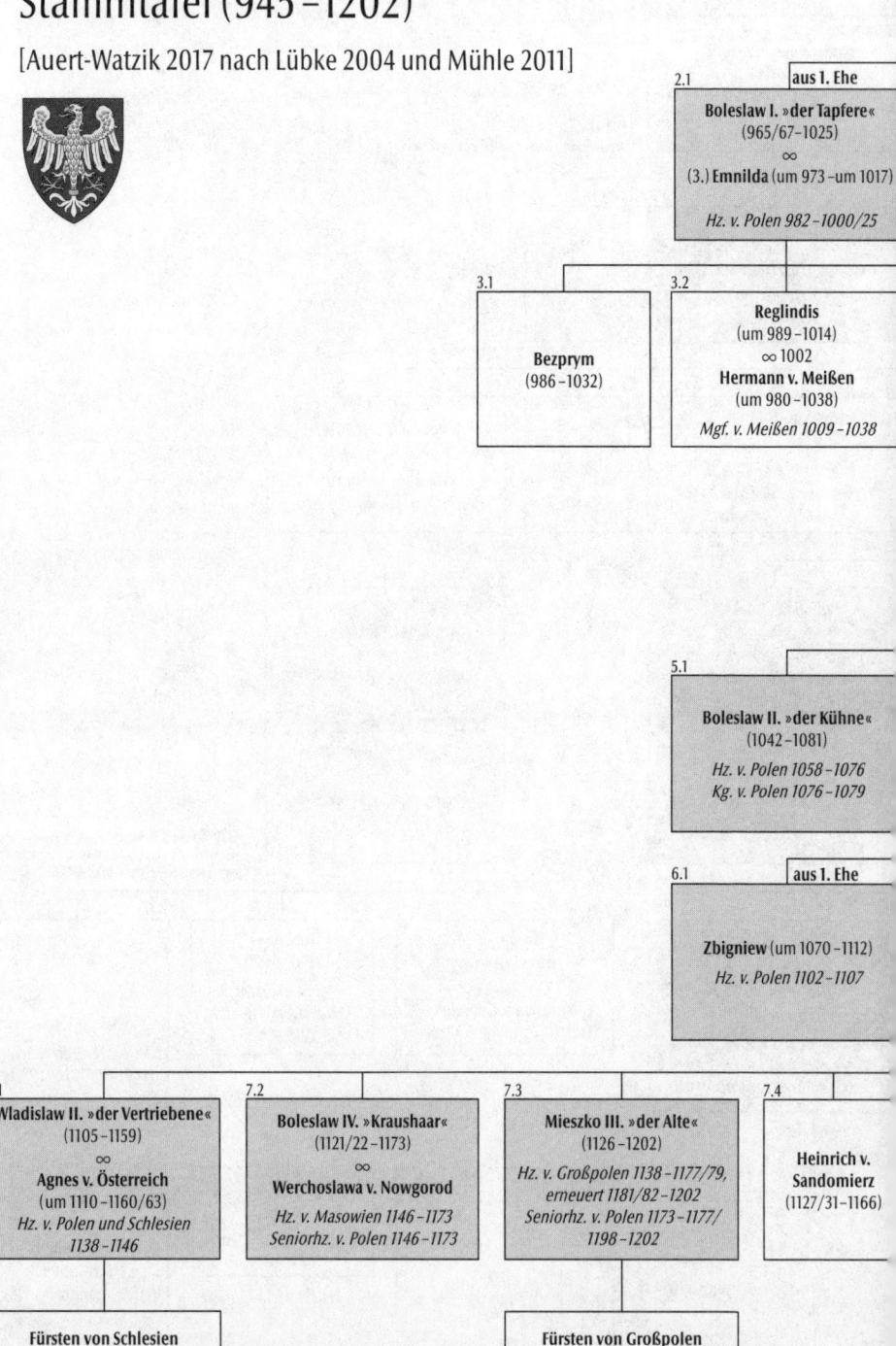

2.1 — aus 1. Ehe

Boleslaw I. »der Tapfere«
(965/67–1025)
∞
(3.) Emnilda (um 973–um 1017)

Hz. v. Polen 982–1000/25

3.1

Bezprym
(986–1032)

3.2

Reglindis
(um 989–1014)
∞ 1002
Hermann v. Meißen
(um 980–1038)

Mgf. v. Meißen 1009–1038

5.1

Boleslaw II. »der Kühne«
(1042–1081)

Hz. v. Polen 1058–1076
Kg. v. Polen 1076–1079

6.1 — aus 1. Ehe

Zbigniew (um 1070–1112)

Hz. v. Polen 1102–1107

7.1

Wladislaw II. »der Vertriebene«
(1105–1159)
∞
Agnes v. Österreich
(um 1110–1160/63)
Hz. v. Polen und Schlesien
1138–1146

Fürsten von Schlesien

7.2

Boleslaw IV. »Kraushaar«
(1121/22–1173)
∞
Werchoslawa v. Nowgorod

Hz. v. Masowien 1146–1173
Seniorhz. v. Polen 1146–1173

7.3

Mieszko III. »der Alte«
(1126–1202)

Hz. v. Großpolen 1138–1177/79,
erneuert 1181/82–1202
Seniorhz. v. Polen 1173–1177/
1198–1202

Fürsten von Großpolen

7.4

**Heinrich v.
Sandomierz**
(1127/31–1166)

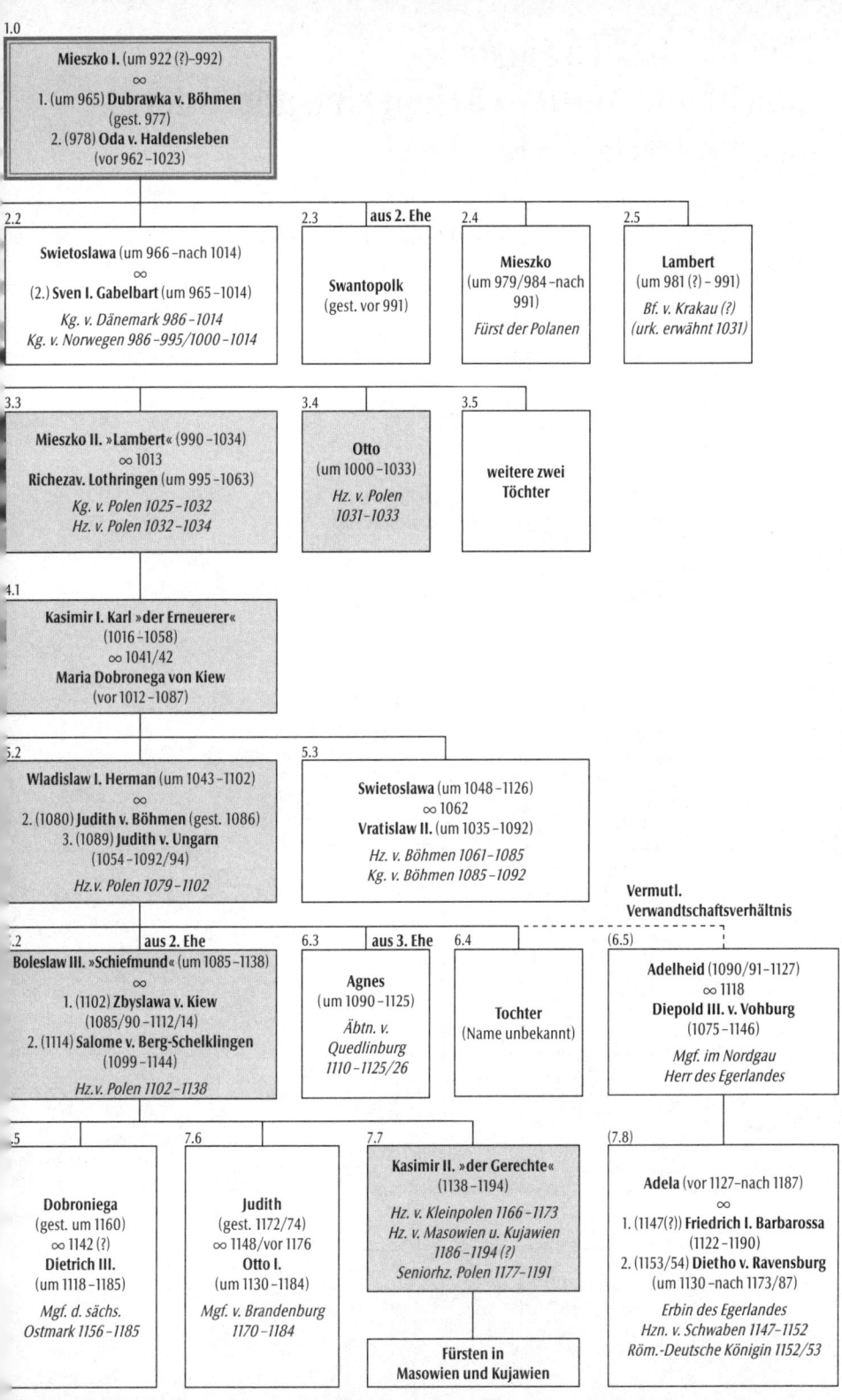

1.0

Mieszko I. (um 922 (?)–992)
∞
1. (um 965) **Dubrawka v. Böhmen** (gest. 977)
2. (978) **Oda v. Haldensleben** (vor 962–1023)

2.2

Swietoslawa (um 966–nach 1014)
∞
(2.) **Sven I. Gabelbart** (um 965–1014)
Kg. v. Dänemark 986–1014
Kg. v. Norwegen 986–995/1000–1014

aus 2. Ehe

2.3

Swantopolk (gest. vor 991)

2.4

Mieszko (um 979/984–nach 991)
Fürst der Polanen

2.5

Lambert (um 981 (?) – 991)
Bf. v. Krakau (?)
(urk. erwähnt 1031)

3.3

Mieszko II. »Lambert« (990–1034)
∞ 1013
Richeza v. Lothringen (um 995–1063)
Kg. v. Polen 1025–1032
Hz. v. Polen 1032–1034

3.4

Otto (um 1000–1033)
Hz. v. Polen 1031–1033

3.5

weitere zwei Töchter

4.1

Kasimir I. Karl »der Erneuerer« (1016–1058)
∞ 1041/42
Maria Dobronega von Kiew (vor 1012–1087)

5.2

Wladislaw I. Herman (um 1043–1102)
∞
2. (1080) **Judith v. Böhmen** (gest. 1086)
3. (1089) **Judith v. Ungarn** (1054–1092/94)
Hz. v. Polen 1079–1102

5.3

Swietoslawa (um 1048–1126)
∞ 1062
Vratislaw II. (um 1035–1092)
Hz. v. Böhmen 1061–1085
Kg. v. Böhmen 1085–1092

Vermutl. Verwandtschaftsverhältnis

6.2 **aus 2. Ehe**

Boleslaw III. »Schiefmund« (um 1085–1138)
∞
1. (1102) **Zbyslawa v. Kiew** (1085/90–1112/14)
2. (1114) **Salome v. Berg-Schelklingen** (1099–1144)
Hz. v. Polen 1102–1138

6.3 **aus 3. Ehe**

Agnes (um 1090–1125)
Äbtn. v. Quedlinburg 1110–1125/26

6.4

Tochter (Name unbekannt)

(6.5)

Adelheid (1090/91–1127)
∞ 1118
Diepold III. v. Vohburg (1075–1146)
Mgf. im Nordgau
Herr des Egerlandes

7.5

Dobroniega (gest. um 1160)
∞ 1142 (?)
Dietrich III. (um 1118–1185)
Mgf. d. sächs. Ostmark 1156–1185

7.6

Judith (gest. 1172/74)
∞ 1148/vor 1176
Otto I. (um 1130–1184)
Mgf. v. Brandenburg 1170–1184

7.7

Kasimir II. »der Gerechte« (1138–1194)
Hz. v. Kleinpolen 1166–1173
Hz. v. Masowien u. Kujawien 1186–1194 (?)
Seniorhz. Polen 1177–1191

(7.8)

Adela (vor 1127–nach 1187)
∞
1. (1147(?)) **Friedrich I. Barbarossa** (1122–1190)
2. (1153/54) **Dietho v. Ravensburg** (um 1130–nach 1173/87)
Erbin des Egerlandes
Hz. v. Schwaben 1147–1152
Röm.-Deutsche Königin 1152/53

Fürsten in Masowien und Kujawien

Die slawischen Fürsten –
Macht und Mord zwischen Elbe und Oder
Stammtafel (955 –1227)

[Auert-Watzik/Lindner 2017 nach Kahl 1964,
Hermann ²1985 und Lindner 2012/2014]

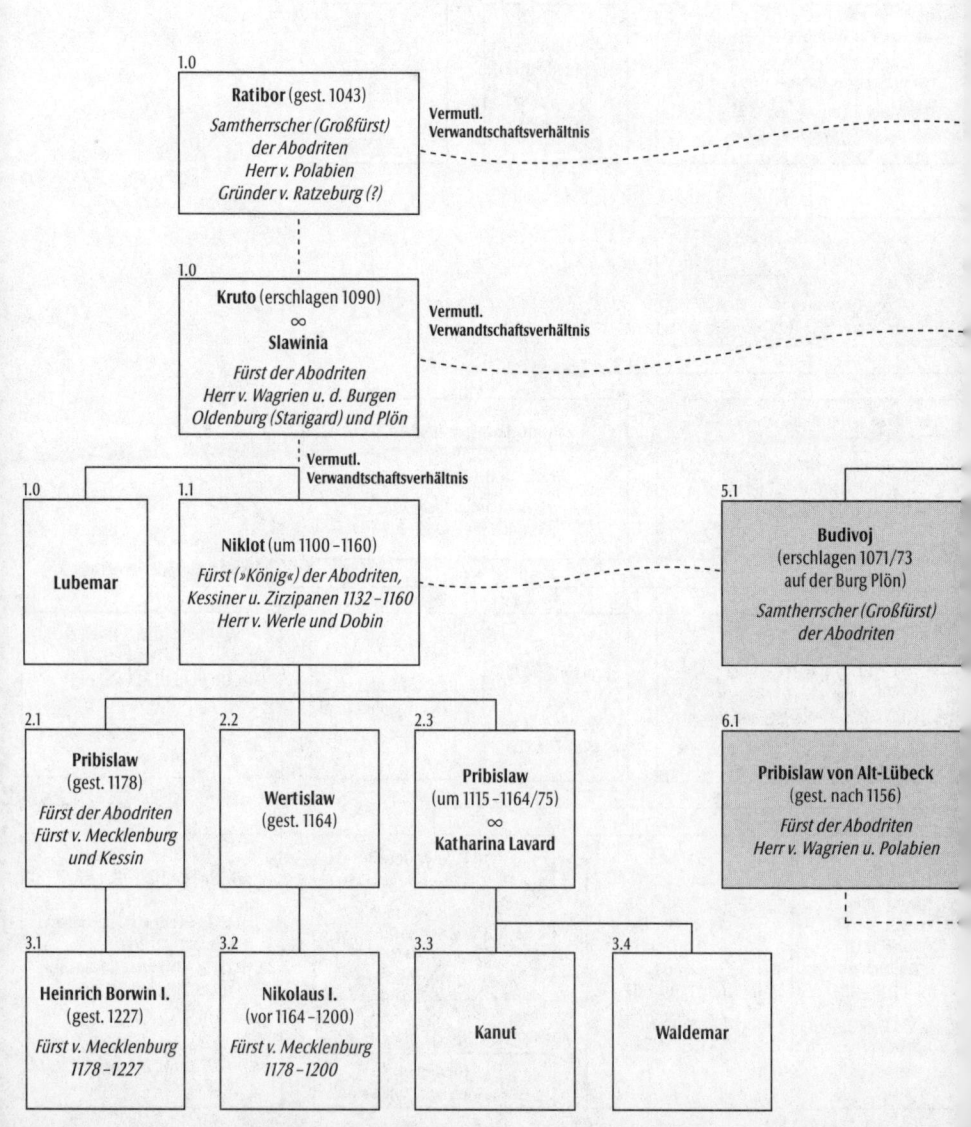

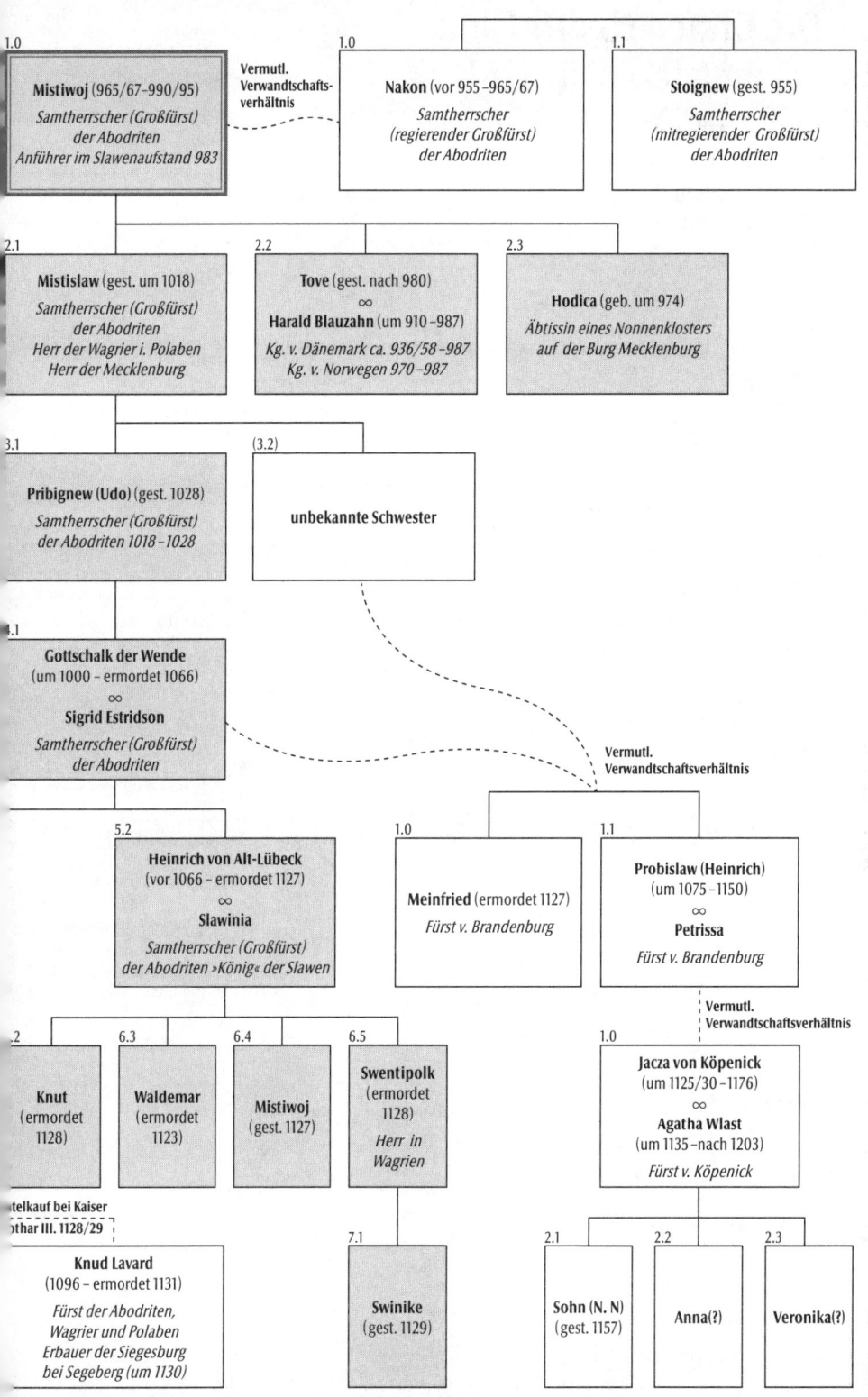

1.0

Mistiwoj (965/67–990/95)

*Samtherrscher (Großfürst)
der Abodriten
Anführer im Slawenaufstand 983*

Vermutl.
Verwandtschafts-
verhältnis

1.0

Nakon (vor 955–965/67)

*Samtherrscher
(regierender Großfürst)
der Abodriten*

1.1

Stoignew (gest. 955)

*Samtherrscher
(mitregierender Großfürst)
der Abodriten*

2.1

Mistislaw (gest. um 1018)

*Samtherrscher (Großfürst)
der Abodriten
Herr der Wagrier i. Polaben
Herr der Mecklenburg*

2.2

Tove (gest. nach 980)
∞
Harald Blauzahn (um 910–987)
*Kg. v. Dänemark ca. 936/58–987
Kg. v. Norwegen 970–987*

2.3

Hodica (geb. um 974)

*Äbtissin eines Nonnenklosters
auf der Burg Mecklenburg*

3.1

Pribignew (Udo) (gest. 1028)

*Samtherrscher (Großfürst)
der Abodriten 1018–1028*

(3.2)

unbekannte Schwester

4.1

Gottschalk der Wende
(um 1000 – ermordet 1066)
∞
Sigrid Estridson

*Samtherrscher (Großfürst)
der Abodriten*

Vermutl.
Verwandtschaftsverhältnis

5.2

Heinrich von Alt-Lübeck
(vor 1066 – ermordet 1127)
∞
Slawinia

*Samtherrscher (Großfürst)
der Abodriten »König« der Slawen*

1.0

Meinfried (ermordet 1127)

Fürst v. Brandenburg

1.1

Probislaw (Heinrich)
(um 1075–1150)
∞
Petrissa

Fürst v. Brandenburg

Vermutl.
Verwandtschaftsverhältnis

1.0

Jacza von Köpenick
(um 1125/30–1176)
∞
Agatha Wlast
(um 1135–nach 1203)

Fürst v. Köpenick

.2

Knut
(ermordet
1128)

6.3

Waldemar
(ermordet
1123)

6.4

Mistiwoj
(gest. 1127)

6.5

Swentipolk
(ermordet
1128)

*Herr in
Wagrien*

...telkauf bei Kaiser
...othar III. 1128/29

Knud Lavard
(1096 – ermordet 1131)

*Fürst der Abodriten,
Wagrier und Polaben
Erbauer der Siegesburg
bei Segeberg (um 1130)*

7.1

Swinike
(gest. 1129)

2.1

Sohn (N. N)
(gest. 1157)

2.2

Anna(?)

2.3

Veronika(?)

Die Grafen von Holstein
Stammtafel (1110–1261)

[Auert-Watzik 2017
nach Meyer 1911, Bork 1951,
bei der Wieden ²1999,
Bock 2012/2015 und
Auge/Kraack 2015]

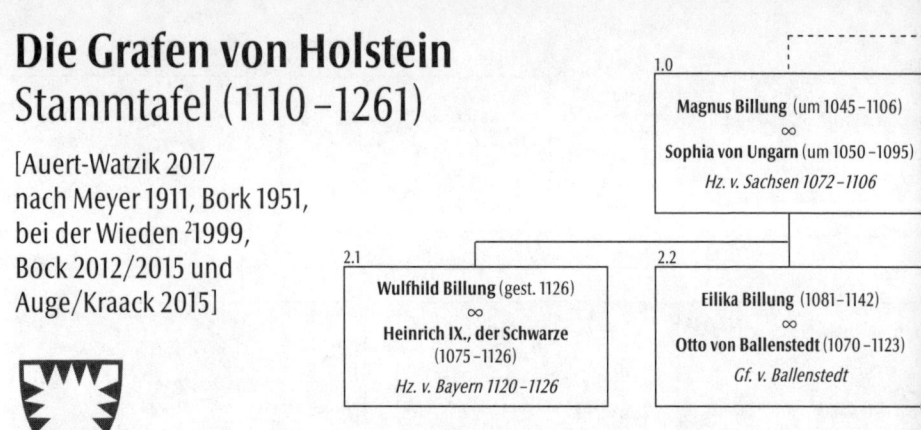

1.0

Magnus Billung (um 1045–1106)
∞
Sophia von Ungarn (um 1050–1095)
Hz. v. Sachsen 1072–1106

2.1

Wulfhild Billung (gest. 1126)
∞
Heinrich IX., der Schwarze
(1075–1126)
Hz. v. Bayern 1120–1126

2.2

Eilika Billung (1081–1142)
∞
Otto von Ballenstedt (1070–1123)
Gf. v. Ballenstedt

Herrschaftsübertragung an die Herren von Schauenburg
durch Kaiser Lothar III. v. Süpplingenburg 1110/1

2.1

Hartung
(gest. 1126)

2.2

Mechthild (geb. um 1126)
∞
Ludolf I. von Dassel
(um 1115–nach 1166)
Gf. v. Dassel 1153–1166

2.3

Adolf II. (1128–1164)
∞ 1158
Mechthild von Schwarzburg-Käfernburg
(gest. 1192)
*Herr v. Schauenburg
Gf. v. Holstein-Stormarn
1136–1137/1142–1164*

3.1

Adolf III. (1160–1225)
∞
1. (1182) **Adelheit von Assel**
(gest. 1185)
2. (1189) **Adelheit von Querfurt**
(gest. um 1210)
*Herr v. Schauenburg
Gf. v. Holstein-Stormarn 1164–1203/25*

**1203–1227 König Waldemar II. v. Dänemark
im Besitz der Gft. Holstein**

4.1

Adolf IV. (vor 1205–1261)
∞
Heilwig von der Lippe (1200–1248/50)
*Herr v. Schauenburg
Gf. v. Holstein-Stormarn 1227–1238
Herr v. Kiel*

4.2

Bruno
(um 1205–1281)
*Bf. v. Olmütz
1245/47–1281*

4.3

Konrad
(gest. 1237/38)

4.4

Mechthild
(gest. um 1264)

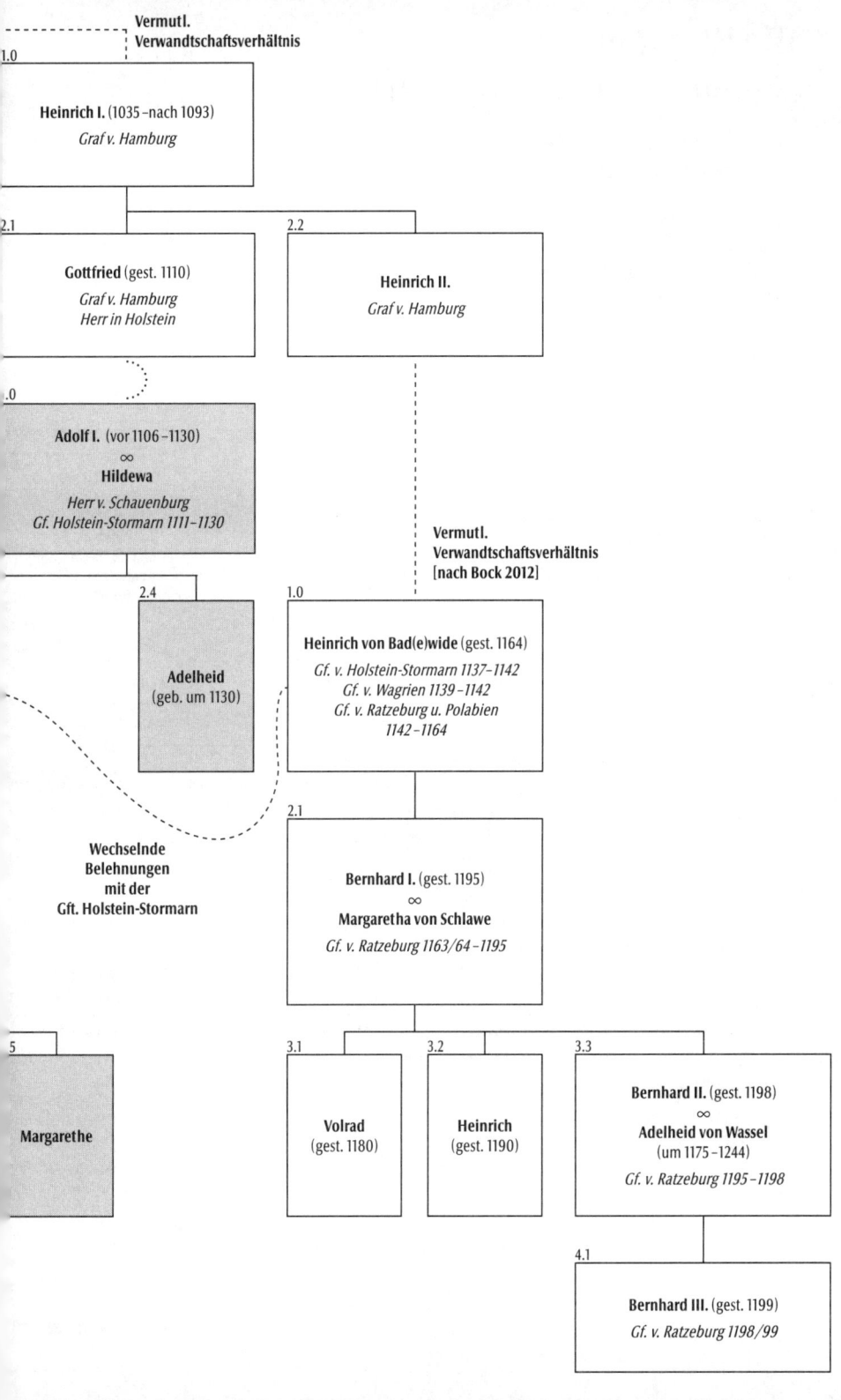

Vermutl. Verwandtschaftsverhältnis

1.0

Heinrich I. (1035–nach 1093)
Graf v. Hamburg

2.1
Gottfried (gest. 1110)
Graf v. Hamburg
Herr in Holstein

2.2
Heinrich II.
Graf v. Hamburg

.0
Adolf I. (vor 1106–1130)
∞
Hildewa
Herr v. Schauenburg
Gf. Holstein-Stormarn 1111–1130

Vermutl. Verwandtschaftsverhältnis [nach Bock 2012]

2.4
Adelheid (geb. um 1130)

1.0
Heinrich von Bad(e)wide (gest. 1164)
Gf. v. Holstein-Stormarn 1137–1142
Gf. v. Wagrien 1139–1142
Gf. v. Ratzeburg u. Polabien 1142–1164

Wechselnde Belehnungen mit der Gft. Holstein-Stormarn

2.1
Bernhard I. (gest. 1195)
∞
Margaretha von Schlawe
Gf. v. Ratzeburg 1163/64–1195

5
Margarethe

3.1
Volrad (gest. 1180)

3.2
Heinrich (gest. 1190)

3.3
Bernhard II. (gest. 1198)
∞
Adelheid von Wassel (um 1175–1244)
Gf. v. Ratzeburg 1195–1198

4.1
Bernhard III. (gest. 1199)
Gf. v. Ratzeburg 1198/99

Die Wettiner
Stammtafel (um 1034–1221)

[Auert-Watzik 2017 nach Posse 1897, Pätzold 1997,
Marquis 1998 und Schlenker 2007]

2.1
Dedo IV.
(um 1096–1124)
∞
Bertha v. Groitzsch
(gest. 1124)

*Gf. v. Wettin-Brehna
1104–1124*

3.1
Heinrich
(jung verstorben)

3.2
Otto der Reiche
(erwähnt nach 1125–1190)
∞ 1147
Hedwig v. Ballenstedt
(gest. 1203)

Mgf. v. Meißen 1156–1190

3.3
Oda
(gest. um 1190)
*Äbtn. v.
Gerbstedt
(urk. 1137)*

3.4
Bertha
*Äbtn. v.
Gerbstedt
(urk. 1190)*

3.5
Dietrich (II.)
(um 1118/vor 1142–1185)
∞ 1142 (?)
Dobroniega v. Polen
(um 1128/29–um 1160)
[Kunigunde v. Plötzkau
= außereheliche Beziehung]

*Mgf. der sächs.
Ostmark 1156–1185
Gründung des
Klosters Dobrilugk 1165*

4.1
Albrecht der Stolze (1158–1195)
∞ 1186
Sophia v. Böhmen (gest. 1195)

Mgf. v. Meißen 1190–1195

4.2
Dietrich der Bedrängte (1162–1221)
∞
Jutta v. Thüringen (1184–1235)

*Mgf. v. Meißen 1198–1221
Mgf. der sächs. Ostmark 1210–1221*

4.3
Konrad
(vor 1161–1175)

Tod im Turnier

4.4
Gertrud
*Nonne in
Gerbstedt*

Markgrafen v. Meißen

Markgrafen der sächs. Ostmark
*(erloschen 1185 – übertragen an die
Gf. v. Groitzsch 1185–1210)*

3.7
Adelheid (Adela) (gest. 1181)
∞
1. (1152) **Sven III. Grathe**
(vor 1120–1157)
1. **Adalbert v. Ballenstedt**
(gest. um 1171)

3.8
Heinrich I.
(vor 1141–1181)
∞ um 1182
Sophia v. Sommerschenburg
(gest. 1217)

Gf. v. Wettin 1156–1181

3.9
Dedo V. (III.)
(um 1121/vor 1142–1190)
∞ vor 1159
Mechthild v. Heinsberg (gest. 1189)

*Gf. v. Groitzsch, Herr v. Rochlitz 1156–119
Mgf. der sächs. Ostmark 1185–1190
Gründung des Klosters Zschillen
(Wechselburg) 1168*

Grafen v. Wettin
(erloschen 1217)

**»Dedoniden«
Markgrafen der sächs. Ostmark**
(erloschen 1210)

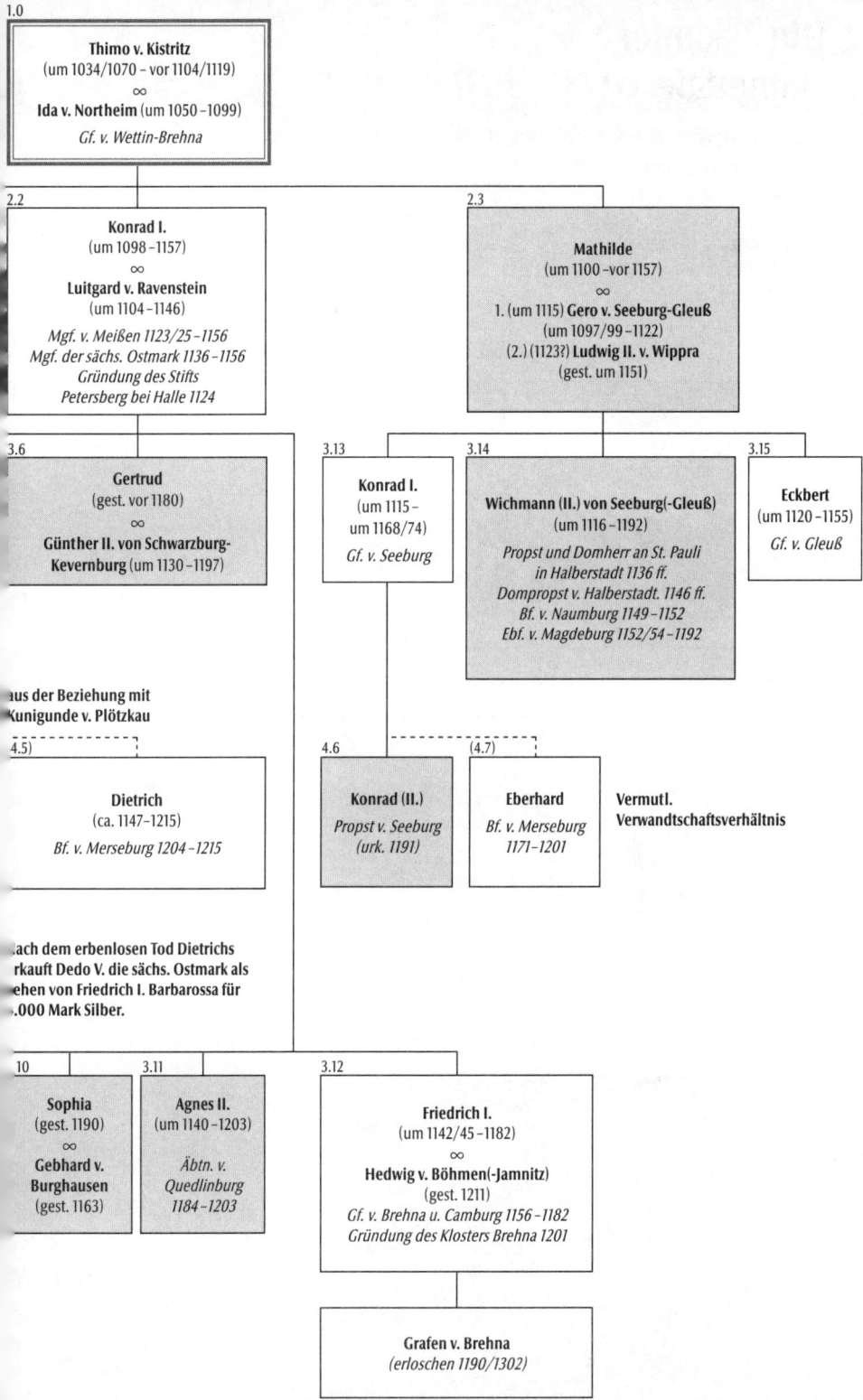

1.0

Thimo v. Kistritz
(um 1034/1070 – vor 1104/1119)
∞
Ida v. Northeim (um 1050–1099)
Gf. v. Wettin-Brehna

2.2

Konrad I.
(um 1098–1157)
∞
Luitgard v. Ravenstein
(um 1104–1146)
Mgf. v. Meißen 1123/25–1156
Mgf. der sächs. Ostmark 1136–1156
Gründung des Stifts
Petersberg bei Halle 1124

2.3

Mathilde
(um 1100 – vor 1157)
∞
1. (um 1115) **Gero v. Seeburg-Gleuß**
(um 1097/99–1122)
(2.) (1123?) **Ludwig II. v. Wippra**
(gest. um 1151)

3.6

Gertrud
(gest. vor 1180)
∞
**Günther II. von Schwarzburg-
Kevernburg** (um 1130–1197)

3.13

Konrad I.
(um 1115 –
um 1168/74)
Gf. v. Seeburg

3.14

Wichmann (II.) von Seeburg(-Gleuß)
(um 1116–1192)
Propst und Domherr an St. Pauli
in Halberstadt 1136 ff.
Dompropst v. Halberstadt. 1146 ff.
Bf. v. Naumburg 1149–1152
Ebf. v. Magdeburg 1152/54–1192

3.15

Eckbert
(um 1120–1155)
Gf. v. Gleuß

aus der Beziehung mit
Kunigunde v. Plötzkau

4.5)

Dietrich
(ca. 1147–1215)
Bf. v. Merseburg 1204–1215

4.6

Konrad (II.)
Propst v. Seeburg
(urk. 1191)

(4.7)

Eberhard
Bf. v. Merseburg
1171–1201

Vermutl.
Verwandtschaftsverhältnis

Nach dem erbenlosen Tod Dietrichs
verkauft Dedo V. die sächs. Ostmark als
Lehen von Friedrich I. Barbarossa für
5.000 Mark Silber.

3.10

Sophia
(gest. 1190)
∞
**Gebhard v.
Burghausen**
(gest. 1163)

3.11

Agnes II.
(um 1140–1203)
*Äbtn. v.
Quedlinburg
1184–1203*

3.12

Friedrich I.
(um 1142/45–1182)
∞
Hedwig v. Böhmen(-Jamnitz)
(gest. 1211)
Gf. v. Brehna u. Camburg 1156–1182
Gründung des Klosters Brehna 1201

Grafen v. Brehna
(erloschen 1190/1302)

Die Askanier
Stammtafel (1123–1267)

[Auert-Watzik 2017 nach Heinrich 1985
u. Partenheimer 2001/²2007]

2.1

Otto I.
(um 1130–1184)
∞ 1148/vor 1176
1. Judith v. Polen
(um 1132–1172/74)
2. Ada v. Holland

Mgf. v. Brandenburg
1170–1184

2.2

Hermann
(gest. 1176)

Gf. v. Weimar-
Orlamünde
1170–1176

2.3

Dietrich
(gest. 1183)

Gf. v. Werben

2.4

Adalbert
(gest. um 1171)
∞
Adela v. Meißen
(gest. 1181)

Gf. v. Ballenstedt

3.1

Otto II.
(nach 1147–1205)

Mgf. v. Brandenburg
1184–1205

3.2

Heinrich
(gest. 1192)

Gf. v. Gardelegen
(urk. 1186)

4.1

Johann I.
(um 1203–1266)
∞ 1230/1255
1. Sophia v. Dänemark
(1217–1247)
2. Jutta v. Sachsen
(gest. 1266)

Mgf. v. Brandenburg
1220–1266

1258 Teilung in Ältere bzw.
Johanneische Linie (Stendal)
und Jüngere bzw. Ottonische Linie
(Salzwedel)

1258 Stiftung des Klosters Chorin
als Grablege der Johanneischen
Linie, da das Kloster Lehnin
als Grablege bei der Ottonischen
Linie verblieb

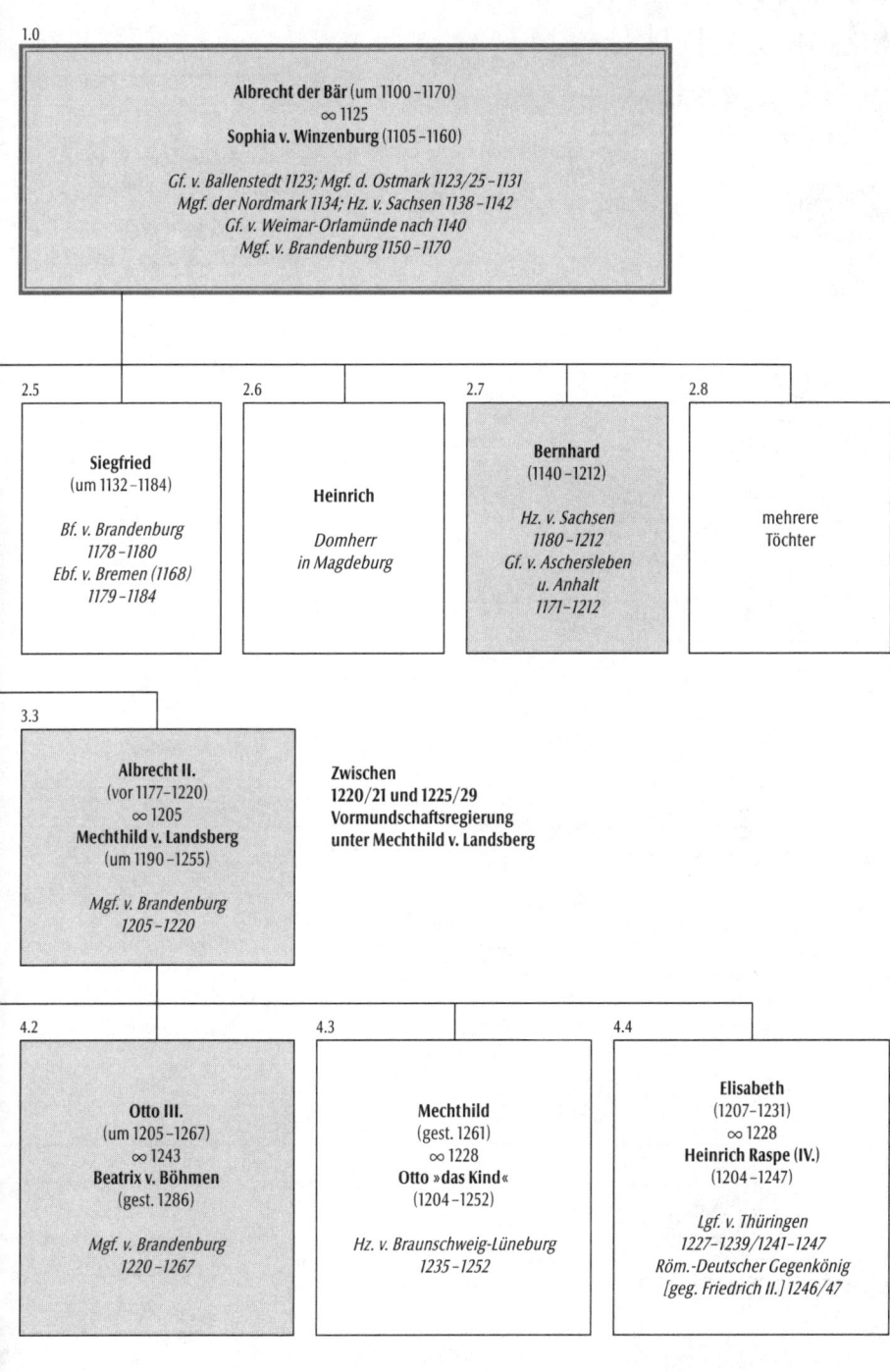

1.0

Albrecht der Bär (um 1100–1170)
∞ 1125
Sophia v. Winzenburg (1105–1160)

Gf. v. Ballenstedt 1123; Mgf. d. Ostmark 1123/25–1131
Mgf. der Nordmark 1134; Hz. v. Sachsen 1138–1142
Gf. v. Weimar-Orlamünde nach 1140
Mgf. v. Brandenburg 1150–1170

2.5

Siegfried
(um 1132–1184)

Bf. v. Brandenburg
1178–1180
Ebf. v. Bremen (1168)
1179–1184

2.6

Heinrich

Domherr
in Magdeburg

2.7

Bernhard
(1140–1212)

Hz. v. Sachsen
1180–1212
Gf. v. Aschersleben
u. Anhalt
1171–1212

2.8

mehrere
Töchter

3.3

Albrecht II.
(vor 1177–1220)
∞ 1205
Mechthild v. Landsberg
(um 1190–1255)

Mgf. v. Brandenburg
1205–1220

Zwischen
1220/21 und 1225/29
Vormundschaftsregierung
unter Mechthild v. Landsberg

4.2

Otto III.
(um 1205–1267)
∞ 1243
Beatrix v. Böhmen
(gest. 1286)

Mgf. v. Brandenburg
1220–1267

4.3

Mechthild
(gest. 1261)
∞ 1228
Otto »das Kind«
(1204–1252)

Hz. v. Braunschweig-Lüneburg
1235–1252

4.4

Elisabeth
(1207–1231)
∞ 1228
Heinrich Raspe (IV.)
(1204–1247)

Lgf. v. Thüringen
1227–1239/1241–1247
Röm.-Deutscher Gegenkönig
[geg. Friedrich II.] 1246/47

Die Ludowinger
Stammtafel (1131–1247)

[Auert-Watzik 2017 nach Schwarz 1993
u. Warsitzka 2004]

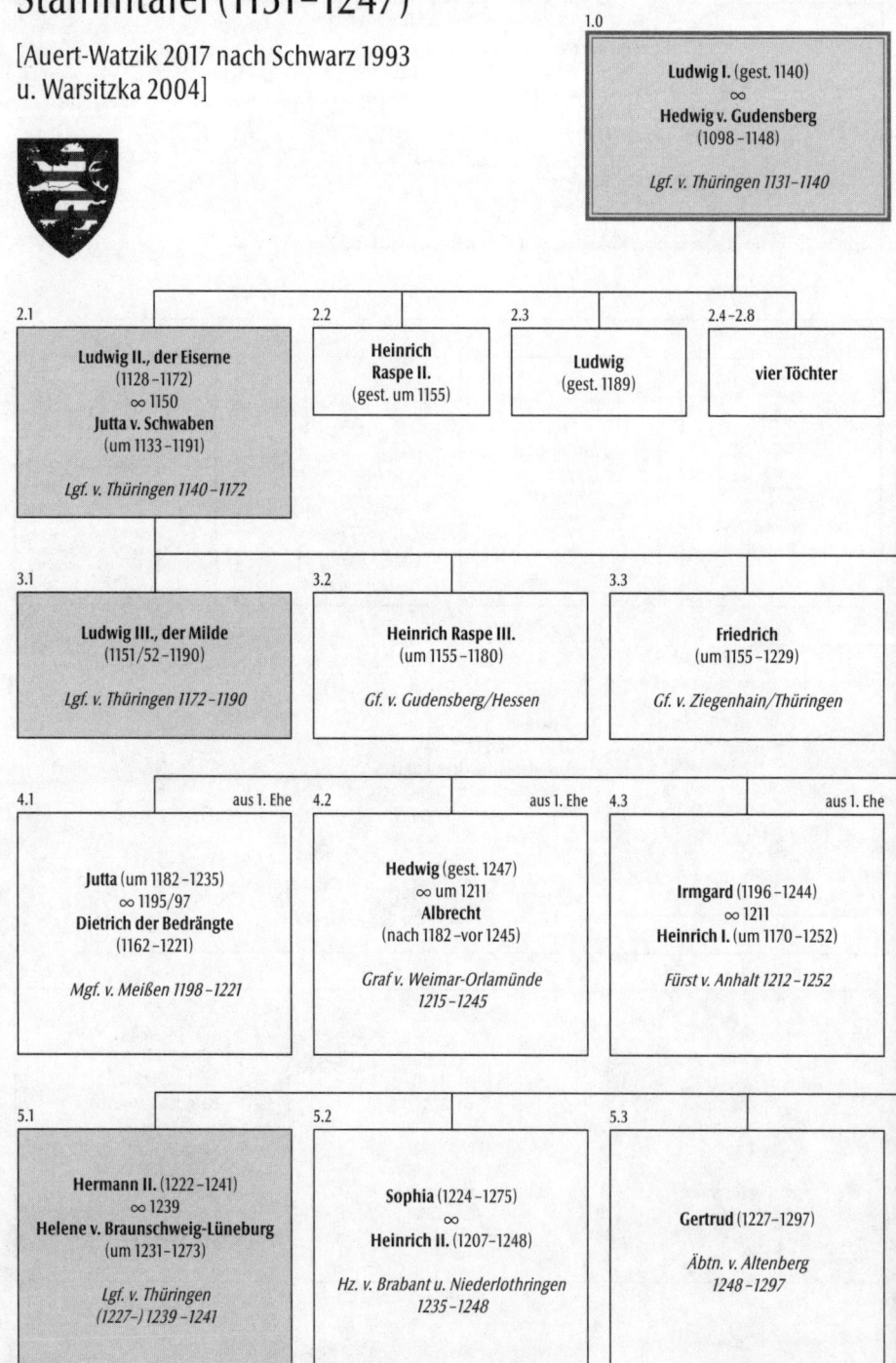

1.0
Ludwig I. (gest. 1140)
∞
Hedwig v. Gudensberg
(1098–1148)

Lgf. v. Thüringen 1131–1140

2.1
Ludwig II., der Eiserne
(1128–1172)
∞ 1150
Jutta v. Schwaben
(um 1133–1191)

Lgf. v. Thüringen 1140–1172

2.2
**Heinrich
Raspe II.**
(gest. um 1155)

2.3
Ludwig
(gest. 1189)

2.4–2.8
vier Töchter

3.1
Ludwig III., der Milde
(1151/52–1190)

Lgf. v. Thüringen 1172–1190

3.2
Heinrich Raspe III.
(um 1155–1180)

Gf. v. Gudensberg/Hessen

3.3
Friedrich
(um 1155–1229)

Gf. v. Ziegenhain/Thüringen

4.1 — aus 1. Ehe
Jutta (um 1182–1235)
∞ 1195/97
Dietrich der Bedrängte
(1162–1221)

Mgf. v. Meißen 1198–1221

4.2 — aus 1. Ehe
Hedwig (gest. 1247)
∞ um 1211
Albrecht
(nach 1182–vor 1245)

*Graf v. Weimar-Orlamünde
1215–1245*

4.3 — aus 1. Ehe
Irmgard (1196–1244)
∞ 1211
Heinrich I. (um 1170–1252)

Fürst v. Anhalt 1212–1252

5.1
Hermann II. (1222–1241)
∞ 1239
Helene v. Braunschweig-Lüneburg
(um 1231–1273)

*Lgf. v. Thüringen
(1227–) 1239–1241*

5.2
Sophia (1224–1275)
∞
Heinrich II. (1207–1248)

*Hz. v. Brabant u. Niederlothringen
1235–1248*

5.3
Gertrud (1227–1297)

*Äbtn. v. Altenberg
1248–1297*

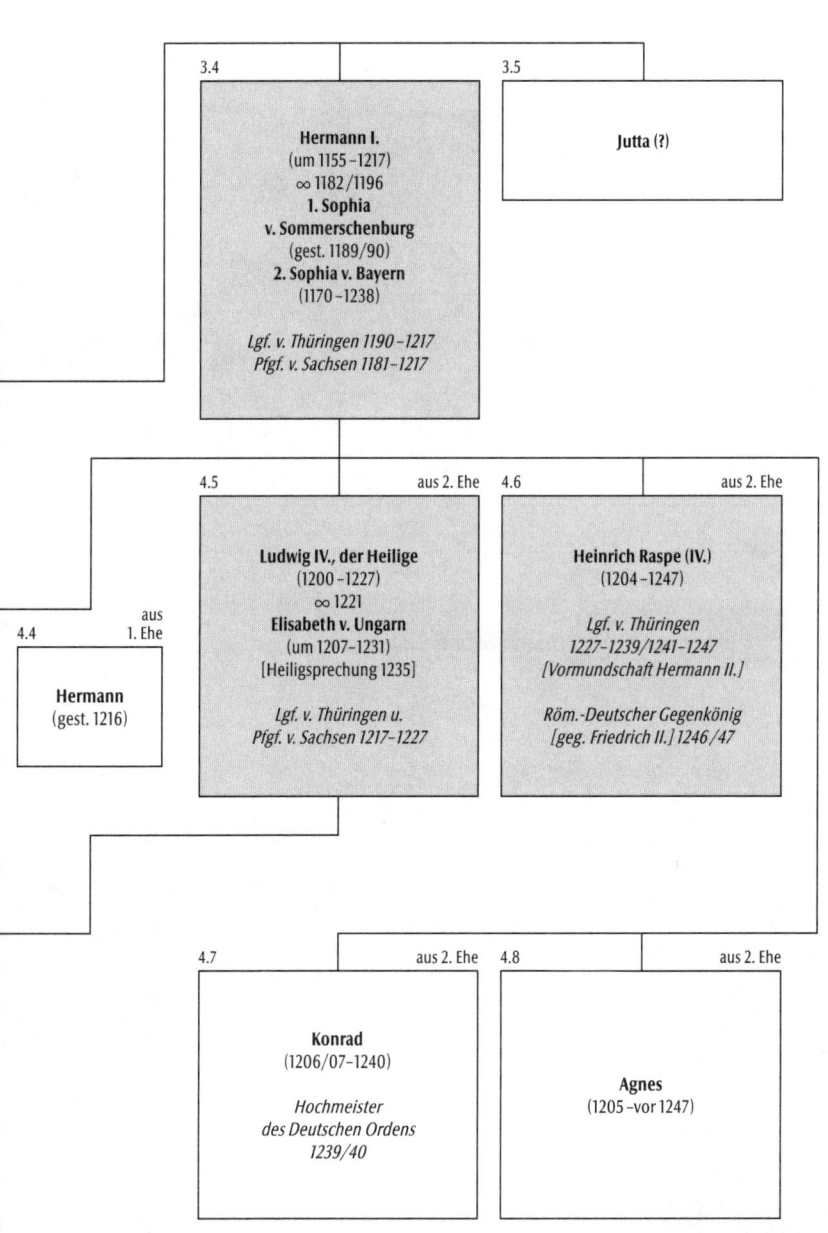

3.4

Hermann I.
(um 1155–1217)
∞ 1182/1196
**1. Sophia
v. Sommerschenburg**
(gest. 1189/90)
2. Sophia v. Bayern
(1170–1238)

*Lgf. v. Thüringen 1190–1217
Pfgf. v. Sachsen 1181–1217*

3.5

Jutta (?)

4.4

aus
1. Ehe

Hermann
(gest. 1216)

4.5

aus 2. Ehe

Ludwig IV., der Heilige
(1200–1227)
∞ 1221
Elisabeth v. Ungarn
(um 1207–1231)
[Heiligsprechung 1235]

*Lgf. v. Thüringen u.
Pfgf. v. Sachsen 1217–1227*

4.6

aus 2. Ehe

Heinrich Raspe (IV.)
(1204–1247)

*Lgf. v. Thüringen
1227–1239/1241–1247
[Vormundschaft Hermann II.]*

*Röm.-Deutscher Gegenkönig
[geg. Friedrich II.] 1246/47*

4.7

aus 2. Ehe

Konrad
(1206/07–1240)

*Hochmeister
des Deutschen Ordens
1239/40*

4.8

aus 2. Ehe

Agnes
(1205–vor 1247)

Die Zähringer
Stammtafel (um 1000–1218)

[Auert-Watzik 2017 nach Heyck 1891 f. und
Schmid/Schadek 1986 ff.]

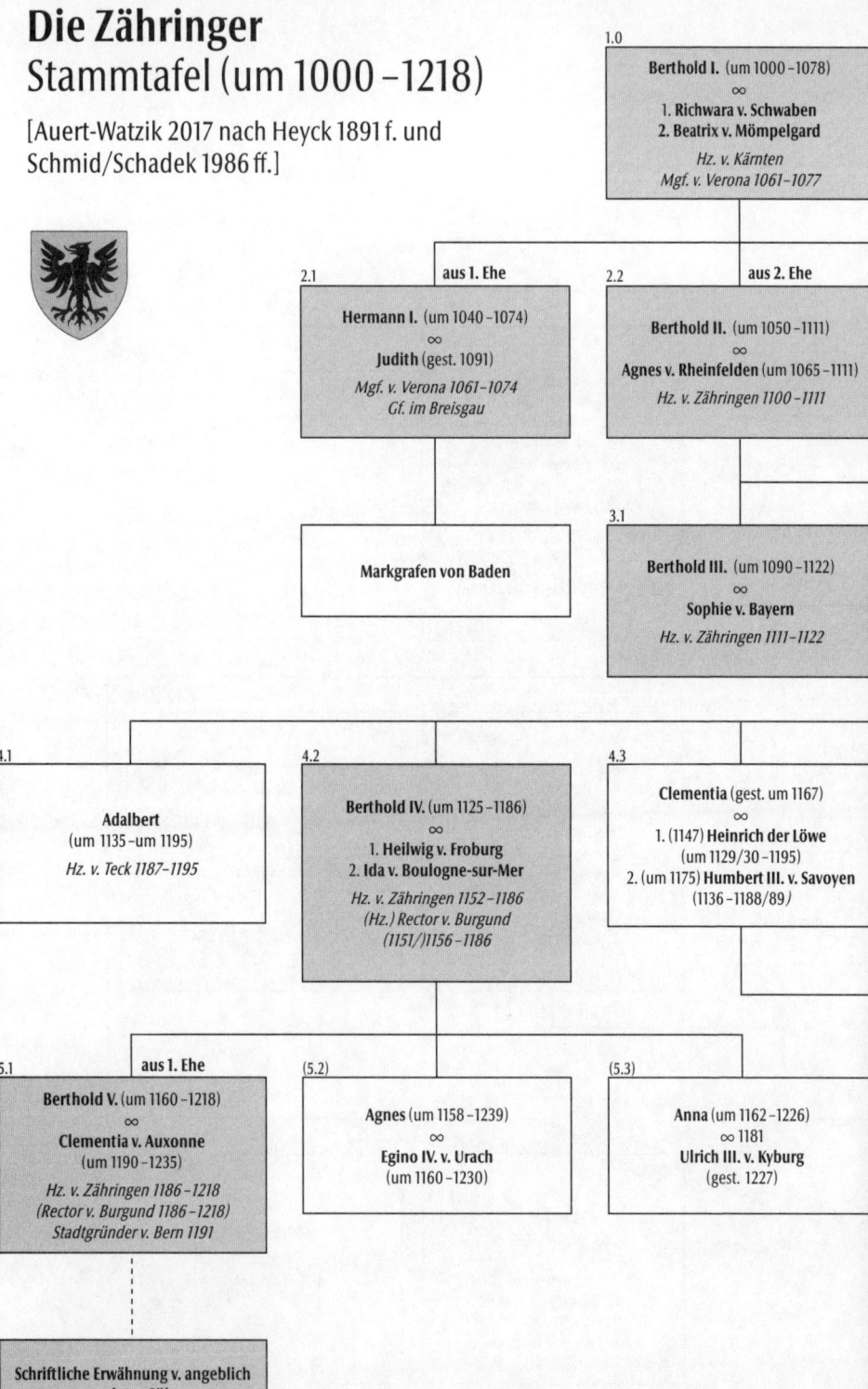

1.0

Berthold I. (um 1000–1078)
∞
1. Richwara v. Schwaben
2. Beatrix v. Mömpelgard
*Hz. v. Kärnten
Mgf. v. Verona 1061–1077*

2.1 — aus 1. Ehe

Hermann I. (um 1040–1074)
∞
Judith (gest. 1091)
*Mgf. v. Verona 1061–1074
Gf. im Breisgau*

2.2 — aus 2. Ehe

Berthold II. (um 1050–1111)
∞
Agnes v. Rheinfelden (um 1065–1111)
Hz. v. Zähringen 1100–1111

Markgrafen von Baden

3.1

Berthold III. (um 1090–1122)
∞
Sophie v. Bayern
Hz. v. Zähringen 1111–1122

4.1

Adalbert
(um 1135–um 1195)
Hz. v. Teck 1187–1195

4.2

Berthold IV. (um 1125–1186)
∞
1. Heilwig v. Froburg
2. Ida v. Boulogne-sur-Mer
*Hz. v. Zähringen 1152–1186
(Hz.) Rector v. Burgund
(1151/)1156–1186*

4.3

Clementia (gest. um 1167)
∞
1. (1147) Heinrich der Löwe
(um 1129/30–1195)
2. (1175) Humbert III. v. Savoyen
(1136–1188/89)

5.1 — aus 1. Ehe

Berthold V. (um 1160–1218)
∞
Clementia v. Auxonne
(um 1190–1235)
*Hz. v. Zähringen 1186–1218
(Rector v. Burgund 1186–1218)
Stadtgründer v. Bern 1191*

(5.2)

Agnes (um 1158–1239)
∞
Egino IV. v. Urach
(um 1160–1230)

(5.3)

Anna (um 1162–1226)
∞ 1181
Ulrich III. v. Kyburg
(gest. 1227)

**Schriftliche Erwähnung v. angeblich
ermordeten Söhnen**

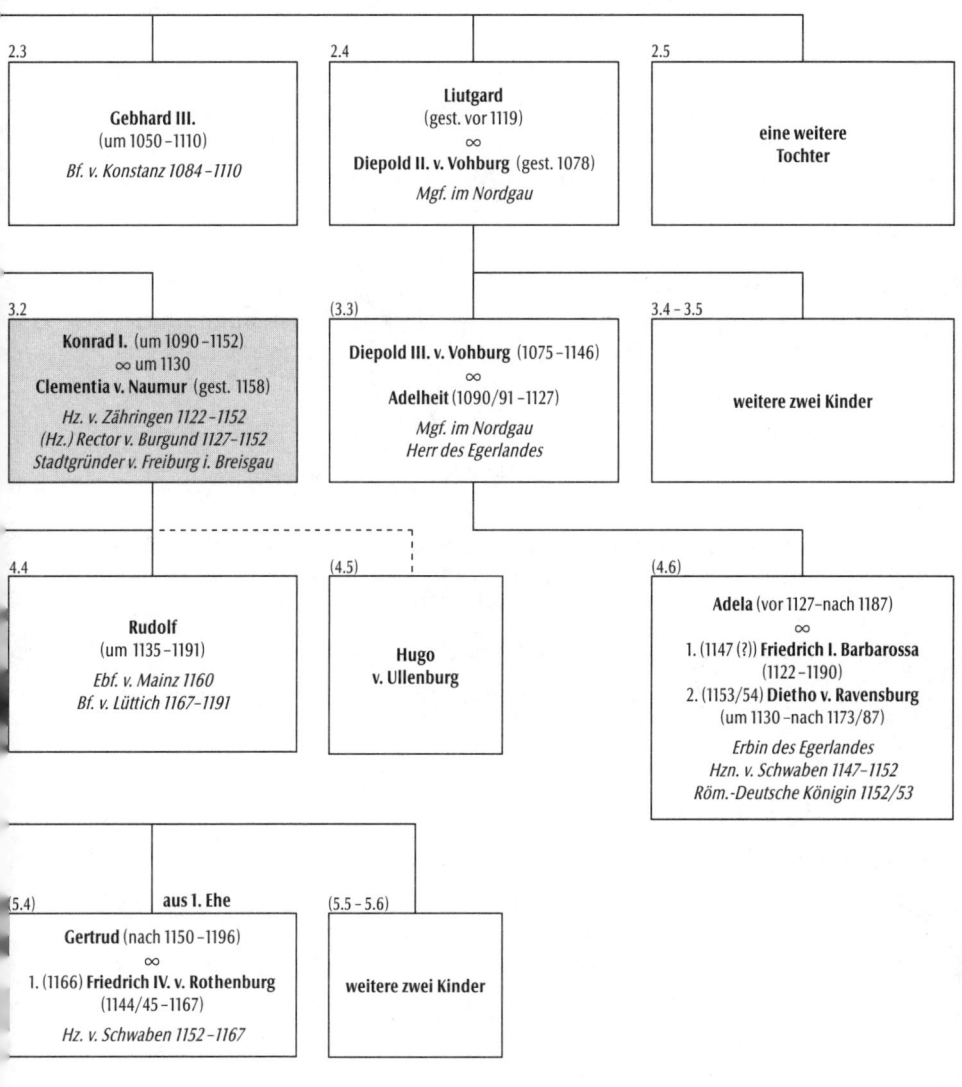

2.3

Gebhard III.
(um 1050–1110)

Bf. v. Konstanz 1084–1110

2.4

Liutgard
(gest. vor 1119)
∞
Diepold II. v. Vohburg (gest. 1078)

Mgf. im Nordgau

2.5

eine weitere
Tochter

3.2

Konrad I. (um 1090–1152)
∞ um 1130
Clementia v. Naumur (gest. 1158)

*Hz. v. Zähringen 1122–1152
(Hz.) Rector v. Burgund 1127–1152
Stadtgründer v. Freiburg i. Breisgau*

(3.3)

Diepold III. v. Vohburg (1075–1146)
∞
Adelheit (1090/91–1127)

*Mgf. im Nordgau
Herr des Egerlandes*

3.4–3.5

weitere zwei Kinder

4.4

Rudolf
(um 1135–1191)

*Ebf. v. Mainz 1160
Bf. v. Lüttich 1167–1191*

(4.5)

Hugo
v. Ullenburg

(4.6)

Adela (vor 1127–nach 1187)
∞
1. (1147 (?)) **Friedrich I. Barbarossa**
(1122–1190)
2. (1153/54) **Dietho v. Ravensburg**
(um 1130 –nach 1173/87)

*Erbin des Egerlandes
Hzn. v. Schwaben 1147–1152
Röm.-Deutsche Königin 1152/53*

(5.4)   **aus 1. Ehe**

Gertrud (nach 1150–1196)
∞
1. (1166) **Friedrich IV. v. Rothenburg**
(1144/45–1167)

Hz. v. Schwaben 1152–1167

(5.5–5.6)

weitere zwei Kinder

Glossar

Aquamanile: Gefäß für die Handwaschung, oft in Gestalt eines Tieres oder Reiters, von großer ritueller Bedeutung

Bliaut: Übergewand, vom 11. bis 13. Jahrhundert von adligen Männern und Frauen getragen

Buhurt (gelegentlich auch *Buhurd* geschrieben): Massenkampf bei einem Turnier, bei dem zwei »gegnerische« Parteien gegeneinander antreten

Bundhaube: schlichte Kopfbedeckung, die von Männern wie Frauen getragen wurde, auch um das Haar vor Staub und Läusen zu schützen

Burgwart: alte Befestigungen im Abstand von Tagesreisen, zumeist noch aus der Zeit, als die Mark Meißen nur dünn besiedelt war. Ihre Bedeutung erlosch im 12. Jahrhundert nach und nach.

Bruche: eine Art Unterhose, an der die Beinlinge befestigt wurden

Gambeson: gepolstertes Kleidungsstück, das unter dem Kettenhemd getragen wurde

Gerfalke: größte und bei Falknern sehr geschätzte Falkenart. Insbesondere weiße Gerfalken galten im Mittelalter als höchst kostbares Geschenk, eines hohen Fürsten oder Königs würdig.

Fibel (auch *Fürspan*): Schmuckstück, Gewandschließe

Fränkisches Heer: in Zusammenhang mit den Kreuzzügen Bezeichnung für die christlichen Kämpfer aus Europa

Gugel: kapuzenähnliches Kleidungsstück

Hälfling: halber Pfennig

Heimlichkeit: Abtritt auf einer mittelalterlichen Burg

Hufe: mittelalterliches Flächenmaß; beschrieb etwa so viel Land, wie eine Familie für den Lebensunterhalt brauchte; die Größe war von Region zu Region verschieden und umfasste in der Mark Meißen etwas mehr als zwanzig Hektar

Illumination (hier): farbige Ausmalung von Handschriften, insbesondere der Initialen

knes: slawische Bezeichnung für Fürst

Kukulle: Übergewand mit Kapuze, Teil des Habits einiger Mönchsorden

Landding: vom Fürsten einberufene große Landesversammlung, bei der Rechtsstreitigkeiten der Burggrafen, Edelfreien, reichs- und markgräflichen Ministerialen verhandelt und die landespolitischen Fragen behandelt wurden

Lutizenaufstand: Aufstand der Slawen östlich der Elbe im Jahr 983. Unter Führung der Lutizen, die die Bischofssitze Brandenburg und Havelberg zerstörten, eroberten sie noch einmal ihre Unabhängigkeit für rund hundertfünfzig Jahre zurück.

Mark Silber: im Mittelalter keine Wert-, sondern eine Gewichtsangabe; in Meißen wog eine Mark Silber etwa 233 Gramm

Ministerialer: unfreier Dienstmann eines edelfreien Herrn; als Ritter oder für Verwaltungsaufgaben eingesetzt, teilweise auch in bedeutenden Positionen

Outremer: Bezeichnung für die vier Kreuzfahrerstaaten (das Königreich Jerusalem, das Fürstentum Antiochia, die Grafschaft Edessa und die Grafschaft Tripolis); stammt aus dem Französischen: »outre mer« bedeutet jenseits des Meeres oder Übersee

Palas: Wohn- und Saalbau einer Burg oder Pfalz

Pfalz: mittelalterliche Bezeichnung für die Burgen, in denen der reisende kaiserliche oder königliche Hofstaat zusammentrat, aber auch Regierungsstätte beispielsweise eines Grafen oder Herzogs

Pfennigschale: Behältnis zur Aufbewahrung von Münzen. Zu der im Roman geschilderten Zeit waren sogenannte Hohlpfennige in Umlauf; verschiedene Motive wurden mit einem Stempel in kleine Silberscheiben geprägt. Diese Münzen waren so dünn, dass sie bei loser Aufbewahrung schnell zerbröselt wären.

Reisige: bewaffnete Reitknechte

Schapel: Reif, mit dem der Schleier befestigt wurde

Sergent: berittener Kämpfer, der nicht dem Ritterstand angehört

Schwertleite: feierliche Aufnahme in den Ritterstand, für lange Zeit die deutsche Form des Ritterschlags

Skapulier: Überwurf über der Kutte, Teil des Habits vieler Ordensgemeinschaften

Tjost: Zweikampf im Turnierkampf, zu Pferd oder zu Fuß mit Lanze und Schwert

Truchsess: oberster Hofbeamter

Waräger: Wikinger-Krieger und Männerbünde, seit dem 8. Jahrhundert in russischen Gebieten nachgewiesen. Über das Schwarze Meer gelangten sie nach Konstantinopel und stellten dort seit 988 die Leibgarde der byzantinischen Kaiser.

Wergeld: Sühnegeld nach altem germanischen und auch mittelalterlichem Recht

Wenden: damals übliche Bezeichnung für die Slawen im deutschsprachigen Raum

Städtenamen

Philippopel: heute Plowdiw

Konstantinopel: heute Istanbul

Adrianopel: heute Edirne

Iconium: heute Konya

Nicaea (auch *Nicäa*): heute Iznik

Weiterführende Fachliteratur für Interessierte (kleine Auswahl)

Knut Görich: Friedrich Barbarossa. Eine Biographie. München, Verlag C. H. Beck 2011

Michael Lindner: Jacza von Köpenick. Ein Slawenfürst des 12. Jahrhunderts zwischen dem Reich und Polen. Geschichten aus einer Zeit, in der es Berlin noch nicht gab. Berlin, viademica. verlag 2012

Bernd Schneidmüller, Stefan Weinfurter (Hrsg.): Die deutschen Herrscher des Mittelalters. Historische Portraits von Heinrich I. bis Maximilian I. (919–1519). München, Verlag C. H. Beck 2003

Joachim Ehlers: Heinrich der Löwe. Europäisches Fürstentum im Hochmittelalter. Göttingen, Verlag Muster-Schmidt 199

Bernd Schneidmüller: Die Welfen. Herrschaft und Erinnerung (819–1252). Stuttgart, Kohlhammer Verlag 2000

Christian Uebach: Die Ratgeber Friedrich Barbarossas (1152–1167). Baden-Baden, Tectum Verlag 2008

Stefan Pätzold: Die frühen Wettiner. Adelsfamilie und Hausüberlieferung bis 1221. Köln, Böhlau Verlag 1997 (Wiederauflage 2014)

Lutz Partenheimer: Albrecht der Bär. Gründer der Mark Brandenburg und des Fürstentums Anhalt. Köln, Böhlau Verlag 2001

Konstantin Hermann, André Thieme: Sächsische Geschichte im Überblick. Leipzig, Edition Leipzig 2013

Die Slawen in Deutschland. Ein Handbuch, herausgegeben von Joachim Herrmann. Berlin, Akademie Verlag 1985

Gerd Althoff: Die Macht der Rituale. Symbolik und Herrschaft im Mittelalter. Darmstadt, Primus Verlag 2003

Gerd Althoff, Christel Meier: Ironie im Mittelalter. Darmstadt, Wissenschaftliche Buchgesellschaft 2011

Zeittafel

Weihnachten 1146: Bernhard von Clairvaux predigt im Dom zu Speyer und fordert den König auf, sich am Kreuzzug zu beteiligen. Zunächst verweigert sich Konrad. Zwei Tage später – inzwischen ist die Bestätigung eingetroffen, dass auch Welf VI. an dem Kriegszug teilnehmen wird – verkündet Konrad III. im Dom seine Kreuznahme.

Der Aufbruch der deutschen Kreuzfahrer wird für Mai 1147 festgelegt. Zum Unwillen seiner Familie erklärt auch der junge Friedrich von Schwaben (der spätere Barbarossa) seine Teilnahme am Kreuzzug.

19. März 1147 und folgende Tage: Auf einem Reichstag in Frankfurt wird der zehnjährige Sohn des Königs, Heinrich-Berengar, von den Fürsten zum König und Mitregenten gewählt. Zuvor fordert Heinrich der Löwe das Herzogtum Bayern und verbindet damit seine Zustimmung zur Wahl Heinrichs. Konrad III. gelingt es, die Entscheidung bis zu seiner Rückkehr vom Kreuzzug zu vertagen. Er ruft einen allgemeinen Landfrieden aus.

Bernhard von Clairvaux fordert die Fürsten erneut auf, das Kreuz zu nehmen.

Der Herzog von Sachsen, der Markgraf von Meißen und der Markgraf der Nordmark stellen ihren Plan für einen »Wendenkreuzzug« vor. Bernhard von Clairvaux billigt ihn und gibt dafür die Parole »Taufe oder Tod« aus.

Anfang April 1147: Friedrich II. von Schwaben (der Einäugige) stirbt in Alzey.

16. April 1147: Auf einer Synode der geistlichen sächsischen Fürsten in Magdeburg verabreden diese die Erweiterung ihrer jeweiligen Einflusssphären durch den Wendenkreuzzug.

23./24. April: Reichstag in Nürnberg. Womöglich hier beschließt Heinrich der Löwe, in Abweichung von früheren Plänen auch gegen die Abodriten vorzugehen.

Der König verabschiedet sich von jenen Fürsten, die ihn nicht auf dem Kreuzzug ins Heilige Land begleiten.

Vor dem Aufbruch – zu nicht bekannten Zeiten und Orten – werden noch das Verlöbnis und die Ehe Friedrichs III. von

Schwaben mit Adela von Vohburg geschlossen, ebenso die Verlöbnisse der Meißner Markgrafensöhne Otto und Dietrich mit Hedwig von Ballenstedt beziehungsweise der polnischen Herzogstochter Dobroniega.

Mitte Mai 1147: Von Regensburg aus bricht das Kreuzfahrerheer König Konrads ins Heilige Land auf. Dabei wird die nun fertiggestellte Steinerne Brücke als Wunderwerk bestaunt. Den Kreuzfahrern schließen sich auch zu Tausenden Arme und Hoffnungslose an, da viele deutsche Gebiete von Missernten und Hungersnöten betroffen sind.

Mitte Mai 1147 (?): Die Bitte des Abodritenfürsten Niklot um eine persönliche Unterredung mit Adolf II. von Holstein wird von diesem trotz des bestehenden Freundschaftsbündnisses abgelehnt – mit Verweis auf Bündnistreue zu seinem Herrn, Heinrich dem Löwen. Niklot sieht dies als Zeichen für einen bevorstehenden Angriff auf Abodritengebiet. Er sagt dem Holsteiner trotzdem Warnung vor einem Angriff zu.

1./2. Juni 1147: In Germersleben bei Magdeburg verabreden die sächsischen Fürsten die Gebietsaufteilung nach dem Wendenkreuzzug.

25. Juni 1147: Niklot sendet einen Boten nach Segeberg, um Adolf von Holstein einen Angriff anzukündigen. Der ist jedoch bereits unterwegs, um sich mit seinen Truppen Heinrich dem Löwen anzuschließen, und erhält die Nachricht zu spät.

26. Juni 1147: Präventivschlag Niklots: Die Abodritenflotte greift die Handelssiedlung Lübeck an. Mehrere Schiffe segeln durch die Travemündung. Die Schiffe im Lübecker Hafen und die Siedlung werden in Brand gesetzt; es gibt etwa dreihundert Tote. Die Burg wird kurz belagert, aber nicht erobert. Die Abodriten ziehen sich rasch zurück.

In den folgenden Tagen greifen die Abodriten auch zu Land Gebiete um Lübeck und in Wagrien an und machen reiche Beute. Ihre Angriffe richten sich vor allem gegen Neusiedler. Die langjährigen Gefolgsleute der Holsteiner bleiben verschont.

Bei der »Schanze Süsel« beendet Adolf von Holstein die Belagerung durch die Abodriten. Er erneuert sein Bündnis mit Niklot und hält sich fortan aus den Kampfhandlungen heraus.

29. Juni 1147: Sammelpunkt aller Fürsten, die am Wendenkreuzzug teilnehmen, ist in Magdeburg. Einige Kontingente ziehen nach Norden gegen die Abodriten. Ansonsten verzögert sich der Abmarsch.

Mitte Juli 1147: Albrecht der Bär, Konrad von Wettin und das südliche Kontingent ziehen gegen Havelberg, das sie im August erobern.

August 1147: Das Kreuzfahrerheer Konrads III. verursacht Unruhen in Adrianopel. Als nach dem Abzug der Truppen ein zurückgelassener erkrankter Ritter erschlagen wird, schickt Konrad seinen Neffen Friedrich von Schwaben zu einer Strafexpedition zurück. Der lässt die Mörder hinrichten und das Kloster niederbrennen, in dessen Herberge der Ritter erschlagen wurde.

August 1147: Im Rahmen des Wendenkreuzzuges erobert Albrecht der Bär Prignitz und zerstört die Inselburg Malchow samt Heiligtum. Es finden Massentaufen statt.

August 1147 (?): In Lüneburg sammelt sich das nördliche Kontingent unter Heinrich dem Löwen und zieht los.

Dänen (Jüten unter Knut Magnusson und Schleswiger unter Sven III.) landen in der Bucht vor Wismar und ziehen gegen die Slawenfestung Dobin.

In Ralswiek auf Rügen wird die dort ankernde dänische Flotte von den Ranen zerstört, die sich mit Niklot verbündet haben.

August / September 1147: Belagerung der Abodritenfestung Dobin durch Heinrich den Löwen; ein Ausfall der Abodriten führt zu hohen Verlusten bei den Dänen, die daraufhin abziehen. Niklot macht etwa dreihundert dänische Gefangene.

Die Belagerung endet nach Verhandlungen zwischen Adolf von Holstein und Niklot mit einer Massentaufe, Tributpflicht Niklots gegenüber Heinrich dem Löwen und dem Abzug von Heinrichs Truppen.

Nach ähnlichem Muster endet die Belagerung Demmins durch Albrecht den Bären zusammen mit den meißnischen Truppen und Polen unter Mieszko III. Wie in Dobin behindern auch hier Gefolgsleute der Fürsten die Belagerung, weil sie lieber Beute machen wollen. Konrad von Wettin zieht mit seinen

Truppen ab – aus Protest gegen die von Albrecht geplante Belagerung Stettins.

7. Oktober 1147: In der Nacht zum 8. Oktober vernichtet eine Flutwelle in der Ebene von Chörobachi große Teile von Konrads Heerlager. Männer, Pferde, Waffen, Vorräte werden von den Wassermassen mitgerissen. Nur die Kontingente Friedrichs von Schwaben und Welfs VI. bleiben verschont – sie hatten ihr Lager auf einem Hügel errichtet.

10. September 1147: Konrads Heer trifft vor Konstantinopel ein, darf die Stadt aber nicht betreten – es gibt keine Einigung über Protokollfragen zwischen ihm und dem Kaiser von Byzanz, Manuel Komnenos. Nach mehrwöchigem Aufenthalt setzt sein Heer auf Drängen Manuels über den Bosporus, statt auf die Truppen unter König Ludwig von Frankreich zu warten.

25./26. Oktober 1147: Kurz vor Doryläum erleidet Konrads von Proviant- und Wassernot geplagtes Heer eine vernichtende Niederlage durch einen massiven Angriff türkischer Seldschuken. Kaum zehn Prozent der Männer können sich durch heillose Flucht zurück nach Nicaea retten, auch unterwegs sterben noch viele.

16. November 1147: Die entlang der Küste ziehenden armen Pilger unter Führung der Bischöfe Otto von Freising und Udo von Naumburg werden von Seldschuken bei Laodikeia überfallen und fast alle getötet.

Ende 1147: Heinrich der Löwe heiratet Clementia, die Tochter des Herzogs von Zähringen. Die Ehe war auf dem Wendenkreuzzug abgesprochen worden.

Ende 1147: Das französische Kreuzfahrerheer erreicht Nicaea; Friedrich von Schwaben verhandelt für seinen Oheim Konrad III. mit dem französischen König. Beide Heere ziehen zunächst gemeinsam weiter, trennen sich jedoch im Streit und infolge schwerer Erkrankung Konrads in Ephesos.

Konrad reist mit seinen hochrangigen Begleitern zurück nach Konstantinopel und wird nun von seinem Schwager und Schwiegersohn Manuel Komnenos aufgenommen und gepflegt.

Das französische Heer wird ebenfalls nahe Laodikeia angegriffen, erleidet hohe Verluste und rettet sich nach Attaleia, um nach Antiochia überzusetzen.

Juni 1148: Konrad III. und Ludwig VII. treffen sich in Akkon. Im Konzil mit König Balduin III. von Jerusalem und hohen Geistlichen wird beschlossen, Damaskus zu belagern.

23. bis 28. Juli 1148: Die Belagerung von Damaskus muss nach nur wenigen Tagen aufgegeben werden, weil Sarazenenführer Nur ad-Din mit einem gewaltigen Heer anrückt. Die komplett desaströse Unternehmung im Heiligen Land ist damit endgültig gescheitert. Konrad reist erneut zu Manuel Komnenos, um sich von den Strapazen und seiner Krankheit zu erholen. Sie vereinbaren einen Kriegszug gegen Roger von Sizilien.

Mai 1149: Konrad III. kehrt schwerkrank vom Kreuzzug zurück. In Regensburg werden er und die Überreste seines Heeres empfangen. Sein Neffe Friedrich war bereits vorausgereist – ursprünglich, um Absprachen für einen Kriegszug gegen Roger von Sizilien zu treffen. Stattdessen verhandelt er mit Welf VI., der immer wieder königlichen Besitz angreift. Es droht eine welfische Allianz mit Unterstützung Rogers.

Mitte August 1149: Reichstag in Frankfurt, zu dem der schwerkranke und gelähmte Albero von Trier mit vierzig Schiffen anreist, was für großes Aufsehen sorgt. Konrad erkrankt so heftig an erneuten Malariaanfällen, dass er bis April 1150 faktisch regierungsunfähig ist.

8. Februar 1150: In Flochberg nahe Bopfingen besiegt ein Heer unter dem dreizehnjährigen König Heinrich-Berengar die Truppen Welfs VI., die die Burg belagern. Er macht etwa dreihundert Gefangene. Friedrich von Schwaben handelt mit seinem Oheim, dem König, sehr kulante Bedingungen aus, unter denen Welf wieder in den Königsfrieden aufgenommen wird.

April 1150: Auf dem Hoftag in Fulda benennt sich Heinrich der Löwe als Herzog von Sachsen und Bayern. Er beharrt auf dem Versprechen des Königs, ihm auch das Herzogtum Bayern zu übertragen. Da dies nicht geschieht, erscheint er dreimal in Folge nach Vorladung nicht bei Hofe. (Ulm, Januar 1151; Regensburg, Juni 1151; Worms, September 1151)

1150: Heinrich, der zum Christentum konvertierte slawische Fürst von Brandenburg und Spandau, stirbt. Seine Frau Petrissa hält seinen Tod mehrere Tage lang geheim, bis Albrecht der Bär eintrifft und die Brandenburg übernehmen kann. Damit erfüllt sie zwar Heinrichs Wunsch, übergeht aber die Ansprüche ihres Neffen, des jungen Slawenfürsten Jacza von Köpenick.

1150: Als Säugling stirbt der erstgeborene Sohn Heinrichs des Löwen durch einen Sturz vom Wickeltisch.

1150 (2. Halbjahr?): Der junge Mitregent Heinrich-Berengar, ältester Sohn Konrads III., stirbt dreizehnjährig. Die Ursache ist nicht bekannt.

September 1151: Konrad beschließt, sich in Rom zum Kaiser krönen zu lassen.

November 1151: In Altenburg trifft sich Konrad III. mit denjenigen Fürsten, die mit Albrecht dem Bären als Anführer die Belagerung Braunschweigs fordern, um den Löwen für sein Verhalten zu strafen.

Anfang Dezember 1151: Von Goslar aus zieht das Heer gegen Braunschweig und beginnt die Belagerung, die durch die unerwartete Rückkehr Heinrichs des Löwen ein jähes Ende findet. In einem Gewaltritt von Tübingen aus war Heinrich der bedrängten Stadt zu Hilfe geeilt.

18. Januar 1152: Albero von Trier stirbt in Koblenz.

15. Februar 1152: Konrad III. stirbt in Bamberg und wird dort beerdigt. Zuvor hat er noch alle Vorbereitungen getroffen, damit sein achtjähriger Sohn Friedrich am 4. März in Frankfurt zum König gewählt und am 9. März in Aachen gekrönt werden kann.

4. März 1152: In Frankfurt wird – gegen die Einwände des Erzbischofs Heinrich von Mainz – Friedrich von Schwaben zum König gewählt. In den Tagen zuvor hat er zahlreiche Gespräche geführt, um die Fürsten des Reichs für sich zu gewinnen, insbesondere Heinrich den Löwen.

9. März 1152: Im Dom zu Aachen wird Friedrich gesalbt und gekrönt und regiert von nun an als Friedrich I.

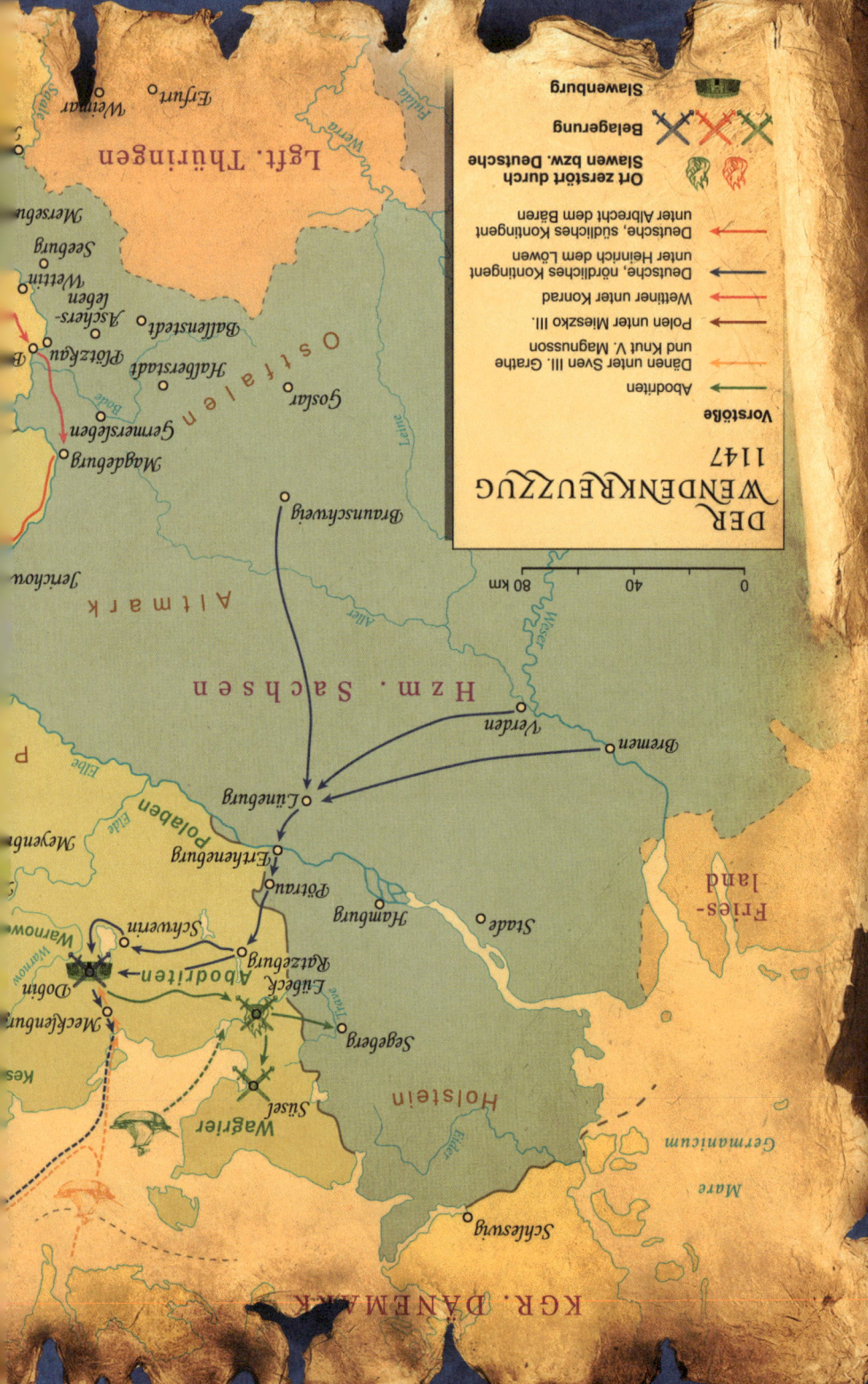